BASTEI
LÜBBE

Über die Autorin

Patricia Potter hat bisher 28 Romane geschrieben, die sich in den USA insgesamt über zwei Millionen Mal verkauft haben. 1993 wurde sie von der Romantic Times als »Story Teller of the Year« ausgezeichnet. Vor ihrer Tätigkeit als Schriftstellerin hat die Autorin als Journalistin gearbeitet. Patricia Potter lebt mit zwei Shetlandponys in Memphis, Tennessee.

Mehr Informationen finden Sie im Internet unter http://www.patriciapotter.com.

PATRICIA POTTER

Sturmhauch der Leidenschaft

ROMAN

Ins Deutsche übertragen von
Ulrike Moreno

BASTEI
LÜBBE

BASTEI LÜBBE TASCHENBUCH
Band 18 641

1. Auflage: November 2002

Vollständige Taschenbuchausgabe

Bastei Lübbe Taschenbücher
ist ein Imprint der
Verlagsgruppe Lübbe

Deutsche Erstveröffentlichung
Titel der amerikanischen Originalausgabe: Starkeeper

Titelillustration: Ennis/Agentur Thomas Schlück GmbH
Einbandgestaltung: Beate Stefer
Satz: Heinrich Fanslau, Communication/EDV, Düsseldorf
Druck und Verarbeitung: AIT Trondheim, Norwegen
Printed in Norway
ISBN 3-404-18641-9

Sie finden uns im Internet unter
http://www.luebbe.de

Der Preis dieses Bandes versteht sich einschließlich
der gesetzlichen Mehrwertsteuer.

Prolog

Schottland, 1769

Ein Gefühl drohender Gefahr lief eiskalt über seinen Rücken. John Patrick glitt auf seinem Sitz noch etwas tiefer und sah sich in der lärmerfüllten, übel riechenden Schänke mit ihren zwielichtigen Gästen um. Sehr zum Kummer seines älteren Bruders hatte er schon immer einen Hang zu derartigen Etablissements gehabt. John Patrick hatte selbst nie recht den Grund dafür verstanden. Obwohl er ein Absolvent der Universität von Philadelphia war, die neben Harvard als beste Hochschule der Kolonien galt, hatte er sich doch immer mehr zu den zwielichtigeren Teilen Philadelphias hingezogen gefühlt. Genau wie jetzt in Glasgow, Schottland.

Sein Bruder, Noel, schüttelte nur den Kopf darüber. »Wenn es im Umkreis von zehn Meilen ein Scharmützel gibt, kann man sicher sein, John Patrick dort zu finden. Gilt es eine junge Dame zu beschützen, wird John Patrick ihr zu Hilfe eilen. Und falls es irgendwo zu Reibereien kommt, ist John Patrick garantiert mittendrin.«

Noel hingegen wäre eher zehn Meilen gelaufen, um Streitigkeiten aus dem Weg zu gehen – ausgenommen vielleicht im Fall der jungen Dame. Noel, der heute ein angesehener Arzt in Philadelphia war, hatte das besonnene, feinfühlige Wesen seiner Mutter. John Patrick dagegen hatte die Waghalsigkeit seines Vaters geerbt und seine Angewohnheit, mit Windmühlen zu kämpfen und sich scheinbar aussichtsloser Fälle anzunehmen. Aber es waren nicht nur Abenteuer, die John Patrick suchte, vor allem nicht auf dieser Reise nach England und Schottland. Schon als Junge hatte er sich leidenschaftlich bemüht, jegliches Unrecht wieder gutzumachen. Und nun hatte er diese Reise als Gelegenheit ergriffen, eine ganz besondere Ungerechtigkeit zu korrigieren: das Todesurteil seines Vaters.

Vor vierundzwanzig Jahren, nach der Schlacht von Culloden, war Ian Sutherland zum Tod durch Erhängen verurteilt worden, zusammen mit den anderen schottischen Rebellen. Nur durch eine Laune des Schicksals war er dem Galgen entronnen und als Zwangsarbeiter in die Kolonien deportiert worden. Natürlich hatte sich seit damals viel verändert – unter anderem war Ian inzwischen mit John Patricks amerikanischer Mutter verheiratet –, aber Ian Sutherland konnte nach wie vor nicht in sein Heimatland zurückkehren, ohne eine Hinrichtung zu riskieren.

John Patrick hatte aufrichtig geglaubt, sein Ziel verwirklichen zu können. Bisher war ihm noch nie etwas misslungen, was ihm wirklich am Herzen lag. Er war Klassenbester gewesen und von seinen Lehrern als überdurchschnittlich intelligent bezeichnet worden. Er hatte britisches Rechtswesen studiert und eine gut durchdachte Petition zur Begnadigung seines Vaters vorbereitet. Nachdem er in London jedoch immer wieder auf Ablehnung gestoßen war, hatte er schließlich einen britischen Rechtsanwalt damit beauftragt, seine Bemühungen fortzusetzen, während er selbst zu einem lang ersehnten Besuch zu dem einstigen Besitz der Sutherlands in den Highlands aufbrach. Dort hatte er sich in die wilde, einsame Berglandschaft verliebt und sich sogar noch fester vorgenommen, wiederzugewinnen, was von Rechts wegen seiner Familie gehörte. Gott, wie er diesen *Fat* George verabscheute, der auf dem Englischen Thron saß und nicht nur die Rechte der Schotten, sondern auch die der amerikanischen Kolonisten mit Füßen trat ...

Das merkwürdige Kribbeln wurde stärker. Wieder blickte John Patrick sich verstohlen in der Taverne um. *Irgendetwas* warnte ihn. Irgendetwas oder irgendjemand. Aber niemand sonst wirkte beunruhigt. Alle anderen in der Schänke schienen sternhagelvoll zu sein; vermutlich hätten sie es nicht einmal gespürt, wenn ihnen ein Schwert in den Bauch gestoßen würde. Sie waren wirklich ein bunt zusammengewürfelter Haufen, diese Männer hier. Seeleute größtenteils, die von fantastischen Abenteuern erzählten, von China, Indien und Piraten. Sie hatten John Patrick als einen der ihren akzeptiert. Er war ein ausgesprochen guter Nachahmer und verstand es, den schottischen Akzent seines Vaters perfekt zu imitieren. Heute Abend jedoch beschränkte er sich aufs Zuhören. Die unglaublichen Geschichten, die er hörte, ließen ihm sein bisheriges Leben bieder, spießig und langweilig erscheinen und seine Zukunft sogar noch viel mehr. Ihn schauderte beim Gedanken an die nüchterne Rechtsanwaltskanzlei, die ihn erwartete, wenn er zurückkehrte.

Er hob die Hand, und ein Schankmädchen warf ihm ein geübtes Lächeln zu. In ihrem Blick lag Bewunderung, und er war nicht ohne Koketterie. Aber John Patrick war zu beschäftigt, um mit ihr zu flirten. Er wollte bleiben und den Fall seines Vaters weiterverfolgen, doch seine finanziellen Mittel waren fast erschöpft, und er wusste, dass es Zeit wurde, nach Philadelphia zurückzukehren. Seinen Kampf gedachte er allerdings nicht aufzugeben. Irgendwie würde er ihn schon zum Abschluss bringen.

Das Mädchen brachte ihm einen weiteren Krug Bier. »Gewöhnlich sehe ich hier keine Herren wie Sie«, bemerkte sie und lehnte sich wie zufällig an ihn, als sie den Krug abstellte. »Wollen Sie mit mir nach oben gehen?«

Ihr üppiger Busen streifte seinen Arm, und der aufdringliche Geruch ihres stark parfümierten, aber ungewaschenen Körpers stieg ihm in die Nase. Plötzlich wollte er nur noch gehen. Er hatte ohnehin bereits zu viel getrunken.

»Trink dein Bier aus, Schätzchen«, gurrte das Mädchen. »Es ist das Beste, das wir haben, und die Nacht ist noch jung.«

John Patrick sah den Krug an und fragte sich, ob das Bier tatsächlich besser als das letzte war. Er hatte hier nicht viel erwartet, und seine Erwartungen hatten sich bestätigt.

»Probier es«, beharrte das Schankmädchen.

Das Kribbeln in seinem Rücken hatte nicht nachgelassen, doch nun glaubte er, es zu verstehen. Es war seine Moral, die in Gefahr war, weiter nichts. Und der Teufel mochte wissen, was sie wert war. Na ja, er würde seinen Krug noch austrinken und dann zu seiner respektablen Unterkunft zurückkehren. Sein Schiff lief im Morgengrauen aus, was bedeutete, dass ihm bis dahin nur noch ein paar Stunden blieben. Er würde nicht einmal Zeit zum Schlafen haben heute Nacht, und schon gar nicht, um den fragwürdigen Charme des Barmädchens zu kosten. Er hob den Krug an die Lippen, und zu seinem Erstaunen stellte er fest, dass das Bier tatsächlich sehr viel besser als das letzte war. Da er es nun jedoch eilig hatte, aufzubrechen, stürzte er den Rest hinunter. Er versuchte den eigentümlichen Geschmack irgendwie einzuordnen und wollte sich gerade nach der Ursache dafür erkundigen, als das Mädchen plötzlich ging. Achselzuckend stellte er den leeren Krug zurück, warf ein paar Münzen auf den Tisch und begann sich zu erheben.

Offenbar hatte er jedoch mehr getrunken, als er glaubte, denn er merkte, dass er sich am Tisch festhalten musste, um das Gleichgewicht nicht zu verlieren. Der Raum begann vor seinen Augen zu verschwimmen. Aus einem Mann wurden zwei, dann drei. Unwillkürlich versuchte er, die Hand noch fester um die Tischkante zu schließen, aber er hatte schon keine Kraft mehr und schwankte plötzlich heftig. Mit einem Gefühl der Beklommenheit begriff er, dass ein Betäubungsmittel in seinem Bier gewesen sein musste. Er streckte noch Halt suchend die Hände aus, bevor er fühlte, wie er taumelte und alles schwarz vor seinen Augen wurde.

1

Pennsylvania, April 1777

Sie kamen bei Nacht.

Annette Carey erwachte vom Geräusch des Hufschlags, des trunkenen Gegröles und vom Flackern der Pechfackeln. Sie rannte auf den Korridor und sah ihren Vater in einem Nachthemd aus seinem Zimmer kommen. Betsy, das Hausmädchen, erschien unten an der Treppe; ihr rotes Haar war zerzaust und ihr stämmiger Körper in einen roten Morgenrock gehüllt. »Allmächtiger!«, jammerte sie.

Annettes Vater hastete die Treppe hinunter, um sie zu beruhigen. Betsy war schon das Dienstmädchen seiner Frau gewesen und ebenso sehr ein Mitglied der Familie, wie Annette es war. Ihre Schreie hallten durch das Haus und riefen Franklin, den Hausdiener, herbei, der fieberhaft versuchte, seinen Rock überzustreifen, während er herbeigelaufen kam. Seine Hemdzipfel hingen noch aus der Hose. Jemand hämmerte gegen die Tür. Das war kein höfliches Anklopfen. Und keine gewöhnlichen Besucher.

Annette folgte ihrem Vater die Treppe hinab. Ihre Füße, die in Pantoffeln steckten, glitten lautlos über die Stufen, aber ihr Herz dröhnte und kam ihr so laut vor wie das Trommeln, das noch keine zwei Wochen zuvor den Marsch der Rebellen durch die Straßen von Philadelphia begleitet hatte. Die Schreie der Männer draußen erfüllten nun das ganze Haus. »Verräter!« »Steckt das Haus in Brand!« »Entweder ihr kommt heraus, oder wir zünden das Haus an!«

Ihr Vater wandte sich zur Tür. Annette hielt ihn entsetzt am Nachthemd fest. »Bitte geh nicht hinaus, Papa!«

Er sah sie traurig an. »Wir können nicht ewig hier drinnen bleiben. Ich werde mit ihnen reden. Sie kennen mich.«

»Aber mit dem Pöbel kann man nicht vernünftig reden.« Ihre Worte klangen leise und rau. Sie hasste die Angst, die sie in ihrer Stimme hörte.

»Kind, sie zünden uns das Haus über den Köpfen an, wenn wir nicht hinausgehen«, entgegnete er sanft. »Unsere einzige Chance ist, die Kerle zur Vernunft zu bringen.«

Annette fühlte ihren Widerstand erlahmen. Vor ein paar Wochen hatte der Pöbel das Haus eines Royalisten niedergebrannt, der in Verdacht gestanden hatte, General Howe mit Nachschub zu beliefern. Sämtliche Bewohner jenes Hauses waren in den Flammen umgekommen. Wie betäubt erlaubte sie ihrem Vater, sich von ihr zu lösen. Mit schweren Schritten wandte er sich zur Tür. Betsy und Franklin, beide leichenblass und zitternd, waren zur Wand zurückgewichen und schauten schweigend zu. *Er wird sie überzeugen können, dass er ihnen keinen Schaden zufügen will.*

Ihr Vater war schließlich einer der populärsten Männer in der Grafschaft. Er hatte den Bedürftigen Lebensmittel geschickt, den Quäkern beträchtliche Summen für ihr Hospital gegeben und sehr oft Geld verliehen, ohne Zinsen dafür zu verlangen. Man hörte zwar immer mehr Geschichten von Gräueltaten anderen Tory-Familien gegenüber, aber Annette hätte trotzdem nie gedacht, dass der aufgebrachte Pöbel auch hierher kommen würde, in ihr eigenes Heim.

Ihr Vater öffnete die Tür, und sie nahm allen Mut zusammen, um zu ihm zu gehen und dem Hass, den Schatten und dem flackernden Schein der Fackeln gegenüberzutreten. Entsetzen beschlich sie, als sie die maskierten Gestalten sah, die draußen warteten. Sie hörte einen Schuss und konnte ihn beinahe in ihre Richtung jagen spüren. Er war sehr laut. Und die Schreie auch: »Packt sie!«

Ihr Vater versuchte, sich über den Lärm verständlich zu machen, aber es war, als seufzte er im Wind. Innerhalb von Sekunden wurde er von Männern in Kapuzen ergriffen und weggeschleift wie bloßes Treibgut. Jemand packte Annettes Arme, und sie merkte, dass auch Betsy und Franklin von dem Pöbel mitgerissen wurden. »Verbrennt das Haus.«

Eine Stimme, die die anderen übertönte, gab Befehle aus. Sie erkannte ihren Besitzer trotz seiner Kapuze augenblicklich. Es war Jacob Templeton, ein Mann, der versucht hatte, Land von ihnen zu erwerben und von ihrem Vater abgewiesen worden war. Vermutlich hatte er die anderen Männer betrunken gemacht und ihren Vater beschuldigt, mit den Briten zu konspirieren, da er es ablehnte, den Loyalitätsvertrag zu unterzeichnen. Und alles nur aus Gier nach ein paar Hektar Land ... Aber ihr Vater war schuldlos. Sein einziges *Unrecht* hatte darin bestanden, dass er seinen Überzeugungen treu geblieben war und sich geweigert hatte, den König im Stich zu lassen, der seiner Familie dieses vorzügliche Land geschenkt hatte.

Die Sinnlosigkeit all dessen weckte jähe Wut in ihr. *Ihr Vater!* Sie wehrte sich gegen die Hände, die sie hielten, kämpfte, um zu dem einzig Dauerhaften in ihrem Leben zu gelangen, zu dem Mann, dessen Sanftheit und Weisheit sie stets geleitet hatten. Gott, warum hatte sie sich keine Muskete beschafft? Warum hatten sie sich nicht gewehrt? Nie wieder würde sie sich derart widerstandslos ergeben. Sie trat nach einem ihrer Angreifer, so plötzlich, dass sie ihn damit überraschte, und fuhr zurück, als er schmerzerfüllt zu Boden sank.

»Papa!«, schrie sie. Aber ein weiteres Paar Hände packte sie und zog ihren Kopf an ihrem langen dunklen Haar nach hinten. Schmerz durchzuckte ihren Nacken und ihren Schädel, aber sie wehrte sich trotz allem noch.

Ein Mann schlug sie ins Gesicht, worauf sie für einen Moment lang wie betäubt war. »Hexe!«, zischte er.

Sie spuckte ihn an, während sie immer noch versuchte, sich

loszureißen, und schaffte es auch, ihren Kopf einen Augenblick lang zu befreien. Ihr Blick glitt zu ihrem Vater. Sie hatten ihm das Nachthemd ausgezogen, er trug nur noch seine Unterwäsche. Sie hörte ihren Vater bitten. »Jacob«, flehte er. »Bitte tun Sie meiner Tochter nichts.«

»Wir haben Sie gewarnt«, sagte eine durch den Stoff der Kapuze gedämpfte Stimme, die aber dennoch unverwechselbar genug war, um sie zu erkennen. Robert Lewis. »Wir dulden hier keine Torys.« Stricke wurden um die Handgelenke ihres Vaters gebunden. Dann befestigten die Männer die Stricke an zwei Baumstämmen und zogen sie so straff, dass er mit ausgebreiteten Armen zwischen ihnen stand. Der stechende Geruch heißen Teers stieg Annette plötzlich in die Nase. Verzweifelt wehrte sie sich noch heftiger gegen ihre Peiniger. Einer verlor bei dem Gerangel die Kapuze. Charles Parker. Sie hatte Mr. Parkers Sohn vor sechs Monaten einen Welpen geschenkt und bei seiner Frau gesessen, als sie starb. Mit wie vielen anderen dieser Menschen hatte sie freundschaftlichen Umgang gepflegt? Auf ihren Hochzeiten getanzt, bei ihren Begräbnissen geweint und sich gefreut über Geburten? *Ihre Freunde und Nachbarn.*

»Nein!«, schrie sie und hörte das gedämpfte Stöhnen ihres Vaters, dann seinen schmerzerfüllten Schrei, als die Männer den heißen Teer auftrugen. Plötzlich hielten seine Peiniger inne, und Annette hoffte schon beinahe, dass sie zur Vernunft gekommen waren. Ihr Vater hing kraftlos zwischen den Seilen, sah aber zum Haus hinüber. Annette wandte sich ebenfalls um und stieß einen entsetzten Schrei aus, als sie diese neuerliche Gräueltat sah.

Ihr Haus brannte, der Rauch und die hungrigen Flammen verfinsterten den Himmel über ihnen. Das Brüllen des Feuers erfüllte die jähe Stille, dann begann Glut vom Haus herabzuschweben und eine ganze Reihe neuer Feuerherde zu entfachen. Einer erfasste die Scheune, als einer der Dienstboten gerade versuchte, die Tiere hinauszutreiben. Die Pferde, einschließlich Annettes Stute, Sasha, wieherten vor Angst. Eine

Frau jammerte vor Entsetzen. Ein triumphierendes Brüllen erhob sich zwischen den Angreifern. Eine Kakophonie der Geräusche. Direkt aus der Hölle. Ein Albtraum, wie er nicht schlimmer hätte sein können. Schweiß durchnässte Annettes Morgenrock. Sie wollte sich fallen lassen, weglaufen. Aber sie konnte ihren Vater nicht im Stich lassen. Ihm zuliebe musste sie jetzt stark sein. Sie riss sich los von den Händen, die sie hielten, und überraschte damit die Männer, die fasziniert auf das Inferno starrten, das sie angerichtet hatten. Dann rannte sie auf ihren Vater zu, stolperte wieder und wieder, während sie jenen auswich, die sie zu ergreifen suchten. Und dann, endlich, erreichte sie ihren Vater.

Er straffte sich und sah ihr in die Augen. »Ich liebe dich«, sagte sie.

»Ich weiß«, antwortete er leise. »Sei tapfer, Kind.«

Da packte jemand sie auch schon von hinten und fesselte ihr die Hände auf dem Rücken. *Tapfer?* Sie war nicht tapfer. Alles war verloren. Das Zimmer, in dem sie geboren worden war, in dem sie ihr ganzes Leben lang gelebt hatte. Der Salon, der stets so voller Fröhlichkeit gewesen war, das Arbeitszimmer ihres Vaters, in dem sie über Philosophie zu diskutieren pflegten, die Scheune, in der sie Sasha gestriegelt und gefüttert und ihr bei der Geburt ihres Fohlens geholfen hatte. Alles, was sie kannte und was sie liebte. *Ihre Freunde und Nachbarn.* Annette dankte Gott, dass ihre Mutter nicht mehr lebte und ihr dieser Anblick erspart blieb. Sie hörte rohes Lachen und fühlte sich von hinten hochgerissen.

Die Männer warfen nun Federn auf den Teer, der ihren Vater inzwischen vollständig bedeckte. Er war nicht wiederzuerkennen. Sein Kopf hing kraftlos herab, und sie hätte nicht sagen können, ob er bei Bewusstsein war oder nicht. Aus der Menge hörte sie die zweideutigen Verse eines Spottlieds auf den König. Endlich zogen die Hände, die sie hielten, sich zurück. Die Männer in den Kapuzen zerstreuten sich. Betsy und Franklin kamen auf sie zugerannt. Blut sickerte aus einem Riss in Franklins Stirn.

Betreten lockerten die Dienstboten das Seil, das Annettes Hände auf den Rücken fesselte, und Betsy nahm sie leise weinend in die Arme. Aber Annette hatte keine Tränen. Oder zumindest nicht in diesem Augenblick. Sanft löste sie sich von Betsy. »Wir müssen uns um Vater kümmern.« Franklin, dessen Gesicht vor Kummer ganz zerfurcht war, nickte zustimmend.

Annette wusste nun, dass sie und ihr Vater den in ihrer Gemeinde kursierenden Gerüchten Beachtung hätten schenken sollen. Sie hatten von anderen Royalisten gehört, die geteert und gefedert worden waren. Einige waren sogar gehängt worden. Aber ihr Vater war für seine Gerechtigkeit und Großzügigkeit bekannt, und obwohl sie die Sache der Patrioten nicht unterstützten, hatten sie ihr aber auch nicht geschadet, indem sie etwa Nahrungsmittel an die Briten verkauft hätten. *Freunde und Nachbarn!* Sie schwor, nie wieder einem Menschen zu vertrauen. Und nie wieder zuzulassen, dass jemand ihrer Familie ein Leid zufügte. Nie wieder. Sie würde alles tun, was in ihrer Macht stand, um den Briten beizustehen und den Untergang der Rebellen herbeizuführen.

Irgendwo vor der Atlantikküste,
Oktober 1777

Sein geliebter *Star Rider* saß in der Falle! *Gottverdammte Briten!* John Patrick verfluchte sie, als Blitze über den Himmel zuckten und seinen Schoner hell erleuchteten. Er hatte das Kanonenfeuer eingestellt, weil er gehofft hatte, im Schutz der Dunkelheit der britischen Falle entschlüpfen zu können. Aber das plötzliche Unwetter hatte den besser bewaffneten Briten den Vorteil verschafft, den sie benötigten. John Patrick, mit seinem Lotsen neben ihm, übernahm das Steuer. Sie war ungemein riskant gewesen, diese Fahrt flussabwärts, aber er hatte erfahren, dass ein Handelsschiff mit Schießpulver für die Briten in dieser Nacht einen Durchbruch versuchen würde, und das war ein zu verlockendes Ziel gewesen, um es sich entgehen zu lassen. Und er hatte das Handelsschiff auch tatsächlich zerstört. Aber die damit verbundene Explosion und der Feuerball hatten Hilfe herbeigerufen, mit der John Patrick nicht gerechnet hatte. Sein Schiff, obwohl klein und tödlich Handelsschiffen gegenüber, konnte es mit Kriegsschiffen nicht aufnehmen. Sein größter Vorteil war seine Schnelligkeit, doch es gab jetzt keine Möglichkeit zu fliehen.

Eine Kanonenkugel pfiff an ihm vorbei und schlug in den Großmast ein, der auf das Deck herabstürzte. Eine weitere Kugel traf das Heck des Schiffs und verursachte einen Hagel aus glühenden Holzsplittern, der auf die Mannschaft hinabregnete. John Patrick hörte Schmerzensschreie, dann Flüche, als eine dritte Kugel seitlich in das Schiff einschlug. Der *Star Rider* schlingerte zur Leeseite. Sein Achterdeck, das in Flammen stand, erhellte den dunklen Fluss. Sein Schiff – und seine Mannschaft – gingen unter. »Rettungsboote zu Wasser!«, befahl er und wandte sich dann an seinen Lotsen. »Bringen Sie den *Rider* so dicht wie möglich an die Küste.«

Der Delaware River war verdammt kalt, und er wollte nicht, dass seine Leute erfroren. Er blickte zu den feindlichen Schiffen hinüber. Auch sie ließen Beiboote zu Wasser. Die Briten würden versuchen, die Besatzung des amerikanischen Kaperschiffs auf der Flucht gefangen zu nehmen. Mehr noch als die Mannschaft wollten sie jedoch den Kapitän – den Mann, den sie nur unter dem gleichen Namen kannten wie sein Schiff. John Patrick, der *Star Rider*, hatte seine wahre Identität all diese Jahre strikt geheim gehalten, um zu verhindern, dass seine Familie seiner Taten wegen litt. Doch nun …

Er musste seinen Männern eine Chance geben zu fliehen. Die Briten bezeichneten sie als Piraten, und es war ihnen durchaus zuzutrauen, dass sie die Mannschaft eines derart notorischen Kaperschiffs wie des *Star Riders* hängen würden, selbst wenn sie eine legitime Vollmacht der Kolonie von Maryland besaßen. Auch er hatte nicht vor, sein Leben an einem britischen Galgen zu beenden. Und es bestand nicht die geringste Hoffnung, diesem Schicksal zu entgehen, falls die Briten entdeckten, dass der Kapitän des Kaperschiffs John Patrick Sutherland war, ein Deserteur der britischen Marine. Es würde sie nicht kümmern, dass er zwangsrekrutiert worden war, dass man ihn betäubt und aus einer schäbigen Taverne in Glasgow entführt hatte, dass er geschlagen und gezwungen worden war, gegen Menschen zu kämpfen, mit denen er keinerlei Probleme hatte. Er *hatte* allerdings eins mit dem König. Ein Riesenproblem sogar, das nicht eher beigelegt sein würde, bis auch der allerletzte Rotrock von den amerikanischen Küsten vertrieben worden war.

John Patrick überwachte das Besetzen der Rettungsboote und befahl dann dem Lotsen, sich zu den anderen zu setzen. Er und sein Erster Offizier, Ivy, bedienten die Winden, um die Boote herabzulassen, während weitere Kanonenkugeln in das Schiff einschlugen und eine ein Loch direkt über der Wasserlinie riss. Zwanzig Minuten. Sie hatten höchstens zwanzig Minuten, bevor das Schiff versank. Nicht länger.

»Sir!«, brüllte Tower, sein Zweiter Offizier. »Springen Sie ins Boot.«

Er schüttelte den Kopf. »Ich komme nach. Fahrt zur Küste und versucht, euch ins Landesinnere zu Washingtons Truppen durchzuschlagen.«

»Wir warten auf Sie«, widersprach der Zweite Offizier.

»Nein«, erwiderte John Patrick. »Ich kann sie beschäftigen, bis ihr die Küste erreicht habt. Ihr habt sonst keine Chance.« Er zögerte, weil ihm verhasst war, was er ihnen nun sagen musste. Aber er hätte sie alle in Gefahr gebracht, wenn er zuließ, dass sie auf ihn warteten. »Ihr seid jetzt auf euch selbst gestellt. Seid vorsichtig. Und kümmert euch umeinander. Ihr wart eine hervorragende Mannschaft.« Bevor der Mann noch weitere Einwände erheben konnte, wandte sich John Patrick von der Reling ab und ging zu Ivy, der bei ihrer einzigen noch intakten Waffe stand. Das kleine Geschütz auf dem Quarterdeck erlaubte zwar schnelles Feuern, war aber nur auf geringe Distanz wirksam. Die Verzweiflung verlieh Ivy und ihm noch einmal neue Kraft. Ihnen war nur allzu sehr bewusst, wie begrenzt die Zeit war, die noch blieb. Das Feuer fraß sich unaufhaltsam zu ihnen vor, obwohl das Schiff sich von Minute zu Minute noch tiefer ins Wasser legte. John Patrick stampfte das Pulver fest, und Ivy lud die Kugeln. Der Lauf war heiß, aber sie hatten keine Zeit, um ihn zu reinigen.

John Patrick hielt den Atem an, zielte auf einen der britischen Tender, der sich langsam auf seine Männer zubewegte, und betätigte die straff gespannte Abzugleine des Geschützes. Die Kugel erreichte das feindliche Boot und traf es irgendwo am Bug. Der *Star Rider* legte sich noch mehr zur Seite.

»Zeit zu verschwinden, Käpt'n«, meinte Ivy.

»Aye«, stimmte John Patrick zu, obwohl er das Geschütz schon wieder mit Pulver füllte und dann eine Kugel aus dem Korb unter der Waffe nahm.

»Sie wird explodieren«, protestierte Ivy.

»Solange sie unter Beschuss stehen, werden sie nicht versuchen, uns zu holen«, gab John Patrick zu bedenken. »Hilf mir, das verdammte Ding hier zu bewegen.«

Ivy schüttelte den Kopf, trat aber neben seinen Kapitän und benutzte seinen mächtigen Körper, um das bewegliche Geschütz so zu drehen, dass es auf das größere der britischen Schiffe zielte. John Patrick betete, während er Ivy half, die Waffe in Position zu bringen. Das Hochgefühl nach dem Versenken des britischen Handelsschiffes früher an diesem Abend war im tödlichen Regen aus Metall und Holz, der seine Crew verwundet hatte, verflogen. Sein berühmtes Glück hatte ihn am Ende doch verlassen. Er zog die Abzugleine. Die Kanone donnerte, ihr Rückschlag zwang die beiden Männer, zurückzuspringen. Kugeln hagelten über das Deck, und John Patrick fuhr zusammen, als der Splitter einer Kanonenkugel seinen Körper traf. Er fühlte, wie die Kraft aus seinen Beinen wich, und stürzte auf das Deck.

Dann zuckte er erneut zusammen, als eine Musketenkugel seine Schulter traf und Metallfragmente seinen Schädel streiften. Er versuchte aufzustehen, aber sein Körper wollte ihm nicht mehr gehorchen. Er spürte, wie Hände ihn ergriffen und ein Tau um seinen Oberkörper schlangen.

»Halt dich fest, Käpt'n«, sagte eine Stimme. »Ich muss dich jetzt ins Wasser lassen, aber du kannst dich darauf verlassen, dass Ivy bei dir ist. Ich bringe dich ans Ufer.«

John Patrick versuchte, ihm zu widersprechen. Gewehrfeuer zerfetzte, was vom Deck noch übrig war. »Rette dich selbst, Ivy.«

Keine Antwort. Er spürte, wie er hinabgelassen wurde, dann den Schock des eisig kalten Wassers. Er ging unter, wurde aber sofort wieder an die Oberfläche gezogen. Die Kälte drang ihm in die Knochen, aber das bisschen Logik, das ihm geblieben war, sagte ihm, dass die Kälte wenigstens die Blutung stoppen würde. Er merkte, wie er durchs Wasser gezogen wurde, und blickte zu dem Schiff hinüber. Es war eingehüllt in Flammen, das Heck versank bereits. In wenigen Minuten würde von seinem *Star Rider* nichts mehr zu sehen sein. John Patrick schloss die Augen. Er wollte den Untergang nicht sehen. Aber er kämpfte mit sich, um nicht ohnmächtig zu werden und um Ivy zu unterstützen, dessen Bewegungen bereits langsamer wurden. Doch stattdessen spürte er, wie ihm schwarz vor Augen wurde und er in einem dunklen, warmen Nichts versank.

2

John Patrick prallte gegen den Mast und gegen die Taue, mit denen er daran gefesselt war. Ein Zittern durchlief seinen Körper, als die Peitsche wieder und wieder seinen Rücken traf, und es kostete ihn unendliche Überwindung, nicht vor Schmerzen aufzuschreien. Aber er hatte nicht vor, sie gewinnen zu lassen. Sie würden ihn nicht zerstören.

»Käpt'n?« Eine Stimme, unermüdlich und beschwörend, durchbrach den Albtraum. »Jonny!« Die Stimme wurde rauer, aber der vertraute Name brachte ihn wieder zur Besinnung. Nur seine Familie und Ivy nannten ihn so, obwohl Ivy den Namen nicht mehr benutzte, seit sie zusammen den Schlupfwinkel der Piraten verlassen hatten, die sie einst versteckt und festgehalten hatten. Langsam lichtete sich die furchtbare Dunkelheit, die ihn einhüllte.

»Ivy?«, gelang es ihm schließlich zu sagen.

»Ja, Käpt'n«, war die leise Antwort, und John Patrick öffnete die Augen. Die mächtige Gestalt über ihm verschwamm, schien sich in zwei zu verwandeln, dann sogar in drei, bis die drei Gestalten endlich wieder zu einer einzigen verschmolzen. Sein Kopf schmerzte, und sein Körper erbebte unter wechselweisen Anfällen von Schüttelfrost und Hitze.

»Ich muss dich zu einem Arzt bringen, Käpt'n.«

Das Schiff! Seine Männer! John Patrick versuchte, sich zu erinnern. »Die Mannschaft?«

»Ich weiß nicht, Käpt'n. Ich konnte sie nicht finden. Ich musste dich im Schilf verbergen, solange die Rotröcke uns suchten.«

John Patrick erschauderte in seinen nassen Kleidern. Als er

sich umsah, stellte er fest, dass sie sich in einer Art Schuppen befanden. Dem Verfall des Daches nach zu urteilen war er schon seit geraumer Zeit verlassen.

»Hier können wir nicht bleiben«, sagte Ivy. »Die Briten suchen die gesamte nähere Umgebung ab. Und du brauchst einen Arzt.«

»Maryland…«

»Bis dahin würdest du es nie schaffen. Selbst wenn das kalte Wasser die Blutungen gestoppt hat, hast du zu viel Blut verloren. Und eine der Kugeln steckt noch in dir. Ich muss Hilfe holfen. Wir sind in der Nähe von Philadelphia. Ist dort jemand…?«

John Patrick zögerte. Es *gab* dort jemanden. Einen Halbbruder, der ihm früher einmal sehr nahe gestanden hatte. Aber die traurige Wahrheit war, dass John Patrick Noel Marsh nicht mehr vertraute. Sein Bruder hatte dem König Treue geschworen und war momentan so etwas wie der Leibarzt der befehlshabenden britischen Offiziere.

»Käpt'n?«, beharrte Ivy, und sein breites nordisches Gesicht war ganz zerknittert vor Anspannung.

John Patrick schloss die Augen. »Hilf mir aufzustehen.«

»Ich glaube nicht…«

»Hilf mir auf, Ivy.« John Patrick war erfreut über die unerwartete Kraft in seiner Stimme. Er konnte nur hoffen, dass sein Körper genauso optimistisch war.

Ivy wirkte skeptisch. Er war ein großer Mann, massig, ohne dick zu sein. Sein breites, argloses Gesicht täuschte über die wache Intelligenz hinweg, die er von seinem Vater, einem Schulmeister, geerbt hatte. Wie John Patrick war er zum Dienst in der britischen Marine gezwungen worden; der einzige Unterschied zu John Patrick war, dass Ivy nicht aus einer schottischen, sondern aus einer Taverne in Baltimore entführt worden war, als die Briten Krieg mit Frankreich führten. Er war John Patricks Lehrer und Beschützer gewesen in jenen ersten höllischen Jahren auf See. Aber irgendwann hatten sich die Rollen umgekehrt; der

Beschützte wurde zum Beschützer, und jeder hatte dem anderen wiederholt das Leben gerettet. »Hilf mir auf«, verlangte er.

Ivy ließ sich auf ein Knie nieder und legte einen seiner muskulösen Arme um John Patricks Taille, um ihn aufzurichten. Aber als John versuchte, einen Schritt zu machen, stolperte er. Wenn Ivy ihn nicht gestützt hätte, wäre er gefallen.

Er spürte, wie das bisschen Kraft, das er noch hatte – oder hoffte, noch zu haben – ihn verließ und er der Ohnmacht wieder nahe war.

»Philadelphia«, beharrte Ivy. »Wo kann ich dort Hilfe für dich suchen?«

»Vielleicht ... mein Bruder ...«

»Dein Bruder?« John Patrick hatte über seine Familie nie gesprochen und sie seiner Mannschaft gegenüber nicht einmal erwähnt. Es war ungefährlicher. Ungefährlicher für sie und ihn. Und Noel? In Gedanken hörte er wieder Katys bittere Worte: »Er ist ein Abtrünniger, John Patrick. Er ist jetzt gegen uns. General Howe ist einer seiner Patienten. Und sein Offizierskorps versammelt sich mit schöner Regelmäßigkeit in Noels Haus.« Bruder? Nein. Nicht mehr. Seine Eltern hatten Noel bisher nicht verstoßen, aber John Patrick hatte es im tiefsten Herzen längst getan. Die Briten hatten ihm und seiner Familie zu viel Leid zugefügt, um Verständnis aufbringen zu können für jemand, der sie unterstützte.

In einem erbitterten Brief an Noel hatte er seiner Empörung über dessen Kollaboration mit dem Feind Ausdruck verliehen. Und jetzt konnte er nicht zu ihm zurückkriechen, selbst wenn er wusste, dass die Gefahr einer Infektion durch die Kugel, die noch in seinem Körper steckte, außerordentlich hoch war. Schmerz durchzuckte ihn, als er sich zu bewegen versuchte, und er konnte ein Aufstöhnen nicht mehr unterdrücken.

»Wie heißt er?«, drängte Ivy.

John Patrick versuchte sich zu konzentrieren, aber der Schmerz war so stark, dass er ihm zu erliegen drohte.

»Jonny?«

John Patrick blinzelte. Wieder der vertraute Name. Ivy zog es vor, ihn »Käpt'n« zu nennen, wenn sie allein waren, und »Sir« vor seiner Mannschaft. Er musste wirklich schlimm aussehen.

»Marsh«, murmelte er. »Noel ... Marsh. Aber ... ich weiß nicht, ob er uns nicht an die Briten verraten wird.«

»Wenn er das tut, bringe ich ihn um«, entgegnete Ivy, und sein nüchterner Tonfall verriet John Patrick, dass es nicht nur so dahergeredet war.

Philadelphia, 1777

Dr. Noel Marsh lauschte der erregten Konversation mit zunehmender Unruhe. Die britischen Offiziere, die sich in seinem Haus zum Nachmittagstee versammelt hatten – was eine eher unzutreffende Bezeichnung war in Anbetracht der Tatsache, dass sie mehr wegen seines Portweins als wegen seines Tees zu ihm kamen – kannten kein anderes Gesprächsthema als das Versenken des amerikanischen Kaperschiffs, der *Star Rider*.

Das Schiff war General Howe schon seit Monaten ein Dorn im Auge, weil es ein britisches Versorgungsschiff nach dem anderen versenkte und das Glück und Geschick des Kapitäns geradezu legendär waren. Dieses Schiff versenkt zu haben, war ein Grund zum Feiern.

»Haben sie den Kapitän und die Mannschaft gefangen genommen?«

Ein Colonel schüttelte den Kopf. »So viel ich weiß, haben wir einige der Besatzungsmitglieder, aber diesen verfluchten Kapitän haben sie noch nicht gefunden. Diesen Piraten. Aber sie werden ihn schon noch kriegen.«

»Ich trinke auf die Hinrichtung des Mannes«, sagte ein anderer Offizier.

Noel schenkte ihnen Portwein nach, während er sich mit seinen eigenen Fragen quälte. Kannten sie die Identität des *Star Riders* bereits? Nein, denn sonst wären diese Besucher heute Nachmittag ganz sicher nicht gekommen. Dann stünde er bereits unter Verdacht, und man würde seine Loyalität in Zweifel ziehen.

»Noel?«

Er schaute auf. Die drei Offiziere betrachteten ihn mit merkwürdigen Blicken. Major Roger Gambrell grinste ihn an. »Denken Sie an Miss Carey? Ich kann mir keine bezauberndere Dame denken, um Sie vom Krieg abzulenken. Lieutenant Sanders erzählte mir, er habe Sie heute Morgen bei ihr getroffen. Er sagt, er sähe Sie sehr oft bei ihr. Zu oft für seinen Seelenfrieden.«

Noel erinnerte sich an den Mann. Lieutenant Ames Sanders hatte ihm einen finsteren Blick zugeworfen, als Annette Carey ihr Gespräch mit ihm unterbrochen hatte, um Noel zu begrüßen. Sie hatte mit ihm über einen der britischen Soldaten sprechen wollen, die sie in ihrem eigenen Zuhause pflegte, das sie der Armee als Ausweichlazarett zur Verfügung stellte. Nur sehr schwer Verwundete wurden in das Carey-Haus gebracht. Nach der Schlacht in Germantown waren private Lazarette dringend benötigt worden. Das Quäker-Hospital war zum Bersten voll, und Noel schauderte, wann immer er das Militärkrankenhaus betrat, das er, angesichts der Infektionen, die in diesem Hospital grassierten, für gefährlicher hielt als überhaupt keine Pflege. Annette Carey und ihre Tante – vor allem Annette, wie er wusste – hatten ihm sowohl ihr Heim wie auch ihre Dienste angeboten, und Noel hatte die Gelegenheit beim Schopf gepackt. Er hatte natürlich bemerkt, dass Annette eine hübsche junge Dame war, obwohl er sie für viel zu vernünftig und ernst für jemanden in ihrem Alter hielt. Aber sein Herz gehörte ihm schon seit vielen Jahren nicht mehr. Er hatte eine Frau betrogen, indem er sie geheiratet hatte, obwohl er eine andere liebte. Das würde er nie wieder tun. Der Gedanke brachte all den Kummer und die

Schuldgefühle zurück, die ihn Felicitys wegen noch immer quälten.

»Sie können dem Lieutenant sagen, er brauche sich meinetwegen keine Sorgen zu machen«, versetzte Noel schroff. »Ich trauere noch um meine Frau.«

»Ich dachte, sie wäre vor drei Jahren gestorben.« Colonel Sawyers Stimme war rau vom Portwein, und sein rötliches Gesicht glühte vom Alkohol.

»Das ist richtig«, bestätigte Noel frostig. »Und ich habe nicht die Absicht, eine neue Ehe einzugehen.«

»War sie so schlecht oder so gut?«, dröhnte Major Gambrell.

Diesmal ignorierte Noel seinen Einwurf. Er brauchte diese Männer. Er hatte Karriere gemacht als Arzt der britischen Armee. Sein Irischer Wolfshund, Aristoteles, hingegen schien gekränkt. Er erhob sich von seinem Lieblingsplatz neben dem Feuer und bedachte die Eindringlinge mit einem unheilvollen Blick, schüttelte sich und zog sich würdevoll aus dem Salon zurück.

Colonel Sawyer warf dem jüngeren Offizier einen viel sagenden Blick zu. »Der Hund fand Ihre Bemerkung offenbar geschmacklos.«

»Sie war nicht böse gemeint«, verteidigte sich Gambrell. »Wo haben Sie dieses verdammte Vieh eigentlich her?« »Er gehörte einem Ihrer Offiziere«, sagte Noel, ohne näher darauf einzugehen, dass er den Mann dabei erwischt hatte, wie er den Hund beinahe zu Tode geprügelt hatte. Aristoteles mochte keine roten Uniformen, aber er tolerierte sie, weil Noel es tat. Noel schenkte noch einmal Portwein nach und reichte die Platte mit den Teekuchen herum, die Malcomb, sein Koch, Butler, Kammerdiener und medizinischer Assistent gebacken hatte. Sawyer nahm ein Stückchen.

»Wo, sagten Sie, ist die *Star Rider* gesunken?«, griff Noel das Thema wieder auf, das ihn mehr als alles andere beschäftigte. Sein Ton war beiläufig genug, um bei den anderen den Eindruck zu erwecken, er fragte nur aus reiner Neugierde und nicht etwa, weil die Angelegenheit ihm am Herzen lag.

»Zwanzig Meilen weiter flussabwärts«, sagte Sawyer. »Dieser arrogante Mistkerl ist einfach den Delaware hinaufgefahren und hat sich im Nebel an unseren Kanonenbooten vorbeigeschlichen. Und dann hat er die *Sylvia* versenkt. Aber wir kriegen ihn. Er kann unseren Patrouillen unmöglich entkommen.«

»Weiß schon jemand, wer er ist?«

»Nein. Aber das werden wir schnell herausfinden, wenn wir ihn erst haben. Und wenn wir seine Crew befragen.«

Noel nahm einen großen Schluck von seinem Portwein. Normalerweise trank er vorsichtiger, doch nun konnte er eine Stärkung gut gebrauchen. Er wusste, dass der *Star Rider* sein Halbbruder, John Patrick Sutherland, war. Der Name verriet alles. Die Sutherland'sche Seite der Familie hatte eine Vorliebe für Sternbilder. Die Familienlegende besagte, einer von John Patricks Ahnen sei als »Sternfänger« bekannt gewesen, und seine Mutter hatte seinen Vater im Scherz oft liebevoll den »Sternsucher« genannt. Als Noel die Gerüchte über den *Star Rider* – oder »Sternfahrer« – gehört hatte, hatte er sofort gewusst, dass sein Bruder damit gemeint war. Sein Bruder: Deserteur der britischen Marine, karibischer Pirat, Waffenschmuggler und zurzeit Freibeuter. Katy hatte ihm einen Teil der Geschichte erzählt. Aber sein Kontakt zu ihr hatte vor etwa einem Jahr geendet, als Noel sich geweigert hatte, der Regierung der Rebellen Treue zu geloben. Seit damals war seine Familie für ihn verloren, genau wie die Patienten, die er jahrelang behandelt hatte. Es war ihm jedoch gelungen, die restlichen Loyalisten als Kundschaft zu gewinnen, und nun auch noch das britische Militär. Sein Leben und seine Freiheit waren bedroht gewesen. Seine Integrität, die er über alles andere stellte, war in Zweifel gezogen und selbst von seiner eigenen Familie angefochten worden. Nur sein Stiefvater, Ian Sutherland, hatte ihn mit ruhigen, nachdenklichen Blicken gemustert, als alle anderen in erbitterte Vorwürfe ausgebrochen waren.

Das war im Juli 1776, und Katy, die Schwester seines Stiefvaters, hatte gerade ihren Mann in einer Schlacht gegen die Briten verloren. Ihre Worte waren schmerzhafter für ihn gewesen als Peitschenschläge. Später war sein Vater mit ihm zu den Sutherland'schen Stallungen gegangen.

»Weißt du, was du tust? Und zu was für einem Preis?«

»Aye«, sagte Noel, wie er es bei Ian immer tat. Er hatte Ians schottische »Ayes« und »Nays« als Kind übernommen und griff sie immer automatisch auf in seiner Gegenwart. Er hatte Ian damals vergöttert. Und er liebte ihn auch heute noch genauso sehr, wie er einen leiblichen Vater geliebt hätte.

»Ich werde dir keine Fragen stellen, Junge«, sagte Ian ruhig. »Ich weiß, dass du nichts tun würdest, was du nicht für richtig hältst. Falls du jemals etwas brauchen solltest …«

»Noel?«

Es war Sawyers Stimme, die ihn in die Gegenwart zurückkehren ließ. Noel zog fragend eine Braue hoch.

»Was ist mit Mr. Carey? Geht es ihm schon besser?«

Er schüttelte den Kopf. »Kaum.«

Annette Careys Vater war eine seiner größten Sorgen. Die Wunden des Mannes, der von einer Meute betrunkener Möchtegernpatrioten geteert und gefedert worden war, waren inzwischen verheilt. Aber die schlimmeren Wunden waren jene, die sein Verstand und seine Seele dabei davongetragen hatten. Er hatte sich vollkommen aus dem Leben zurückgezogen, saß stundenlang herum, ohne ein Wort zu sagen, und war sich offenbar weder der Menschen noch der Ereignisse um ihn herum bewusst.

»Er spricht immer noch nicht?«

»Nein«, erwiderte Noel leise.

»Verrohter Pöbel«, sagte der Major.

Noel nickte.

»Ich verstehe nicht, warum der König diesen Mob behalten will«, fuhr der Major fort. »Auf so was können wir doch gut verzichten. Keine Manieren. Keine Erziehung. Wilde.«

Sawyers scharfer Blick ließ ihn verstummen, während Noel eine Braue hochzog. »Aber guter Portwein«, warf er trocken ein.

Der Major errötete. »Anwesende natürlich ausgeschlossen«, berichtigte er sich rasch. »Natürlich betrachten wir *Sie* nicht als einen von denen.«

»Natürlich nicht«, versetzte Noel trocken. »Es ehrt mich, dass Sie eine Ausnahme bei mir machen, aber einige meiner Verwandten in Maryland unterstützen die Rebellen, und ich betrachte sie keineswegs als Wilde.«

Sawyer grinste über das verlegene Gesicht des Majors.

»Ich bitte um Verzeihung«, murmelte er. »Ich wollte Sie nicht kränken.«

»Das haben Sie auch nicht«, sagte Noel und ignorierte den Ärger, der in seiner Magengrube kribbelte. Colonel Sawyer war ihm gar nicht mal so unsympathisch. Er war Berufssoldat, und das verstand Noel. Aber er verabscheute Major Gambrells anmaßendes Gehabe, seinen Snobismus und seinen Ehrgeiz. Doch Gambrell, als Neffe einer der Adjutanten General Howes, war ein einflussreicher Mann, und selbst Colonel Sawyer ging behutsam mit ihm um, obwohl es mehr als offensichtlich war, dass auch er dem dreisten, taktlosen Major wenig Sympathie entgegenbrachte. Wie Sawyer einmal zu Noel sagte: »Falls Sie je eine Gefälligkeit von Howe benötigen, kann Gambrell das für Sie erledigen. Er ist zwar ein aufgeblasener Wichtigtuer, aber er hat hervorragende Beziehungen.«

Und es *gab* Gefälligkeiten, die Noel brauchte. Medikamente, anständige Konditionen für die Einwohner Philadelphias und eine bessere Behandlung der gefangen genommenen Rebellen. Und all das konnte er nur über das britische Militär erreichen.

»Zeit, mich zu verabschieden«, sagte der betrunkene Gambrell. »Ich habe eine Verabredung mit einer ... Dame.«

»Ich muss auch gehen.« Sawyer erhob sich. »Es war wie immer ein Vergnügen, Mr. Marsh. Woher haben Sie nur diesen wunderbaren Portwein?«

»Ja«, sagte Gambrell. »Sie werden uns Ihre Quelle nennen müssen. Mein Onkel würde ihn sicher sehr zu schätzen wissen.«

»Es gibt nicht viel von diesem«, sagte Noel. »Aber für Sie … Ich werde sehen, was ich tun kann.«

Gambrell nahm seinen Hut von Malcomb, der so plötzlich erschienen war, als hätte er an der Tür gelauscht. Und wahrscheinlich hat er das auch, dachte Noel. Colonel Sawyer und die anderen Offiziere folgten Gambrell etwas langsamer. »Sehen wir Sie nächste Woche auf dem Ball des Generals?«, wollte Sawyer wissen.

»Ich fühle mich sehr geehrt, eine Einladung bekommen zu haben«, entgegnete Noel mit – wie er hoffte – angemessener Bescheidenheit.

Sawyer strahlte ihn an und eilte dann Gambrell hinterher, der sich bemühte, nicht zu schwanken. Als die Tür sich hinter ihnen schloss, sah Noel befremdet Malcomb an, auf dessen eben noch so nichts sagendem Dienstbotengesicht ein Ausdruck größter Dringlichkeit erschienen war. »In meinem Zimmer wartet jemand, der Sie sehen möchte«, sagte Malcomb.

»Ein Patient?«

»Das wollte er mir nicht sagen.«

Noel hatte gelernt, Probleme schon von weitem zu riechen, seit er sich mitten in einem Krieg befand, den er verabscheute. Seine Nackenhaare richteten sich auf. »Trag nicht so dick auf, Macduff«, witzelte er und versuchte, das Gefühl drohender Gefahr zu ignorieren.

»Ich heiße Malcomb«, entgegnete der Dienstbote beleidigt.

»Ich kenne deinen Namen«, sagte Noel gereizt. »Es war bloß ein … ach was, geh einfach vor.«

Malcomb bedachte ihn mit einem gekränkten Blick, bevor er zu seinem Zimmer im hinteren Teil des Hauses vorausging. Nachdem er kurz angeklopft hatte, öffnete er die Tür. Noel blieb dicht hinter ihm. Er war gar nicht überrascht, als er eine Pistole zwischen seinen Rippen spürte, die einem Mann gehörte, der sich hinter der Tür verborgen hielt.

»Sind Sie Noel Marsh?« Ein schwacher skandinavischer Akzent begleitete die Worte, und als Noel sich langsam umdrehte, stand er vor einem der größten Männer, die er je gesehen hatte. Er hatte blondes, beinahe weißes Haar und Augen, die blau waren wie ein Bergsee. Und mindestens genauso kalt.

»Ja«, antwortete er ruhig.

»Sie werden mit mir kommen.«

»Darf ich fragen, warum?«

»Nein.« Das klang endgültig.

»Das ist *meine* Pistole«, beschwerte sich Malcomb hinter ihm.

»Ja, und vielen Dank dafür«, entgegnete der hünenhafte Schwede, aber es klang alles andere als entschuldigend.

»Darf ich fragen, wohin wir gehen?«, fragte Noel.

»Nein«, beschied ihn der Schwede wieder und wandte sich an Malcomb. »Fesseln Sie seine Hände vorn.«

Noel nickte seinem Diener zu. Sein Instinkt sagte ihm, dass das Erscheinen des Skandinaviers etwas mit John Patrick zu tun hatte. Sein Herz hämmerte, und sein Puls raste, als er seine Hände ausstreckte. Der große Schwede hatte bereits die Laken vom Bett genommen und in Streifen gerissen. Nun wies er Malcomb an, Noel damit zu fesseln, was Malcomb nur äußerst widerstrebend tat. Der Schwede richtete einen feindseligen Blick auf Malcomb. »Satteln Sie die zwei Pferde in der Scheune. Und vergessen Sie nicht, dass das Leben dieses Mannes hier von Ihrem Gehorsam abhängt.«

Noel merkte, dass sein Besucher das Haus anscheinend schon erkundet, seine Bewohner beobachtet und die Stallungen ausfindig gemacht hatte. Obwohl seine Kleider feucht und schmutzig waren, war er es gewöhnt, Befehle zu erteilen. Noel nickte wieder, als Malcomb ihn fragend ansah. »Nun tu schon, was er sagt«, befahl er, »wenn du deine Pistole schon so achtlos hast herumliegen lassen, wo jeder ... Dieb sie finden konnte.«

Der Mann runzelte die Stirn über Noels Definition. »Gehen Sie«, befahl er schroff. »Und bleiben Sie nicht zu lange.«

Nach einem letzten betretenen Blick auf Noel verließ Malcomb den Raum.

»Da Sie offenbar nicht gekommen sind, um mich zu töten, nehme ich an, dass Sie einen Doktor brauchen.«

Der Schwede antwortete nicht. Noel versuchte es noch einmal. »Können Sie mir wenigstens sagen, wie schwer der … die Person verletzt ist? Falls überhaupt jemand verletzt ist, meine ich?«

»Sie sind ein Tory, ein Freund der Rotröcke«, bemerkte der Mann geringschätzig. »Ein Verräter Ihres Landes.«

»Das kommt drauf an, von welchem Land wir sprechen«, entgegnete Noel blasiert. Es war eine Rolle, die er bis zur Perfektion beherrschte.

Der Schwede musterte ihn verächtlich. »Sind Sie wirklich ein Bruder von John Patrick?«

Obwohl Noel bereits vermutet hatte, dass die Angelegenheit etwas mit seinem Bruder zu tun hatte, raubte das sichere Wissen ihm doch so wirkungsvoll den Atem wie ein Schlag. »Geht es ihm gut?«

»Beten Sie darum, denn sonst bringe ich Sie eigenhändig um.«

Noel war ein großer Mann, aber der Schwede war noch größer und sprachlich sehr gewandt, trotz seines leichten skandinavischen Akzents. Er sah gar nicht wie ein Seemann aus. Was tat er bei John Patrick? Oder war es eine Falle? Die Briten hatten sich die Dienste vieler Söldner erkauft – Schotten, Deutsche, Skandinavier. Und Noel wusste, dass nicht alle Torys ihm vertrauten. Es war allgemein bekannt, dass seine Familie in Maryland die Sache der Rebellen unterstützte. »Brauchen wir Vorräte?«, fragte er knapp.

Der Schwede sah einen Moment verblüfft aus, als habe er darüber noch nicht nachgedacht. In diesem Augenblick sah er so erschöpft aus, als hielte er sich nur noch durch pure Willenskraft auf den Beinen. Noel hegte nicht den geringsten Zweifel, dass Malcolmb in der Lage gewesen wäre, ihn zu überwältigen – wenn der Schwede nicht bewaffnet wäre.

»Instrumente? Verbandsmaterial?«, beharrte Noel.

Da endlich nickte sein Besucher. »Und Kleider, Wasser und Nahrungsmittel.«

»Ich würde etwas anderes vorschlagen«, fuhr Noel fort. »Wenn mein Bruder schwer verletzt ist, sollten wir vielleicht lieber die Kutsche statt der Pferde nehmen.«

Sein uneingeladener Besucher schien den Vorschlag zu bedenken, und Zweifel bewölkten seine klaren blauen Augen. »Der Kapitän sagte, ich könnte Ihnen nicht vertrauen.«

Noel hatte seiner Handlungen wegen schon so manchen Schmerz erfahren, aber nichts von all dem hatte ihn je härter getroffen als dieser Satz. John Patrick musste doch wissen, dass er ihm nie etwas zu Leide tun würde. Noel hatte als Junge auf ihn aufgepasst, ihn gelehrt zu reiten und zu schießen, seine Neugierde geweckt und ihn ermutigt, seine Träume zu verwirklichen. »Sie würden mich so oder so nicht mit gefesselten Händen an den Wachen vorbeikriegen«, gab er zu bedenken, weil er wusste, dass jeder Widerspruch sinnlos gewesen wäre. »Und wir brauchen die Kutsche, falls Jonny nicht reiten kann. Wir müssen ihn fortbringen. Die britische Armee sucht überall nach ihm.«

Die Pistole in der Hand des Schweden schwankte nicht. »Sie müssen es ja wissen.«

»Wenn er verzweifelt genug war, um meinen Namen zu erwähnen, muss er dem Tode nahe sein«, beharrte Noel. »Ich schwöre, dass ich ihn nicht verraten werde. Er ist schließlich mein Bruder.«

»Falls Sie lügen, bringe ich Sie um«, entgegnete der Schwede, dessen emotionslose Gelassenheit bedrohlicher wirkte als ein Wutausbruch.

»Sagen Sie Malcomb, er soll den Wagen anspannen«, sagte Noel und streckte die Hände aus, als fasste er die Antwort des Schweden als Zustimmung auf. »Ich packe inzwischen ein, was ich benötige.« Er hielt inne. »Wie soll ich Sie nennen?«

Der Mann zögerte, vielleicht, weil er Noel den Versuch, das

Kommando zu übernehmen, übel nahm. »Iverssen. Mein Name ist Iverssen. Der Käpt'n nennt mich Ivy.« Wieder musterte der Eindringling Noel prüfend. Dann, als würde ihm bewusst, wie dringend er Hilfe brauchte, nahm er ein Messer aus seinem Gürtel und schnitt die Fesseln an Noels Handgelenken durch.

»Ivy«, sagte Noel, »wie sind Sie nach Philadelphia gekommen? Die Straßen sind bewacht.«

»Der Käpt'n und ich sind es gewöhnt, überall hinzukommen, wohin wir wollen«, erwiderte der Schwede schlicht. »Gehen wir. Sie können die Pferde anspannen, während Ihr Diener zusammensucht, was Sie benötigen.«

Noel nickte, doch nun, wo sie mit der auffälligen Kutsche fahren würden, musste er seinen misstrauischen Gast für eine weitere Änderung seines Plans gewinnen. »Sie können so nicht mitfahren. Das sind die Kleider eines Seemannes, und es ist ihnen anzusehen, dass Sie damit im Wasser waren.«

Er ging zu Malcombs Truhe und nahm ein Hemd und eine Hose heraus. »Ziehen Sie das hier an.«

Der Schwede schien die Vernunft in Noels Feststellung zu sehen, denn er zog sich hastig um. Malcombs Sachen waren zu klein für ihn, der Stoff spannte sich über seiner breiten Brust, aber Noel gab ihm noch einen schlichten Wollumhang und einen Hut und war mit dem Resultat zufrieden. Irgendwie hatte die Kontrolle über die Situation die Seite gewechselt, und es war offensichtlich, dass der Schwede nicht erfreut darüber war. Dennoch, dachte Noel, war der Mann John Patrick treu genug ergeben, um einzusehen, dass es nicht anders ging, obwohl er die Pistole nach wie vor auf ihn gerichtet hielt. Sie durften keine Zeit verschwenden. Noel ging zum Stall voran, aus dem Malcomb gerade mit zwei gesattelten Pferden herauskam. Neugierig blickte er auf Noels ungebundene Hände, dann sah er seine eigenen Kleider an dem Schweden. Noel gab ihm keine Chance, etwas zu sagen. »Ich ... wir nehmen die Kutsche. Hol meine Arzttasche. Lebensmittel. Wasser. Brandy. Decken. Eine meiner

Hosen, ein Hemd und eine Weste und ...« Flüchtig sah er Ivy an und richtete den Blick dann wieder auf den Diener. »Und diese britische Uniform, die wir ... gefunden haben.«

»Ich begleite Sie.«

»Nein.« Noel schüttelte den Kopf. »Du bleibst hier, um mögliche Fragen zu beantworten. Schick Captain Longwaith eine Nachricht, dass er mich heute Abend nicht zum Spiel erwarten soll. Sag, ich sei zu einer Entbindung gerufen worden.«

»Aye.« Malcomb eilte davon.

Ivys Gesicht rötete sich, und er sah Noel fragend an. »Sie vertrauen ihm?«

»Rückhaltslos«, gab Noel zurück. »Anscheinend genauso, wie John Patrick Ihnen vertraut.«

»Ihr Leben könnte davon abhängen.« Die Stimme des Schweden klang nun wieder drohend. »Ob Sie nun Jonnys Bruder sind oder nicht, ich würde keine Sekunde zögern, Sie zu töten.«

Noel war überrascht über den vertrauten Umgang des Schweden mit dem Spitznamen seines Bruders. Es schien mehr als Loyalität zu sein, was diesen Seemann mit seinem Kapitän verband. Noel beschloss jedoch, diesen Punkt vorläufig zu ignorieren. Es war besser, sich voll und ganz auf seinen Bruder zu konzentrieren. Sie spannten die Pferde an und beluden die Kutsche mit den Vorräten. Der Schwede legte die Pistole zwischen ihnen auf den Sitz. Die Nacht war finster, nur ein halber Mond verbreitete ein wenig Licht. Mit wild pochendem Herzen führte Noel die Pferde auf die Straße und lenkte sie in Richtung Süden, auf die Wachen zu. Obwohl die Kutsche auf dem unebenen Kopfsteinpflaster ratterte und quietschte, trieb er die Pferde zu einer flotten Gangart an. Der hünenhaften Gestalt an seiner Seite war er sich nur schwach bewusst. Noel sah im Geist nichts anderes als seinen Bruder vor sich und begann lautlos zu beten.

3

John Patrick zitterte vor Kälte und tat sein Möglichstes, um wach zu bleiben. Er war der letzten britischen Patrouille nur knapp entkommen, indem er tief ins Schilf gekrochen war und sich dort verborgen hatte, als die Soldaten die Uferböschung abgesucht hatten. Es hatte seine letzte Kraft erfordert, wieder aus dem Wasser zu kommen und sich mit Blättern zuzudecken, nicht nur der Wärme wegen, sondern auch, um nicht entdeckt zu werden. Er war halb erfroren. Und er litt höllische Schmerzen. Nicht viel anders als damals, als man ihn fast zu Tode gepeitscht hatte. Wie lange war es her, seit Ivy fortgegangen war? Stunden? Die Abenddämmerung nahte. Mindestens zwölf Stunden waren vergangen … und wie weit war Philadelphia entfernt – fünf, zehn Meilen? Würde Noel kommen?

Er hatte seinen Bruder nicht mehr gesehen, seit er Boston damals zu jener schicksalhaften Reise nach Schottland verlassen hatte. Er hatte fast ein Jahr in England verbracht, dann drei Jahre auf einem britischen Kriegsschiff als zwangsrekrutierter Matrose, und vier weitere als Pirat. Als eine Piratenbande die Fregatte gekapert hatte, hatten nur er und Ivy das Massaker überlebt, und auch nur, weil sie wegen Gehorsamsverweigerung im Frachtraum angekettet und ihre Rücken von Peitschenhieben zerfetzt waren. Man hatte sie vor die Wahl gestellt, sich entweder den Piraten anzuschließen oder mit dem Rest der britischen Mannschaft zu sterben. Angesichts dieser teuflischen Wahl hatten John Patrick und Ivy sich natürlich den Piraten angeschlossen, wenn auch mit der Absicht, ihnen so schnell wie möglich wieder zu entkommen.

Aber John Patrick hatte sehr schnell festgestellt, dass seine dunklere Seite keine Schwierigkeiten hatte, sich dieser diebischen Gemeinschaft anzupassen. Da sie hauptsächlich britische Schiffe kaperten, verspürte John Patrick keinerlei Bedenken. Die Briten hatten ihm drei Jahre seines Lebens geraubt, und deshalb hatte er nichts dagegen, sie für jedes einzelne einen teuren Preis zahlen zu lassen.

Allerdings verabscheute er die Mordlust des Anführers, und irgendwann gewann er genügend Unterstützung, um ihm das Kommando auf dem Schiff streitig zu machen. Er besiegte ihn in einem fairen Zweikampf, doch selbst danach war er noch nicht frei. Er wusste, wenn seine Mannschaft den Verdacht gehegt hätte, er wolle sie verlassen, hätten sie ihn ohne lange nachzudenken umgebracht. Als Kapitän beschränkte er seine Angriffe auf britische Schiffe und verbot unnötiges Töten. Innerhalb von achtzehn Monaten war er ein überaus wohlhabender Mann geworden und hatte sich nach und nach eine ihm treu ergebene Mannschaft aufgebaut …

Ihm war schrecklich kalt. Er versuchte, an die Karibik zu denken, an die warme blau-grüne See, die in der Sonne die Farbe wechselte, und die weißen Strände, deren Sand die Hitze reflektierte. So ganz anders als das eisige Grau des Delaware, oder sogar des Chesapeake, an dem er aufgewachsen war.

Er rollte sich zusammen und dachte an zu Hause, an Noel, den er als Junge vergöttert hatte, an Katy, die er wie eine eigene Schwester liebte. An seine Mutter. An das Lächeln in ihrem Gesicht, wenn sie seinen Vater ansah. Er hatte sich immer gefragt, ob er selbst je eine so leidenschaftliche Liebe finden würde. Weder Katy noch Noel hatten sie gefunden. *Noel.* Ob er kommen würde? Er war Noel aus dem Weg gegangen, seit er vor fast drei Jahren in die Kolonien zurückgekehrt war, zuerst als Waffenschmuggler für die Kolonisten, dann als offiziell bevollmächtigter Freibeuter. Noels royalistischer Tendenzen wegen und seines eigenen Hasses auf alles Britische hatte er seinen

Bruder trotz ihrer einstigen wundervollen Freundschaft nicht mehr aufgesucht. Möge Gott ihm beistehen, aber selbst in dieser verzweifelten Lage hasste er es noch, zu ihm zu gehen.

Er versuchte, sich zu bewegen, aber Schmerz durchzuckte ihn, und er spürte, wie erneut Blut aus seinen Wunden zu sickern begann. Er rang mit sich, um nicht einzuschlafen. Bis Ivys Rückkehr musste er wach bleiben. Er dachte an Wärme. An Sonnenaufgänge. Er hatte Sonnenaufgänge immer geliebt, als Junge schon und später dann als Seemann. Sie symbolisierten für ihn Hoffnung. Neue Anfänge. Die Sonnenaufgänge – und Ivy – waren seine beiden Rettungsanker auf dem britischen Schiff gewesen. Wie lange noch bis zum nächsten Sonnenaufgang?

Es war Ivy, der John Patrick fand. Er hatte den ganzen Wald durchkämmt, und Noel hatte ihn begleitet. Noel wusste, wie riskant das war und dass er besser in der Kutsche hätte bleiben sollen, für den Fall, dass eine britische Patrouille vorbeikam. Aber er brachte es nicht über sich. Bisher hatten sie Glück gehabt. Sie hatten den britischen Kontrollpunkt mühelos passiert und den Schweden als einen beunruhigten Ehemann ausgegeben, dessen Gattin in den Wehen lag. Sie waren danach noch zweimal angehalten worden, doch Noel war ein prominenter Tory, ein Mann, der als General Howes Arzt bekannt war. Ihr müheloses Durchkommen schien Noels Begleiter beinahe ebenso verärgert wie erleichtert zu haben. Er hatte die Pistole keinen Augenblick lang aus der Hand gelegt, obwohl er sie jetzt unter seinem Umhang trug.

Sie waren etwa drei Stunden unterwegs, als der Schwede Noel anwies, von der Straße auf einen Waldweg abzubiegen. Noel hielt die Pferde vor einer verlassenen Hütte an. Der Schwede sprang ab und wandte sich zu ihm um. »Wenn die Kutsche nicht hier sein sollte, wenn ich zurückkomme, werde ich Sie finden.«

»Ich begleite Sie«, beruhigte ihn Noel. In der frühen Morgendämmerung hatte Noel den harten Blick des Mannes gesehen, bevor er mit weit ausholenden Schritten zur Uferböschung hinabgelaufen war. Nun stolperte Noel beinahe über den hünenhaften

Schweden, der über eine reglose Gestalt gebeugt dastand und ihm den Weg blockierte. Noel schob ihn sanft beiseite, fühlte den Puls an der Kehle seines Bruders und beugte sich dann vor, um sein Ohr an seine Brust zu legen. »Jonny?«, sagte er. Er bewegte sich nicht.

Er sagte den Namen seines Bruders lauter und schloss die Hand um dessen blutbeflecktes Hemd. Und da hörte er ein Stöhnen.

»Jonny«, sagte er noch einmal. Es war der Kosename, den seine Familie John Patrick als Kind gegeben hatte, ein Name, mit dem er eigentlich sogar selbst begonnen hatte. *Jonny will dies; Jonny will jenes.*

»Noel?« John Patricks Stimme war schwach und zittrig. Aber er lebte! Gott sei Dank, dass er noch lebte.

»Aye, kleiner Bruder. Was zum Teufel hast du diesmal wieder angestellt?«

Er spürte John Patricks Erschaudern, als er ihn berührte, und hörte das Klappern seiner Zähne. Vorsichtig beugte er sich vor und begann ihn hochzuheben, aber der große Schwede schob ihn fort. »Ich trage ihn.«

»Bringen Sie ihn in die Hütte«, sagte Noel.

Der Schwede verlor keine Zeit. Als sie den verfallenen Unterschlupf erreichten, holte Noel das Bündel, das Malcomb zusammengepackt hatte, und folgte Ivy in die Hütte. Der Schwede legte John Patrick behutsam auf den Lehmboden.

»Zünden Sie eine Kerze an«, verlangte Noel.

Nach mehreren Versuchen gelang es Ivy, eine kleine Flamme zu entfachen. Noel untersuchte rasch John Patricks Wunden, zog ihm die kalten nassen Kleider aus und hüllte ihn in Decken. Er hätte gern ein Feuer angezündet, doch der Rauch hätte vermutlich umgehend die Briten hergebracht. Und John Patrick würde am Galgen enden, falls sie ihn entdeckten. Sein Bruder hatte drei größere Verletzungen und eine Vielzahl kleinerer. Eine Kugel hatte seine linke Schulter offenbar durchschlagen und den Knochen gestreift. Eine andere hatte seinen Oberschenkel getroffen und schien immer noch darin zu stecken. Und er hatte eine tiefe Platzwunde an seiner linken Schädelseite. Noels größte Sorge war die Kugel, die noch in John Patricks Oberschenkel steckte. Die Wunde hatte aufgehört zu bluten, durch das kalte Wasser höchstwahrscheinlich, vermutete Noel, oder vielleicht auch durch den provisorischen Verband, den entweder sein Bruder selbst oder der Schwede angelegt hatte. Aber das Entfernen der Kugel könnte weitere Blutungen verursachen, und sein Bruder sah so aus, als könnte er nicht noch mehr Blut verlieren. Er war zu blass, sein Puls zu schwach. Er musste jetzt schon schier unerträgliche Schmerzen haben. Aber die Kugel musste heraus, denn sonst würde er mit ziemlicher Sicherheit an einer Entzündung sterben. Wenn er ihn doch nur ein bisschen wärmen könnte ...

Noel nahm seinen Umhang ab und breitete ihn über seinen Bruder. Er wollte ihn nicht hier operieren, aber es würde womöglich noch schlimmer werden, wenn die Kugel während der holprigen Fahrt zurück nach Philadelphia noch tiefer in John Patricks Fleisch eindrang. Gott sei Dank hatte er das Opium mitgebracht, das er sich durch die Gunst der Briten hatte sichern können. In den nächsten Tagen würde er noch mehr davon benötigen. Er blickte zu dem großen Schweden auf. »Sollten Sie nicht Wache halten?« Im flackernden Kerzenschein sah er den Zweifel im Gesicht des Mannes.

»Geh«, flüsterte John Patrick. Ivy zögerte zunächst, aber dann wandte er sich zur Tür.

John Patrick schien um Worte zu ringen. Seine sonst so ausdrucksstarken blaugrünen Augen waren stumpf vor Qual und Kälte.

»Du bist sicher bei mir«, beruhigte Noel ihn, obwohl er es hasste, es überhaupt erst aussprechen zu müssen, und wünschte, sein Bruder möge ihm vertrauen, wie er es als Kind getan hatte.

»Nach Hause ...« »Ich kann dich nicht nach Hause schicken. Das würdest du nicht schaffen. Du brauchst Ruhe und Pflege.« Er zögerte vorübergehend. »Ich wüsste einen Ort, aber du wirst dort sehr, sehr vorsichtig sein müssen. Es ist das Haus einer

Freundin, einer Tory, die Patienten aufnimmt, die ich im Militärkrankenhaus nicht mehr unterbringen kann.«

»Nein.«

»Ich habe keine andere Wahl«, sagte Noel. »Bei mir kannst du nicht bleiben. Falls sie herausfinden, wer der *Star Rider* ist, werden sie bei mir als Erstes suchen.«

»Und bei dir ... gehen britische Offiziere ein und aus. Dabei darf ich dich nicht stören«, murmelte John Patrick bitter. »Es überrascht mich ... dass du überhaupt gekommen bist.«

Noel wollte es ihm erklären, aber es gab keine Erklärung, die John Patrick akzeptiert hätte. Nicht jetzt. Und wahrscheinlich überhaupt nie. Also nahm Noel stattdessen ein Päckchen Opium und vermischte es mit Wasser aus einer Feldflasche, beugte sich dann über John Patrick und hob seinen Kopf an. »Trink das. Ich muss die Kugel aus deinem Bein entfernen.«

»Ich möchte ... wach bleiben.«

»Es wird sehr schmerzhaft sein«, warnte Noel. »Willst du riskieren zu schreien und den Briten zu verraten, wo sie dich und deinen Freund finden?«

Ein Muskel zuckte an John Patricks Wange, aber dann schluckte er die Mixtur folgsam.

»John Patrick, hör mir jetzt mal zu. Eine Frau namens Annette Carey und ihre Tante pflegen eine kleine Anzahl britischer Verwundeter in ihrem Haus. Eine bessere Pflege könntest du gar nicht haben, und außerdem wird dich dort niemand suchen. Aber du musst sie glauben machen, du gehörtest zur britischen Armee. Früher hast du immer den schottischen Akzent unseres Vaters imitiert. Kannst du das noch?«

»Aye«, antwortete John Patrick. »Ich dächte nicht einmal im Traum daran, deinen ... Ruf als guter Tory zu beflecken.« Seine Stimme klang bitter, angespannt. Er hatte jedoch aufgehört zu zittern, und seine Augen wurden langsam glasig. Das Opium tat seine Wirkung. Ein paar Momente noch, dann würde er nicht mehr bei Bewusstsein sein.

Noel wusste, dass er seinen Bruder dazu bringen musste, zu verstehen. Jetzt. »Mein Diener, Malcomb, wird bei dir sein, wenn du erwachst. Denk daran ... du bist ein schottischer Söldner. Vergiss nicht den Akzent, Bruder. Sprich mit schottischem Akzent ...«

»Du bist nicht ... mein Bruder«, wisperte John Patrick mit trockenen Lippen. Doch dann ließ er den Kopf sinken, und Noel war sich nicht sicher, ob aus Erschöpfung oder von dem Opium. Er konnte an nichts anderes denken als an John Patricks letzte Worte. Und er wusste, er würde es noch sehr, sehr lange tun. Er versuchte mit aller Kraft, sie aus seinem Bewusstsein zu verdrängen, als er sich an die Arbeit machte.

Annette Carey strich sich das Haar aus dem Gesicht. Sie war erschöpft, aber es gab immer noch sehr viel zu erledigen. Betsy konnte nicht alles tun. Die jüngsten Schlachten, insbesondere die letzte in Germantown, hatten eine wahre Flut schwer verwundeter britischer Offiziere mitgebracht. Bettlaken mussten gewechselt, Verbände gewaschen und Briefe geschrieben werden. Und auch für ihren Vater musste sie ein wenig Zeit erübrigen. Aber trotz der ständigen, nicht enden wollenden Anforderungen bedauerte sie ihr Angebot, Verwundete aufzunehmen nur selten – oder die daraus resultierenden Auseinandersetzungen mit ihrer Tante und der Gesellschaft. Schon bevor das Land ihres Vaters konfisziert worden war, hatte sie es nicht ertragen, still zu sitzen und zu stricken, zu sticken oder anderen weiblichen Pflichten nachzukommen. An der Seite ihres Vaters hatte sie genauso viel über Landwirtschaft gelernt wie er und ebenso gut mit Tieren umgehen können. Oft hatte sie beim Kalben oder Fohlen assistiert und war beim Anblick von Blut nie ohnmächtig geworden.

Nun würde sie wahrscheinlich nie mehr eine Farm führen, aber sie konnte und *würde* sich auf andere Weise nützlich machen. Sie hatte sich gegen die Gerüchte zur Wehr gesetzt und so lange auf ihre Tante eingeredet, bei der sie und ihr Vater seit der Zerstörung ihres eigenen Hauses lebten, bis sie ihren ersten Patienten aufnahmen, dann den nächsten, später bis zu zehn und schließlich sogar zwanzig nach der Schlacht um Germantown. Die meisten von ihnen waren inzwischen auf dem Weg der Besserung. Und es erfüllte Annette mit großem Stolz, einen nach dem anderen gehen zu sehen. Wenn doch nur ihr Vater auch wieder gesund würde …

Aber sie befürchtete, dass es sinnlos war, darauf zu hoffen. Er wäre beinahe gestorben in jener furchtbaren Nacht, und nur die unermüdlichen Bemühungen von Dr. Marsh hatten ihn gerettet. Aber er hatte seitdem nie wieder gesprochen. Annette lehnte sich einen Moment lang an die Wand. Die Schreie ihres Vaters verfolgten sie noch heute. Oft wachte sie nachts auf, schweißüberströmt und den Kopf voller grauenhafter Bilder.

Dann versuchte sie, sich zu erinnern, wie sie sich gefühlt hatte, wenn sie auf Sasha über die Felder geritten war, ihr langes Haar im Wind wehend. Sie barg das Gesicht in ihren Armen. Sie hatte sich solche Mühe gegeben, die Stute wiederzufinden, aber ihr Vater war wochenlang ernstlich krank gewesen, denn seine Seele hatte ebenso gelitten wie sein Körper. Sie konnte nicht mehr tun, als eine Suchanzeige nach einer braunen Stute mit drei weißen Füßen und einer weißen Strähne in der Mähne in die Zeitung zu setzen.

Falls Sasha gefunden wurde, hatte Annette bereits beschlossen, sie mit dem einzigen ihr noch verbliebenen Wertgegenstand zurückzukaufen, einer Brosche aus Perlen und Saphiren, die sie zu einer Halskette hatte umarbeiten lassen. Sie hatte ihrer Mutter gehört, und sie trug sie immer und hatte sie auch in jener Nacht unter ihrem Nachthemd getragen. Aber Sasha war ein Lebewesen, eine Freundin, die sie als junges Fohlen bekommen und mit unendlich viel Zärtlichkeit und Liebe aufgezogen hatte. Sie ertrug den Gedanken nicht, dass Sasha womöglich irgendwo misshandelt wurde. Aber niemand hatte auf die Anzeige geantwortet, und Annette sehnte sich ganz schrecklich nach der sanften Stute, die ihr gefolgt war wie ein Hund. Eines Tages ... Eines Tages, wenn die Briten siegten, würde sie um die Rückgabe des väterlichen Lands ersuchen. Eines Tages würde ihrem Vater Gerechtigkeit widerfahren.

Betsys leichte Schritte unterbrachen sie beim Falten des frisch gewaschenen Verbandszeugs. »Dr. Marsh ist mit einem Patienten an der Tür«, sagte sie in missbilligendem Ton. »Sag ihm, dass wir keine weiteren mehr aufnehmen können.«

Annette betrachtete Betsy einen Moment lang forschend. Sie sah so müde aus, wie Annette sich fühlte. Ihr lockiges rotes Haar war unter der sauberen Haube, die sie trug, hervorgerutscht, und ihre normalerweise blütenweiße Schürze war fleckig und zerknittert. »Du weißt, dass im Quäker-Hospital kein Platz mehr ist«, entgegnete Annette langsam. »Und Dr. Marsh hätte niemanden hergebracht, wenn er es nicht für nötig hielte.« Sie ging an Betsy vorbei zur Treppe.

Dr. Marsh stand schon in der Halle. Bei ihm waren ein blonder Hüne, der einen Mann in Uniform auf seinen muskulösen Armen trug, und Dr. Marshs Diener, Malcolmb.

»Doktor?«

Er hatte bereits seinen Hut abgenommen und verbeugte sich nun vor ihr. »Es tut mir Leid, Annette. Ich weiß, dass Sie mehr zu tun haben, als Sie schaffen können, aber dieser Offizier ist schwer verwundet. Malcomb wird sich um ihn kümmern ... wenn Sie nur ein Bett hätten, das er benutzen kann.«

Annette sah den Soldaten an. Er war bewusstlos, und das Erste, was ihr auffiel, waren seine dichten schwarzen Wimpern. Ein mehrtägiger Bart bedeckte seine Wangen, und die rote Uniform, die er trug, war blutbefleckt. Er roch sehr stark nach Brandy, und sie wich ganz unbewusst zurück. Der Geruch erinnerte sie an jene grauenvolle Nacht. Ihre Reaktion musste offensichtlich gewesen sein, denn der Doktor lächelte müde.

»Ich habe Brandy benutzt, um die Wunde zu reinigen, und etwas davon auf seine Kleider verschüttet.«

Natürlich. Sie nickte, beschämt über ihre Reaktion. »Wer ist er?«, fragte sie.

Dr. Marsh zuckte mit den Schultern. »Ein Lieutenant. Das ist alles, was ich weiß. Er murmelte einen Namen, aber ich konnte ihn nicht verstehen. Ich nehme jedoch an, dass wir es bald erfahren werden. Ich fand ihn auf der Straße, als ich von einer Entbindung zurückkam. Anscheinend ist er von Rebellen aus dem Hinterhalt beschossen worden. Könnten Sie ihn für ein paar Tage hier behalten? Ich weiß, dass Captain Garrett mit der *Marigold* heimgeschickt wurde, und hoffte, dieser Mann könne sein Zimmer haben. Er braucht Ruhe.«

Es war Betsys Zimmer, und sie hatte es nur sehr ungern aufgegeben. Eigentlich hatte sie heute Nachmittag wieder dort einziehen wollen. »Betsy?«, fragte Annette. Betsys kluger grüner Blick ruhte für einen Moment auf dem Verwundeten, bevor sie ihn neugierig auf den großen Mann richtete, der den Soldaten trug. Schließlich nickte sie, und ein anerkennender Glanz erschien sogar in ihren Augen.

»Danke«, sagte der Arzt.

Annette dachte, dass er sogar noch besorgter aussah als gewöhnlich. Das war eins der Dinge, die sie am meisten an ihm mochte: wie er sich um seine Patienten sorgte. Als ihr Vater – oder zumindest doch sein Körper – auf dem Weg der Besserung gewesen war, hatte Noel ihr erzählt, wie überlastet das Hospital der Quäker war, und sie hatte ihre Tante gebeten, einige der Verwundeten bei ihnen zu Hause aufzunehmen. Ihre Tante, die zwar ebenfalls dankbar war für Dr. Marshs Bemühungen, aber auch besorgt um Annettes Ruf, hatte nur sehr widerstrebend zugestimmt. Inzwischen hatte Annette die Feststellung gemacht, dass sie sich auf Dr. Marshs tägliche Besuche freute und seine ruhige Intelligenz und rücksichtsvolle Art ihr sehr gefielen. Er verurteilte niemals jemanden, aber seine Loyalität war wohlbekannt, ebenso wie die Tatsache, dass sich seine Familie in Maryland von ihm entfremdet hatte. Annette bewunderte ihn sehr, doch trotz Betsys ständiger Neckereien hatte sie nie etwas anderes als Freundschaft für den Arzt empfunden.

Nun erschien er ihr sehr müde und traurig, die Linien um seine Augen waren sogar noch ausgeprägter als gewöhnlich. Sein hellbraunes Haar, das gewöhnlich zu einem sauberen Zopf gebunden war, hatte sich gelöst und umrahmte in unordentlichen Strähnen sein Gesicht. Sie sah den hoch gewachsenen Mann an, der den Patienten trug, den blonden Hünen, der Betsys Interesse offenbar geweckt hatte. »Das ist Ivy«, stellte Dr. Marsh ihn vor. »Er ist ein Freund von Malcomb und wird ihn vorübergehend vertreten.«

Seltsam, dachte sie. Malcomb sah nicht so aus, als betrachtete er diesen großen Mann als Freund. Er wirkte sogar richtig finster, als er ihn jetzt ansah. »Kommen Sie mit«, forderte sie die Männer auf und ging zu Betsys kleinem Zimmer im Dienstbotenflügel des Hauses voran. Das Zimmer war schlicht, aber es bot dem Verwundeten eine Ungestörtheit, die die anderen Patienten, die zu zweit in größeren Zimmer lagen, nicht besaßen.

Der Mann namens Ivy – welch merkwürdiger Name – trug den Verwundeten so vorsichtig, ja beinahe zärtlich, dass Annette ihm einen überraschten Blick zuwarf. Ihrer Erfahrung nach waren die meisten großen Männer alles andere als zärtlich. Sie verspürte wieder die schon vertraute Kälte, als sie an die Männer dachte, die sie in jener Nacht festgehalten hatten, in der Nacht, die sie beinahe täglich noch einmal durchlebte. Sie hatte vorher nicht gewusst, dass Männer so brutal sein konnten. Es waren unter anderem jene Erinnerungen, die sie vorsichtig bei Männern machten, die darum baten, ihr den Hof machen zu dürfen. Sie wollte mit keinem von ihnen etwas zu tun haben.

Annette ging voran und sah, dass Betsy noch ein bisschen mehr als sonst mit ihren Hüften wackelte. Den blonden Hünen schien es nicht zu kümmern, aber Malcolmb offensichtlich schon. Der Schotte zog ein sehr verdrießliches Gesicht. Als sie den kleinen Raum erreichten, legte der große Blonde seine Bürde sanft aufs

Bett. Der Patient trug schon keine Stiefel mehr. Annette wandte sich ab, als Ivy den Offizier zu entkleiden begann.

»Falls Sie einen Strohsack haben«, sagte Noel Marsh, »schläft Malcomb hier im Raum. Sie haben genug zu tun, ohne sich auch noch um diesen Patienten hier kümmern zu müssen. Es genügt, dass Sie uns ein Bett zur Verfügung stellen.«

»Was ist mit dem da?«, fragte Betsy und schaute zu dem blonden Mann auf, der unbehaglich an der Wand stand und wie ein Riese in einem Kleiderschrank aussah.

»Er wohnt bei mir.«

»Ich hole Wasser und Verbandszeug«, sagte Annette nach einem Moment. Sie hatte den Eindruck, dass die Männer ungeduldig darauf warteten, dass die Frauen gingen. Aber warum ...?

»Denken Sie daran, dass er nicht gestört werden darf, bis die Gefahr einer Infektion vorüber ist«, sagte Dr. Marsh, als sie sich zum Gehen wandte. Sie verstand. Unter Medizinern war es üblich, Schwerverwundeten in den ersten Tagen Opium zu geben, da die Beseitigung des Schmerzes angeblich eine schnellere Heilung ermöglichte und eine Infektion verhinderte. Gott sei Dank waren die Briten in der Lage, die Droge zu beschaffen. Sie hatte gehört, die Amerikaner hätten nur sehr wenig, und obwohl sie der Sache der Rebellen nur Verachtung entgegenbrachte, schauderte es sie bei dem Gedanken an die Schmerzen, die die Männer zu ertragen hatten.

Sie warf einen letzten Blick auf den Patienten. Er war kein besonders gut aussehender Mann, oder zumindest nicht im herkömmlichen Sinne dieses Wortes. Auf jeden Fall wies er nicht die geringste Ähnlichkeit mit Noel Marshs aristokratischen Zügen auf. Das Gesicht des Neuankömmlings war ... interessant, scharfkantig und mit einem Mund, der selbst im Zustand der Bewusstlosigkeit an einer Seite zu einem spöttischen Lächeln hochgezogen war. Ihr Herz schlug auf merkwürdige Weise schneller. Warum, verstand sie selbst nicht. Sie hatte schon viele Männer gepflegt, und keiner von ihnen hatte sie je auch nur im Geringsten aus der Fassung gebracht. Aber da war etwas in diesem Gesicht ... vielleicht der Ausdruck, der zu verspotten schien, was schrecklich schmerzhaft gewesen sein musste. Nichts als Einbildung, sagte sie sich, als sie zur Tür hinaus eilte.

Noel seufzte vor Erleichterung. So weit, so gut. An den Wachen außerhalb von Philadelphia vorbeizukommen war das Schwierigste gewesen. Er hatte ganz bewusst John Patricks Kleider mit Brandy befeuchtet und behauptet, sie brächten einen betrunkenen britischen Offizier nach Hause. Nun zog er mit Malcombs Hilfe seinen Bruder aus. Noel erschrak, als er die Narben auf John Patricks Rücken sah; niemand in seiner Familie hatte sie erwähnt. Vielleicht wussten sie gar nichts davon. Er brauchte nicht zu fragen, wie John Patrick an diese tiefen Scharten gekommen war; er hatte die gleiche Art von Narben schon bei britischen Matrosen gesehen. Noel stockte der Atem, als er an die Qualen dachte, die sein Bruder ausgestanden haben musste, und er konnte John Patricks Wut auf die Briten – und auf ihn – sehr gut verstehen. Er musste dafür sorgen, dass niemand anderer diese Narben sah. Sie passten nicht zu der Geschichte eines britischen Offiziers. Er würde Ivy später ein Nachthemd für John Patrick mitgeben.

Kritisch sah er sich die neuen Wunden an. Sie bluteten wieder, aber nicht sehr stark. Wenn sie sich nur nicht entzündeten. Aber zunächst war da die Angelegenheit mit John Patricks Kumpel, Freund oder was immer er auch sein mochte. Der Mann sah schrecklich wütend aus. Er wollte unbedingt bei seinem Kapitän bleiben, und erst nachdem Marsh ihm klar gemacht hatte, dass Malcomb ebenso gut in der Lage war, John Patrick zu pflegen und vor allem weniger Fragen verursachen würde, erklärte der Schwede sich grollend bereit, zu gehen – unter der Bedingung, dass er seinen Kapitän besuchen konnte. Ivy bestand darauf, in Philadelphia zu bleiben, trotz der Gefahr, und Noel war es nicht gelungen, ihn umzustimmen. Falls dem Kapitän irgendetwas zustieße, hatte der Schwede auf der langen Rückfahrt in die Stadt erklärt, würde er Noel und Malcomb eigenhändig umbringen. Fürs Erste würde Ivy sich als Noels Diener ausgeben, hatten sie ausgemacht.

»Wartet draußen«, wies Noel die beiden Männer an, als sie damit fertig waren, John Patrick zu entkleiden. Er zog sich einen Stuhl ans Bett und setzte sich zu seinem Bruder. John Patrick hatte sich sehr verändert in den Jahren, seit er ihn zuletzt gesehen hatte. Sein Gesicht war hart, sein Körper hager, aber stark. Er war ein Mann, nicht mehr der sorglose abenteuerlustige Junge, den aufzuziehen Noel mitgeholfen hatte.

Noel legte eine Hand auf John Patricks Arm, und eine Welle der Zuneigung durchflutete ihn. Es war ihm fast unmöglich, sich den Jungen, den er in Erinnerung hatte, als Piraten vorzustellen, doch John Patricks Gesicht war schließlich auch nicht mehr wie früher. Es war gezeichnet von Not und Entbehrungen und hatte Falten, wo in seinem Alter eigentlich noch keine hätten existieren sollen. Und sein Rücken ...

In jenen wenigen Momenten konnte Noel sich dem Mitgefühl und der Liebe hingeben, die er seinem Bruder, wenn er bei Bewusstsein war, nicht zeigen konnte. John Patrick hätte sie nie akzeptiert, das wusste er. Nicht von ihm. Nach einigen Minuten stand er auf und ließ vorsorglich einige Päckchen Opium auf dem Nachttisch liegen. Es war lebensnotwendig, dass John Patrick sich still verhielt und nichts sagte, was ihn verraten könnte. Nach einem letzten Blick auf seinen Bruder ging Noel hinaus und zog leise die Tür hinter sich zu.

Annette konnte nicht aufhören, sich über den Mann zu wundern, der in Betsys Zimmer lag. Sie bekam ihn hin und wieder zu Gesicht, wenn sie Betsy half, ihm etwas zu essen oder zu trinken zu bringen, doch sobald sie mehr Hilfe als das anbot, dankte Malcomb ihr freundlich und brachte sie zur Tür. Dr. Marsh blieb manchmal stundenlang bei seinem Patienten, und eines Abends sogar eine ganze Nacht. Wann immer er zur Visite kam, runzelte er besorgt die Stirn, wenn er den Raum wieder verließ. Wenn sie sich erkundigte, wie es dem Patienten ging, antwortete er nur: »Den Umständen entsprechend.«

»Ist er bei Bewusstsein?«, hatte sie heute Morgen wissen wollen.

»Zeitweise«, hatte Dr. Marsh erwidert.

»Dann hätte er jetzt vielleicht gern ein bisschen Suppe?«

Dr. Marsh lächelte, sein besorgtes Gesicht entspannte sich ein wenig. »Ich glaube, das würde ihm sehr gut tun. Geben Sie sie einfach Malcomb.«

Sie verbrachte den Morgen damit, eine schmackhafte Brühe zuzubereiten, die seinen Appetit anregen sollte. Ihre anderen Patienten waren inzwischen wieder so weit hergestellt, dass sie etwas Gehaltvolleres benötigten. Als die Brühe fertig war, goss Annette sie in eine Tasse und stellte noch ein Glas Milch auf das Tablett. Sie rechnete damit, draußen vor der Tür von den »Drachenwärtern«, wie sie und Betsy Malcomb und den hünenhaften Schweden getauft hatten, in Empfang genommen zu werden. Aber es war ausnahmsweise einmal niemand da. Sie zögerte einen Moment, bevor sie anklopfte.

Eine tiefe Stimme mit einem leichten Akzent rief sie herein. Der Patient saß im Bett. Er sah blass und hager aus, war aber glatt rasiert. Ohne Bart war sein Gesicht sogar noch faszinierender, als sie es in Erinnerung hatte. Trotz der Blässe seiner Haut funkelten seine Augen vor nur mühsam unterdrückter Energie. Er wirkte verwegen auf sie, wie ein Mann, der sich nicht zähmen ließ, obwohl die tiefe Linien in seinen Mundwinkeln auch auf Charakter schließen ließen. Das weiße Nachthemd, das er trug, bildete einen auffallenden Kontrast zu seinen von der Sonne stark gebräunten Händen. Seine Brauen zogen sich zusammen, als er sie erblickte. »Sie müssen Miss Carey sein«, sagte er mit deutlich erkennbarem schottischen Akzent. »Ich stehe in Ihrer Schuld.«

Er war also Schotte. Das war nichts Ungewöhnliches. Viele Schotten kämpften auf der Seite der königlichen Truppen. Sie lächelte, erfreut über die Fortschritte, die er in so wenigen Tagen gemacht hatte. Sie stellte das Tablett mit der Suppe und der Milch auf den Nachttisch und spielte dann etwas nervös mit ihrer Schürze. Seltsamerweise wünschte sie plötzlich, sie würde etwas anderes als eins ihrer üblichen schlichten grauen Kleider tragen. »Es geht Ihnen besser«, bemerkte sie und spürte eine merkwürdige Freude in ihrem Herzen. »Ich habe Ihnen etwas zu essen gebracht.«

»Das sehe ich«, entgegnete er trocken, und einen Moment lang fragte sie sich, ob er sich über sie lustig machte. Er hatte grüne Augen, unglaublich grüne Augen, und trotz seiner schweren Verwundungen sah sie einen Anflug von Belustigung darin.

»Wo ist Malcomb?«

»Ich glaube, er trinkt mit einer gewissen hübschen Dame Tee«, antwortete der Schotte.

»Betsy?«

»Ist sie rothaarig?«

Sie nickte und fühlte sich mit einem Mal ganz seltsam unbehaglich. Dann bewegte er sich, und sie sah, wie sich sein Gesicht vor Schmerz verzerrte und ein Muskel an seiner Wange zuckte, während sein Körper sich versteifte. Der verwegene Ausdruck seiner Augen verblasste, und ihr Grün vertiefte sich.

»Kann ich Ihnen helfen?«, fragte sie und blickte unwillkürlich zu dem Tisch hinüber, auf dem Dr. Marshs Opiumpäckchen lagen. In seinem Gesicht sah sie den Kampf, den er mit sich ausfocht. Schließlich, mit unendlicher Mühe, wie ihr schien, verzog er seine Mundwinkel in einem Versuch zu lächeln.

»Nein«, sagte er. »Es war nur ein Krampf.« »Ein bisschen Opium . . .«

»Nay, davon hatte ich genug, Miss Carey«, sagte er.

»Sie sind aus Schottland?«

»Aye. Aber ich bin sehr viel herumgekommen in den letzten Jahren.« Deshalb war sein Akzent also nicht so ausgeprägt wie der einiger anderer schottischer Soldaten.

»Das muss wundervoll gewesen sein«, bemerkte sie sehnsüchtig. Sie hatte immer davon geträumt, England und Europa zu besuchen. Tatsächlich wünschte sie sogar manchmal, sie wäre als Mann zur Welt gekommen, mit all den Möglichkeiten eines Mannes, in der Welt herumzustreifen und Unrecht wieder gutzumachen. Stattdessen hatte sie einen harten Kampf austragen müssen, um wenigstens die Männer pflegen zu können, die ihrer Meinung nach für die gerechte Sache kämpften.

»Nicht immer«, sagte der Patient, und seine Augen wurden noch ein wenig dunkler.

»Dr. Marsh hat uns Ihren Namen noch nicht gesagt.«

»John. John Gunn. Und wie ist Ihr Vorname?« Sie errötete plötzlich unter seinem ernsten Blick. Sie wusste, wie wenig attraktiv – oder sogar ungepflegt – sie aussah mit ihrem Haar, das sich aus dem sonst so ordentlichen Knoten in ihrem Nacken gelöst hatte. »Annette«, sagte sie leise.

Er blickte ihre Finger an. »*Miss* Annette Carey?« Annette war bewusst, dass ihre Wangen glühten, obwohl sie selbst nicht recht verstand, warum. Es war schließlich nicht das erste Mal, dass sie sich mit einem Patienten unterhielt. Natürlich war sie immer sehr zurückhaltend gewesen und hatte sich immer lieber mit Büchern und Tieren beschäftigt als mit Männern. Aber sie spürte instinktiv, dass sie sich vor *diesem* Mann besonders hüten musste. Er strahlte eine geradezu gefährliche Intensität aus, trotz des spitzbübischen Lächelns, das um seine Lippen spielte. Es war teils jungenhafter Charme, aber sie hatte irgendwie das Gefühl, dass er mehr einstudiert als echt war.

»Es ist doch *Miss,* nicht wahr?«, beharrte er.

»Ja«, antwortete sie mit einer Spur Verteidigung. Sie war dreiundzwanzig, und obwohl viele junge Frauen noch unverheiratet waren in diesem Alter, hatten die meisten wenigstens Bewerber. Sie nicht, obschon sie natürlich Besucher hatte, darunter einige britische Offiziere, von denen sie aber das Gefühl hatte, dass sie mehr aus Einsamkeit kamen als aus ernsthaftem Interesse an ihr.

Sie hatte alle abgewiesen, weil sie keine Geduld zum Flirten hatte und ihr außerdem bewusst war, dass sie weder die gesellschaftliche Stellung noch die nötige Mitgift für eine passende Partie besaß.

Nicht dass sie eine gewollt hätte. Sie wollte von keinem Mann abhängig sein und sich an niemand binden, den sie nicht aufrichtig und wirklich liebte. Außerdem musste sie an ihren Vater denken. Sie konnte ihn nicht verlassen, und welcher zukünftige Ehemann würde die Verantwortung für einen Mann übernehmen wollen, der nach einer schrecklichen Begebenheit verstummt war, einen mittellosen Tory, dessen Geist verwirrt war, wie so manche meinten? John Gunn versuchte erneut, sich zu bewegen, und diesmal zuckte er zusammen.

»Sie sollten etwas Milch und Brühe trinken«, riet sie. »Bitte lassen Sie mich Ihnen helfen.«

»Nay«, sagte er. »Aber trotzdem vielen Dank.« Sein Lächeln war unwiderstehlich. Überwältigend geradezu. Sein bisheriges Lächeln war charmant gewesen, eher oberflächlich, doch dieses wärmte den Raum und schien bis in ihre Seele vorzudringen. Es verleitete sie dazu, es zu erwidern, und es war sehr lange her, seit sie den aufrichtigen Wunsch verspürt hatte, zu lächeln.

»Dann lasse ich es hier«, sagte sie und hoffte, dass ihre Worte für ihn nicht ganz so heiser klangen, wie sie sich für sie anhörten.

»Ich danke Ihnen, Miss ... Annette.«

Sie glaubte wieder jenes seltsame Glitzern in seinen Augen wahrzunehmen und wünschte, sie wüsste, was es zu bedeuten hatte. Rückwärts zur Tür gehend, tastete sie mit den Händen nach dem Knauf und öffnete die Tür. Auf dem Korridor hielt sie inne, um sich einen Moment lang an die Wand zu lehnen. Dann atmete sie tief ein und versuchte, eine Erklärung dafür zu finden, dass ihr der Atem in der Kehle stockte. Was war aus der verantwortungsbewussten, nüchternen, besonnenen Frau geworden, für die sie sich bisher gehalten hatte? Sie blickte sich zur Tür um. Was war er? Wer war er? Und wieso konnte er sie derart aus der Fassung bringen?

4

John Patrick wartete, bis die Frau die Tür hinter sich zugezogen hatte, und hörte auf, zu lächeln. Ein Jammer, dass sie eine Tory war und er vorsichtig mit dem sein musste, was er sagte. Er war hinreichend gewarnt worden von Malcomb, dem er immer noch nicht ganz vertraute, und auch von Ivy, der sowieso allem und jedem misstraute, einschließlich Dr. Noel Marsh. Nach mehreren Tagen jedoch, in denen er entweder bewusstlos gewesen war oder sich gekrümmt hatte vor Schmerzen, begrüßte er eine andere Gesellschaft als die des mürrischen Malcombs mit seinen anklagenden Blicken oder des nervösen Ivys. Annette war jedenfalls ein verdammt angenehmerer Anblick als die beiden, und ihr kurzer Besuch war wie ein vorübergehender warmer Sonnenstrahl für ihn gewesen. Tatsächlich war sie hereingekommen, als er zum allerersten Mal mehr als ein paar Minuten allein gewesen war.

Er lächelte beim Gedanken, wie entsetzt Malcomb sein würde, wenn er merkte, dass die junge Dame des Hauses während seiner kurzen Abwesenheit hereingekommen war. John Patrick hatte schon bemerkt, dass Malcomb sich ebenso sehr als Noels Beschützer betrachtete wie Ivy sich als den seinen. Es verbesserte die Beziehungen zwischen den beiden Männern nicht gerade, ebenso wenig wie die Tatsache, dass sowohl Malcomb wie auch Ivy der rothaarigen Dienstmagd schöne Augen machten.

John Patrick fand die offenkundige Feindschaft zwischen ihnen sehr belustigend. Mit der rechten Hand griff er nach der Tasse mit der Suppe. Sein linker Arm war mit einer festen Bandage an seine Brust gebunden, um seine verwundete Schulter ruhig zu stellen. Jede Bewegung war unendlich mühsam für ihn.

Er hatte nicht gewollt, dass Miss Carey sah, wie sehr. Schließlich gelang es ihm, die Tasse auf seinen Schoß zu bringen. Seine Hand zitterte ein wenig, als er einen Löffel voll probierte. Auch dieses Zittern hatte er niemanden sehen lassen wollen. Wie lange würde es noch dauern, bis er dieses Bett verlassen und sich um seine Männer kümmern konnte?

Erst heute Morgen hatte Ivy ihm gesagt, dass beinahe die Hälfte seiner Mannschaft gefangen genommen worden war. Sie wurden hier in Philadelphia im Walnut Street Prison festgehalten, nicht mehr als ein paar Häuserblocks von diesem Haus entfernt. Schuldgefühle quälten ihn, wenn er an ihre Leiden dachte, während er ein weiches Bett hatte, genug zu essen und mehr Anteilnahme, als ihm recht war. Er trank einen weiteren Schluck Suppe und fragte sich, ob die Frau sie zubereitet hatte. Aber nein, in einem so großen Haus wie diesem gab es sicher eine Köchin.

Warum hatte sie sie dann gebracht? Aus Neugier? Oder war sie nur eine dieser guten Seelen wie seine Mutter? Trotz der Milde und Sanftheit, die Miss Annette Carey ausstrahlte, erweckte sie den Eindruck, als sei sie auch durchaus in der Lage, selbst mit anzupacken. Und sie war außerdem recht hübsch, obwohl sie wenig tat, um ihr Aussehen zu unterstreichen. Ihr graues Kleid verbarg beinahe, aber nicht ganz, einen wohl geformten Körper, und ihr Haar war zu einem strengen Knoten zurückgebunden. Er fragte sich, wie es aussehen mochte, wenn sie es offen trug und es ihr starkes, ovales Gesicht umrahmte und die großen grauen Augen, die mit Abstand eins ihrer schönsten Attribute waren. Ihre dichten schwarzen Wimpern hatten seinen Blick sofort auf diese Augen gezogen. Sie waren von einem seltenen Rauchgrau, mit einem Hauch von Blau. Er konnte sich gut vorstellen, wie sie in gewissen Situationen glühten, und es war unschwer, sich vorzustellen, in was für einer Art von Situationen.

Aber sie war eine Tory und zudem noch eine unfreiwillige Helferin des Mannes, den die Briten so verzweifelt suchten. Er fragte sich, wie sie reagieren würde, wenn sie entdeckte, dass sie dem berüchtigen *Star Rider* Beihilfe leistete. Er war darüber nicht glücklicher als sie es sein würde. Er hasste es, zu lügen und jemand auszunutzen, der versuchte, ihm zu helfen. Aber Noel hatte Recht. Das beste Versteck für ihn war im Moment inmitten seiner Feinde. Er hatte gerade seine Suppe geleert, als ein weiteres Klopfen an der Tür ertönte. Malcomb klopfte nie, und Ivy tat es auch nicht. Es war anscheinend sein Nachmittag für Besucher. John Patrick blieb keine Zeit zu antworten, bevor die Tür aufging und sein Bruder hereinkam. John Patrick versuchte, sich etwas gerader aufzusetzen, schaffte es aber nicht ohne ein Stöhnen.

»Bleib, wo du bist«, sagte Noel. »Wo ist Malcomb?«

»Er ist nur kurz weggegangen, um sich etwas zu essen zu holen«, erwiderte John Patrick steif. Es widerstrebte ihm noch immer, seinen königstreuen Bruder um Hilfe bitten zu müssen. Er hasste es, in seiner Schuld zu stehen. Während er einerseits versuchte, einen abweisenden Tonfall anzuschlagen, wünschte er sich andererseits beinahe verzweifelt, seinen Bruder in die Arme schließen zu können. Es war so verdammt lange her … Aber er wappnete sich gegen diese Gefühle.

»Wohl eher, um Betsy nachzusteigen«, bemerkte Noel lächelnd. »Ich habe schon bemerkt, dass er und dein Freund um ihre Gunst wetteifern.«

»Wo ist Ivy?«

»Er kümmert sich um meine Pferde. Wenn auch nur sehr widerwillig. Aber so bleibt er wenigstens ungesehen, bis auf nachts, wenn er hier herüberschleicht.«

»Pferde? Er war sein Leben lang auf See.«

»Er und die Pferde gehen wirklich ziemlich misstrauisch miteinander um«, gab Noel zu. »Aber er befolgt meine Anweisungen, wenn auch nur sehr widerwillig.«

John Patrick sagte ihm nicht, *wie* ungern Ivy sich von jemandem etwas befehlen ließ. Stattdessen musterte er seinen Bruder kritisch. »Du siehst wie ein wohlhabender Mann aus.« Er ließ es wie eine Beleidigung klingen.

Noel zuckte nur die Schultern. »Wie fühlst du dich?«

»Den Umständen entsprechend angesichts der Tatsache, dass ich von britischen Musketenkugeln durchsiebt wurde und mich nun in einem britischen Haus von meinen Verletzungen erholen muss. Wann kann ich endlich von hier weg?«

»Um wieder deine ... Gastgeber zu schikanieren?«

»Stört dich das?«

Noel ignorierte die Frage und begann die Verbände an John Patricks Bein zu entfernen. Er betrachtete es einen Moment und verband es dann von neuem. Nachdem er auch die Schulterwunde untersucht hatte, richtete er sich auf und sah John Patrick an. »Ich werde Annette bitten, frische Breiumschläge zu machen, um den Eiter aus den Wunden herauszuziehen.«

»Annette?« John Patrick hob die Brauen. »Das klingt sehr familiär. Interessierst du dich für sie?«

Noel betrachtete ihn misstrauisch. »Nein, kleiner Bruder. Sie ist nur eine Freundin, die Tochter eines Patienten, der mir sehr am Herzen liegt. Warum fragst du?«

John Patrick zog die Schultern hoch und ignorierte den Schmerz, der ihn dabei durchzuckte. »Sie ist ganz hübsch und wäre es noch viel mehr, wenn sie ein wenig reizvollere Kleider tragen würde.«

Noels Augen wurden schmal. »Siehst du sie oft?«

»Sie war gerade hier und brachte mir eine Tasse Suppe.« John Patrick hatte die Reaktion seines Bruders aufmerksam beobachtet, obwohl er gar keine andere Antwort von Noel erwartet hatte. Er hatte stets gewusst, dass Noel sich erst dann zur Heirat mit Felicity entschlossen hatte, nachdem Katy einen anderen Mann geheiratet hatte. Noels Herz gehörte Katy. Dennoch ... ein Teufel hatte ihm die Frage eingeflüstert, und die Antwort hatte ihm gefallen. Obwohl ihm selbst nicht ganz klar war, warum.

Noel fluchte leise, was John Patrick überraschte. Noel war normalerweise einer der ausgeglichensten Menschen, die er kannte, nicht leicht aus der Ruhe zu bringen und sogar noch schwerer zu verärgern. John Patrick hatte einen Großteil seiner Kindheit damit zugebracht, es zu versuchen, und meistens hatte es nicht viel genutzt. »Stört es dich, dass sie ein paar Minuten mit mir geplaudert hat?«

Noel ignorierte den Spott in der Stimme seines Bruders. »Ich möchte, dass du so wenig wie nur möglich mit dieser Familie zu tun hast«, entgegnete er knapp. »Es ist gefährlich.«

Aber es steckte mehr dahinter, das spürte John Patrick. »Dann interessiert sie dich also doch? Weiß Katy das?«

Noels Gesicht verschloss sich, ein finsterer Blick erschien in seinen braunen Augen. »Selbstverständlich interessiert sie mich. Sie ist schließlich eine gute Freundin. Aber ihr wurde übel mitgespielt von den Rebellen, und ihr Vater starb beinahe in ihren Armen. Ich weiß nicht, wie sie das überlebt und geschafft hat, ihren Vater herzubringen, nachdem ...« Er brach plötzlich ab, als glaubte er, bereits zu viel gesagt zu haben. Nach einem kurzen Schweigen fuhr er fort: »Ich weiß, wie ungemein charmant du sein kannst, und werde nicht zulassen, dass du sie missbrauchst. Und lass gefälligst Katy aus dem Spiel. Sie geht dich überhaupt nichts an.«

John Patrick kannte diesen Blick und wusste, dass sich sehr tiefe Gefühle dahinter verbargen. Er hatte ihn zuletzt gesehen, als Noel erfahren hatte, dass Katy heiraten würde. Obwohl sie mit ihnen aufgewachsen war, war Katy nicht mit Noel verwandt. Sie war die sehr viel jüngere Schwester seines Stiefvaters, John Patricks leiblichen Vaters. So verwirrend wie ihre Familienbeziehungen waren auch ihre Gefühle füreinander. Katy hatte vor fast vierzehn Jahren geheiratet, lange, bevor John Patrick von der britischen Marine zwangsrekrutiert worden war. Schon als Junge war ihm Noels innerer Kampf bewusst gewesen, Katys Ehe zu akzeptieren, und der stumme Schmerz, den er versucht hatte, zu unterdrücken.

»Lass Annette Carey in Ruhe«, warnte Noel. »Da du inzwischen bei Bewusstsein bist, kann ich Malcomb nicht länger bei dir lassen, ohne Verdacht zu erregen. Deshalb muss ich mich darauf verlassen können, dass du nichts tust, was uns beiden schaden würde. Oder gar Annettes Familie.«

Noels Bemerkung erforderte keine Antwort, und John Patrick steuerte das Gespräch in eine andere Richtung. »Erzähl mir etwas über die Familie.«

Noel zog eine Augenbraue hoch, als sei ihm bewusst, dass John Patrick ihn bedrängte, aber er antwortete: »Da wären zunächst einmal Annette und ihre Dienstmagd, Betsy. Dann lebt hier noch Maude Carey, Annettes verwitwete Tante. Dieses Haus hier gehört ihr. Auch Hugh Carey, Annettes Vater, und sein Diener, Franklin, leben hier. Von ihm wirst du jedoch nicht sehr viel sehen. Er verbringt fast seine gesamte Zeit bei Hugh. Und dann ist da noch Celia, die Köchin und Haushälterin der Careys. Sie lebt zwar nicht im Haus, kommt aber sechs Tage in der Woche her. Sie ist eine scheue Frau, die sich um den Haushalt kümmert, während Betsy und Annette die Verwundeten pflegen.«

»Wie viele Briten sind hier im Haus?«

»Zurzeit sind es fünfzehn. Fünf sind heute früh entlassen worden.«

»Ach du liebe Güte«, sagte John Patrick. »Du meinst, zwei Frauen pflegen …«

»Ja. Franklin hilft ihnen ein bisschen, und ich schicke ihnen Malcomb, falls er gebraucht wird. Aber Annette und Betsy sind etwas ganz Besonderes.«

»Und wie ist Miss Carey ein Engel der Barmherzigkeit geworden für die Briten?« John Patrick schaffte es nicht, die Verbitterung aus seiner Stimme fern zu halten. Er wusste, wie verzweifelt General Washington vernünftige ärztliche Betreuung brauchte. Die Briten schienen sie im Übermaß zu haben, einschließlich seines eigenen Bruders.

»Annette hat ihre Gründe«, sagte Noel. »Und sie hat auch gute

Gründe, die Rebellen nicht zu mögen, weshalb ich dir raten würde, dir sehr gut zu überlegen, was du zu ihr sagst.«

John Patrick schwieg einen Moment und wechselte dann das Thema. »Wann kann ich weg von hier?«

Noel runzelte die Stirn. »Sobald du so weit wiederhergestellt bist, dass du auf eigenen Beinen dieses Haus verlassen kannst. Es besteht immer noch Gefahr, dass sich die Wunde infiziert.«

»Wie lange bin ich jetzt schon hier? Drei Tage?«

Noel zuckte mit den Schultern. »Infektionen machen sich normalerweise erst am dritten oder vierten Tag bemerkbar. Aber du kannst beruhigt sein, Jonny. Mir liegt genauso viel daran wie dir, dich so schnell wie möglich von hier fortzubringen.«

»Ich hasse es, hier zu sein. Es passt mir nicht ...« John Patricks Stimme verblasste.

»Dass ich mich um dich kümmere«, beendete Noel den Satz für ihn. »Auch ich bin nicht gerade entzückt darüber und alles andere als glücklich, Annette und ihre Familie deiner Tollkühnheit wegen in Gefahr zu bringen.«

»Das sagst du doch nur, weil ich den Briten Schaden zugefügt habe«, entgegnete John Patrick. Er bewegte seine Beine und versuchte, sie zur Bettkante zu bringen. Schmerz durchzuckte ihn, aber er gab nicht nach. Schließlich stellte er die Füße auf den Boden und zog sich, den Bettpfosten umklammernd, auf die Beine. Er war so schwach. Mit aller Kraft hielt er sich an dem Pfosten fest, selbst dann noch, als er merkte, wie er schwankte.

Noel fing ihn auf. John Patrick hatte schon vergessen, wie stark sein Bruder war. »Beantwortet das deine Frage?«, erkundigte sich Noel ruhig. »Es wird noch eine Woche dauern oder länger, bis du das Bein oder den Arm benutzen kannst. Und du solltest es auch nicht eher tun, bis wir sicher sein können, dass du keinen Wundbrand hast. Mit den Kugeln sind Stoff und Splitter in die Wunden eingedrungen. Die Breiumschläge dürfen nicht verrutschen.«

»Ich will nicht ...«

»Was du willst, ist mir egal. Im Augenblick bleibt dir gar nichts anderes übrig, Jonny. Und auch mir nicht. Mutter und Ian würden es mir nie verzeihen, wenn dir irgendetwas zustieße.«

John Patrick begann ein nagendes Schuldbewusstsein zu verspüren. Noel hatte viel riskiert, um ihm zu helfen. Aber dennoch konnte er das Gefühl nicht unterdrücken, verraten worden zu sein. Er verstand nicht, warum Noel für den Feind Partei ergriffen hatte. Und würde es auch wahrscheinlich nie verstehen.

»Ist das der Grund, warum du deine kostbare Freundschaft mit General Howe aufs Spiel setzt?«, erkundigte sich John Patrick scharf. »Was denkt Katy eigentlich über diese Freundschaft?«

Noels Lippen wurden schmal. »Ich habe dir doch schon gesagt, du sollst Katy da heraushalten.«

Aber John Patrick dachte nicht daran, das Thema fallen zu lassen. Er war nach seiner Rückkehr aus der Karibik auf der Farm in Maryland gewesen. Katy war in Trauer gewesen, nicht nur wegen ihres gefallenen Mannes, sondern auch wegen Noels Desertion. Und John Patrick erinnerte sich noch sehr gut an die nahezu mystische Verbindung zwischen ihr und seinem Bruder, als sie noch jung gewesen waren. »Du brichst Katy das Herz«, sagte John Patrick anklagend.

Ein Muskel zuckte an Noels Wange. »Eine Woche«, wiederholte er, seine Stimme diesmal schroff und unpersönlich. »Höchstens zwei, dann kannst du gehen. Vielleicht glauben die Briten bis dahin, du wärst tot, und hören auf, nach dir zu suchen.«

»Ich kann unmöglich zwei Wochen hier bleiben. Meine Männer …«

»Ich weiß das mit deinen Männern.«

»Kannst du …?«

»Mich um sie kümmern? Du bittest mich um einen Gefallen, Bruder?«

»Aye«, sagte John Patrick widerstrebend.

»Ein anderer Doktor kümmert sich um sie. Ich werde ihn fragen, wie es ihnen geht.«

»Ah«, mokierte sich John Patrick. »Du behandelst also lieber britische Verwundete?«

Noel wandte sich ab. »Was hast du Annette Carey gesagt?«

»Ich habe ihr nur einen Namen genannt, mehr nicht.« Er beobachtete, wie Noel seine Hände knetete. Schließlich, als hadere er mit sich selbst, wie viel er ihm verraten sollte, sagte er leise: »Rebellen haben vor einiger Zeit ihr Haus in Brand gesteckt und ihren Vater geteert und gefedert. Seit damals spricht er nicht mehr. Sie haben alles verloren. Ich hätte dich nicht hierher bringen sollen, aber ich konnte mir keinen sichereren Ort vorstellen. Niemand würde sie verdächtigen, einen Rebellen zu beherbergen.« Er zögerte, um dann hinzuzufügen: »Ich kenne die Wirkung deines ... Charmes auf Frauen. Aber nimm dich zusammen. Sie hat schon genug gelitten, ohne dass du ihr auch noch das Herz brichst.«

»Das musst du gerade sagen«, entgegnete John Patrick scharf, denn Noels Warnung kränkte ihn. Egal, was Noel sagte, John Patrick hatte noch nie absichtlich eine Frau verletzt. Er näherte sich nur jenen, die die Regeln einer vorübergehenden Liaison beherrschten. Noel hingegen hatte Katy sicher mehr als einmal sehr verletzt. »Pass auf dich selbst auf, Noel«, fügte er hinzu.

»Ich möchte, dass du mir dein Wort darauf gibst, sie nicht ...«

»Was? Sie nicht zu verführen? Du musst ja eine hohe Meinung von meinen Fähigkeiten haben, falls du glaubst, ich sei in meiner derzeitigen Verfassung überhaupt zu so etwas imstande.«

Noel seufzte. »Ich glaube nicht, dass du die Situation bewusst ausnutzen würdest, aber Frauen fühlen sich ... naturgemäß zu dir hingezogen.«

»Du kennst mich überhaupt nicht, Noel. Vielleicht hast du es früher einmal getan, aber nicht nach Jahren in der gottverdammten britischen Marine«, entgegnete John Patrick bitter. Während jener albtraumhaften Jahre hatte er davon geträumt, nach Hause zurückzukehren, seine Familie wiederzusehen und sich in der

Wärme ihrer liebevollen Zuneigung geborgen zu fühlen. Schließlich hatte er den Weg zurück gefunden, dann aber leider feststellen müssen, dass seine Familie entzweit war und sein von ihm vergötterter älterer Bruder dem verhassten Feind Hilfe und Beistand leistete.

Noels Blick durchbohrte ihn. »Ich kenne dich gut genug, Jonny. Ich weiß, dass du dir nicht gern sagen lässt, was du zu tun hast. Aber jetzt wirst du tun, was ich dir sage.« Noels Stimme war flach und hart. »Die Briten durchkämmen die ganze Stadt nach dir. Sie suchen in den Schänken und in den Häusern sämtlicher Sympathisanten der Rebellen, ja sogar bei vielen, die es nicht sind. Sie haben die Häuser aller Ärzte in der Stadt durchsucht, einschließlich meines eigenen, und trotz meiner guten Beziehungen zu ... Howe. Nur die Tatsache, dass dieses Haus ein britisches Lazarett ist, hält sie davon ab, auch hier nach dir zu suchen. Die Stadt selbst ist vollkommen abgeriegelt. Ich habe so etwas noch nie erlebt. Mach keinen Fehler, Jonny, denn sie sind wild entschlossen, den *Star Rider* gefangen zu nehmen. Ich lasse nicht zu, dass du die Careys oder all das, wofür ich so hart gearbeitet habe, um es zu erreichen, ruinierst.«

»Was ist denn eigentlich so wertvoll für dich, dass du allem, an das du früher einmal glaubtest, nun den Rücken zukehrst?«

»Du weißt nicht, was ich glaube.«

»Du denkst doch wohl nicht, wir schuldeten England Loyalität?«

»O doch, das ist genau das, was ich denke. Und das solltest du auch tun, solange du dich hier in diesem Haus aufhältst.«

»Dann bring mich weg.«

»Das werde ich, sobald ich kann«, erwiderte Noel. Er sah sich nach der geschlossenen Tür um, ging dann zu ihr hinüber und verriegelte sie. »Solange du hier bist, brauchst du eine glaubhafte Geschichte.«

John Patrick hätte die Auseinandersetzung gerne fortgesetzt, doch das Gespräch hatte ihm das letzte bisschen Kraft geraubt, das er noch hatte. Wann immer er sich bewegte, regte sich der Schmerz aufs Neue – und gleichzeitig mit ihm auch sein Gewissen. Er hätte es Noel gegenüber nie zugegeben, aber er hasste es, unter falschen Voraussetzungen die Gastfreundschaft der Careys anzunehmen. Und seinen Bruder in Lebensgefahr zu bringen. Falls die Briten je herausfanden, dass Noel geholfen hatte, ihn zu verstecken, könnte sein Bruder als Spion gehängt werden. John Patricks Ärger entsprang ebenso Sorge wie seiner tief empfundenen Enttäuschung über Noels Wahl.

Aber selbst wenn er körperlich in der Lage dazu gewesen wäre, hätte er Philadelphia nicht verlassen können. Er musste genügend Kraft zurückgewinnen, um seine Männer aus dem britischen Gefängnis zu befreien. Er konnte sie nicht zurücklassen, denn dann würden sie mit Sicherheit gehängt.

»Jonny?«

Wann immer Noel ihn mit seinem Kosenamen aus der Kindheit ansprach, überwältigte John Patrick neuer Kummer. Wie sehr sie sich einander entfremdet hatten. Und obwohl Noel ihn jetzt beschützte, konnte John Patrick nicht von ihm erwarten, dass er das Gleiche auch für seine Männer tat. Sein Bruder blieb der Feind. Er erinnerte sich an Noels Frage. Er hatte Recht, er brauchte eine glaubhafte Geschichte. Und eine britische Herkunft.

»Ich habe Miss … Carey gesagt, mein Name sei John Gunn. Ein respektabler schottischer Name aus unserer Vergangenheit. Er erschien mir passend. Tausende von Schotten schlossen sich der britischen Armee an, um zu überleben. Merkwürdig, nicht, Noel? Die Briten zerstörten die Highland-Clans, nahmen ihnen ihr Land und ihren Lebensunterhalt, und dann gingen sie hin und benutzten sie, um andere Länder zu zerstören. Ich hätte bloß nie gedacht, dass mein eigener Bruder unter ihnen sein würde.«

»Also pass auf«, sagte Noel, die letzte spöttische Bemerkung ignorierend. »Du gehörst zum Vierten Infanteriebataillon. Die Briten erwarten eine Abteilung aus dem Süden. Falls jemand fragt, sagst du ihnen, man hätte dich vorausgeschickt, um Quartiere zu besorgen, und du wärst in einen Hinterhalt geraten. Ich werde Papiere für dich fälschen lassen.«

»Papiere?«

»Ich habe einen Freund«, sagte Noel. »Er schuldet mir einen Gefallen.«

Diese neueste Information stimmte John Patrick nachdenklich, denn er fand sie sehr beunruhigend. Wozu sollte sein Bruder falsche Papiere brauchen? Er war für die Briten doch sicherlich nicht mehr als ein Sympathisant. »Ein Tory?«

»Ein Geschäftsmann.«

John Patrick sah ihm prüfend ins Gesicht. »Du überraschst mich, Noel. Ich wusste gar nicht, dass du derart raffiniert sein kannst.«

»Du vergisst wohl, dass wir dieselbe Mutter haben.« Ein Zwinkern nahm für einen Moment den Ernst aus Noels braunen Augen. Aber es war so flüchtig, dass John Patrick sich fragte, ob es nicht vielleicht bloß Einbildung gewesen war.

»Dann mach mich zu einem Captain«, verlangte John Patrick, während er die Wärme zu verdrängen suchte, die in ihm erwachte. »Ich hatte noch nie viel für Lieutenants übrig.«

»Machthungrig wie immer«, stellte Noel fest. »Aber leider muss ich dich enttäuschen. Ein bescheidener Lieutenant würde weder vermisst, noch würde ihn hier jemand kennen«, meinte Noel. »Aber bei einem Captain würden sie bestimmt jemanden herschicken, um nach ihm zu suchen.« John Patrick betrachtete seinen Bruder noch etwas genauer. Hatte er ihn falsch beurteilt? Niemand würde sie je für Brüder halten – Noel hatte hellbraunes Haar und braune Augen, während John Patrick das rabenschwarze Haar und die grünen Augen seines Vaters geerbt hatte. Obwohl Noel einsneunzig groß war, war John Patrick noch fünf Zentimeter größer. Und Noel war von der Statur her etwas stämmiger, vielleicht, weil er sich nicht so viel bewegte.

Selbst im Wesen unterschieden sich die beiden Brüder. Noel

war immer ruhig und besonnen gewesen; der Friedensstifter der Familie. John Patrick dagegen neigte zu Unbesonnenheit und Trotz, die ihn schon oft in Schwierigkeiten gebracht hatten. Der Kapitän des britischen Schiffes, auf dem er gedient hatte, hatte geschworen, es ihm auszutreiben. Das hatte er zwar nicht geschafft, aber John Patrick hatte immerhin gelernt, sein Temperament zu zügeln. Meistens jedenfalls. »Kannst du ihm vertrauen – diesem Geschäftsmann?«

»Nicht mehr oder weniger als anderen auch«, antwortete Noel.

Die Erwiderung verblüffte John Patrick. Eine kuriose Antwort für einen Mann, der im Allgemeinen offen und direkt war. Hatte er vorher schon einmal gefälschte Papiere benötigt? Und wenn, für wen? Zu welchem Zweck? Wieder sah er seinem Bruder prüfend ins Gesicht, und zum ersten Mal fielen ihm die tiefen Furchen auf, die ihn älter erscheinen ließen als seine achtunddreißig Jahre. Er lächelte auch nicht mehr so leicht wie früher, obwohl seine Augen noch genauso ruhig und aufrichtig wie immer schienen. Oder waren sie nur eine Maske? Einen flüchtigen Moment lang fragte er sich, ob er Noel je wirklich gekannt hatte. Er hätte gern noch mehr gefragt, aber Noel wandte sich bereits zum Gehen.

»Ich werde Annette bitten, die Breiumschläge vorzubereiten. Vergiss nicht, was ich dir über sie gesagt habe. Versuch gefälligst, deinen verdammten Charme zu zügeln.« Noels Stimme klang wieder hart, und John Patrick spürte auch seinen eigenen Ärger zurückkehren. Mit Dankbarkeit vermischter Groll war ein bitterer Trank. Er wollte seinem Bruder nicht verpflichtet sein, der eine Wahl getroffen hatte, die in krassem Gegensatz zu allem stand, woran John Patrick glaubte.

»Gehst du jetzt zum Spiel zu deinen britischen Freunden?«

Noels Lippen wurden schmal. »Sie sind weitaus unterhaltsamer als du, Bruder.«

Und damit verließ er den Raum und schloss die Tür ein wenig heftiger, als nötig war. John Patrick sah ihm nach und fragte sich, warum er nicht aufhören konnte, seinen Bruder zu verärgern, vor allem nach den Risiken, die Noel für ihn eingegangen war. Aber der Kummer über seinen Verrat wollte einfach nicht nachlassen. Ebenso nicht der Gram darüber, auf die Hilfe seiner Feinde angewiesen zu sein, während seine eigenen Männer litten.

Annette begleitete Dr. Marsh, als er die Patienten untersuchte. Sie machte sich fleißig Notizen, als er ihr sagte, wer neue Verbände brauchte und wie oft, was für eine Art Diät jeder Patient benötigte und wie sie ihre Medikamente zu dosieren hatte. Die meisten waren auf dem Weg der Besserung, obwohl zwei von ihnen ein Bein verloren hatten, nachdem ihre Wunden sich entzündet hatten. Sie hatte Dr. Marsh angeboten, ihm bei den Amputationen zu assistieren, aber er hatte gesagt, die Männer würden sie erheblich mehr benötigen, wenn sie erwachten.

Und so war es auch gewesen. Sie hatte Stunden damit verbracht, sie zu trösten, sie zu beruhigen und ihnen zu versichern, dass ihre Ehefrauen und Liebsten sie auch weiterhin lieben würden und dass ihr Leben noch lange nicht zu Ende war. Sie hatte ihren Schmerz und ihre Angst gespürt und ihre Schreie gehört, wenn sie wieder zu sich kamen und merkten, dass ein Teil von ihnen fehlte. Sie hatte gebetet, dass das Gleiche nicht auch dem jungen Offizier in Betsys Zimmer passieren möge. Er hatte so einen verwegenen Glanz in seinen Augen, den sie nicht von Qual und Hoffnungslosigkeit getrübt sehen wollte. Selbst in seinem geschwächten Zustand besaß er eine Energie, um die sie ihn beneidete; sie war in seinem Lächeln, in dem Feuer in diesen bemerkenswerten grünen Augen und in dem spöttischen Tonfall seiner tiefen Stimme.

Sie merkte, dass sie sich weitaus mehr als nötig um ihn sorgte. Oder vielleicht, sagte sie sich, war sie auch nur der Geschichten über den schwer zu fassenden *Star Rider* überdrüssig und froh über jede Ablenkung von diesem Thema. Obwohl sie – und mit ihr nahezu die ganze Stadt – beeindruckt war von seiner Kühnheit, ein britisches Schiff so dicht vor Philadelphia zu versenken, war er in ihren Augen nichts anderes als ein Pirat, der alsbald zur Rechenschaft gezogen werden würde. Berichte seiner gefangenen Mannschaftsmitglieder schienen darauf hinzuweisen, dass der Freibeuter möglicherweise auf dem Grund des Delaware Rivers lag. Wenn man den Gefangenen glauben konnte, war der *Star Rider* an Bord des brennenden Schiffs geblieben …

Ihre Tante Maude erwartete sie an der Tür. »Gibt es irgendwelche Neuigkeiten von diesem … Pirat?«, fragte sie Dr. Marsh.

Er schüttelte den Kopf. »Die gesamte Stadt ist mehrfach durchkämmt worden. Aber ohne eine Spur von ihm.«

»Dieser Schurke«, murmelte Tante Maude. »Er wird uns noch in unseren Betten umbringen.«

»Darüber würde ich mir keine Sorgen machen, Mrs. Carey. Ich bin sicher, dass ihm sehr viel mehr daran liegt, zu überleben.«

»Nun, zur Sicherheit behalte ich jedenfalls meine Donnerbüchse neben meinem Bett«, erklärte Tante Maude, deren Lippen vor Empörung zitterten. Wenn's drauf ankommt, dachte Annette, wird sie wahrscheinlich eher den Kopf unter der Bettdecke verstecken. Sie liebte ihre Tante, die sie bei sich aufgenommen hatte, aber Maude Carey, die seit zehn Jahren verwitwet war, war eine furchtsame kleine Seele, die sich schon über das geringste Missgeschick aufregte. Es war ein Wunder, dass sie Annettes inständigen Bitten nachgegeben und sich bereit erklärt hatte, britische Verwundete zu beherbergen. *Offiziere.* Zumindest waren sie Offiziere. *Gentlemen.*

»Ich bin sicher, dass die Briten keine Schwierigkeiten haben werden, einen einzigen Mann zu fassen«, sagte Annette und wandte sich in einer stummen Bitte um Bestätigung zu Noel um.

»Falls er noch lebt«, sagte der Arzt. »Und ich kann mir nicht vorstellen, wie er überlebt haben soll. Der Fluss ist eisig, und es gibt keinen Zufluchtsort an seinen Ufern.«

»Und die Sympathisanten der Rebellen?«, gab sie zu bedenken.

Noel zuckte mit den Schultern. »Die Briten haben sie alle überprüft. Falls er noch lebt, wird er schon bald in britischer Gefangenschaft sein.«

»Sie sagen, sie werden ihn hängen«, sagte sie.

»Ich denke, das kommt darauf an, ob er einen rechtmäßigen Auftrag hatte oder nicht.« Er wandte sich ab. »Es wird Zeit für mich, zu gehen. Ich muss noch zum Quäker-Hospital, und danach habe ich noch einige Privatpatienten.« Er zögerte, um dann hinzuzufügen: »Der Lieutenant in Betsys Zimmer braucht so viel Ruhe wie nur möglich nach den frischen Breiumschlägen.«

Annette nickte. Sie wartete, bis er gegangen war, und ging dann in die Küche, um die Umschläge vorzubereiten. Der schottische Lieutenant benötigte in Öl getauchte Mullumschläge, durch die der Eiter leichter abfloss. Andere brauchten die milderen – und angenehmeren – Brot- und Milchumschläge. Celia bereitete schon die Mahlzeiten zu, einen riesigen Kessel Suppe für jene, die noch keine feste Nahrung zu sich nehmen konnten, und ein schmackhaftes Eintopfgericht für jene, die sich bereits auf dem Weg der Besserung befanden. Bald würde Betsy sehr beschäftigt mit dem Füttern der Patienten sein.

Womit es Annette überlassen blieb, den schottischen Lieutenant zu versorgen. Die Aussicht war verlockend. Es war ihr nicht gelungen, ihn aus ihren Gedanken zu verdrängen. Warum ausgerechnet dieser Mann und kein anderer? Sie hatte sich immer zu rücksichtsvollen, seriösen Männern wie ihrem Vater hingezogen gefühlt, Männern, die mehr wie Noel Marsh waren, statt wie dieser verwegene Lieutenant. Aber keiner von ihnen hatte ihr Herz so aufgeregt flattern lassen. Herzflattern, dachte sie verächtlich. Sie benahm sich wie ein Schulmädchen und nicht wie eine verantwortungsbewusste junge Frau, die ein Lazarett und ein Haus voller Menschen zu führen hatte, die alle auf sie angewiesen waren.

Sie straffte die Schultern und suchte Betsy, um ihr zu sagen, dass die Breiumschläge für die anderen Patienten fertig waren, bevor sie mit den heißen Ölumschlägen zu dem schottischen Lieutenant ging. Aus Gründen, die sie selbst nicht ganz verstand, musste sie ihn selbst pflegen und sich persönlich davon überzeugen, dass es ihm besser ging. Aber es hatte nichts mit Herzflattern zu tun.

Als sie gerade an die Tür des Patienten klopfte, hörte sie im Stockwerk über sich ein lautes Krachen. Die Tür öffnete sich, und Malcomb trat heraus, sein gewöhnlich düsteres Gesicht noch finsterer als sonst.

»Was war das für ein Krach?«

Sie schüttelte den Kopf. »Ich weiß es nicht. Oben liegen noch ein paar andere Patienten. Jemand muss gefallen sein. Sie sind der Einzige mit Kraft im Haus. Würden Sie …?«

Er schien einen Moment lang unsicher, dann nickte und lief zur Treppe.

Annette trug die dampfende Schüssel in das Zimmer. Der Lieutenant schlief, aber es war kein ungestörter Schlaf. Sie berührte seine Stirn und stellte fest, dass sie viel zu warm war.

Annette schluckte erschrocken. Sie hoffte nur, dass es kein Wundbrand war, und debattierte mit sich, ob sie die Umschläge wieder mitnehmen und ihn weiterschlafen lassen sollte oder ob sie lieber das Risiko einging, ihn zu wecken. Sie dachte an die beiden jungen Männer oben, die ihre Beine verloren hatten. »Bitte lieber Gott«, betete sie und merkte nicht einmal, dass sie die Worte laut aussprach. Seine Augen öffneten sich. Langsam. Träge. Er bewegte sich ein wenig, ein leises Stöhnen entrang sich dabei seinen Lippen. Und da fragte sie sich, ob es seine Augen waren, die ihn so ungemein anziehend für sie machten. Sie waren von einem sehr klaren Grün, beinahe wie Smaragde, und richteten sich mit einer Eindringlichkeit auf sie, die eine angenehme Wärme und ein merkwürdiges Kribbeln in ihr erzeugte.

»Das muss mein Glückstag sein«, sagte er. »Zwei Besuche.«

»Malcomb ging nach oben, um nach einem Geräusch zu sehen«, sagte sie und schalt sich für den verteidigenden Ton, den sie in ihrer Stimme hörte. Sie wusste nicht, wieso er es immer wieder schaffte, sie ihre Gelassenheit verlieren zu lassen. Sie war immer so stolz auf diese Gelassenheit gewesen, doch nun erschien sie ihr zerbrechlich wie ein Weidenzweig im Sturmwind seines Blickes. »Ich habe Ihnen neue Umschläge gebracht«, sagte sie.

Er betrachtete sie ernst. »Das ist sehr freundlich«, sagte er mit seinem leichten schottischen Akzent. Sie hatte das unangenehme Gefühl, dass ihn ihre plötzliche Verlegenheit amüsierte, wie sie es schon bei ihrem ersten Besuch getan hatte. Sie versuchte, zu ihrem gewohnten praktischen, besonnenen Ich zurückzufinden, indem sie den Blick von seinem Gesicht abwandte und die Bettdecke hinabzog. Das war ein Fehler.

Er trug ein Nachthemd aus weißem Leinen, von dem sie sich nicht recht vorstellen konnte, wie er darangekommen war. Dr. Marsh? Sie schob es hinauf bis zu den Wunden an seinem Oberschenkel, wobei sie darauf achtete, nicht einen Millimeter mehr als nötig zu entblößen. Aber selbst so sah sie genug, um zu erröten. Er war einer der attraktivsten Männer, die sie je gesehen hatte. Seine Beine waren muskulös, und an den Konturen seines Körpers unter dem weißen Nachthemd war zu erkennen, dass er schlank war, aber stark. Sie versuchte, solch ungehörige Beobachtungen aus ihrem Bewusstsein zu verbannen und entfernte die alten Umschläge von seinen Wunden. So behutsam wie möglich legte sie die neuen auf und sah, wie er leicht zusammenzuckte, als der in heißes Öl getränkte Mull die noch frischen Wunden berührte. Als sie fertig war, band sie die Umschläge noch fest, damit sie nicht verrutschen konnten. Dann zog sie rasch das Laken bis zu seiner Taille hinauf und sah ihm prüfend in die Augen. Sie rechnete damit, dort Schmerz zu sehen, doch stattdessen sah sie eher Belustigung über ihre so offensichtliche Verlegenheit. Sie biss sich auf die Lippe. Sie musste noch seine Schulter neu verbinden, aber das würde wenigstens nicht so intim sein wie sein Oberschenkel. Sanft löste sie die Schlinge, die seinen Arm an seiner Brust festhielt. »Halten Sie ihn mit dem anderen Arm«, befahl sie.

»Ja, Miss«, erwiderte er gehorsam.

Sie streifte ihm das Nachthemd über die Schulter, entfernte den alten Umschlag und ersetzte ihn durch einen frischen.

»Sie können das sehr gut«, bemerkte der Lieutenant. »Man sollte meinen, eine junge Dame hätte etwas Besseres zu tun als … Verbände zu erneuern.«

»Was ist besser, als sich nützlich zu machen?«, entgegnete sie, während sie den Umschlag an seiner Schulter zu befestigen versuchte. »Könnten Sie sich ein bisschen drehen?«

Er verzog das Gesicht, aber er tat es, und dabei öffnete sich das Nachthemd noch ein wenig weiter, und sie sah plötzlich die Narben an seiner Seite. Er musste gesehen haben, wie sich ihre Augen weiteten, denn er wich sofort zurück und entfernte sich etwas von ihr.

»Malcomb wird den Rest erledigen«, sagte er abrupt, und es war, als fiele ein Vorhang über seine sonst so ausdrucksstarken grünen Augen. »Danke.«

So kurz und schroff war sie noch nie entlassen worden, aber sein Gesichtsausdruck hinderte sie daran, Fragen zu stellen oder auch nur einen Augenblick länger zu bleiben. »Ich schicke Malcomb zu Ihnen zurück.«

Er sah überhaupt nicht mehr belustigt aus. Und auch das charmante Lächeln war aus seinem Gesicht verschwunden. Nur offene Feindseligkeit war jetzt noch darin zu erkennen. Unsicher wandte sie sich zum Gehen, und das Herz tat ihr weh aus Mitgefühl für ihn und die Qualen, die er einst erlitten hatte und die offenbar noch immer in ihm lebten.

5

Er sah Annette bis zum späten Nachmittag am nächsten Tag nicht wieder und sorgte sich in jeder Sekunde jeder Stunde, in der er bei Bewusstsein war. Sie hatte die Narben gesehen – die Narben, die ihn als den Lügner offenbarten, der er war, und den Geächteten, den ihre geliebten britischen Soldaten suchten. Es war dumm von ihm gewesen, sie so nahe an sich heran zu lassen. Das hatte er gleich gewusst. Aber er hatte sich nach einer sanften Berührung und der Zärtlichkeit einer Frau gesehnt. Oh, er hatte mit einigen Frauen geschlafen in der Karibik, insbesondere nach dem erzwungenen Zölibat der britischen Marine, aber diese Begegnungen waren nichts anderes gewesen als die beiderseitige Befriedigung von körperlicher Gier und Lust. Er hatte gewusst, dass die meisten dieser Frauen ihm für einen halben Penny ein Messer in den Bauch gestoßen hätten.

In den letzten beiden Jahren war er die meiste Zeit auf See gewesen, und die wenigen Landausflüge waren bestenfalls riskant. John Patrick Sutherland war ein Deserteur, ein Pirat, ein Waffenschmuggler und ein Freibeuter der Kolonisten. Ein gesuchter Mann. Er drehte sich auf die Seite und dachte an das einzige Mal, als er zur Sutherland'schen Farm in Maryland zurückgekehrt war. Bei jener Gelegenheit hatte er gelernt, dass ein Mensch seine Unschuld nie wieder ganz zurückerlangen konnte. Er hatte einfach nicht mehr dazugepasst. Er war nicht mehr der sorglose junge Mann, der seiner Familie Jahre zuvor Adieu gesagt hatte. Er hatte getötet, geraubt und geplündert, und er wusste, dass diese Kapitel seines Lebens sich in seinen Augen widerspiegelten. Obwohl seine Eltern überglücklich gewesen waren, ihn zu sehen, sah er den Kummer in ihren Gesichtern, wenn sie ihn anblickten – ähnlich wie der Kummer, der ihnen anzumerken war, wenn sie von Noel sprachen. Es wäre zu simpel, zu behaupten, Noel hätte ihnen das Herz gebrochen. Denn John Patrick wusste, dass das, was sie in ihrem jüngeren Sohn, in ihm, sahen, sie mindestens genauso schmerzte.

Der Gedanke an Noel erinnerte ihn an seine jüngste Fehleinschätzung. Er hätte Annette Carey nie erlauben dürfen, ihm so nahe zu kommen, und nun hatte er Noel – und sich selbst – in sehr große Gefahr gebracht. Kein britischer Offizier trug Narben von Peitschenhieben auf dem Rücken. Würde sie die Bedeutung dessen, was sie gesehen hatte, erkennen? Er war ein verdammter Narr gewesen, sich von einem hübschen Gesicht verwirren zu lassen. Die Tatsache, dass sie eine Loyalistin war, machte seine Torheit umso größer. Er konnte sich keinen weiteren Fehler leisten.

Noch immer wütend auf sich selbst, richtete er sich im Bett auf und stellte die Füße auf den Boden. Sein Bein schmerzte wie verrückt. Sich mit seiner unverletzten rechten Hand auf die Bettkante stützend, versuchte er sich zu erheben. Die Bewegung erforderte seine ganze Kraft. Einen Moment lang musste er gegen den Schwindel ankämpfen, der ihn schwanken ließ. Schließlich griff er nach dem Spazierstock, den Noel ihm gestern gebracht hatte, lehnte sich schwer darauf und tat vorsichtig ein, zwei Schritte. Verdammt, aber er war schwach wie ein kleines Kind, und ihm war warm, viel zu warm. Er tat einen weiteren Schritt, kehrte dann zum Bett zurück und ließ sich schwer atmend auf die Matratze fallen. Sein Bein fühlte sich an, als hätte jemand eine Pechfackel hineingestoßen. Eine Weile blieb er auf dem Bettrand sitzen und zwang sich, ruhig zu atmen, bis der Schmerz etwas verblasste. Er ärgerte sich über jede weitere Minute, die er in diesem Raum und diesem Haus verbrachte. Er rechnete jeden Augenblick damit, dass die Bombe platzen würde.

Noel hatte ihn mit einem durchdringenden, enttäuschten Blick betrachtet, als John Patrick ihm erzählt hatte, was geschehen war.

»Du musstest sie also deine Wunden verbinden lassen«, sagte Noel. »Du konntest nicht auf Malcomb warten.«

»Sie hat weichere Hände.« Doch trotz dieser gleichmütigen Entgegnung fühlte John Patrick sich unendlich schuldbewusst. Er hatte gewollt, dass sie ihn berührte. Herrgott nochmal, wer würde ihre Pflege nicht Malcombs vorziehen? Wie hätte er Noel eingestehen können, wie unendlich einsam er sich in jenem Augenblick gefühlt hatte? John Patrick runzelte die Stirn. Annette Carey habe ein lebhaftes, neugieriges Wesen, hatte Noel gesagt, und es sei nicht ihre Art, Stillschweigen zu bewahren über Dinge, die sie nicht verstand.

Aber gestern waren ihr die Narben an seinem Rücken aufgefallen, und er hatte sie seitdem nicht mehr gesehen. Nicht seit diesem finsteren Blick, mit dem er sie verscheucht hatte. Ivy hatte einmal gesagt, sein eisiger Blick genügte, um seine Matrosen über Bord springen zu lassen, nur um seinem Ärger zu entgehen. Im Lauf der Jahre hatte er zwar gelernt, sein Temperament etwas zu mäßigen, aber seine Männer – und seine Feinde – schienen zu spüren, wie zerbrechlich diese Selbstkontrolle war. Er war nicht wütend auf Annette gewesen, höchstens auf sich selbst, und seine Wut hatte sich sogar noch gesteigert, als er das Entsetzen in ihrem Blick gesehen hatte. Es hatte ihn tief getroffen, es demütigte ihn, dass sie gesehen hatte, was er anderen erlaubt hatte, ihm anzutun. Obwohl er es nicht einmal sich selbst gegenüber eingestand, waren die Narben ein weiterer Grund, warum er keine weibliche Gesellschaft gesucht hatte. Aber was passiert war, war passiert, und er konnte nichts mehr daran ändern.

Er merkte, dass er wieder schwerer atmete. Dieser verdammte Schmerz. Und die verdammte Hitze, die sich in seinem Körper auszubreiten schien. Er nahm sich zusammen und versuchte fluchend, wieder aufzustehen. Wenn das so weiterging, würde er ewig hier bleiben müssen. Seine Männer würden auf die

Gefängnisschiffe gebracht werden, wo zwei Drittel der Häftlinge an Pocken, Fieber oder Hunger starben. Oder sie würden am Galgen enden. John Patrick hasste dieses Gefühl der Hilflosigkeit. Er hatte es viel zu oft empfunden in den letzten Jahren.

Er hatte gerade einen weiteren Schritt getan, als ein Klopfen an der Tür ertönte. In Erwartung, es sei sein Bruder oder Malcomb, rief er: »Herein!«

Stattdessen erschien Annette Carey in der Tür, und John Patrick wurde sich augenblicklich seiner Nacktheit unter dem Nachthemd, das Noel ihm mitgebracht hatte, bewusst. Ihre grauen Augen weiteten sich vor Überraschung, als sie sah, dass er aufgestanden war. »Sie sind noch nicht so weit«, schalt sie.

John Patricks Blick senkte sich auf das Tablett, das sie in ihren Händen trug. Es enthielt einen Krug, mehrere Gläser und einige kleine Teekuchen.

»Ich ... Betsy und ich haben ein paar Zitronen auf dem Markt gefunden. Wir haben Limonade für Sie gemacht.«

Er tat einen Schritt, ließ sich dann aber wieder seufzend auf den Bettrand sinken. »Danke«, sagte er und war sich seiner Verwundbarkeit unter dem dünnen Nachthemd immer noch sehr stark bewusst. Er suchte ihren Blick und war erfreut, zu sehen, dass sie ihn ruhig erwiderte. »Ich hatte schon befürchtet, meine Narben könnten Anstoß bei Ihnen erregt haben.« Vielleicht war es das Beste, das Thema offen anzusprechen.

Sie stellte das Tablett auf den Tisch neben dem Bett und schenkte ihm ein Glas Limonade ein. »Nein«, sagte sie leise. »Das haben sie nicht. Es war nur so, dass ich ... Ich ertrug den Gedanken nicht ... wie schmerzhaft ...«

»Schmerz hat ein Gutes, Miss Carey. Sobald er vorüber ist, vergisst man ihn.«

»Ist das wirklich möglich?«, fragte sie, als hätte sie darüber nachgedacht und glaubte ihm nicht.

Seine Stimme wurde sanfter. »Ja, Miss Carey, das ist es.«

»Glauben Sie, mein Vater ... könnte je vergessen?«

Er erinnerte sich, dass Noel etwas über ihren Vater gesagt hatte und dass das Unrecht, das ihm angetan worden war, ihr Grund gegeben hatte, die Torys zu unterstützen. »Ich weiß es nicht«, erwiderte er aufrichtig. »Er ist geteert und gefedert worden«, sagte er. »Er hatte schlimme Verbrennungen.« Der Atem stockte ihm in der Kehle. Noel *hatte* es erwähnt, aber die Bedeutung seiner Worte ging ihm erst jetzt so richtig auf. Er war noch nie bei einem Teeren und Federn dabei gewesen, aber er hatte davon gehört und bezweifelte, dass es eine grausamere Bestrafung gab. »Das tut mir Leid«, sagte er.

»Er wäre fast gestorben, zuerst an den Verbrennungen und dann an einer Lungenentzündung. Sie hatten ihn fast völlig unbekleidet auf der Straße gelassen.« Ihr Kinn zitterte.

»Sie waren *dabei*?«

Sie nickte. »Sie kamen des Nachts zu unserem Haus, mit ihren Fackeln, ihren Masken und dem Geruch von Whiskey. Ich wollte, dass wir uns wehren. Vater hatte mich gelehrt zu schießen, und ich dachte, wir könnten sie vertreiben. Aber mein Vater glaubte, sie zur Vernunft bringen zu können. Er hatte immer gut mit Menschen reden können. Aber niemand hörte zu. Sie schleppten ihn einfach weg. Ich ... ich versuchte, sie daran zu hindern, aber sie hielten mich fest.« Ihre grauen Augen trübten sich, und John Patrick verspürte plötzlich das Bedürfnis, ihre Hand zu ergreifen und sie zu trösten. Sie hatte ihn so liebevoll gepflegt, und nun schien ihr Schmerz das ganze Zimmer zu erfüllen. Er konnte sie vor seinem inneren Auge beinahe sehen, diese schlanke junge Frau, die versuchte, gegen die Peiniger ihres Vaters anzukämpfen. »Sie zwangen ihn zuzusehen, als sie unser Haus niederbrannten, die Scheune ...«

Ihre Hände zitterten. John Patrick verspürte selbst Entsetzen über das, was dieser Frau und ihrem Vater zugestoßen war. »Großer Gott«, flüsterte er.

»Deshalb bin ich gestern Nacht geflohen«, sagte sie. »Weil ich an meinen Vater denken musste. Ich hasse Grausamkeit.«

Er schloss vorübergehend die Augen, als er den Schmerz in ihrer Stimme hörte, die Qual ihrer Erinnerungen. Er hatte gelogen, was den Schmerz betraf. Natürlich erinnerte er sich noch daran. Genau wie sie. Nur war ihrer noch viel schlimmer, weil sie für jemand anderen litt. »Das tut mir Leid«, sagte er noch einmal leise.

Ihre Lippen zitterten. »Ich dachte, sie wären unsere Freunde, unsere Nachbarn. Mein Vater hatte so vielen von ihnen geholfen, und er hatte nichts Unrechtes getan. Er wollte der Sache der Rebellen nur nicht die Treue schwören.«

John Patrick atmete wieder schwerer, aber nicht vor Anstrengung, sondern weil er gegen seinen Abscheu ankämpfen musste. Er hatte sich nie der Illusion hingegeben, die Männer, die seinen Rücken so übel zugerichtet hatten, seien Freunde. Sie waren Offiziere, denen es Freude machte, Menschen geistig und körperlich zu zerbrechen – nicht Leute, die im Umfeld seiner eigenen Eltern aufgewachsen waren und Familien gegründet hatten. Er wollte zu ihr gehen, sie in den Arm nehmen und das Grauen aus ihren Augen wegwischen. Aber er durfte nichts von all dem tun. »Wie geht es Ihrem Vater jetzt?«

Sie rang sich ein schwaches Lächeln ab. »Er hat es überlebt. Aber er spricht seitdem nicht mehr.«

»Haben Sie noch andere Angehörige?«

»Nur noch eine weitere Tante, Agnes. Sie ist die einzige Schwester meines Vaters. Aber sie lebt in New York.«

John Patrick verstand plötzlich Noels Interesse an der Familie Carey. Aber das durfte er nicht verraten. »Ich bin sicher, dass er wieder sprechen wird«, sagte er und hätte ihr gern angeboten, ihr zu helfen, obwohl er keine Ahnung hatte, wie.

Sie straffte sich. »Natürlich wird er das. Aber ich wollte, dass Sie verstehen.« Sie hatte nicht gefragt, wie oder warum sein Rücken derart zugerichtet worden war. Und er wollte sie nicht belügen. Nicht mehr, als unumgänglich war. Aber er wollte auch nicht, dass sie mit irgendjemand anderem über diese Narben sprach.

Er wollte schon etwas sagen, unterließ es dann aber und blickte ihr stattdessen prüfend ins Gesicht. Er erkannte darin nur Verständnis. John Patrick hatte sie vorher schon recht attraktiv gefunden, wenn auch nicht im herkömmlichen Sinne hübsch. Aber als er sie jetzt betrachtete und an die Sanftheit ihrer Hände dachte, schien sie ihm eine der anziehendsten Frauen zu sein, die ihm je begegnet waren. Ihre grauen Augen spiegelten Anteilnahme und Intelligenz wider. Sie versuchte nicht, sein Mitleid zu erregen, sondern hatte ihm stattdessen eine für sie selbst bestimmt sehr qualvolle Geschichte erzählt, um ihn zu trösten. Statt zu hassen, heilte sie, selbst wenn ihre Patienten Briten waren. Ihre Kraft ließ ihn sich klein vorkommen. Und er benutzte sie und machte sich ihr Mitgefühl zu Nutze, um zu überleben. Er wünschte, er könnte auf der Stelle gehen. Aber er hätte nicht gewusst, wohin, selbst wenn er mehr als ein paar Schritte hätte tun können. Und er konnte Philadelphia auch nicht ohne seine Crew verlassen.

»Ich hoffe, die Limonade schmeckt Ihnen«, sagte sie. »Und Betsys Kuchen.«

»Vielen Dank«, sagte er noch einmal, obwohl die Worte in seiner Kehle stecken zu bleiben drohten.

Annette lächelte, und es war, als bräche ein warmer Sonnenstrahl durch einen bewölkten Himmel. Es war ein ungemein verführerisches Lächeln. Sein Herz zog sich zusammen beim Gedanken, wie betörend dieses Lächeln war. Er wünschte, er würde nicht beginnen, sie zu mögen. Und nicht nur das – auch Verlangen regte sich in ihm. Und das waren zwei sehr gefährliche Emotionen für einen Mann in seiner Lage. Dann begegneten sich ihre Blicke, und er sah die gleichen Empfindungen in ihren Augen. Im Zimmer herrschte plötzlich Stille, ein drückendes, erwartungsvolles Schweigen breitete sich zwischen ihnen aus. Es war, als ob die ganze Welt abwartete.

Ihre Augen weiteten sich in jäher Erkenntnis und Verwirrung. Das sonst so ruhige Graublau wurde aufgewühlt wie die See bei einem Sturm. Es verbarg sich etwas Rebellisches hinter dieser ruhigen Fassade, die sie der Welt zu zeigen pflegte. Etwas, das er verdammt gern herauslocken würde aus seinem Käfig... Und sie wollte es auch. Er sah es in ihrem Gesicht, in der Art, wie ihr Körper sich ihm zuzuneigen schien, wie sie plötzlich ihre Oberlippe befeuchtete und sich dann in die Unterlippe biss. Er dachte an Noels Warnung, an ihre schwer zu übersehende Verletzlichkeit nach allem, was sie ihm erzählt hatte. Er schluckte und versuchte, das überwältigende Verlangen zu verdrängen, das von ihm Besitz ergriffen hatte. Er bewegte sich, und ein leises Stöhnen entrang sich ihm. »Ich glaube, ich muss mich jetzt ein bisschen ausruhen.«

Sie errötete ein wenig. Das Gewitter hatte sich verzogen – einstweilen. »Natürlich«, sagte sie. Dann schlüpfte sie lautlos aus der Tür und ließ nur einen leichten Blumenduft im Raum zurück, der an ihre Anwesenheit erinnerte. Er vermischte sich mit dem frischen, süßen Duft des Kuchens. John Patrick nahm das Glas mit der Limonade. Er konnte sich nicht entsinnen, wann er das letzte Mal welche getrunken hatte. Nicht, seit er kaum mehr als ein Knabe gewesen war. Bevor er nach London aufgebrochen war. Er trank die Limonade, und ihre Süße erstickte ihn beinahe, als er an die Hände dachte, die sie so liebevoll bereitet hatte. Er zog den Morgenmantel an, den Noel ihm gegeben hatte. Er wünschte, er hätte sich formeller kleiden können, doch die Uniform, die Noel ihm besorgt hatte, ließ sich nicht über die dicken Verbände ziehen, und seine Schulter war noch längst nicht stark genug, um sich ein Hemd über den Kopf streifen zu können.

Aber Gott sei Dank waren seine Wunden immer schnell verheilt. Nichts hatte ihn je lange zur Untätigkeit zwingen können, nicht einmal die fünfzig Peitschenhiebe, die er diesem verfluchten Captain Wentworth zu verdanken hatte. Er griff nach dem Spazierstock, und fluchend tat er einen Schritt, und dann noch einen. Schmerz schoss durch sein Bein. Aber er wusste, er konnte hier nicht sehr viel länger bleiben. Nicht, ohne etwas zu tun, was er bereuen würde. Und so ging er weiter, bis er sich nicht mehr auf den Beinen halten konnte. Sein verletztes Bein gab plötzlich nach, und er fiel zu Boden. Er versuchte aufzustehen, aber sein Bein versagte ihm den Dienst. Er kroch zum Bett, ihm war furchtbar schwindlig. Und so heiß. Er verlor das Bewusstsein, als ein versengendes Fieber den Raum vor seinen Augen verschwimmen ließ.

Annette ging in ihr Zimmer. Wieder und wieder ließ sie jenen zauberhaften Moment Revue passieren, als die Welt für einen winzigen Augenblick lang aufgehört hatte, sich zu drehen. Etwas in seinen grünen Augen hatte versucht, sie zu erreichen, und sie so intim berührt, als wenn er sie umarmt hätte. Ihr Körper prickelte, und eine tiefe Sehnsucht regte sich in ihr, von der sie nie gewusst hatte, dass sie in ihr existierte. War es seine Ausstrahlung? Sie hatte sich von Anfang an zu ihm hingezogen gefühlt, aber diese Gefühle ... sie waren unendlich machtvoller. Sie wünschte, sie könnte mit ihrer Mutter darüber sprechen. Hatte sie Annettes Vater mit solcher Leidenschaft geliebt? Sie erinnerte sich nur, dass ihre Beziehung würdevoll und ruhig gewesen war. War es wirklich Leidenschaft, was sie jetzt fühlte? Oder war es etwas Stärkeres?

Aber es gab niemanden, den sie fragen konnte. Mit ihrer Tante konnte sie unmöglich darüber sprechen – es war so unschicklich.

Aber zu Hause hatte sie sich mehr für Landwirtschaft interessiert als für die wenigen jungen Männer, denen sie begegnet war. Sie alle hatten die Augenbrauen hochgezogen, wenn sie versucht hatte, über ein Buch zu reden oder, schlimmer noch, die Vorteile von Fruchtwechselwirtschaft mit ihnen zu erörtern. Und hier ...

Sie war noch nie jemandem wie diesem Lieutenant begegnet, der ihr zuhörte und lobte, was sie tat, ohne sie mit seinen Blicken dafür zu verurteilen. Niemand hatte je ihr Herz durch seinen bloßen Anblick schneller schlagen lassen, oder so viel Freude in ihr geweckt wie er mit seinem bloßen Lächeln.

Die Limonade! In ihrer Verwirrung hatte sie den Krug auf seinem Nachttisch stehen lassen, und es gab noch andere Patienten, die sich über diesen seltenen Genuss sehr freuen würden. Sie kehrte zurück zu seinem Zimmer, und ihr wurde ganz flau im Magen bei der Erinnerung an jenen aufregenden Moment vorhin. Sie klopfte kurz an, vernahm aber keine Antwort. Als sie die Tür öffnete, sah sie ihn regungslos am Boden liegen. Erschrocken kniete sie sich neben ihn und legte ihre Hand an seine Stirn. Sie war heiß, brennend heiß. Sie konnte ihn unmöglich allein aufheben. Sie musste Hilfe holen. Sie wandte sich schon zur Tür, als sie ihn etwas murmeln hörte, das ihr Blut gefrieren ließ. Es musste das Fieber sein. Er delirierte. Oder sie musste sich verhört haben. »Lasst die Rettungsboote hinab«, murmelte er wieder. »Die Rettungsboote …« Seine Stimme war verfremdet vom Fieber, aber der schottische Akzent war eindeutig daraus verschwunden.

»Ich kümmere mich um ihn, Miss.«

Sie fuhr herum. Malcomb stand im Eingang. Annette starrte ihn an, und die Worte des Lieutenants hallten in ihrem Kopf wider. Er war Soldat, kein Seemann, aber selbst im Fieberwahn hatten seine Worte sehr befehlsgewohnt geklungen. Und der Akzent … Sie richtete sich langsam auf und starrte Malcomb an. Sein Gesicht war völlig ausdruckslos. Sie wusste nicht, ob er die Worte gehört hatte oder nicht. Oder ob er ihre Bedeutung überhaupt erkannte. Sie dachte wieder an den Rücken des Lieutenants, an die Narben, von denen er durchzogen war. Das waren keine Narben von Bajonetten oder Kugeln. Sie konnten nur von Peitschenhieben stammen. Aber er war Offizier. Offiziere wurden nicht in dieser Art bestraft. Zumindest glaubte sie das nicht. Sie richtete den Blick wieder auf den Lieutenant.

Malcomb stellte sich rasch zwischen sie. »Ich kümmere mich um ihn«, wiederholte er. Ihr blieb nichts anderes übrig, als zu gehen. Draußen auf dem Korridor lehnte sie sich an die Wand und atmete tief durch. Ihr Kopf schwirrte von unendlich vielen Fragen, die allesamt ungemein beunruhigend waren.

Noel behandelte den Kratzer eines Offiziers von einem unvorsichtig geführten Säbel mit ebenso viel Mitgefühl, als handelte es sich dabei um eine ernsthafte Verwundung. Nicht ein einziges Mal gab er der Versuchung nach, dem Mann zu sagen, er sei ein unvorsichtiger Narr und er habe Wichtigeres zu tun, als Kratzer zu versorgen. Inmitten dieser wohlwollenden Behandlung öffnete sich die Tür, und Malcomb schaute zu ihm herein. Seine besorgte Miene und sein beinahe unmerkliches Nicken verrieten Noel, dass er Probleme hatte. Noel beendete seine Arbeit rasch und gab dem Offizier noch ein Glas von dem guten Brandy, der so viele seiner Patienten zu ihm brachte. Erst nachdem er den Mann hinausbegleitet hatte, widmete er Malcomb seine volle Aufmerksamkeit. »Jonny?«

»Aye. Ich fand diesen verdammten Narren auf dem Boden mit der kleinen Carey neben ihm. Er murmelte etwas von Rettungsbooten herablassen. Ich weiß nicht, wie viel sie gehört oder verstanden hat.«

»Sie hat nichts zu dir gesagt?«

»Nein.«

»Dann sollten wir jetzt lieber beten.« Noel fühlte, wie ihm eiskalt ums Herz wurde. »Verdammt. Ich wusste, dass er langsam unruhig wird. Hat er sich bei dem Sturz verletzt?«

»Die Schulterwunde ist wieder aufgerissen. Es sieht so aus, als wäre sie entzündet, aber es ist kein Wundbrand.«

Noel seufzte. Er wünschte, er hätte John Patrick zu sich nach Hause bringen können, wo er ihn besser im Auge behalten könnte. Und er konnte Malcomb unmöglich bei ihm Wache stehen lassen. Das würde Verdacht erregen. Ihm blieb nichts anderes übrig, als Jonny zu vertrauen. »Und nun?«

»Ich habe ihm ein bisschen Opium gegeben. Für eine Weile müsste er jetzt bewusstlos sein – und still.«

»Verdammt«, sagte Noel. »Ich gehe hinüber und sehe nach

ihm. Was ist mit dem Schweden? Er war nicht hier, als ich zurückkam.«

Malcomb verzog das Gesicht. »Wahrscheinlich schnüffelt er wieder irgendwo herum. Ich traue ihm nicht.«

Noel nickte. »Er schleicht viel um das Gefängnis in der Walnut Street herum. Ich sah ihn gestern Abend in einer Taverne in der Nähe, als ich von Major Ames zurückkam.«

»Er ist genauso ein Dummkopf wie sein Herr.«

»Jonny wird seine Mannschaft dort nicht lassen«, sagte Noel seufzend. »Er wird's nicht tun. Ich kenne ihn.«

»Sogar nach all den Jahren noch?«

»Selbst wenn es fünfzig Jahre wären, würde er sich nicht so sehr verändert haben. Es gibt nichts Wichtigeres für John Patrick als Loyalität.«

»Ich finde nicht, dass er Ihnen gegenüber sehr loyal ist.«

»Weil er denkt, ich hätte die Familie verraten. Aber ich glaube, wenn ich in Schwierigkeiten wäre, würde er mir zu Hilfe kommen.«

Malcomb schnaubte. »Viel wahrscheinlicher ist, dass er Sie in Schwierigkeiten bringen wird.«

John Patrick sah den Ärger in Noels Augen, als sein Bruder seine Wunden untersuchte. Gott, er fühlte sich entsetzlich, und Noels stiller Zorn trug nichts zur Besserung seiner Lage bei.

»Was zum Teufel hast du dir dabei gedacht?«, fragte Noel, als er sich über die eiternde Schulterwunde beugte.

»Ich kann hier nicht bleiben«, entgegnete John Patrick stur. »Es geht mir gegen den Strich, Miss Carey zu belügen.«

»Und wo willst du hin, wenn ich fragen darf?«

John Patrick wusste es, aber er sagte nichts.

»Hast du überhaupt eine Vorstellung davon, wie eng General Howe seine Schlinge um diese Stadt gezogen hat?«, fragte Noel. »Es hat mich verdammte Mühe gekostet, dich hereinzukriegen. Ich werde nicht das Risiko eingehen, dass du erwischt wirst, wenn du versuchst, hinauszukommen. Du weißt, dass du noch nicht stark genug bist, es allein zu schaffen.«

John Patrick schloss die Augen. »Wie lange noch?«

»Nun, du hast dich gerade selbst mindestens zwei oder drei Tage zurückgeworfen, wahrscheinlich sogar mehr.« Noel fuhr fort, die Schulterwunde zu untersuchen. Die Nähte hatten sich gelöst. Er fluchte unterdrückt.

»Du hast mir nicht erzählt, dass ihr Vater nicht mehr spricht«, sagte John Patrick anklagend.

Noel hielt in der Bewegung inne. »Wer hat dir das gesagt?«

»Sie.«

»Verdammt. Ich hatte dich gebeten, sie in Ruhe zu lassen.«

»Sie brachte mir Limonade und Kuchen. Ich konnte sie ja wohl nicht gut daran hindern.«

»Wie kam es zu diesen ... Vertraulichkeiten?«

John Patrick bewegte sich unbehaglich. »Sie wollte mich nur wegen meines Rückens trösten. Sie sagte, sie sei nicht weggelaufen, weil sie etwas Schreckliches gesehen habe, und fand es auch überhaupt nicht merkwürdig, dass ein britischer Offizier Narben von einer Peitsche auf dem Rücken hatte. Sie lief nur davon, weil diese Narben Erinnerungen an ihren Vater weckten, als er geteert und gefedert worden war.«

»Großer Gott«, murmelte Noel. »Und deshalb, Bruder, hast du keinen Grund zur Sorge.«

»Nein? Malcomb sagte, du hättest etwas gemurmelt, als er hereinkam.«

John Patrick erstarrte.

»Sie ist eine sehr intelligente junge Dame, Jonny. Und sie ist verwundbar. Sie hat alles verloren, was ihr etwas bedeutete. Alles außer ihrem Vater, und ihrer Meinung nach hat sie auch von ihm sehr viel verloren. Gewinn nicht ihr Vertrauen, um sie dann zu hintergehen. Es würde sie zerstören. Sie darf nie erfahren, wer du wirklich bist.«

Ein weiterer überraschend intensiver Schmerz durchzuckte

John Patrick bei dem Gedanken. Für einen Moment wünschte er, sie könnte es erfahren und ihn akzeptieren. Aber das war töricht. »Sie ist sehr stark«, sagte er stattdessen.

»Und woher willst du das wissen? Wie oft hast du denn schon mit ihr gesprochen?«

»Dreimal.«

Noel fluchte hörbar, was John Patricks Erfahrung nach sehr selten vorkam. »Sorg dafür, dass es das letzte Mal war«, sagte er schließlich. »Und nun verhalt dich still, damit ich die Wunde neu vernähen kann.«

John Patrick wappnete sich, aber trotzdem spürte er jede Unze des verdienten Schmerzes. Er missbrauchte ein Herz, das viel zu weich für diese schlimmen Zeiten war. Das Nähen hörte auf, und er öffnete die Augen, um seinen Bruder anzusehen. »Wie viel Schaden, glaubst du, habe ich schon angerichtet?«

»Genug. Von jetzt an sagst du ihr, du bräuchtest Ruhe. Und keine weiteren vertraulichen Gespräche mehr.«

John Patrick hob die Augenbrauen.

»Und ich will, dass du in diesem Zimmer bleibst.«

Weil er so etwas nicht versprechen konnte, wechselte John Patrick das Thema. »Hast du etwas über meine Mannschaft herausgefunden?«

Noel zögerte lange genug, um John Patrick zu verraten, dass er etwas wusste.

»Noel?«

»Sie sollen auf die Gefängnisschiffe auf dem Hudson River gebracht werden.«

»Wann?«

»Bei Ankunft des ersten Schiffs, das in diese Richtung fährt«, sagte Noel. »In zwei, drei Wochen.«

»Nur wenige überleben die Gefängnisschiffe«, sagte John Patrick leise.

Noel schwieg.

»Die falschen Papiere, die du für mich hast – kannst du noch mehr davon besorgen?«

»Warum sollte ich?«

»Weil du einen Eid geschworen hast, Leben zu erhalten. Du kennst die Todesrate auf diesen verfluchten Schiffen.«

»Und du glaubst, ein einziger Mann wäre irgendwie in der Lage, zwanzig Gefangene, die von den besten königlichen Truppen bewacht werden, zu befreien?«

»Wenn die Briten zwanzig haben, bedeutet das, dass fünfunddreißig andere es bis zu Washingtons Truppen geschafft haben müssen. Ivy kann sie in die Stadt zurückholen...«

Noel starrte ihn an. »Du bist verrückt. Noch verrückter sogar, als ich dachte, nachdem du so weit den Delaware hinuntergefahren warst.«

»Ich brauche nichts weiter als ein Dokument, das mir die nötige Autorität verleiht, um die Gefangenen mitzunehmen. Alles andere schaffe ich allein.«

»Nein«, sagte Noel. »Ich helfe dir nicht dabei, dich umzubringen.«

»Mit oder ohne deine Hilfe, ich werde sie herausholen.«

Noel bedachte ihn mit einem vorwurfsvollen Blick. »Nicht einmal ein kleines bisschen Dankbarkeit, Jonny?«

John Patricks Blick verdüsterte sich. »Natürlich bin ich dir dankbar, Noel, aber nicht genug, um zwanzig Männer in den Händen der Briten zurückzulassen. Sie haben mir in diesen letzten Jahren treu gedient und alles getan, worum ich sie gebeten habe, und noch erheblich mehr. Wenn sie auf die Gefängnisschiffe gehen, gehe ich mit ihnen.«

»Nein, Jonny, du irrst dich. *Dich* würden sie hängen.« Nach dieser letzten ernsten Warnung wandte sich sein Bruder ab und ging. John Patrick ließ sich auf das Bett zurücksinken. Wenn er nur nicht so schrecklich müde wäre. Er musste seine Kraft so schnell wie möglich zurückgewinnen, denn egal, wie er es auch anstellen musste, er war inzwischen fest entschlossen, der britische Offizier zu sein, der die Mannschaft der *Star Rider* zum Transport auf das Gefängnisschiff abholen würde.

☆ ☆ ☆

Für einen großen Mann besaß Ivy ein geradezu verblüffendes Talent, sich unsichtbar zu machen. Er hatte diese Kunst als zwangsrekrutierter Seemann entwickelt. Seine Größe allein hatte die Offiziere auf ihn aufmerksam gemacht, und er hatte schon bald festgestellt, dass ihm das nicht gefiel. Und deshalb hatte er gelernt, mit den Schatten zu verschmelzen und ein unterwürfiges Aussehen anzunehmen, die Maske eines Clowns, die eher Gelächter erzeugte anstatt Hiebe. Bis Jonny an Bord des Schiffs gebracht worden war, war es ihm gelungen.

Ivy wusste nicht, warum er beschlossen hatte, alles zu riskieren, um dem jungen Burschen beizustehen. Vielleicht wegen John Patricks Mut. Er tat, was niemand sonst wagte: Er weigerte sich, aufzugeben. Er bekämpfte Captain Wentworth mit jeder Faser seines Körpers und mit Herz und Seele. Er war an zwei Tagen hintereinander ausgepeitscht worden, weil er sich weigerte, den Captain »Sir« zu nennen, und dann zwei Wochen später noch einmal, als er einen der Matrosen attackierte, weil der einen kranken Mann geschlagen hatte. Er hatte die Aufgaben von Männern übernommen, die zu schwach waren, um sie zu erledigen, und manchmal achtundvierzig Stunden an einem Stück gearbeitet. Er war dem Kapitän ein Dorn im Augen gewesen, seit dem Tag, an dem er an Bord gebracht worden war.

Bis zu John Patricks Ankunft hatte Ivy die anderen Seeleute ignoriert und sich ausschließlich aufs Überleben konzentriert. Er hatte zugesehen, wenn Männer überanstrengt, geschlagen und auf halbe Rationen gesetzt wurden, während die Offiziere immer fetter wurden. Aber John Patrick hatte für jeden Einzelnen gekämpft, selbst für die Geringsten unter ihnen, oder vielleicht sogar ganz besonders für die Geringsten unter ihnen. Und Ivy hatte zugesehen und ihn um sein Ehrgefühl beneidet, selbst als er sah, wie John Patrick in Eisenketten gelegt, geknebelt und von neuem ausgepeitscht wurde. Dann, eines Tages, stellte sich Ivy neben ihn. Und andere Mitglieder der Mannschaft traten zu ihnen. Sie sahen die aufrichtige Furcht in den Augen des Kapitäns, denn zum ersten Mal hatte die Mannschaft einen Anführer. Wentworth hatte sein Schwert gezogen. Er hätte John Patrick umgebracht, aber Ivy war zwischen sie getreten, hatte Wentworth' Arm gepackt und ihn verdreht, bis er die Waffe fallen ließ.

Natürlich wurden er und Jonny dann ergriffen, erhielten jeder fünfzig Peitschenhiebe und wurden dazu verurteilt, zwei Tage später gehängt zu werden. Sie wurden in Ketten gelegt und im Frachtraum festgehalten. Ohne sich dessen bewusst zu sein, verhinderten Piraten die Ausführung des Urteils. Aber selbst wenn es nicht so gewesen wäre, hätte Ivy seine Handlung ganz sicher nicht bereut. John Patrick hatte ihm seine Männlichkeit und seinen Stolz zurückgegeben. Eric Iverssen würde nie wieder vor irgendeinem Menschen kuschen.

Aber er hatte gelernt, sich unsichtbar zu machen. Er wusste, wie man Jägern aus dem Weg ging, und in den Jahren, in denen er Pirat gewesen war, hatte er auch gelernt zu jagen. Er schuldete dem Kapitän seine Seele. Er würde ihm bis in die Hölle folgen, falls es nötig war.

Ivy beendete das Anschirren eines Pferds an Dr. Marshs Phaeton. Es war schon fast dunkel, und bald würde der Doktor zum Ball des Generals fahren, von dem ganz Philadelphia sprach. Die meisten der britischen Offiziere würden ebenfalls daran teilnehmen. Heute Nacht war der ideale Moment, um den Versuch zu wagen, die britischen Linien zu durchbrechen und sich zu Washingtons Lager in Valley Forge durchzuschlagen. Gestern Abend hatte Ivy sich in das Carey'sche Haus geschlichen. Der Käpt'n hatte ihn gebeten, alle entkommenen Mannschaftsmitglieder der *Star Rider* zu suchen und sie nach Philadelphia zu bringen. Dann solle er mit ihnen den Befehl des Käpt'ns abwarten.

»Ivy.«

Er hörte die Stimme des Doktors und wandte sich rasch um. Er wusste noch nicht so recht, was er von dem königstreuen Doktor halten sollte. Wie sein Käpt'n hasste Ivy die Briten mehr als alles andere auf der Welt. Sie hatten ihn zu weniger als einem Mann gemacht, bis er John Patrick begegnet war. Aber Marsh hatte das Leben des Käpt'ns gerettet, und Tory hin oder Tory her, das zählte eine Menge. Ivy blickte ihn ruhig an. »Die Kutsche ist bereit.«

»Ich werde nicht später als Mitternacht zurück sein.«

Der große Schwede nickte. Er sprach nie jemanden anderen mit »Sir« an, außer Jonny. Dr. Marsh zögerte einen Moment, als ahnte er irgendwie, dass Ivy in dieser Nacht vorhatte zu verschwinden. Seine braunen Augen blickten Ivy prüfend ins Gesicht. »Vielen Dank, dass Sie sich um meinen Bruder kümmern. Ich glaube, das hatte ich Ihnen bisher noch nicht gesagt.«

»Er würde für mich das Gleiche tun.«

Dann sagte der Doktor leise: »Ich sah Sie in der Nähe des Walnut Street Gefängnisses. Wenn ich Sie sah, könnten andere Sie dort auch gesehen haben. Seien Sie vorsichtig.«

»Ja. Sie auch, Dr. Marsh. Es ist eine dunkle Nacht, und nicht jeder in Philadelphia mag Torys.«

»Ich werde daran denken«, entgegnete Marsh trocken. Der Doktor nahm die Zügel und stieg auf den Bock, und einen Moment schien es, als ob er noch etwas hinzufügen wolle. Doch dann bewegte er nur die Zügel, und das Pferd setzte sich in Bewegung. Ivy sah der Kutsche nach, bis sie in der Dunkelheit verschwand. Dann blickte er zum Himmel auf. Wolken schoben sich über eine schmale Mondsichel. Es war wirklich eine finstere Nacht.

Eine Nacht für Schatten.

6

Annette gab sich die größte Mühe, allen ihren Patienten gegenüber objektiv zu bleiben. Sie hatte schnell die Erfahrung gemacht, wie sehr es schmerzte, wenn sie es nicht tat. Ihr erster Patient war gestorben, und mehrere andere waren ihm gefolgt. Es hatte ihr jedes Mal das Herz gebrochen. So viele Hoffnungen, die erloschen. Es tat noch immer weh, doch inzwischen hatte sie gelernt, einen kleinen Schutzwall um ihre Gefühle zu errichten. In nur wenigen Tagen jedoch hatte der schottische Lieutenant diese Barrikade eingerissen. Sie hatte sich schon zu ihm hingezogen gefühlt, bevor sie seinen Rücken gesehen hatte, doch danach hatte sie ihm ihr Herz noch weiter geöffnet und ihre Reserviertheit ihm gegenüber aufgegeben. Denn seine Reaktion, als sie die Narben gesehen hatte, hatte tiefes Mitgefühl in ihr geweckt. Sie war so völlig anders als seine übliche sorglose Art gewesen, die sie so ungemein anziehend fand. Das mutwillige Funkeln in seinen Augen schien seinen schweren Verwundungen zu trotzen, und sein Lächeln war die schiere Rebellion gegen den Tod. Das gefiel ihr. Und es gefiel ihr auch, wie seine Augen in sie hineinzublicken und zu spüren schienen, was sie hier in Philadelphia verborgen halten musste. Es war verwirrend, aber auch bezwingend, fast so, als würde er sie einladen, ihn zu einem Abenteuer zu begleiten.

Und nun hatte sie noch etwas anderes zu bedenken – die Absonderlichkeit seiner unbewussten Worte. Sie hatte versucht, sie aus ihrem Bewusstsein zu verbannen, aber sie kamen ihr trotzdem immer wieder in den Sinn. Zumindest war das die Ausrede, die sie sich selbst gegenüber benutzte, als sie am Nachmittag nach seinem Sturz zu seinem Zimmer ging. Aber in ihrem Herzen wusste sie, dass es mehr als das war. Sie fühlte sich wie ein Lemming auf dem Weg zur See.

Dr. Marsh hatte sie heute Morgen zu beruhigen versucht. Der Lieutenant brauche nur Ruhe, hatte er ihr versichert, nachdem er fast die halbe Nacht bei dem Patienten geblieben war. Heute jedoch brauchte sie mehr als bloße Zusicherungen. Sie musste sich persönlich davon überzeugen, dass es dem Lieutenant besser ging. Und sie wollte ihm auch die Fragen stellen, die ihr einfach keine Ruhe ließen. Celia hatte Fleischpasteten gebacken, und Annette hatte eine davon mit einem Glas Milch auf ein Tablett gestellt. Nach kurzer Überlegung hatte sie dann rasch ein Buch aus der Bibliothek geholt, die zwar nicht so umfangreich wie die ihres Vaters war, aber dennoch einige sehr gute Ausgaben enthielt.

Nun klopfte sie an die Tür des Lieutenants und fühlte sich ermutigt, als er sie freundlich hereinbat. Er saß im Bett. Sein Gesicht hatte wieder etwas Farbe, aber sein Kinn bedeckten dunkle Bartstoppeln, die ihn ein bisschen wie einen Banditen aussehen ließen. Sein dunkles Haar war zerzaust, und seine Lippen lächelten, als er sie ansah. Annette bemerkte jedoch, dass das Lächeln seine Augen nicht erreichte. Sie setzte das Tablett ab. Er schnupperte anerkennend. »Warten Sie nicht mit dem Essen«, riet sie ihm. »Sie schmecken besser, solange sie noch warm sind.«

»Haben Sie sie zubereitet?«

»Nein. Das war Celia, unsere Köchin.«

»Ah«, sagte er. »Die Schöpferin der Suppen und Eintöpfe.«

Annette sah ihn prüfend an. »Die Wunde hat sich nicht entzündet?«

Ein merkwürdiger Ausdruck huschte über sein Gesicht. »Ich hatte nur ein bisschen Fieber, das war alles.«

Sie blickte in Augen, die grüner waren als alle anderen, die sie je gesehen hatte. Seine Augen, die vorher leicht getrübt vom

Schmerz gewesen waren, waren nun wach und klar. Sehr, sehr klar sogar. Und trotzdem verrieten sie nur wenig. »Ich ... ich habe Ihnen ein Buch mitgebracht. Ich wusste nicht, ob Sie ...« Sie merkte plötzlich, dass sie stotterte. So etwas war ihr bisher noch nie passiert.

»Danke«, sagte er. »Vielen Dank. Ich bin immer froh über ein gutes Buch.«

»Sie lesen also gern?«

»Aye. Ich bin damit aufgewachsen. Eine Welt ohne Bücher könnte ich mir gar nicht vorstellen.«

Ihr Herz schlug schneller. »Ich auch nicht.«

»Und was tun Sie sonst noch gern, Miss Carey?«

»Reiten. Früher ...« Sie verstummte abrupt.

Er wartete einen Moment, bevor er sanft beharrte: »Früher ...?«

»Früher hatte ich eine Stute. Sasha war unglaublich schnell. Ich ritt mit meinem Vater um die Wette auf den Feldern, wenn die Ernte eingebracht war. Oder wir spazierten über die Felder, sprachen über die nächste Aussaat und ...«

»Sie haben keine anderen Angehörigen?«

»Nein, nur noch Papa. Mama starb vor sieben Jahren. Er lehrte mich alles, was es über Landwirtschaft zu wissen gibt. Er liebte das Land. Mir war nie bewusst, wie sehr auch ich es liebte.« Sie hielt inne. »Warum wissen wir nie, wie sehr wir etwas lieben, bis wir es verloren haben?« Statt einer Antwort streckte er die Hand nach ihr aus. Sie trat ein paar Schritte auf ihn zu und legte ihre Hand in seine. Sie fühlte seine Wärme. Sie glitt ihren Arm hinauf und durchflutete ihren ganzen Körper.

»Und Sasha?«

Vorsichtig, um ihn nicht zu stoßen, setzte sie sich aufs Bett. »Die Nacht, in der der Pöbel kam, ließ einer unserer Leute die Tiere frei. Seitdem habe ich mein Pferd nicht mehr gesehen.« Sie fühlte, wie seine Finger sich noch ein wenig fester um ihre schlossen, und wusste, er verstand. »Ich habe eine Anzeige in der

Zeitung aufgegeben, aber es hat sich niemand darauf gemeldet.«

»Wie sah sie aus?«

»Sie war eine hübsche Braune mit drei weißen Füßen und einem schwarzen. Ihre Mähne hatte eine weiße Strähne. Und sie war eins der schnellsten Pferde hier im County. Ich habe ihr beim Fohlen geholfen und sie trainiert, und sie lief mir nach wie ein Schoßhündchen.«

Er lachte. »Gibt es irgendetwas, was Sie nicht können?«

»Ich konnte mein Zuhause nicht beschützen«, erwiderte sie, und ihre Stimme klang mehr traurig als verbittert.

»Niemand hätte ihr Zuhause gegen eine Horde bewaffneter, betrunkener Abtrünniger beschützen können«, versuchte er Annette zu trösten.

»Aber ich kann schießen. Ich hätte …«

»Dann hätten sie Sie umgebracht, und das wäre noch viel tragischer gewesen«, sagte er, während er ihre Hand an seinen Mund zog und sie mit den Lippen sanft berührte. »Geben Sie sich nicht die Schuld daran.«

»Ich will nie wieder hilflos sein«, sagte sie und brachte damit etwas zum Ausdruck, was ihr schon seit Monaten keine Ruhe ließ. »Ich wünschte nur, ich könnte die Briten noch mehr unterstützen. Wenn ich ein Mann wäre …«

»Ich bin sehr froh, dass Sie keiner sind.«

Annette spürte, wie sie errötete. Einen Moment lang war sie nicht imstande, etwas darauf zu erwidern.

»Ich mag Ihr Lächeln«, fügte er hinzu. »Sie lächeln nur leider nicht oft genug.«

»Es gibt nicht viel zu lächeln heutzutage«, erwiderte sie traurig.

Er gab ihre Hand frei, und sie richtete sich etwas gerader auf. »Aye«, sagte er. »Leider ist das so.« Etwas Düsteres war in seine Augen getreten, als erinnerte er sich plötzlich an etwas. Seine Lippen wurden schmal, und merkwürdigerweise musste Annette an einen Habicht denken. Mächtig. Räuberisch. Der mühelose Charme des Gentlemans schien zu verblassen, und er wirkte nun wieder Zoll für Zoll wie ein Soldat und sehr gefährlich. Dieser abrupte Wechsel brachte ihr wieder die Fragen in Erinnerung, die sie ihm hatte stellen wollen.

»Wo ist Ihre Familie?«

Er versteifte sich. Sie hatte schon oft die Feststellung gemacht, dass Fragen eine gute Ablenkung für Männer waren, die Schmerzen litten. Und Lieutenant John Gunn *hatte* Schmerzen. Das sah sie jedes Mal, wenn er sich zu bewegen versuchte. Aber sie war nicht vorbereitet auf die Qual, die über sein Gesicht huschte, bevor er wieder eine völlig ausdruckslose Miene aufsetzte. Hatte auch er Verluste erlitten? Sie stand auf. »Verzeihen Sie. Es geht mich nichts an. Ich dachte nur ...«

»Ja?«

Sie senkte den Kopf. »Dass Ihre Familie möglicherweise etwas mit der See zu tun haben könnte.«

Seine Augen wurden schmal. »Wie kommen Sie darauf?«, entgegnete er kalt.

Sie erschauderte ganz unwillkürlich. Einen Moment lang zögerte sie und kam sich vor wie eine Motte, die sich zu nahe an eine Flamme heranwagte, als sie dann fortfuhr: »Als Sie bewusstlos waren, murmelten Sie etwas vom Hinablassen von Booten.«

Sein Gesicht hellte sich ein wenig auf, doch sein Blick blieb kühl und argwöhnisch. »Ich bin in meiner Jugend tatsächlich eine Weile zur See gefahren, aber dann wurde mir klar, dass ich nicht das Zeug zum Seemann hatte. Vor allem, nachdem mein Schiff bei einem besonders schweren Sturm gesunken war. Ich verbrachte mehrere Tage in einem Rettungsboot, wobei ich fast verdurstet wäre. Und danach beschloss ich, falls es nötig sein sollte, zu kämpfen, es an Land zu tun.«

»Und Ihre Narben?« Die Frage ließ ihr keine Ruhe.

»Nur eine kleine Meinungsverschiedenheit zwischen einem

Offizier und mir«, erwiderte er und zuckte gleichgültig die Schultern. Aber sie sah die Kälte, die in seinem Blick erschien. »Und was wäre geschehen, wenn es eine größere gewesen wäre?«

»Ich denke, das ist nichts für die Ohren einer hübschen jungen Frau«, erwiderte er. »Es genügt zu sagen, dass ich ausschied, als meine Zeit vorüber war.« Seine Antworten weckten höchstens noch mehr Fragen in ihr. Sie wusste, wie es in der Armee zuging. Schließlich hatte sie ihre Patienten oft genug darüber reden gehört. Wie konnte aus einem einfachen Seemann ein Offizier werden?

Sie wollte ihn gerade danach fragen, als er sich wieder bewegte, und sie hörte ihn nach Luft schnappen, als der Schmerz ihn wieder überwältigte. Sein Blick glitt kurz zu ihr hinüber, dann wandte er ihn wieder ab. »Ich bin müder, als ich dachte, Miss Carey.« Es war, als hätte sie plötzlich aufgehört, für ihn zu existieren. War es der Schmerz? Oder die Fragen nach seiner Familie? Annette fühlte sich dafür verantwortlich. Trotz seines klaren Blicks und charmanten Lächelns war er offenbar noch immer ein sehr kranker Mann. »Dann gehe ich jetzt lieber«, sagte sie. Aber ihre Beine wollten ihr nicht gehorchen ...

Ein Muskel zuckte an seinem Kinn, doch seine Mundwinkel verzogen sich zu einem Lächeln. »Nochmals vielen Dank.« Und damit war sie eindeutig entlassen. Auf charmante Art, aber nichtdestoweniger entlassen. Sie hatte schon die Tür hinter sich geschlossen, als sie merkte, dass sie immer noch nicht wusste, warum sein Akzent neulich Abend von einem Augenblick zum anderen verschwunden war.

John Patrick versuchte es mit Beten in den nächsten Tagen, obwohl er zugegebenermaßen ziemlich außer Übung war. In der britischen Marine hatte er aufgehört, an Gebete – oder irgendetwas anderes – zu glauben. Aber nun brauchte er zweifellos die Hilfe irgendeiner Gottheit. Er betete, dass Ivy General Washingtons Lager erreicht haben möge. Er betete, dass die Männer, die nicht unter jenen zwanzig im Walnut Street Gefängnis waren, weder erfroren waren noch getötet worden waren. Er betete, dass Noel die Papiere beschaffen würde, die er brauchte. Er betete, dass er in ein paar Tagen wieder genügend auf dem Damm sein würde, um sich als selbstbewusster britischer Offizier ausgeben zu können, Vor allem jedoch bat er Gott um Kraft, Annette Carey gegenüber kühl und unbeteiligt sein zu können. Aber wann immer sie mit neuen Verbänden oder Essen kam, brachte sie eine Frische mit und eine Unschuld, die sie betörender machte als die raffinierteste aller Kurtisanen. Sie blieb nie lange, und wie er Noel versprochen hatte, ermutigte er sie auch nicht dazu. Im Allgemeinen antwortete er nur sehr einsilbig auf ihre Fragen oder gab vor, zu schlafen. Nichtsdestoweniger stellte er fest, dass er sie mit großer Ungeduld erwartete, und verstand nicht, warum er so enttäuscht war, wenn sie nicht erschien. So etwas hatte er noch nie zuvor bei einer Frau empfunden. Aber er sehnte sich nach diesem seltenen Lächeln, das auf solch wundervolle Weise ihr Gesicht erhellte. Er musste sich immer wieder ins Gedächtnis rufen, dass es das Lächeln einer Tory war und dass es für einen britischen Offizier bestimmt war und keineswegs für einen Mann, wie er es war.

Noel erschien in der Tür seines Zimmers, und John Patrick sah, dass er ein Flugblatt in der Hand hatte.

5 000 Pfund Belohnung
für die Ergreifung des Piraten,
der unter dem Namen Star Rider bekannt ist.
Er wird in der Umgebung Philadelphias vermutet.
Er hat schwarzes Haar und grüne Augen
und ist etwa einsfünfundneunzig groß.

John Patrick erschrak. »Ich hatte gehofft, sie hielten mich für tot.«

»Ich glaube, das tun sie auch. Sie wollen nur nichts riskieren.«

»Woher haben sie die Beschreibung?«

»Von einem britischen Marineoffizier, der dich anscheinend aus der Nähe gesehen hat, als du sein Schiff gekapert hast.«

»Er ist in Philadelphia?«

»O ja. Ich bin ihm gestern Abend auf einer Soiree begegnet. Er redete praktisch ohne Unterlass über den ›Teufel‹, der die Schuld daran trägt, dass er fast die Hälfte seiner Mannschaft verloren hat, von seinem Schiff erst ganz zu schweigen. Die Briten holten ihn aus New York hierher, um ihnen deine Identifizierung zu erleichtern.«

John Patrick vermochte kaum die Wut zu unterdrücken, die ihn bei der Vorstellung erfasste, wie unbekümmert Noel mit dem Feind gesellschaftlichen Umgang pflegte. Ärgerlich zerknüllte er das Flugblatt in der Hand.

»Sie hängen überall in Philadelphia«, meinte Noel bekümmert. »Malcomb nimmt sie zwar ab, wenn er eins sieht, aber ...«

»Sie haben mich zwei Zentimeter kleiner gemacht«, beschwerte sich John Patrick. »Aye, die Beschreibung ist aber dennoch gut getroffen. Grüne Augen und schwarzes Haar sieht man hier nämlich nicht sehr oft.«

»Und Miss Carey?«

Noel zuckte zusammen. »Ich hoffe, sie nimmt uns ab, dass du der bist, für den du dich ausgibst. Aber ich möchte nicht, dass du dich vor den Offizieren im Haus sehen lässt, da sie womöglich versuchen könnten, ein Gespräch mit dir anzuknüpfen.«

John Patrick nickte. Sein Magen verkrampfte sich. Das verdammte Flugblatt würde es ihm noch sehr viel schwerer machen, seine Männer zu befreien.

»Gib es auf, Jonny. Sobald du wieder kräftig genug bist, kann ich dich aus Philadelphia herausschmuggeln.« Es war, als erriete Noel, was ihm durch den Kopf ging.

»Das kann ich nicht. Wir waren vier Jahre zusammen, einige sogar noch länger. Ich denke nicht daran, sie jetzt im Stich zu lassen.«

Ein Muskel zuckte an Noels Wange. »Verdammt, Jonny, du bist noch längst nicht stark genug. Du schaffst es nicht.«

»In ein paar Tagen bin ich wieder auf den Beinen, Noel.«

»Ah, du bist also nicht nur Pirat, sondern anscheinend auch noch Arzt?«

»Ich habe in meinem Leben genug Verwundete behandelt.«

»Und wie viele deiner Patienten haben überlebt?«

»Ein oder zwei«, antwortete John Patrick mit einem wehmütigen Lächeln.

Noel schüttelte den Kopf. »Du hast alles schon fix und fertig geplant, nicht wahr?«

John Patrick schwieg.

»Und nichts, was ich sage, wird dich noch umstimmen können?«

»Nein.« Ein harter Zug erschien um Noels Kinn. John Patrick bemerkte zum ersten Mal die grauen Strähnen in seinem braunen Haar. Noel sah älter aus, als er war, die Linien in seinem Gesicht waren sehr viel ausgeprägter als vor Jahren, und er lächelte nicht mehr so oft wie früher. John Patrick war sich durchaus der tiefen Zuneigung bewusst, die er für den Mann empfand, der neben ihm stand. Aber ein Krieg entzweite ihn und seinen Bruder. Er wusste, in welch unhaltbare Lage er Noel mit seiner Bitte brachte, ein Vorhaben zu unterstützen, das er nicht für richtig hielt. Aber John Patricks Männer waren in Gefahr. Das konnte er nicht außer Acht lassen – selbst wenn sein Bruder damit keine Schwierigkeiten hatte. John Patrick seufzte und ließ sich wieder in die Kissen sinken. »Könntest du etwas anderes für mich tun, Noel?«

Noels Brauen zogen sich zusammen. »Eine Bank ausrauben? Ich glaube nicht.«

»Nein, etwas sehr viel Einfacheres, was dein Feingefühl gewiss nicht so verletzt«, erwiderte John Patrick grinsend.

Noel blickte misstrauisch.

»Hat Ann … Miss Carey dir je etwas von ihrem Pferd erzählt?«

Noel schüttelte den Kopf.

»Sie hatte eine Stute, die verschwand, als ihr Haus niedergebrannt wurde. Eine Braune mit drei weißen Füßen und einem schwarzen. Ihre Mähne ist schwarz mit einer weißen Strähne. Miss Carey macht sich Sorgen um das Pferd. Könntest du dich mal danach erkundigen? Ich werde dir Geld zukommen lassen, um das Tier zurückzukaufen.«

Noel starrte ihn einen Moment lang schweigend an. »Natürlich kann ich mich erkundigen. Aber es ist nicht nötig, dass du mir Geld schickst.«

»Doch, das ist es«, widersprach John Patrick. »Oder zumindest doch für mich.«

Wieder betrachtete Noel ihn so lange, dass es John Patrick wie eine Ewigkeit vorkam. »Ich kümmere mich darum«, sagte Noel schließlich. Bevor er ging, warf er das Flugblatt in das Feuer im Kamin, und die Geste brachte John Patrick wieder zu Bewusstsein, wie wenig Zeit ihm blieb.

John Patrick suchte nach Misstrauen in Annettes Gesicht, als sie ihm an jenem Abend ein Glas Milch brachte, entdeckte aber nichts dergleichen. Stattdessen schenkte sie ihm wieder dieses wundervolle Lächeln, das sein Herz erwärmte, obwohl er sich auch jetzt wieder sagte, dass sie nicht so lächeln würde, wenn ihr seine wahre Identität bekannt wäre und sie wüsste, dass er der Star Rider war, der Mann, den ganz Philadelphia suchte. Fünftausend Pfund, das war eine großzügige Belohnung. Annette und ihr Vater hatten alles verloren, als ihr Haus verbrannt war und ihnen ihr Land genommen worden war. Wenn sie wüsste …

Aber sie sah ihn nicht an wie einen Feind. Ein Teil von ihm – der Teil, der seine Vernunft beherbergte – wünschte fast, sie täte es. Stattdessen betrachtete sie ihn ernst. »Sie sehen schon sehr viel besser aus.«

»Dr. Marsh sagte, meine Wunden heilten gut.«

»Das freut mich«, erwiderte sie.

»Und Sie sehen müde aus«, bemerkte er, obwohl er sich doch vorgenommen hatte, Annette nicht zu einer Unterhaltung mit ihm zu ermutigen. Aber sie füllte eine Leere in ihm aus, die ihn schon sehr, sehr lange quälte. Die Jahre der Piraterie hatten ihn von seiner Familie getrennt – seiner Ansicht nach, nicht ihrer –, und er fühlte sich ihnen und allem anderen, was ihm einst vertraut gewesen war, entfremdet. Er sagte sich, dass er dieses Haus bald verlassen würde, und dann würde er nichts weiter als ein früherer Patient für Annette sein. Er sagte es sich immer und immer wieder, obwohl er wusste, dass dem nicht so war. Er hatte versucht, der erotischen Spannung zu widerstehen, die zwischen ihnen knisterte, wann immer sie den Raum betrat, aber es gelang ihm einfach nicht. Sein Körper glühte von einem Fieber, das nichts mit seinen Wunden zu tun hatte. Aber noch beunruhigender war das merkwürdige Gefühl der Zusammengehörigkeit, das er bei ihr verspürte. Das konnte er nicht brauchen. Und das wollte er auch nicht. *Ich wünschte, ich könnte den Briten eine größere Hilfe sein.* Sie würde ihn an den Galgen bringen, wenn sie wüsste, wer er war. Reizte es ihn wirklich so sehr, mit dem Feuer zu spielen? Aber wann immer er in ihre blaugrauen Augen schaute, beschlichen ihn höchst ungewohnte, seltsame Gefühle. Beschützerische, besitzergreifende Gefühle.

»Einer unserer Patienten ist ... gestorben.« Ihre Stimme war kaum mehr als ein Flüstern. »Wir glaubten ihn auf dem Weg der Besserung, aber ...«

Ein Brite. Er hatte selbst genug von ihnen aus dem Leben in den Tod befördert, und dennoch spürte er, wie etwas von ihrem Kummer auf ihn übergriff. Wieder streckte er seine Hand aus, und wieder nahm sie sie. Seine Finger glühten von der Wärme ihrer Hand, und ein Ziehen ging durch seine Lenden. Es war ein Fehler gewesen, sie zu berühren. Das erkannte er, als sie sich einen ungemein gefühlsgeladenen Moment lang schweigend in die Augen blickten. Er sah eine Träne in ihrem Augenwinkel und hätte sie gern von der zarten Haut an ihrer Wange gewischt – aber das wäre nicht gut. Nicht jetzt. Sie war so bezaubernd. So eine faszinierende Mischung aus Kraft und Verwundbarkeit, aus Seide und aus Stahl. Und so verdammt gefährlich für ihn. Er zwang sich, ihre Hand freizugeben. Ihre Augen schienen ihn fragend anzusehen, doch dann lächelte sie dieses seltene Lächeln, von dem er irgendwie wusste, dass es ganz allein für ihn bestimmt war. Nein, ermahnte er sich brüsk. Es war für John Gunn, den schottischen Lieutenant, nicht für ihn. Er schluckte bei der Einsicht. »Schlafen Sie gut«, sagte sie. Aber er fragte sich, ob er je wieder dazu in der Lage sein würde.

Annette zog leise die Tür hinter sich zu und zwang ihr aufgeregtes Herz, sich zu beruhigen. Sie war sehr deprimiert gewesen, als sie John Gunns Raum betreten hatte. Sie verstand nicht, warum sie dem Tod des jungen Fähnrichs gestattet hatte, den Schutzwall, den sie um ihre Gefühle errichtet hatte, zu durchbrechen. Vielleicht war es ja wegen des Briefs, den sie für ihn an seine Liebste geschrieben hatte, oder vielleicht auch, weil sie den jungen Mann schon auf dem Weg der Besserung geglaubt hatte …

Aber zwei Nächte zuvor hatte sie die verräterischen roten Linien gesehen, die von seiner Wunde ausgingen. Egal, was Dr. Marsh auch unternommen hatte, der Faulbrand hatte sich rasend schnell verbreitet, und heute Abend war der junge Mann gestorben. Sie hatte sich gründlich gewaschen und beschlossen, nach dem schottischen Lieutenant zu sehen, um sich persönlich davon zu überzeugen, dass ihm nicht das gleiche Schicksal drohte. Er hatte von Anfang an etwas in ihr angeregt, das noch stärker war als das Mitgefühl, das sie all den anderen jungen Männern entgegenbrachte, die sie pflegte. Waren es diese erstaunlich grünen Augen, die so viele Geheimnisse zu bergen schienen, oder die ausgeprägten Linien in seinem Gesicht, die nicht zu einem Manne seines Alters passten? Es war ein Gesicht, das gelitten und gesiegt, das Leiden aber nie vergessen hatte. Oder war es das unwiderstehliche Charisma dieses Mannes? Selbst als er noch so krank gewesen war, hatte seine Gegenwart den ganzen Raum erfüllt.

Was immer es auch sein mochte, er hatte den Weg zu ihrem Herzen gefunden wie noch kein anderer Mann vor ihm. Und er hatte Bedürfnisse in ihr erweckt, von deren Existenz sie bisher nichts geahnt hatte. Sie hatte in den letzten beiden Jahren gedacht, es sei ihr Schicksal, eine alte Jungfer zu werden. Es hatte ihr nicht einmal etwas ausgemacht, da sie noch nie einem Mann begegnet war, der Interesse oder Gefühle in ihr geweckt hätte. Doch nun wusste sie, dass sie nicht immun war gegen Gefühle, die sie bisher nur vom Hörensagen kannte.

Wann immer sie ihm nahe war, löschte eine Flut von Hitze jeglichen vernünftigen Gedanken in ihr aus. Wie heute Abend, als sie ihm erlaubt hatte, ihre Hand zu halten. Wir sind nur Fremde, die einen Moment des Kummers teilen, sagte sie sich. Das war gar nicht unnatürlich. Aber sie war ehrlich genug, sich einzugestehen, dass es von ihrer Seite weitaus mehr als nur das war. Sie wusste so gut wie nichts über ihn, über sein Zuhause und seine Familie. Er war ihren Fragen danach ausgewichen.

Vielleicht war er verheiratet und wollte ihr deshalb nichts erzählen? Sie strich ihr Haar zurück. Im Grunde war es auch gar nicht wichtig. Sobald er wieder auf den Beinen war, würde er zu seinem Regiment zurückkehren. General Washingtons Männer lagerten nicht weit von Philadelphia, und es hieß, nach Weihnachten würde es zu einer größeren Schlacht mit den Rebellen kommen. Annette schloss die Augen. Was für ein niederschmetternder Gedanke. Auf erschreckend unsicheren Beinen machte sie sich auf den Weg zum Zimmer ihres Vaters. Sie klopfte leise an und trat dann ein.

Er saß lesend in einem Sessel und blickte auf, als er sie hörte. Er sah so dünn und kraftlos aus, und seine Augen hatten einen solch verlorenen, fragenden Blick, dass sie am liebsten in Tränen ausgebrochen wäre. Sie ging zu ihm und beugte sich über ihn, um ihn auf die Stirn zu küssen. »Möchtest du ein Gläschen Brandy?« Er nickte, und sie ging zu der Anrichte, auf der Franklin stets eine Flasche Brandy und Gläser bereithielt. Sie schenkte zwei Fingerbreit des Brandys ein und brachte ihm das Glas. Dann warf sie einen Blick auf das Buch, in dem er las: *Die Geschichte der Kreuzzüge.* »Ist es gut?« Der Anflug eines Lächeln huschte über sein Gesicht, und er nickte.

Er legte das Buch auf seinen Schoß und tätschelte ihre Hand. Aber die wache Intelligenz, die früher Leben in seine Augen gebracht hatte, schien verloren. »Hier ist ein Lieutenant«, sagte sie ganz unvermittelt. »Er liest auch sehr gern. Ich habe ihm eins deiner Bücher gegeben. Vielleicht möchtest du ihn morgen gern mal kennen lernen?« Besorgt beobachtete sie sein Gesicht. Sie versuchte immer wieder, sein Interesse zu beleben und einen Weg zu finden, den Mann zurückzubringen, der er einst gewesen war. Aber er zog sich höchstens noch tiefer zurück in seine Welt aus Schweigsamkeit und Büchern. Er tat es täglich mehr, und sie befürchtete, er könne eines Tages ganz darin verschwinden.

Auch jetzt ließ er durch nichts erkennen, dass er sie gehört hatte, und deshalb versuchte sie, mit den letzten Neuigkeiten sein Interesse zu erwecken. Mrs. Applegate reiste nach New York. Mr. Denning war in die britische Armee eingetreten. Der junge Bruce Whitmore war zur britischen Marine gegangen. Von General Howe hieß es, er sei sehr optimistisch, die amerikanische Armee besiegen zu können. Ach ja, und angeblich laufe ein berüchtigter Pirat in Philadelphia herum. Die meisten Leute glaubten allerdings, er sei ertrunken, als sein Schiff auf dem Delaware gesunken war. »Dr. Samuel Johnson hat ein neues Buch herausgebracht, *Eine Reise zu den Inseln Westschottlands,* sagte sie. »Dr. Marsh sagte, er habe es schon gelesen und wolle es dir mitbringen.«

Ein Schimmer von Interesse erschien in Hugh Careys Augen, der sie wieder etwas Hoffnung schöpfen ließ.

»Der Lieutenant, von dem ich sprach, ist aus Schottland. Vielleicht sollte ich ihn bitten, das Buch zuerst zu lesen, damit er dann mit dir darüber reden kann.« Sein Interesse wurde augenfälliger, als er einen Schluck von seinem Brandy trank. Schottland hatte ihn schon immer fasziniert. Sein Vater war Engländer gewesen, aber seine Mutter stammte aus den schottischen Grenzgebieten.

»Gut«, sagte Annette. »Dann ist es also abgemacht. Ich werde Dr. Marsh bitten, Lieutenant Gunn das Buch zu geben. Dann könnt ihr zwei ein Glas Brandy zusammen trinken. Bis dahin müsste er gesund genug sein.«

Sie plauderte weiter, bis ihr Vater sein Glas geleert hatte. Dann beugte sie sich vor und küsste ihn wieder auf die Stirn. »Schlaf gut, Vater«, sagte sie. Zutiefst bekümmert über sein nicht enden wollendes Schweigen ging sie hinaus, um Franklin zu holen, damit er ihrem Vater beim Zubettgehen half. Sie würde noch ein letztes Mal nach ihren Patienten sehen und dann auch zu Bett gehen. Falls irgendjemand ihren Vater aus seiner Welt des Schweigens zurückholen konnte, dann vielleicht dieser charismatische Lieutenant, dachte sie.

7

Das Geräusch nahenden Donners rollte durch John Patricks Raum. Er legte das Buch beiseite, das Annette ihm gebracht hatte, und begann, von einer jähen Unruhe gepackt, im Zimmer auf und ab zu wandern. Am liebsten wäre er auf den Korridor hinausgegangen, beherzigte aber ausnahmsweise einmal Noels Ermahnung. Er hatte Recht, dieses verdammte Flugblatt *war* gefährlich. So wie Fragen nach seinem angeblichen Regiment es wären, falls irgendein anderer Patient versuchte, eine Unterhaltung mit ihm zu beginnen. Aber er kam sich vor wie ein Gefangener. Er wusste nur, was Noel und Malcomb ihn wissen ließen, oder was Betsy oder Annette unwissentlich verrieten. Er konnte keiner der beiden Frauen Fragen stellen, ohne womöglich Verdacht zu erregen – weshalb er auf Gedeih oder Verderb einem Bruder ausgeliefert war, der völlig andere Loyalitäten pflegte als er selbst. Bestenfalls war es eine ausgesprochen unangenehme Situation für ihn. Und eine tödliche für seine Mannschaft schlimmstenfalls.

Und er wünschte, er verfügte über Geld. Er hatte Noel eine fürstliche Summe für die Suche nach Annettes Pferd übergeben wollen, und er würde auf jeden Fall dafür sorgen, dass er sie erhielt. Freibeuterei war ein sehr lukratives Unternehmen, und er hatte mehr Geld in Baltimore versteckt, als er vermutlich jemals brauchen würde. Obwohl er viele der gekaperten britischen Schiffsladungen den amerikanischen Truppen überlassen hatte, hatte er mehr als genügend Kapital für den Erwerb und die Ausstattung eines neuen Schiffs zusammengetragen, für den Fall, dass er die *Star Rider* verlieren sollte.

Doch leider hatte er nur ein paar Münzen in der Tasche gehabt, als sein Schiff gesunken war, mehr nicht. Er blieb am Fenster stehen. Acht Tage. Nun war er schon acht Tage hier. Sie kamen ihm vor wie ein ganzes Leben. All seine Überzeugungen – was den Krieg und auch ihn selbst anging– wurden einer harten Prüfung unterzogen in diesem Haus. Der tief empfundene, bittere Zorn, der ihn so viele Jahre am Leben erhalten hatte, begann allmählich zu verblassen. Und dieser Zorn war ein wesentlicher Bestandteil des Mannes, zu dem er in all diesen Jahren geworden war. Und all das nur wegen eines Mädchens. Eines Mädchens mit Augen von der Farbe des Himmels in der Morgendämmerung. Ein Mädchen, das Mut und Entschlossenheit besaß und ein so großes, liebevolles Herz, dass es wieder Leben in das seine brachte.

Er ließ seinen Blick über den öden winterlichen Garten schweifen und zwang sich, an seine Mannschaft zu denken. Die Sonne war fast nicht mehr zu erkennen hinter den schweren grauen Wolken, die den Himmel überzogen. In der Ferne sah er einen Blitz aufzucken. Es war das ideale Wetter für Ivy – und wen auch immer er von der Mannschaft noch gefunden hatte –, einen Durchbruch in die Stadt zu wagen. Die Zeit drängte. Aber John Patrick brauchte mindestens noch eine weitere Woche, um sein Hinken loszuwerden. Und selbst dann würde es jedes Fünkchen Kraft erfordern, das er aufbringen konnte, um zu tun, was er tun musste.

Mithilfe des Spazierstocks hinkte er zur Tür und öffnete sie. Das Zimmer ging auf einen Korridor hinaus, der vermutlich zum vorderen Teil des Hauses führte, zum Speisesaal und zum Salon, wo die meisten der britischen Verwundeten untergebracht waren. Zu seiner Linken war eine Tür, die ins Freie führte. Er wäre gern die wenigen Schritte bis zu dieser Tür gegangen. Aber wenn nun irgendein britischer Soldat, der schon auf dem Weg der Besserung war, die gleiche Idee wie er hatte?

Trotzdem war es sehr verlockend. John Patrick hätte liebend

gern ein bisschen frische Luft geschnappt und den kühlen Wind des aufkommenden Sturms gespürt. Er hatte Stürme immer sehr geliebt, sogar auf See. Er liebte die Herausforderung, die sie für ihn darstellten, die Geschicklichkeit, die sie von ihm erforderten. Natürlich fürchtete er sie auch. Man müsste ein kompletter Narr sein, um es nicht zu tun. Aber es erfasste ihn auch Euphorie beim Kampf mit den Naturgewalten, beim Lenken eines wild schlingernden Schiffs durch aufgewühlte Ozeane. Er wünschte, er hätte jetzt ein Deck unter den Füßen, und träumte von der Rückkehr in eine Welt, in der er die Kontrolle hatte.

Er hörte irgendwo in der Nähe eine Tür aufgehen, und zog sich hastig in sein Zimmer zurück. Einen Moment lang lehnte er sich dort an die Wand und wartete und lauschte, ob sich Schritte seinem Zimmer näherten. Aber eine weitere Tür öffnete und schloss sich irgendwo. Er atmete auf. Jeder Schritt konnte von britischen Soldaten stammen, die kamen, um ihn gefangen zu nehmen. Wieder begann er ruhelos sein Zimmer zu durchschreiten. Noch eine Woche, maximal zehn Tage, und er würde ein Schiff besteigen, das schon kurz darauf das seine würde ...

Bei Einbruch der Nacht erreichte das Gewitter seinen Höhepunkt. Ivy und die dreißig Männer, die ihn begleiteten, hatten geduldig abgewartet und dann, als wahre Sturzbäche von Regen die britischen Wachen zwangen, einen Unterschlupf zu suchen, mühelos die britischen Linien passiert.

Ivy konnte es kaum erwarten, zu seinem Kapitän zurückzukehren. Er traute dem Arzt nicht, und diesem reizbaren Schotten, der ihm diente, schon erst recht nicht. Ivy hatte sehr viele von John Patricks Mannschaftsmitgliedern in General Washingtons Lager gefunden und sich darauf kurzerhand entschlossen, sie alle nach Philadelphia mitzunehmen. Da es weder genug zu essen noch genügend Decken im Feldlager gab, waren die Männer nur allzu gern bereit, Ivys Aufforderung zu folgen, und alle waren fest entschlossen, ihre Kameraden aus dem Gefängnis in Philadelphia zu befreien. Ivy stand dem Kapitän näher als irgendjemand anderer, doch John Patricks Fairness und persönliches Interesse für jedes einzelne Mitglied seiner Crew hatte eine Loyalität erzeugt, die man nicht oft unter Seeleuten fand. Die Tatsache, dass er sein Leben riskiert hatte, um seinen Männern eine Chance zur Flucht zu geben, hatte ihre Loyalität nur noch verstärkt. Es gab nicht einen Einzigen unter ihnen, der nicht willens gewesen wäre, sich ihm anzuschließen und mitzuhelfen, ihre unglücklicheren Kameraden zu befreien. Zweiunddreißig waren dem Schicksal ihrer Kameraden entronnen, als ihre Rettungsboote von der Strömung des Flusses erfasst und weiter flussabwärts getrieben worden waren als die anderen beiden Boote. Als sie die anderen Männer gesucht hatten, entdeckten sie, dass sie von einer britischen Patrouille gefangen genommen worden waren. Ohne Waffen war den Überlebenden nichts anderes übrig geblieben, als sich zu trennen und zu versuchen, an den britischen Wachposten vorbeizukommen. Nur zwei von ihnen hatten Valley Forge nicht erreicht und wurden von den anderen für tot gehalten.

Nun mussten sie zu zweit und zu dritt versuchen, sich nach Philadelphia durchzuschlagen. Jeder schlüpfte in eine ganz bestimmte Rolle. Eine Klappe auf einem Auge, das angeblich in Verteidigung des Königs verloren worden war. Ein Farmer, den die Rebellen von seinem Land vertrieben hatten. Ein Schwachkopf, der um Nahrung bettelte. Ein Fischer, dessen Boot beschlagnahmt worden war. Solche und andere Rollen zu spielen, war nichts Neues für die Männer. Der Kapitän hatte oft einen oder mehrere von ihnen in britisch besetzte Gebiete geschickt, um Informationen über auslaufende Schiffe zu erlangen. Täuschungsmanöver waren ebenso kinderleicht für sie, wie mit einem Segeltuch den Wind zu fangen. Für einige von ihnen sogar noch leichter. In Philadelphia würden sie jeden Abend einen Mann in die Taverne schicken, die dem Walnut Street Gefängnis gegenüberlag, bis der Kapitän entschied, dass der Moment gekommen war, zu handeln. Als sie den Stadtrand erreichten, verabschiedete Ivy sich flüsternd von ihnen und sah ihnen nach, bis sie in der dunklen, regnerischen Nacht verschwanden.

Annette hatte das Buch von Samuel Jackson, das Dr. Marsh ihr mitgebracht hatte, dankend angenommen. Sie hatte ihm nichts davon gesagt, dass sie es dem schottischen Lieutenant zuerst zu lesen geben wollte, denn ihr war eine gewisse Spannung zwischen den beiden Männern aufgefallen. Was eigentlich ziemlich seltsam war, hatte sie schon des Öfteren gedacht, da der Doktor sonst mit all seinen Patienten sehr gut auskam, selbst mit den schwierigsten und reizbarsten von ihnen. Sie versuchte, den Grund dafür zu verstehen, und kam zu dem Schluss, dass das Problem die Verschiedenartigkeit der beiden Männer war. Dr. Marsh war liebenswürdig, ausgeglichen, gutwillig und nicht leicht zu verärgern.

Lieutenant Gunn hingegen war rastlos und strotzte nur so vor nervöser Energie, sogar im Krankenbett, was den Umgang mit ihm nicht gerade erleichterte. Sie spürte die Ungeduld in ihm, den Ärger. Sie wusste, wie tief und stark sie waren und dass sie vermutlich von den Narben auf seinem Rücken herrührten. Und dennoch erzeugte der Gedanke an sein Fortgehen eine große Leere in ihr. Er hatte wieder Hoffnungen, Wünsche und Träume in ihr erweckt. Sie wollte gar nicht daran denken, wie es sein würde, sein Zimmer zu betreten und festzustellen, dass es leer war. Oder wie es sein würde, sich zu fragen, ob er lebte ... oder tot war.

Sie schüttelte den Gedanken ab. Ihm würde bestimmt nichts zustoßen. Denn das wäre ja beinahe so, als würde man die Sonne auslöschen ... »Annette?« Sie verdrängte die beunruhigenden Gedanken und wandte sich um, als Dr. Marsh in die Küche zurückkam.

»Ich denke, Lieutenant Gunn braucht keine Ölumschläge mehr«, sagte er. »Nur sehr viel Ruhe. Würden Sie bitte dafür sorgen, dass er sie bekommt?«

»Ich bin nicht sicher, ob ich dazu in der Lage bin«, erwiderte sie ehrlich. »Er steht jetzt schon ständig auf und versucht, zu gehen.«

»Ich weiß.« Der Doktor nickte stirnrunzelnd. »Aber beschränken Sie die Besuche auf ein Minimum, soweit das möglich ist. Sagen Sie Betsy, sie solle ihm nur das Essen hinstellen.«

Annette verzichtete darauf, zu erwidern, dass sie es war, die dem Lieutenant meist das Essen brachte, und nickte nur.

»Gut«, sagte Dr. Marsh. »Er wird in etwa einer Woche in die Kaserne umziehen können.«

Annette öffnete den Mund, um zu widersprechen, sagte aber nichts. Eine jähe Furcht, die sie erfasste, hielt sie davon ab. Doch falls Dr. Marsh etwas bemerkt haben sollte, erwähnte er es nicht. Stattdessen begann er mit ihr die anderen Patienten zu erörtern und verbrachte dann mehrere Stunden mit ihrer Behandlung, bevor er Annettes Vater besuchte. Als er am späten Nachmittag aus dem Arbeitszimmer kam, suchte Annette beunruhigt seinen Blick. »Es wird nicht besser, oder?«

Dr. Marsh zögerte, dann schüttelte er betrübt den Kopf. »Nein.«

»Warum?«

»Ich denke, er zieht es vor, in einer Welt zu leben, in der es keine … Gewalttätigkeit gibt. Aber geben Sie nicht auf, Annette.« Er blieb stehen, als wolle er noch etwas sagen, doch nach kurzem Schweigen nickte er dann nur. »Ich sollte mich jetzt besser auf den Weg machen. Ich erwarte nämlich noch Patienten in der Praxis.«

»Haben Sie noch etwas von diesem Pirat gehört, über den so viel geredet wird?«

»Nein«, sagte er. »Ich glaube, selbst General Howe ist inzwischen ziemlich sicher, dass er zusammen mit seinem Schiff untergegangen ist.«

»Ich habe das Flugblatt gesehen. Bieten sie wirklich so viel Geld für seine Ergreifung?«

»Das tun sie nur, weil sie sicher sind, es nicht auszahlen zu müssen«, sagte Dr. Marsh. »Ich glaube, es geht ihnen mehr darum, die Einwohner von Philadelphia zu beruhigen, als wirklich den Versuch zu machen, ein Gespenst zu fangen.«

»Diese Summe erscheint mir wirklich etwas übertrieben. Er muss ja ein sehr gefährlicher Mann sein.«

»Sie können ganz beruhigt sein. Falls er noch nicht tot ist, ist er weit, weit weg von hier.«

Annette nickte, bedankte sich bei ihm und ging mit ihm zur Tür. Das Buch noch immer in den Händen, verdrängte sie den Gedanken an das Flugblatt und den Piraten und ging zum Zimmer des Lieutenants. Sie klopfte leise an und wartete, bis er sie aufforderte, einzutreten.

Er saß in einem Sessel neben dem Fenster, machte aber Anstalten, sich zu erheben, als sie eintrat.

»Bitte nicht«, sagte sie. »Ich wollte Sie nur um eine Gefälligkeit bitten . . .«

Trotz ihrer Ermahnung stand der Lieutenant auf, und wieder dachte sie, was für eine prachtvolle Statur er hatte. Er trug eine Uniformhose, die seine muskulösen Oberschenkel wunderbar zur Geltung brachte. Dazu trug er ein schlichtes weißes Hemd. Die Bändchen am Hals waren nicht geschlossen und ließen ein Stückchen sonnengebräunter Haut erkennen. Ohne das Nachthemd wirkte er weit weniger verletzlich als vorher. Sein Gesicht war noch ein wenig blass, aber seine grünen Augen glitzerten wie Smaragde. Es schien ihn nicht zu wundern, dass ihre Stimme mitten im Satz auf einmal schwankte. Oder zumindest hatte sie den Eindruck, dass sie schwankte.

»Was immer Sie wünschen, Miss Carey.«

Sie zögerte, und jetzt schien er ihr Unbehagen zu spüren, denn er lehnte sich ans Fenster und schaute hinaus. »Ich saß sowieso nur hier und beobachtete das Gewitter.«

»Sie lieben auch Gewitter?«

»Aye. Aber dass Sie sie mögen, überrascht mich. Die meisten Frauen fürchten sie.«

Ihr Magen verkrampfte sich bei seinem eindringlichen Ton. Sie spürte seinen prüfenden Blick auf sich und wurde mit einem Mal sehr unsicher. »Ich glaube ... ich bin anders als die meisten Frauen.«

»Und wieso, Miss Carey?« Es war, als ob seine Lippen ihren Namen streichelten. Sie wünschte, sie hätte nichts gesagt. Wie sollte sie ihm erklären, was für hochfliegende Träume sie immer gehabt hatte – neben dem, was ihr Vater als ›hartnäckigen Hang zur Unabhängigkeit‹ bezeichnete? Sie hatte ihren Verstand benutzen und Abenteuer erleben wollen. Sie könnte sich nie damit zufrieden geben, in einem Wohnzimmer zu sitzen und einem Ehemann in allem zuzustimmen. Sie hatte gedacht, sie würde niemals einen Mann finden, der sich eine *Partnerin* wünschen würde, statt einer Ehefrau, die zu Hause saß und ihm den Haushalt führte. Sein eindringlicher Blick verlangte eine Antwort. Aber sie hatte keine, die sie ihm auf seine Frage hätte geben können.

Nach einer Weile schenkte er ihr wieder dieses mutwillige und überaus charmante Lächeln, das jedes Mal ihr Herz zum Flattern brachte. »Ich stimme Ihnen zu«, sagte er. »Sie sind nicht wie die meisten Frauen. Nicht viele junge Damen würden ihre gesamte Zeit darauf verwenden, Verwundete zu pflegen, noch würden sie sich mit halb Philadelphia anlegen und den Vorwurf aller anderen dadurch riskieren.«

»Woher wissen Sie das?«

»Dr. Marsh hat es mir erzählt.«

»Sie kämpfen für etwas, woran ich glaube«, sagte sie. »Ich möchte tun, was ich kann, um der gerechten Sache beizustehen.«

»So sehr bewundern Sie den König?« Annette hielt inne und dachte über die Frage nach. Es war eine etwas sonderbare Frage für einen Offizier des Königs, aber ebenso kurios war schließlich auch, dass einige Kolonisten Torys waren und andere Rebellen. Auch sie hatte die Handlungen des Königs schon infrage gestellt und mit ihrem Vater über sie gestritten, bis zu der Nacht, die ihre Zweifel ein für alle Mal zerstreut hatte. »Er *ist* der König«, erwiderte sie schlicht.

»Aye«, stimmte der Lieutenant zu, und sein Blick glitt zu dem Buch in ihren Händen. »Ist das Buch für mich?«

»Es … es hat etwas mit der Gefälligkeit zu tun, um die ich Sie bitten möchte.«

»Ja?«

Sie zögerte. »Nur Mut«, forderte er sie lächelnd auf. »So schwierig kann es doch nicht sein.«

»Ich habe Ihnen doch erzählt, dass mein Vater nicht mehr spricht.« Plötzlich strömten die Worte wie ein Wasserfall über ihre Lippen. »Ich hatte gehofft, Sie könnten dieses Buch lesen und es dann mit ihm besprechen. Die Mutter meines Vaters war Schottin. Er hat sich immer sehr interessiert für dieses Land, obwohl er hier in Pennsylvania geboren wurde.« Sie reichte ihm das Buch. »Ich dachte … vielleicht könnten Sie meinem Vater etwas über Schottland erzählen …«

Er nahm ihr das Buch ab und las den Titel. »Ich habe es schon gelesen«, sagte er. Einen Moment lang blickte er ihr prüfend ins Gesicht, und sie hatte schon Angst, er würde ihre Bitte ablehnen. Doch dann nickte er abrupt. »Ich glaube, es würde mir Freude machen, mich mit Ihrem Vater zu unterhalten.«

Es gefiel ihr, dass er weder Fragen stellte noch nervös wurde, obwohl sie sich bei diesem Mann im Grunde gar nicht vorstellen konnte, dass er überhaupt je nervös wurde. Er nahm den Zustand ihres Vaters schlicht zur Kenntnis. Es würde ihm sogar *Freude* machen, sich mit ihm zu unterhalten, hatte er gesagt. Alles andere als eine widerstrebende Einwilligung, weil er das Gefühl hatte, in ihrer Schuld zu stehen … »Danke«, sagte sie. Er bewegte keine Miene und verbeugte sich nur leicht vor ihr. Sie war wieder entlassen. Er war ein Experte in diesen Dingen. Niemand konnte das so elegant wie er, vor allem ohne Worte. Als sie aufblickte und ihm in die Augen sah, war sie sich der Anziehungskraft zwischen ihnen mehr denn je bewusst. Oder spürte nur sie es – und er merkte es nicht einmal? Sie hatte in Romanen über Liebe auf den ersten Blick gelesen, aber nie wirklich daran geglaubt. Außerdem geschahen ihr solche Dinge nicht. Und dennoch hatte er ihr eine völlig neue Welt erschlossen, ihr Herz zum Singen gebracht und ihren Geist beseelt.

»Heute Abend?« Es gelang ihr schließlich, die Frage in einem, wie sie hoffte, ruhigen und gelassenen Ton zu stellen.

»Ja.«

»Ich komme Sie abholen.«

»Und ich erwarte Sie«, entgegnete er feierlich, und seine Lippen verzogen sich wieder zu diesem ungemein verführerischen Lächeln. Annette zwang sich, das Zimmer zu verlassen und nicht daran zu denken, wie gern sie noch geblieben wäre.

Es war ein verdammter Fehler, sich zu einem Besuch bei Annettes Vater bereit erklärt zu haben. Noel würde ihm sicher heftige Vorwürfe deswegen machen. Aber John Patrick hatte es einfach nicht übers Herz gebracht, ihr die stumme, verzweifelte Bitte in ihren Augen abzuschlagen, obschon er wusste, dass er damit gegen Noels Anordnungen verstieß. Und wenn schon, dachte er. Er würde ohnehin nicht mehr sehr lange hier sein, und wenn alles klappte wie geplant, würde sie nie erfahren, dass sie einen Feind beherbergt hatte. Lieutenant John Gunn würde im Mahlstrom des Krieges einfach untergehen. Doch bis dahin konnte er ihr vielleicht wenigstens einen Teil von dem vergelten, was sie für ihn getan hatte.

Er begann in dem Buch zu blättern. Vor einem Monat hatte er in Baltimore eine Ausgabe davon gefunden, als das Schiff zur Überholung dort im Hafen lag, doch das Buch war dann zusammen mit der *Star Rider* versunken. Er brauchte es jedoch nicht, um sich an die glücklichen Tage in Schottland zu erinnern, bevor die Briten ihn zwangsrekrutiert hatten, und konnte sachverständig über Schottland reden, ohne auch nur eine Seite umzublättern. Vor seiner Reise nach England hatte er seinen Vater nach sämtlichen Details gefragt und erinnerte sich nicht nur an jede einzelne seiner ungemein anschaulichen Schilderungen, sondern konnte auch Hunderte von Geschichten über Schottland nacherzählen. O ja, er konnte über Schottland reden, über seine fruchtbaren grünen Grenzgebiete und die spröde Schönheit der Highlands, in denen seine Familie einst gelebt hatte. Er konnte sogar mit einem Tory darüber reden, der das Königshaus verteidigte, das die Sutherland'schen Ländereien gestohlen und die stolzen Highland-Clans beinahe ausgerottet hatte. Mit einem Tory wie seinem Bruder. Bei Hugh Carey hingegen lag die Sache etwas anders. Ihm war mindestens ebenso viel Unrecht widerfahren wie ihm selbst, dachte John Patrick.

Er hatte das Thema bisher eigentlich immer nur schwarzweiß gesehen, doch nun begann er sich zu fragen, ob das auch wirklich ganz korrekt gewesen war. Was war, wenn die Freiheit eines Menschen den Verlust der Freiheit eines anderen bedeutete? Er schob den Gedanken beiseite und öffnete das Buch.

Der Nachmittag verging sehr schnell, als er nochmals Dr. Johnsons Buch las. Betsy brachte ihm das Abendessen: einen großen Teller Eintopf mit frisch gebackenem Brot und zum ersten Mal auch ein Glas Bier. Seine freudige Erwartung begann in direktem Verhältnis zur sinkenden Sonne anzusteigen. Bald würde er Annette wiedersehen ... Er verwünschte sich für den Gedanken. Er hätte an nichts anderes denken sollen als an seine Crew. Aber er konnte Miss Carey einfach nicht aus seinem Kopf verbannen. Als es endlich klopfte, zog er den verhassten Uniformrock eines britischen Lieutenants an und erhob sich, bevor er sie hereinbat.

Annette betrat das Zimmer. Sie trug ein dunkelblaues Kleid, das noch immer viel zu düster war für eine Frau in ihrem Alter und nur von einer schlichten Halskette aus Perlen und Saphiren geschmückt wurde, die er vorher schon an ihr gesehen hatte. Das intensive Blau des Kleids unterstrich das Blau ihrer Augen und ihr glänzendes dunkles Haar. Zum ersten Mal, seit er sie kannte, trug sie ihr Haar offen. In schimmernden weichen Wellen umrahmte es ihr Gesicht und wurde zurückgehalten von zwei Flechten, die mit einem hübschen Kamm befestigt waren. John Patrick hielt ganz unbewusst den Atem an.

Ihr Gesicht besaß Stärke und Charakter, und ihre Augen verrieten eine lebhafte Intelligenz. Sie war unendlich viel betörender, als eine klassische Schönheit es gewesen wäre. Und *er* vermittelte ihr Tag für Tag ein falsches Bild von sich, belog, hinterging und täuschte sie. Ihm wurde richtig übel, als er sich fragte, ob sie je entdecken würde, zu wem sie so gütig gewesen war. »Ich bringe Sie nach oben«, sagte sie und zögerte einen Moment, bevor sie fragte: »Glauben Sie, Sie schaffen es?«

»Aye«, sagte er. »Ich habe geübt. Aber es wäre besser, wenn Sie das Buch nehmen würden.« Sie sah es auf dem Bett liegen und ging hinüber, um es aufzuheben. Ihre Bewegungen waren graziös. Sehr graziös sogar. Wieso bemerkte er das erst jetzt? Sie öffnete die Tür und ging über den Korridor voran zur Treppe, die zu den Zimmern führte, die ihre Angehörigen bewohnten. John Patrick stützte sich auf das Geländer und den Stock. Jede Stufe war ein Hindernis, aber auch ein Triumph für ihn. Als er oben angekommen war, musste er sich einen Moment an eine Wand lehnen. Er bemühte sich, ruhig durchzuatmen, als sie ihn besorgt betrachtete. Nach einer Weile nickte er, und sie schritt wieder voran. Eine Petroleumlampe beleuchtete den Gang, und er sah, dass Annette vor einer Tür stehen blieb und erst dann eintrat, nachdem sie höflich angeklopft hatte. John Patrick zögerte nur einen winzigen Moment, dann folgte er ihr hinein.

Ein Greis, der ganz in Schwarz gekleidet war, stand in beschützerischer Haltung hinter einem Mann, der etwa um die fünfzig sein musste, aber ungefähr wie siebzig aussah. John Patrick bemerkte, dass seine Augen die gleiche Farbe hatten wie Annettes, doch dort endete die Ähnlichkeit auch schon. Sie hatten nichts von Annettes Lebhaftigkeit und Wissbegierde. Hugh Carey hatte ein nettes Gesicht, die Art von Gesicht, zu dem Menschen sich normalerweise hingezogen fühlen würden, dachte John Patrick. Er musste ein guter Mensch gewesen sein, wenn er eine solch starke Hingabe in seiner Tochter weckte. Aber jetzt war etwas Nichtssagendes an ihm, seine grauen Augen waren leer. Mitgefühl erwachte in John Patrick und fegte etwas von dem Ärger hinweg, der in ihm schwärte. Annette stellte sie einander vor, und nur ein kurzes Aufflackern in den Augen des Mannes ließ den Schluss zu, dass Hugh Carey seiner Tochter überhaupt zugehört hatte. »Und das ist Franklin«, fuhr sie fort und nickte dem blassen dürren Mann hinter Hugh Carey zu. »Er kümmert sich um Vater.« Wenn Hugh Carey wie siebzig wirkte, sah dieser Franklin wie ein Hundertjähriger aus.

Kein Wunder, dass Noel oft Malcomb herüberschickte. Es waren Frauen und Greise, die hier in diesem Haus versuchten, einen ansehnlichen Teil der britischen Armee gesund zu pflegen. John Patrick nickte grüßend. »Franklin.«

»Schön, dass Sie gekommen sind, Sir«, erwiderte der Diener würdevoll. John Patrick fand einen Stuhl und zog ihn zu Hugh Carey. »Ihre Tochter sagte, Ihre Mutter kam aus Schottland.« Er vertiefte seinen Akzent, um so schottisch zu klingen wie sein Vater, aber wiederum nicht genug, um mit seiner Unbeständigkeit Annettes Verdacht zu erregen. Er erhielt keine Antwort, fuhr dann aber trotzdem fort: »Meine Familie stammt aus den Highlands. Das ist eine Landschaft, die nur aus Bergspitzen und Wasserfällen zu bestehen scheint. Ganz anders als diese sanfte, wunderbare Landschaft hier. Aber sie liegt den Menschen, die dort leben, sehr am Herzen.« Da war etwas in Hugh Careys Augen ... als würde der Mann, dem sie gehörten, ihm irgendwo doch zuhören. »Miss Carey sagte, Ihre Mutter käme aus dem Grenzgebiet. Können Sie mir sagen, wie sie mit Mädchennamen hieß?« Schweigen.

»Vielleicht weiß Miss Carey es.« Er wandte sich zu ihr.

»Kerr«, sagte Annette leise. »Sie war eine Kerr. Ich erinnere mich noch an die schottischen Wiegenlieder, die sie mir immer vorgesungen hat.«

»Das ist ein schöner Teil von Schottland«, sagte John Patrick. »Aber die Highlands sind mir trotzdem lieber. Und die Inseln … sie sind unwahrscheinlich schön. Dr. Johnsons Buch wird Ihnen sicher viel Freude machen.« John Patrick plauderte weiter, erzählte alte Geschichten, die er von seinem Vater kannte, und beschrieb, was er selbst gesehen hatte während seines Aufenthalts in Schottland: die Felder voller Heidekraut, die Moore, die zerklüfteten Küsten, das Sumpfland in den Grenzgebieten. Er war froh, als Hugh Carey sich zu ihm vorzubeugen begann und seinen Brandy ignorierte. Etwas von der Leere schien das Gesicht des Mannes zu verlassen, und John Patrick bekam einen flüchtigen Eindruck von dem Mann, der er einst gewesen sein musste. Einen Moment war er versucht, die Familienlegende über den *Starcatcher* zu erzählen, der die Fehde zwischen zwei Familien beendet und seine Julia gewonnen hatte, doch das wäre pure Torheit gewesen und würde schnurstracks zu diesem verdammten Flugblatt führen. Es erstaunte ihn, wie fieberhaft er plötzlich wünschte, diesem Mann helfen zu können.

Diesem Tory. Er hob den Kopf, und sein Blick begegnete Annettes. Ihre Augen waren weich und warm und lächelten ihn auf eine Art und Weise an, die sein Herz ein wenig schneller schlagen ließ. Seine Kehle war mit einem Mal wie ausgedörrt, und er versuchte sich zu erinnern, was er hatte sagen wollen. Beinahe jedes Wort erschien ihm wie Verrat an ihr, und er wünschte, er könnte ihr alles über sich erklären. Stattdessen richtete er den Blick wieder auf Hugh. Seine Augen verweilten einen Moment auf einer Brandnarbe am Hals des Mannes, und er fragte sich, wie viele andere Narben sich unter seiner Kleidung noch verbergen mochten. Für einen Augenblick erinnerte er sich an den Schmerz der Peitschenhiebe und fühlte wieder das Blut, das über seinen Rücken rann. Die Empfindung war so stark, so lebhaft, dass ein Zittern ihn durchlief. Er hatte geglaubt, die Albträume besiegt zu haben, aber sie kehrten immer wieder. Hugh Carey ging es vermutlich ganz genauso.

»Sie sollten mal nach Schottland fahren – oder nach England«, sagte er. »Waren Sie schon mal in England?« Hugh Carey schüttelte den Kopf – es war die erste Bewegung, die er machte, seit John Patrick eingetreten war –, und seine Augen schienen sich ein wenig aufzuhellen. John Patrick fragte sich, ob eine solche Reise nicht genau das Richtige für diesen Mann wäre, doch Reisen war sehr schwierig und gefährlich heutzutage. Und er selbst war einer der Gründe dafür. Jetzt, wo die Franzosen mit der neuen amerikanischen Regierung über einen Vertrag verhandelten, würde das Reisen sogar noch riskanter werden. Und sollten die amerikanischen Truppen, die vor Philadelphia lagen, die Stadt zurückerobern, wären alle Torys in Gefahr, insbesondere jene, die die Briten aktiv unterstützt hatten. Wie die Careys. Und sein Bruder.

John Patrick verdrängte diesen beunruhigenden Gedanken und begann dem alten Mann von England zu erzählen, wo er sechs Monate damit verbracht hatte, die Regierung um die Rückgabe der Ländereien seiner Familie zu ersuchen. »London«, sagte er, »ist eine der aufregendsten Städte dieser Welt.« Er merkte, dass er nun Careys volle Aufmerksamkeit besaß, und fuhr fort, die Schauplätze seiner Erinnerungen so anschaulich wie möglich zu beschreiben. »Die Theater und Konzerte dort sind herrlich. Ich war bei der Aufführung einer Oper, die ein Musiker namens Mozart komponiert hatte. Sie war fantastisch.«

Irgendwann stand Annette auf. »Ich denke, das genügt für heute«, sagte sie, sich ihrem Vater zuwendend. »Lieutenant Gunn erholt sich noch von sehr ernsthaften Verwundungen. Er braucht viel Ruhe. Aber vielleicht besucht er dich noch mal.« Ihr Vater blinzelte mehrmals, und dann lächelte er plötzlich.

John Patrick verspürte ein vorübergehendes Triumphgefühl,

aber auch Ernüchterung darüber, eine weitere unschuldige Person getäuscht zu haben. Sein Gewicht auf das gesunde Bein verlagernd, stand er etwas unbeholfen auf, nickte Annettes Vater höflich zu und folgte ihr dann hinaus. Die Treppe hinabzusteigen war erheblich schwieriger, als sie hinaufzusteigen, und erforderte seine ganze Konzentration. Er war jedoch froh, dass es so war, weil er weder an den Mann dort oben denken wollte, noch an die Tatsache, dass er sich ihn und alles, was dieser bedauernswerte Mann verloren hatte, zu Nutze machte. Am Fuß der Treppe stolperte er und stürzte fast, schaffte es dann aber im letzten Augenblick noch, das Gleichgewicht wieder zurückzugewinnen. Annette blieb in seiner Nähe, um zu helfen, falls er nochmals schwankte. Er war jedoch fest entschlossen, es aus eigener Kraft zu schaffen, und ging Schritt für Schritt über den Korridor zu seinem Zimmer.

Dort angekommen, gaben seine Beine nach. Annette streckte die Hände aus, um ihn aufzufangen, erreichte aber nichts anderes, als mit ihm zusammen hinzufallen. Der Schmerz in seinem Bein war vergessen, als John Patrick merkte, dass er Annette in den Armen hielt. Sie duftete nach Rosen, und ihr Körper war erstaunlich weich und nachgiebig. Er befahl sich, sie loszulassen, tief einzuatmen und die Sache zu überdenken. Aber der kaltschnäuzige, egoistische Teil von ihm – gewachsen durch die Jahre in der Marine und bei den Piraten – wollte sich nehmen, was ihm so unerwartet in die Arme fiel und was er nun schon so lange begehrte. Er empfand die Sehnsucht eines Mannes nach einer Frau. Einer schönen Frau. Einer Frau, die er begehrte, und die ihn, dem Ausdruck ihrer Augen nach zu urteilen, ebenfalls begehrte. Was hinderte sie daran, ihre Bedürfnisse zu befriedigen?

Sein innerer Kampf tobte selbst dann noch weiter, als ihre Lippen sich bereits berührten und sie sich zusammen auf den Boden sinken ließen. Er presste seinen Mund auf ihren, sie schlang die Hände um seinen Nacken. Er fühlte die Wärme ihres Körpers und nahm begierig seine Süße in sich auf. Schmerz durchzuckte seinen Körper, als sie sich instinktiv noch fester an ihn schmiegte. Vorsichtig strich er mit der Zunge über ihre Lippen und fand Einlass in ihren Mund. Spannung erfasste ihn, als er spürte, dass sie reagierte, und seine Lippen wurden unwillkürlich sanfter, als sie scheu den Kuss erwiderte. Ein Stöhnen stieg tief in seiner Kehle auf, als ihm bewusst wurde, dass er ein solch drängendes Verlangen noch nie zuvor empfunden hatte. Es war nicht nur Lust, was er in diesem Augenblick verspürte, sondern etwas weitaus Ernsteres, Wertvolleres, Verlockenderes. Und Gefährlicheres.

Sie war betörender als jede andere Frau, der er bisher begegnet war. Sie war schüchtern, aber willig, verletzlich, aber auch begierig, diese neuartigen Gefühle zwischen ihnen zu erforschen. Sie besaß eine natürliche Sinnlichkeit, die sein Blut in Wallung brachte und sein Herz beinahe schmerzhaft gegen seine Rippen hämmern ließ. Er begehrte sie. Aber sie weckte auch den Wunsch in ihm, sie zu beschützen. Und sie benötigte vor niemandem mehr Schutz als vor ihm. Widerstrebend löste er sich von ihr und sah sie an. Ihre grauen Augen glühten. Ihre Wangen waren gerötet, ihre Lippen geschwollen von seinem Kuss. »Annette«, sagte er rau und spürte, wie ein Schauer ihn durchrieselte. Mit seiner gesunden Hand berührte er zärtlich ihre Wange, und als er sie streichelnd über ihren Nacken gleiten ließ, spürte er, dass sich ihr Puls beschleunigte und sie sich ihm instinktiv entgegendrängte. Hungrig strich er mit den Lippen die Konturen ihrer Wange nach, suchte wieder ihren Mund und vertiefte den Kuss, bis er das Gefühl hatte, von einem Strudel erfasst zu werden, der beide unaufhaltsam mit sich in die Tiefe riss. Wieder entrang sich ihm ein Stöhnen, wenn auch diesmal aus Enttäuschung, als er den Kuss wieder unterbrach. Im Licht der Petroleumlampe betrachtete er ihr Gesicht und sah das Verlangen, das sie nicht mehr zu verbergen vermochte, und ihr Staunen über das Erwachen ihrer eigenen

Sinnlichkeit. Und plötzlich kam er sich entsetzlich hinterhältig und schäbig vor.

Rasch setzte er sich auf, nahm ihre Hand und zog auch Annette auf die Füße. Als er das Knie beugte, durchzuckte ihn ein scharfer Schmerz. Ein wohlverdienter Schmerz, den er begrüßte. »Es tut mir Leid«, sagte er. Sie betrachtete ihn mit einem nachdenklichen Blick. Weder Vorwurf noch Bedauern lag darin. Stattdessen verschränkte sie ihre Finger vertrauensvoll mit seinen. Er musste weg von ihr. Er musste aufstehen und zu seinem schmalen Bett hinüberhumpeln. Er musste sie dazu bringen, dass sie ging. Aber er konnte nichts von all dem tun. Nicht, solange ihre Hände noch verschränkt waren, ihr Atem sich vermischte und ihre Körper sich berührten. Sein Verlangen hätte nicht quälender sein können, als er sich bemühte, etwas von jener verdammten Disziplin aufzubringen, die man ihm einst eingebläut hatte.

Und dann spürte er, wie ihre Finger in seinen sehr viel größeren erzitterten. Er war seinem Bruder gegenüber furchtbar selbstgerecht gewesen und hatte ihn gnadenlos verurteilt. Und dabei hatte *er* sich eines sehr viel größeren Verrats schuldig gemacht, als sein Bruder je vermutet hätte. Langsam, nur widerstrebend löste er seine Finger von Annettes und griff nach dem Spazierstock, den er verloren hatte, als er gefallen war. Mühsam richtete er sich auf und zwang sich, die Hand nicht wieder nach ihr auszustrecken. Auch Annette stand auf. Ihr Blick war fragend, als sie ihn beobachtete. John Patrick war es nicht gewohnt, sich zu entschuldigen. Doch nun schienen die Worte nur so aus ihm herauszuströmen. Obwohl er eigentlich gar nicht wirklich bereute, sie geküsst zu haben. Unwillkürlich streckte er wieder die Hand nach ihr aus und ließ seine Finger über ihre Wange gleiten, bis hinauf zu ihrem linken Augenwinkel. Er konnte gar nicht anders. Ihr Gesicht blieb unbewegt, aber er sah, dass sie erschauerte. Seine Finger bewegten sich zu ihrem Haar, das sich glatt und kühl wie reine Seide anfühlte. »Du bist ein bezauberndes Geschöpf«, sagte er.

Er hatte seinen Vater das Gleiche unzählige Male zu seiner Mutter sagen hören. Es hatte ihm immer sehr gefallen, wie es sich anhörte, aber er hätte nie gedacht, dass er diese Worte selbst einmal zu jemand sagen würde. Er tat es auch nicht etwa, weil er sich als Schotte ausgab, sondern weil es ihm tatsächlich ernst gemeint war.

»Danke, dass Sie mit meinem Vater gesprochen haben.«

»Es war mir ein Vergnügen.«

Sie neigte den Kopf. »Sie erinnern mich ein bisschen an Dr. Marsh«, bemerkte sie. »Er hat auch versucht, mit ihm zu reden, aber mein Vater hat bei ihm nie so reagiert wie heute Abend bei Ihnen.«

John Patrick schwieg. Es fiel ihm schwer, zu glauben, dass er etwas erreicht hatte, was seinem Bruder nicht gelungen war. Noel war immer der Sanftere, Verlässlichere von ihnen gewesen. Der Heiler. Der Friedensstifter. »Ich bin sicher, dass Dr. Marsh ihm helfen wird.«

»Das hat er schon«, erwiderte sie. »Aber keiner von uns hat es geschafft, meinen Vater für irgendetwas zu interessieren.« Ihre Augen wurden feucht, und er hätte sie am liebsten in die Arme genommen, um sie zu trösten und die steile Falte zwischen ihren Brauen zu glätten. Die Wahrheit war, dass er ihr alles geben wollte, was er hatte, und so etwas noch nie zuvor bei einer Frau empfunden hatte. Und das Einzige, was er ihr geben konnte, würde sie alle ruinieren: die Wahrheit. Er humpelte zum Bett hinüber, setzte sich darauf und vermied es, Annette anzusehen. Er konnte sich keine weitere Schwäche leisten.

»John?«

Es war das erste Mal, dass sie ihn mit dem Vornamen des Mannes ansprach, der zu sein er vorgab.

»Sind Sie … ist Ihr Bein in Ordnung? Soll ich Dr. Marsh rufen?« Noel war der Letzte, den er jetzt sehen wollte. John Patrick glaubte bereits den Tadel in seinem Gesicht zu sehen, und die Enttäuschung, falls er von dem Kuss erfuhr – und von der Intimität, die sich zwischen Annette und ihm stets zu entwickeln schien, wann immer sie zusammen waren. »Nein, dem Bein geht's gut.« Es war ein anderer Teil seiner Anatomie, der schmerzte. Und daran konnte sie nichts ändern. Nicht, wenn sie diesen Raum mit noch intakter Selbstachtung verlassen wollte.

Sie wirkte skeptisch, nickte aber. »Dann gehe ich jetzt.«

Er wollte sie bitten, noch zu bleiben. Stattdessen jedoch bemühte er sich, das Verlangen in seiner Stimme zu unterdrücken. »Gute Nacht.«

Sie schien verwirrt, und wieder hätte er sie am liebsten in die Arme genommen, um ihr süße Nichtigkeiten ins Ohr zu flüstern und diese ersten Anzeichen von Leidenschaft zu erforschen, die er vorhin in ihr erweckt hatte. Aber dann wäre er für alle Zeiten verdammt.

»Wir sehen uns morgen früh.« Ihre Stimme war leise, und ihre Wangen röteten sich wieder, wenn auch diesmal vor Verlegenheit. Sie hatte seine plötzliche Reserviertheit als Zurückweisung empfunden, und er sah den Schmerz darüber in ihren Augen, als sie sich zum Gehen wandte und den Raum verließ. Wenn sie nur wüsste, was diese Reserviertheit ihn gekostet hatte! Wenn sie nur wüsste, wie sehr er sie begehrte. Er hatte geglaubt, die ersten Tage auf dem britischen Schiff wären die reinste Agonie gewesen. Aber sie waren nichts, verglichen mit der Hölle, die er sich gerade selbst erschaffen hatte.

8

John Patrick arbeitete daran, sein Hinken loszuwerden. Es schmerzte höllisch, wenn er sein ganzes Gewicht auf das verletzte Bein verlagerte, aber er tat es trotzdem. Schritt für Schritt kämpfte er weiter, bis er das Zimmer schließlich ohne Stock durchqueren konnte. Aber würde er es auch schaffen, ohne Stock zu gehen, solange es nötig war? Gott sei Dank brauchte er wenigstens die Armschlinge nicht mehr. Er war schrecklich überreizt. Er musste dieses Haus verlassen, und trotzdem wagte er noch nicht, auch nur einen Fuß hinauszusetzen.

Oder war seine Rastlosigkeit eher darauf zurückzuführen, dass er Annette heute noch nicht gesehen hatte? Es machte ihn fast wahnsinnig, wie enttäuscht er über ihr Nichterscheinen war. Das hatte ihm gerade noch gefehlt, dass eine Frau ihn derart durcheinander brachte, und insbesondere eine Tory. Herrgott noch mal, er hatte doch noch nie in seinem Leben eine Frau gebraucht. Warum musste ihn dann ausgerechnet jetzt ein derartiges Bedürfnis plagen? Gott war anscheinend keine sehr barmherzige Gottheit. John Patrick fragte sich sogar, ob Er überhaupt auf seiner Seite war. Ein Schritt. Und noch einer. Jeder war wie eine Bestrafung, die ihm durch und durch ging. Er wollte nicht an Hugh Carey denken, und an seine Tochter noch viel weniger.

Wo zum Teufel steckte Ivy? Gedanken und Selbstvorwürfe schwirrten ihm durch den Kopf wie herumwirbelnde Derwische. Er hoffte, dass sie nur das Ergebnis seiner erzwungenen Isolation und Untätigkeit waren und nichts Ernsteres. Nichts, was er nicht vergessen konnte, wenn er dieses Haus verließ. Nur der Besuch seines Bruders hatte die Monotonie des Tages unterbrochen, und Noel war kurz und schroff gewesen, als er die Wunden untersucht hatte. »Du bist ein Glückspilz, Jonny.«

John Patrick wusste nicht, wie er sich verhalten sollte. Er hatte seinem Bruder zu verdanken, dass er noch am Leben war. Er wusste, er hätte sich bei ihm bedanken müssen, doch der Klumpen, der in seiner Kehle saß, hinderte ihn am Sprechen. Noel hatte sich gezwungen gesehen, so zu handeln, genau wie er sich nun gezwungen sah, die gefälschten Papiere zu besorgen, die John Patrick so dringend benötigte. Und deshalb schwieg John Patrick und verzichtete darauf, etwas zu sagen.

»Ivy ist heute Morgen zurückgekommen.«

John Patrick setzte sich etwas gerader auf.

»Ich schätze, er wird heute Abend zu dir kommen. Ich habe ihn gebeten, sich tagsüber nicht blicken zu lassen. Dieser britische Offizier, der dich so zutreffend beschrieben hat, läuft die Straßen ab, und es wäre möglich, dass er auch Ivy wiedererkennen würde.«

»Ich brauche Informationen.«

»Die beschafft dir Malcomb.«

John Patrick starrte ihn an.

»Nicht, weil er es will«, erklärte Noel. »Aber ich habe dich hierher gebracht, und meine Verbindung zu dir ist so stark wie die Ketten, die wir beide tragen werden, falls sie dich gefangen nehmen. Ich werde dir helfen, und Malcomb auch, weil uns nichts anderes übrig bleibt. Du lässt mir keine andere Wahl, solange du entschlossen bist, deine törichten Befreiungspläne durchzuziehen.«

»Ich würde dich nie in so etwas verwickeln«, sagte John Patrick.

»Egal. Ich habe dich hierher gebracht. Ich habe dich als Arzt betreut. General Howe ist nicht sehr tolerant zu jenen, die er für Verräter hält.«

»Warum?«, fragte John Patrick bitter. »Warum hast du dich ihm angeschlossen?«

Noels Blick hielt seinem ruhig stand. »Ich habe mich niemandem angeschlossen. Ich halte mich heraus und übe meinen Beruf aus.«

»Du dienst General Howe.«

»Meine Frau war eine Quäkerin, und ihre Familie ist es auch«, sagte Noel leise. »Sie unterstützen die Briten. Und ich unterstütze sie.« Er hielt einen Moment inne, um dann fortzufahren: »Ich hörte, dass du Hugh Carey kennen gelernt hast.«

Schmerz durchzuckte John Patrick. Er wusste genau, worauf Noel hinauswollte. »Ja.«

»Hast du immer noch das Gefühl, dass jeder Tory auch dein Feind ist?«

»Predige jemand anderem, Noel.«

»Ich predige aber lieber dir. Einem unfreiwilligen Publikum.« John Patricks Gedanken kehrten zurück zu seiner Kindheit. Obwohl Noel fast zehn Jahre älter war als er, hatte er seinem jüngeren Bruder das Reiten, Angeln und Jagen beigebracht. Er war Freund, Mentor, Führer und *Gott* für ihn gewesen. John Patrick hatte Noel wie einen Gott verehrt als kleiner Junge. »Das kannst du dir sparen«, sagte er. »Ich weiß schon, was der Punkt ist.«

»Bescheidenheit, Jonny?«

»Ein bisschen vielleicht«, erwiderte John Patrick und konnte nun ein Lächeln nicht mehr unterdrücken.

»Gott, dann war's ja all die Mühe wert!«

»Bist du sicher?«, fragte John Patrick, plötzlich ernst geworden. »Es tut mir Leid, Noel, dass ich dich in diese Geschichte mit hineingezogen habe. Und es tut mir auch wegen der Careys Leid. Und ich bin dir wirklich dankbar.«

»Wenn ich mich recht entsinne, habe ich dich hierhergebracht, nicht umgekehrt. Ich hätte mir eigentlich denken müssen, dass du versuchen würdest, es mit der gesamten britischen Armee und Marine aufzunehmen.«

Diesmal lächelte John Patrick nicht. Noel sah ihn fragend an. »Warum ziehst du so ein langes Gesicht? Du bekommst doch, was du willst.«

»Vielleicht hatte ich zu viel Zeit zum Nachdenken.«

Noel zog eine Augenbraue hoch. »Ah, John Patrick gibt eine Schwäche zu und wird bescheiden. Es geschehen noch Zeichen und Wunder auf der Welt.«

John Patrick tat, als habe er seinen Bruder missverstanden. »Denken ist also eine Schwäche?«

»Bei manchen ja«, entgegnete Noel, aber seine Augen lächelten.

John Patrick seufzte. »Ich gebe zu, dass Hugh Carey Unrecht zugefügt wurde. Und ich bin auch bereit, zuzugeben, dass das Recht nicht immer nur auf einer Seite ist.« Er hielt inne. »Gibt es gar nichts, was du für ihn tun könntest?«

»Ich habe alles versucht, was in meiner Macht steht«, sagte Noel. »Sei vorsichtig, Jonny, sonst beginnst du dich noch für Torys zu interessieren.«

John Patrick warf seinem Bruder einen bösen Blick zu.

Noel ignorierte ihn. »Ich weiß, dass Annette dich mag. Sie wird sehr bekümmert sein, falls sie herausfindet, wer du wirklich bist. Ich wünschte, du würdest so wenig Zeit wie möglich mit ihr verbringen.«

»Sie bat mich, ihren Vater zu besuchen. Ich konnte nicht Nein sagen, das hätte Verdacht bei ihr erregt.«

»Ist das der einzige Grund, warum du es getan hast?«

»Warum denn sonst?«

Noels ruhiger Blick enthielt eine Andeutung von Mitgefühl. »Sei vorsichtig, Jonny«, sagte er noch einmal. »Ihr und auch dir selbst zuliebe. Morgen werde ich die Papiere haben, die du brauchst. Und ich werde auch sehen, ob ich eine Perücke besorgen kann, die dein schwarzes Haar verbirgt.«

John Patrick nickte.

»Und vergiss nicht«, sagte Noel, als er sich zum Gehen wandte, »dass ich vermutlich neben dir hängen werde, falls sie dich erwischen sollten. Unsere Mutter wäre alles andere als erfreut darüber.«

Annette kam später an jenem Tag, um John Patrick zu ihrem Vater zu begleiten. Ihre Augen schienen aufzuleuchten, als sie ihn schon wesentlich müheloser aufstehen sah als am Tag zuvor. »Sie sehen viel besser aus«, sagte sie.

»Einer der Gründe dafür steht vor mir.«

»Ach, ich glaube, Sie sind einfach unzerstörbar.«

»Das ist ein erfreulicher Gedanke.« Nicht so erfreulich, wie sie in die Arme zu nehmen und sie zu küssen, aber er verdrängte den Gedanken und folgte ihr die Treppe hinauf zum Zimmer ihres Vaters. Hugh Carey saß im selben Sessel wie am Tag zuvor, mit dem gleichen leeren Ausdruck im Gesicht. Aber John Patrick hätte schwören können, dass der Mann sich ein wenig straffte, als sie den Raum betraten. Seine Schultern wirkten jedenfalls etwas gerader als am Tag zuvor. »Ich dachte, Sie würden vielleicht gern mehr über England hören.«

Das bloße Wort allein schon ging ihm auf die Nerven und tat ihm in der Seele weh. England bedeutete nichts anderes für ihn als Leid. Aber für diesen Mann hier war es Hoffnung. John Patrick verstand es nicht. Er verstand nicht, wie England den Untertanen, die es missbraucht hatte, so viel bedeuten konnte. Aber seine Gefühle taten jetzt nichts zur Sache. Das einzig Wichtige war, Leben in Hugh Careys Blick zurückzubringen. Und Annette Carey glücklich zu machen. Und deshalb ließ er die Bilder von London vor seinem inneren Auge Revue passieren und begann sie zu beschreiben.

Der würdevolle Franklin stand hinter seinem Herrn, genau wie schon beim ersten Mal, und sein strenger Mund verzog sich nur einmal zu einem Lächeln, als John Patrick von der Themse und den Hunderten von Schiffen erzählte, die den Fluss befuhren.

»Daran erinnere ich mich, Sir«, sagte er. »Vor fünfzig Jahren bin ich mit meinem Herrn aus London hergekommen. Damals dachte ich, ich würde nie wieder zurückkehren, aber ich würde doch zu gern noch einmal Englands Küste sehen.«

»So viele Schiffe kann ich mir gar nicht vorstellen«, sagte Annette.

»Sie sehen sehr schön aus, wenn sie dort vor Anker liegen«, sagte John Patrick. »Aber in London gibt es auch viel Armut, und auf den Docks wimmelt es nur so von Taschendieben, Gaunern und Halunken.«

»Aber Rebellen gibt's dort sicher nicht«, sagte Annette. Sie hatte es nur leichthin gesagt, doch John Patricks Herz schien trotzdem einen Schlag lang auszusetzen.

»Es gibt immer überall Rebellen, Miss Annette.«

Hugh Careys Blick ging von ihm zu Annette und wieder zurück.

John Patrick wandte sich wieder Hugh Carey zu. »Haben Sie Dr. Johnsons Buch schon angefangen?«

Carey nickte beinahe unmerklich, was John Patrick mit einer gewissen Befriedigung erfüllte.

Befriedigung, ja ... und doch vertiefte sich sein Unbehagen. Dieses Unbehagen verging auch nicht, als er eine halbe Stunde später Müdigkeit vorschützte und, jede Hilfe ablehnend, zu seinem Zimmer zurückging. Der spindeldürre Franklin sah ohnehin nicht so aus, als könne er ihm viel Unterstützung leisten. Annette hingegen könnte andere Probleme aufwerfen. Er war beunruhigt über die Tatsache, dass er an sie, statt an die Befreiung seiner Männer dachte. Er vermisste sie, wenn sie nicht da war, und wollte sie in den Armen halten, wenn sie im selben Zimmer war wie er. Auf unerklärliche Weise war sie zu einem Teil von ihm geworden. Die Lügen wurden langsam unerträglich. Aber ihre Loyalität war so tief sitzend wie seine eigene, und aus nicht minder guten Gründen. Er konnte sich weder darauf verlassen, dass sie seinen Bruder schützen würde, noch konnte er von ihr verlangen, zwischen ihrer Überzeugung und Menschen zu wählen, die für sie Verräter waren. Er machte gerade selbst die Erfahrung, wie schmerzlich das sein konnte. Eines Tages vielleicht, wenn der Krieg zu Ende war ... Bis dahin jedoch durfte sie es nicht erfahren. Zu viele Menschenleben standen auf dem Spiel. Aber er wusste, dass jeder weitere Tag noch mehr Lügen bedeutete, und noch mehr Verrat.

Vorsichtig stieg er die Treppe hinunter und wandte das Gesicht ab, als mehrere Offiziere in roten Uniformen von Betsy eingelassen wurden, um verwundete Kameraden zu besuchen. Es erinnerte ihn wieder einmal an die Gefahr, die ihm hier drohte, und an die Gefahr, in die er gewisse andere Personen brachte, einschließlich einer sehr, sehr hübschen. Er schleppte sich zu seinem Zimmer, und obwohl er nur sehr ungern an die Einsamkeit dachte, die ihn dort erwartete, war er sich doch auch der relativen Sicherheit bewusst, die es ihm bot. Es wurde Zeit, hier zu verschwinden. Höchste Zeit sogar.

Als er das Zimmer betrat, entdeckte er den hünenhaften Schweden in einem Sessel vor dem Fenster. »Ivy«, sagte er, während er die Tür hinter sich zuzog und den Spazierstock auf das Bett warf. Langsam ging er auf seinen Freund zu. Ivy erhob sich, und ein seltenes Lächeln erschien um seine sonst so vorsichtigen Lippen.

»Wie viele Männer hast du gefunden?«

»Dreißig haben es bis Washingtons Lager geschafft.«

»Wo sind sie jetzt?«

»Hier, in Philadelphia, und sie halten sich bereit, zu tun, was immer du ihnen befehlen magst.«

»Sie wissen, dass sie als Spione gehängt werden können?«

»Ja. Das wissen sie.«

»Hast du noch irgendetwas von den inhaftierten Crewmitgliedern gehört?«

»Dein Bruder sagt, ein Schiff sei unterwegs für sie. Es müsste in spätestens drei Tagen hier ankommen. Es ist eine Brigg, die *Mary Ann.*«

»Lass einen der Männer am Hafen Wache halten. Sobald die *Mary Ann* gesichtet wird, handeln wir.«

»Sie werden bereit sein.« Ivy warf einen unsicheren Blick auf John Patricks Bein.

»Ich bin es auch«, versicherte John Patrick, als er die Zweifel in den Augen seines Freundes sah.

»Und die Papiere?«

»Noel bekommt sie morgen.« Ivy betrachtete ihn prüfend. »Vertraust du ihm?«

»Wie dir. Er würde mich nicht belügen.« Ivy erhob sich. »Dann gehe ich jetzt und rede mit den anderen.«

»Sei vorsichtig. Anscheinend ist ein britischer Offizier in Philadelphia, dessen Schiff wir vor einiger Zeit gekapert haben. Er wurde hergeschickt, um mich zu suchen. Wenn er mich kennt, kennt er dich auch, Ivy. Also halt dich im Schatten.«

Ivy nickte. »Der Doktor hat mich schon gewarnt.«

»Das hätte ich mir denken können«, entgegnete John Patrick eine Spur ironisch. »Und noch was, Ivy – ich freue mich, dass du wieder da bist.«

Annette half Franklin, ihren Vater zu Bett zu bringen, und trank dann eine Tasse Tee mit Maude, die wieder einmal beschlossen hatte, die britischen Patienten zu bitten, sich einen anderen Ort zu suchen, um sich zu erholen. Diesmal war es die Suche nach dem Piraten, was ihre Meuterei verursacht hatte.

»All meine Freunde und Bekannten sind zutiefst entsetzt, da wir schließlich nicht den geringsten Schutz hier haben. Vor allem jetzt, wo dieser Pirat noch frei herumläuft . . .«

»Denk doch einmal nach, Tante. Wir sind hier sicherer als irgendjemand sonst in dieser Stadt. Wir haben all diese jungen Männer im Haus, und ihre Freunde kommen regelmäßig zu Besuch. Außerdem ist der Mann wahrscheinlich sowieso längst tot.«

Maude schnalzte missbilligend mit der Zunge. »Aber es ist einfach ungebührlich, meine Liebe. So etwas tut man nicht in Philadelphia. Als es einen Notfall gab, konnten wir noch sagen, wir hätten keine andere Wahl gehabt. Aber jetzt, befürchte ich, wird es deine Chancen ruinieren . . .«

»Das riskiere ich gern. Denk doch nur daran, was für ein gutes

Werk du tust, und an all diese jungen Männer, die du zu retten mitgeholfen hast. Dafür wird General Howe dir ewig dankbar sein.«

Ihre Tante plusterte sich ein wenig auf. »Ja, einer seiner Adjutanten sagte so etwas zu Clara Partridge. Er sagte, ich sei ein Engel der Barmherzigkeit.«

Da Maude nur selten etwas mit den Patienten zu tun hatte, bis auf das gelegentliche Schreiben eines Briefes, lächelte Annette im Stillen. »Und das bist du ja auch. Die Briten werden nie vergessen, welch großen Beitrag du geleistet hast.«

»Nun ja, vielleicht noch ein paar Wochen …«, zierte sich die alte Dame. Es war ein Gespräch, das sie sehr häufig führten. Tante Maude musste mindestens einmal in der Woche überredet werden. Zu Tante Maudes Freude wechselte Annette das Thema zu lokalem Klatsch, entschuldigte sich kurz darauf allerdings, um nach ihren Patienten zu sehen. Es waren nur noch sieben, Lieutenant John Gunn mit eingeschlossen. Und sie vermutete, dass auch er bald nicht mehr da sein würde. Sie schrieb einen Brief für einen jungen Fähnrich und tröstete ihn: »Bald werden Sie ihr selbst schon wieder schreiben können.«

Er schaute grinsend zu ihr auf. »Der Captain sagt, ich würde bald entlassen.«

Er würde mit einem steifen Bein heimkehren, aber zumindest hatte er das Bein behalten. Im Gegensatz zu vielen anderen. »Das freut mich für Sie«, sagte sie.

Seine Lippen zuckten. »Danke, Miss, für alles, was Sie für uns getan haben.« Annettes Augen wurden feucht. Sie würde diese tapferen jungen Männer vermissen. Gott sei Dank hatten keine weiteren Schlachten stattgefunden. Weihnachten stand vor der Tür, und ein vorübergehender Waffenstillstand schien zwischen den feindlichen Armeen geschlossen. Selbst das Gerede über den Piraten hatte nachgelassen, obwohl sie gehört hatte, ein englischer Fähnrich suchte überall in Philadelphia nach ihm. Nachdem sie den letzten Brief beendet hatte, fragte sie sich, ob sie dem schottischen Lieutenant noch Gute Nacht sagen sollte. *Nein.* Er verwirrte sie immer so schrecklich. *Ja.* Sie würde ihm ein Glas Portwein bringen, weil er so nett zu ihrem Vater war. Sie würde es ihm nur rasch bringen und dann wieder gehen. Was sollte dabei schon passieren? Sie atmete tief ein. Sie konnte nicht verleugnen, dass sie innerlich zu zittern begann, sobald er sie nur ansah, oder dass sie sich wunderte über die Geduld, die er mit ihrem Vater hatte. Es war etwas ganz besonders Anziehendes an einem Mann, dessen Beruf der Krieg war, dass er so sensibel sein konnte – und so sanft. Sie fragte sich, ob er je etwas anderes als Soldat gewesen war. Sie wusste noch so wenig über ihn. Aber er *war* aufrichtig und feinfühlig. Zum ersten Mal seit langer Zeit begann sie wieder an Menschen zu glauben.

Sie schenkte etwas von dem Portwein ihres Vaters in ein hauchdünnes Kristallglas und trug es zu Lieutenant Gunn. Vor der Tür blieb sie einen Moment stehen, um sich auf die Begegnung vorzubereiten. Sie befürchtete, am Abend zuvor zu viel verraten zu haben, als sie seinen leidenschaftlichen Kuss erwidert hatte. *Was mochte er von ihr gedacht haben?* Sie erschauerte vor Nervosität. Vor Nervosität und noch etwas weitaus Interessanterem. Sie hatte nicht gewusst, dass ein Körper so viele unterschiedliche Reaktionen haben konnte. Trotzdem wollte sie ihn sehen. Bald würde er nicht mehr hier sein. Sie wollte wenigstens ein paar Erinnerungen an ihn ... Mehr, als sie bereits besaß.

Sie klopfte leise an, und er bat sie, einzutreten. Er trug noch immer seine Uniformhose und ein weißes Hemd mit aufgerollten Ärmeln. Er las in einem Buch. Er schaute zu ihr auf, lächelte aber nicht, wie er es gewöhnlich tat. Plötzlich wünschte sie, sie hätte ihrem Impuls nicht nachgegeben.

»Ich wollte Sie nicht stören«, sagte sie. »Ich dachte nur, Sie würden vielleicht gern ein Gläschen Portwein trinken.«

»Mit dem größten Vergnügen«, sagte er. Er hielt ein Buch in der Hand, das sie ihm gebracht hatte, die Geschichte Pennsylvanias.

»Es ist nicht besonders aufregend«, bemerkte sie.

»Nein«, stimmte er ihr mit ernster Miene zu.

»Ich dachte nur, Sie möchten vielleicht mehr darüber wissen, wo Sie sind.«

»Ja, natürlich«, sagte er, noch immer ernst, obwohl seine Augen bereits wieder funkelten von dem Humor, den sie so an ihm liebte. »Erzählen Sie mir, wo Sie gelebt haben.«

Sie trat neben ihn und blätterte die Seiten um zu einer Karte. »Es ist nicht weit von hier, aber die Gegend befindet sich jetzt in den Händen der Rebellen.«

»Etwa fünfzig Meilen von hier?«

»Eher sechzig. Es ist eine zweitägige Reise bis dorthin. Aber es ist gutes Land, direkt an einem Fluss. Mein Großvater hat es urbar gemacht und sogar mit Indianern darum gekämpft. Ich glaube, das ist es, was meinem Vater keine Ruhe lässt – dass er etwas verloren hat, was ihm anvertraut wurde.«

»Sie werden es zurückbekommen«, sagte der Lieutenant mit einer solchen Zuversicht, dass sie ihm für einen Moment lang sogar glaubte.

Ein winziger Hoffnungsschimmer regte sich in ihr. Mit Männern wie ihm würden die Briten bestimmt den Krieg gewinnen. »Wohin gehen Sie, wenn Sie uns hier verlassen?«

»Zurück zu meinem Regiment, östlich von hier.«

»Sie werden vorsichtig sein?«

»Ich bin immer vorsichtig, Annette.« Ihr Name klang wie Honig auf seinen Lippen. Sie richtete den Blick auf sein verletztes Bein und dann auf seine Schulter.

»Nun, fast immer jedenfalls«, berichtigte er sich.

»Es überrascht mich, dass Sie keinen Besuch von Freunden hatten«, fuhr sie behutsam fort.

»Man schickte mich voraus, um Quartiere für meine Einheit zu besorgen. Der Doktor sollte ihnen eine Nachricht schicken, wo ich bin.«

»Sie würden möglicherweise unter den anderen Patienten

Freunde finden.« Einen Moment lang betrachtete er sie sehr eindringlich mit diesen grünen Augen, die sie so faszinierend fand. Doch dann wandte er abrupt den Blick ab und nippte an dem Portwein, den sie ihm gebracht hatte. »Ihr Vater hat einen guten Geschmack.«

»Dr. Marsh hat einen guten Geschmack. Er bringt meinem Vater diesen Portwein mit.«

»Ah, der brave Doktor. Kennen Sie ihn gut?«

Sie schüttelte den Kopf. »Ich weiß nur, dass er ein guter Arzt ist und ein loyaler Untertan des Königs. Er hat einen hohen Preis dafür gezahlt. Es heißt, seine Familie habe ihn verstoßen. Aber seine Frau war eine Quäkerin, und die meisten Quäker waren gegen die Revolte. Einige wurden sogar gehängt von der Regierung der Rebellen, und Dr. Marsh wurde ins Gefängnis geworfen, weil er dagegen protestierte.«

Ein überraschter Blick erschien in den Augen des Lieutenants, aber er sagte nichts. Stattdessen stand er auf und stützte sich mit einer Hand auf seinen Stuhl, um nicht das Gleichgewicht zu verlieren, worauf Annette schnell zu ihm ging, um ihm das Glas aus der Hand zu nehmen. Ihre Haut streifte seine, und dabei entglitt ihr irgendwie das Glas und zerbrach in glitzernde Scherben, worauf der Wein wie dickes rotes Blut über den Boden floss. Ein leiser Schrei entrang sich ihr, als sie darauf hinabstarrte. Im ersten Moment konnte sie sich nicht bewegen. Sie hatte mehr als genug Blut gesehen, doch für einen Augenblick lang kam es ihr so vor, als sei der Wein … *sein* Blut. Eine Vorahnung? Aber sie glaubte nicht an derlei Dinge. Und dennoch stockte ihr der Atem, und ihr Herz begann zu rasen. Plötzlich konnte sie ihn nur noch ansehen, mit Augen, die in Tränen schwammen. Er kam zu ihr und blieb vor ihr stehen. »Beruhigen Sie sich«, sagte er leise. »Es ist nur Wein.«

Mithilfe seines Stocks ließ er sich auf das gesunde Knie nieder und sammelte die Scherben auf. Eine schnitt ihm in die Hand, und sein Blut vermischte sich mit dem Wein auf dem Fußboden.

Er murmelte etwas, das sich wie ein Fluch für sie anhörte, und es brach den Bann, der sie gelähmt hatte. Sie nahm seine Hand und zog ihn wieder hoch. »Wir können uns später darum kümmern«, sagte sie, während sie seine Verletzung untersuchte und feststellte, dass es nur eine leichte Schnittwunde war. Sie hörte bereits auf zu bluten. »Ich hole rasch etwas, um die Wunde zu verbinden.«

Doch statt zu warten, wischte er die Hand an seiner Hose ab. »Nicht nötig«, sagte er. »Verzeihen Sie, dass ich so ungeschickt war. Sie scheinen diese Wirkung auf mich zu haben.«

Hatte sie das? Die Vorstellung war kurios, aber auch bestrickend. Er hob die Hand. »Sehen Sie? Sie hat schon aufgehört zu bluten.« Wie um Annette ihre Unversehrtheit zu beweisen, strich er eine Locke ihres Haars damit zurück und streichelte mit seinen Fingerspitzen ihre Wange. Ihr Puls beschleunigte sich, und ihre Beine fühlten sich plötzlich ganz seltsam kraftlos an, als seine Berührung tief in ihrem Innersten ein alles verzehrendes Feuer zu entfachen begann. Sie erhob den Blick zu ihm und sah, dass seine grünen Augen glühten. »Ich werde Sie vermissen, Miss Carey.«

»Wann ...?«

»Bald. Ich muss zurück.«

»Werden Sie mich wissen lassen, wie es Ihnen geht?«

»Das tue ich, falls ich es kann.« Seine Stimme war rau, seine Finger zeichneten noch immer die Umrisse ihres Gesichtes nach, als versuchte er, es sich für immer in seinem Gedächtnis einzuprägen. Sie erschauderte. Er trat zurück. »Verzeihen Sie. Ich scheine mich einfach nicht von Ihnen fern halten zu können.«

Und ich mich nicht von Ihnen. Aber sie wagte nicht, die Worte auszusprechen.

»Egal, was auch passiert«, sagte er, »ich möchte, dass Sie wissen, dass ich Sie nie vergessen werde.« Das war nicht ganz das, was sie hören wollte. Sie hätte es vorgezogen, Worte der Liebe oder Versprechungen von ihm zu hören. In seinen Augen glaubte sie jedoch genau das zu sehen, und ihr Herz begann zu singen. Sie tat einen Schritt auf ihn zu, und einen Moment lang dachte sie, er würde sich von ihr abwenden. Oder sie wieder fortschicken. Aber dann senkte er den Kopf und küsste sie. Hart. Leidenschaftlich. Sie merkte, wie sie den Kuss erwiderte, wie sie ihm die Arme um den Nacken schlang und die Hände unter seinem dichten Haar vergrub. Er roch nach Portwein und Seife und etwas anderem, sehr Maskulinem, das sie berauschte wie ein schwerer alter Wein.

Ein heißes Verlangen, das so intensiv war, dass sie es fast nicht ertragen konnte, erfasste sie und begann sich rasend wie ein Buschfeuer in ihrem ganzen Körper auszubreiten. Sie merkte, dass sie sich an ihn presste, und fühlte eine Härte an ihrem Körper, die dem Feuer, das in ihr tobte, noch zusätzliche Nahrung gab. Es war, als ob ihr Körper ein Eigenleben entwickelt hätte und vollkommen instinktiv auf seinen reagierte. Sie hörte ihn stöhnen, dann fluchen, und eine Sekunde später zog er sich brüsk zurück. »Verdammt«, fluchte er. »Ich habe kein Recht dazu.«

Sie straffte sich. An jenem anderen Abend war sie fluchtartig davongelaufen. Das würde sie nicht wieder tun. »Doch, das hast du«, sagte sie, bevor sie sich auf die Zehenspitzen stellte und seine Lippen einen flüchtigen Augenblick mit den ihren streifte. Dann wandte sie sich mit der ganzen Würde, die sie noch aufzubringen vermochte, von ihm ab und ging hinaus. Eine leise Hoffnung war wieder in ihr erwacht. Vielleicht würde der Krieg ja gar nicht lange dauern. Und Papa würde vielleicht wieder gesund werden. Sie wusste, dass er wieder gesund werden würde, wenn er das Land zurückbekam, das er verloren hatte. Und der einzige Weg, das zu erreichen, war ein Sieg der Briten. Sie würde beten, dass sie siegten. Und beten, dass ihr britischer Lieutenant zurückkehrte.

9

Die nächsten beiden Tage schienen sich endlos hinzuziehen für John Patrick. Sein Bein war inzwischen etwas kräftiger, obwohl es ihn noch immer enorme Mühe kostete, ohne Stock zu gehen. Seine Schulter schmerzte, wenn er sich bewegte, aber nicht so, dass er es nicht hätte ertragen können. Er hatte schon weitaus Schlimmeres erlebt. Nein, was ihn weitaus mehr quälte, waren die Gedanken an Annette und ihren Vater. Trotz seiner Bemühungen, Distanz zu wahren, war er beiden näher gekommen. Er war nicht darauf gefasst gewesen, eine solche Freude zu empfinden, wenn Hugh Carey lächelte oder er an irgendetwas, was John Patrick sagte, Interesse erkennen ließ. Diese Gefühle waren neu und stark und nobel. Er hatte lange Zeit nichts Nobles mehr gefühlt. Er hatte in der Karibik zu viel seiner Menschlichkeit verloren. Er wollte sie nicht ein zweites Mal verlieren. Und er wollte auch nicht Annette verlieren.

Beide – Vater und Tochter – hatten ihn gelehrt, wieder Zuneigung, ja sogar so etwas wie Liebe zu empfinden. Er schloss die Augen. *Liebe.* Es war ein beängstigender Gedanke, weit schlimmer noch, als sich einer überlegenen Schiffsflotte gegenüberzusehen. Er wollte bleiben. Aber stattdessen würde er aus ihrem Leben ein für alle Mal verschwinden. Er hatte schon einen Brief für Annette geschrieben, in dem er ihr in knappen Worten mitteilte, er sei einem anderen Regiment zugewiesen und unverzüglich nach New York zurückbeordert worden. Natürlich würde sie keinen Lieutenant Gunn in diesem Regiment finden – falls sie sich überhaupt je die Mühe machen sollte, ihn zu suchen. Er hinkte zum Sekretär hinüber und zog die Schublade auf, um den Brief zu den anderen Dingen zu legen, die Noel ihm vor einer Weile gebracht hatte. Sein Bruder hatte eine zweite, etwas größere Uniform besorgt, die die Insignien eines Hauptmanns trug. Rock und Hose waren weit genug, um darunter dicke Verbände um Brust und Bauch zu tragen, die John Patrick etwas korpulenter erscheinen lassen würden. Ein wohlgenährter britischer Captain mit einer eleganten weißen Perücke würde wenig Ähnlichkeit mit dem in den Flugblättern beschriebenen Mann aufweisen. Zusammen mit der Uniform und den anderen Dingen hatte Noel ihm auch eine Warnung hinterlassen: Der britische Offizier, der den *Star Rider* persönlich kannte, durchsuchte sämtliche Häuser in Philadelphia, sogar die der Königstreuen. Die Zeit wurde allmählich knapp.

Noel hatte auch Nachrichten von John Patricks Mannschaft mitgebracht. Laut Aussage eines britischen Militärarztes ging es ihnen gut, aber es hieß, sie würden schon bald in New York als Spione vor Gericht gestellt werden. Offenbar fürchteten die Briten die Auswirkungen eines Scheinprozesses in Philadelphia; es gab dort immer noch zu viele neutrale Bürger. Und es *würde* nicht mehr sein als ein Scheinprozess, dessen war sich John Patrick völlig sicher.

Nachdem Noel gegangen und John Patrick wieder allein in seinem Zimmer war, fragte sich der Mann, der von der gesamten britischen Armee gesucht wurde, ob Noel in Täuschungsmanövern möglicherweise sogar noch gewiefter war als er selber. Er dachte noch über diese Frage nach, als seine Zimmertür geöffnet wurde und Ivy eintrat. Der Schwede ließ nur selten ein Gefühl erkennen, doch nun konnten seine sonst so kühlen blauen Augen eine gewisse freudige Erregung nicht verbergen. »Das britische Schiff ist gestern Abend eingetroffen. Nach Aussage eines seiner Mannschaftsmitglieder werden sie Vorräte laden und dann die Gefangenen an Bord nehmen, um übermorgen wieder auszulaufen.« Er machte eine kleine Pause, als wolle er die Spannung noch erhöhen. »Howe veranstaltet heute Abend einen Ball. Die meisten der Schiffsoffiziere und mindestens die Hälfte der an Land stationierten Offiziere werden daran teilnehmen.«

John Patrick begann so etwas wie die alte Vorfreude zu verspüren. Er war es verdammt leid, untätig herumzusitzen. Und trotz der Schmerzen, die nach wie vor jede seiner Bewegungen begleiteten, war er bereit, sich wieder in den Kampf zu stürzen und das Haus zu verlassen, in dem er sich wie ein Lügner und Betrüger vorkam. Miss Carey würde er vermissen, weit mehr sogar noch, als er je für möglich gehalten hätte. Sie würde annehmen, es sei ihm überhaupt nicht schwer gefallen, sie zu verlassen, und er sei nicht einmal höflich genug gewesen, sich persönlich von ihr zu verabschieden. Sie würde nie erfahren, dass sie sich einen Platz in seinem Herz geschaffen hatte. John Patrick fluchte verhalten und wünschte, Noel hätte ein anderes Refugium für ihn gefunden. Denn dieses hier war eher die Hölle für ihn, und wenn er sie auch selbst geschaffen hatte.

»Haben wir genügend Uniformen?«

»Wir bekommen sie. Es gibt hier ein Marineregiment, das in einer Taverne am Hafen einquartiert ist. Wir werden ihnen ein Schlafmittel in den Wein geben.« Er sah John Patrick an. »Fühlst du dich fit genug?«

»Aye. Ich könnte sogar schon heute Nacht losschlagen, wenn es nötig wäre. Aber morgen Nacht ist besser. Während sich die Offiziere auf Howes Ball vergnügen, werden die Soldaten die Gelegenheit nutzen, um sich zu betrinken. Wir treffen uns um zehn. Im Haus müsste es bis dahin ruhig sein.«

Ivys Grinsen verblasste, und sein Gesicht nahm einen ernsten Ausdruck an. »Was wird aus deinem Bru … aus Dr. Marsh, falls General Washington die Stadt einnimmt?«

Diese Frage ließ auch John Patrick keine Ruhe. Und er sorgte sich nicht nur um Noel. Den Torys würde es nicht gut ergehen in dieser Stadt, falls sie zurückerobert wurde, und er wusste aus sicherer Quelle, dass Washington Philadelpia zurückerobern wollte. Während Boston die Faust der Revolution gewesen war, war Philadelphia ihr Herz – der Ort, an dem die Unabhängigkeit erklärt wurde. »Ich bin sicher, dass Noel sich der Gefahr bewusst ist«, antwortete er nach einer langen Pause.

Aber in Wahrheit beunruhigte ihn die Rolle, die Noel in seiner derzeitigen Notlage gespielt hatte, schon seit geraumer Zeit. Es war nie seine Absicht gewesen, Noel in Gefahr zu bringen, aber er hatte es trotzdem zweifellos getan. Er würde es sich nie verzeihen, wenn Noel seinetwegen etwas zustieß. Und Annette . . .

Er wechselte das Thema. »Und die Männer?«

»Sie sind in der ganzen Stadt verteilt.«

John Patrick ging durchs Zimmer, dehnte seine Muskeln und erprobte seine Kraft. Er versuchte, beim Gehen nicht zu hinken, doch falls ihn jemand darauf ansprach, würde er einfach behaupten, er sei trotz einer leichten Verwundung durch die Kugel eines Rebellen vorzeitig in den Dienst zurückgekehrt. »Morgen Abend also«, sagte er.

Ivy nickte. Sein Blick glitt durch den Raum, verweilte bei einer Vase mit frischen Blumen auf dem Tisch und dann auf den hübsch gemusterten Vorhängen an den Fenstern. Schließlich richtete er ihn wieder auf John Patrick. »Was wirst du Miss Carey sagen?«

»Dass ich zu meinem Regiment zurückkehre.«

»Sie ist eine nette Person. Und auch eine sehr hübsche«, fügte Ivy vorsichtig hinzu.

»Aye«, stimmte ihm John Patrick ruhig zu. »Obwohl ich mich frage, ob sie auch so nett gewesen wäre, wenn sie wüsste . . .«

»Tatsächlich, Käpt'n?«

»Wahrscheinlich nicht. Aber das werden wir wohl nie erfahren, nicht?« Wieder drehte er eine Runde durch das Zimmer, um sich von den Gedanken an Annette Carey abzulenken. Er konnte es sich nicht leisten, an sie zu denken. Um seiner Männer willen konnte er sich die Ablenkung nicht leisten. Seufzend setzte er sich wieder. Aber diesmal nicht vor Erschöpfung oder weil seine noch nicht verheilten Wunden schmerzten. Nein, der körperliche Schmerz war sehr viel leichter zu ertragen als die Vorstellung, dass Annette Carey in Erfahrung bringen könnte, wer er wirklich war. Er konnte sich nur zu gut vorstellen, wie hintergangen und verraten sie sich dann fühlen würde ... Hoffentlich würde sie es nie erfahren. Vielleicht würde sie ihn vermissen, wenn er fort war, so wie er sie vermissen würde. Herrgott nochmal, er musste endlich aufhören, an sie zu denken. Sicher würde ihr irgendein britischer Offizier den Hof machen, und dann würde sie ihn schon vergessen. Aber warum tat dieser Gedanke nur so höllisch weh?

Ivy runzelte die Stirn. »Ich treffe mich jetzt mit der Mannschaft«, sagte er und wandte sich zum Gehen.

»Ivy?«

Der Schwede drehte sich noch einmal zu John Patrick um. »Pass gut auf dich auf. Ich brauche dich.«

Ivys breites Gesicht rötete sich vor Verlegenheit. Er nickte nur einmal knapp, bevor er beinahe fluchtartig den Raum verließ. John Patrick setzte seine Runden durch das Zimmer fort. Vierundzwanzig Stunden. Nur noch vierundzwanzig Stunden, und dann würde er endlich wieder ein Schiff unter den Füßen haben. Er würde frei sein, so frei, wie er es immer sein wollte. Er wartete auf die vertraute Freude, die ihn in solchen Augenblicken stets erfüllte, auf die Rückkehr des vertrauten Kribbelns seiner aufgeregten Sinne. Stattdessen jedoch empfand er etwas völlig anderes. Warum fühlte er sich so gefangen? Und wieso tat sein Herz so weh?

Der nächste Tag verging schneller, als John Patrick für möglich gehalten hatte. Er ging zu einem letzten Besuch zu Hugh Carey, um sich schweigend von ihm zu verabschieden und ihm in seinem Herzen alles Gute zu wünschen. Er war selbst verblüfft darüber, wie sehr er diesem Tory zugetan war. Als er Hughs Raum verließ, lief er Annette buchstäblich in die Arme und streckte instinktiv die Hände aus, um sie zu stützen, während sie dasselbe tat. Aber ihm wurde auf der Stelle klar, dass er es besser nicht getan hätte. Ihre bloße Berührung gab ihm das Gefühl, seine Haut stünde in Flammen, und an der Art, wie sich Annettes Augen weiteten, erkannte er, dass es ihr genauso ging. Pure, unverfälschte Sinnlichkeit loderte schlagartig zwischen ihnen auf, und ihre Blicke trafen sich und tauschten Geheimnisse aus – Geheimnisse, wie Liebende sie miteinander teilten, nicht die dunklen, gefährlichen, die er so verzweifelt zu verbergen suchte.

John Patrick zwang sich, zurückzutreten, griff nach dem Spazierstock, den er mitgebracht hatte, und umklammerte ihn wie einen Rettungsanker. Dann ließ er die Schultern sinken und erlaubte sich sogar ein leichtes Schwanken. Die Sorge, die in ihrem Blick erschien, war wie ein Schwert, das sich in seine Eingeweide bohrte. Er hatte diese Sorge in den letzten Tagen sehr geschickt genutzt und so getan, als schliefe er, wenn sie anklopfte, oder er hatte schlimmere Schmerzen vorgeschützt, als er tatsächlich hatte. Er bemühte sich, das Versprechen zu halten, das er Noel gegeben hatte. Und sich selbst.

»Lassen Sie mich Ihnen helfen«, bat sie.

»Nein, Miss Carey«, sagte er und milderte die Schärfe seines Tons mit einem schiefen Grinsen. »Sie haben schon genug getan. Bleiben Sie bei Ihrem Vater. Vielleicht morgen ...«

Ihr Gesicht hellte sich auf, und sie nickte. Aber es würde kein *Morgen* mehr geben. Morgen würde er nicht mehr da sein, und eine Nachricht auf dem Tisch würde lediglich besagen, er sei mitten in der Nacht abgeholt worden und habe ihren Schlaf nicht stören wollen. Ihr Bild war für immer in seinem Gedächtnis eingeprägt: das dunkle Haar, die blaugrauen Augen, die die Farbe der beginnenden Morgendämmerung besaßen. Diese Augen, die in leidenschaftlichen Momenten so unwahrscheinlich lebhaft werden konnten. Er wusste, dass das Bild von ihr ihn noch sehr, sehr lange quälen würde.

Noel war sich im Klaren darüber, dass John Patrick ausführen würde, was auch immer er für diese Nacht geplant hatte. Das britische Schiff sollte morgen am späten Abend auslaufen. Die Tatsache, dass General Howe für heute Abend einen großen Ball geplant hatte, war noch ein zusätzlicher Anreiz.

Noels Magen schmerzte vor Anspannung, als er Aristoteles fütterte und danach zu den Careys ging. Sein Gefühl sagte ihm, dass sein Bruder noch vor dem nächsten Morgen fort sein würde. Ohne eine Spur zu hinterlassen hoffentlich. Aber vorher wollte – nein, *musste* er sich vom ihm verabschieden. Jonny mochte ihn vielleicht für einen Verräter halten, aber er war immer noch sein Bruder. Er klopfte bei den Careys, und Betty lächelte erfreut, als sie ihm öffnete. »Dr. Marsh!«

»Wie geht es meinen Patienten?«

»Gott sei Dank sind alle auf dem Weg der Besserung«, versicherte sie ihm. »Wir hatten keine weiteren Fieberfälle mehr.«

»Dank Celias Hühnersuppe und Ihrer liebevollen Pflege, denke ich«, erwiderte Noel.

Ihr Lächeln vertiefte sich, sodass die Grübchen an ihren Wangen sichtbar wurden, und Noel verstand plötzlich, warum Malcomb so vernarrt in sie war, und wieso er noch verdrießlicher als gewöhnlich war, seit Ivy so viel Zeit bei den Careys verbrachte. »Wie geht es unserem schottischen Lieutenant?«, fragte er nach kurzem Schweigen.

Sie strahlte. »Er ist schon wieder auf den Beinen. Und manchmal liest er Mr. Hugh sogar etwas aus einem Buch vor.«

Noel bemühte sich, sein Erstaunen zu verbergen. Jonny hatte ihm gesagt, dass er Hugh Carey kennen gelernt hatte. Aber wie kam er dazu, ihm vorzulesen? Und das, nachdem er ihm so fest versprochen hatte, seinen Kontakt zu der Familie auf ein Minimum zu beschränken?

»Ah, das ist ja schön. Ist er in seinem Zimmer?«

Sie nickte. »Er ruht sich aus, wie Sie es ihm geraten haben. Miss Annette hat Anweisung gegeben, ihn nicht zu stören, aber das gilt natürlich nicht für Sie.« Sie zwinkerte ihm zu. »Ich glaube, er hat ein Auge auf unsere Miss geworfen.«

Der Teufel hole seinen Bruder. Er hatte gesehen, wie Annettes Augen bei der Erwähnung von John Gunns Namen aufleuchteten, aber gehofft, es sei nichts weiter als ein unschuldiger Flirt. Er wusste, dass Frauen eine Schwäche für seinen Bruder hatten – und er für sie. Nur wenige vermochten ihm zu widerstehen, und als junger Mann hatte John Patrick ständig wechselnde Liebschaften gehabt. Aber er hatte sich nie unehrenhaft verhalten. Er hatte keiner jungen Dame je etwas versprochen, oder zumindest nicht, soweit Noel bekannt war, wenngleich er wusste, dass John Patrick eine Menge gebrochener Herzen hinter sich zurückgelassen hatte. Das Letzte, was Noel sich wünschte, war, dass auch Annette Carey ihr Herz an ihn verlor. Aber er folgte Betsy schweigend hinein und gab ihr seinen Umhang. »Ich werde zuerst nach dem Lieutenant sehen«, sagte er und machte sich auf den Weg zu Jonnys Zimmer.

Ohne eine Antwort auf sein kurzes Klopfen abzuwarten, trat er ein und zog die Tür hinter sich zu. Jonny saß auf dem Bett und machte Anstalten, sich zu erheben, entspannte sich aber wieder, als er erkannte, dass es sein Bruder war. Noel sah, dass eine Uniformjacke auf Jonnys Schoß lag. Und dass er eine Nadel in den Fingern hielt.

Jonny grinste. »Die Uniform war ein bisschen zu groß, selbst mit den dicken Verbänden, die ich darunter tragen werde. Aber ich habe sie mir perfekt zurechtgeschneidert.«

»Ich wusste gar nicht, dass auch Nähen zu deinen Talenten gehört.«

»In der britischen Marine habe ich viel gelernt. Du ahnst gar nicht, was für einen Spaß es mir macht, diese Fähigkeiten nun gegen sie einzusetzen.«

Noel sah das Leuchten in den Augen seines Bruders. *Vorfreude.* Er hatte dieses Leuchten früher oft gesehen, als Jonny noch sehr viel jünger gewesen war, wenn er sich darangemacht hatte, ein ganz besonders unberechenbares Pferd zu reiten. »Heute Abend geht es also los.«

Jonny nickte. »Vielen Dank übrigens für die Papiere. Sie sind wirklich ziemlich gut. Ich bin sehr beeindruckt von deinen unerwarteten Talenten.«

»Du hast mir keine andere Wahl gelassen, Jonny. Ich konnte dich nicht alles zerstören lassen, was ich mir hier aufgebaut habe.«

»Ist es so wichtig für dich?«

»Ja«, erwiderte Noel schlicht.

»Dann bedaure ich es«, sagte John Patrick und meinte es auch so. In seiner Wut über Noels Loyalität hatte er die Nähe zerstört, die ihn mit seinem Bruder früher stets verbunden hatte. Durch die Bekanntschaft mit Hugh Carey begann er jedoch allmählich einzusehen, dass Loyalität sich in einer größeren Grauzone bewegte, als er ursprünglich hatte glauben wollen. Und welches Recht besaß er schon, die Handlungsweise eines anderen Menschen zu verurteilen, wenn seine eigene tadelswert genug war?

Noels Gesicht war angespannt vor unterdrückter Emotion. »Ich werde dich nicht fragen, wann du gehst. Aber ... sei bitte vorsichtig. Ich möchte meinen kleinen Bruder nicht verlieren.«

Der gar nicht mehr *so* klein ist, dachte John Patrick. Er war etwa einen halben Kopf größer als Noel. Trotzdem fragte er sich, ob Noel nicht vielleicht in anderer Hinsicht größer war als er. Denn John Patrick war sich inzwischen im Klaren darüber – und hatte es im Grunde genommen schon von Anfang an gewusst – dass Noel seine eigenen Prinzipien geopfert hatte, um ihm beizustehen. John Patrick reichte ihm die Hand. »Ich weiß, was du für mich riskiert hast. Das werde ich dir nie vergessen.«

Noel drückte seine Hand, und einen Moment lang war er so bewegt, dass er nicht imstande war, etwas zu sagen.

John Patrick zog die Hand zurück. »Was wirst du tun, wenn die Briten abziehen?«

»Und wieso glaubst du, dass sie abziehen werden?«

»Sie werden ihre Truppen konsolidieren müssen, und New York ist sehr viel wichtiger für sie als Philadelphia, trotz der Symbolik dieser Stadt.«

»Meinst du?«

»Aye. Ich habe in den letzten Monaten ein paar wichtige Nachrichten abgefangen«, vertraute John Patrick ihm mit einem schiefen Lächeln an.

»Nun, das ist meine Sorge und nicht deine«, sagte Noel. »Wie ich hörte, hast du deine Besuche bei Hugh Carey fortgesetzt.«

John Patricks Augen wurden hart, bis nicht das geringste Gefühl mehr in ihnen zu erkennen war. Das war neu. Noel hatte Jonny als offenherzig und leicht durchschaubar in Erinnerung. Aber das war zehn Jahre her … Er erkannte nun auch andere Veränderungen an ihm, von denen die auffälligste die Aura der Gefahr war, die von John Patrick ausging. Noel wusste, dass sein Bruder ein fähiger Kapitän sein musste, weil er sonst bestimmt nicht so gefürchtet wäre bei den Briten. Aber er hatte niemals diese Unnachgiebigkeit erwartet, die er manchmal in John Patrick sah.

»Annette hat mich darum gebeten«, sagte John Patrick schließlich. »Ich konnte es ihr ja wohl nicht gut abschlagen, oder?«

»Was denkst du nun von ihm?«

»Ich denke, dass ihm schweres Unrecht zugefügt wurde«, erwiderte John Patrick ironisch. »Ist es das, was du hören wolltest?«

Allerdings. Noel wollte hören, dass sein Bruder noch ein Gewissen besaß, trotz seiner langjährigen Vergangenheit als Pirat. »Eines Tages wirst du mir von den vergangenen zehn Jahren erzählen müssen.«

»Ich bin nicht sicher, ob du darüber wirklich etwas hören willst.« Ihre Blicke begegneten sich. Noel war der Erste, der die Augen senkte. »Na schön … dann gehe ich jetzt wohl besser wieder.«

John Patrick stand da und musterte ihn, und seine Augen ließen nach wie vor nicht die geringste Emotion erkennen. »Falls Washington die Stadt einnimmt, sieh zu, dass du verschwindest.«

»Vielleicht. Oder vielleicht auch nicht.«

»Verdammt, Noel. Du stehst dann auf der schwarzen Liste. Sei kein Narr.«

»Und das aus deinem Munde«, versetzte Noel spöttisch.

»Ich kann mir nichts Närrischeres vorstellen, als inmitten der gesamten britischen Marine den Delaware hinabzusegeln.« Jonny sah plötzlich wie ein Junge aus, der beim Naschen erwischt worden war. Sein betretener Gesichtsausdruck milderte ein wenig die Härte in seinen Zügen.

Noel wollte kein anderes Gesicht als dieses von ihm in seiner Erinnerung bewahren, wenn er ging. »Alles Gute und viel Glück«, wünschte er ihm und zog rasch die Tür hinter sich zu.

John Patrick war bereit, das Haus bei Einbruch der Dunkelheit zu verlassen. Aber er konnte sich nicht vorstellen, dass er je bereit sein würde, Annette zu verlassen. Sie weckte männliche Begierden in ihm, doch er brachte ihr auch aufrichtige Zuneigung entgegen. Er mochte ihr Lächeln, ihre wache Intelligenz, ja sogar den Ärger, der ihre Augen blitzen ließ und ihre Lippen in einen schmalen Strich verwandelte. Aber seine Gefühle gingen tiefer noch als das. Zum ersten Mal seit zehn Jahren empfand er einen gewissen Frieden. Und wenn auch nur in ihrer Gegenwart. Aber er war ihr Feind. Und deshalb war es verdammt gut, dass er heute Nacht das Haus verlassen würde. Er nahm den Brief heraus, den er vorher so sorgfältig geschrieben hatte, und fügte noch ein paar Zeilen hinzu. Er wollte die Careys wissen lassen, wie dankbar er für die Pflege war, die sie ihm hatten zukommen lassen. Er erwähnte nichts von einer Rückkehr und unterschrieb den Brief mit: »Hochachtungsvoll, John Gunn.«

Dann legte er das Schreiben auf den Tisch. Die Minuten erschienen ihm wie Stunden. Jedes Quietschen, jedes noch so kleine Geräusch ließen ihn vor Nervosität zusammenfahren. Er war noch nie sehr gut darin gewesen, abzuwarten. Vor allem jetzt nicht, wo so viel auf dem Spiel stand. Das Leben seiner Männer. Seines Bruders. Vielleicht sogar das der Careys, falls die Briten je erfahren sollten, dass sie einen Flüchtling beherbergt hatten, vor allem einen, der so dringend gesucht wurde wie er. Er erinnerte sich an Noels Bemerkung, wie töricht es von ihm gewesen war, inmitten der britischen Marine den Delaware hinabzufahren. Er erkannte nun, wie viele Leben er mit dieser einen unbedachten Tat gefährdet hatte.

Dann, endlich, hörte er das erhoffte Klopfen an der Tür, ein vorher ausgemachtes, ganz spezielles Zeichen. Ivy. John Patrick öffnete dem hünenhaften Schweden, der auch heute seine gewohnte grobe Kleidung trug. Ivy blickte ihn an. »Wir sind bereit, Käpt'n. Samuels und zwei andere warten draußen mit einem Pferd.«

John Patrick nickte. »Gut. Ich habe die Papiere, die wir brauchen.«

Ivy grinste, was er sonst nur sehr, sehr selten tat. John Patrick wünschte, er könnte es auch. Aber er hatte die Freude an dem Spiel verloren und verspürte stattdessen eine schlimme Vorahnung. Dennoch blieb ihm keine andere Wahl. Er musste die Männer befreien, die auf ihn vertrauten. Er griff nach der Uniform, die ihm als Maskerade dienen würde, als er plötzlich Schritte auf dem Korridor vernahm. Mit einer Handbewegung winkte er Ivy rasch beiseite. Ein leises Klopfen. Annette? Er hielt den Atem an und hoffte, sie würde glauben, er schliefe, und wieder gehen. Aber das leichte Klopfen wurde lauter, und er erkannte nun, dass Annette anscheinend nicht allein gekommen war. Ivy griff unter die grobe Jacke, die er trug, und zog eine Pistole aus dem Hosenbund. Dann stellte er sich hinter die Tür.

John Patricks Herz hämmerte gegen seine Rippen. Zu viele Menschenleben hingen von ihm ab. Das Klopfen wurde noch lauter, dann hörte er, wie sich der Türknauf drehte. Er ging zum Bett und setzte sich. Wer auch immer den Raum betrat, würde ihn sehen, nicht Ivy. Er griff nach dem Pistolenhalfter und dem Gürtel, die zu der Uniform gehörten, legte beides neben sich und deckte es mit einem Zipfel der Bettdecke zu.

Die Tür ging auf. Zwei Männer, ein britischer Marineleutnant in einer blauen Uniform, und ein britischer Armeeunteroffizier in einer roten, blieben wartend an der Tür stehen, als Annette den Raum betrat. Einen von ihnen erkannte John Patrick gleich auf den ersten Blick. Aber auch der Offizier erkannte *ihn*, wie er bemerkte. Ohne etwas davon zu merken, begann Annette entschuldigend: »Diese Männer durchsuchen jedes Haus ...« Sie unterbrach sich und erstarrte, als sie den Ausruf des Offiziers hinter sich hörte.

»Star Rider!«, fauchte der Mann, und seine rechte Hand glitt zu der Waffe an seiner Hüfte. Die Tür schlug plötzlich hinter ihm zu, worauf die beiden Briten verblüfft zusammenfuhren.

»Pistolen runter und keine Bewegung, Gentlemen«, befahl Ivy. Annette fuhr herum und kam vorübergehend zwischen Ivy und die beiden Soldaten zu stehen. Der britische Marineoffizier nutzte die Gelegenheit, um seine Pistole zu ziehen und sie auf John Patrick zu richten, der jedoch ebenfalls seine Waffe unter der Bettdecke hervorgezogen und auf den Offizier gerichtet hatte. »Bastard«, sagte der Offizier, als er den Auslöser betätigte.

John Patricks Pistole ging um den Bruchteil einer Sekunde früher los. Der Offizier brach zusammen, und John Patrick kniete sich neben ihn. Im selben Moment schlug Ivy dem anderen Mann von hinten den Kolben seiner Pistole über den Kopf. Der Schwede fing den Unteroffizier auf, als er zusammenbrach, und ließ ihn geräuschlos auf den Boden sinken.

John Patrick blickte kopfschüttelnd zu Ivy auf und erhob sich wieder. »Er ist tot. Du solltest lieber nachsehen, ob sonst noch jemand bei ihm war oder jemand den Schuss gehört hat. Wenn ja, dann sag, ich hab meine Pistole gereinigt.«

Damit wandte er sich zu Annette. Ihr Gesicht war leichenblass geworden, und ihre Augen weiteten sich vor Entsetzen, als sie auf die Blutlache neben dem britischen Lieutenant hinabstarrte. Dann richtete sie den Blick auf John Patrick und musterte ihn prüfend. Es war, als suchte sie in seinem Gesicht nach einer Verneinung dessen, was sie gerade selbst mitangesehen hatte. Er hörte Ivy hinausgehen, und als er die Tür hinter ihm schloss, sah er Annette zu Boden gleiten. Im ersten Moment glaubte er, sie sei ohnmächtig geworden, und streckte instinktiv die Hände nach ihr aus. Aber die Bewegung löste einen solch durchdringenden Schmerz in seinem Bein aus, dass es ihm für einen Moment den Dienst versagte. Er stolperte und schaffte es gerade noch, nicht hinzufallen. Aber es war bereits zu spät. Annette hatte schon die Pistole des toten Briten aufgehoben und richtete sie auf ihn.

10

Freunde und Nachbarn!

Einen Moment lang tobten wieder die albtraumhaften Bilder jener Nacht durch ihren Kopf. Der Geruch von Schießpulver. Das Blut. Die Angst ... Annette versuchte, ihre Hand durch pure Willenskraft zu zwingen, nicht zu zittern. Ihr Finger lag unsicher auf dem Abzug. Eine Kugel. Sie hatte eine Kugel, um sich und ihre Familie zu beschützen. Sie hatte sich geschworen, nie wieder hilflos zu sein. Sie hielt den Blick fest auf den Mann gerichtet, der sich John Gunn genannt hatte, obwohl sie in Gedanken immer noch die Blutlache vor Augen hatte, die keinen Meter weit von ihr entfernt war. Blut, das aussah wie der Portwein, den er neulich Abend vergossen hatte. Ihre Vorahnung hatte sich bewahrheitet, auch wenn es nicht *sein* Blut gewesen war. Ihre Kehle war wie zugeschnürt, und ihr Herz fühlte sich an, als sei es in Scherben zersplittert wie das Weinglas. Sie hatte geglaubt, ein schlimmerer Verrat als der ihrer Nachbarn in jener grauenvollen Nacht, in der sie ihren Vater und ihr Heim zerstört hatten, könne ihr nicht widerfahren. Sie war überzeugt gewesen, nie wieder derart tief verletzt zu werden. Aber sie hatte sich geirrt. Er tat einen Schritt in ihre Richtung.

»Nein!« Ihr Finger krümmte sich um den Abzug, und er hielt inne und blieb mit grimmiger Miene und einem rätselhaften Ausdruck in seinen grünen Augen vor ihr stehen. »Sind Sie der Mann, den die Briten suchen? Der so genannte *Star Rider*?« Ihre Stimme war nicht mehr als ein gequältes Wispern. An seinem Kinn zuckte ein Muskel. Annette konnte die Spannung spüren, die von ihm ausging. »Sind Sie es?« Ihre Stimme wurde lauter.

»Ja«, antwortete er schlicht und zerstörte ihre letzte Hoffnung, dass dies alles nur ein schreckliches Missverständnis war.

»Sie haben mich die ganze Zeit belogen. Alles, was Sie sagten, war gelogen!« Ihre Kehle war so eng, dass sie kaum atmen konnte. Seine Küsse. Seine liebevollen Worte.

Sie hatte schon fast geglaubt ... Das Entsetzen, das sie wenige Minuten zuvor verspürt hatte, war nichts im Vergleich zu dem ungläubigen Hass, der sie nun übermannte. Er war wie ein grauenvoller, stechender Schmerz in ihren Eingeweiden, der sie sich beinahe vor Schmerzen krümmen ließ. Aber das konnte sie nicht. Sie durfte ihn nicht merken lassen, was er ihr angetan hatte. Sein Blick suchte den ihren, aber er blieb stumm. »Sie haben mich benutzt. Mich und meinen Vater.« Noch immer überrollten Emotionen sie wie sturmgepeitschte Flutwellen. Sie bedrängten sie mit ständig wachsener Intensität, bis sie das Gefühl hatte, in ihnen zu ertrinken. Wieder tat er einen Schritt in ihre Richtung.

Sie trat rasch zurück. »Kommen Sie nicht näher.«

»Annette, ich ...«

Sie schüttelte den Kopf. »Nein. Sagen Sie nichts. Keine Lügen mehr.«

Seine Lippen verzogen sich zu einem eigenartigen Ausdruck. Kein Lächeln. Nicht einmal der Anflug eines Lächelns. »Ich kann nicht länger stehen. Ich brauche meinen Stock.«

Wie kühl er war. Wie gleichgültig dem Leid gegenüber, das er angerichtet hatte. John mit den freundlichen Worten und den sanften Händen. *Nein, nicht John.* Ein Pirat. Einer der rücksichtslosesten, gefährlichsten Männer ganz Amerikas ... John. Ihr John. Sie schüttelte den Kopf. »Sie haben es auch ohne Stock geschafft, jemanden umzubringen.« Es fiel ihr schwer zu glauben, dass es ihre eigene Stimme war. Sie klang so hart und kalt wie die Verbitterung, die sie durchflutete.

Mit einem vorsichtigen Blick auf die Waffe in ihrer Hand lehnte er sich seufzend an die Wand. »Sie glauben also wirklich, Sie könnten sie benutzen?«, fragte er leise.

Sie öffnete den Mund, um etwas zu erwidern, schloss ihn aber wieder. Die Wahrheit war, dass sie es selbst nicht wusste. Sie wusste nicht mal, was sie als Nächstes tun sollte, aber sie musste *irgendetwas* unternehmen. Ivy würde bald zurückkommen. Sie musste diesen Mann – diesen Feind – zwingen, das Zimmer zu verlassen und mit ihr hinunterzugehen, wo sie um Hilfe rufen konnte. Was würde dann mit ihm geschehen? Er hatte einen Soldat der königlichen Armee erschossen, während er eine britische Uniform getragen hatte. Dafür würden sie ihn bestimmt erhängen. Und je eher, desto besser. Aber könnte sie mit dieser Last auf ihrem Gewissen leben? Sie dachte daran, wie freundlich und zuvorkommend er zu ihrem Vater gewesen war. Konnte auch das nur vorgetäuscht gewesen sein? Nein, der Gedanke, er könne am Galgen enden, war ihr einfach unerträglich. Die Erinnerung an seine Hände, seine Berührung, seine sanften Worte ließ sie nicht mehr los. Sie versuchte, das alles mit der kühlen Gelassenheit zu vergleichen, mit der er einen Offizier der königlichen Marine getötet hatte. Sie wusste nicht, wie sie sich verhalten sollte; ihr Herz war zerrissen, ihr Verstand getrübt von Kummer und Verzweiflung.

»Warum sollte ich es nicht können?«, fragte sie nach einer kleinen Ewigkeit, wie ihr erschien.

»Weil es dann kein Zurück mehr für Sie gibt, wenn Sie mich erschießen«, erwiderte er leise.

»Das gibt es sowieso nicht mehr. Ich habe Ihnen vertraut, genau wie ich den Leuten vertraut habe, die meinen Vater beinahe umgebracht haben.«

Er schloss für einen Moment die Augen, aber nicht, bevor sie die unverhohlene Qual darin gesehen hatte. Die Muskeln an seiner Kehle verkrampften sich. »Es tut mir Leid«, sagte er mit gequälter Stimme. »Ich wollte Ihnen nicht wehtun.«

Sie glaubte ihm beinahe. Aber er war ja so ein raffinierter Lügner. Und selbst wenn sie ihm glaubte, würde es nichts ändern. Er war der Feind. Sie entfernte sich von der Tür, mit kleinen Schritten und ohne ihm zu nahe zu kommen, während sie die Pistole unverwandt auf ihn gerichtet hielt.

»Legen Sie die Waffe weg«, versuchte er sie zu überreden und tat einen Schritt auf sie zu, und dann noch einen, obwohl sein verwundetes Bein jetzt sichtbar zitterte. Der tote britische Offizier lag zwischen ihnen und trennte sie wie eine unüberwindliche Barriere. Aber John Gunn hörte trotzdem nicht auf, sich ihr zu nähern. Ein weiterer Rebell, der ihnen etwas antun tun wollte, und eine Gefahr für ihr Zuhause, ihren Vater und alles, was sie liebte, darstellte. *Sie kamen ihren Vater holen. Sie hörte ihr höhnisches Gelächter und ihre Flüche. Sie roch buchstäblich die Gewalt* ... Und drückte ab.

John Patrick hatte ihre Augen beobachtet. Er bewegte sich im selben Augenblick, als sie den Schuss abgab – aber doch nicht schnell genug. Er fühlte einen Feuerstoß in seiner Seite, aber der Einschlag warf ihn nach vorn, und es gelang ihm, ihr die Waffe zu entreißen. Es war jedoch keine Kugel mehr darin, und so versuchte Annette erst gar nicht, sich zu wehren. Ihr Gesicht war leichenblass, ihre schmerzerfüllten Augen verrieten eine Qual, die so tief und stark war, dass sie ihm beinahe das Herz zerriss.

Zwanzig Männer verlassen sich auf dich. Er war bereits im Verzug mit seinem Zeitplan. Aber er konnte sie nicht hier zurücklassen. Nicht so. Nicht mit diesen Augen, die ihn zu verdammen schienen. Nicht nach dem Schmerz, den er ihr zugefügt hatte. Und Noel? Gott, sie konnte seinen Tod bedeuten! Er hielt inne, zum ersten Mal in seinem Leben unschlüssig, wie er sich verhalten sollte. Er würde für immer weiterleben müssen mit diesem Augenblick – und den sichtbaren Ergebnissen seiner eigenen Handlungsweise. Er hatte praktisch schon vom ersten Tag ihrer Begegnung an gewusst, was geschehen würde. Er hatte es gewusst und es geschehen lassen. Nun war sie diejenige, die den Preis dafür bezahlen musste. Was hatte er nur angerichtet? Er legte eine Hand an ihre Wange, und sie zuckte zusammen und wich vor ihm zurück. Dann straffte sie die Schultern und bot ihm Trotz mit allem, was ihr noch geblieben war. Nur eine einzelne Träne, die über ihre Wange rann, stand im Widerspruch zu ihrer stolzen Haltung. Und diese Träne schmerzte John Patrick um einiges mehr noch als die Peitsche vor acht Jahren. Etwas Kaltes, Bitteres erwachte tief in seinem Innersten. »Es tut mir Leid«, sagte er leise.

»Ich wünschte, ich hätte Sie getötet.« Ihre Worte waren kaum mehr als ein Flüstern. Sie blickte auf die Stelle hinab, wo die Kugel die Uniform durchschlagen hatte und nun frisches Blut heraustropfte und sich mit dem des toten britischen Offiziers vermischte. Sie wandte den Blick ab. »Was werden Sie jetzt tun?«

Er verzog den Mundwinkel. »Die Blutung stoppen«, entgegnete er, legte die leere Pistole auf den Tisch und hob die Waffe auf, die der bewusstlose Unteroffizier verloren hatte. Er steckte sie in seinen Hosenbund und zog sein Hemd darüber. »Ich würde vorschlagen, Sie setzen sich aufs Bett.«

Stattdessen wandte sie sich zur Tür. Er bewegte sich aber noch schneller und stellte sich zwischen sie und die geschlossene Tür. Als Annette sie öffnen wollte, beugte er sich vor, presste seinen Mund auf ihre Lippen und erstickte ihren Schrei mit einem Kuss. Sie wehrte sich mit aller Kraft, aber er zog sie an sich und versuchte, ihren Widerstand zu brechen. Er presste seine Lippen beinahe schmerzhaft hart auf ihre, weil er eine Reaktion zu erzwingen versuchte, an die er sich nur allzu gut erinnerte, doch sie blieb kalt und feindselig. Wo früher einmal Wärme gewesen war, war jetzt nur noch Eis. Er erkannte ihre Wut an der Steifheit ihrer Haltung und ließ sie schließlich widerstrebend los. »Schreien Sie nicht.«

»Oder Sie bringen mich um?«, entgegnete sie schneidend.

»Vergessen Sie nicht, dass dies ein Haus voller Leute ist«, sagte er.

Sie trat zurück. »Sie würden ihnen etwas antun?«

»Ich sage nur, dass es im Augenblick für alle hier das Beste ist, wenn Sie still sind.«

»Ivy gehört zu Ihnen.«

»Er ist mein Freund.« Sie runzelte die Stirn, aber die Tür öffnete sich und Ivy trat ein, bevor sie ihre nächste Frage stellen konnte. »Käpt'n?«

John Patrick trat zurück und zog sie mit sich. »Hat jemand den Schuss gehört?«

»Aye. Betsy. Ich sagte, ein paar betrunkene Soldaten wären draußen. Sie ging dann, um es den anderen Patienten zu sagen. Gut, dass ich das getan habe, denn kurz darauf hörte ich einen zweiten Schuss.« Es war sowohl eine Frage wie auch eine Feststellung.

»Miss Carey hat auf mich geschossen«, erklärte John Patrick. »Es ist aber nur ein Streifschuss. Waren unsere britischen Freunde in Begleitung?«

Ivy schüttelte den Kopf. »Wahrscheinlich hatten sie gar nicht damit gerechnet, dich in diesem Haus zu finden. Sie hatten offenbar Befehl, jedes noch nicht durchsuchte Haus zu überprüfen. Aber man wird sie sicherlich bald suchen, denke ich.«

»Du solltest vielleicht besser diesen Unteroffizier hier fesseln und dann zwei unserer Männer suchen und sie hierher bringen.«

»Du blutest.«

»Es ist nichts Schlimmes.«

»Und Miss Carey?«

»Ich behalte sie hier, bis du zurückkommst.« Ivy nickte und schlüpfte durch die Tür. Annette war sehr still. Zu still. Er spürte, dass sie nur auf eine Chance wartete, hinauszukommen. Er sah ihr ruhig in die Augen. »Wenn Sie Alarm schlagen«, sagte er, »wird dieser britische Unteroffizier sterben, und alle anderen in diesem Hause würden in Gefahr geraten.« Sie wusste, dass er meinte, was er sagte. Er sah es in ihrem Gesicht. Sie schwankte zwischen Wut und Furcht, und er wusste, sie erinnerte sich an alles, was sie über ihn gehört hatte.

»Schwören Sie es mir, Miss Carey? Schwören Sie beim Leben Ihres Vaters, zu tun, was ich sage?« Er wusste, dass er ihr nicht einmal eine Spur von Schwäche zeigen durfte. Sie widersetzte sich noch einen Moment, noch nicht bereit, sich in ihr Schicksal zu ergeben, und er sah, wie Feindschaft und Verachtung in ihren Augen aufflackerten und den Schmerz verdrängten, den er eben noch darin gesehen hatte. Aber er hatte keine andere Wahl. Er musste seinen Ruf ausnutzen, der ihn nicht gerade mit Stolz erfüllte. Er musste ihr Angst machen. Alles in ihm lehnte sich gegen den Gedanken auf, aber zu viel stand auf dem Spiel, um irgendetwas anderes zu tun. »Sagen Sie es, Miss Carey. Sagen Sie, dass Sie meine Anweisungen befolgen worden. Auf das Wort.«

»Und wenn nicht, dann tun Sie meinem Vater etwas an? Sagen *Sie* es.«

»*Jeder* in diesem Haus wird in Gefahr geraten«, sagte er. »Sie haben einem Flüchtigen Unterschlupf gewährt. Ich glaube nicht, dass die Briten viel Verständnis dafür aufbringen werden.«

Eine wütende Erkenntnis dämmerte in ihren Augen. »Dr. Marsh . . .?«

»Ist genauso ahnungslos wie Sie. Aber ich glaube nicht, dass das die Briten interessieren wird«, entgegnete er kalt.

»Sie sind verachtenswert.« Er fühlte sich verachtenswert. Aber das durfte er ihr nicht zeigen. »Kein Mitgefühl mehr für die Frischverwundeten?«

»Ich wünschte, ich wäre ein besserer Schütze.«

»Sie waren gut genug. Ich habe mich nur im rechten Augenblick bewegt.«

»Ich werde beim nächsten Mal daran denken«, entgegnete sie

bitter. Er seufzte. »Nachdem wir das geregelt haben«, sagte er, »will ich jetzt Ihr Wort darauf. Und zwar auf der Stelle.«

Er sah, wie sie schluckte, bevor sie zögernd fragte: »Und wenn ich tue, was Sie verlangen?«

»Wird niemandem etwas geschehen.« Sie blickte auf den regungslosen Körper auf dem Boden. »*Er* hat mir keine andere Wahl gelassen«, sagte er.

»Und was gedenken Sie mit mir zu tun?«

Er zögerte. Ihm blieben wieder kaum Optionen. Er konnte sich nicht darauf verlassen, dass sie schwieg, selbst wenn sie ihm ihr Wort gab. Ein Versprecher, und Noel würde womöglich dafür zahlen. Es sei denn, er könnte seinen Bruder noch heute Abend finden und ihm raten, zu verschwinden. Aber selbst dann wäre *sie* gefährdet. Ein Plan begann sich in seinem Kopf zu formen, doch nun war nicht der richtige Moment, mit ihr darüber zu reden. »Sie haben nichts zu befürchten«, sagte er. »Sie werden hier bleiben, bis ich etwas erledigt habe.«

»Und dann?«

»Ich bin mir noch nicht sicher«, sagte er. Er hasste es, Unschlüssigkeit zu zeigen, wollte aber seine Karten noch nicht aufdecken. »Ich habe nicht mit so etwas gerechnet. Ich hatte gehofft, unbemerkt von hier verschwinden zu können, aber ich kann Ihnen versichern, dass weder Ihnen noch Ihrem Vater etwas zustößt, wenn Sie tun, was ich Ihnen sage.« Er sah, wie sie die Fäuste ballte, bis die Fingerknöchel weiß hervortraten. Er hatte in den Jahren bei der britischen Marine eine sehr ähnliche Hilflosigkeit verspürt. Er wusste, wie sie sich jetzt fühlen musste.

»Wie kann ich Ihnen glauben?«

»Sie haben mein Wort.«

»Ich weiß, wie viel Ihr Wort wert ist.« Dieser eine Satz war die schlimmste Kränkung, die ihm jemals widerfahren war, aber er zwang sich dennoch, ruhig zu bleiben. »Sie haben zehn Sekunden, um sich zu entscheiden.«

»Der Teufel soll Sie holen«, sagte sie und biss sich so hart auf die Lippe, dass sie zu bluten begann. Er streckte die Hand aus, um das Blut abzuwischen, aber sie fuhr zurück, als befürchtete sie, er würde sie schlagen. Kopfschüttelnd ließ er die Hand wieder sinken. Ein kurzes Klopfen ertönte an der Tür, und dann traten Ivy und zwei seiner Männer ein. Ivy blickte von Annette zu John Patrick und runzelte die Stirn. Die beiden Männer, die ihn begleiteten, trugen britische Uniformen, und John Patrick sah, wie Annette einen Moment lang wieder Hoffnung schöpfte und wie ihr Gesicht sich aufhellte. John Patrick wusste, dass seine nächsten Worte ihre Hoffnungen im Keim ersticken würden. »Jeffrey, fessele den Unteroffizier. Tom, du bringst diese beiden zu den Docks und wartest dort auf uns. Schütte etwas Whiskey auf die beiden. Falls du angehalten wirst, sagst du, du brächtest sie zu ihren Barracken. Ivy, du reinigst diese Flecken, so gut es möglich ist.«

Minuten später waren die beiden Briten aus dem Raum entfernt und alle Spuren dessen, was geschehen war, verschwunden. Wenn es nur genauso leicht wäre, gebrochenes Vertrauen wiederherzustellen …

Noch immer leicht benommen von dem Schock, staunte Annette über die Geschicklichkeit, mit der der Tote und der Verwundete fortgeschafft worden waren. Sie schaute zu dem Mann auf, den sie gepflegt hatte, mit dem sie Hoffnungen geteilt und von dem sie Nacht für Nacht geträumt hatte. Aber er war nicht mehr John Gunn, sondern ein rücksichtsloser Fremder, der bedenkenlos und erbarmungslos getötet hatte und der sie und ihre Familie bedrohte. Sie fühlte sich fremd und distanziert, aber seltsamerweise fürchtete sie nicht um ihr Leben. Sie beobachtete John Gunn – oder wie immer er auch heißen mochte – prüfend.

Einmal entglitt ihm die Kontrolle über sein Gesicht, und einen flüchtigen Moment lang glaubte sie dort Qual erkennen zu können. Aber dann war seine Miene wieder so verschlossen wie zuvor. Annette wandte sich von ihm ab, und die Qual brannte in ihr wie heißes Feuer. Er stand zwischen ihr und der Tür. Sie würde warten und sich gedulden müssen, bis sie eine Chance zur Flucht bekam. Sicher würde er irgendwann einen Fehler machen. Und so bemühte sie sich, gebrochen und entmutigt auszusehen, während sie in Gedanken fieberhaft nach Wegen suchte, seine Pläne zu durchkreuzen. Und sich fragte, wie sie je an ihn hatte glauben können. Sie hatte sich unerklärlicherweise schon vom ersten Augenblick an zu ihm hingezogen gefühlt und erkannte nun, dass sie sich gestattet hatte, weitaus tiefere Gefühle für ihn zu entwickeln, als ihr bisher bewusst gewesen war. Sie befürchete sogar, dass sie sich in ihn verliebt hatte. *Was für eine Närrin sie gewesen war.* Wie gleichgültig er davon sprach, ihrer Familie etwas anzutun, ihrem Vater, der bereits so viel gelitten hatte. Drohungen aus dem Munde eines Mannes, der ihre Gastfreundschaft und ihre Pflege angenommen hatte. Der ihr Herz so mühelos erobert hatte. Es war wirklich nur eine sehr feine Linie zwischen Liebe und Hass.

Sie hatte ihn anschreien, auf ihn einschlagen wollen. Stattdessen konnte sie jedoch nur versuchen, das bisschen Stolz zu retten, das ihr noch geblieben war, und einen Weg zu finden, den Mann zu überlisten, der von ihr verlangte, dass sie alles verriet, was ihr am Herzen lag. War er wirklich so schlecht wie sein Ruf? War er tatsächlich der Pirat und Mörder, der er den Gerüchten nach angeblich war? Ihr brach das Herz, als sie an die wundervolle Geborgenheit zurückdachte, die sie in seinen Armen verspürt hatte. In den letzten Minuten waren seine Augen so kalt gewesen wie der Delaware River im Januar. Wie hatte sie nur jemals glauben können, sie enthielten Mitgefühl und Wärme?

John Gunn zog eine Taschenuhr heraus und warf einen Blick darauf. »Es ist schon weit nach zehn. Wir sind spät dran.« Dann nickte er Ivy zu. »Pass du auf Miss Carey auf, während ich mich ein bisschen herrichte und die Kleider wechsle.«

Sie sah zu, wie er seinen Rock aufknöpfte, dann das Hemd, das blutdurchtränkt war. Er stand da und sah geradezu *unerträglich* beeindruckend aus, abgesehen von der hässlichen Schusswunde an seiner Taille. Er riss einen Ärmel seines blutbefleckten Hemdes ab und wickelte ihn um die Wunde, bevor er ein frisches Hemd nahm und es überstreifte. Als Nächstes begann er dann seine Hose aufzuknöpfen.

»Vielleicht sollten Sie sich lieber abwenden«, sagte er gleichsam entschuldigend. Von der Arroganz, die er Momente zuvor noch ausgestrahlt hatte, war nichts mehr zu spüren. Annette tat, wie ihr geheißen. Sie hatte absolut kein Verlangen, ihn in einem noch spärlicher bekleideten Zustand zu sehen. Sie wäre froh, wenn sie ihn überhaupt nie wieder sehen müsste. Sie hörte raschelnde Geräusche und spürte kurz darauf, dass er zu ihr hinüberkam. Sie drehte sich um. Im ersten Moment traute sie ihren Augen nicht.

Er trug die Uniform eines Hauptmanns der britischen Armee und sah noch weitaus imposanter aus als vorher schon. Er trug eine weiße Perücke, die sein Aussehen fast vollständig veränderte – oder war es das hochnäsige Lächeln, das um seine Lippen spielte? Er verbeugte sich vor ihr. »Captain Smythewick zu Ihren Diensten«, sagte er in einem perfekten Englisch, typisch für die Oberschicht.

Ivy nickte. »Sie werden durchgehen, Captain.«

Sie wandte sich zu ihm. »Aber Sie arbeiten doch für …« Ihr Herz setzte einen Schlag aus, als ihr plötzlich bewusst wurde, was sie im Begriff zu sagen war. Ivy arbeitete für Dr. Marsh. Falls Ivy also auch für John Gunn arbeitete, musste Dr. Marsh irgendwie in all das hier verwickelt sein.

»Den Tory?«, entgegnete Ivy verächtlich. »Es war kein schlechter Ort, um eine Beschäftigung zu suchen. Tatsächlich sogar noch viel besser als die meisten. Was wäre ein besseres Versteck als mitten zwischen den Feinden?«

Annette wägte seine Worte ab, ohne sie zu akzeptieren oder zurückzuweisen. Sie glaubte nicht, dass sie je wieder einen Menschen wirklich akzeptieren würde. Sie richtete den Blick wieder auf *Star Rider.* Wie konnte ein Mann sich derart schnell verändern? Aus dem freundlichen und zuvorkommenden John Gunn in einen skrupellosen Mörder und nun in diesen aufgeblasenen britischen Offizier. Selbst sein Gesichtsausdruck veränderte sich, um sich den verschiedenen Rollen anzupassen.

Dann beugte er sich überraschenderweise vor und küsste sie. Seine Lippen waren sanft, dann hart, als suchte er etwas.

Sie riss sich los. »Fassen Sie mich nie wieder an!«, warnte sie leise.

Ein Gefühl regte sich in seinem Gesicht, das sie jedoch nicht zu deuten vermochte. Ärger? Bedauern? Aber dann setzte er wieder seine ausdruckslose Miene auf und verbeugte sich knapp vor ihr. »Ich werde mich bemühen, Ihren Wünschen nachzukommen.«

»Was ist mit meinem Vater? Und mit meiner Tante und Betsy?«

»Wie ich bereits sagte, in diesem Haus wird niemandem ein Leid geschehen, wenn Sie tun, was ich und meine Männer Ihnen sagen. Habe ich mich deutlich genug ausgedrückt?« Es klopfte an der Tür, und er öffnete sie zwei Männern in britischen Marineuniformen. Annettes Herz sank, als er sie begrüßte. Noch mehr Betrüger. War denn niemand mehr, was er zu sein schien?

»Das ist Miss Carey«, sagte er. »Ihr bleibt in diesem Raum mit ihr, bis ich zurückkomme. Falls jemand klopft und ihr das Gefühl habt, ihr müsstet die Tür öffnen, dürft ihr sie nicht einmal eine Sekunde lang aus den Augen lassen. Ihr werdet einfach sagen, ihr besuchtet mich.« Er zögerte, um dann hinzuzufügen: »Sie weiß, dass die Sicherheit sämtlicher Bewohner dieses Hauses auf dem Spiel steht.« *Er drohte ihr wieder.* Sie verstand. Vollkommen. Sie versuchte zu schlucken, aber ihre Kehle war wie ausgetrocknet. Sie sah ihm in die Augen und suchte dort nach etwas anderem als Teilnahmslosigkeit. Doch bis auf diese eine flüchtige Berührung hätte er ein Fremder sein können. Sein Gesicht verriet nichts. Und wenn, dann höchstens eiserne Entschlossenheit. In frostigem Schweigen blieb sie stehen. Er nickte seinen Männern zu und verließ ohne ein weiteres Wort zu ihr den Raum.

»Sie möchten sich vielleicht lieber setzen, Miss«, sagte einer der Männer zu ihr. Sie bedachte ihn mit einem bösen Blick. Er schien es nicht einmal zu bemerken. Er und der andere Mann nahmen lediglich ihre Posten rechts und links der Tür ein. Wie lange? Wie lange noch, bevor der ... Pirat zurückkehrte? Einen flüchtigen Moment dachte sie wieder an die Pistole im Arbeitszimmer ihres Vaters. Sie hatte sie gekauft, nachdem sie in Philadelphia angekommen waren, einer Stadt, die zerrissen war von unterschiedlichen Loyalitäten. Was gäbe sie nicht für eine zweite Chance, auf diesen Mann zu schießen, der ihr das Herz zerrissen hatte!

John Patrick murmelte einen kraftvollen Fluch, als er mit Ivy durch die Hintertür das Haus verließ. Sein Bein schmerzte, und die Wunde in seiner Seite brannte. Und das Scheuern der Kleider machte es nicht gerade besser. Er hatte drei Männer weniger, als er brauchte, zwei von ihnen waren bei Annette, der andere brachte den toten Offizier und seinen Freund zum Hafen. Und er wusste, dass er nie wieder den Blick in Annettes Augen vergessen würde, diesen Ausdruck enttäuschten Vertrauens und Entsetzens über den gewalttätigen Tod des britischen Offiziers. Er hatte gehofft, sie würde nie erfahren, dass sie ihr Vertrauen in einen Mörder gesetzt hatte.

Und es würde höchstens noch viel schlimmer werden, wenn sie erfuhr, was er mit ihr und ihrem Vater vorhatte. Aber vorher hatte er zwanzig Männer zu befreien. Ivy sah ihn an. »Alles in Ordnung, Käpt'n?«

»Ja«, antwortete er nur. »Sind die anderen bereit?«

»Aye, sie warten unten an der Straße.«

»Sehe ich wie ein richtiger britischer Offizier aus?«

»Viel zu fein dafür.«

Normalerweise hätte John Patrick gegrinst. Aber er konnte im Moment einfach keinen Humor aufbringen. Er wünschte, er könnte Annettes Gesicht aus seinem Kopf verbannen. Aber das war offenbar unmöglich. Er fragte sich, ob er überhaupt je wieder lächeln würde. »Lass uns gehen«, sagte er. Draußen achteten sie darauf, den Kutschen aus dem Weg zu gehen, die zu General Howes großem Ball im Rathaus unterwegs waren. Schon bald darauf schlossen sich Ivy und John Patrick noch weitere Männer in roten Uniformen an, noch mehr Gesichter, die sie kannten. Sie strömten aus Tavernen und aus Gassen, bis sie siebzehn an der Zahl waren. Keiner sprach, aber alle begrüßten ihn mit einem Nicken. Türen schlossen sich, und Fenster wurden herabgelassen, als sie durch eine Straße gingen, die als rebellenfreundlich bekannt war. Hier formten sie sich zu einer geschlossenen Einheit und marschierten dicht beisammen weiter. Ein Marinebataillon, das auf dem Weg war, einen Befehl des Königs zu erfüllen. John Patrick griff in seinen Rock und berührte die gefälschten Papiere in der Tasche.

Etwa einen Häuserblock vom Walnut Street Gefängnis blieb er stehen und wandte sich zu den Männern hinter ihm um. »Vorsichtig jetzt, Jungs. Es muss echt aussehen. Haltet euch gerade beim Marschieren. Geht so zackig wie nur möglich. Und haltet die Gewehre bereit.« Ivy ging zu ihnen, knöpfte Röcke zu und forderte Männer auf, Bäuche einzuziehen, das Kinn zu heben und die Gewehre in der richtigen Position zu halten. Gar nicht schlecht für eine Bande ehemaliger Piraten, die heute im Dienste der Rebellen stehen, dachte John Patrick. Aber die meisten von ihnen hatten ja auch früher schon einmal ähnliche Rollen gespielt. »Ach-tung!«

Die Männer schlugen die Hacken zusammen. »Ihr seid von der *Mary Ann*«, sagte er leise. »Vergesst das nicht. Wir bringen die Gefangenen direkt zum Schiff. Auf dem Marsch dorthin werden wir unseren Männer einen nach dem anderen die Ketten abnehmen, aber sie müssen auch weiterhin so tun, als wären sie gefesselt. Sagt das allen. Sobald wir an Bord der *Mary Ann* sind, übernehmen wir das Schiff und setzen Segel. Heute Abend findet ein großer Ball im Rathaus statt. Hoffen wir, dass die meisten Offiziere daran teilnehmen und dass niemand merken wird, was geschehen ist, bis wir schon weit draußen auf dem Delaware sind.«

Niemand stellte Fragen, aber John Patrick sah, wie sich die Reihen strafften. Zufrieden ging er zum Kopf der Truppe, gefolgt von Ivy, der sich die Uniform eines Feldwebels besorgt hatte.

John Patrick sah sich nicht mehr um, als er auf das Walnut Street Gefängnis zumarschierte und dem Dienst habenden Offizier seine Papiere vorlegte, der sie einer sorgfältigen Prüfung unterzog. Die Papiere berechtigten Marinehauptmann Jonathon Smythewicke, die gefangenen Rebellen zu übernehmen und nach New York zu überführen.

»Ich dachte, Sie übernähmen sie erst morgen«, wandte der Dienst habende Offizier ein.

John Patrick grinste verschwörerisch. »Der Kapitän des Schiffs hat offenbar den Entschluss gefasst, so früh wie möglich auszulaufen.« Er beugte sich ein wenig vor und flüsterte: »Ich hörte ihn sagen, er habe eine Mätresse in New York.«

Der Offizier, ein junger Leutnant, runzelte die Stirn. »Über Veränderungen hätte man mich informieren müssen.«

»Wie Sie wollen«, entgegnete John Patrick achselzuckend. »Wir können auch warten, bis Sie sich erkundigt haben. Meine Männer hätten bestimmt nichts gegen einen Krug Bier in der Schänke gegenüber, während wir warten, aber Captain Avery ... der wäre ziemlich aufgebracht über die Verspätung, glaube ich.«

Der Offizier zögerte und zuckte dann die Schultern. »Die Papiere scheinen in Ordnung zu sein. Ich lasse Ihnen die Gefangenen bringen.«

»In Ketten«, sagte John Patrick. »Selbstverständlich«, bestätigte der Offizier. »Sie sind ein übler Haufen, diese Kerle. Keine Disziplin. Keine Manieren. Ich bin froh, wenn ich sie los bin.«

»Brauchen Sie Hilfe, um sie transportbereit zu machen?«

Der Offizier wirkte erleichtert. »Ich wäre Ihnen für Ihre Hilfe dankbar. Ich habe furchtbar wenig Leute heute Abend.«

»Feldwebel«, wandte John Patrick sich an Ivy. »Gehen Sie mit vier Männern hinein und helfen Sie ihnen, den Gefangenen Ketten anzulegen.«

Ivy salutierte. »Jawohl, Sir.« John Patrick lehnte sich an den Schreibtisch des Offiziers und reichte ihm einen Flachmann mit Brandy, dem ein Betäubungsmittel beigemischt war. »Der General hat ihn mir selbst gegeben«, vertraute er dem Mann an, als er zögerte.

»Sie kennen General Howe?«

»Er ist ein entfernter Cousin von mir«, behauptete John Patrick. Er hatte schon vor langer Zeit gelernt, dass eine Lüge umso schneller akzeptiert wurde, je größer sie war. »Es ist so eine Art Entschuldigung dafür, dass ich Dienst habe und heute Abend nicht an dem Ball teilnehmen kann. Aber dank Ihrer Hilfsbereitschaft könnte ich es ja vielleicht doch noch schaffen. Also nehmen Sie sie ruhig.«

Diesmal nahm der Leutnant sie. »Vielen Dank.«

»Bis wann haben Sie heute Abend Dienst?«

Der Brite stöhnte. »Die ganze Nacht.«

John Patrick schickte ein stummes Dankgebet zum Himmel. Da er sich verspätet hatte, waren sie erst nach der Wachablösung eingetroffen. »Ich werde beim General ein gutes Wort für Sie einlegen«, versprach er. »Ihr Name, Leutnant.«

»Calverts, Sir. David Calverts.«

»Nun, ich denke, Sie können sich darauf verlassen, dass er sich für Sie interessieren wird.«

Der Leutnant grinste, erhob sich von seinem Schreibtisch und ging die Tür aufschließen. »Ich werde sehen, ob ich Ihnen helfen kann, dieses Piratengesindel hier herauszuschaffen.« John Patrick folgte ihm durch die Tür und ins Gefängnis. Er hörte das Klirren von Ketten und beobachtete, wie die Gefangenen sich unwillig in einer Reihe aufstellten, während die Wachen, vier seiner eigenen Männer unter ihnen, drohend ihre Gewehre auf sie richteten. Mit Ketten verbundene Handschellen wurden an ihren Handgelenken befestigt. Wie lange war er schon hier? Fünfzehn Minuten? Zwanzig? Jede weitere Minute vergrößerte die Gefahr. Und Annette? Wurde auch ihre Angst von Minute zu Minute größer? Er krümmte sich innerlich bei dem Gedanken, obwohl er nach außen hin die Gefangenen mit hochmütigen Blicken maß. Sein Magen war ein einziger schmerzhafter Klumpen. Er wünschte, er könnte sie aus seinem Kopf verbannen. Er konnte sich nicht leisten, jetzt an sie zu denken. Ein Fehler, und ... Ivy trat vor ihn hin und salutierte. »Fertig, Sir.«

John Patrick musterte die Gefangenen verächtlich. Die meisten sahen ihn nicht an und starrten entweder finster auf den Boden oder auf die Wärter. »Bringt dieses Gesindel auf das Schiff. Und beeilt euch, denn in New York wartet der Henker.« Dann wandte er sich ab, um voranzugehen, blieb aber im Vorraum am Schreibtisch des Dienst habenden Offiziers noch einmal stehen. »Nochmals vielen Dank«, sagte er. »Sie können sich darauf verlassen, dass ich meine Vorgesetzten davon unterrichten werde, wie hilfsbereit Sie waren.«

Mit blasierter Miene verfolgte der Offizier, wie die Gefangenen einer nach dem anderen auf die Straße hinausschlurften. John Patrick salutierte höflich, bevor er den Gefangenen nach draußen folgte und sie dann mitten auf der Straße in Richtung Hafen abmarschieren ließ. Mehrere Kutschen wichen an den Straßenrand aus, um den Trupp vorbeizulassen. Britische Offiziere in prachtvollen Galauniformen verhöhnten die amerikanischen Gefangenen, die in nur wenigen Wochen sehr stark abgemagert waren und schmutzige, zerlumpte Kleider trugen. John Patrick erlaubte sich ein kleines Lächeln, als er an die Aufregung dachte, wenn die Briten am nächsten Tag entdeckten, dass in der

Nacht nicht nur die Gefangenen befreit worden waren, sondern zudem auch noch eins ihrer Schiffe gekapert worden war. John Patrick und seine Männer setzten ihren Weg zum Hafen ungehindert fort. Ein kalter Nebel war aufgekommen, der, zusammen mit dem Ball des Generals, die Straßen leergefegt hatte. Während die Gefangenen weiterschlurften, wurde ein Schlüssel von einem zum anderen weitergereicht, die Handschellen geöffnet und mit der Hand zusammengehalten. Falls sie aufgehalten wurden, wollte John Patrick mehr Hände zur Verfügung haben als den kleinen Trupp seiner Bewaffneten.

Sie erreichten das Dock, an dem die *Mary Ann* vor Anker lag. Ihre Laternen leuchteten hell, aber John Patrick sah nur eine Hand voll Männer an Bord. Die Offiziere waren vermutlich auf dem Ball, und alle Mannschaftmitglieder, die entbehrlich waren, in den Schänken und Tavernen. Der Hafen Philadelphias galt offenbar als sicher. John Patrick fand den Mann, den er mit dem Toten und dem gefesselten Unteroffizier vorausgeschickt hatte. Sie befanden sich beide in einer geschlossenen Kutsche, die sein Mann irgendwo gestohlen hatte. Er würde beide Briten an Bord der *Mary Ann* bringen und den Toten dann auf See bestatten. Die Leiche des Mannes durfte auf keinen Fall gefunden werden, weil die Briten sonst vielleicht herausfinden würden, dass das letzte Haus, das er durchsucht hatte, das der Careys war.

John Patrick wählte fünf der mit britischen Uniformen bekleideten Männer aus und ließ die anderen im Schatten des Gebäudes zurück. Sie näherten sich dem Schiff in geschlossener Formation, und John Patrick blieb an der Gangway stehen und wartete, bis der wachhabende Offizier auf sie aufmerksam geworden war. »Bitte um Erlaubnis, an Bord kommen zu dürfen«, sagte er dann.

Der Offizier blickte misstrauisch auf die uniformierten Seeleute hinab und richtete den Blick dann auf John Patrick. »Wir sind hier, um die Unterbringung der Gefangenen zu überprüfen«, sagte John Patrick. »General Howe möchte sich vergewissern, dass sie hier auch wirklich sicher sind.«

Der Offizier setzte eine indignierte Miene auf. »Wir transportieren seit zwei Jahren Gefangene.«

»Das ist General Howe bewusst. Aber dieser Haufen, den Sie morgen kriegen, gilt als extrem gefährlich.«

Der pedantische Offizier zögerte. »Der Kapitän ist nicht an Bord.«

»Wir brauchen nur ein paar Minuten. Ich werde selbst auf dem Ball erwartet. Und ich möchte dem General nicht berichten müssen, dass ich keine Unterstützung von Ihnen erhalten habe.«

Der Offizier gab nach, und John Patrick und seine Männer gingen an Bord. »Wir werden uns bemühen, niemanden von der Besatzung aufzuwecken. Wie viele sind an Bord?«

»Insgesamt noch zehn«, antwortete der Offizier hilfsbereit.

»Danke«, sagte John Patrick, als einer seiner Männer hinter den Offizier trat und ihn packte, während ein weiterer ihm ein Tuch in den Mund stopfte. Innerhalb von Sekunden war er gefesselt und geknebelt. Zehn Minuten später waren sämtliche andere Mannschaftsmitglieder geknebelt und im Frachtraum eingesperrt, zusammen mit dem Unteroffizier aus dem Haus der Careys. John Patrick gab den Männern am Kai ein Zeichen, und die ehemaligen Gefangenen kamen an Bord und grinsten breit über ihre gelungene Flucht. Nun musste er die Careys holen und versuchen, Noel zu erreichen. Ein bohrender Schmerz erwachte in John Patricks Magen, als er sich Annettes Reaktion vorstellte.

Gott stehe ihnen allen bei!

11

Annette hätte nicht gedacht, dass ihr Zorn – so sinnlos er auch war – noch wachsen könnte. Doch sie hatte sich geirrt. Zum zweiten Mal nun schon hatte man sie zutiefst verletzt, und die zerbrechliche Sicherheit ihres Vaters war zerschmettert worden wie Glas von einem schweren Hammer. Und dass die Bedrohung von einem Menschen kam, dem sie vertraut hatte und den sie in ihr Herz zu schließen begonnen hatte, war eine niederschmetternde Erkenntnis. Aber trotz allem fühlte sie sich hin und her gerissen und wusste nicht, wie sie sich verhalten sollte. Egal, wie sehr sie ihn verachtete oder wie sehr sie verurteilte, was er tat und wer er war, sie wusste, dass sie unmöglich zu den britischen Behörden gehen konnte, da sie nicht für seinen Tod verantwortlich sein wollte. Sie hatte nicht einmal vorgehabt, auf ihn zu schießen. Jene albtraumhaften Bilder hatten ihren Geist getrübt, und sein Näherkommen hatte eine zwanghafte Reaktion in ihr erzeugt. Gott sei Dank, dass sie nicht noch größeren Schaden angerichtet hatte. Sie hatte eigentlich nur erreichen wollen, dass er das Haus verließ und ihre Familie in Ruhe ließ. Sie brauchte Zeit, damit ihr Herz wieder gesunden und ihre Seele sich von all diesen widersprüchlichen Emotionen befreien konnte. Dass er die Macht besaß, so viele davon in ihr hervorzurufen, brachte sie höchstens noch mehr gegen ihn auf.

Sie zwang sich, sich hinzusetzen und die zwei Männer in John Gunns Zimmer zu ignorieren, die sich beide ausgesprochen unbehaglich zu fühlen schienen. Als sie ihnen sagte, jemand müsse sich um die verwundeten britischen Soldaten kümmern, zog der eine jedoch nur gleichgültig eine Augenbraue hoch. Die

Gesundheit eines Feinds war offenbar belanglos für diese Banditen. Sie sahen allerdings gar nicht wie Banditen aus mit ihren glatt rasierten Gesichtern und britischen Uniformen. Bis auf den Ausdruck grimmiger Entschlossenheit in ihren Augen wirkten sie wie ganz normale Männer. Aber weder mit Komplimenten noch Drohungen, weder mit Bestechungs- noch Überredungsversuchen hatte sie irgendetwas erreicht bei diesen Männern. Die Loyalität, die sie ihrem Herrn entgegenbrachten, war absolut und unerschütterlich; so viel war Annette inzwischen klar. Sie hatte immer geglaubt, Piraten seien käuflich. Aber keiner der beiden zeigte auch nur eine Spur von Interesse, als sie ihnen das Wenige anbot, was sie hatte. Sie hatte es mit Mitgefühl für ihren kranken Vater versucht und war schließlich sogar so weit gegangen, mit ihnen zu flirten. Aber selbst damit hatte sie so gut wie nichts erreicht bei ihnen.

John Gunn hatte ihr das Gefühl gegeben, hübsch und begehrenswert zu sein, doch das war offenbar nur Theater gewesen, nichts weiter als eine Scharade, um seine Identität zu schützen, solange er sich von seinen Verwundungen erholte. Der *Star Rider*. Selbst jetzt noch vermochte sie es kaum zu glauben, wenn sie an seine Küsse dachte. Aber die Kälte in seinem Gesicht und der harte Blick in seinen Augen gingen ihr nicht mehr aus dem Sinn und ließen ihr Herz bei jedem Gedanken daran noch ein wenig mehr zerbrechen. Was würde John Gunn – sie konnte ihn sich immer noch nicht als jemand anderen vorstellen – mit ihr tun, wenn er zurückkehrte? Ihr war bewusst, dass sie eine Gefahr für ihn darstellte. Ihr gesamter Haushalt war es. Würde er sie alle töten? Und wenn ja, warum hatte er es dann nicht längst getan?

Und Noel Marsh – hatte er irgendetwas zu tun mit dieser ganzen Sache? Er hatte den Mann in ihr Haus gebracht. Sie erinnerte sich an seine vielen Besuche. Die geschlossene Tür. Seine besondere Besorgnis um diesen einen Patienten. Andererseits musste sie jedoch zugeben, dass er andere schwer verwundete britische Patienten genauso sorgfältig behandelt hatte. Eine Stunde verging. Dann eine weitere. Es wurde Mitternacht. Sie hörte die große Standuhr in der Halle schlagen. Alle anderen im Haus schliefen vermutlich schon. Es erschien ihr seltsam, dass sie dazu in der Lage waren, angesichts der gewalttätigen Vorgänge im Haus.

Nur wenige Häuserblocks entfernt von ihnen hatten sich die Offiziere der britischen Armee zu General Howes Ball versammelt. Sie war sogar von einem ihrer früheren Patienten dazu eingeladen worden, hatte aber weder ein Kleid dafür gehabt noch den Wunsch verspürt, an der Gesellschaft teilzunehmen. Außerdem hatte sie gewusst, dass John Gunn bald fortgehen würde, und so viel Zeit wie möglich mit ihm verbringen wollen. Wie hatte sie nur so dumm sein können.

»Ich muss einen Moment hinausgehen«, sagte sie, als sie sich erhob, und ihr Erröten sagte deutlicher als Worte, was sie meinte.

Die beiden Männer sahen sich an. Einer der beiden schüttelte den Kopf. »Tut mir Leid, Miss, aber der Käpt'n hat gesagt, wir dürften Sie nicht aus den Augen lassen.«

»Er hat damit doch sicher nicht gemeint . . .?«

»Ich fürchte, genauso hat er es gemeint«, entgegnete der Sprecher fest.

Sie setzte sich wieder. Ihre Gedanken kehrten zu der Pistole ein Stockwerk höher zurück. Aber wie . . . Wenn sie schrie und das ganze Haus aufweckte, war nicht vorauszusagen, was diese Männer tun würden. Ihr »Käpt'n« hatte sie davor gewarnt, nicht sämtliche Bewohner dieses Hauses in Gefahr zu bringen. Aber es waren noch einige britische Soldaten im Haus, und ein paar von ihnen waren schon fast wieder gesund . . . *Fast.* Sie konnte nicht riskieren, dass sie ihr Leben für sie aufs Spiel setzten.

Dann hörte sie ein Geräusch vor der Zimmertür, ein leises Klopfen. Ein Name. Die beiden Männer bei ihr wirkten erleichtert, und einer von ihnen öffnete die Tür. John Gunn warf ihnen nur einen kurzen Blick zu. »Unsere Leute sind in Sicherheit, und wir haben das Schiff.« Die beiden Männer grinsten sich an wie schadenfrohe Affen. Annette hätte am liebsten alle drei geohrfeigt. John Gunn blickte Annette flüchtig an und befahl den beiden Männern dann, hinauszugehen. »Wartet draußen.«

Der abwägende Blick in seinen Augen gefiel ihr nicht. »Was für ein Schiff?«, fragte sie, um Zeit zu gewinnen.

»Die *Mary Ann.* Sie sollte meine Besatzung nach New York bringen. Aber stattdessen haben wir sie gekapert.«

Annette biss sich auf die Lippe. »Mit diesen wenigen Männern nur?«

»Und den anderen, die wir vorher aus dem Walnut Street Gefängnis geholt hatten«, entgegnete er mit einer Gelassenheit, die das Blut in ihren Adern gefrieren ließ; es war nur zu offensichtlich, dass er seinen Sieg genoss. Männer und ihre Spielchen. Sie erfreuten sich an der Zerstörung, während Frauen, Kinder und alte Männer dafür zahlten.

»Sie sind verrückt«, flüsterte sie.

»Sie sind nicht die Erste, die das sagt«, stimmte er ihr zu, aber dann wurden sein Gesicht und seine Stimme wieder unpersönlich. »Ich habe nicht viel Zeit; wir müssen Segel setzen, bevor der Ball beendet ist.« Er zögerte nur kurz, um dann hinzufügen: »Ich möchte, dass Sie einen Brief an Ihre Tante schreiben. Schreiben Sie, Sie hätten heute Abend erfahren, dass eine Verwandte von Ihnen schwer erkrankt ist, und Sie seien augenblicklich aufgebrochen, um zu ihr zu fahren. Ihr Vater begleitet Sie. Sie wollten niemanden stören.«

»Niemand wird das glauben.«

»Dann müssen Sie eben überzeugend sein. Entweder das, oder ich muss sie alle mitnehmen. Ihre Tante, Franklin, Betsy …«

»Das würden Sie nicht tun!«

»O doch, Annette, das würde ich. Mehr als fünfzig Menschenleben hängen von mir ab. Ich kann nicht riskieren, dass Sie die Briten alarmieren.« Er zögerte einen Moment und fuhr dann fort: »Da ist noch etwas. Von Ihrer Familie weiß niemand etwas von dem britischen Offizier, der hier war. Keine Spur wird zu diesem Haus hier führen, aber *Sie* wissen Bescheid. Und ich kann das Risiko nicht eingehen, dass etwas herauskommt.« Seine grünen Augen blickten ungewöhnlich ernst. »Falls irgendjemand Verdacht schöpft, Sie hätten dem *Star Rider* Unterschlupf gewährt, würde automatisch auch der Rest Ihrer Familie in Verdacht geraten.«

Sie erkannte, dass er Recht hatte. Er hatte ihre gesamte Familie in schreckliche Gefahr gebracht. »Warum wollen Sie meinen Vater mitnehmen? Lassen Sie ihn hier.«

»Würden Sie ohne ihn mitgehen?«

Das hatte er sich wirklich sehr schlau ausgedacht. »Wohin?«

»Wo er in Sicherheit sein wird und man ihm weiterhelfen kann.«

»Warum sollte ich Ihnen noch irgendetwas glauben?«

»Denken Sie wirklich, ich würde ihm etwas zu Leide tun?« Seine Stimme wurde sanfter.

Sie erinnerte sich, wie nett er zu ihrem Vater gewesen war, und dachte an das Interesse, das er in den Augen ihres Vater zu erwecken verstanden hatte. In diesem einen Punkt glaubte sie ihm sogar. Oder zumindest doch, dass er nicht *vorhatte,* ihrem Vater etwas anzutun. »Das haben Sie bereits getan«, entgegnete sie. »Wie Sie selbst gesagt haben, werden die Briten es meiner Familie zweifellos sehr übel nehmen, einen Mann versteckt zu haben, den sie so dringend suchten.«

»Wir haben keine Zeit mehr.« Seine Stimme wurde wieder hart. »Schreiben Sie den Brief.«

»Ich habe kein Papier.«

Er nahm etwas aus dem Schreibtisch, Papier, um das er sie vorher gebeten hatte, um einen Brief zu schreiben, und auf dem er seine eigene Nachricht an sie verfasst hatte. »Schreiben Sie«, befahl er.

Sie setzte sich, und er trat hinter sie und schaute ungeduldig zu. Der Pirat – der Mann, den sie zu lieben geglaubt hatte – hatte offenbar das Gefühl, dass sie nicht schnell genug begann. »Na schön, dann sage ich jetzt meinen Männern, sie sollen alle aus den Betten holen. Die verwundeten Briten könnten allerdings ein Problem darstellen.«

Sie wusste sehr gut, was er damit andeuten wollte. »Das würden Sie nicht tun!«

»Sie glauben es nicht?«, versetzte er. »Ich habe Männer, die beinahe verhungert wären in Ihrem britischen Gefängnis, während sie auf ihre Befreiung warteten.« Ein kaltes Glitzern stand in seinen grünen Augen. Er sah jetzt überhaupt nicht mehr wie der verwegene junge Leutnant aus. Sie erschauderte ganz unwillkürlich. Sie traute ihm alles zu. Sie konnte nicht das Risiko eingehen, dass er die Verwundeten vielleicht als Pfand benutzen würde. Sie senkte rasch den Kopf und begann zu schreiben. Sie habe am späten Abend die Nachricht erhalten, dass ihre Tante Agnes an einem schweren Fieber erkrankt sei und niemanden habe, der sie pflegen könne. Der schottische Leutnant fahre nach New York. Sie habe beschlossen, unter seinem Schutz mit ihm zu reisen. Ihr Vater würde sie begleiten; er und seine Schwester stünden sich sehr nahe. Aber die Reise würde zu anstrengend für Franklin sein, und Maude brauchte Betsys Hilfe. Sie hoffe, bald zurückkehren zu können.

Er nahm den Brief und überflog ihn rasch. »Sehr gut«, lobte er, und am liebsten hätte sie ihn dafür geschlagen. Er faltete den Brief zusammen. »Ich werde ihn in die Eingangshalle legen.« Dann nahm er ihren Arm und führte sie aus dem Raum. Zwei Männer standen dort. »Bringt sie in die Kutsche. Ich komme sofort nach.« Er blickte einen der Männer warnend an. »Du bleibst bei ihr in der Kutsche. Tom, du gehst nach oben in das zweite Zimmer links und packst ein paar Kleider und einen warmen Umhang für Miss Carey ein.«

»Wie entgegenkommend«, bemerkte sie sarkastisch.

»Ich versuche nur, gefällig zu sein«, antwortete er. Dann verschwand er auf dem Gang und überließ sie der Obhut der beiden Rebellen.

Herrgott, wie gern er sie beruhigt hätte! Trotz ihrer tapferen Bemühungen, sich ihre Furcht nicht anmerken zu lassen, sah er sie in ihren Augen. Nicht um sich selbst, aber ganz gewiss um ihren Vater. John Patrick erinnerte sich nur zu gut an ihren Schwur: *Ich werde niemals wieder hilflos sein.* Es hatte ihn seine ganze Willenskraft gekostet, einen kalten, harten Tonfall anzunehmen und die ihm nicht ernst gemeinten Drohungen über die Lippen zu bringen. Er hatte Annette wieder hilflos gemacht und wusste, das sie ihm das nie verzeihen würde. Sie würde niemals aufhören, ihn zu bekämpfen.

John Patrick hasste, was er tun musste. Er hatte einen Mann geschickt, um nach Noel zu sehen, aber sein Bruder war nicht zu Hause, und Malcomb war auch nirgendwo zu finden. Noel war mit Sicherheit auf dem Ball. John Patrick hatte einen Brief, den er in der Kapitänskabine der *Mary Ann* geschrieben hatte, in Noels Haus zurückgelassen. Aber auch sein Bruder würde seine Handlungsweise nie verstehen, obwohl John Patrick gute Gründe hatte, zu tun, was er getan hatte. Er war überzeugt, dass seine Familie Hugh Carey helfen konnte. Er war sich dessen ebenso sicher, wie er wusste, dass sie die Careys bei sich daheim willkommen heißen würden. Und er glaubte, dass die Careys in den nächsten Monaten in Maryland erheblich sicherer sein würden als in Philadelphia. Aber er konnte Annette noch nichts davon erzählen. Weil sie ihm schlicht und einfach kein Wort glauben würde.

Er stieg die Treppe hinauf und nahm eine Lampe von einem Tisch im Gang. Verdammt, die Zeit wurde allmählich knapp; der Ausbruch der Gefangenen konnte jeden Augenblick entdeckt werden. Er klopfte nicht an, als er Hugh Careys Tür erreichte, sondern öffnete sie nur leise und trat ein. Franklin, wusste er, schlief in einem kleinen Zimmer nebenan. John Patrick ging zum Bett und weckte Hugh Carey behutsam. Als der Mann die Augen aufschlug, verschloss er ihm mit einer Hand den Mund. »Ich möchte niemanden wecken, aber Ihre Tochter verreist, und wir dachten, Sie möchten Sie vielleicht begleiten.«

Hugh sah ihn nur schweigend an. John Patrick nahm bereits eine Hose und ein Hemd aus einem Schrank. Er fand auch einen Umhang und legte ihn über den Arm. »Wir müssen uns beeilen«, flüsterte er. »Sie werden sehen, es wird ein wunderbares Abenteuer werden.« Er schämte sich, als er den vertrauensvollen Blick und sogar den Anflug von Interesse in den Augen des älteren Mannes sah, während er ihm half, sich anzukleiden. Wenige Minuten später führte er ihn zu der geschlossenen Kutsche vor der Tür. Er half ihm auf den Sitz neben Annette und nahm ihnen gegenüber Platz. Die Kutsche setzte sich in Bewegung, und bald schon jagte sie durch die Straßen, dem Hafen zu.

Annette war beunruhigend still, während sie die Hand ihres Vaters hielt und sich in ihren Umhang hüllte. John Patrick wusste, dass nur die Gegenwart ihres Vaters sie daran hinderte, ihm ihre Wut und Empörung ins Gesicht zu schreien. Offenbar wollte sie ihren Vater nicht erschrecken. Aber ihre Knöchel waren weiß, die Finger ihrer freien Hand zu einer Faust geballt. Schließlich hielt die Kutsche, und einer seiner Männer wartete dort schon und öffnete die Tür. Noch immer keine Truppen. Das Glück war ihnen treu geblieben. Nachdem er seine Passagiere rasch zur Gangway geführt hatte, reichte er Annette die Hand. Sie ignorierte sie jedoch und ging mit einem verächtlichen Blick an ihm vorbei. Aber da blieb der Saum ihres Rocks an dem groben Holz der Gangway hängen, und John Patrick streckte wieder rasch die Hand aus, um Annette zu stützen. Doch auch diesmal zuckte sie zusammen, als er sie berührte, und er ließ sie augenblicklich wieder los. Dann verbeugte er sich leicht vor Hugh. »Sie werden die Kabine des Kapitäns bewohnen. Ivy begleitet Sie zu Ihrem Quartier.« John Patrick beobachtete, wie die beiden Männer hinuntergingen, und richtete dann den Blick auf Annettes blasses Gesicht. »Sie erhalten die Kabine des Ersten Offiziers.«

»Und Sie, Käpt'n?«, fragte sie. »Wo wohnen Sie?«

»Ich glaube, ich wurde gerade zum Zweiten Offizier degradiert.« Er zögerte und schaute dann zum Himmel auf. »Das Wetter ist zu schlecht, um an Deck zu bleiben. Sie sollten hineingehen.«

»Ein Pirat, der sich um die Gesundheit seiner Gefangenen sorgt?«, stichelte sie.

»Aye.«

»Nun, Ihre Besorgtheit interessiert mich nicht. Ich wünsche hier draußen an Deck zu bleiben«, erklärte sie und setzte die für sie so typische entschlossene Miene auf. Er hatte keine Zeit, mit ihr zu streiten. »Wie Sie wünschen.« Dann wandte er sich ab, um die zum Auslaufen nötigen Befehle zu erteilen, behielt Annette aber im Auge, bis die Gangway eingezogen war. Er wusste, ihr letzter Fluchtweg wurde ihr damit genommen, ihre letzte Hoffnung, dass die Briten sie vielleicht doch noch aufhalten würden. Er sah ihr am Gesicht an, dass auch sie das wusste. Mit einem unterdrückten Fluch wandte er seine Aufmerksamkeit wieder seinem Schiff zu.

Gegen ihren eigenen Willen weckten all die emsigen Aktivitäten an Bord Annettes Interesse. Sie war noch nie zuvor auf einem Schiff gewesen, und es kam ihr wie ein Wunder vor, wie mühelos die Segel sich entfalteten. Die Männer, die britische Uniformen getragen hatten, hatten sich ihrer Verkleidungen bereits entledigt und arbeiteten zusammen, während sie die dicken Taue lösten, die das Schiff am Kai fest hielten. Sie hörte ihre gemurmelten Kommentare, als sie zusätzliche Segel setzten. Sie sah den *Star Rider* zwischen ihnen hin und her gehen und bemerkte die geradezu ehrfürchtigen Blicke seiner Männer, wenn sie ihn ansahen. Er schien für jeden ein Wort zu haben, einen warmen Händedruck, ein Lächeln. Das Lächeln, das er einmal auch für sie gehabt hatte.

Die Laternen an Deck wurden gelöscht, aber seine hoch gewachsene Gestalt war unverkennbar, als er zum Steuerrad des

Schiffes ging und es von einem anderen Seemann übernahm. Das Schiff bewegte sich unter ihren Füßen, als die Segel sich zu blähen begannen. Die Nacht war kalt, und Annette spürte die ersten Regentropfen. Sie fröstelte, konnte sich aber trotzdem nicht dazu überwinden, unter Deck zu gehen, als das Schiff ruhig durch das Wasser glitt. Die Lichter der Küste verblassten, als sie in den Kanal einbogen, auf den Atlantik zu. Fort von Philadelphia. Fort von zu Hause. Fort von der Sicherheit. Der Regen klebte ihr Haar an ihre Wangen. Ihr Umhang war durchnässt. Aber sie wollte immer noch nicht hineingehen. Sie verließ alles, was vertraut und sicher war. Sie war die Gefangene eines rücksichtslosen Mannes ... und dennoch verspürte sie eine eigenartige Erregung, eine Euphorie, wie sie sie noch nie zuvor empfunden hatte. Sie verstand es nicht. Sie hätte Angst und Panik fühlen müssen. Wieso tat sie es dann nicht? Sie blickte zum Steuerrad, zu dem Mann, der es fest in seinen Händen hielt, und war fasziniert von der Kraft und dem Selbstvertrauen, mit denen er das unhandliche Schiff steuerte. Sie sah in der Dunkelheit seine weißen Zähne aufblitzen und wusste, er grinste aus purer Freude über die Herausforderung. Der Regen schlug ihr ins Gesicht, aber sie beugte sich über die Reling. Selbst als seine Gefangene verspürte sie ein ganz eigentümliches Gefühl der Freiheit. Ihr war nicht bewusst gewesen, wie eingeengt sie sich in Philadelphia gefühlt hatte. Sie hatte eine Freiheit opfern müssen, die sie nie richtig zu schätzen gewusst hatte, bis ihr Zuhause verbrannt war und sie sich gezwungen sah, fortan in einer Gesellschaft zu leben, in der ihr persönlicher Wert sehr stark gesunken war, nachdem ihr Vater sein Vermögen verloren hatte. Wie sie sich danach gesehnt hatte, über die Felder zu galoppieren, ihre Zehen in frisch aufgeworfener Erde zu vergraben oder in einer Scheune zu sitzen und bei der Geburt eines Fohlens oder eines Kalbes zuzusehen. Jetzt verspürte sie beinahe die gleiche freudige Erregung. Das ergab überhaupt keinen Sinn, und sie versuchte, sich dagegen zu wehren, aber ...

Sie blieb weiterhin im Regen stehen und sah zu, wie die Küste an ihr vorüberglitt. Wann würden die Briten das Verschwinden ihres Schiffs bemerken? Würden sie sie verfolgen? Annette blickte noch immer zur Küste hinüber, als sie seine Nähe spürte. Sie brauchte nicht einmal aufzuschauen, um zu wissen, wer es war. Ihre Nervenenden hatten zu kribbeln begonnen, und eine jähe Hitze stieg in ihre Wangen. »Es ist kalt hier draußen, Miss Carey.« Warum war ihr dann plötzlich so heiß?

»Das sagten Sie vorhin schon. Ich bin keine zerbrechliche englische Rose.«

»Das habe ich schon gemerkt«, entgegnete er leise. »Die Wunde in meiner Seite ist wie eine beständige Warnung, vor Ihnen auf der Hut zu sein, Annette.«

Das wollte ich nicht. Sie sprach es aber nicht aus. Sie war bestürzt gewesen, als die Pistole losgegangen war, entsetzt, als sie das Blut gesehen hatte. Sie starrte auf das Wasser, weil sie nicht wollte, dass er das Bedauern in ihren Augen sah. »Sollten Sie nicht am Steuerrad des Schiffes sein?«

»Ivy hat es übernommen.« Ein verführerischer Tonfall erschien nun in seiner Stimme. Sie erschauerte, aber diesmal nicht vor Kälte. Trotz allem, was sie wusste, besaß er nach wie vor die Fähigkeit, etwas in ihr anzurühren und ihre Sinne zu erwecken. Sie war sich noch nie in ihrem Leben eines Mannes derart stark bewusst gewesen. Aber sie wehrte sich mit aller Macht gegen diese eigenwilligen Gefühle.

»Ah, Ivy. Er ist offenbar erheblich mehr als nur ein Stallbursche.«

»Er ist mein Erster Offizier.«

»Was für ein Schiff ist das?«

»Ein Schiff der königlichen Marine, die *Mary Ann,* die schon bald die neue *Star Rider* sein wird.«

»Wo ist die richtige Besatzung?«

»Ich denke, die Offiziere sind auf General Howes Ball, die meisten der anderen in irgendwelchen Schänken, und die wenigen, die Wachdienst hatten, schlafen friedlich unter Deck.«

»Wohin werden Sie uns bringen?«

»An einen sicheren Ort«, sagte er. »Wo man Sie und Ihren Vater wie Gäste behandeln wird.«

»Wohin?«, beharrte sie. Sie konnte seine Unschlüssigkeit spüren. Es war etwas ausgesprochen Seltenes bei ihm, hatte sie in den letzten Stunden festgestellt.

»Zu meiner Familie in Maryland.«

Sie war überrascht, aber es gelang ihr, ihr Erstaunen vor ihm zu verbergen. Zu seiner Familie?

»Sie können uns dort nicht ewig festhalten.«

»Nur bis die Briten Philadelphia verlassen. Und das wird eher geschehen, als Sie womöglich denken.«

Zum ersten Mal, seit er zu ihr gekommen war, sah sie ihn an. »Ich gehe doch hinein«, sagte sie herablassend. »Die Gesellschaft passt mir nicht.«

»Sie sehen aus, als liebten Sie den Regen und den Wind.«

»Weil ich sie als reinigend empfand. Ich dachte, sie könnten vielleicht den Gestank des Verrats wegwaschen, aber ich sehe, ich habe mich geirrt.« Sie wollte sich von ihm abwenden, aber sein Körper versperrte ihr den Weg. »Es war nie meine Absicht, Ihnen wehzutun«, sagte er. Sie konnte den Ausdruck seiner Augen nicht erkennen. Es war zu dunkel, und der Regen war zu stark.

»Wie schön«, entgegnete sie eisig. »Gute Absichten führen oft ... wohin?«

Er wischte ihr mit der Hand den Regen vom Gesicht. »In die Hölle? Es ist durchaus möglich, dass ich dort einmal enden werde, aber im Moment kann ich nichts anderes tun, als mich bei Ihnen zu entschuldigen.«

»Das können Sie sich sparen, Mr. Gunn. Oder sollte ich Star Rider sagen? Denn das ist es doch, was auf dem Flugblatt stand.«

»Gunn ist ein alter Familienname.«

»Tatsächlich? Ich hätte gedacht, Ihr Familienstammbaum sei erheblich kürzer.«

Einer seiner Mundwinkel hob sich zu einem schwachen Lächeln. »Eine nett umschriebene Beleidigung.«

»Aber wahr.« Des Debattierens mit ihm überdrüssig, versuchte sie erneut, um ihn herumzugehen. Diesmal ließ er sie vorbei.

»Ich werde Ihnen Ihre Kabine zeigen.«

»Es wäre mir lieber, wenn Sie darauf verzichten würden. Sie brauchen mir nur zu erklären, wo sie liegt.«

»Sie gehen unter Deck und biegen auf dem Gang links ab. Die erste Kabine ist die Ihres Vaters. Die nächste ist die Ihre.«

»Hat die Tür ein Schloss?«

Er lachte. »Aye, Miss Carey, aber ein Schloss könnte mich nicht am Zugang hindern, falls ich hineinwollte.«

»Nein, wahrscheinlich nicht«, entgegnete sie verächtlich. »Es ist Ihr Schiff, Ihre Besatzung.«

Hocherhobenen Hauptes ging sie auf die Luke mit der Treppe zu, die unter Deck führte. Er versuchte nicht, ihr zu folgen, was sie ungemein erleichterte. Beim Gehen legte sie die Hände an die Wand, um nicht zu fallen; ihre Beine fühlten sich mit einem Mal wie zarte junge Stängel an, die mühelos zu knicken und zu brechen waren. Ein Frösteln erfasste sie, und sie begann wie Espenlaub zu zittern. Das Hochgefühl, das sie vor wenigen Augenblicken noch empfunden hatte, war verflogen, verloren gegangen in der Erschöpfung, die sie plötzlich übermannte. Erschöpfung und ein beinah unerträgliches Gefühl der Einsamkeit. Sie fand die erste Kabine, klopfte an und probierte dann den Türknauf. Sie war unverschlossen. Ihr Vater schlief, ausgestreckt auf einem breiten Bett in einer sehr großen und sehr üppig ausgestatteten Kabine. Ein Fremder saß in einem Sessel, als sie die Tür öffnete, erhob sich aber, als sie eintrat. Er war dünn und hager, seine Kleidung zerrissen und zerlumpt, aber sein schmales Gesicht erschien ihr anziehend und sympathisch. Er verbeugte sich vor ihr. »Sie müssen Miss Carey sein. Der Käpt'n sagte, Sie würden sicher noch hereinschauen.«

»Wer sind Sie?«

»Quinn, der Schiffsarzt.«

»Sie sind Brite?«

»Nein, Ma'am. Ich war bei dem Käpt'n, als unsere *Star* Rider unterging. Danach war ich Gast der Briten im Walnut Street Prison«, fügte er ein wenig ärgerlich hinzu.

»Sie sind alle entkommen?«

»Dank unseres Käpt'ns ja. Wir wussten, dass er uns nicht im Stich lassen würde.«

»Wie ...?«

»Er ist ein Mann mit sehr vielen Talenten.«

»Ja«, wisperte sie.

»Ihrem Vater geht es gut«, versicherte er ihr. »Ivy hat ihm ein Glas Brandy gegeben, und er schläft jetzt friedlich.«

»Sie verstehen nicht.«

»Aye, natürlich verstehe ich, Ma'am. Der Käpt'n hat mir Ihre Situation genauestens erklärt. Es steht Ihnen frei, zu kommen und zu gehen, wie Ihnen beliebt.«

»Wir sind Gefangene«, sagte sie.

»Nicht nach Ansicht unseres Käpt'ns.«

»Man kann ein Schwein einen Schwan nennen, aber es bleibt trotzdem ein Schwein.«

Der Mann lächelte.

»Sie können gehen«, entließ sie ihn. »Ich bleibe noch ein Weilchen hier.«

»Wie Sie wünschen«, sagte er. »Jeder weiß, wo ich zu finden bin, falls Sie Hilfe brauchen sollten.«

Sie erwiderte nichts, und als er die Tür hinter sich schloss, zog sie sich einen Sessel an das Bett und setzte sich zu ihrem Vater.

12

John Patrick beobachtete, wie Annette das Deck verließ. Sie ging sehr gerade, den Kopf hoch erhoben, und er glaubte immer noch die Wut in ihrem Blick zu sehen.

Sie verachtete ihn, und das mit Recht.

Noel würde auch nicht gerade begeistert sein. Wie oft schon hatte er ihm versprochen, nichts zu tun, was den Careys schaden könnte?

Er hatte heute Abend guten Menschen Schaden zugefügt, Menschen, die ihm geholfen, sich seiner angenommen hatten. Er wäre gern zu ihr gegangen, um sie in die Arme zu nehmen, aber sie würde seinen Trost nicht wollen. Und er hatte ihr weiß Gott schon genug Kummer bereitet.

Aber er konnte auch nicht zulassen, dass sie im Regen stehen blieb und womöglich krank wurde. Wenn er eins wusste, dann, dass seine Anwesenheit hier draußen sie vermutlich zwingen würde, unter Deck zu gehen. Und so war es ja auch gewesen.

Er blieb noch eine Zeit lang im Regen stehen, nachdem sie gegangen war, und erhob sein Gesicht gen Himmel, als könne er durch pure Willenskraft die Elemente zwingen, die Schuld hinwegzuspülen, die ihn quälte. Er hätte hocherfreut sein sollen, als er seine Besatzung wieder zusammenarbeiten und das Schiff mit geblähten Segeln vor dem Wind dahinjagen sah. Er war frei, seine Leute waren frei, und er besaß wieder ein Schiff.

Stattdessen empfand er ein Gefühl der Niederlage. Nicht einmal in den schlimmsten Momenten in der britischen Marine hatte er eine derartige Verzweiflung gekannt. Wie erlangte man seine Seele zurück? Seine Ehre?

Wie beurteilte man eine Form der Loyalität gegenüber einer anderen?

Er hatte seine Entscheidung getroffen. Er hatte es für seine Männer getan, sein Land. Und durch sein Tun hatte er eine Familie verraten, die ihn bei sich aufgenommen und zu einem der ihren gemacht hatte.

»Käpt'n?«

Er wandte sich zu Seamus um, einem Iren, der sein Zweiter Offizier war. Er war einer der Männer, die von den Briten gefangen genommen worden waren.

»Ja?«

»Im Namen aller möchte ich mich bei Ihnen bedanken«, sagte Seamus feierlich. »Als wir Ivys hässliche Visage sahen, wussten wir, dass Sie uns aus diesem Höllenloch herausholen würden.«

»Ihr braucht mir nicht zu danken, Seamus«, sagte John Patrick.

»Jeder andere hätte uns dort verrecken lassen. Wir alle wissen das. Mit Ihnen würden wir bis in die Hölle segeln und wieder zurück.«

John Patrick bemühte sich um ein Lächeln. »Ich hoffe, dass das nicht nötig sein wird.«

Seamus grinste. »Nicht mit Ihnen als Käpt'n.« Er trat zurück, bevor sein Kapitän noch irgendetwas anderes sagen konnte.

John Patrick wusste, er hätte sich jetzt besser fühlen müssen, aber er tat es nicht. Er verließ seinen Platz an der Reling und ging zum Steuerrad. Wortlos überließ Ivy ihm den Platz.

»Es sieht so aus, als hätten wir es geschafft«, bemerkte Ivy nach einer Weile.

»Aye. Für den Augenblick zumindest. Ich befürchte allerdings, dass wir britischen Schiffen an der Mündung des Delaware begegnen werden.«

»Wir segeln unter britischer Flagge, und das Schiff ist eine britische Fregatte.«

»Aber wir kennen ihre Signale nicht. Es war kein Signalbuch in der Kapitänskabine. Er muss es mitgenommen haben.«

»Oder sie ändern gerade die Signale.«

John Patrick schwieg.

»Du hast keine andere Wahl, Käpt'n«, sagte Ivy.

»Kannst du jetzt schon Gedanken lesen?«

»Jawohl, Käpt'n«, erwiderte Ivy grinsend. »Wohin bringst du sie?«

»Heim. Nach Maryland.«

Ivy zog eine Augenbraue hoch. »Zu deiner Familie? Was glaubst du, wie die reagieren werden, wenn du zwei Torys bei ihnen ablieferst?«

»Sie sind unerwartete Besucher gewöhnt, wenn auch natürlich keine unfreiwilligen«, gab John Patrick zu. »Aber ich glaube, dass meine Familie einen positiven Einfluss auf Hugh Carey haben wird. Wenn ihm irgendjemand helfen kann, dann sie.«

»Und Miss Carey?«

Er zuckte zusammen. »Sie wird sehen, wie gut es ihrem Vater bei uns geht.«

»Du machst dir sonst nur selten etwas vor, Käpt'n.«

»Ivy«, entgegnete John Patrick gereizt, »ich hatte noch keine Zeit, die ganze Sache zu durchdenken.«

Ivy schwieg.

»Und was hättest du getan?«

»Ich bin kein Käpt'n«, erwiderte Ivy mit dem Anflug eines Grinsens. »Und jetzt weiß ich auch, warum.«

John Patrick verzog das Gesicht. Er bezweifelte, dass Annette Carey ihm je vergeben würde. Selbst wenn sich der Zustand ihres Vaters bei seiner Familie verbessern sollte, würde sie ihm seine Lügen, seine Drohungen nie verzeihen.

»Geh hinunter und sieh nach, ob sie etwas brauchen«, sagte er.

»Quinn ist unten.«

»Trotzdem, sie brauchen vielleicht Essen, Bettzeug oder ...«

»In Ordnung, Käpt'n – obschon ich noch nie die Kammerzofe einer Dame war.«

»Du könntest ihnen jemand aus der Mannschaft zuteilen.«

Ivy betrachtete ihn durch den dichten Regenschleier zwischen ihnen. »Du hast getan, was du tun musstest«, versicherte er ihm noch einmal.

John Patrick sagte nichts mehr. Was geschehen war, war nicht mehr rückgängig zu machen, und nun würde er mit den Konsequenzen leben müssen. Er war bloß nicht sicher, ob er dazu in der Lage war.

Noel versuchte, sich auf die Karten zu konzentrieren, die vor ihm lagen, aber es war schon weit nach Mitternacht, und er merkte, dass seine Gedanken abzuschweifen begannen und er in erster Linie an die Careys dachte. Die meisten Paare hatten den Ball bereits verlassen, doch einige der unverheirateten Offiziere hatten sich zum Kartenspiel in einem Nebenraum versammelt. Noel hatte es für ratsamer gehalten, sich diesen Männern anzuschließen.

Hatte sein Bruder erreicht, was er sich vorgenommen hatte?

War er gefasst worden? Wenn ja, hätte er eigentlich längst etwas davon erfahren haben müssen.

Er gähnte. Es wurde Zeit, zu gehen. Er hatte heute Abend schon eine Menge Geld verloren und seine Präsenz nachhaltig genug unter Beweis gestellt. »Zeit zum Aufbruch, Gentlemen«, sagte er und schob seinen Stuhl zurück.

Einer der gewinnenden Offiziere stöhnte. »Sie können nicht gehen, jetzt wo wir endlich begonnen haben, unsere Verluste auszugleichen.«

»Also gut, noch eine Runde«, sagte Noel. »Ich habe morgen Sprechstunde.«

Aber er konnte den Blick nicht von der Tür abwenden, war erleichtert, als er verlor, und hoffte, dass sie nun zufrieden waren. Sie waren es nicht, aber er sagte, er bedaure, und begann zur Tür zu gehen.

Er erreichte sie jedoch nicht.

Ein Marinekorporal, dessen Augen vor Erregung beinahe aus den Höhlen traten, stürzte in den Raum. »Wo ist General Howe?«

»Er nimmt ein spätes Abendessen mit seinen Adjutanten ein«, berichtete einer der Männer, die noch am Spieltisch saßen. »Er möchte nicht gestört werden.«

»Die *Mary Ann* ist weg. Als der Kapitän zu seinem Schiff zurückkehren wollte, war sie vom Pier verschwunden.«

Noel blieb reglos stehen, während die anderen so heftig aufsprangen, dass sie vor Aufregung die Stühle umwarfen.

»Ein Schiff ist weg?«

»Das kann nicht sein.«

»Wer war das?«

»Vielleicht hat es sich von seiner Vertäuung losgerissen?«

Aber der Korporal war bereits hinausgegangen, um General Howe zu suchen.

Noels Begleiter sahen einander an und eilten dem Korporal dann nach. Ihre Gewinne auf dem Tisch waren vergessen. Noel sah das Geld verlangend an, folgte dann aber den anderen in den Raum, wo General Howe mit seinen Adjutanten saß.

Der Korporal brach unter dem vernichtenden Blick seines Oberbefehlshabers beinahe zusammen, als er ihm von dem vermissten Schiff berichten musste. Howes ohnehin schon stark gerötetes Gesicht lief blaurot an. »Wie konnten wir ein Schiff verlieren?«

Der Korporal zuckte zusammen.

»Schafft mir die Besatzung her. Ich will, dass jedes einzelne Besatzungsmitglied gefunden und verhört wird«, befahl Howe. »Und dass sämtliche Kapitäne in Alarmbereitschaft versetzt werden.« Er starrte vor sich hin. »Sollte nicht die *Mary Ann* die gefangenen Rebellen nach New York überführen?«

Einer der Männer, die mit Noel Karten gespielt hatten, trat vor. »Das ist richtig, Sir.«

Noel war sich der Kontroverse um die gefangenen Rebellen nur allzu gut bewusst. Einige der befehlshabenden Offiziere

General Howes hatten sie unverzüglich hängen wollen, doch General Howe hielt ein solches Vorgehen nicht für angeraten in Philadelphia. Er versuchte mit allen Mitteln, sich die Loyalität der Quäker zu erhalten, und eine Massenexekution würde höchstwahrscheinlich Anstoß bei ihnen erregen.

Howe fluchte. »Sie«, sagte er, auf einen Hauptmann deutend. »Stellen Sie fest, welches Schiff diese Piraten nach New York bringen kann.«

Noel folgte dem Hauptmann hinaus und sah sich dort nach seiner Kutsche um. Malcomb hatte den Abend frei, und Noel hatte ihn gebeten, sich für ein paar Stunden in einer seiner bevorzugten Tavernen sehen zu lassen. Seinen Umhang umlegend, fand er seinen Phaeton und nickte einem der Soldaten zu, die sich um die Kutschen kümmerten. Er gab dem Mann eine Münze und stieg rasch auf den Bock, bevor er ganz und gar durchnässt wurde.

Er würde jetzt gleich zum Haus der Careys fahren. Er hatte dort immerhin Patienten. Aber wie sollte er die frühe Morgenstunde erklären? Obwohl er sich selbst mit allen möglichen Schimpfworten belegte, sah er ein, dass er die Ungewissheit nicht länger aushalten würde.

Sollte kein Licht im Haus zu sehen sein, würde er einfach weiterfahren. Vielleicht konnte er auch am Walnut Street Prison vorbeifahren. Es war nicht sehr viel weiter.

Aber im Grunde war ihm bereits klar, was geschehen war. Er wusste, dass John Patrick es geschafft hatte. Er wusste, dass sein Bruder irgendwie eins der Schiffe Seiner Majestät gestohlen hatte und dass er das nie getan hätte, ohne zuvor seine Mannschaft zu befreien. Aber wieso war dann kein Alarm geschlagen worden? Er konnte nur hoffen, dass John Patrick keine Verwundeten oder Tote hinterlassen hatte.

Noel fuhr am Carey-Haus vorbei. Alle Lichter waren gelöscht, und es war keinerlei Aktivität im Hause festzustellen. Er lenkte die Kutsche auf das Gefängnis zu und war nur noch einen Häuserblock entfernt, als er Schreie vernahm und mehrere Männer sah, zwei zu Fuß und einer auf einem Pferd, die Alarm schlugen, während sie durch die Straße rannten: »Die Gefangenen sind entkommen!«

Noel wendete rasch das Pferd und machte sich auf den Heimweg. Malcomb würde mehr wissen. Vielleicht würde er Malcomb sogar zu den Careys schicken, wenn sich der Alarm erst durch die ganze Stadt verbreitet hatte. Dann würde er einen Vorwand haben, sich nach der Sicherheit seiner Bewohner zu erkundigen. Er ließ die Zügel aufklatschen und trieb die Pferde zu einer schnelleren Gangart an.

Ausgebrochene Gefangene. Ein gestohlenes Schiff.

Sein kleiner Bruder?

Ein Lachen stieg in seiner Kehle auf, obwohl die Sorge um die Careys ihm nach wie vor noch keine Ruhe lassen wollte.

Das Schiff erreichte die Mündung des Delaware Rivers. John Patrick pries die Unannehmlichkeiten des frühmorgendlichen Nieselregens und des Nebels, der die Sicht erschwerte. Er hatte sich nur eine knappe Stunde ausgeruht in der winzigen Kabine des Zweiten Offiziers und spürte nun die Last der Müdigkeit auf seinen Schultern.

Aber Ruhe hatte er in Wahrheit keine gefunden. Quinn hatte seine frische Wunde mit Alkohol gereinigt und sie dann genäht. Sie schmerzte höllisch, aber Quinn hatte ziemlich unbesorgt gewirkt, als er die Narben der anderen Wunden untersucht hatte, die John Patrick sich nur wenige Wochen vorher zugezogen hatte. Er hatte nur den Kopf geschüttelt. »Du hast mehr Leben als eine Katze.«

Aber es war die Erinnerung an Annettes Gesicht, wie sie ihn vorher entlassen hatte, die ihn keine Ruhe finden ließ.

Er versuchte seine Müdigkeit abzuschütteln. Neben ihm standen Ivy und der Lotse, den er für seinen ursprünglichen, verhängnisvollen Ausfall flussabwärts eingestellt hatte. John Forth, der unter den von den Briten gefangen genommenen Besatzungsmitgliedern gewesen war, hatte einst ein kleines Handelsschiff befehligt, das Passagiere und Waren von Philadelphia nach Baltimore beförderte. Er war neutral gewesen, bis sein Schiff von den Briten beschlagnahmt worden war und er alles verloren hatte. Gestern Nacht hatte er die *Mary Ann* sicher zur Mündung des Delaware Rivers navigiert und dann auf offener See das Ruder an John Patrick übergeben.

Die drei Männer am Ruder sowie die Wachen im Mastkorb hoch oben in der Takelage, hielten angestrengt nach britischen Patrouillenbooten Ausschau. Sie unterhielten sich nur flüsternd. Auf dem Wasser war jedes Geräusch meilenweit zu hören.

John Patrick fühlte die Spannung in sich und den Männern um ihn wachsen. Sicherlich war inzwischen längst Alarm geschlagen worden, und man hatte ihnen schnelle Schiffe nachgeschickt. Die *Mary Ann* war auch nicht gerade langsam, doch einige der Korvetten, die in Philadelphia vor Anker lagen, waren weitaus schneller. Sie würden zwar über weniger Geschütze verfügen, aber John Patrick hatte zu wenig Leute, und selbst das Abfeuern einer einzigen Kanone würde andere Schiffe warnen, die den gleichen Kurs befuhren.

Dicke schwarze Wolken schienen sogar noch schlechteres Wetter zu verheißen. Blitze zuckten über ihnen auf, durchbrachen aber nur für einen kurzen Augenblick das bleierne Grau des Himmels. Er sah den Schatten eines Schiffs vor ihnen und gab leise den Befehl, die Rahsegel zu drehen und noch zusätzliche Segel aufzuziehen. Innerhalb von Minuten hatte die *Mary Ann* den Kurs gewechselt, und John Patrick konnte nur hoffen, dass die Wachen auf dem anderen Schiff sie nicht bereits entdeckt hatten.

Graue Finsternis umgab das Schiff erneut. Er hörte das Geräusch des zielstrebig durchs Wasser gleitenden Schiffs und das Ächzen der Masten, als der Wind die mächtigen Segel blähte. Dann hörte er, was er befürchtet hatte. Das Donnern einer

Kanone. Ein Warnschuss. Eine Aufforderung, sich zu erkennen zu geben.

Er hisste die britische Flagge, wobei ihm jedoch nur zu gut bewusst war, dass ihm die richtigen Signale fehlten. Verdammt. Er hatte gehofft, einer Entdeckung zu entgehen; nun fühlte er sich wehrloser als ein neugeborenes Kind. Er würde versuchen müssen, ihnen zu entkommen; er konnte keinen Kampf riskieren, solange er Hugh Carey und Annette an Bord hatte.

Ein weiterer Schuss ertönte, diesmal schon viel näher. Er wusste, der Knall würde noch andere Schiffe herbeirufen. Er konnte nur noch näher an die Küste heranfahren und hoffen, nicht auf Grund zu laufen. Er musste die Verfolger abschütteln, bevor sich der Nebel lichtete.

John Forth trat neben ihn und rief den Männern Anweisungen zu, als sie noch weitere Segel setzten, und das Schiff schlingerte und rollte in dem aufgewühlten Wasser. Das Kanonenfeuer entfernte sich, als die *Mary Ann* nach Süden jagte, doch John Patrick rechnete trotzdem jeden Augenblick damit, ein weiteres Schiff vor ihnen auftauchen zu sehen. Sie würden sich doch sicher denken können, dass er nach Süden zu entkommen versuchte.

Forth befahl Lotungen, um die Tiefe des Wassers abzuschätzen, und John Patrick hörte das leise Gemurmel der Männer, die die Ergebnisse der Messung weiterleiteten. Sie befanden sich gefährlich nahe an der Küste. Doch der Kanonendonner verblasste zu einem Echo, und John Patrick befahl, den Kurs zu ändern und die *Mary Ann* weiter auf das offene Meer hinauszulenken.

Der Nebel lichtete sich dreißig Minuten später, wenngleich der leichte Regen, das gelegentliche Donnergrollen und die Blitze noch nicht aufgehört hatten. Die Sicht war besser, und John Patrick konnte nun die ferne Küste sehen. Aber er sah keine britischen Schiffe mehr. Er befahl, sämtliche Segel zu setzen, und wappnete sich, als das Schiff Meile um Meile hinter sich brachte und Kurs auf Baltimore nahm … und die Freiheit.

Annette erwachte vom Geräusch des Donnergrollens.

Sie war noch immer angezogen und merkte nun, dass sie irgendwann in den frühen Morgenstunden eingeschlafen sein musste. Es war stockfinster gewesen gestern Nacht, als sie die Kabine betreten hatte, da der Doktor sie gewarnt hatte, keine Laterne anzuzünden, und sie hatte stundenlang auf dem schmalen Bett gelegen, bevor sie eingeschlafen war. Fahles graues Licht drang in den Raum. Es musste kurz nach Tagesanbruch sein.

Das Schiff rollte und schlingerte, und das Geräusch von Donner – oder waren es Kanonen? – hallte durch die Kabine. Annette hatte gestern Abend im Dunkeln rasch ihr Haar geflochten und versuchte nun, es glatt zu streichen. Ihre Reisetasche stand auf dem Boden neben der Koje, aber sie wollte sich nicht die Zeit nehmen, nachzusehen, ob, wer immer sie gepackt haben mochte, an eine Haarbürste gedacht hatte. Sie musste sehen, wie es ihrem Vater ging.

Sie versuchte zu gehen, doch das Schiff schlingerte so stark, dass sie von einer Seite zur anderen geworfen wurde, gegen Wände und Möbel, die sich nicht bewegten, wenn sie dagegenstieß. Sie waren alle festgeschraubt, während sie selbst … herumgewirbelt wurde wie der Kreisel eines Kinds.

Sich an der Wand der schlingernden Kabine festhaltend, trat Annette auf den Gang hinaus und blieb nur lange genug stehen, um ihren feuchten Umhang umzulegen. Sie klopfte an der nächsten Tür, und der Schiffsarzt antwortete und sah aus, als hätte er die ganze Nacht kein Auge zugetan.

»Wie geht es meinem Vater?«

»Er ist wach und hat bereits seinen Tee getrunken«, berichtete der Arzt.

»Er ist nicht seekrank?«

»Ganz und gar nicht. Ich habe ihm ein bisschen Gebäck gegeben. Und Äpfel. Äpfel sind sehr gut gegen Seekrankheit. Aber er lässt keinerlei Anzeichen dafür erkennen.« Neugierig sah er sie an. »Sie aber auch nicht, Miss Annette.«

In Wahrheit war ihr schon ein bisschen übel, aber sie dachte nicht daran, das zuzugeben. Stattdessen nahm sie dankend den Apfel, den der Arzt ihr reichte. Er war ein Rebell, und sie wollte ihm nicht dankbar sein, aber es fiel ihr schwer, an ihrem Ärger festzuhalten, wo er doch so freundlich war. Und auch so schrecklich dünn.

Ihr Vater saß in einem am Boden festgeschraubten Sessel und sah verwirrt, aber keineswegs verärgert aus. Sie erinnerte sich, dass er das Meer immer geliebt hatte und oft von einer Reise nach England geschwärmt hatte.

Dennoch bemühte sie sich, ihn zu beruhigen, obgleich auch sie ein wenig Trost benötigt hätte. »Geht es dir gut?«, fragte sie.

Seine Augen blickten fragend. »Wir befinden uns auf einer Reise«, sagte sie. »Hast du alles, was du brauchst?«

Er nickte.

»Möchtest du später aufs Deck hinaufgehen? Wenn die See nicht mehr so rau ist?«

Er nickte, und sie sah, dass seine Augen leuchteten.

Sie hoffte, es würde möglich sein. Sie musste die Angst aus den Augen ihres Vaters fern halten. Mit einem Piraten, einem Mann, der offensichtlich keine Ehre besaß, eine Abmachung zu treffen, war ihr zutiefst zuwider. Aber dieser Pirat war ihr noch etwas schuldig. Und das gedachte sie nun einzufordern.

Sie beugte sich vor und küsste ihren Vater auf die Stirn, zog den Umhang dann noch fester um ihre Schultern und verließ die Kabine. Wieder wurde sie hin und her geschleudert und musste sich an den Wänden festhalten, bis sie die Treppe erreichte. Endlich hörte sie den Donner nicht mehr – oder was auch immer sonst es gewesen war.

Als sie die Luke zum Deck öffnete, stieß der Wind sie gleich wieder zurück, riss an ihrem Haar und trieb es ihr ins Gesicht. Entschlossen straffte sie die Schultern. Sie hatte den Entschluss gefasst, den Star Rider zu sehen, und eine kleine Brise würde sie da nicht aufhalten.

Der Himmel war grau, aber der Regen hatte nachgelassen. Der Wind war kalt, aber erfrischend. Belebend.

Das Schiff gierte und schlingerte, und sie umklammerte die Reling. Sie benutzte sie und die Kanonenaufhängungen, um sich ihren Weg zum Steuerrad zu bahnen. Als sie nur noch wenige Schritte vom *Star Rider* entfernt war, der ihr den Rücken zukehrte, blieb sie stehen, um ihn zu beobachten. Der Wind zerrte auch an seinem Haar und pfiff unter die wasserdichte Plane, die er über seinen Kleidern trug. Er schien das Ruder des wild schlingernden Schiffes mühelos zu kontrollieren, aber andererseits schien er ja in allem ungemein geschickt zu sein, unter anderem auch im Lügen.

Ivy, der neben ihm stand, bemerkte sie und sagte etwas zu dem Kapitän. Die Worte verloren sich im Wind, und sie trat ein wenig näher.

Der Kapitän drehte sich zu ihr um. »Geht es Ihnen und Ihrem Vater gut?«

»So gut, wie es Gefangenen gehen kann«, sagte sie. »War das eben Donner?«

»Kanonenfeuer vermischt mit etwas Donner. Aber wir sind jetzt sicher.«

»Sie sind sicher«, berichtigte sie ihn. »Im Augenblick zumindest.«

»Ich habe das Gefühl, Sie möchten mich gefangen sehen. Und hängen.«

»Allerdings.«

Seine Lippen verzogen sich zu einem schwachen Lächeln. »Ihr Wunsch könnte sich immer noch erfüllen.« Er betrachtete sie und schenkte ihr dann jenes schiefe Grinsen, das ihr Herz so oft hatte schneller schlagen lassen. Selbst jetzt besitzt es noch die Macht dazu, dachte sie bitter. »Ich hatte Angst, Sie könnten seekrank sein. Aber ich hätte es besser wissen sollen.«

»Sie hatten Angst um mich? Was ist schon ein bisschen Seekrankheit im Vergleich dazu, entführt zu werden?«

»Ich wusste nicht, dass Sie so eine spitze Zunge haben.«

»Und ich wusste nicht, dass Sie ein Dieb, Verräter und Pirat sind, der imstande ist, einem kranken Mann die einzige Sicherheit zu rauben, die er kennt.«

»Das tut mir wirklich Leid.«

»Und was ist mit mir? Tut Ihnen das auch aufrichtig Leid?«

Er wandte sich um und sah sie an. Seine Augen waren unvorstellbar grün, sogar im Grau dieses bewölkten, regnerischen Tages. »Nein«, sagte er. »Ich glaube nicht, dass es mir Leid tut.«

Er bewegte sich leicht und brachte ein wenig Abstand zwischen seinen Körper und das Ruder, obwohl er die Hände darauf liegen ließ. »Möchten Sie das Ruder einmal halten?«

Sie ärgerte sich über das Gefühl freudiger Erregung, das sie plötzlich durchzuckte. Sie wollte nicht, dass er dachte, sie habe ihm verziehen, oder sie fände es nicht abscheulich, was er war und was er je getan hatte. Aber der Wind, die Gischt und das Gefühl des auf den Wellen dahingleitenden Schiffs weckten etwas tief in ihrem Innersten. Sie wollte die Hand ausstrecken, um das polierte Holz des Steuerrads zu berühren und die Macht, die darin lag, zu spüren.

Sie wappnete sich gegen ihn und die Verlockungen, die er ihr wie irgendein Fürst der Finsternis anbot. Tapfer entfernte sie sich einen Schritt von ihm und wies sein Angebot und ihn zurück.

Sie sah die Belustigung in seinem Gesicht und erkannte, dass er die Sehnsucht in ihrem Blick gesehen hatte und wusste, wie nahe sie daran gewesen war, sein Angebot zu akzeptieren. Ihre Zustimmung würde ihn zu einem Verbündeten machen, einem Kamerad, einem Komplizen in ihrer eigenen Entführung. Sie begann plötzlich wieder jene merkwürdige Anziehung zu empfinden, das Bedürfnis, seine Arme um sich zu spüren. Wie konnte sie? Ihr Vater befand sich wieder in den Händen skrupelloser Amerikaner, die sich weder um ein Menschenleben noch um Gerechtigkeit scherten.

Sie straffte ihre schmalen Schultern und versuchte, ihn böse anzusehen. »Warum bringen Sie uns nach Maryland?«

Sie wusste nicht, was sie erwartet hatte, aber sicherlich nicht seine sanfte Antwort. »Weil Sie und Ihr Vater dort in Sicherheit sein werden. Mein Vater – er ist Lehrer und Farmer. Und meine Tante – als sie jung war, hatte sie ein ähnliches Problem wie Ihr Vater. Vielleicht können sie ihm helfen.«

Annette schwieg verblüfft. Sie hatte die Arroganz erwartet, ja sogar die Rücksichtslosigkeit, die er gestern noch zur Schau gestellt hatte. Aber ganz bestimmt nicht dieses Mitgefühl. Mitgefühl, das sie nicht wollte. Nicht von einem Rebellen, der sie belogen und betrogen hatte.

Aber seine Bemerkung weckte auch noch etwas anderes in ihr. Eine Erinnerung. Auch Dr. Marsh hatte einmal erwähnt, er habe eine Tante, die aufgehört hatte, zu sprechen. Mit wachsendem Entsetzen blickte sie zu dem Mann auf, der sie gefangen hielt. Sie sahen sich überhaupt nicht ähnlich, Dr. Marsh und dieser Mann. Dr. Marsh hatte dunkelblondes Haar und braune Augen. Dieser Mann hatte schwarzes Haar und grüne Augen. Aber wie konnten beide eine Tante haben, die einmal aufgehört hatte, zu sprechen?

Dr. Marsh? Ein Lügner? Ein Spion? Ein Verräter?

Ihr Herz sank. Sie erinnerte sich an seine Freundlichkeit, seine aufrichtige Sorge um ihren Vater, seine liebevolle Pflege der britischen Verwundeten – und sein Interesse an diesem ganz bestimmten Mann.

Schließlich fragte sie, was sie wissen musste. »Wer sind Sie?«

Er trat zur Seite, um Ivy das Ruder zu überlassen, und ging zur Reling. Diesmal berührte er sie nicht, als wüsste er, dass sie vor ihm zurückweichen würde. Sie folgte ihm, und der Wind blähte ihren Umhang auf und zupfte Haarsträhnen aus ihrem unordentlichen Zopf.

In diesem Augenblick jedoch kümmerte sie nichts anderes als die Antwort auf ihre Frage.

Der Mann starrte auf das Meer hinaus, auf die schäumenden Wellen, die an der Seite des Schiffs hinaufleckten und sie mit kaltem Salzwasser besprühten.

»Käpt'n?« Sie versuchte, ihre Stimme so verächtlich wie nur möglich klingen zu lassen. »Ich weiß, Ihr richtiger Name ist nicht John Gunn.«

»Nay. Es ist John Patrick Sutherland. Sie hätten es sowieso schon bald erfahren.«

Sutherland. Noel Marsh hatte Angehörige mit dem Namen Sutherland – die Familie, die ihn verstoßen hatte.

»Sie sind Dr. Marshs ...«

»Halbbruder«, bestätigte er, wobei er ihr eindringlich in die Augen blickte.

»Dann ist er ...«

»Genau das, was er zu sein behauptet«, beendete er gelassen ihren Satz. »Er ist ein Tory, genau wie Sie. Es ist sein Pech, einen Rebellen zum Bruder zu haben, und meins, dass er ein Tory ist.«

»Aber er wusste ...«

»Aye, er wusste Bescheid, aber was würden Sie denn tun, wenn Ihr Vater plötzlich unerwartet vor Ihrer Tür erschiene, nachdem er auf der gegnerischen Seite in einem Krieg gekämpft hatte? Was, wenn er dem Tode nahe wäre? Würden Sie ihn ausliefern?«

»Auch er hat uns benutzt. Und uns belogen«, sagte sie, ohne seiner Argumentation Gehör zu schenken. Es fiel ihr plötzlich schwer, zu atmen. Sie hatte Dr. Marsh gemocht und ihn bewundert. Sie waren Partner gegen den Tod gewesen. Und er hatte diesen Piraten in ihr Heim gebracht, in ihr Leben, in das Leben ihres Vaters, obwohl er gewusst hatte, wie gefährlich dieser Mann war.

»Er hat es getan, um mir das Leben zu retten. Aus keinem anderen Grund. Und falls es Ihnen hilft – er hat es gehasst, Sie hinters Licht führen zu müssen. Er hat mich wiederholt gewarnt, Ihnen oder Ihrer Familie nicht wehzutun.« Er verzog das

Gesicht. »Ich vermute, dass er die Hölle durchmacht, seitdem er erfahren hat, dass Sie verschwunden sind.«

Wie konnte sie ihm jetzt noch glauben? Wie konnte sie eine Lüge von der Wahrheit unterscheiden? Dr. Marsh war vermutlich ein Spion wie sein Bruder, und seine Handlungen könnten unermesslichen Schaden anrichten. Er besaß das Vertrauen des gesamten britischen Kommandos.

Tränen traten in ihre Augen und vermischten sich mit Regentropfen. Schmerz durchzuckte ihr Herz. Wie hatte sie so blind sein können? Und so vertrauensvoll?

»Ich will nicht zu Ihnen nach Hause. Lassen Sie uns in Baltimore, wenn es nicht anders geht. Mein Vater hat dort Freunde ...«

»Das kann ich nicht«, entgegnete er leise.

»Warum?«

»Weil Sie Noels wegen zu den Briten gehen könnten.«

»Das wäre nicht schlimm, wenn er so unschuldig ist, wie Sie behaupten.«

»Denken Sie wirklich, die Briten würden ihm das glauben?«

»Ich weiß, dass Wahrheit oder Ehre Sie und Ihren Bruder wenig kümmern.«

Er trat zurück, als habe sie ihn geschlagen, und sie wusste, dass der Hieb gesessen hatte.

Sein Gesicht verschloss sich, und der Glanz verschwand aus seinen grünen Augen. »Ehre geht im Krieg manchmal verloren.«

»Krieg?«, höhnte sie. »Krieg gegen Frauen und einen kranken alten Mann? Sie sind ein Pirat und bereichern sich, vermute ich, am Tod erheblich besserer Männer als Sie selbst.«

Seine Stimme wurde kühl, als er den Blick wieder auf das schäumende Wasser richtete. »Haben Sie und Ihr Vater alles, was Sie brauchen?«

»Nicht unsere Freiheit.«

»Das ist etwas ungeheuer Kostbares«, sagte er und sah ihr dabei in die Augen.

»Aber Sie wollen sie uns nicht geben.«

»Ich kann es nicht.«

»Ist Ihnen eigentlich klar, wie sehr ich Sie verabscheue?«, fragte sie, frustriert von seiner gelassenen Zurückweisung ihrer Verzweiflung.

»Ich denke schon«, erwiderte er gleichmütig.

Sie vermochte seine Gegenwart nicht länger zu ertragen. Was sie am meisten quälte, war die Tatsache, dass sie sich noch immer zu ihm hingezogen fühlte. Sie verspürte nach wie vor ein Gefühl der Verbundenheit mit ihm. Ihr Herz klopfte immer noch ein bisschen schneller, ein bisschen heftiger in seiner Gegenwart. Ihr Blut erwärmte sich um einige Grad zu viel. Sie hasste sich für diese Schwäche sogar noch mehr, als sie ihn hasste.

Sie entfernte sich einige Schritte von ihm und drehte sich dann wieder zu ihm um. »Rechnen Sie damit, noch anderen britischen Schiffen zu begegnen?«

»Schon möglich, aber dies hier ist ein schnelles Schiff. Wir können den meisten anderen entkommen. Ich würde mich an Ihrer Stelle nicht darauf verlassen, befreit zu werden. Und in der Zwischenzeit wenden Sie sich bitte an Quinn oder Ivy, falls Sie irgendwas benötigen. Sie werden tun, was sie können, um Ihnen alles zu besorgen, was Sie wünschen. Außer meinem Kopf natürlich.«

Sie weigerte sich, sich von seinem Charme milder stimmen zu lassen.

»Ich will nichts anderes als die Freiheit«, sagte sie. »Sie haben meine und die meines Vaters gegen Ihre eigene ausgetauscht. Und das werde ich Ihnen nie verzeihen.«

Und damit wirbelte sie herum und verschwand durch die Luke, die unter Deck führte.

13

Freiheit!

Annettes Worte gingen ihm nicht mehr aus dem Kopf. Sie hatte Recht. Er hatte ihre Freiheit gegen seine ausgetauscht. Aber nicht nur seine eigene Freiheit hatte auf dem Spiel gestanden, sondern auch die seiner Männer, argumentierte er bei sich.

Kopfschüttelnd kehrte er zum Steuerrad zurück. Er brauchte etwas, um sich von den Schuldgefühlen, die ihn innerlich zerrissen, abzulenken.

Ivy war schweigend neben ihm stehen geblieben. »Versuch etwas zu schlafen«, befahl John Patrick schließlich. »Falls wir noch irgendwelche Schiffe sichten, rufe ich dich.«

Ivy zögerte.

»Das ist ein Befehl, Iverssen.« John Patrick wusste, wie schroff seine Stimme klang. Aber besser schroff als unsicher.

Ivy blickte ihm in die Augen, dann wandte er sich ab und ging.

Das Lenken des Schiffs erforderte seine ganze Aufmerksamkeit. Sobald kein Land mehr zu sehen gewesen war, hatte sich auch der Lotse unter Deck zurückgezogen, um sich ein wenig auszuruhen. Eine kleine Crew bediente die Segel und hielt Wache. Er brauchte jeden Mann, aber die Hälfte seiner Leute war derart abgemagert, dass sie kaum noch die Segel handhaben konnten.

Und sie wären gestorben, entweder im Frachtraum dieses Schiffs oder mit einer Schlinge um den Hals, wenn er anders gehandelt hätte. Aber hätte er einen anderen Weg finden können, sie zu retten, ohne den Careys zu schaden? Nicht nachdem die britischen Soldaten in ihrem Haus erschienen waren.

Er hatte noch nie eine reizvollere Frau gesehen als Annette Carey, als sie an der Reling stand und der Wind ihr Haar zerzauste und ihre Wangen rötete. Ihr Kinn war trotzig vorgeschoben, ihre grauen Augen aufgewühlt wie die See um sie herum. Der vorübergehende sehnsüchtige Blick in ihren Augen war ihm nicht entgangen, als er ihr angeboten hatte, das Ruder zu übernehmen. Sie war geboren, um zur See zu fahren, ob es ihr bewusst war oder nicht.

John Patrick hatte erwartet, sie seekrank in ihrer Kabine vorzufinden, wie die meisten unerfahrenen Seefahrer, aber sie hatte nicht einen Moment gezögert, an Deck zu kommen, trotz des schweren Seegangs, der Finsternis und des Kanonendonners.

Sie war jedenfalls gewiss nicht mehr das reservierte junge Fräulein, als das sie ihm an jenem ersten Tag erschienen war. Er spürte einen Hang zur Abenteuerlust in ihr, der nur noch ein bisschen kultiviert werden musste. Dass sie der ganzen Stadt getrotzt hatte, um ein kleines Hospital in ihrem Heim zu errichten, war ein weiterer Beweis dafür. Er erkannte in ihr einen Rebellen, der, wie er selbst, nach Abenteuern hungerte. Sie mochte sich dessen vielleicht noch nicht bewusst sein, aber er hatte es in ihren Augen gesehen und an der Art, wie ihr Körper sich dem Wind entgegengedrängt hatte.

Er begehrte sie mehr, als er je für möglich gehalten hätte.

Und sie hasste ihn. Und hatte allen Grund dazu.

Er konnte nur hoffen, dass seine Familie ihre Meinung ändern würde. Seine Mutter, Fancy, war die feinfühligste Frau, die er kannte, und sie konnte die wildesten Geschöpfe zähmen. Sein Vater war oft unbeherrscht, gewiss, aber das Wichtigste in seinem Leben, gleich nach seiner Familie, war das Unterrichten. Derek, sein Bruder, war freundlich und solide. Seine Tante Fortune war – wie seine Mutter – herzensgut zu allen Lebewesen und würde, dessen war er sich ganz sicher, Annettes Vater helfen können. Das einzige Problem könnte Katy sein, die ebenso leidenschaftlich wie er selbst die Sache der Rebellen unterstützte.

Er wollte nicht daran denken, wie sie auf die unerwarteten Gäste reagieren würden. Es gab Platz genug, mehr als genug, in dem Haus, das sein Vater gebaut hatte, oder auch in dem alten Herrenhaus der Marshs, das er in eine Schule umgewandelt hatte. Sein Vater würde den lernbegierigen Mr. Carey sicher mögen.

Und Annette? Er vermutete, dass auch sie seine Familie mögen würde, wenn sie nur bereit wäre, sich diese Freude zu gestatten.

Aber war sie das?

Katherine Sutherland Cantrell gab dem Kutscher Anweisungen und lehnte sich auf dem Sitz zurück, als das Gefährt sich zu Dr. Noel Marshs Haus in Bewegung setzte. Sie hatte ihn nicht über ihre Ankunft informiert.

Sie hatte ihn immer damit aufgezogen, dass sie seine »Tante« war, obwohl sie zwei Monate jünger war als er und sie wie Geschwister aufgewachsen waren, als ihr Bruder Noels Mutter geheiratet hatte. Aber unterschwellig hatte es immer sehr viel tiefere Gefühle zwischen ihnen gegeben. Sie hatte ihn vergöttert; er hatte auf sie aufgepasst und sie beschützt. Als sie siebzehn war, hatte er sie geküsst, und sie hatte ihm ihr Herz geschenkt. Beide hatten aber nichts davon zu Ian oder Fancy Sutherland gesagt, aus Angst, sie könnten eine solche Verbindung missbilligen, ihrer familiären Beziehungen wegen, selbst wenn sie keine Blutsverwandte waren. Die Gemeinde, ahnten sie, würde es ganz sicher nicht so sehen.

Mit neunzehn war Noel nach Schottland gegangen, um an der Universität von Edinburgh Medizin zu studieren. Es war sein Traum gewesen, so weit sie sich zurückentsinnen konnte, und dennoch war die Vorstellung, ihn zu verlieren, unendlich deprimierend für sie gewesen. Er hatte sie am Pier geküsst, nachdem der Rest seiner Familie sich von ihm verabschiedet hatte. Es war ein leidenschaftlicher, sehnsüchtiger und viel versprechender Kuss gewesen. Noel hatte sie gebeten, auf ihn zu warten.

Aber weil sie das Gefühl hatte, er müsste mehr ein Bruder für sie sein als ein Geliebter, hatte sie ein Schuldbewusstsein gequält, wie sie es noch nie zuvor erfahren hatte. Sie hatte schließlich zugestimmt, einen Mann zu heiraten, der sie schon seit zwei Jahren umwarb, den draufgängerischen und gut aussehenden Sohn eines Nachbarn. Er war alles, was Noel nicht war, und sie hatte aufrichtig geglaubt, ihn mit der Zeit lieben zu können; er war ihr schließlich in so manchen Dingen sehr, sehr ähnlich. Sie hatte nicht lange gebraucht, um einzusehen, dass sie einen Fehler gemacht hatte. Sie hatte nicht gewusst, wie sehr es an ihren Kräften zehren würde, mit jemandem zu leben, den sie nicht liebte, oder wie es schmerzte, jemanden zu täuschen, der sie liebte.

Und dann war Noel zurückgekehrt, und sie hatte die Qual in seinem Blick bemerkt, als er sie mit ihrem Mann gesehen hatte, und schließlich war er fortgegangen nach Philadelphia. Sie hatte gewusst, warum. Er hatte nicht in ihrer Nähe leben können. Deshalb hatte er den Ort verlassen, den er liebte, die Menschen, die er liebte. Und hatte eine andere Frau geheiratet.

Katy hatte an der Hochzeit teilgenommen, so schmerzlich dies auch war. Sie wünschte, sie hätte es nicht getan. Es brach ihr das Herz, und sie erkannte, dass ihr Ehemann nun verstand, warum sie sich ihm nie hatte hingeben können. Er sagte nichts, aber sie sah die Hoffnungslosigkeit in seinen Augen und einen Kummer, der ihn nie wieder verließ. Vor zwei Jahren hatte er sich der Bürgerwehr angeschlossen und war von den Briten getötet worden. Sie hatte es sich nie verziehen. Tatsächlich litt sie seitdem wieder nahezu unaufhörlich unter Schuldgefühlen.

In den letzten achtzehn Monaten hatte sie sich sozusagen von der Welt zurückgezogen und in der Schule ihres Bruders unterrichtet. Nach und nach hatte sie ein gewisses Maß an Frieden in sich selbst gefunden. Die Schule, die einst für die Sklaven eingerichtet worden war, die ihr Bruder und seine Frau freigelassen hatten, stand nun allen Kindern und Erwachsenen zur Verfügung, die etwas lernen wollten, egal, ob sie sich eine Ausbildung leisten konnten oder nicht. Sie waren immer eine bunte Mischung, ihre Schüler, einige aus armen Farmerfamilien, andere die Kinder freigelassener Sklaven. Vorurteile waren immer ein Problem, selbst unter diesen Jugendlichen, doch die Schule überlebte, unterstützt durch die Sutherland'schen Ländereien und Pferde.

Als der Krieg eskalierte, stellte sie all ihre enttäuschte Leidenschaft in den Dienst der Sache der Rebellen. Sie hörte, dass Noel sich der Revolte nicht angeschlossen hatte, aber er war ja auch schon immer sehr besonnen und vorsichtig gewesen. Als seine Frau starb, dachte Katy, er würde heimkehren nach Maryland. Aber er tat es nicht. Sie war nicht überrascht, als sie hörte, dass er sich geweigert hatte, einen Eid auf das neue Land zu schwören. Sie war jedoch überrascht, als sie erfuhr, dass er nicht nur britische Soldaten behandelte, sondern zudem noch ein Vertrauter dieses Teufels, General Howes, geworden war.

Sie hatte versucht, ihn und die Nähe, die sie einst verbunden hatte, zu vergessen. Aber es gelang ihr einfach nicht, und deshalb hatte sie nun beschlossen, ihn zu besuchen und ihn zu überreden, heimzukehren, wohin er gehörte.

Aber als sie nun in der Kutsche auf dem Weg zu ihm war, fragte sie sich, ob sie nicht einen schlimmen Fehler machte.

Sie war schon gestern mit der Postkutsche eingetroffen, hatte aber die Nacht bei Ethan Taylor verbracht, einem Freund ihres Bruders, Ian Sutherland. Ethan, ein Kaufmann, war von der Neigung her ein Rebell, sah sich durch seinen Beruf jedoch gezwungen, nach außen hin neutral zu bleiben. Er und seine Frau waren hocherfreut über ihren Besuch gewesen, aber vorsichtig, wenn sie von Dr. Marsh sprachen.

Ganz Philadelphia war in Aufruhr. Überall wimmelte es von schlecht gelaunten britischen Soldaten. Die Postkutsche, mit der Katy hergekommen war, war dreimal angehalten und durchsucht worden, bevor sie die Station erreichte, und auch die Mietkutsche, die sie von dort zum Haus der Taylors nahm, war angehalten und durchsucht worden. Wieder und wieder hörte sie von den tollkühnen Freveltaten eines Mannes, der *Star Rider* genannt wurde.

John Patrick. Die Nachricht, dass sein Schiff gesunken war, hatte Maryland bisher noch nicht erreicht. Gott sei Dank hatte er den Untergang des Schiffes überlebt. Ihre Familie wäre todunglücklich gewesen, wenn er sein Leben dabei verloren hätte.

Katy musste lächeln, wenn sie die über den *Star Rider* kursierenden Geschichten hörte, der allem Anschein nach mit zwanzig seiner inhaftierten Männer geflohen war und dann buchstäblich vor den Augen der Briten eines ihrer Kriegssschiffe gestohlen hatte. Sie fragte sich, was Noel von derartigen Betätigungen halten mochte.

Die Kutsche hielt vor einem zweistöckigen Backsteinhaus, und sie wartete, bis der Kutscher abgestiegen war und ihr hinausgeholfen hatte.

»Soll ich warten, Miss?«

Katy fühlte sich schon lange nicht mehr wie eine Miss. Mit neununddreißig war sie nicht mehr die Jüngste. Dennoch, sie wusste, dass ihr schwarzes Haar bisher noch keine Spur von Grau aufwies, und ihre Leidenschaft fürs Reiten hielt ihre Figur schlank und geschmeidig. »Nein.« Sie lächelte ihn an und wurde mit einem Blick aufrichtiger Bewunderung belohnt.

Falls Noel nicht zu Hause war, würde sie warten. Falls er da war, konnte er sie zu den Taylors zurückfahren. Nachdem sie gesagt hatte, was sie zu sagen hatte.

Sie sah die Kutsche abfahren und fragte sich, ob sie nicht einen Fehler gemacht hatte. Ihr Herz schlug schneller, als sie an das letzte Mal dachte, als sie Noel gesehen hatte. Er war groß, fast so groß wie John Patrick, aber sie fand, er sah besser aus mit seinen ruhigen braunen Augen, dem dunkelblonden Haar und seinem nachdenklichen Gesichtausdruck.

Es war vermutlich dumm von ihr, hierher zu kommen, aber sie musste ihn einfach wiedersehen. Der Wunsch – nein, das Bedürfnis – waren immer stärker in ihr geworden.

Katy stieg die Stufen zur Eingangstür hinauf und betätigte den schweren Bronzeklopfer. Sie war schon einmal in diesem Haus gewesen. Noel war damals schon verheiratet gewesen, und Katy hatte sehr gelitten während ihres kurzen Aufenthalts in diesem Haus.

Die Tür öffnete sich, und sie erkannte Malcomb wieder, der schon immer bei Noel gewesen war. Ein riesiges, gefährlich aussehendes Tier stand beschützend neben ihm.

Seine Augen weiteten sich. »Miss ... Mrs. Cantrell!«

Überrascht, dass er sich an sie erinnerte, zögerte sie vorübergehend, dann beugte sie sich vor und streichelte das riesige Tier, das so aussah, als hätte es sie gern zum Abendessen verspeist. Doch wenige Sekunden später begann der Hund freudig mit seinem Schwanz zu wedeln.

»Das ist Aristoteles, Dr. Marshs Irischer Wolfshund«, erklärte Malcomb. »Den meisten Leute macht er Angst.«

Sie musste lächeln. »Er ist doch nur ein großes Baby.«

Das ließ Malcomb zusammenzucken. »Er mag nicht jeden.«

»Meine ganze Familie kann sehr gut mit Tieren umgehen«, sagte sie.

»Aye, das stimmt wohl, fürchte ich«, erwiderte Malcomb und blickte finster auf den Hund hinab.

»Ist Dr. Marsh zu Hause?«

»Nay, er ist unterwegs, müsste aber bald zurückkommen. Möchten Sie auf ihn warten?« Er scharrte verlegen mit den Füßen. »Ich bin Malcomb.«

»Ja«, sagte sie. »Ich erinnere mich an Sie.«

Sein Gesicht schien sich bei ihrer Bemerkung aufzuhellen, und er trat beiseite, um sie einzulassen.

Sie zögerte.

»Er wird Sie sehen wollen, Mrs. Cantrell«, sagte Malcomb. »Ich könnte Ihnen etwas Tee aufbrühen.«

Tee war schwer zu kriegen in Maryland, oder vielmehr überall, abgesehen von den Gebieten, die von den Briten besetzt waren. Obwohl Katy liebend gern eine Tasse getrunken hätte, bedachte sie Malcomb mit einem vernichtenden Blick.

»Nein«, entgegnete sie flach.

Er schien enttäuscht, und sofort bedauerte sie ihre Schroffheit. Sie hatte nichts gegen den armen Malcomb.

»Dann vielleicht ein Gläschen Apfelwein?«, fragte er hoffnungsvoll. »Sie können im Salon warten.«

Sie nickte und folgte ihm hinein, während Aristoteles zufrieden neben ihr hertrottete. Malcomb ging, und sie blickte sich im Zimmer um. Es hatte ihr vom ersten Augenblick an gefallen, als sie es gesehen hatte. Die Wände waren gesäumt mit Büchern, die Möbel bequem, die Farben sehr gedämpft und angenehm.

Katy sah sich die Zeitungen an, die auf einem Tisch lagen. Es waren in der Hauptsache medizinische Journale, aber auch Tory-Zeitschriften wie der *Pennsylvania Ledger* und noch einige andere. Sie setzte sich in den am bequemsten aussehenden Sessel und begann den Bericht über die Flucht der »Piraten« zu lesen.

Sie lächelte beim Lesen. Sie konnte sich nur zu gut die Verwirrung der britischen Armee vorstellen. Und sie konnte auch das teuflische Glitzern in den Augen ihres Neffen sehen. John Patrick war schon immer der Filou ihrer Familie gewesen, der Waghalsigste und Abenteuerlustigste.

Aristoteles stieß sie mit der Nase an, um ihre Aufmerksamkeit zu erregen, und sie kraulte ihn unter dem Kinn. Ein leises Knurren puren Wohlbehagens kam aus seiner Kehle.

»Es ist auch so schon schwer genug, mit diesem Viech zu leben«, brummte Malcolmb, der mit einem Tablett mit einem

Silberbecher und einem Teller Gebäck hereingekommen war. Katy blickte verwundert zu ihm auf. Noel aß keine Süßigkeiten; er hatte sie nie gemocht.

Malcomb schien ihre unausgesprochene Frage zu erraten. »Ein Geschenk von Nachbarn.«

Katys Augen wurden schmal. Sie fragte sich, was für Nachbarn. Ein Tory? Eine Frau? Ihr missfiel die Eifersucht, die sie durchzuckte.

Aber sie trank ein Schlückchen von dem Apfelwein und richtete den Blick aufs Fenster, als sie draußen ein Geräusch vernahm, das dankbare Wiehern eines Pferdes, das zu seinem Stall zurückkehrte.

Malcomb trat ans Fenster. »Es ist der Doktor. Ich werde ihm mit der Kutsche helfen.«

Bevor sie etwas sagen konnte, hatte er den Raum bereits verlassen. Sie stand auf und begann nervös im Zimmer auf und ab zu gehen.

Dann kam Noel herein, und die Luft schien stillzustehen.

Er trug einen Umhang, und sein dunkelbraunes, an den Schläfen leicht ergrautes Haar war vom Wind zerzaust. Seine braunen Augen leuchteten auf, als sie sie erblickten, obwohl sie wusste, dass sein Diener ihn über ihre Anwesenheit informiert haben musste. Er betrachtete sie eingehend; sein Blick glitt von ihrer eleganten Haube zu ihrem Gesicht, wo er einen Moment verweilte, dann zu ihrem grünen Kleid und zu den Schnürstiefeln, die sie darunter trug. Und schließlich richtete er sich auf Aristoteles, der sofort wieder zu Katy zurückgekehrt war, nachdem er seinen Herrn begrüßt hatte.

»Du hast ihn also schon bezaubert?«, fragte er mit einem amüsierten Blick in seinen braunen Augen.

Ihr Herz klopfte schneller. Sie hatte dieses Lächeln immer geliebt, diese Wärme, die so mühelos in seine Augen trat. Um ihre Reaktion zu verbergen, bückte sie sich und drückte ihr Gesicht an das des Hundes. Seine lange Zunge schlappte über ihre Wange, und sie musste lachen. »Er ist ein wunderbarer Hund.«

»Ja, das ist er.« Seine Stimme wurde weicher. »Du siehst bezaubernd aus, Katy.«

»Für eine alte Dame?«, fragte sie, als sie sich wieder aufrichtete.

»Ach, Katy, du wirst niemals alt sein.«

Sein Blick war wie ein Streicheln, und eine schmerzlich vertraute Wärme durchflutete sie. Er war immer noch Noel. Ihr Freund und Vertrauter. Und beinahe ihr Geliebter …

»Du siehst aus, als wärst du … sehr erfolgreich.« Ihre Bemerkung war nicht gerade ein Kompliment, und er wusste es. Seine Augen verengten sich ein wenig.

»Das Äußere kann täuschen«, entgegnete er ruhig.

»Ja. Ich hörte, den Briten sei ein Mann namens *Star Rider* entwischt.«

»Bist du deshalb nach Philadelphia gekommen? Weil du gehört hast, er wäre gefangen genommen worden?«

»Nein. Bis zu meiner Ankunft wusste ich nichts davon.«

»Gut. Ich möchte nämlich nicht, dass Mutter und Ian sich Sorgen um ihn machen.«

»Sie sorgen sich schon genug um dich.«

Er schien sich ein wenig unbehaglich zu fühlen. »Es gibt nichts, worum sie sich Sorgen machen müssten.«

»Außer deiner politischen Einstellung«, bemerkte sie.

»Und die, meine Liebe, ist meine Angelegenheit.«

Sie versuchte es mit einem anderen Ansatz. »Hast du den *Star Rider* gesehen?«

»Ja«, erwiderte er knapp.

Sie schluckte, als sie sah, wie sich sein Gesicht plötzlich verschloss. Nach kurzem Schweigen fragte sie: »Ging es ihm gut?«

»Von verschiedenerlei Verletzungen einmal abgesehen, kann man das behaupten, ja.«

»Hat er tatsächlich ein britisches Schiff gestohlen?«

»Ja, und zusammen mit dem Schiff auch noch zwei Torys.«

»Torys?«

»Hugh Carey und seine Tochter, Annette. Sie hatte ihn gepflegt im Haus der Careys.«

Katy sah ihn fragend an.

»Unglücklicherweise fand die Tochter seine wahre Identität heraus, und da bekam er Angst um mich. Er hinterließ mir einen Brief. Verdammt. Ich hatte ihn immer wieder gewarnt, sich nicht …«

»Sich nicht …?«

»Ich glaube, er war dabei, sich in sie zu verlieben. Bei ihr war ich mir jedenfalls ganz sicher, dass sie … ihm Zuneigung entgegenbrachte. Ich bezweifle allerdings, dass sie das noch tut.«

»Jonny? Unser Jonny? Verliebt? In eine Tory?«

»Ich fürchte ja. Und der Vater – er war verstummt, genau wie Fortune vor so vielen Jahren. Er war geteert, gefedert und beinahe umgebracht worden, von einer Bande Abtrünniger, die sich Rebellen nannten.«

»Ach du liebe Güte.« Das war das Einzige, was sie dazu sagen konnte. Jonny, der sogar noch fanatischer war als sie selbst im Hinblick auf die Torys, war in eine von ihnen verliebt, und noch dazu in eine, die guten Grund besaß, die aufständischen Amerikaner zu hassen.

»Er bringt sie heim nach Maryland. Er hofft, dass Ian und Fortune ihrem Vater helfen können, die Sprache wiederzufinden. Gott sei Dank hat er sich einen Vorwand ausgedacht für ihr Verschwinden, aber ich fürchte, irgendjemand wird trotzdem bald Fragen stellen.«

Noels Lippen verzogen sich zu einem schmalen Strich. Das war etwas Ungewohntes bei ihm, und es versetzte ihr einen Stich ins Herz. Zwischen den beiden Brüdern musste irgendetwas vorgefallen sein.

»Erzähl mir von meiner Mutter und dem Rest der Familie«, sagte er, um das Thema zu wechseln.

Aber das ließ sie nicht zu. »Ich möchte mehr über Jonny hören. Wie kam es, dass er bei dieser Familie wohnte?«

»Einer seiner Männer holte mich, nachdem sein Schiff gesunken war. Die Briten durchkämmten Philadelphia nach ihm. Ich dachte, das sicherste Versteck wäre in einem Haus, in dem britische Verwundete gepflegt werden.«

»Warum hast du ihn nicht hier behalten?«

Er bedachte sie mit einem vorwurfsvollen Blick. »Die Häuser der Ärzte waren unter den ersten, die durchsucht wurden.«

Sie blickte ihm prüfend ins Gesicht, dann lächelte sie. »Ein Versteck direkt unter den Augen seiner Feinde?«

»Ich hatte nur nicht damit gerechnet, dass er Menschen schaden würde, die ihm geholfen hatten«, fügte Noel hinzu.

»Weißt du, ob er es getan hat?«

»Die Careys wären nie freiwillig mitgegangen. Nicht mit einem Rebellen.«

»Einem Rebellen? Wieso sagst du nicht, mit einem Patrioten?«

Noel zog eine Augenbraue hoch. »Hast du diesen weiten Weg gemacht, um mit mir zu streiten?«

»Nicht gerade das.«

»Was dann?«, fragte er, während er die Hand ausstreckte und eine lose Strähne ihres dunklen Haars unter ihre Haube zurücksteckte. Seine Hand verweilte ein paar Sekunden länger als nötig an ihrer Wange.

Katy spürte ihre Sanftheit. Ihre Zärtlichkeit. Ihr Herz tat weh. Sie wollte ihn berühren. Sie wollte, dass er sie in seine Arme nahm. Sie wollte seinen warmen Körper an ihrem spüren …

Aber ihr toter Mann stand zwischen ihnen. Er war gestorben für die Sache der Patrioten. Er war gestorben im Bewusstsein, dass sie einen anderen liebte.

Sie trat zurück und schluckte.

»Warum bist du hergekommen, Katy?«

Sie liebte es, wie er ihren Namen aussprach. Es klang fast so, als streichelte er ihn. »Ich hatte gehofft, dich überreden zu können, heimzukehren.«

»Warum sollte ich das tun?« Er war plötzlich sehr still.

»Wir brauchen einen Arzt an der Ostküste.«

»Ist das der einzige Grund?«

Sie wusste, wohin seine Fragen führten, aber wollte sich ihm nicht an den Hals werfen. »Ian und deine Mutter möchten dich zurückhaben. Du fehlst ihnen.«

»Haben sie dich hergeschickt, um mich zu holen?«

Es war ihre Idee gewesen, aber sie dachte nicht daran, das zuzugeben. Zu viel Zeit lag zwischen ihnen, zu viele Erlebnisse, zu viel Kummer. Sie war einfach noch nicht bereit, ihm ihr Herz auszuschütten. »Ja«, log sie.

Seine Brauen zogen sich zusammen, und für einen winzigen Moment lang dachte sie, er überlegte sich vielleicht ihren Vorschlag. »Ich kann Philadelphia jetzt nicht verlassen«, sagte er und machte ihre Hoffnungen zunichte.

»Du kannst nicht oder willst nicht?«

»Beides«, entgegnete er kühl. »Macht das einen Unterschied?«

»Ja. Ist es, weil du bei deinen britischen Freunden bleiben willst? Oder ...« Ihre Stimme verblasste.

»Meine Praxis ist hier, Katy. Meine Freunde sind hier. Mein Leben ist hier.«

Praxis. Freunde. Leben. Jedes Wort war wie ein Dolchstoß in ihr Herz. Sie hob das Kinn. »Und eine Frau?«

Seine braunen Augen schienen für einen Augenblick zu glühen. »Es hat immer nur eine Frau für mich gegeben«, sagte er. »Ich denke, du weißt das.«

»Felicity?« Sie hasste sich für diese Frage, aber sie wollte wissen, was er für seine Frau empfunden hatte. Hatte er sie geliebt?

»Nein, nicht Felicity.« Mehr sagte er nicht. Aber das war auch gar nicht nötig.

»Dann komm mit mir nach Hause.«

Er hob die Hand und berührte ihre Wange. »Ich wünschte, ich könnte es, Katy, aber es gibt Dinge, die ich hier noch zu tun habe.«

Nicht mehr in der Lage, fortzufahren, blickte sie ihm forschend in die Augen. Aristoteles drängte sich zwischen sie und stieß ein flehentliches Jaulen aus.

»Geh und leg dich hin, Aristoteles«, sagte Noel.

Der Hund setzte sich und wedelte mit seinem Schwanz über den Boden.

»Nein. Geh zum Kamin und leg dich hin.«

Der Hund ließ die Ohren hängen und stand auf. Dann ging er gehorsam zum Kamin hinüber und streckte sich auf dem Teppich davor aus, legte seinen großen Kopf auf seine mächtigen Pfoten und sah Katy herzergreifend an.

»Du bist grausam.«

»Oh, er kriegt später zur Belohnung einen schönen großen Knochen. Er hat es zur Kunst erhoben, bejammernswert unglücklich auszusehen.«

»Woher hast du ihn?«

»Er war misshandelt worden. Ich glaube nicht, dass der Mann diesen Fehler noch einmal bei einem Tier begeht.« Seine Stimme klang plötzlich hart.

»Mein Don Quijote.«

»Der Ritter mit dem traurigen Gesicht?«

Sie kreuzten wieder die Klingen, wie sie es früher oft getan hatten, und benutzten die Literatur als ihre Waffen.

Sie sah prüfend in sein Gesicht, das alles andere als traurig war. Es war lieb. Lieb und teuer. Sie musste sich zwingen, nicht die Hände auszustrecken, um es zu berühren.

»›Die Augen, diese stumme Sprache der Liebe‹«, rezitierte sie aus Don Quijote de la Mancha.

»›Das ist die Natur der Frauen ... nicht zu lieben‹, wenn wir sie lieben, und zu lieben, wenn wir sie nicht lieben.«

Ihre Blicke begegneten sich, und sie vermochte dem letzten

Vers nichts mehr entgegenzusetzen. Sie hatte vor zwanzig Jahren nicht auf ihn gewartet. Versuchte er ihr jetzt zu sagen, nun sei es zu spät?

Und wollte sie überhaupt etwas mit einem Mann zu tun haben, der mit der Behandlung ihrer Feinde Geld verdiente?

»Ich sollte jetzt besser gehen«, sagte sie nach einer Weile.

»Wo wohnst du?«

»Bei Ethan Taylor.«

Er wandte sich ab, um ins Kaminfeuer zu starren. Seine Augen schienen das Glühen der Flammen aufzufangen und einen goldenen Schimmer anzunehmen.

»Sag ihm, dass er vorsichtiger sein soll. Die Briten betrachten ihn als verdächtig. Nach den Geschehnissen der vergangenen Tage sind sie bereit, buchstäblich jeden zu verhaften, von dem sie das Gefühl haben, dass er auch nur Sympathien empfindet für die ... Amerikaner.«

Seine Stimme klang kühl wie die eines Fremden.

Katy schwieg für einige Sekunden, dann sagte sie leise: »Noel ...«

Er unterbrach sie, weil er nicht hören wollte, was sie im Begriff war zu sagen. »Wann kehrst du nach Maryland zurück?«

Sie war verletzt, versuchte aber, ihre Bestürzung zu verbergen, indem sie gleichgültig die Schultern hochzog. »Ich habe vor, eine Weile hier zu bleiben.«

»Ich finde, du solltest nach Maryland zurückkehren. Es könnte hier gefährlich werden.«

»Gefährlich scheint es heutzutage überall zu sein.«

»Ja«, sagte er. »›... Zeiten, die die Seele der Menschen auf die Probe stellen.‹«

»Du zitierst Thomas Paine. Vielleicht solltest du ihn lieber unerwähnt lassen. ›Eine schlechte Sache wird immer von schlechten Mitteln und schlechten Menschen unterstützt werden.‹«

Er zog eine Augenbraue hoch. »Er kann wirklich ausgezeichnet formulieren. Ian würde Gefallen daran finden.«

»Ja, das tut er. Er hat eine in Leder gebundene Ausgabe von Mr. Paines Schriften.«

Noel grinste. »Das hätte ich mir denken können.«

»Er möchte dich wirklich sehen.«

»Trotz meiner … ungünstigen Loyalität?«

»Er ist ein Mensch, der sich kein Urteil über andere anmaßt.«

»Aber du und Jonny tut es.«

Sie biss sich auf die Lippe. »Wir verurteilen nicht, wir versuchen nur zu verstehen.«

Er wandte sich von ihr ab. »Ich halte es für das Beste, wenn du Philadelphia verlässt.«

»Nein«, sagte sie und traf im selben Augenblick eine Entscheidung. »Solange du hier bleibst, bleibe ich auch.«

Er fuhr herum und runzelte die Stirn. »Ich will dich hier nicht.«

Die Entgegnung schmerzte mehr, als sie es je für möglich gehalten hätte. Erst in diesem Augenblick war ihr so richtig bewusst geworden, wie sehr sie gehofft hatte, er würde mit ihr nach Maryland zurückkehren.

Aristoteles hatte bei Noels aufgebrachtem Ton aufgeschaut und der puren Verzweiflung, die er in der Stimme seines Herrn vernahm. Verwirrung spiegelte sich in seinen großen braunen Augen, als er von einem zum anderen schaute und leise winselte.

»Es ist alles gut«, sagte Noel leise, und das riesige Tier stand auf und kam zu ihm. Noel streckte die Hand aus und kraulte den Hund hinter den Ohren, worauf dieser einen lang gezogenen Ton ausstieß, der beinahe wie ein Stöhnen klang.

Er benutzte den Hund, um das Thema zu beenden. Ein alter Trick von ihm, um Zwietracht zu vermeiden. Katy spürte wieder Wut in sich aufsteigen.

»Es ist mir vollkommen egal, was du willst, Noel«, sagte sie. »Die Taylors haben mich eingeladen, sie zu besuchen, und das gedenke ich auch zu tun.« Sie schob das Kinn vor. »Und ich werde mich in Philadelphia amüsieren.« Sie begann zur Tür zu gehen. »Ich finde allein hinaus.«

»Nicht jetzt, das ist unmöglich«, sagte Noel. »Die Briten toben. Malcomb wird dich mit der Kutsche zurückbringen.«

Malcomb. Nicht er selbst.

Sie spürte Tränen in ihren Augen, aber sie zwang sich, sie zurückzudrängen. Ihre Finger verkrampften sich, als sie zu Aristoteles ging, um sich von ihm zu verabschieden. Er betrachtete sie ernst, als sie ihn am Kopf kraulte. »Auf Wiedersehen, Aristoteles.«

Er hechelte vor Freude.

Da ihr Stolz ihr nicht erlaubte, Noel sehen zu lassen, wie verletzt sie war, straffte sie die Schultern, drehte sich zu ihm um und verabschiedete sich mit einem strahlenden Lächeln. Dann schwebte sie majestätisch aus dem Raum. Oder versuchte es zumindest.

Noel blickte aus dem Fenster. Sie war auf den Eingangsstufen stehen geblieben und wartete anscheinend darauf, dass Malcomb mit der Kutsche vorfuhr. Sie trug ein grünes Kleid, das ihre Augen wie Smaragde schimmern ließ.

Sie war so schön, dass es ihn schmerzte. Als sie sich gebückt hatte, um Aristoteles zu streicheln, hatte er geglaubt, sein Herz würde in tausend winzige Teilchen zerspringen. Er erinnerte sich an ihre Frettchen und wie sie sie vergöttert hatte und dass sie die scheuesten Tiere immer am meisten geliebt hatte. Sie hatte ihnen stets ein Gefühl der Geborgenheit vermittelt, selbst wenn es niemand anderem gelungen war.

Und er musste sie nach Maryland zurückbringen, wo sie sicher sein würde. Denn hier war sie nicht sicher, nicht mit ihrer freimütigen Kritik an den Briten.

Er fühlte sich so leer wie eine jener verfluchten Brandyflaschen, die seine britischen Freunde gestern Nacht geleert hatten. Er hatte sich noch nie etwas so sehr gewünscht, wie ihre Hand zu nehmen und mit ihr nach Maryland zurückzukehren.

Aber die Pflicht rief hier. Er hatte zu viele Patienten, zu viele Verpflichtungen, und vor allem musste er hinter Jonny aufräumen. Er musste sicherstellen, dass es den Careys gut ging und dass Maude Carey auch ohne Annettes Hilfe zurechtkam. Er hatte bereits Betten für die restlichen britischen Verwundeten gefunden und tat sein Bestes, um Maude zu überzeugen, dass nichts Ungewöhnliches daran war, wenn Annette und Hugh mitten in der Nacht verreisten, um eine erkrankte Verwandte zu besuchen. Auch Betsy stellte Fragen, und Franklin tobte.

Noel hatte Maude erzählt, Annette habe ihm gegenüber schon erwähnt, eine andere Tante von ihr sei erkrankt und sie habe bereits daran gedacht, sie zu besuchen. Ihr Zustand musste sich verschlimmert haben. Er schickte Malcomb häufig zu ihnen, um ihnen Holz zu holen und zu tun, was immer auch erledigt werden musste.

Und nun musste er sich zudem auch noch um Katy sorgen. Noel wusste, wie leichtsinnig sie manchmal war. Er wusste, wie sie die Briten verabscheute. Ein Zusammenstoß mit ihnen war unausweichlich, und das würde sie beide in Gefahr bringen. Nach Jonnys Flucht waren die Briten nicht in der Stimmung, Meinungsverschiedenheiten zu tolerieren. In den vergangenen drei Tagen hatten sie Besitz beschlagnahmt und mutmaßliche Sympathisanten der Rebellen aus der Stadt vertrieben. Und anderen drohten sie, sie aufzuhängen.

Noel blickte auf Aristoteles hinab, der ruhelos im Zimmer auf und ab ging. »Du brauchst anscheinend auch ein bisschen frische Luft, mein Freund.«

Aristoteles kam zu ihm und schnüffelte an seiner Hand, leckte sie dann zärtlich und blickte mitfühlend zu Noel auf. Auch er wollte Katy zurückhaben, schien es.

14

Die *Mary Ann* lag in der Chesapeake Bay vor Anker, und John Patrick trat an Deck und blickte zu den breiten Sandstränden hinüber, während Ivy das Aussetzen eines Beiboots überwachte.

John Patrick wusste, dass es ein langer Marsch zur elterlichen Farm war, aber dort konnte er einen Transport für Annette und ihren Vater arrangieren. Auf die Bucht hinausschauend, erinnerte er sich an die Picknicks an der Küste, an die Tage, an denen sein Bruder Noel ihm das Angeln beigebracht hatte; die Abende, an denen sein Vater ihnen seine Liebe zu Büchern übermittelt hatte. Er hatte sie auch Toleranz und Respekt für die Überzeugungen anderer gelehrt. Aber irgendwo während seiner Gefangenschaft auf britischen Schiffen hatte John Patrick diese Toleranz verloren. Bis jetzt.

Und er verstand auch, warum Annette so gut wie keine mehr besaß.

Sie hatte ihn ihre Verachtung in den letzten fünf Tagen mehr als deutlich spüren lassen, und weder sein Lächeln noch sein viel gerühmter Charme hatten ihm diesmal etwas genutzt.

Sie waren keinen weiteren britischen Schiffen mehr begegnet, nachdem sie die Mündung des Delaware passiert hatten, aber es war eine sehr unruhige Überfahrt gewesen. In Annapolis hatte John Patrick einen Mann an Land geschickt, um sich beim dortigen Gouverneur zu melden, und nachdem die gesamte britische Besatzung übergeben worden war, hatten sie die Reise fortgesetzt zur Ostküste von Maryland. Er hatte Annette und ihren Vater oft gesehen, aber keinen Versuch gemacht, ihnen seine Gesellschaft aufzudrängen. Er wusste, was für einen Empfang er von Annette zu erwarten hatte, und wollte ihre Feindseligkeit nicht noch vertiefen. Sofern das überhaupt noch möglich war.

Suchend blickte er sich jetzt nach ihr um, und sein Herz machte einen Sprung, als er sie aus der Luke steigen sah. Selbst in einem ihrer ziemlich tristen grauen Kleider, die er in den ersten Tagen nach seiner Ankunft in Philadelphia so oft an ihr gesehen hatte, war sie immer noch bedeutend hübscher als irgendeine jener angeblichen Schönheiten, die er in England oder Amerika gesehen hatte.

Seine bisherige Vorsicht ignorierend, ging er übers Deck zu ihr hinüber.

»Maryland«, sagte er, zur Küste hinüberblickend. »Die Farm meiner Familie ist nicht weit von hier.«

Interesse leuchtete in ihren Augen auf, aber nur für einen Moment, dann setzte sie wieder eine ausdruckslose Miene auf. »Wie weit?«

»Etwa zehn Meilen.«

Sie furchte die Stirn. »Sollen wir etwa zu Fuß dorthin gehen?«

Er wandte sich ihr zu und sah sie ruhig an. »Ich gehe. Und morgen früh komme ich mit einer Kutsche wieder.«

»Was ist, wenn Ihre Familie uns nicht haben will?«

Er lächelte. »Sie kennen meinen Vater nicht.«

»Und ich will ihn auch gar nicht kennen lernen. Ich will nach Philadelphia zurück. Mein Vater will nach Philadelphia zurück. Er fühlt sich sicher dort.« Der Trotz in ihrer Stimme war einem flehentlichen Ton gewichen. Das schmerzte ihn noch mehr als ihre Wut. Er wusste, welch enorme Überwindung es sie kostete, zu bitten.

Seufzend lehnte er sich an die Reling. »Wenn ich der Meinung wäre, Sie wären dort sicher, würde ich Sie zurückschicken. Aber ich möchte nicht, dass Sie für etwas leiden müssen, was ich verschuldet habe.«

»Das habe ich bereits. Es scheint Sie aber nicht gestört zu haben.«

John Patrick hatte keine Antwort darauf. »Die Reise hat Ihnen Spaß gemacht«, entgegnete er stattdessen.

Sie blickte auf das Meer hinaus. »Das ist richtig. Ich habe gemerkt, dass ich Gefallen an der See gefunden habe – aber nicht an der Gesellschaft.«

»Dann kann es ja nicht so schlimm gewesen sein«, erwiderte er, um sein schlechtes Gewissen zu beschwichtigen.

Sie fuhr zu ihm herum. »Doch, das war es! Weil ich nie wieder jemandem Vertrauen schenken werde. Das haben Sie mir genommen, und ich fürchte, dass ich es nie wiederfinden werde.« Und damit ging sie, das leise Geräusch ihrer Schritte auf dem Deck verschwand durch die Luke und dann auf der Treppe unter Deck.

Annette wünschte, sie hätte nicht dieses verzweifelte Bedürfnis empfunden, die Hand nach John Patrick Sutherland auszustrecken. Sie wünschte, sich hätte sich nicht so sehr danach gesehnt, dass er sie in seine Arme nahm und sie die letzte Woche vergessen machte. Sie wünschte, es wäre noch letzte Woche, als sie noch ihre Träume hatte und sich noch nicht so schrecklich betrogen und verraten gefühlt hatte.

Sie ging zur Kabine ihres Vaters. Es gab nur ein Buch, das ihm zur Unterhaltung diente, und deshalb war sie oft mit ihm an Deck gegangen. Aber nun würde sie warten, bis der Pirat das Schiff verlassen hatte. Sie hörte ganz bewusst nicht auf, ihn in Gedanken so zu nennen: der Pirat. Sie hoffte, dass es sie von anderen Dingen ablenkte, wie die grünen Augen, die einst ihre Seele berührt hatten, oder die schlanke Anmut seines hoch gewachsenen Körpers, oder das betörende Lächeln, das so oft um seine Lippen spielte.

Quinn war soeben damit fertig geworden, ihren Vater zu rasieren, der sie mit dem sanften Lächeln grüßte, das sie so liebte. Sie nahm seine Hand und hielt sie, während Quinn die letzten Seifenreste von seinem Gesicht entfernte.

Ihr Vater trug bereits die Kleider, die ihr Entführer vor einigen Tagen für ihn eingepackt hatte: dunkelgrüne Kniebundhosen, ein weißes Leinenhemd, eine weiße Weste und ein zu den Hosen passender grüner Überrock. Von dem leeren Blick in seinen Augen einmal abgesehen, sah er mit seiner Brille und dem ordentlich gekämmten Haar wie ein wohlhabender Kaufmann aus.

Annette beugte sich zu ihm vor und umarmte ihn. Für einen kurzen Moment fragte sie sich, ob der Pirat womöglich Recht gehabt hatte. Wenn er dieses Mal die Wahrheit sagte …

Sie hatte sich jedes einzelne seiner Worte im Gedächtnis eingeprägt und versucht, einen Zusammenhang für sich zu schaffen. Sein Vater war Lehrer; seine Tante hatte ein ähnliches Problem gehabt wie ihr Vater. Vielleicht konnten sie ja tatsächlich irgendwie erreichen, dass ihr Vater wieder sprach. Aber selbst Dr. Marsh hatte nicht viel für ihn tun können. Beim bloßen Gedanken an den Doktor wurde ihr ganz elend zumute. Er war jahrelang ein Freund gewesen. Wie konnte er einen Mann, der nicht viel besser war als ein Pirat, zu ihnen nach Hause bringen?

Aber sie versuchte, sich nichts von ihrem Kummer anmerken zu lassen, als sie ihrem Vater sagte, wo sie waren und dass sie in Kürze einen Lehrer besuchen würden. Sie biss sich auf die Lippe und fragte sich, ob es richtig war, einen Menschen zu belügen, um ihm nicht zu schaden.

Moral und Ethik, die sie früher für eine simple Frage von Recht und Unrecht gehalten hatte, hatten jetzt plötzlich einen ganz anderen Stellenwert bekommen.

Es war ein verdammt weiter Marsch.

Trotz der Novemberkälte schwitzte John Patrick unter seinem Umhang, als er die Steifheit seines verletzten Beines ignorierte und sich zu großen, weit ausholenden Schritten zwang. Er hatte darauf bestanden, allein zu gehen, und Ivy das Kommando über die *Mary Ann* überlassen. Nachdem er gut drei Meilen gelaufen war und schier endlose Tabakfelder passiert hatte, tauchte endlich in der Ferne die Farm der Wallace' auf. Er sah einen großen, stämmigen Mann, der Heu auf eine Pferdekoppel gabelte, und stieß einen schrillen Pfiff aus.

Der Mann schaute auf, und John Patrick erkannte Tim Wallace, der vor dreißig Jahren John Patricks Tante Fortune geheiratet hatte. Tim war still, beinahe scheu sogar, aber er war auch ein Mann mit einer enormen Fähigkeit zu lieben. Er tat alles für seine Familie oder für einen Freund. John Patrick mochte ihn sehr.

Tims Gesicht strahlte, als er John Patrick sah, und er kam auf ihn zugelaufen und breitete weit die Arme aus, um ihn an seine mächtige Brust zu drücken. »Bei Gott, wir haben dich alle sehr vermisst.« Er sah John Patrick kritisch an. »Du siehst schrecklich aus, Junge. Viel zu dünn. Und du hinkst.«

John Patrick verzog das Gesicht, aber dann grinste er. »Die Briten haben mein Schiff versenkt.«

»Die *Star Rider*?«

»Aye. Bei Philadelphia. Eine Kugel aus einem ihrer Gewehre hat mich am Bein erwischt.«

»Nun, Gott sei Dank hast du es ja überlebt.«

»Das hätte ich bestimmt nicht, wenn Noel nicht gewesen wäre«, sagte John Patrick. »Aber das ist eine lange Geschichte, viel zu lang, um sie dir jetzt gleich zu erzählen. Kannst du mir eins deiner Pferde leihen?«

»Aye, natürlich. Ich gebe dir Little Ben. Er ist der Schnellste. Aber verlass dich drauf, dass ich später zu euch rüberkomme, denn ich will den Rest deiner Geschichte hören.«

»Und Tante Fortune?«

»Sie ist ausgeritten. Du weißt ja, wie sie es liebt, allein zu sein und ihre Wälder zu durchstreifen.« Er lachte. »Ich glaube, manchmal will sie uns andere einfach bloß mal los sein.«

Das bezweifelte John Patrick. Fortune liebte ihren großen

starken Mann und ihre beiden Söhne. »Wie geht es Michael und Samuel?«

Tim wurde wieder ernst. »Michael ist bei General Washington. Samuel ist drüben bei meinem Bruder. Sie wollten ein paar Felder roden.« Er wandte sich zur Koppel. »Aber jetzt ist Schluss mit Reden. Ian würde mir den Kopf abreißen, wenn er wüsste, dass ich dich hier aufhalte. Ich werde dir das Pferd satteln.«

Minuten später saß John Patrick auf Little Ben, dessen Name gar nicht unzutreffender hätte sein können. Little Ben war ein riesiger schwarzer Hengst, der ihn misstrauisch beäugte, als er näher kam. John Patrick flüsterte ihm ein paar Worte zu und strich dann mit den Fingern über seinen Nacken. Nachdem er sich so mit dem Pferd bekannt gemacht hatte, setzte er einen Fuß in den Zügel, schwang sich mühelos in den Sattel und zügelte den nervös tänzelnden Hengst.

Sich vorbeugend, flüsterte er dem Pferd noch weitere unsinnige Worte ins Ohr, die das Tier aber sehr schnell beruhigten. Tim grinste John Patrick an. »Du bist noch immer ein guter Reiter.«

»Ein schlingerndes Schiff ist auch nicht sehr viel anders«, sagte John Patrick, und dann presste er dem Pferd die Knie in die Flanken.

Es tat verdammt gut, wieder ein Pferd unter sich zu spüren. Er führte den Hengst durch das Tor zur Straße und trieb ihn zu einem leichten Handgalopp an

Endlich war er auf dem Weg nach Hause.

»Du hast was getan?«

Ian Sutherland starrte seinen Sohn betroffen an.

John Patrick kam sich wieder wie ein kleiner Junge vor, der sich unter dem missbilligenden Blick des Mannes wand, den er mehr als jeden anderen auf der Welt bewunderte. »Ich hatte keine andere Wahl. Ich hatte Angst, sie würden Noel mit hineinziehen.«

»Dann hättest du deinen Bruder entführen sollen.«

John Patrick versteifte sich. Diese Möglichkeit hatte er nicht einmal in Betracht gezogen. Für einen Moment lang fragte er sich, ob er sie nicht bedacht hatte, weil er Annette nicht hatte verlassen wollen.

»Die Briten hätten die Careys vielleicht trotzdem dafür büßen lassen«, gab er zu bedenken. »Wenn Annette oder irgendjemand anderer aus ihrem Haushalt etwas herausgerutscht wäre ...«

»Da habt ihr aber wirklich ein entsetzliches Chaos angerichtet, du und Noel.«

John Patrick seufzte. Er hatte gewusst, dass sein Vater, der anständigste Mann, dem er je begegnet war, nicht gerade glücklich über die Geschehnisse sein würde. Aber er hatte nicht damit gerechnet, dass er sich darüber so aufregen würde.

Sein Vater nahm seine unruhige Wanderung durch das Zimmer wieder auf. »Und nun willst du, dass wir die Verantwortung für deine Vorgehensweise übernehmen.«

»Ich möchte, dass ihr Hugh Carey helft«, sagte John Patrick. »Wie sie mir geholfen haben. Und du Tante Fortune.«

»Sie begann nur deshalb wieder zu sprechen, weil sie um mein Leben fürchtete. Ich glaube nicht, dass ich diese Taktik bei jemandem anwenden würde, den ich nicht mal kenne.«

John Patrick glaubte es auch nicht. Also versuchte er es anders. »Du wirst Hugh Carey mögen. Er liebt Bücher. Er ist ein stiller, sanftmütiger Mann.«

»Er ist ein Tory, und wir unterstützen die Patrioten. Mich stört das nicht, aber nach allem, was du mir erzählt hast, scheint es die Careys sogar sehr zu stören. Und ich denke nicht daran, ihr Wächter zu sein oder mein Heim in ein Gefängnis zu verwandeln.«

»Sie wären in Philadelphia in Gefahr«, beharrte John Patrick. »Das werden sie mit der Zeit verstehen.«

»Würdest du das, wenn dich jemand mitten in der Nacht aus deinem Haus entführte?«

Die Tür öffnete sich, und John Patricks Mutter trat ein. »Ihr solltet euren Ton ein wenig mäßigen«, sagte sie mit leisem Vorwurf in der Stimme.

John Patrick zuckte zusammen. Er hatte sie bereits begrüßt und dann darum gebeten, mit seinem Vater allein sprechen zu können. Er wusste, was jetzt kam.

»Weißt du, was dein Sohn getan hast?« Die Stimme seines Vaters klang erregt.

Fancy Sutherland zog eine Augenbraue hoch. Mit dreiundfünfzig war sie noch immer eine gut aussehende Frau. Sie war schlank wie eh und je, und ihr hellbraunes Haar war nur leicht mit Grau durchsetzt. Ihr schönstes Merkmal waren jedoch ihre bernsteinfarbenen Augen: sanft und warm und empfindungsreich. Nun funkelten sie geradezu vor Freude über seine Heimkehr.

»Ich wage nicht einmal zu raten«, sagte sie.

»Er hat einen Vater und seine Tochter entführt und erwartet nun allen Ernstes von uns, sie als Gefangene hier zu behalten.«

Sie richtete ihren Blick auf ihn. »Einen Vater und seine Tochter?«

»Aye.«

»Und darf ich fragen, warum du das getan hast?«

Ein amüsierter Blick erschien in ihren Augen, und John Patrick fühlte seine Zuversicht zurückkehren. Sie würde verstehen. Sie hatte es immer getan. Vielleicht, weil sie schon immer ein Händchen für wilde Tiere gehabt hatte. Oder zumindest hatte sein Vater es vor Jahren einmal so zu erklären versucht, als John Patrick mit irgendeinem seiner Streiche sein Missfallen erregt hatte.

»Nachdem die *Star Rider* gesunken war, brachte Noel mich zu ihrem Haus. Sie hatten dort ein kleines Lazarett für britische Soldaten. Ich dachte, ich könnte wieder verschwinden, ohne dass jemand merkt, wer ich war, aber ein britischer Offizier erkannte mich in Miss Careys Gegenwart und da . . .«

»Hat er seine Männer aus dem Gefängnis befreit und ein britisches Schiff gestohlen, meine Liebe«, unterbrach sein Vater. »Ich kann mir vorstellen, dass die Briten ziemlich aufgebracht darüber waren, aber das entschuldigt nicht . . .«

»Er hat was?«

John Patrick hatte langsam das Gefühl, es gäbe ein Echo in dem Raum. Er beschloss, sich an eine Wand zu lehnen und seinem Vater die Erklärungen zu überlassen.

»Ein Schiff gestohlen, meine Liebe.«

»Konntest du nichts Kleineres stehlen?«, wandte seine Mutter sich an ihn.

»Das ist nicht der Punkt, Liebes«, unterbrach sein Vater. »Der Punkt ist ...«

Seine Frau ließ ihn nicht ausreden. »Kann es sein, dass diese junge Dame zufälligerweise auch sehr hübsch ist?«

Ian Sutherland sah sie verärgert an. »Was für einen Unterschied ...«

»Lass John Patrick antworten«, sagte seine Mutter.

John Patrick bewegte sich nervös. »Aye«, sagte er. »Aber das hat nicht damit zu tun ...«

»Natürlich nicht«, sagte Fancy Sutherland. »Und wie denkt sie darüber?«

»Sie ist natürlich nicht gerade glücklich, aber ich hatte Angst, die Briten könnten Vergeltung an ihr üben ... Und an Noel«, fügte er hinzu.

»Und warum hast du ihren Vater mitgenommen?«

»Ihr Vater war sehr krank. Er wurde vor einigen Monaten überfallen, und seitdem hat er kein Wort mehr gesprochen. Ich dachte, ihr könntet ihm vielleicht helfen.«

Sein Vater blickte nun ihn finster an, statt seiner Frau. John Patrick wusste so gut wie Ian, dass Fancy nie jemanden abweisen würde, schon gar nicht, wenn dieser Jemand krank oder verletzt war. Im Grunde war sein Vater auch nicht anders, er wollte es bloß nicht zugeben.

»Natürlich tun wir das«, versprach seine Mutter. »Und ich möchte auch diese junge Dame kennen lernen. Ian, schick ihnen eine Kutsche, und ich lasse Jane und Pansy Zimmer für sie vorbereiten.«

»Fancy!«, dröhnte Ian.

»Was sollen wir denn sonst tun? Sie wieder fortschicken?« Fancy schaute ihn fragend an.

»Sie wollen hier nicht sein.«

»Es gab eine Zeit, da wolltest du hier auch nicht sein«, entgegnete sie milde.

Ian brummelte etwas vor sich hin, und John Patrick gestattete sich ein schwaches Lächeln. Sein Vater war als Zwangsarbeiter nach Maryland geschickt worden nach der Schlacht von Culloden in Schottland. Das Letzte, was er gewollt hatte, war zu bleiben. Bis er sich in Fancy verliebt hatte.

»Ich lasse die Kutsche anspannen«, sagte Ian Sutherland und hob resigniert die Hände.

John Patrick ritt Little Ben. An einer Leine führte er noch ein anderes Pferd für Quinn mit. Ivy würde sicherheitshalber an Bord der *Mary Ann* bleiben. Ian hatte darauf bestanden, die Kutsche selbst zu lenken.

Als sie die Bucht erreichten, gab John Patrick von der Küste aus dem Schiff ein Zeichen. Sofort wurde ein Boot herabgelassen. Selbst aus der Entfernung erkannte er Annette an ihrem leichten Schritt und der Mühelosigkeit, mit der sie sich trotz der Unhandlichkeit ihrer umfangreichen Röcke bewegte.

Sein Vater stand neben ihm. »Wie lange sollen sie bei uns bleiben?«, erkundigte er sich grollend.

»Bis die Briten Philadelphia verlassen – oder bis ich auf andere Weise für ihre Sicherheit garantieren kann.«

»Und Noel? Du glaubst, ihm könnte nichts geschehen?«

»Aye«, sagte John Patrick. »Niemand außer den Careys weiß, dass Noel mich dorthin gebracht hat. Und Miss Careys Dienstmädchen – aber ich glaube nicht, dass sie etwas sagen wird. Sie hat ja nicht einmal mitbekommen, dass ich der Star Rider war.« Er sah zu dem sich nähernden Boot hinüber. »Außerdem ist

Noel ein Freund von General Howe. Ich denke, dass er ziemlich sicher ist.«

»Katy ist zu ihm gefahren.«

John Patrick fuhr herum. »Nein!«

»Vor fünf Tagen ist sie hier abgefahren.«

»Konntest du sie nicht daran hindern?«

Ian zuckte mit den Schultern. »Du kennst meine Schwester. Sie war fest entschlossen, Noel zurückzubringen. Ich habe wenig Einfluss auf meine Schwester – oder meine Kinder.« Er zögerte, um dann hinzuzufügen: »Ich hoffte, es würde ihr vielleicht gelingen.«

»Sie wird nichts erreichen. Ich habe auch schon versucht, ihn dazu zu bringen, wegzugehen.«

»Katy ist vielleicht ein bisschen überzeugender.«

John Patrick seufzte. »Ich hoffe, du hast Recht.«

Das Boot legte an, und die Ruderer halfen Annette und ihrem Vater, auszusteigen.

John Patrick ging auf Hugh Carey zu. »Sir, ich möchte Ihnen meinen Vater vorstellen, Ian Sutherland. Er hat an der Universität von Edinburgh studiert und besitzt eine ansehnliche Sammlung schottischer Bücher. Ich hoffe, sie wird Ihnen gefallen.«

Ian Sutherland, der einst ein Marquis gewesen war, trat vor und verbeugte sich feierlich. »Ich heiße Sie und Ihre Tochter in Maryland und in meinem Haus willkommen«, sagte er.

Hugh nickte lächelnd und nahm die ihm dargebotene Hand, um sich über den steinigen Weg zur Kutsche helfen zu lassen. John Patrick wusste, dass sein Vater oft einen wohltuenden, beruhigenden Effekt auf Menschen hatte.

Annette wirkte verunsichert. Sie hatte anscheinend Schwierigkeiten, angesichts eines so galanten Empfangs ihre ärgerliche Miene zu bewahren. Plötzlich wieder etwas hoffnungsfroher, reichte John Patrick ihr seine Hand, um ihr zu helfen.

»Ich brauche keine Hilfe von meinem Gefängniswärter«, sagte sie und funkelte John Patrick böse an. Dann ging sie zur

Kutsche, raffte ihre umfangreichen Röcke und stieg ohne fremde Hilfe ein.

»Das wird ja vielleicht doch amüsanter, als ich dachte«, bemerkte Ian Sutherland leise zu seinem Sohn, bevor er auf den Kutschbock stieg.

John Patrick zuckte zusammen, als er den heiteren Tonfall seines Vaters hörte. Er fand das Ganze überhaupt nicht lustig. Er drehte sich zu Ivy um, der neben dem Boot gewartet hatte.

»Ich möchte, dass du auf dem Schiff bleibst. Schick Quinn zu mir. Er wird uns zur Farm begleiten.«

»Aye, aye, Käpt'n.«

Er wartete ungeduldig, während Ivy in das Beiboot stieg und die Männer ihre Ruder aufnahmen, um zum Schiff zurückzufahren. Es würde weitere zwanzig Minuten dauern, Quinn zum Ufer zu bringen, und dann musste er die Kutsche einholen.

Er wollte dabei sein, wenn Annette den Rest seiner Familie kennen lernte. Er wollte sehen, wie sie sich entspannte. Er wollte ihr Lächeln sehen. Nichts auf der Welt wünschte er sich mehr, als sie endlich wieder lächeln zu sehen.

Annette vermochte ihren Groll fast nicht zu unterdrücken. Den großen, gut aussehenden Pflanzer, der sich an ihrer Entführung jetzt beteiligte, hätte sie am liebsten wütend angefahren. Aber sie wollte ihren Vater nicht erschrecken.

Stattdessen konzentrierte sie sich darauf, sich die Umgebung anzusehen und sie sich so genau wie möglich ins Gedächtnis einzuprägen. Sie war jetzt schon fest entschlossen, auszureißen. Auf die eine oder andere Art. Auf dem Schiff war sie hilflos gewesen, aber hier war sie es nicht.

Und so schwieg sie beharrlich, als Ian Sutherland ein Gespräch anzuknüpfen versuchte und über die Ostküste, Maryland und Pferde plauderte.

Dann blickte er sich nach ihr um. »Reiten Sie, Miss Carey?«

Sie nickte nur. Man schuldete seinem Entführer keine Höflichkeiten. Aber eine Idee begann sich in ihr zu formen. Wenn es ihr gelänge, an ein Pferd zu kommen, könnte sie fliehen und sich an irgendeine Behörde wenden. Denn schließlich musste selbst in Maryland eine Entführung als Verbrechen gelten.

Sie starrte auf die trockenen grauen Felder hinaus, um jede weitere Unterhaltung zu vermeiden, aber das Gesicht ihres Vaters war ungewöhnlich lebhaft, und er betrachtete interessiert die Tabakfelder. Annette merkte, dass Fragen in seinem Kopf Gestalt annahmen, selbst wenn sein Mund nicht mehr dazu imstande schien, sie auszusprechen. Das Schweigen ihres Vaters – und ihr eigenes – schien Ian Sutherland nicht im Geringsten zu entmutigen.

Schließlich erreichten sie ein imposantes Herrenhaus aus roten Ziegelsteinen. Die Kutsche fuhr langsamer und hielt schließlich vor einem nicht ganz so beeindruckenden, aber viel gemütlicher aussehenden Farmhaus, das von einer breiten Veranda umgeben war.

Eine Frau stand dort und blickte ihnen lächelnd entgegen. Sie trug ein braunes Kleid, das ihr hellbraunes Haar und ihre ungewöhnlichen bernsteinfarbenen Augen betonte. Als die Kutsche hielt, eilte sie die Stufen hinab, um sie zu begrüßen.

Annette fand es nahezu unmöglich, nicht zurückzulächeln.

Ian Sutherland sprang mit einer einzigen geschmeidigen Bewegung von der Kutsche und erinnerte Annette damit an seinen Sohn. Beide bewegten sich mit der gleichen mühelosen Anmut, obwohl sie beide große Männer waren. Sofort verbannte sie den Gedanken jedoch wieder und bemühte sich, eine ausdruckslose Miene aufzusetzen.

Aber kaum hatte Ian Sutherland ihr aus dem Wagen geholfen, ergriff die Frau ihre beiden Hände und drückte sie. »Ich bin Fancy Sutherland, John Patricks Mutter«, sagte sie. »Ich weiß, dass mein Sohn Sie schändlich behandelt hat, aber wir werden uns bemühen, es wieder gutzumachen.«

»Das können Sie, indem Sie uns nach Philadelphia zurückkehren lassen«, erwiderte Annette.

»Mein Sohn meint, Sie wären dort gefährdet.«

»Weil es seinen Zwecken dient.«

»Und Sie sind anderer Meinung?«

»Allerdings«, sagte Annette. »Ich weiß, dass er nur seinen Bruder schützen will.«

»Ich fürchte, darin kann ich ihm nur zustimmen«, sagte die Frau freundlich.

»Warum bitten Sie ihn dann nicht, nach Maryland zurückzukehren? Warum soll meine Familie leiden?«

»Ich wünschte wirklich, es wäre so einfach, meine Liebe.«

Der schwelende Zorn in Annette explodierte. »Es ist so einfach, sofern Sie nicht einer Entführung zustimmen. Wie würden Sie sich fühlen, wenn Sie mitten in der Nacht von zu Hause weggeschafft würden, ohne zu wissen, wohin oder warum?«

»Ich wäre mindestens genauso aufgebracht wie Sie. Aber John Patrick glaubt, wir könnten Ihrem Vater helfen, und er ist wirklich felsenfest davon überzeugt, dass Sie in Philadelphia in Gefahr wären, egal, ob Noel dort bleibt oder nicht.«

Annette sah Ian einen Blick mit seiner Frau wechseln. Ein starkes Gefühl verriet sich in dem Blick, das sie jedoch leider nicht entschlüsseln konnte.

Sie hatte schon eine scharfe Erwiderung auf der Zunge, aber ihr Gegner war John Patrick, nicht seine Eltern. Es fiel ihr unerwartet schwer, unhöflich – oder gar ruppig – zu ihnen zu sein. Aber das hieß natürlich nicht, dass sie nicht bei der ersten Gelegenheit die Flucht ergreifen würde.

»Das Abendessen ist vorbereitet«, bemerkte Mrs. Sutherland. »Sie müssen doch hungrig sein. Lassen Sie mich Ihnen Ihre Zimmer zeigen.«

»Unser Gefängnis, meinen Sie«, entgegnete Annette leise. Ihr Vater blinzelte plötzlich, und sie fragte sich, wie viel er verstanden haben mochte. Sie hatte ihm gesagt, es sei ein Abenteuer, um ihn nicht zu ängstigen. Jetzt erkannte sie, dass sie sich damit selbst in die Bredouille gebracht hatte. Sie bemühte sich, ein Lächeln aufzusetzen, und reichte ihrem Vater ihren Arm. »Ja, ich denke, mein Vater wird hungrig sein«, stimmte sie zu.

Fancy Sutherlands Augen waren voller Verständnis und Mitgefühl. »Ich muss Ihnen später eine Geschichte erzählen«, sagte sie. »Aber in der Zwischenzeit werden wir alles tun, um es Ihnen so bequem wie möglich zu machen. Jonny sagte, Ihr Vater liebt Bücher. Ian hat eine hervorragende Sammlung, die Ihr Vater jederzeit benutzen kann. Vielleicht würde er sich später auch gern von meinem Mann die Schule zeigen lassen.«

»Die Schule?«

»Das Haus, an dem Sie vorbeigekommen sind, der rote Ziegelbau, ist Ians Schule. Er begann dort die Sklaven zu unterrichten, die wir freigelassen hatten, nachdem wir Marsh's End geerbt hatten. Das war, bevor Jonny geboren wurde.«

Jonny? Es erschien ihr seltsam, diesen Kosenamen auf ihn angewandt zu hören. Und gegen ihren eigenen Willen war Annette durch die letzte Bemerkung ihrer Gastgeberin neugierig geworden. Sie und ihr Vater befürworteten die Abschaffung der Sklaverei, wie viele andere Pennsylvanier. »Und wer arbeitet bei Ihnen auf den Tabakfeldern?«

»Wir stellen Freie ein, meine Liebe. Ian wil nichts mit Sklaverei zu tun haben.«

Das war alles, was Fancy Sutherland dazu sagte, aber Annette spürte, dass es etwas mit der »Geschichte«, die sie erwähnt hatte, zu tun hatte. Ihre Neugier drängte sie, das Thema weiterzuverfolgen, aber damit hätte sie ein Interesse eingestanden, das sie nicht verspüren wollte. Und deshalb sagte sie nichts.

Als sie auf die Tür zugingen, sah sie, dass sich zwei Reiter näherten. Der eine war John Patrick Sutherland, erkannte sie sofort, der andere Quinn, der Schiffsarzt. Zu ihrem Verdruss sah John Patrick auf einem Pferd genauso überwältigend – und grandios – aus wie am Ruder eines Schiffs.

Sein widerspenstiges schwarzes Haar hatte exakt die gleiche Farbe wie sein Pferd, und seine grünen Augen glühten, als er in einer einzigen fließenden Bewegung absaß. Der Schiffsarzt hingegen stürzte beinahe, als er sich aus dem Sattel kämpfte.

Sein Pferd am Zügel führend, ging John Patrick auf Annette und seine Mutter zu.

»Ihr habt euch schon miteinander bekannt gemacht«, stellte er etwas verlegen fest, und nur ein leichtes Flackern seiner Augen verriet mögliche Bedenken.

Annette wandte sich von ihm ab.

»Ja«, hörte sie seine Mutter leise sagen. »Ich begleite sie zu ihren Zimmern. Du und dein Freund, ihr könnt in der Schule wohnen.«

»Du kennst Quinn noch nicht«, sagte er zu seiner Mutter. »Er ist Arzt. Es ist sehr gut möglich, dass ihr sehr viele Gemeinsamkeiten entdecken werdet.«

Interesse regte sich in Fancys Stimme. »Dann müssen wir uns unbedingt mal unterhalten, Dr. Quinn. Ich werde oft zu Hilfe gerufen, wenn jemand auf der Farm erkrankt ist. Vielleicht könnten Sie mir ein paar gute Tipps geben.«

Annette war vollkommen verwirrt. Sie klangen so normal. Aber was für normale Leute würden stillschweigend über die Missetaten ihres Sohns hinwegsehen?

Fancy Sutherland legte ihre Hand auf Annettes Arm. »Kommen Sie herein«, bat sie. »Jane hat heißen Apfelwein für uns gemacht, und wenn ich Ihnen Ihre Zimmer gezeigt habe, würden Sie und Ihr Vater vielleicht gern etwas davon trinken.«

Annette fühlte sich von Fancys charmanter Art ebenso angezogen wie von dem Charme ihres nichtsnutzigen Sohnes zu Beginn ihrer Bekanntschaft. Sie wappnete sich jedoch sofort dagegen und wandte sich um und bedachte den Piraten mit einem vernichtenden Blick, um ihn wissen zu lassen, dass sie dem Sutherland'schen Charme noch keineswegs erlegen war.

15

Das Abendessen wurde eine ziemlich anstrengende Angelegenheit. John Patrick hatte gehofft, es würde besser.

Trotz Ian Sutherlands Bemühungen erlahmte das Gespräch, als Annette sich weigerte, sich in irgendeiner Weise daran zu beteiligen. Das Schweigen ihres Vaters machte die Sache auch nicht gerade leichter.

Zwei große Hunde undefinierbarer Rasse saßen rechts und links neben Ian. Eine Katze wanderte zwischen ihnen hin und her und versetzte gelegentlich dem einen oder anderen einen Hieb mit ihrer Pfote, bevor sie sich schließlich unter Fancys Stuhl zusammenrollte.

»Das sind Dieses und Jenes«, hatte sie erklärt, als die Hunde hereingetrottet waren und sich wie selbstverständlich neben ihren Herrn am Tisch niedergelassen hatten.

Annettes Verwunderung war ihr offensichtlich anzusehen.

»Die Hunde«, erklärte John Patricks Mutter. »Sie heißen Dieses und Jenes. Der größere ist Dieses. Der andere Jenes.«

»Niemand weiß, woher sie kamen«, fügte John Patrick hilfsbereit hinzu. »Mutter fand sie eines Tages als Welpen auf der Straße, wo sie offensichtlich ausgesetzt worden waren. Die Katze heißt Queen Mab, weil sie bei allen die große Dame spielt und keinerlei Gewissen hat.«

Ein ersticktes Geräusch kam von Annette, oder vielleicht war es ein Kichern, das sie verzweifelt zu unterdrücken versuchte.

Ian beobachtete sie belustigt.

»Shakespeare«, bemerkte sie schließlich, sichtlich widerwillig, aber fasziniert.

»Aye«, sagte Ian entzückt. »Romeo und Julia.« Er strahlte, als hätte er ein Fass Gold am Ende eines Regenbogens gefunden, und rezitierte dann mit sichtlichem Behagen: »›Oh! Dann sehe ich also, dass Queen Mab bei euch gewesen ist! ... Sie ist die Hebamme der Feen und von der Gestalt her nicht viel größer als ein Achat ...‹«

Hugh Carey lächelte.

Annettes Augen verdüsterten sich plötzlich, als bedauerte sie diese Abweichung von ihrer einstudierten Feindseligkeit, und dann richtete sie den Blick wieder auf das Essen, mit dem der Tisch so überreich gedeckt war.

Während der Mahlzeit hielt John Patrick Ausschau nach Anzeichen dafür, dass sie den heroischen Bemühungen seiner Eltern, ihr und ihrem Vater die Situation zu erleichtern, vielleicht doch erlag. Das Essen – Austern, Krabben und Rehbraten – war ausgezeichnet; das Ergebnis ganz besonderer Bemühungen der Köchin, Jane.

Seiner Mutter war nie wohl dabei gewesen, Dienstboten zu halten, und deshalb hatte sie immer nur ein Minimum gehabt, um das Haus einigermaßen präsentabel zu halten. Vor sechs Jahren hatte sie Jane, eine ehemalige irische Zwangsarbeiterin, als Haushälterin und Köchin eingestellt, und ihr Mann, Terry, arbeitete mit den Pferden. Pansy, die Tochter einer ihrer Freien, half ebenfalls im Haushalt mit.

Aber John Patrick wusste, dass seine Mutter oft genug mit den beiden zusammenarbeitete und bei allem half, vom Kochen bis zum Staubwischen und Bödenputzen. Träge Hände, pflegte sie zu sagen, führten zu einem trägen Geist.

Ian zuckte dann nur hilflos mit den Schultern, aber man sah ihn oft beim Pferdefüttern oder Heuernten, wenn er nicht unterrichtete. Beide hatten sich die Achtung ihrer Arbeiter verdient, weil sie körperliche Arbeit nie als unter ihrer Würde empfunden hatten und eine Schule zur Verfügung stellten für all jene, die gern etwas lernen wollten. Sie hatten im Augenblick einen Ganztagslehrer, aber John Patrick wusste, dass Ian oft selbst zur Schule hinüberging, um ein paar Klassen zu unterrichten. John Patrick war dem neuen Lehrer schon begegnet, als er seine wenigen Sachen zu dem alten Herrenhaus, das heute als Schule diente, hinübergebracht hatte.

In dem Schweigen, das sich nun am Tisch ausgebreitet hatte, fragte er nach dem Mann, dem er kurz zuvor begegnet war. »Der Lehrer, den ihr momentan beschäftigt, ist mir sehr sympathisch«, sagte er.

»Sweeney?« Ian grinste. »Ja, mit dem hatte ich Glück.«

»Ein weiterer ehemaliger Zwangsarbeiter?«

»Nay, ein Sträfling. Zu Unrecht angeklagt.«

John Patrick zog eine Augenbraue hoch. Sein Vater war bekannt dafür, dass er an Auktionen teilnahm, viel versprechende Zwangsarbeiter oder Sträflinge entdeckte, ihre Arbeitsverträge erwarb und ihnen dann die Freiheit schenkte. »Nun, dein Sweeney und mein Quinn verstehen sich blendend. Sie haben beschlossen, eine Taverne aufzusuchen und einen Abend lang die Geschichten ihrer Abenteuer auszutauschen.«

»Du wirst ihn mir aber nicht stehlen«, sagte Ian streng.

John Patrick hörte ein weiteres ersticktes Geräusch von Annette, die mit großen Augen dasaß und ihr Essen bisher nicht einmal angerührt hatte.

Er erkannte, dass die Unterhaltung sie ganz offenbar verwirrte. Gespräche über Sträflinge, Zwangsarbeiter und Stehlen. John Patrick erschrak, als er sich vorstellte, was sie sich dabei denken musste.

Seine Mutter beeilte sich, sie zu beruhigen. »Mein Mann möchte die ganze Welt retten.«

»Schade, dass sein Sohn nicht seinem Beispiel folgt«, entgegnete Annette spitz.

»Oh, aber das tut er doch«, widersprach Ian mit einem leichten Grinsen. »Er tut es nur auf seine höchstpersönliche verrückte Art.« Er richtete einen liebevollen Blick auf John Patrick und zitierte: ›Ich liebe gute, achtbare Bekanntschaften; ich mag es, wenn ich der Schlimmste der Gesellschaft bin.‹«

»Jonathan Swift«, sagte John Patrick, um das alte Spiel zu spielen. »›Es gibt nichts Konstanteres auf dieser Welt als Wankelmut.‹«

»›Wir mögen uns so gern‹«, sagte sein Vater, »›weil unsere Gebrechen die gleichen sind.‹«

»Fehler, meint er«, unterbrach seine Mutter und sah ihren Mann und ihren Sohn an. »Sie sind Halunken, alle beide, aber sie haben nichts Boshaftes an sich.«

Annette erhob sich plötzlich und schob ihren Stuhl zurück. »Glauben Sie das tatsächlich, Mrs. Sutherland? Ich kann Ihrer Beurteilung ihres Sohnes nicht zustimmen. Sie haben ihn nicht gesehen, als er kaltblütig einen Mann erschoss – oder als er meinen Vater bedrohte.« Ihre Stimme brach bei ihren letzten Worten. Ohne eine Antwort abzuwarten, verschwand sie aus dem Raum, gefolgt von Dieses und Jenes.

John Patrick begann sich zu erheben, aber seine Mutter schüttelte den Kopf. »Es ist ihr gutes Recht, sich so zu fühlen. Ich finde, sie hat bisher bewundernswerte Zurückhaltung bewiesen.«

Hugh Carey schien verwirrt. Als wäre nichts geschehen, lächelte Fancy ihn freundlich an. »Warum trinken Sie nicht einen Brandy mit meinem Mann? Annette braucht jetzt vielleicht ein bisschen Ruhe.«

Hugh stand auf und folgte Ian in sein Arbeitszimmer. Fancy verschwand ebenfalls.

John Patrick blieb allein zurück, bis auf Queen Mab, die sich an seinen Beinen rieb, während er die nicht geleerten Teller anstarrte, und dann die leeren Stühle um den Tisch.

»Ah, Queen Mab«, seufzte er. »Ich glaube, ich brauche jetzt deine Zauberkräfte.«

Annette ging direkt in ihr Zimmer. Diese teuflischen Sutherlands verführten ihren Vater und hätten beinahe auch sie verführt.

Einen Moment lang war sie in die Wärme ihres Kreises hineingezogen worden, in dieses Spiel, das sie so liebevoll miteinander spielten. Sie hatte sich in Ian Sutherlands Anerkennung gesonnt, als sie das Zitat aus Romeo und Julia erkannt hatte. Zu oft war sie als Blaustrumpf bezeichnet und verhöhnt worden, weil sie zu intellektuell für eine Frau war. Es war amüsant gewesen, dem Gespräch zu lauschen und innerlich zu lächeln über die Erklärung zu den Hunden.

Es wäre das reinste Vergnügen gewesen unter anderen Umständen.

Einer der Hunde hob eine Pfote und berührte ihr Knie. Sie waren hineingekommen, bevor sie die Tür geschlossen hatte, aber jetzt begrüßte sie ihre Gesellschaft. Sie konnte sie nicht für die Fehler ihrer Besitzer verantwortlich machen. Es war ganz allein ihre Schuld, dass sie sich derart aufs Glatteis hatte führen lassen.

Es wäre ihre Pflicht gewesen, ihrem Land und ihrem König gegenüber, Noel Marsh zu denunzieren – wenn sie Gelegenheit dazu gehabt hätte. In den Tagen seit ihrer Entführung war sie zu dem Schluss gekommen, dass er vermutlich für die Amerikaner spionierte; das musste der Grund sein, warum sein Bruder vor nichts zurückschreckte, um ihn zu schützen.

Natürlich wollte sie nicht, dass er gehängt wurde, egal, was er getan hatte. Aber anhand ihres Wissens konnte sie ihn zwingen, Philadelphia zu verlassen, wo er Zugang hatte zu den höchsten Ebenen des britischen Militärs.

Dieses – oder war es Jenes? – winselte, als sie das Tier hinter den Ohren kraulte, und der andere Hund stupste sie mit der Nase an, um seinen Anteil zu verlangen. Sie drückte ihr Gesicht an das kurze Fell in seinem Nacken. Sie hatte keinen Hund mehr gehabt, seit ihr geliebter King, den sie als Kind bekommen hatte, vor vier Jahren gestorben war. Sie hatte gedacht, kein anderer könnte ihn ersetzen. Aber jetzt, als sie das zufriedene Brummen der beiden Hunde hörte, fragte sie sich, ob sie sich nicht geirrt hatte.

Sie dachte an Noels Wolfshund, Aristoteles, und schluckte. Noels Lächeln kam ihr in den Sinn. Seine intensiven Bemühungen um seine Patienten. Sein Kummer, wenn einer von ihnen starb.

Nein, sagte sie sich. Sie wollte nicht an diese Dinge denken. Er war ein Spion, und sie musste ihn aufhalten, genauso, wie sie diesem samtenen Gefängnis hier entkommen musste. Denk an die Nacht, als die Rebellen kamen. Denk an die Grausamkeit, den Hass und die Zerstörung. John Patrick war nicht viel besser. Er hatte gelogen. Und sich genommen, was er wollte.

Sie fühlte eine raue Zunge über ihre Wange gleiten und wusste, dass der Hund das Salz ihrer Tränen schmeckte.

John Patrick ging zu den Stallungen hinaus. Er musste Little Ben zu Tim und Fortune zurückbringen, und er würde einige Stunden für den Hin- und Rückweg brauchen.

Seine Mutter war dort und beschäftigte sich mit einem neugeborenen Fohlen. Sie blickte auf, als er eintrat.

»Ich muss das Pferd zurückbringen«, sagte er.

»Ich versuche gerade, mir einen Namen für diese Kleine hier auszudenken.«

Er betrachtete das Fohlen. Es war grau, wie viele andere der Sutherland'schen Pferde. Sie waren in ganz Maryland bekannt und hoch geschätzt. »Sie sieht aus wie eine kleine Herzogin.«

»Gray Duchess«, sagte Fancy und ließ das Wort auf ihrer Zunge rollen. »Das gefällt mir.«

»Annette würde es sicher auch gefallen. Sie hat eine Stute verloren, als ihr Haus niedergebrannt wurde. Ich habe Noel gebeten, zu versuchen, sie zu finden, aber ich halte es für ziemlich unwahrscheinlich, dass es ihm jetzt noch gelingen wird.« Er sah das Stutenfohlen an. »Ich denke gerade ... könntet ihr mir Duchess nicht verkaufen? Wenn sie entwöhnt ist?«

»Ich glaube nicht, dass ein Pferd im Moment eine Hilfe für sie wäre.«

»Im Moment nicht. Aber eines Tages … es würde sie vielleicht ein bisschen entschädigen für das, was sie meinetwegen durchgemacht hat.«

»Dann gehört sie dir. Aber sie wird dich eine Stange Geld kosten.«

»Ich dachte, Papa wäre der Pferdehändler.«

»Das lasse ich ihn glauben«, entgegnete sie überlegen.

Er setzte ein Grinsen auf, aber es verblasste rasch wieder. Er hatte immer gestaunt über die Liebe zwischen seiner Mutter und seinem Vater. Er hätte nie geglaubt, eine solche Liebe selbst einmal zu finden. Und nun fragte er sich, ob er jede Chance, es vielleicht doch zu tun, zerstört hatte.

»Lass ihr Zeit, John Patrick«, sagte seine Mutter, als habe sie erraten, was er dachte. »Sie wird lernen müssen, dir wieder zu vertrauen.«

»Ich weiß nicht, ob das möglich ist«, sagte er.

»Es gab einmal eine Zeit, da dachte ich auch nicht, dass Ian mir je vertrauen würde.«

»Du hast ihn nie belogen.«

»Nun ja, das stimmt nicht ganz«, erklärte sie.

Er richtete interessiert den Blick auf seine Mutter. Manche Leute begingen den Irrtum, ihre Freundlichkeit und Güte mit Schwäche zu verwechseln. Aber er wusste, dass sie auch stahlhart sein konnte, wenn jemand, den sie liebte, in Gefahr war.

Sie gab ihm allerdings keine Chance, ihr irgendwelche Fragen zu stellen. »Ich muss jetzt gehen. Aber deine Annette ist verwundet worden, und nicht nur einmal, sondern zweimal. Du wirst Geduld aufbringen müssen.« Sie zögerte kurz, um dann hinzuzufügen: »Falls du sie willst, meine ich.«

»Natürlich will ich sie«, sagte er leise. Es war das erste Mal, dass er sich selbst gegenüber eingestand, dass er sie nicht nur für eine Woche oder einen Monat wollte, sondern für ein ganzes Leben lang. »Du hättest sie an Bord der *Mary Ann* sehen sollen. Sie liebt die See genauso sehr wie ich.«

»Du hasst sie lange Zeit gehasst«, erinnerte sie ihn.

»Aye, das stimmt. Es missfiel mir, wie sie mir aufgezwungen ...« Er brach ab und sah ihr in die Augen. Ihr Blick verriet, dass sie verstand, warum er den Satz nicht beendete.

Und da wurde ihm die Ungeheuerlichkeit seines Problems bewusst. Er hatte Jahre gebraucht, um seinen Hass gegen die See zu überwinden und sie als Quell der Freiheit statt als Gefangenschaft zu sehen.

Jahre.

Die Flammen stiegen höher und höher, während sie das Stöhnen ihres Vaters hörte. Entsetzen erfasste sie. Sie spürte die Hitze der Flammen, hörte die hasserfüllten Schreie des betrunkenen Mobs und sah die schmerzverzerrten Züge ihres Vaters. Die Hitze wurde stärker ... Sie kamen jetzt, um sie zu holen.

Sie schrie.

Eine Hand packte sie, und sie kämpfte, um sich loszureißen, schlug mit beiden Händen um sich.

»Annette. Wachen Sie auf, Annette! Sie sind hier sicher.«

Aber sie hörte nicht auf, sich zu wehren, selbst als ihr Verstand schon die Sanftheit und die ruhige Beharrlichkeit der Stimme registrierte. Es lag kein Zorn in ihr, kein Hass. Langsam öffnete Annette die Augen. Kerzen flackerten im Raum und warfen unheimliche Schatten an die Wände. Annette spürte, dass sie nass geschwitzt war vor Angst und vor Entsetzen.

»Sie hatten einen Albtraum«, sagte die ruhige Stimme, die sie nun als die der Mutter des Piraten erkannte. »Ihnen kann hier nichts geschehen.«

Annette versuchte, sich aufzurichten. »Es tut mir Leid, dass ich Sie gestört habe.«

»Das macht nichts«, sagte Fancy Sutherland. »Möchten Sie mir von Ihrem Traum erzählen?«

Die Qual war so tief, so stark, dass Annette sie jemand anvertrauen musste. Aber nicht hier. Nicht unter diesen Umständen. Sie dachte, dass sie John Patrick Sutherland damit nur eine weitere Waffe in die Hand geben würde. Er wusste von dem Teeren und Federn. Sie hatte es ihm selbst erzählt. Aber sie hatte ihm nichts von den Albträumen gesagt, von der Angst, die sie nie ganz verließ, und dem unaufhörlichen Gram um ihren Vater.

»Möchten Sie etwas warme Milch?«

»Nein«, sagte Annette. Sie wollte allein sein. Oder doch nicht? Ihr Blut kochte, ihr Herz klopfte noch immer viel zu schnell.

»Darf ich dann ein Weilchen bleiben?«

Annette strich die schwere Daunendecke glatt. »Wenn Sie möchten.«

Sie bemerkte plötzlich den Kopf eines großen Hundes auf dem zweiten Bett nicht weit von ihr.

Fancy lächelte. »Dieses weckte mich und holte mich hierher. Er muss Sie gehört haben.«

Annette spürte, wie die Angst allmählich von ihr wich. »Wie können Sie so sicher sein, dass es nicht Jenes war?«

»Ah, jetzt verstehen Sie das Problem, das wir hier alle haben. Ich weiß nicht, ob das eine gute Idee war mit den Namen. Aber sie sorgen oft für eine Menge Spaß.« Sie schwieg einen Moment. »Noel erfand immer ganz besonders gute Namen. Er hatte eine Katze namens Ungenügend, die er mehr liebte als das Leben selbst. Wenigstens ist er jetzt zu ›Aristoteles‹ übergegangen.«

Sanfte Heiterkeit. Sie war überall in diesem Haus zu spüren. Annette hatte versucht, sie zu missbilligen, aber stattdessen fühlte sie sich wie magisch von ihr angezogen.

Wie konnte eine so nette Familie einen Piraten und einen Spion hervorgebracht haben?

Wie konnte sie eine solche Wärme und zugleich eine derartige Kälte verspüren?

Sie legte sich auf die Seite. »Ich glaube, ich kann jetzt wieder schlafen«, sagte sie.

Fancy blickte sie zweifelnd an, doch dann erhob sie sich. »Wenn Sie sicher sind …?«

»Ja.«

»Dann wünsche ich Ihnen eine gute Nacht«, sagte Mrs. Sutherland. Bevor sie ging, beugte sie sich vor und strich die Bettdecke glatt, als wäre Annette noch ein kleines Kind. Erst dann verließ sie still den Raum.

Annette wartete einen Moment, dann stand sie auf und ging zum Fenster, schob die Vorhänge beiseite und starrte in die Nacht hinaus. Der Mond schien, der Himmel war klar, und die Sterne funkelten so hell, dass sie das Gefühl hatte, die Hand nach ihnen ausstrecken und sie berühren zu können.

Star Rider. Sie dachte, dass sie die Sterne wahrscheinlich nie wieder so schön finden würde wie früher.

Warum musste der einzige Mann, der je ihr Herz berührt hatte, so gemein und niederträchtig sein?

Eine lange Zeit starrte sie aus dem Fenster; ihr Blick wanderte von den hohen alten Eichen, die das Haus umgaben, zu den schier endlosen braunen Tabakfeldern, dann zu der Koppel bei der Scheune. Eine Stute stand dort reglos mit gesenktem Kopf. Ein Fohlen lag dicht neben ihr. Unschuld. Frieden. Zwei Eigenschaften, die sie verloren hatte.

Egal, was sie zu Mrs. Sutherland gesagt hatte, sie wusste, dass sie heute Nacht keinen Schlaf mehr finden würde. Sie fürchtete die Rückkehr ihrer Albträume. Sie ging zu der Reisetasche, die für sie gepackt worden war, und suchte darin, bis sie ein schlichtes Kleid fand, das vorne zugeschnürt wurde. Nachdem sie ihr Nachthemd ausgezogen hatte, streifte sie ein Unterkleid über den Kopf, und dann das Kleid.

Obwohl das Wetter gut war, war es ziemlich kalt draußen. Sich in ihren warmen Umhang hüllend, öffnete Annette die Tür. Da sie ohnehin keinen Schlaf finden würde, konnte sie genauso gut versuchen, herauszufinden, ob sie und ihr Vater irgendwie bewacht wurden.

Sie schlüpfte durch den dunklen Korridor und dann eine Treppe hinunter, die nur schwach von dem Mondlicht erhellt war, das durch die Fenster fiel. Im Haus war alles still. Sie erwartete, die beiden Hunde jeden Augenblick anschlagen zu hören, aber nach einem kurzen Knurren hörte sie von ihnen nichts mehr.

Die Tür war unverschlossen. Sie öffnete sie und trat auf die Veranda hinaus, in der Erwartung, jeden Augenblick Gezeter und Geschrei zu hören. Sie war schließlich eine Gefangene. Aber es blieb alles still, bis auf die natürlichen nächtlichen Geräusche wie den Schrei einer Eule oder das leise Wiehern eines Pferds.

Annette ging zu der Koppel hinüber. Die verschlafene Stute schnaubte angesichts der Störung, dann senkte sie den Kopf und beschnüffelte ihr Junges. Sie war offenbar bereit, es zu verteidigen, falls es nötig war. Überrascht, niemanden, nicht einmal einen von John Patricks Rohlingen Wache halten zu sehen, ging Annette zur Scheune weiter, trat ein und ließ die Tür ein wenig offen stehen, um etwas Licht hereinzulassen. Dann wartete sie einen Moment, damit ihre Augen sich an das Dämmerlicht gewöhnen konnten.

Die zahlreichen Pferdeboxen waren beinahe alle besetzt. Wie die Stute draußen hoben die Pferde ihre Köpfe, und einige schnaubten verärgert über die Störung. Sie fand die Sattelkammer ohne Schwierigkeiten. Es wäre kinderleicht, ein Pferd zu satteln und zu fliehen …

Sie war eine gute Reiterin. Keine Expertin, aber gut. Auf der Farm war sie sehr oft geritten. Sie fragte sich, mit welchem dieser Tiere sie wohl am besten zurechtkommen würde und welches das schnellste von ihnen allen war.

Sie könnte in die nächste Stadt reiten und die Behörden um Hilfe bitten. Aber würde sie wieder zurück sein, bevor das Haus erwachte? Würde sie ihren Vater in Gefahr bringen?

Ehrlich gesagt hatte sie keine Ahnung, was John Patrick Sutherland tun würde.

Ihre Hände ballten sich ganz unbewusst zu Fäusten. Sie beschloss, noch ein, zwei Nächte abzuwarten. Sie würde herausfinden, welches das beste Pferd war und der schnellste Weg. Wenn sie aufbrach, kurz nachdem alle anderen zu Bett gegangen waren, konnte sie vielleicht mit Hilfe zurückkommen, bevor irgendjemand merkte, dass sie fort war.

Sie erlaubte sich nicht, daran zu denken, was mit den Sutherlands geschehen würde. Sie waren Komplizen einer Entführung. Sie gewährten einem Flüchtigen Unterschlupf.

Nachdem sie diesen Plan gefasst hatte, kehrte sie ins Haus zurück. Sie war jetzt nicht mehr ganz so achtsam, kein Geräusch zu machen. Falls jemand fragte, würde sie sagen, sie sei hinausgegangen, um nach einem Albtraum ein bisschen frische Luft zu schnappen. Und warum sollte sie keine Albträume haben nach allem, was geschehen war?

Aber niemand ließ sich blicken, als sie vorsichtig die Treppe hinauf und in ihr Zimmer ging. Sie zog sich wieder aus, legte sich ins Bett zurück und begann Pläne für ihren heimlichen mitternächtlichen Ritt zu schmieden.

John Patrick hatte sie beobachtet, als sie in die Scheune gekommen war. Er hatte in einem kleinen Raum im Hintergrund geschlafen, war von den Geräuschen aber augenblicklich aufgewacht. Er hatte die Tür geöffnet und ihre schlanke Silhouette gesehen, als sie leise durch den Gang zwischen den Pferdeboxen ging.

Er hatte das Pferd seines Vaters in den Stall zurückgebracht und beschlossen, nicht zu seinem Zimmer in der Schule zu gehen. Er hatte dieses Haus nie gemocht. Niemand in der Familie mochte es. Nicht einmal die hellen Kinderstimmen hatten die Geister vertreiben können, die dort noch immer herumzuspuken schienen – Geister der Menschen, die von seinem vorherigen Besitzer misshandelt worden waren.

Die schmale Pritsche in der Scheune genügte ihm. Er hatte beschlossen, seine Anwesenheit nicht zu offenbaren – es sei denn, Annette versuchte, ein Pferd zu satteln. Und so beobachtete er sie nur aus den Schatten und fröstelte in der Kälte. Er schlief immer nackt, sogar in kalten Nächten, und vertraute auf Decken, um sich warm zu halten. Und deshalb war er sich seiner ... Verwundbarkeit im Augenblick sehr stark bewusst.

Er entdeckte, dass er sie mehr denn je bewunderte. Er bewunderte aufrichtig ihren Mut und ihre Einstellung, selbst ihre fehlgeleitete Loyalität. Es war immer noch besser, als überhaupt keine Loyalität zu besitzen.

Dieser ungewohnte Gedanke verblüffte ihn. Er hatte Noel kritisiert, ja ihn sogar verachtet, weil er eine andere Loyalität pflegte als er selbst. Noel hingegen hatte nicht eine Sekunde lang gezögert, ihm zu helfen. Und sich damit in schreckliche Gefahr gebracht.

Vor allem, falls Annette Carey floh, um die ganze Angelegenheit zu melden.

Er hatte Hugh Carey während des Abendessens beobachtet. Er sah aus, als fühlte er sich wohl im Kreise der Sutherlands und schiene ihrer Herzlichkeit und Wärme bereits zu erliegen. Annette ganz offensichtlich jedoch nicht. Er würde ihr das Versprechen abnehmen, dass sie nicht versuchen würde, die Farm zu verlassen. Und wenn sie sich nun weigerte, so etwas zu versprechen?

Er wusste, dass seine Eltern nicht ihre Gefängniswärter spielen würden. Er hatte schon genug von ihnen verlangt, mehr als genug. Er wusste, es gab nur eine Lösung, falls sie auf seine Forderung nicht einging.

Und sie gefiel ihm kein Fünkchen besser, als sie ihr gefallen würde.

Annette tat ihr Bestes, um John Patrick am Tag darauf aus dem Weg zu gehen. Sie bat jedoch seinen Vater, ihr die Pferde zu zeigen, wobei sie allerdings versäumte, ihm zu sagen, dass sie in der Nacht zuvor bereits in den Stallungen gewesen war.

Er hatte sich ohne weiteres dazu bereit erklärt. Sein Stolz auf die Tiere war nur zu offensichtlich, als er ihr ihre Geschichten erzählte, von einem Pferd namens Royalty, das der Ahnherr dieser Tiere gewesen war, und seinen Nachkommen, die viele Pferderennen in Maryland gewonnen hatten. Sie seien überaus wertvoll, diese edlen Tiere, erklärte er.

Sie bedeuteten aber offensichtlich mehr als Geld für ihn. Ihr fiel auf, wie er mit jedem Tier sprach, während er es ihr vorstellte, und die liebevolle Art, wie er auf ihre Stärken und ihre Schwächen und ihre kleinen Eigenheiten hinwies. Jedes Tier erhielt ein Stückchen Apfel, und zwei von ihnen rieben ihren Kopf an seiner Schulter. Er grinste, als sie zu einer Box kamen, in der eine Stute ein Fohlen säugte. »Das ist ist unser neuester Familienzuwachs. Sie ist erst zehn Tage alt.«

Annette verliebte sich sofort. Das Fohlen, das nur aus Beinen und aus Augen zu bestehen schien, betrachtete sie neugierig. »Sie ist wunderschön«, sagte sie wehmütig. Das Fohlen erinnerte sie an Sasha in diesem Alter, und sie senkte den Kopf und biss sich auf die Lippe, um nicht in Tränen auszubrechen.

»Kommen Sie, ich möchte Ihnen ihren Papa vorstellen«, sagte Ian Sutherland, als sie wieder aufschaute. Mitgefühl, oder Verständnis, schimmerte in seinen Augen. Er führte sie zum Ende der Scheune, wo ein besonders großer Grauer seinen Kopf heraussteckte und wieherte. »Das ist Shadow Prince«, sagte Sutherland und zog eine Karotte aus der Hosentasche, um sie dem Pferd zu reichen. »Er ist das schnellste Pferd, das wir haben, aber er ist auch das schwierigste. Nur einige wenige Reiter werden mit ihm fertig, und einer davon ist John Patrick.«

»Ich dachte, er wäre nicht oft hier.«

»Das ist er auch nicht. Aber es macht ihm Freude, mit den Pferden zu arbeiten, wenn er auf der Farm ist. Er hat früher an Rennen mit ihnen teilgenommen, bevor er Rechtswissenschaft studierte.«

»Er hat Jura studiert?« Es gelang ihr nicht, ihre Verblüffung zu verbergen. »Aber ich dachte, er wäre ...«

»Ein Pirat?«, fragte Ian Sutherland. »Das auch, aber nicht aus freien Stücken.«

»Ich verstehe nicht ...«

»Hat er Ihnen nichts über seine Jahre auf See erzählt?«

Sie schüttelte den Kopf. »Was gibt es da zu erzählen?«

»Fragen Sie ihn«, erwiderte er freundlich.

»Ich möchte ihn nichts fragen. Ich will überhaupt nicht mit ihm reden.«

Ian Sutherland wandte sich ihr wieder zu und blickte ihr in die Augen. »Verurteilen Sie ihn nicht, bevor Sie seine Geschichte gehört haben«, sagte er.

»Er hat uns aus unserem Heim entführt. Er hat uns belogen. Er hat mich benutzt. Er hat meine ganze Familie benutzt.« Sie wünschte, ihre Stimme klänge nicht so erstickt. Sie wünschte, der Verrat schmerzte nicht immer noch so sehr. Sie wünschte, sie käme sich nicht so schrecklich dumm vor, weil sie allen Ernstes geglaubt hatte, John Patrick Sutherland bewunderte sie.

»Ich kann nicht sagen, dass ich das gutheiße«, erklärte Ian Sutherland. »Ich kann höchstens sagen, dass ich verstehen kann, wie Sie sich fühlen.«

»Wieso?«

»Ich kam als Zwangsarbeiter nach Amerika, als Sklave«, erwiderte er langsam. »Fancys erster Mann hat mich gekauft.« Er schwieg einen Moment und fügte dann hinzu: »Sie können sich nicht vorstellen, wie es ist, wie ein Pferd oder wie eine Kuh versteigert zu werden. Ich kenne die Hoffnungslosigkeit über den Verlust der Freiheit, egal, wie klein oder wie groß sie ist.«

Sie starrte ihn an. Sie kannte Zwangsarbeiter. Sie wusste, dass viele von ihnen Sträflinge gewesen waren.

»Ja, Miss Annette«, sagte er, als könne er ihre Gedanken lesen. »Ich war ein Sträfling. Ich wurde in Culloden Moor gefangen genommen, als ich für Prince Charlie kämpfte, und des Verrats für schuldig befunden. Man verurteilte mich zum Tode durch Erhängen, aber das Urteil wurde umgewandelt in vierzehn Jahre Zwangsarbeit. Sie können sich nicht vorstellen, wie ich die Engländer hasste und wie sehr ich Fancy und ihren Mann hasste, weil sie meinen Dienstvertrag erworben hatten.«

Er war in einen ausgeprägten schottischen Akzent verfallen, während er erzählte. Annette war verblüfft über die Emotion, ja den noch nicht vergessenen Zorn in seiner Stimme. Er hatte bisher so ... so unerschütterlich gewirkt.

»Ist das der Grund, warum John ... Patrick« – es fiel ihr schwer, den Namen auszusprechen – »die Engländer so hasst?«

»Er hat seine eigenen Gründe, Miss Annette.«

»Und Dr. Marsh?«

Er blickte sie verwundert an. »Sie müssten doch wissen, dass seine Sympathien den Torys gelten. Das hat für mehr als nur ein bisschen Disharmonie in unserer Familie gesorgt.«

»Aber er ...« Sie brach ab. John Patrick hatte das Gleiche gesagt, aber sie hatte ihm nicht geglaubt. Ian Sutherland jedoch schien nicht den geringsten Zweifel an der Loyalität seines Stiefsohnes zu hegen.

»Meine Söhne sind sehr selbstständig, Miss Annette. Und obwohl ich nicht Noels leiblicher Vater bin, ist er ebenso sehr mein Sohn wie John Patrick. Aber wir sind nicht immer einer Meinung und werden es auch wohl niemals sein, vermute ich.«

Annette schwirrte der Kopf von Fragen, die sie nicht zu stellen wagte. Die Sutherlands eine zerstrittene Familie? Das machte keinen Sinn für sie.

Wieder schien er ihr Problem zu erraten und kannte das perfekte Gegenmittel. »Würden Sie gern ein bisschen ausreiten?«

Sie nickte.

»Eine ruhige Stute oder lieber eine temperamentvolle?«

»Eine ruhige«, erwiderte sie. Es hatte keinen Sinn, ihnen das Niveau ihrer Reitkünste zu zeigen.

Er sattelte gerade eine hübsche graue Stute, als die Scheunentür aufging und John Patrick mit einem großen schwarzen Mann eintrat. »Wir haben uns die neuen Fohlen draußen angesehen«, sagte er zu seinem Vater. »Einige sehen sehr viel versprechend aus.«

»Aye, sie sind hübsche Burschen. Ich reite mit Miss Carey aus. Möchtest du Shadow Prince reiten?«

Der Pirat sah sie an. Am liebsten hätte sie sich auf der Stelle umgedreht, um zum Haus zurückzugehen, aber sie wollte mehr über dic Pferde, die Umgebung und die Straßen wissen. Und deshalb sagte sie nichts.

»Ist das in Ordnung für Miss Carey?«, fragte er.

Sie zuckte die Schultern in einer, wie sie hoffte, gleichgültigen Geste.

Er interpretierte sie ganz offenbar als Zustimmung. »Ich sattle ihn.« Er sah seinen Vater an. »Ist er noch immer stur wie ein Maulesel?«

»Das kommt darauf an, wer ihn reitet«, erwiderte Ian Sutherland. »Mich mag er, aber dich ...?«

Annette wollte die gutmütige Konkurrenz zwischen Vater und Sohn, die mühelose Kameradschaft, die sie zu verbinden schien, nicht zur Kenntnis nehmen. Sie hatte diese Art Freundschaft mit ihrem Vater in der Nacht verloren, als seine Träume, sein Glaube und seine Hoffnungen verbrannt waren. Und so führte sie die gesattelte Stute aus der Scheune, um draußen auf die Männer zu warten.

Sie streichelte den Hals der Stute. »Du bist ein hübsches Mädchen«, flüsterte sie ihr zärtlich zu. »Wir werden uns gut verstehen, wir beide.«

Wie nach vorheriger Absprache kam Ian Sutherland zu ihr hinüber, um ihr in den Damensattel zu helfen. Als sie sich umschaute, sah sie, wie John Patrick sich auf den großen Grauen schwang, und beobachtete, wie er das nervöse Tier mit einigen geflüsterten Worten schnell beruhigte. Dann, mit der gleichen mühelosen Geschicklichkeit wie sein Sohn, schwang sich Ian Sutherland auf einen Grauschimmel.

Sie ritten mehrere Meilen über die Straße, zuerst im Schritt, dann im Trab und schließlich in einem leichten Handgalopp. Annette gefiel die geschmeidige Gangart ihrer Stute, aber sie bewunderte den großen Grauen, dessen pralle Muskeln sich nach einem gestreckten Galopp zu sehnen schienen. Ihr entging auch nicht, dass John Patrick sowohl sich selbst wie auch den Hengst zurückhielt.

Sie ritt mehrere Längen hinter ihnen, und Ian warf ihr einen entschuldigenden Blick zu. »Würde es Ihnen etwas ausmachen, wenn wir voranreiten?«

Sie konnte sich nichts vorstellen, was ihr lieber gewesen wäre. Sie war angespannt und verspürte eine Vielzahl eigenwilliger Emotionen, als sie John Patrick beobachtete. Er war ein hervorragender Reiter, und die vereinte Kraft von Mann und Pferd beobachten zu müssen ging ihr auf die Nerven. Sie wollte allein sein. Sie wollte sich nicht für diesen … Piraten interessieren. Sie wünschte sich nichts sehnlicher, als John Patrick Sutherland ein für alle Mal aus ihren Gedanken zu verbannen. Und doch wusste sie, dass sie ihn immer so in Erinnerung behalten würde.

Sie schüttelte den Kopf, um ihnen zu zeigen, dass es sie nicht störte, und zügelte ihre kleine Stute, als die beiden Männer den Weg hinuntergaloppierten, die Hufe ihrer Pferde über den Boden donnerten und Grasbüschel hochwarfen. Beide Männer beugten sich tief über den Hals der Pferde; keiner benutzte eine Peitsche oder Reitgerte, aber sie erkannte die Kommunikation zwischen Pferd und Reiter, als sie in einem kleinen Gehölz verschwanden.

Annette dachte daran, ihr Pferd zu wenden und zur nächsten Stadt zu reiten. Aber sie wusste nicht, wo sie war, und hatte weder

Geld noch Kleider bei sich. Und sie hegte auch nicht den geringsten Zweifel, dass die Sutherland'schen Pferde, so müde sie nach dem Galopp auch sein mochten, trotz allem noch genügend Kraft besitzen würden, um ihre ruhige kleine Stute einzuholen.

Sie ließ das Pferd im Schritt weitergehen, bis sie einen einzelnen Reiter zurückkehren sah. An der Farbe des Pferds erkannte sie sofort, dass es John Patrick war. Wo war sein Vater?

Als John Patrick näher kam, begann sie vor Nervosität zu zittern. Sie wollte nicht mit ihm allein sein. In Gegenwart seines Vaters hatte die Verwirrung nachgelassen, die er immer in ihr weckte.

Sie schickte sich an, zum Haus zurückzureiten, aber da war er schon neben ihr und griff mit einer Hand nach ihren Zügeln.

»Wo ist Ihr Vater?«

»Er hat beschlossen, meiner Tante einen Besuch abzustatten.«

»Ich möchte zum Haus zurück«, sagte sie und versuchte, ihm ihre Zügel wieder abzunehmen.

»Ich hatte gehofft, es würde Ihnen hier gefallen«, sagte er sanft.

»Ein goldener Käfig bleibt trotzdem ein Käfig«, entgegnete sie. »Ihr Vater weiß das.«

»Er hat es Ihnen erzählt«, sagte John Patrick überrascht.

»Ja.« Sie hätte ihn jetzt gern gefragt, was sein Vater gemeint hatte, als er sagte, John Patrick habe seine eigenen Gründe, die Briten zu hassen. Aber das hieße, Vertraulichkeiten auszutauschen. Und das würde sie nicht tun. Nicht mit einem Mann, dem sie nicht vertrauen konnte.

John Patrick schenkte ihr jenes schiefe, überaus charmante Lächeln. »Dann scheint er Sie zu mögen. Er spricht sonst nie über seine erste Zeit hier.«

Sie dachte nicht im Traum daran, der jähen Wärme nachzugeben, die sie durchflutete, und deshalb zwang sie sich zu einem kühlen Tonfall, der so gar nicht zu der Hitze in ihr passen wollte. »Ich will zurück.«

»Annette?« Seine Stimme war plötzlich leise, ernst.

»Miss Carey«, korrigierte sie ihn.

»Also gut, Miss Carey«, sagte er. »Ich möchte, dass Sie mir versprechen, hier zu bleiben, und dass Sie nicht versuchen werden, nach Philadelphia zurückzukehren.«

»Und warum sollte ich das tun?«

»Zu Ihrem eigenen Schutz. Und dem Ihres Vaters.«

»Ihres Bruders, meinen Sie«, sagte sie.

»Das auch«, räumte er ein.

»Ich denke nicht daran, einem Lügner und einem Banditen etwas zu versprechen«, versetzte sie, wütend auf sich selbst wegen der Tränen, die sich in ihren Augen sammelten. »Es ist mir egal, wie charmant Ihre Familie ist. Ich kann ihnen ebenso wenig vertrauen, wie ich Ihnen vertrauen kann. Und nun lassen Sie mich bitte los.«

Sie war überrascht, als er es tat.

Sie wendete ihr Pferd und trieb es zuerst zu einem leichten Trab und dann zu einem Galopp an. Sie schaute sich nicht mehr um, aber die Straße vor ihr schien zu verschwimmen durch die Tränen in ihren Augen.

16

Zwei Tage verstrichen. John Patrick schlief auch weiterhin in der Scheune. Annettes Haltung blieb unverändert. Er sah ihr an den Augen an, dass sie bei der nächsten vernünftigen Gelegenheit zu fliehen versuchen würde.

Vernünftig war der richtige Ausdruck. Er hatte längst entdeckt, dass sie nichts Unvernünftiges tun würde. Sie würde den rechten Augenblick abwarten. Aber sie würde fliehen.

Sie blieb unempfänglich für alle Versuche seiner Familie, sie in ihrem Kreise aufzunehmen. Sie war nie wieder unhöflich nach jenem ersten Abend, aber sie begegnete jedem Versuch, sie in eine Unterhaltung zu verwickeln, mit kürzesten Antworten und verschwand so schnell wie möglich. Sie musste inzwischen gemerkt haben, dass er in der Scheune übernachtete, denn sein Vater hatte ihn dort eines Morgens angetroffen, und er hatte Annettes alarmierten Blick bemerkt, als sein Vater während des Frühstücks darüber gesprochen hatte.

Er kannte diesen Blick. Sie war nicht gut darin, Emotionen oder Absichten zu verbergen. Sie war eigentlich sogar eine miserable Lügnerin. Er fragte sich, wie er ein so guter geworden war. Es war eine schmerzliche Frage.

Er hatte gehofft …

Aber seine Zeit war nun erschöpft, und seine Hoffnung auch.

John Patrick hatte einen seiner Männer nach Annapolis geschickt, um den Gouverneur von Maryland, der seine Beglaubigungen ausgestellt hatte, über den Verlust seines Schiffs und seine Übernahme des britischen Schiffs zu informieren. Sein Mann kehrte an diesem Morgen mit der Antwort des Gouverneurs zurück. Sein Befehl lautete, zu der französischen Insel Martinique in der Karibik zu segeln, um dort einige Kanonen an Bord zu nehmen.

Rechtlich gesehen besaß der Gouverneur keine Autorität über ihn, doch da er John Patrick die schützende Tarnung eines Freibeuters besorgt hatte, wusste John Patrick, dass er tun würde, was der Mann von ihm verlangte. Er würde morgen in aller Frühe lossegeln, aber er konnte Annette unmöglich hier zurücklassen.

Er war nicht sicher, wie seine Familie über sein Vorhaben denken würde. Egal, wie sehr sie Noel liebten, John Patrick wusste, dass sie den Einwand vorbringen würden, es bliebe ihnen Zeit genug, um Noel zu warnen, jetzt, wo John Patricks Bruder Derek oder Tims Sohn Samuel nach Philadelphia eilen könnten. Sie würden keine weitere Entführung billigen, so viel war ihm klar.

Vielleicht würden sich die Briten nicht für seine Missetaten an den Careys rächen. Er wünschte, er könnte es glauben. Aber er hatte Narben auf dem Rücken – Narben, die nie wieder verheilen würden – weil er in einer schottischen Taverne gesessen und sich um seine eigenen Angelegenheiten gekümmert hatte. Und er hatte sich nichts zu Schulden kommen lassen. Er konnte nicht glauben, dass sie eine Familie nicht verfolgen würden, die, wissentlich oder unwissentlich, einen Mann beherbergt hatte, den sie so dringend suchten. Er wusste aber auch, dass Annette das niemals glauben würde. Sie wollte es nicht glauben.

Oder vielleicht – Gott stehe ihm bei! – wollte er sie einfach bloß nicht gehen lassen. Er wusste, wenn sie ihn jetzt verließ, würde er keine Chance mehr bekommen, diese Magie wiederzufinden, die sich einst zwischen ihnen entwickelt hatte. Er war sich im Grunde seines Herzens völlig sicher, dass es genau die Art Verzauberung war, von der Ian Sutherland behauptete, sie begegnete den Männern ihrer Familie nur ein einziges Mal im Leben.

Er würde diesen Zauber vielleicht nie wiederfinden, aber er wollte wenigstens eine Chance. Drei Wochen auf See. Lange genug für sie, hoffte er, um einzusehen, dass er ihr und den ihren keinen Schaden hatte zufügen wollen, dass er sie nur hatte beschützen wollen.

Verdammt, er wollte, dass sie ihn ansah wie an jenem letzten Tag bei ihr zu Hause, an dem Tag, bevor sie entdeckt hatte, wer er war. Bevor er in ihren Augen der Teufel selbst geworden war.

Heute Abend würde er klar und deutlich zu erkennen geben, dass er vorhatte, in der Scheune zu übernachten. Es war eine klare Nacht, eine Nacht, die sie vielleicht nutzen würde, um zu fliehen. Und er würde sie draußen erwarten.

Er wusste, was sie vorhatte. Annette war sich dessen völlig sicher.

Aus welchem anderen Grund würde er wohl sonst in der kalten Scheune übernachten, statt in dem Herrenhaus hinter dem Hügel? Jeden Abend, nach dem Abendessen, stand sie an ihrem Schlafzimmerfenster und wartete, bis sie ihn in die Scheune gehen sah.

Es war der einzige Moment des Tages, an dem sie sich erlaubte, ihn zu beobachtcn. Sic wünschte nur, ihr Herz würde nicht schneller schlagen, wann immer sie ihn sah. Sein Hinken hatte deutlich nachgelassen, und seine Bewegungen besaßen eine Anmut, die sie faszinierte. Sie war noch nie jemandem begegnet, der sich mit einem solchen Selbstvertrauen und einem derartigen Stolz bewegte.

Sie wünschte, sie sähe diese Dinge nicht in ihm. Sie wollte ihn verachten. Aber … es gab einen Teil von ihr, der in geradezu rebellischer Weise auf seine Gegenwart reagierte. Er war in vielen Dingen unwahrscheinlich gut. Er konnte ein Pferd mit seiner Stimme zähmen und ein Schiff mit seiner Hand. Er hatte ein Lächeln, das Engel verführen konnte. Sein Lachen schien sie einzuhüllen wie ein warmer Umhang und tief in ihrem Herzen etwas anzurühren.

Aber sie war nur ein Mittel zum Zweck für ihn gewesen. Das durfte sie nicht vergessen.

Das Lächeln, dieses warme Lachen, dieser mühelose Charme ... all das machte es dringend erforderlich, so schnell wie möglich zu verschwinden. Es gab nur einen Ort, wohin sie gehen konnte: das einzige Zuhause, das sie noch hatte, der einzige Zufluchtsort, den sie in letzter Zeit gekannt hatte. Sicherheit hinter den britischen Linien – ein Zufluchtsort vor ihm und ihren eigenen widersprüchlichen Gefühlen ...

Endlich sah Annette John Patrick über den Hof zur Scheune gehen und darin verschwinden. Minuten später stellte sie verwundert fest, dass er auf einem Pferd die Farm verließ.

Annette schaute zum Himmel auf. Der Mond schien hell heute Nacht, das Wetter war kühl.

Sie hörte ein leises Winseln und bückte sich, um Dieses zu streicheln. Der andere Hund stieß sie eifersüchtig mit der Schnauze an. Sie merkte, dass sie lächelte. Sie würde sie vermissen, diese zwei, die sie adoptiert zu haben schienen. Nachts pflegte der erste eine Pfote auf das Bett zu legen, und wenn er keine Rüge hörte, stieg er ganz hinauf und legte sich neben sie. Der andere Hund imitierte das Manöver, bis beide glücklich schnarchend in dem weichen Federbett auf der Matratze lagen.

Die Wahrheit war, dass sie die ganze Familie vermissen würde – bis auf John Patrick natürlich –, obwohl sie es sich nur ungern eingestand. Wärme und Liebe durchfluteten das Haus. Sie hatte sich die größte Mühe gegeben, davon unberührt zu bleiben, aber beide schlichen sich wie Diebe in ihr Herz.

Sie musste fort. Und zwar heute Nacht noch.

Wenn sie einen Richter erreichte, würde sie die Freilassung ihres Vaters fordern. Sie würde John Patrick die gesamte Schuld geben und keinen der anderen Sutherlands belasten. Sie war inzwischen sicher, dass sie ihrem Vater kein Leid zufügen würden, nicht einmal, wenn sie floh. Sie versuchte, erst gar nicht darüber nachzudenken, dass ihr Vater womöglich gar nicht befreit werden wollte. Der Sutherland'sche Charme war wie eine heimtückische Krankheit.

Aber Philadelphia war ihr Zuhause. Er würde sich freuen, wieder dort zu sein. Genau wie sie.

Oder?

Warum fühlte sie sich dann so leer?

Sie wartete auf die Stille, auf Anzeichen, dass die Bewohner des Hauses schlafen gegangen waren.

Annette dachte, dass sie eigentlich Euphorie verspüren müsste statt dieser furchtbaren Leere. Sie würde sich freuen, wieder daheim zu sein. Daheim bei den Torys, denen sie vertraute.

Diese Leute waren nicht wie die betrunkenen Rüpel, die ihren Vater gefoltert und ihr Heim in Brand gesteckt hatten. *Aber sie sympathisierten mit den Patrioten. Falls die Kolonisten diesen Krieg gewannen, würden sie und ihr Vater ihre Ländereien nicht zurückbekommen. Niemals.*

Und obwohl Ian Sutherland und seine Frau warmherzig und aufgeschlossen wirkten, waren sie nur so gastfreundlich, um ihre Söhne zu beschützen.

John Patrick hat dich belogen. Dich benutzt. Er hat sich überhaupt nicht für dich interessiert. Der ganze Schmerz, den sie empfunden hatte, all das Elend und die Qual, stiegen nun wieder in ihr auf. Sie hatte von ihrem Zorn gelebt, aber nun erkannte sie, dass ihr Herz in jener Nacht zerbrochen war, und in den darauf folgenden Tagen, als sie begriffen hatte, wie töricht sie gewesen war, zu glauben, ein gut aussehender Gauner wie John Patrick Sutherland könnte Interesse für sie hegen.

Sie musste heimkehren nach Philadelphia. Dort hatte sie wahre Freunde.

Und vielleicht war die Liebe letztendlich ja doch gar nicht so wichtig. Annette war immer realistisch gewesen, und obwohl sie sich im Grunde ihres Herzens stets nach einer großen Liebe gesehnt hatte, war sie irgendwann zu dem Schluss gekommen, es gäbe sie gar nicht – bis der verwundete »Lieutenant« in ihrem Heim erschienen war.

Sie wischte eine Träne aus ihrem Augenwinkel.

Im Haus war es jetzt still. Annette legte ihren Umhang um. Sie musste fort, bevor John Patrick von was auch immer für Besorgungen zurückkam. Leise öffnete sie die Tür. Es war dunkel auf dem Korridor. Sie ging in ihr Zimmer zurück, blies die Öllampe neben ihrem Bett aus und wartete, bis sich ihre Augen an die Dunkelheit gewöhnt hatten. Dann kehrte sie zur Tür zurück und spähte wieder vorsichtig hinaus.

Sie fragte sich, wie spät es sein mochte. Weit nach Mitternacht, vermutete sie. Die Bewohner dieses Hauses gingen früh schlafen und standen gewöhnlich auch früh auf.

Ihre Halbschuhe verursachten kaum ein Geräusch auf dem glatt polierten Boden. Sie zog den Umhang noch fester um die Schultern, als sie die Eingangstür erreichte, und zögerte nur einen winzigen Moment, bevor sie sie öffnete.

Der Mond leuchtete stark genug, um die Felder und die Weiden zu erhellen. Sie erinnerten sie an die Farm, auf der sie aufgewachsen war. Das Gefühl der Einsamkeit verstärkte sich. Unschlüssig blieb sie einen Moment lang stehen, eilte dann zur Scheune und schaffte es mit einiger Mühe, den schweren Balken an der Tür zu heben. Leises Wiehern begrüßte sie.

Annette sah sich gründlich in der Scheune um, für den Fall, dass sie John Patrick nicht hatte zurückkehren sehen. Aber sie war leer.

In der Sattelkammer fand sie einen Damensattel und legte ihn rasch der Stute an, die sie neulich geritten hatte. Sie war schnell genug, und sie war auch kräftig und leicht zu beherrschen. Dann führte sie die Stute hinaus, fand das Treppchen, das das Aufsitzen erleichterte, und schwang sich in den Sattel.

Annette hielt sich dicht an der Scheunenwand und versuchte, sich auch danach im Schatten zu halten, während sie die Stute zur Straße hinunterführte. Sie wusste, die nächste Stadt war Chestertown. John Patricks Schiff lag in der Bucht, in der entgegengesetzten Richtung.

Sie trieb die Stute zu einem Trab an und hatte etwa eine Viertelmeile hinter sich gebracht, als plötzlich mitten auf der Straße ein Reiter auftauchte. John Patrick. Natürlich waren ihm ihre Absichten sogar noch sehr viel klarer gewesen, als sie vermutet hatte. Es gab keine Möglichkeit, ihm zu entkommen, nicht, wenn er Shadow Prince ritt.

Panik drohte sie zu überwältigen. Warum hatte er ihr erlaubt, so weit zu kommen? Warum hatte er nicht einfach in der Scheune gewartet?

Sie wendete das Pferd und begann denselben Weg, den sie gekommen war, zurückzugaloppieren.

Sie hörte ihn hinter sich, glaubte sogar, die Hitze seines Pferds zu spüren, als Hufe über die Straße donnerten. Ihre Stute lief, so schnell sie konnte, unter Annettes fieberhaftem Drängen, aber selbst ohne hinzusehen wusste sie, dass er sie erreicht hatte, und dann sah sie, wie er sich vorbeugte, um ihr die Zügel aus der Hand zu nehmen.

Annette versuchte, seine Hände fortzustoßen, aber er war der bessere Reiter. Sie konnte nur hilflos dasitzen, als er beide Pferde zügelte und sie im Schritt gehen ließ.

»Soll ich mir die Mühe machen, zu fragen, wohin Sie wollten?«

»Das können Sie sich ja wohl denken«, entgegnete sie mit erzwungener Gelassenheit. Sie wollte nicht, dass er sie zittern sah. »Zum nächsten Sheriff. Sogar die Rebellen haben Gesetze.«

»Ich hatte gehofft, Sie würden Ihren Aufenthalt genießen.«

Sie legte ihre ganze Verachtung in den Blick, den sie ihm zuwarf.

»Dann tut es mir wirklich Leid«, erklärte er nach kurzem Schweigen.

Und da bekam sie plötzlich Angst. »Was haben Sie vor?«

»Ich kann Sie nicht zurückkehren lassen. Um Ihrer selbst und Ihres Vaters willen nicht.«

»Sie sind vollkommen verrückt. Sie versuchen, Dinge zu rechtfertigen, die absolut nicht zu rechtfertigen sind.«

Im hellen Mondschein sah sie einen Muskel an seiner Wange zucken. »Könnten Sie nicht wenigstens in Betracht ziehen, dass Sie sich möglicherweise in Gefahr bringen?«

»Sie haben mich in Gefahr gebracht, Sie und Ihr Bruder.«

Sein Gesicht war wie aus Granit gemeißelt. »Ich kann also nichts tun, um Sie dazu zu bewegen, hier zu bleiben?«

»Nun, ich schätze, Sie könnten mir mal wieder damit drohen, meinem Vater etwas anzutun.«

»Ich will ihm nichts antun, sondern ihn beschützen!«

»Sie sind ein Lügner. Sie wollen nur Ihren Bruder schützen.«

Ein harter Blick erschien in seinen Augen. »Sie lassen mir wenig andere Wahl.«

»Sie haben mir gar keine gelassen.«

»Ich hatte gehofft ...«

»Dass es mir gefallen würde, Ihre Gefangene zu sein? Dass ich Ihnen jetzt Ihre Lügen glauben würde?«

»Ihr Vater fühlt sich wohl.«

»Mein Vater hat keine Ahnung, was hier vorgeht. Er weiß nicht, dass Sie ein Rebell und Pirat sind und sein Heim und seine Gastfreundschaft für Ihre eigenen infamen Zwecke missbraucht haben.«

Er sagte eine Weile nichts, dann begann er die Straße hinabzureiten, ihre Zügel in der Hand, und zwang sie, ihm zu folgen. Er trieb die beiden Pferde zu einem Trab an, dann zu einem Galopp, und nach einer Weile ließ er sie wieder im Schritt gehen.

Annette sah sein Gesicht. Es war verschlossen wie in jener Nacht, in der sie Philadelphia verlassen hatten. Hart und verschlossen. Sie versuchte, ihre Zügel wieder an sich zu nehmen, aber er wandte nur den Kopf und sah sie an, und im Mondschein sah sie die unnachgiebige Härte seines Mund. Sie gab lieber auf, als sich noch törichter vorzukommen.

Er brachte sie offenbar zum Haus zurück. Aber ihr Herz begann wie wild zu pochen, als er an der Einfahrt zu der Farm vorüberritt. Sie öffnete den Mund, um zu protestieren, zu schreien, falls es nötig war.

»Das würde ich nicht tun«, sagte er warnend.

»Warum?«

»Weil ich Sie dann knebeln müsste«, bemerkte er in einem so ungezwungenen Ton, als sei es etwas ganz Alltägliches, was er mit ihr zu tun gedachte.

»Sie sind ein Rüpel und ein Feigling.«

Seine Lippen wurden schmal. Und dann trieb er die Pferde wieder zu einem leichten Galopp an, sodass eine Unterhaltung ausgeschlossen war. Sie konnte nur schäumen vor Wut und sich am Sattelhorn festhalten.

Der Ritt schien die ganze Nacht zu dauern. Auf jeden Fall Stunden. Annettes Wut nahm zu, als sie erkannte, was ihr Ziel war: die Chesapeake Bay. Er wollte zu seinem Schiff.

Der letzte Ort auf Erden, wo sie sein wollte.

Endlich hielten sie nach Stunden angestrengten Reitens an, und Annette sah, dass sie sich am Strand befanden. Sie konnte die *Mary Ann* ganz in der Nähe ankern sehen.

Der Pirat saß ab und kam, ohne ihre Zügel loszulassen, zu ihr hinüber, um ihr beim Absitzen zu helfen. Rasch ließ sie sich aus dem Damensattel gleiten. Sie wollte nicht, dass er sie anfasste. Als er einen Schritt auf sie zukam, wich sie zurück und sah einen reumütigen Ausdruck über sein Gesicht huschen. Sie hatte ihn schon früher oft bei ihm gesehen, aber er schien ihn nie daran zu hindern, noch weitere und noch haarsträubendere Handlungen zu begehen.

»Ich werde Ihnen nichts zu Leide tun«, sagte er. »Das müssten Sie doch wissen.«

»Sie haben es bereits getan«, versetzte sie. Und weitaus mehr noch, als er je erfahren würde. Sie würde dafür sorgen, dass er es niemals erfuhr.

»Sie sind doch gern auf See.«

»Nicht, wenn Sie auch darauf sind.«

Sein Mund verzog sich zu jenem kühnen Lächeln, das einst ihr Herz berührt hatte. Sie hasste sich dafür, dass es ihren Puls noch immer schneller pochen ließ.

Er antwortete nicht. Er schnallte seine Satteltaschen ab und nahm eine Walöllampe und eine Zunderbüchse heraus. Nach mehreren Versuchen entsprang einem Funken eine kleine Flamme, und er zündete die Laterne an, wandte sich zur See und schwenkte sie einige Male. Es ärgerte Annette, dass er es offenbar nicht für nötig hielt, sie im Auge zu behalten, als sei er sich ihrer Hilflosigkeit nur allzu sicher. Leise ging sie auf seinen Hengst zu.

»Das würde ich nicht tun«, warnte John Patrick. »Er ist für mich schon schwer genug zu reiten.«

Er hatte sich nicht umgewandt. Woher wusste er, dass sie versucht hatte, zu seinem Pferd zu gehen? Woher wusste er so viel über sie?

»Was haben Sie jetzt vor?«, fragte sie schließlich.

»Eine wunderbare Reise in die Karibik«, entgegnete er leichthin. Aber sie spürte die Anspannung in seinem kühlen Ton.

»Mein Vater ...«

»Ist bei meiner Familie sehr gut aufgehoben. Man wird ihm sagen, Sie hätten beschlossen, mit mir nach Philadelphia zu fahren, um nach dem Haus zu sehen.«

Sie blickte ihn in ungläubigem Entsetzen an.

»Ihre Familie weiß ...?«

»Noch nicht«, sagte er und machte ein entschlossenes Gesicht. »Es war meine Idee.«

»Sie können mich nicht von meinem Vater trennen. Er braucht mich.«

»Er braucht meinen Vater und meine Mutter und Fortune«, entgegnete er abrupt. »Sie können ihm helfen, wo Sie versagt haben.«

Da wandte sie sich zu ihm um und schlug ihn so hart sie konnte ins Gesicht. Ihr Zorn verwandelte sich in eine Wut, wie sie sie noch nie zuvor empfunden hatte, nicht einmal, als ihr Vater geteert und gefedert worden war. Sie hörte das laute Klatschen ihrer Hand an seiner Wange, sah sein Gesicht unter dem Schlag zusammenzucken. Dann fuhr sie herum und rannte zu seinem Pferd. Sie war sicher, dass sie es reiten konnte ...

Aber sie fühlte John Patricks Hand auf ihrer Schulter, und dann stürzte sie und riss ihn mit sich in den Sand.

Sie war sich seines Körpers auf ihrem beinahe schmerzhaft stark bewusst und sah, dass sein Gesicht nur wenige Zentimeter von ihrem eigenen entfernt war. Sie spürte seinen Atem und hörte das Pochen seines Herzens. Sie spürte auch, wie sich seine Muskeln anspannten und wie ein heißes Kribbeln ihre eigenen durchlief. Sein Blick bohrte sich in ihren, und dann berührten seine Lippen die ihren. Sie waren unglaublich sanft, als sie liebkosend über ihre Lippen strichen. Sie versuchte, sich ihm zu entziehen, aber sie lag mit dem Rücken im Sand und hatte keine Möglichkeit, ihm zu entkommen.

Er strich mit der Hand über ihre Wange, seine schwieligen Finger waren rau, aber dennoch unwahrscheinlich sanft. Sie schluckte und versuchte, Atem zu holen, aber ihre Kehle war wie zugeschnürt. Es war beinahe so, als besäße ihr Körper einen eigenen Willen, und sie spürte, wie er sich bewegte und sich John Patrick in einer stummen Einladung entgegendrängte. Sie zwang sich, ihm in die Augen zu sehen, um die Lügen dort zu sehen, aber die Dunkelheit machte es unmöglich, irgendetwas zu erkennen. Aber seine Hände, seine Lippen ...

Nein! Unter Aufbietung ihrer ganzen Kraft stemmte sie sich gegen ihn, und er begann sich endlich langsam zu erheben, nahm ihre Hand und zog sie so mühelos auf die Beine, dass sie sich leicht wie eine Feder vorkam. Einen Moment lang schaute er sie an. »Es tut mir Leid, Annette. Das hätte ich nicht tun sollen.«

Ihr Körper war so angespannt, so erwartungsvoll, so ... bereit für irgendetwas, dass sie einen Augenblick zutiefst verwirrt war. Sie versuchte, sich auf ihren Ärger zu besinnen, doch er war aus irgendeinem Grund verblasst, ersetzt von einem solch überwältigenden Bedürfnis und Verlangen, dass sie nicht einmal in der Lage war, zu sprechen. Sie blickte auf ihre Hand, die noch immer in seiner ruhte. Es war, als versengte seine Wärme sie, dann schien sie plötzlich ihren ganzen Körper zu erfassen und wie heißer Sirup durch ihr Blut zu rinnen.

Brüsk zog sie ihre Hand zurück, wandte sich von ihm ab und starrte zu den dürren Bäumen hinter der Küstenlinie hinüber. Wie weit müsste sie laufen, um sich in Sicherheit zu bringen? Wie weit, um Frieden zu erlangen? Aber noch während sie sich die Frage stellte, fragte sie sich auch, ob sie sich je wieder zufrieden geben würde mit einem Leben, das sie zwar zwar nie als besonders glücklich, aber immerhin doch als zufrieden stellend empfunden hatte.

John Gunn, der Pirat, hatte sie zum Leben erweckt, sie von Grund auf verändert und ihr einen Eindruck wahren Glücks vermittelt.

Aber sie konnte weder diesem Glück noch ihm vertrauen.

»Komm her«, sagte er sanft und reichte ihr seine Hand.

Sie schüttelte den Kopf und wusste, dass sie wie ein eigensinniges Kind erscheinen musste.

»Du wirst die Karibik lieben. Die smaragd- und türkisfarbenen Gewässer, die warme Sonne, das Gefühl des weichen Sands unter deinen Füßen.«

Seine Stimme war wie Musik, wie der Gesang der Sirenen in der Sage von Odysseus, als er ihr eine Welt in Aussicht stellte, von der sie immer schon geträumt hatte.

Dennoch suchte sie Zuflucht in den Argumenten eines Feiglings. »Das würde meinen Ruf ruinieren«, sagte sie.

Er grinste plötzlich. »Ist dir das wirklich so wichtig?«

Als sie in seine kühnen Augen blickte und das verwegene Lächeln sah, das nun um seine Lippen spielte, war sie sich dessen plötzlich auch nicht mehr so sicher. Sie fragte sich, wie es wäre, die Ozeane zu befahren und exotische Häfen zu besuchen, den Wind in ihrem Haar zu spüren und barfuß über warmen Sand zu laufen.

Doch sie verwarf die Idee gleich wieder.

Aber an dem Funkeln seiner Augen, die im Glanz des Mondlichts beinahe silbrig wirkten, erkannte sie, dass ihm ihr kurzes Zögern nicht entgangen war. Oder vielleicht hatte auch sie einen solchen Glanz in ihren Augen.

»Ja«, wagte sie ihm zu widersprechen. »Es ist mir wichtig. Und mein Vater auch. Ich kann ihn nicht verlassen.«

»Dann«, erwiderte er ruhig, »gib mir dein Wort, dass du mich nicht verraten wirst.«

»Dich verraten? Es gibt zwischen uns nichts zu verraten.«

Er hob wieder die Hand, um ihr Gesicht zu berühren, und strich sanft über ihre Wangenknochen. »Wirklich nicht?«

Das Lied der Sirene. Verführerisch. Berechnend. Überredend.

»Nein«, sagte sie, sich abwendend.

»Du hast mir nicht geantwortet«, beharrte er, und seine Stimme klang plötzlich beschwörend. Der scherzhafte Klang von vorhin war nun verschwunden. »Wenn ich dir erlaube, zurückzukehren, wärst du dann bereit, bei meiner Familie zu bleiben?«

»Wenn du mir erlaubst, zurückzukehren?«

»Ja«, bestätigte er, und es war nichts Verbindliches mehr an seiner Stimme. Er war todernst geworden. »Wenn dir so viel daran liegt, hier zu bleiben, brauchst du mir nur dein Wort zu geben.«

»Jemand, der selbst kein Ehrgefühl besitzt, glaubt an das Ehrgefühl anderer?«

Seine Augen wurden schmal. »Aye, Miss Carey. Das tue ich. Und vergessen Sie bitte nicht, dass ich versprochen hatte, Ihrem Vater würde kein Leid geschehen, und dass ihm ja auch tatsächlich nichts geschehen ist.«

Sie biss sich auf die Lippe. »Der Teufel soll Sie holen«, wisperte sie.

»Ihr Wort«, beharrte er.

Aber sie konnte es ihm nicht geben. Und fragte sich betroffen, ob es eine Frage des Prinzips sein mochte, warum sie es nicht konnte, oder …

Nein!

Es war eine Frage des Prinzips. Sie hörte das Klatschen von Rudern, das leise Gemurmel vorsichtiger Stimmen, und drehte sich zum Wasser um. Ein Ruderboot näherte sich der Küste.

»Miss Carey?«

Ein Klumpen in ihrer Kehle hinderte sie daran, zu sprechen, als zwei Männer aus dem Boot sprangen und es an Land zogen. Einer lief zu dem Piraten.

»Wir sind bereit zum Auslaufen.«

John Patrick ging zu seinen Satteltaschen und nahm zwei Briefe heraus. »Kannst du reiten, Daniel?«

»Aye.«

»Gut?«

Der Seemann sah die Stute und den Hengst an. Die Stute verhielt sich still. Der Hengst scharrte nervös mit seinen Hufen. »Die Stute ja.«

»Dann kannst du jemanden schicken, um den Hengst zu holen«, sagte der Pirat. »Nimm die Stute und reite etwa zehn Meilen die Straße hinab, bis du ein zweistöckiges weißes Haus neben der Straße siehst. Gib diese Briefe meinem Vater, Ian Sutherland, und sag ihm, wo er den Hengst abholen kann. Er wird dir ein frisches Pferd geben und dir den Weg nach Chestertown beschreiben. Wir treffen uns dort morgen Nachmittag, wenn wir Proviant aufnehmen. Hast du das alles verstanden?«

Der Mann nickte eifrig und sonnte sich in John Patricks anerkennendem Grinsen, wie Annette angewidert feststellte.

John Patrick band die Zügel des Hengstes fest an einen Baum und richtete dann den Blick wieder auf sie.

»Freiwillig oder unfreiwillig?«, fragte er.

»Niemals freiwillig«, sagte sie.

»Gut«, erwiderte er und hob sie auf, als wäre sie ein Kind. Dann trug er sie zum Boot und fuhr mit ihr aufs Meer hinaus.

17

Katy kleidete sich mit großer Sorgfalt an. Sie hatte einen britischen Offizier in Ethan Taylors Laden kennen gelernt und seine Einladung zu einer Soiree im Rathaus angenommen.

Noel würde auch dort sein. Sie wusste, dass er kommen würde, und gedachte ihm den Marsch zu blasen. Ihr war nicht entgangen, wie angespannt er gewesen war an dem Tag, als sie ihn besucht hatte, und sie war sicher, dass sie ihn überreden – oder auch herumkriegen – konnte, Philadelphia zu verlassen.

Sie hatte inzwischen längst mit einem Besuch von ihm gerechnet. Aber er war nicht gekommen. Und so hatte sie beschlossen, eine Entscheidung zu erzwingen, als ein gewisser Major Gambrell sie um Erlaubnis gebeten hatte, sie zu General Howes neuester Festivität begleiten zu dürfen. Der britische Oberbefehlshaber melkte die Stadt mit seinen Frivolitäten, während Washingtons Armee ein paar Meilen weiter Hunger litt. Es war schier unerträglich – insbesondere die Tatsache, dass Noel ein Teil all dessen war.

Sie musste ihn dazu bringen, nach Maryland zurückzukehren. Wenn die Amerikaner diesen Krieg gewannen, würde es für Sympathisanten der Torys keinen Platz mehr geben. Warum wollte er das nicht begreifen?

Sie hatte Noel immer für unpolitisch gehalten. Er interessierte sich gewöhnlich nur für seine Familie, Medizin und Tiere, und sie war nie ganz sicher, wo die beiden Letzteren auf seiner Werteskala rangierten. Die Familie war immer die Hauptsache für ihn gewesen. Sie verstand einfach nicht, warum er die Politik jetzt plötzlich darüberstellte.

Katy betrachtete sich im Spiegel. Ihre Figur war etwas üppiger, als sie früher einmal gewesen war, aber nicht sehr viel. Sie war nun beinahe vierzig, und sie spürte das Gewicht all dieser Jahre. Sie hatte keine Kinder mit ihrem Mann gehabt, und sie bezweifelte, dass sie jemals welche haben würde. Das – und Noel – waren die Kümmernisse ihres Lebens. Sie kniff sich in die Wangen, um etwas Farbe hineinzubringen, aber ihre Augen brauchten keine Hilfe. Allein der Gedanke an Noel genügte, um ihnen Glanz zu verleihen.

Sie rechnete mit einem ernsten, abschätzenden Blick von ihm, wenn sie am Arm einer der Offiziere General Howes erschien, aber sie hoffte, dass er sich in seiner Überraschung zu einer sehr viel vehementeren Reaktion würde hinreißen lassen.

Ethans Frau, Sarah, hatte ihr mit ihrem Haar geholfen, es im Nacken zu einer weichen Lockenfrisur zusammengenommen und es mit hübschen Kämmen festgesteckt. Katy betrachtete sich kritisch. Ihr Kinn war zu spitz und ihr Mund zu groß, um wirklich schön zu sein. Aber es war ein Gesicht, mit dem sie zu leben gelernt hatte, und sie verschwendete nur selten Zeit auf Dinge, die sich nicht ändern ließen.

Sie war allerdings bereit, den Rest ihres Leben darauf zu verwenden, das Einzige, von dem sie glaubte – hoffte – es noch ändern zu können, zu korrigieren. Noel hatte ihretwegen Maryland verlassen, und nun würde sie tun, was immer auch nötig war, um ihn zurückzuholen.

Sarah Taylor wusste, was Katy vorhatte. Katy hatte ihr gleich nach ihrer Ankunft gesagt, sie sei in Philadelphia, um Noel dazu zu bringen, nach Maryland zurückzukehren, und falls sie die Briten dazu benutzen musste, würde sie es tun. Sarah war nicht gerade begeistert von dieser Idee gewesen. Ihre Sympathien galten den Amerikanern, und es missfiel ihr, einen britischen Offizier in ihrem Haus empfangen zu müssen. Aber sie hatte aus Liebe geheiratet, und sie wusste schon seit langem, dass Katy Noel Marsh liebte.

Katy zuliebe würde Sarah Taylor sich beherrschen.

»Du siehst bezaubernd aus«, sagte sie.

»Glaubst du, Noel ...«

»Ich glaube, Dr. Marsh wird hingerissen sein.«

»Du hast nichts gehört von ihm und ... anderen Damen?«

Sarah schüttelte den Kopf. »Nein, aber wir bewegen uns ja natürlich auch nicht mehr in den gleichen Kreisen.«

Kate errötete. Sie wollte niemanden etwas von ihren Gefühlen, ihren geheimsten Ängsten wissen lassen. Sie wollte nicht zugeben, dass sie erwartet hatte, Noel würde sie glücksstrahlend in die Arme nehmen. Sie hätte nie damit gerechnet, dass er sie so kühl begrüßen würde oder dass er sich weigern würde, ihr seine Sympathien für die Torys zu erklären. Aber schlimmer sogar noch war die Tatsache, dass er nicht versucht hatte, sie wiederzusehen. Das hatte sie am meisten geschmerzt.

Sie hatte eine Woche lang in diesem Haus gesessen und jeden Tag auf einen Besuch gewartet, der nicht kam. Das liegt in der Natur der Frauen ... nicht zu lieben, wenn wir lieben, und zu lieben, wenn wir nicht lieben. Nun, er hatte sie gewarnt. Aber dann wiederum hatte er sie mit einer solchen Sehnsucht berührt, dass sie die Warnung nicht berücksichtigt hatte.

Hatte sie ihn so falsch eingeschätzt?

Sie hörte das Klopfen an der Tür, dann Ethans dröhnende Stimme, als er den Major begrüßte. Sie sah Sarah an und schluckte. Sie war seit dem Tod ihres Gatten mit keinem Mann mehr ausgegangen, und nun war ihr Begleiter ein Offizier der Armee, die ihn getötet hatte. War sie eine komplette Närrin?

Major Gambrell hatte keine Ahnung, wie ihr Mann gestorben war. Er wusste nur, dass sie verwitwet war. Es war leicht genug gewesen, Fragen zu vermeiden. Sie hatte schlicht und einfach dafür gesorgt, dass ihre Augen feucht wurden bei der Erwähnung ihres Mannes, und überschwängliche Entschuldigungen folgten.

»Bist du dir auch wirklich sicher?«, fragte Sarah. »Wir könnten ihm sagen, du wärst krank geworden.«

Katy straffte ihre Schultern. »Ich bin mir absolut sicher.«

Widerstrebend reichte Sarah ihr ihren grünen Samtumhang. »Ich hoffe nur, dass Major Gambrell ein Gentleman ist.«

»Falls es in der britischen Armee so etwas überhaupt gibt«, entgegnete Katy leise.

Sarah schaute sie beunruhigt an. »Du wirst doch nichts Falsches sagen?«

»Ich werde die Verschwiegenheit in Person sein«, versprach Katy, bevor sie sich zur Treppe wandte.

Sie sah den britischen Offizier, der eine prachtvolle Galauniform mit Litzen und Auszeichnungen trug, aufschauen und anerkennend lächeln, als sie die Treppe hinunterging. Er kam einige Schritte auf sie zu und streckte die Hand aus, um ihr seinen Arm zu reichen. »Sie sehen bezaubernd aus. Alle Männer werden mich heute Abend um Sie beneiden.«

Vor allem einer hoffentlich.

Sie schenkte ihm ein Lächeln, von dem sie hoffte, dass es nicht allzu ermutigend wirkte. Er konnte sich wahrscheinlich denken, dass sie, da sie bei den Taylors wohnte, eher proamerikanisch eingestellt war. Aber er hatte sie nicht danach gefragt, und sie hatte auch nicht die Absicht, dieses Thema anzuschneiden.

Wenig später betraten sie den Ballsaal des Rathauses, denselben, in dem zehn Tage zuvor eine ähnliche Gesellschaft stattgefunden hatte, während der Star Rider sich mit dem Eigentum des Königs davongemacht hatte. Der Gedanke entlockte ihr ein Lächeln, und ihr Begleiter erwiderte es. Einen Moment lang bedauerte sie beinahe, ihn täuschen zu müssen. Sie fragte sich, ob Jonny das Gleiche empfunden hatte, als er bei den Careys gewohnt hatte. Als Kinder hatte man sie gelehrt, die Rechte des Einzelnen zu respektieren, ungeachtet seiner Herkunft, politischen Überzeugung oder Religion.

Aber galt das auch für die plündernden Briten?

Katy sah Noel im selben Augenblick, als sie den Saal betrat. Er war unter den größten der anwesenden Männer, und sein dunkelblondes Haar zog sofort ihren Blick auf sich.

Er sah sie auch. Seine Augen weiteten sich ein wenig, selbst als er fortfuhr, mit einem Mann zu reden, der niemand anderer sein konnte als General Howe persönlich, den Litzen und Auszeichnungen auf seiner Uniform nach zu urteilen. Er war ein gut aussehender Mann, und während er fortfuhr, angeregt zu plaudern, folgte sein Blick Noels, dessen Augen sich geweitet hatten, als er sie erblickte. Er sagte etwas zu Noel, der sich plötzlich umwandte, und dann begannen beide Männer auf sie zuzugehen.

Katys Herz schlug schneller, als sie sich einen Weg durch die Menge bahnten. Noels Blick war nichts zu entnehmen, weder Freude noch Kritik oder gar die erhoffte Eifersucht.

Dann standen sie vor ihr, und der General wartete offenbar darauf, ihr vorgestellt zu werden.

Major Gambrell und Noel begannen gleichzeitig. »General...«

Noel trat zurück und erlaubte dem Major, die Vorstellung zu übernehmen.

»General, ich habe das Vergnügen, Ihnen Mrs. Katherine Cantrell vorzustellen. Mrs. Cantrell, das ist General William Howe.«

General Howe verbeugte sich. »Mrs. ...?«

»Ich bin Witwe, General Howe.«

»Und eine Verwandte unseres Dr. Marsh, hörte ich.«

Sie blickte Noel flüchtig an. Seine braunen Augen waren flach und unpersönlich.

»Er ist mein Neffe.«

»Ja, das sagte er, aber ich wollte es nicht glauben. Ich hatte nie so eine schöne Tante.«

Sie akzeptierte das Kompliment mit einer anmutigen Bewegung ihres Fächers. »Danke, General Howe.«

»Sie sind gerade erst in Philadelphia eingetroffen?«

Sie nickte.

»Aus Maryland, hörte ich.«

»Ja, General.«

Er lächelte. »Ich hoffe, Sie werden mir später die Ehre geben, mit mir zu tanzen.«

»Es wird mir ein Vergnügen sein«, erwiderte sie und dachte, dass sie es nicht ertragen würde, von ihm berührt zu werden. Vielleicht würde sie ja doch noch Unwohlsein vorschützen müssen.

Ihr Blick suchte Noels, nachdem der General gegangen war, um andere Neuankömmlinge zu begrüßen. Sie sah eine fast unmerkliche Veränderung in seinen Augen. »Würde es Ihnen etwas ausmachen, wenn ich ein Wort mit meiner Tante rede?«, fragte er ihren Begleiter. »Es ist etwas Privates.«

Major Gambrell stimmte sofort zu. »Selbstverständlich, Marsh. Falls es Mrs. Cantrell recht ist?«

Sie nickte nur, denn ihre Kehle war plötzlich wieder eng geworden.

Noel nahm ihren Arm und steuerte sie durch die Tür, durch die Eingangshalle und in einen leeren Raum. Und dann fuhr er sie an: »Was tust du hier, Katy?«

Seine Stimme war leise, zornig. Seine Augen glitzerten auf eine Art, wie sie es noch nie bei ihm gesehen hatte.

Sie schob das Kinn vor. »Meine Trauerzeit ist um. Ich habe das Recht, einen Abend zu genießen.«

Seine Finger schlossen sich noch fester um ihren Arm. »Mit einem Offizier einer Armee, die dir verhasst ist?«

»Hass ist ein starkes Wort.«

»Ich möchte, dass du heimfährst.«

»Nicht ohne dich.«

»Ah, darum geht es also, ja?«, fragte er. »Weißt du nicht, wie gefährlich Gambrell ist?«

»Er war sehr zuvorkommend.«

»Er ist verheiratet, Katy.«

Sie fühlte, wie sie erblasste. Das hatte sie nicht gewusst. Sarah vermutlich auch nicht, nahm sie an, denn sonst hätte sie nie geduldet, dass Katy ihn zu der Soiree begleitete. »Er ist nur ein Begleiter«, sagte sie verteidigend.

»Er hat einen Ruf als Frauenheld.«

»Du scheinst ihn ja gut zu kennen«, entgegnete sie bissig.

»Ich kenne ihn sogar sehr gut«, bestätigte Noel milde. »Wir spielen sehr oft Karten.«

Sie suchte seinen Blick und sah, dass seine Augen weicher wurden und er die Mundwinkel zu einem Lächeln verzog. »Du siehst sehr hübsch aus, Katy.«

»Ich dachte ... du würdest mich besuchen.«

»Ich kann nicht zu den Taylors gehen«, erwiderte er abrupt. »Sie sind bekannt für ihre proamerikanische Einstellung.«

»Major Gambrell hatte aber keine Bedenken, mich dort abzuholen.«

»Er kann gehen, wohin er will, und sehen, wen er will. Seine Loyalität steht außer Zweifel.«

»Aber deine nicht?«

»Seit Jonnys Flucht steht praktisch jeder Bürger Philadelphias unter Verdacht. Ich kann nur hoffen, dass sie nie erfahren, wer er wirklich ist – denn sonst wirst du ebenso gefährdet sein wie ich.«

Ein Frösteln durchlief sie, aber sie schob das Kinn vor. »Ich fahre nicht eher heim, bis du mitkommst.«

»Selbst wenn du uns dadurch beide in Gefahr bringst?«

»Sie sind deine Freunde.«

»Aye, das sind sie«, stimmte er zu. »Aber ihr Vertrauen hat gewisse Grenzen, und falls sie vermuten, ich könnte Jonny möglicherweise geholfen haben, werden sie nicht zögern, mich zur Rechenschaft zu ziehen.«

Entrüstet starrte sie ihn an. »Glaubst du etwa, ich würde etwas sagen?«

»Nicht mit Absicht. Fahr nach Hause«, sagte er müde. »Fahr zurück nach Maryland. Was ist mit den Ländereien deines Mannes?«

»Ich habe einen ausgezeichneten Verwalter.«

Er sah sie fest an. »Bitte, Katy.«

»Nicht ohne dich«, beharrte sie.

»Ich habe dir bereits gesagt, dass ich meine Praxis nicht aufgeben kann. Ich werde hier gebraucht.«

Sie spürte, wie ihr die Tränen kamen. »Willst du dein Leben riskieren?«

»Das Risiko wäre weitaus geringer, wenn du heimfahren würdest.«

Ein flehender Blick erschien in seinen Augen. In all den Jahren, die sie einander kannten, hatte er sie noch nie so angesehen. Sie hatten sich geneckt, geliebt und miteinander gestritten. Aber sie hatten sich nie um etwas gebeten.

Es klopfte an der Tür. »Mrs. Cantrell?«

»Das ist Major Gambrell«, sagte sie leise.

Noels Blick wich nicht von ihr. »Wirst du heimfahren?«

Sie hatte nicht die Absicht, so schnell aufzugeben. »Ich rede morgen mit dir darüber.«

»Ich hole dich um zwei Uhr ab.«

»Ich dachte, es widerstrebt dir, das Haus der Taylors zu betreten?«

Er starrte sie an. »Der Schaden ist schon nicht mehr rückgängig zu machen. Gambrell und Howe sind jetzt im Bilde über unsere Beziehung. Wir können nur hoffen, dass sie sie nicht weiter untersuchen.«

Katys Herz sank, und sie wünschte nun, sie hätte die Einladung des Majors nicht angenommen. Sie würde es sich nie verzeihen, falls sie Noel in Gefahr gebracht hatte – und alles nur für einen dummen Kindheitstraum.

Noel begleitete sie zur Tür. »Sei vorsichtig mit Gambrell«, sagte er leise.

»Ich bin sehr gut darin, auf mich aufzupassen.«

»Bist du das?«

Sie ärgerte sich über den Zweifel in seiner Stimme.

Aber er ging bereits. »Danke, Roger, dass Sie mir meine Tante so großzügig überlassen haben«, sagte er.

Katy entging nicht der neugierige Blick, den Gambrell ihr zuwarf. Vielleicht fragte er sich, ob Noel ihr erzählt hatte, was Gambrell ihr ganz bewusst verschwiegen hatte: seine Ehe.

»Gute Nacht, Noel«, sagte sie so sorglos wie nur möglich.

»Gute Nacht, Tante Katherine.«

Sie zuckte zusammen, selbst als sie schon Major Gambrells Arm nahm. »Ich glaube, Sie erwähnten einen Tanz«, sagte sie und schritt hocherhobenen Hauptes an Noel vorbei und in den Ballsaal voller britischer Soldaten.

Noel rang mit sich, ob er Katy selbst abholen oder Malcomb schicken sollte. Schließlich beschloss er widerstrebend, allein zu fahren, obwohl er nicht mit ihr allein sein wollte. Er hatte seine ganze Willenskraft aufbieten müssen an dem Tag, als sie in seinem Haus erschienen war. Er hatte sie in die Arme nehmen wollen. Er hatte sie küssen und sie halten wollen. Er hatte mehr gewollt ...

Sie gestern Abend zu sehen, war genauso schwierig gewesen, insbesondere an Gambrells Arm. Er hatte den Major nie gemocht, und er kannte den Ruf, den der Mann in Bezug auf Frauen hatte.

Sie war so hübsch, so unwiderstehlich attraktiv gewesen, dass er sie am liebsten an der Hand gepackt und sie mit heimgenommen hätte. Was sein Ruin gewesen wäre.

Er zögerte, klopfte dann an die Tür der Taylors und war überrascht, als sie sich sofort öffnete und Katy vor ihm stand.

Er konnte gar nicht anders, als zu lächeln. Und plötzlich hatte er das Gefühl, als wiche alle Kraft aus seinen Knien. Das entsprach nicht seinem Plan. »Du bist also wohlbehalten heimgekommen?«

»Ich denke, das weißt du«, sagte sie. »Ich habe gesehen, wie Malcomb uns vom Rathaussaal aus folgte.«

»Darüber werde ich ein Wörtchen mit ihm reden müssen.«

»Roger Gambrell war ein perfekter Gentleman.«

»Hat er gefragt, ob er dich wiedersehen kann?«

»Ja, aber ich habe ihm gesagt, ich wüsste nicht, wie lange ich noch bleibe.«

Er sah sich um. »Wo sind die Taylors?«

»Sie sind beide im Geschäft.«

Er reichte ihr seine Hand, als sie auf seinen Phaeton zugingen, und half ihr auf den Sitz. Ihre behandschuhte Hand war warm, und er roch den schweren, süßen Duft von Rosen, als er neben ihr Platz nahm.

Er erinnerte sich daran, wie er mit ihr über die Felder um die Wette geritten war, an ihr dunkles Haar, das wie eine wilde Mähne hinter ihr hergeflattert war. Er hatte sein Pferd dann meist ein wenig zurückgehalten, nicht, weil er sie gewinnen lassen wollte, sondern weil er es liebte, sie zu beobachten, und ihr ausgeprägtes Konkurrenzdenken bewunderte.

Gott, wie er sie liebte. Wie er sie immer schon geliebt hatte.

Seine Frau war anders gewesen, vom Temperament her mehr wie er selbst, und ihre Beziehung war eine angenehme, wenn auch nicht gerade leidenschaftliche gewesen. Sie war eine Quäkerin gewesen und ein bisschen prüde in intimen Dingen. Wie er hatte sie Bücher sehr geliebt. Sie konnte stundenlang dasitzen und sich mit Stickereien oder irgendeiner anderen Handarbeit beschäftigen. Katy hatte solch sitzende Tätigkeiten stets gehasst.

Noel bewahrte noch immer den Kontakt zu den Verwandten seiner Frau. Einige von ihnen waren von der amerikanischen Regierung aus Philadelphia verbannt worden und erst kürzlich wieder zurückgekehrt, jetzt wo die britische Armee die Stadt besetzt hatte. Die philadelphischen Quäker, insbesondere Noels Schwiegervater, hatten sich freimütig gegen die Trennung der

Kolonien von England ausgesprochen, und sie hatten dafür büßen müssen.

Noel hatte diese Intoleranz gehasst.

»Noel.« Katys sanfte Stimme brachte ihn in Bewegung, und er klatschte mit den Zügeln und ließ das Pferd antraben. Irgendwie musste er sie dazu bringen, heimzufahren. Er war sich nur noch nicht ganz sicher, wie er es in Angriff nehmen sollte.

In wenigen Minuten erreichten sie sein Stadthaus, und er half Katy vom Wagen, während Malcomb sich um die Pferde kümmerte.

Er nahm Katys Arm und führte sie ins Haus, wo sie von einem ekstatischen Aristoteles in Empfang genommen wurden.

Noel beobachtete, wie sie sich bückte und das Tier hinter den Ohren kraulte und wie Aristoteles ganz nervös wurde vor lauter Glück. »Du hast eine weitere Eroberung gemacht.«

»Ich schätze, diese erregt nicht ganz so sehr dein Missfallen wie Major Gambrell.«

»Nicht ganz so sehr«, bestätigte er nüchtern. »Möchtest du ein Glas Wein?«

»Ja.«

Er ging zur Anrichte und kam zurück mit einem Glas Bordeaux und einem Brandy für sich selbst.

Ganz bewusst nahm er in einem Sessel in einiger Entfernung von ihr Platz. Aber sie kam zu ihm hinüber und setzte sich auf die Sessellehne. »Du bist viel zu weit weg.«

Die Luft vibrierte, summte. Er fühlte, wie sein Körper sich verkrampfte. Wortlos stand er auf und schlenderte zum anderen Ende des Raums, wo er sich an den marmornen Kamin lehnte.

Diesmal folgte sie ihm nicht, und er wusste, dass sie es nicht tun würde. Sie war zu ihm gekommen, und er war weggegangen. Er brauchte nur zu dem Sessel zurückzukehren und ihr die Hand zu reichen. Er brauchte nur zu lächeln.

Und sein wackliges Fundament würde zusammenbrechen.

Er wusste, wenn er sie berührte, würde er sie nie wieder gehen lassen.

Er nahm einen Schluck von dem Brandy und ließ ihn in seinem Mund zerlaufen. Aber als er Katy ansah, erstickte er beinahe daran.

Aristoteles versuchte, auf ihren Schoß zu klettern, mit seinen ganzen fünfzig Kilo, und sie war fast nicht mehr zu sehen hinter der Hälfte von ihm, der dieses ziemlich aussichtslose Unterfangen schon gelungen war. Katy lachte, ihre Augen waren warm und funkelten vor Zuneigung. Sie war schlicht und einfach der verführerischste Anblick, den er je gesehen hatte.

»Aristoteles.«

Der Hund sah sich mit großen seelenvollen Augen nach ihm um.

»Aristoteles«, sagte er noch einmal in einem etwas strengeren Tonfall, und der Hund ließ sich widerstrebend auf die Hinterbeine zurückgleiten.

»Es stört mich nicht«, sagte sie.

»Er wird dich noch erdrücken.«

»Das glaube ich nicht. Und ich freue mich über die liebevolle Art seiner Begrüßung.«

Ihre Augen lachten ihn an, und – der Himmel stehe ihm bei – er konnte nichts anderes mehr tun, als die wenigen Schritte bis zu ihr zu gehen.

Er streckte seine Hand nach ihr aus. Sie ergriff sie, und er zog sie auf die Beine. Das Lächeln in ihren Augen erstarb.

Die Magie, die schon immer zwischen ihnen bestanden hatte, offenbarte sich in der Sehnsucht, die beide fast zwanzig Jahre lang unter Kontrolle gehalten hatten. Er fühlte einen Muskel an seiner Wange zucken, während er sich noch dagegen wehrte, sie in seine Arme zu nehmen.

Aber wie zwei Magnete fanden sie zueinander, und er überließ sich seinem überwältigenden Verlangen und breitete die Arme aus. Sie sank hinein und hob den Kopf, um seine Lippen mit den ihren zu vereinen. Ihr Atem vermischte sich, das Geräusch ihres Herzschlags schien sich zu einem einzigen aufgeregten Pochen zu vereinigen.

»Katy«, flüsterte er rau. Und dann bedeckte er wieder ihren Mund mit seinen Lippen, mit unendlicher Zärtlichkeit zunächst, dann fordernder, bis ihre Lippen seinem Drängen nachgaben und seiner Zunge Einlass gewährten.

Katys Blut verwandelte sich in warmen Honig, und mit einer Leidenschaft, die seiner um nichts nachstand, erwiderte sie jede seiner Berührungen, jede einzelne Zärtlichkeit. Darauf hatte sie ihr Leben lang gewartet, und nun hatte sie das Gefühl, endlich ihr Ziel erreicht zu haben.

Und was für ein Ziel. Der Körper, den sie bewohnte, gehörte nicht mehr ihr. Neue, bis dahin gänzlich unbekannte Emotionen überstürzten sich: das überwältigende Verlangen, das intensive Prickeln, das von ihrem Nacken bis zu ihren Zehen lief. Ihre Unterschiede lösten sich auf in ihrem leidenschaftlichen Verlangen nacheinander, in ihrer Sehnsucht, zu berühren und berührt zu werden. Er war ihr Held, ihre große Liebe. Ihr Leben.

Sie hatte so viel von ihrem Leben verschwendet, und alles nur einer einzigen impulsiven Handlung wegen. Sie hatte nicht vor, noch mehr Zeit zu verschwenden.

Sie wollte nur noch fühlen, nicht mehr denken, weil sie den Verstand verlieren würde, wenn sie daran dachte, was hätte sein können. Noels Lippen lösten sich von ihren, und sie sahen sich für einen Moment lang in die Augen. Sie hob die Hand und strich über die müden Linien seines Gesichts, berührte die Winkel jener sanften braunen Augen, die jetzt leidenschaftlich glühten. Sein Atem beschleunigte sich, er verstärkte die Umarmung, und sie drängte sich an ihn und spürte die Veränderung in seinem Körper. Ihr eigener reagierte auf ein unbändiges Verlangen tief in ihrem Innersten, ein unaufhörliches, brennendes Begehren, das sie nie gestillt hatte.

»Katy«, sagte er wieder, und seine Lippen schienen das Wort

zu liebkosen, wie sie Sekunden zuvor noch ihren Mund liebkost hatten. »Das ist nicht vernünftig.«

»Ich will nicht mehr vernünftig sein«, sagte sie bewegt. »Ich habe mein ganzes Leben lang auf dich gewartet.«

Sein Blick schien ihr bis ins Herz zu sehen. »Ist es dir egal, dass ich ein Tory bin?«

»Es wäre mir sogar egal, wenn du der Teufel wärst«, wisperte sie. Und das stimmte. Er war Noel, und das war alles, was sie zu wissen brauchte.

Als seine Hände die Bändchen lösten, die ihr Kleid vorne zusammenhielten, war es für sie das Natürlichste der Welt. Doch dann hielt er noch einmal inne.

»Ich finde, wir sollten nach oben gehen«, sagte er.

»Ich finde, das ist eine sehr gute Idee«, erwiderte sie lächelnd und hielt das Mieder über ihrer Brust zusammen, als sie Hand in Hand mit ihm zur Treppe ging.

»Ich liebe dich, Katy«, sagte er später. Seine Stimme klang verwundert, aber es lag auch noch etwas anderes darin. Etwas, das sie schaudern ließ.

Sie versuchte zu lächeln, merkte aber selbst, wie unsicher und erzwungen dieses Lächeln wirkte. Sie liebte ihn so sehr, so lange schon. Nun fürchtete sie es, fürchtete die nächsten Augenblicke.

Um sie noch etwas hinauszuzögern, hob Katy den Kopf und suchte seine Lippen, um ihm ihrerseits durch diesen Kuss zu verstehen zu geben, dass sie seine Liebe erwiderte. Ihre Lippen verschmolzen zu einem Kuss, der nicht mehr ganz so leidenschaftlich war, aber noch nichts von der Verzweiflung verloren hatte, die ihre körperliche Vereinigung geprägt hatte.

Schließlich richtete Noel sich auf, setzte sich auf die Bettkante und umklammerte so fest ihre Hände, dass sie das Gefühl bekam, er wolle sie nie wieder loslassen. Aber der Ausdruck auf seinem Gesicht, sein besorgter, nahezu betrübter Blick, erschreckte sie.

»Oh, Katy. Ich wollte nicht, dass das geschah. Nicht jetzt.«

Ihre Nacktheit ignorierend, richtete sie sich auf. »Aber warum? Wir können jetzt heimfahren und ...«

»Du wirst heimfahren«, sagte er. »Wenn ich dir wirklich etwas bedeute, dann fahr zurück nach Maryland.«

Sie starrte ihn an und sah den Schmerz in seinen Augen, spürte, wie er sie durchflutete und die Freude auslöschte, die sie gerade noch empfunden hatte. Aber irgendwie hatten diese letzten Augenblicke sie verändert. Er hätte es nicht von ihr verlangt, wenn es nicht von entscheidender Bedeutung für ihn wäre. Es war dumm von ihr gewesen, je etwas anderes zu denken.

Und was für ihn wichtig war, war es auch für sie. Sie war jetzt eine Verpflichtung ihm gegenüber eingegangen.

»Ja«, antwortete sie nur schlicht. »Ich werde dort auf dich warten.«

Sein Lächeln war herzzerreißend. Dankbar, traurig und bedauernd. Er war so nobel, so loyal all jenen gegenüber, die ihn liebten, und den Prinzipien, die er vertrat. Und wenn sie auch nicht die ihren waren, nun, dann wusste sie doch zumindest, dass er Gründe dafür hatte und dass es noble Gründe waren.

Er beugte sich vor und küsste sie. Der Kuss war nicht ganz ohne Leidenschaft, aber mehr als das noch spürte sie seine Liebe, pur und süß und zärtlich, die ihr Herz anrührte und sie heilte.

Ohne dem armen Don Quijote zu nahe treten zu wollen – aber die Natur dieser Frau hatte sich geändert. Sie liebte, zur gleichen Zeit, wie sie geliebt wurde.

Robert Gambrell saß in seiner Kutsche und starrte auf das zweistöckige Backsteinhaus vor ihm.

Er hatte Mrs. Cantrell gerade seine Aufwartung machen wollen, als er einen Phaeton vor dem Haus der Taylors halten sah. Neugierg hatte er gewartet und beobachtet, wie Dr. Marsh ausstieg, den Türklopfer betätigte und sodann mit der mysteriösen Katherine Cantrell zu der Kutsche zurückging.

So weit er wusste, war es das erste Mal, dass er Dr. Marsh mit einer Frau sah. Er hatte den Arzt schon oft zu gesellschaftlichen Anlässen eingeladen und die Einladung selbstverständlich auch auf eine weibliche Begleitung ausgedehnt, aber der Doktor war jedes Mal allein gekommen.

Natürlich war Mrs. Cantrell eine Verwandte. Dennoch hatte Roger das erotische Prickeln zwischen ihnen gespürt. Er hatte das Gefühl gehabt, sich inmitten eines Gewitters zu befinden, als sie zusammengestanden hatten, obwohl beide sich nach außen hin sehr reserviert gegeben hatten.

Das hatte ihn irritiert. Er hatte immer Glück gehabt bei Frauen und wusste, dass er als gut aussehender Mann geschätzt wurde. Aber er sah nichts, absolut nichts in Mrs. Cantrells Augen, als er mit ihr zu flirten versuchte. Und danach war er sehr verblüfft gewesen über die prickelnde Hitze zwischen dem Arzt und seiner ... Tante.

Es hatte ihn auch ein bisschen misstrauisch gemacht. Es war eine bekannte Tatsache, dass die Taylors mit den Aufständischen sympathisierten, was jedoch bisher toleriert worden war, da sie keine öffentlichen Kommentare dazu gaben. Dann fiel Gambrell noch etwas anderes ein. Der Dienst habende Offizier im Walnut Street Prison hatte bemerkt, der Anführer der Rebellen, der seine Männer aus dem Gefängnis befreit hatte, habe gehinkt beim Gehen.

Man ging inzwischen davon aus, dass es sich bei diesem Mann um den *Star Rider* handelte. Hinkte er, dann bedeutete das vermutlich, dass er während der Versenkung seines Schiffs verwundet worden war. Und des Weiteren bedeutete es, dass er einen Arzt gehabt haben musste.

Dr. Marsh hatte nie viel erzählt über seine Angehörigen. Nur dass sie in Maryland lebten und dass sie mit ihm gebrochen hatten, als er sich auf die Seite der Briten gestellt hatte. Niemand hatte an seiner Loyalität gezweifelt, weil er mit einer Quäkerin verheiratet war und die meisten Quäker der Krone treu geblieben waren. Die Familie seiner Frau zumindest hatte es getan, und er hatte weiterhin ebenso viele Quäker behandelt wie Angehörige des britischen Militärs. Für seine Verteidigung der Royalisten war er sogar von den Rebellen ins Gefängnis geworden worden.

Trotzdem ...

Roger beschloss, die Herkunft von Mrs. Cantrell und Dr. Marsh ein bisschen gründlicher unter die Lupe zu nehmen.

Er blieb noch etwa eine Stunde in der Kutsche sitzen und beobachtete das Haus, und seine Verstimmung wurde von Minute zu Minute größer. Schließlich ließ er ärgerlich die Zügel klatschen und setzte seine Pferde in Bewegung.

Herrgott nochmal, er würde doch nicht wie ein liebeskranker Schuljunge vor irgendeinem Haus herumsitzen!

18

Annette stand an der Reling und sah die Küste nach und nach verschwinden. Die *Mary Ann* hatte kurz in Chestertown geankert, um ein paar Besatzungsmitglieder an Bord zu nehmen, einige zusätzliche neue anzuheuern und Proviant aufzunehmen.

Annette hatte Fluchtpläne geschmiedet, als sie vor Anker gegangen waren, aber sie war hilflos in ihrer Kabine eingeschlossen gewesen, als sie die Mannschaft Kisten und Fässer in den Frachtraum laden hörte. Genug, dachte sie bitter, um ein ganzes Jahr lang unterwegs zu sein, statt der drei Wochen, die es angeblich erfordern würde, die französische Insel Martinique zu erreichen.

Sie hatte überlegt, ob sie um Hilfe schreien sollte, aber die Mannschaft war John Patrick offensichtlich treu ergeben. Flirten hatte ihr auch nichts genützt. Aber natürlich war sie in diesen Dingen auch noch nie allzu geschickt gewesen.

Sie hatte nicht einmal Kleider bei sich, bis auf das, das sie getragen hatte, als der Pirat sie zum zweiten Mal entführt hatte. Es war schon steif von der salzig feuchten Luft. Ihr Haar sah auch nicht besser aus, und wenn sie den Wind an ihren Wangen brennen spürte, dachte sie mit Schrecken daran, wie rot ihre Haut sein musste. Kein Wunder, dass er sie nicht mal zu bemerken schien. In den drei Tagen an Bord war er höflich, aber distanziert gewesen. Er hatte ihr die Kabine des Kapitäns überlassen, dafür gesorgt, dass sie regelmäßige Mahlzeiten bekam und sie ansonsten ignoriert.

Das machte sie sogar noch wütender als ihre Entführung. Ihre zweite Entführung. Es wurde langsam zu einer sehr unangenehmen Angewohnheit von ihm.

Sie zog den Umhang noch ein wenig fester um die Schultern. Der Wind war kalt, bitterkalt sogar, aber sie zog ihn der stickigen Luft in ihrer Kabine vor, so geräumig sie auch sein mochte.

Das letzte noch sichtbare Land verschmolz mit der See, und die See schien mit dem Himmel zu verschmelzen. Die *Mary Ann,* unter vollen Segeln, schien über die Wellen dahinzurasen, als könne sie es kaum erwarten, freundlichere Gewässer und wärmere Temperaturen zu erreichen. Zumindest war es das, was der Pirat heute Morgen gesagt hatte, als er an ihre Kabinentür geklopft und sie gefragt hatte, ob sie während des Auflaufens an Deck sein wolle.

Er hatte Recht gehabt; sie hatte alles sehen wollen. Sie wusste, sie hätte Trauer und Bedauern spüren müssen, doch stattdessen wurde sie von einer völlig unpassenden Euphorie erfasst, die John Patrick nicht entgangen war, wie sie vermutete. Die Karibik. Allein der Klang des Namens löste ein aufgeregtes Prickeln in ihr aus. Goldene Strände. Wasser in den Farben von Edelsteinen. Eine solch gleißend helle Sonne, dass sie die See mit Diamanten zu besprenkeln schien. Sie hatte all diese Beschreibungen gelesen und sich oft gewünscht, mit eigenen Augen sehen zu können, ob sie zutrafen.

Aber nicht so, nicht wie eine gefangene Maus und einer launenhaften, aber destruktiven Katze als Spielzeug ausgeliefert.

Gott sei Dank hatte sie wenigstens das Gefühl, dass ihr Vater in guten Händen war. Furcht hegte sie eigentlich nur um sich selbst.

Sie blickte zum Steuerrad hinüber. Ivy bediente es sicher und geschickt, wenn auch vielleicht nicht mit der Eleganz des Kapitäns. Sie fragte sich, ob John Patrick sich endlich ein paar Stunden hingelegt hatte. Sie hatte irgendwie den Eindruck, dass er niemals schlief. Aber warum hätte sie das kümmern sollen? Er war schließlich nichts als ein gemeiner Schurke.

Ihr begann kalt zu werden unter ihrem Umhang, und sie

beschloss, in ihre Kabine zurückzugehen, obwohl es dort kaum etwas für sie zu tun gab. Der englische Kapitän hatte mit Büchern offenbar nichts anfangen können. Ihr blieb nichts anderes übrig, als Seekarten zu studieren, die sie eigentlich gar nicht verstand.

Sie öffnete die Tür zu ihrer Kabine und ging hinein. Ein Stapel Päckchen lag auf ihrem Bett. Sie waren noch nicht da gewesen, als sie an Deck gegangen war. Sie starrte sie einen Moment nur an. Sie waren zweifellos von dem Piraten, der gestern Morgen an Land gegangen war. Er musste sie in ihre Kabine gelegt haben, während sie an Deck gewesen war. Er hatte ihr offenbar keine Chance geben wollen, sie nicht anzunehmen.

Geschenke. Denk an das Trojanische Pferd, ermahnte sie sich, merkte aber, dass sie einen Schritt und dann noch einen in Richtung Päckchen tat. Sie hätte sie aus der Kabine werfen sollen, ohne ihm die Genugtuung zu geben, sie auch nur geöffnet zu haben.

Aber sie setzte sich aufs Bett und berührte zaghaft eins. An der Art, wie es sich anfühlte, merkte sie sofort, dass es ein Kleid sein musste. Was für einen Geschmack mochte er haben?

Nein. Sie würde dieses Kleid tragen. Ihr eigenes. Und wenn es auseinander fiel.

Aber ihre Finger spielten bereits mit der Schnur, die das Päckchen zusammenhielt. Dann schob sie sie zur Seite. Ihr Vater hatte ihr früher immer gesagt, Hochmut käme vor dem Fall. Sie brauchte Kleider, und es war die Schuld des Piraten, dass sie keine hatte.

Ihre Finger glitten unter das Papier und fühlten weichen Baumwollstoff, nicht so fein wie Seide, aber trotzdem, wusste sie, dass er recht kostspielig war. Das Kleid war taubenblau, besetzt mit feiner Spitze, und sie fand es ganz bezaubernd. Sie fragte sich, wie er es gefunden haben mochte. Solche Kleider wurden gewöhnlich nur von Schneiderinnen angefertigt, nach ausgiebiger Anprobe. Sie würde ihn fragen müssen …

Nein, das würde sie nicht tun. Sie dachte nicht im Traum daran, ihn irgendwas zu fragen.

Aber ihre Finger griffen bereits nach dem nächsten Päckchen. Diesmal fand sie darin ein Wollkleid in der Farbe feinen alten Brandys. Es hatte einen hohen Kragen und lange Ärmel und sah warm und bequem aus.

Ein drittes Päckchen enthielt eine Haarbürste und zwei Kämme, zwei Paar feine Kammgarnstrümpfe, zwei Paar Seidenstrümpfe, zwei Paar Spanische Schuhe, ein Paar Handschuhe, ein Unterkleid und Unterhemd. Letzteres ließ sie erröten, aber nicht so sehr wie das Nachthemd aus feinem weißen Leinen, das sie als Nächstes entdeckte. Das Päckchen, das ganz unten lag, enthielt neue Bücher: *Der Sturm* von William Shakespeare und ein Buch mit Gedichten von Thomas Gray. Zwischen ihnen lag eine ziemlich abgegriffene Ausgabe von Daniel Defoes *Robinson Crusoe.*

Ihr Herz wurde für einen Moment ein wenig weicher. Er hatte an alles gedacht, und sie stellte ihn sich in Gedanken vor, wie er von einem Damenschneider zum anderen ging und vermutlich ein Vermögen ausgab für ein Kleid, das für eine andere Frau bestimmt war.

Sie löste die Bändchen vorn an ihrem Kleid und probierte das Wollkleid an. Es war in der Taille ein bisschen zu weit und dafür etwas zu eng um ihren Busen. Er hatte nur Kleidungsstücke gekauft, die sich vorne schließen ließen, was bedeutete, dass sie beim Ankleiden keine Hilfe brauchte.

Er verstand etwas von Kleidern. Er kannte sich aus mit Frauen. Er verstand es bestens, ihre Maße richtig einzuschätzen. Wie viele Frauen mochte es in seinem Leben schon gegeben haben? Sie erschrak bei dem Gedanken. Sie war wahrscheinlich sehr viel unscheinbarer als die meisten. Weltfremder. Seine Geschenke sprachen für sich selbst. Er hielt sie für einen Blaustrumpf.

Aber trotzdem konnte sie nicht aufhören, den weichen Wollstoff zu berühren. Sie hatte nie ein schöneres Kleid besessen.

Sie probierte auch das andere an, und wieder passte es ganz gut, wenn auch nicht perfekt. Sie fragte sich, ob es an Bord wohl Nähzeug geben mochte, und überlegte sich dann, dass sie es ja wohl zum Reparieren der Segel brauchten. Vielleicht konnte sie sich etwas davon borgen …

Annette erkannte, dass sie im Stillen längst beschlossen hatte, die Geschenke zu behalten. Der Plan des Piraten hatte funktioniert. Sie hätte sie ihm ins Gesicht geworfen, wenn er sie ihr persönlich übergeben hätte, aber so …

Wie konnte er sie so gut kennen?

John Patrick zögerte an der Tür der Kapitänskabine. Er hatte zuerst daran gedacht, jemanden zu ihr zu schicken, um ihr seine Einladung zum Abendessen zu überbringen, aber das hätte ihn wie einen Feigling dastehen lassen. Er musste selbst herausfinden, wie schwierig sein Werben sich gestalten würde.

Er klopfte mehrmals an die Tür.

Nach einigen Momenten öffnete sie sich.

Annette Carey trug immer noch das Kleid, das sie in der Nacht, als er sie entführt hatte, getragen hatte. Wider besseres Wissen hatte er gehofft, sie würde vielleicht eins der Kleider tragen, nach denen er ganz Chestertown für sie durchkämmt hatte.

Er kam sich wie ein schüchterner Junge vor, als er das Stirnrunzeln in ihrem hübschen Gesicht sah. Er senkte den Blick auf ihre Hände und sah, dass sie das abgegriffene alte Buch in ihren Händen hielt. Er versuchte es mit einem Grinsen. »Das ist das Lieblingsbuch meiner Familie.«

Sie schaute es verwundert an. »Warum sollten Sie mir ein Familienerbstück geben?«

»Ich dachte … ich fürchtete, Sie würden sich vielleicht langweilen, und ich dachte, meine Familie würde es nicht stören.«

»So wie es sie nicht störte, wie Sie mich behandeln.«

»Sie irren sich, das hat sie sogar sehr gestört.« Er stand noch immer vor der Tür. Er kam jetzt als Bittsteller, und das wusste er. Er wollte nicht die weite Reise zur Karibik und wieder zurück mit einer Frau unternehmen, die ihn bestenfalls verabscheute.

»Aber das hat Sie nicht daran gehindert.«

»Es gibt Gründe ...«

»Ich kenne Ihre Gründe, und ich akzeptiere sie nicht.«

»Werden Sie mich wenigstens anhören?«

»Warum sollte ich?«, entgegnete sie eisig.

Er sah, wie sie schluckte, und hatte einen Moment lang Angst, sie würde ihm die Tür vor der Nase zuschlagen.

»Ich hatte gehofft, Sie würden mir vielleicht beim Abendessen Gesellschaft leisten wollen«, sagte er vorsichtig.

Sie öffnete die Tür ein bisschen weiter, sodass er sehen konnte, dass sie seine hübsch verpackten Geschenke geöffnet hatte, während sie sich sein Angebot zu überlegen schien. Ihr Haar war noch vom Wind zerzaust, sie hatte es einfach nur zu einem schlichten Pferdeschwanz zurückgebunden, aber viele einzelne Strähnen hatten sich daraus gelöst und umrahmten in weichen Wellen ihr Gesicht.

Verdammt, er hätte sie jetzt zu gerne in die Arme genommen. Er wollte diesen Zweifel in ihren Augen auslöschen, diesen Argwohn – nein, diesen gottverdammten Vorwurf – der sie nie zu verlassen schien, wenn er bei ihr war.

Noch nie zuvor hatte er sich einer Frau gegenüber so unsicher gefühlt. Vor seiner Zwangsrekrutierung war er bei Frauen sehr beliebt gewesen, aber seitdem hatte er wenig Gelegenheit gehabt, mit »anständigen Frauen« zusammen zu sein. Er hatte nie bezahlen müssen für die Frauen, die er in den Häfen kennen lernte, aber sie waren immer nur von der Art gewesen, mit denen man höchstens eine Nacht verbrachte, Frauen, die sich mit dem Entgegenkommen der Männer ihren Lebensunterhalt verdienten. Er war es gewöhnt, sie zu nehmen und Auf Wiedersehen zu sagen.

Aber mit der ehrbaren Miss Carey schien er weder das eine noch das andere tun zu können.

Verdammt, aber dieser lange, prüfende Blick brachte ihn beinahe um. »Wo?«, fragte sie schließlich.

Wo? Darüber hatte er noch gar nicht nachgedacht. Tatsächlich war er sogar sicher gewesen, dass sie seine Einladung ablehnen würde.

»In Ihrer Kabine?«

Sie bedachte ihn mit einem kalten Blick.

»In meiner?«

Ein noch kälterer Blick.

Die Offiziersmesse wäre normalerweise der geeigneteste Ort, aber dort war zusätzlicher Proviant verstaut, und die gesamte Mannschaft benutzte bereits den sehr stark reduzierten Platz.

»Mir fällt nichts anderes mehr ein.«

»Wo essen Ihre Männer?«

»In ihren Quartieren, und glauben Sie mir, die wollen Sie gar nicht sehen.«

»An Deck also«, bestimmte sie.

Er zögerte. Das hatte ihm gerade noch gefehlt, dass seine Männer ihn an Deck picknicken sahen. Er wusste, er würde sich dann jahrelang die Geschichten darüber anhören müssen. Ihr Blick wich nicht von seinen Augen.

Er fragte sich, ob ihr bewusst sein mochte, was sie da von ihm verlangte. Die Antwort darauf sah er im vergnügten Funkeln ihrer Augen.

»Eine brillante Lösung«, sagte er.

»Ja, das finde ich auch«, erwiderte sie.

»Es könnte wohl ein bisschen kühl dort draußen sein.«

»Mir war schon öfter kalt.«

»Um sechs also?«, fragte er.

Sie nickte und schloss die Tür.

Warum hatte sie das getan?

Sie hätte einfach Nein sagen sollen.

Aber das Wort wollte nicht von ihrem Kopf zu ihrem Mund gelangen. Es schien einen Umweg durch ihr Herz gemacht zu haben und dort verloren gegangen zu sein.

John Patrick Sutherland hatte mit einer solchen Demut an der Tür gestanden, dass sie beinahe hatte lächeln müssen. Demut passte nicht zu ihm. Sie war an den arroganten, selbstbewussten, Piraten gewöhnt.

Demut brachte eine Saite in ihr zum Erklingen, die Arroganz niemals erreichen konnte.

Und ehrlich gesagt, sie war es leid, allein zu sein. Sie wollte an Deck sein. Sie wollte den Wind und die See genießen. Sie wollte mehr über den Piraten herausfinden.

Er war nicht wie die anderen Mitglieder seiner Familie. Er konnte literarische Passagen mit ihnen rezitieren; er lachte mit ihnen; und sie spürte seine Zuneigung zu den anderen. Aber da war etwas, was ihn von den anderen abhob, und sie wollte wissen, was es war.

Wenn sie es wüsste, könnte sie ihn vielleicht besser überreden, sie heimkehren zu lassen.

Andererseits jedoch fühlte sie sich körperlich so stark zu ihm hingezogen, dass sie eigentlich nur beten konnte, dass nicht sie am Ende noch diejenige war, die sich von irgendetwas überzeugen ließ.

Sie debattierte mit sich, ob sie eins von den geschenkten Kleidern anziehen sollte, beschloss dann aber, ihm nicht diese Genugtuung zu geben. Lieber ging sie so zerknittert und zerzaust, wie sie war, statt seinen Launen nachzugeben.

Trotzdem bürstete sie ihr Haar und versuchte, es einigermaßen in Ordnung zu bringen, obwohl sie wusste, dass der Wind das sehr bald wieder ändern würde. Sie könnte die Kapuze ihres Umhangs darüberziehen, doch dazu liebte sie das Gefühl viel zu sehr, wenn der Wind ihr durch das Haar fuhr.

Ein Picknick auf einem Segelschiff auf dem Weg zu fremdartigen Häfen. Vor einem Jahr hätte sie sich so etwas nicht einmal vorstellen können. Und ein paar Monate zuvor noch hatte sie sich schon mit dem Dasein einer alten Jungfer abgefunden. Nun erlebte sie mehr Abenteuer, als ihr lieb war. Und sie hasste diese kribbelnde Erregung, die sie einfach nicht verlassen wollte.

Seine Crew war fasziniert. John Patrick sah die Männer bereits grinsen, als er befahl, einen Tisch und Stühle an Deck zu bringen, und dann Ivy das Steuer übergab, während er die Vorbereitungen zu einem Festessen beaufsichtigte. Es wurde viel getuschelt, aber die Männer verstummten, sobald er in ihre Nähe kam.

Seine Reputation als kaltschnäuziger Pirat war ernsthaft in Gefahr geraten.

Aber er war es seiner Gefangenen schuldig, ihr wenigstens ein bisschen Abwechslung zu bieten.

Er hoffte, dass der Regen noch eine Weile auf sich warten ließ. Wolken zogen über den Himmel und veränderten bereits ihre Farbe von Watteweiß zu einem ominösen Purpur. Das Heulen des Windes wurde stärker, der Rhythmus der Schiffspfads durch die See unregelmäßiger.

Er hoffte, dass sie das Wollkleid tragen würde, nicht nur seiner Wärme wegen, sondern auch, weil es bedeuten würde, dass ihre Vorbehalte nachließen. Aber er wusste, sie brauchte Zeit. Sie musste lernen, ihm zu vertrauen.

Wenige Minuten vor Sonnenuntergang, als alle Vorbereitungen zu seiner Zufriedenheit getroffen waren, ging er zu ihrer Kabine und klopfte an. Er versuchte, sich seine Enttäuschung nicht anmerken zu lassen, als er sah, dass sie noch immer das gleiche Kleid trug. Sie hielt ihren Umhang in den Händen.

Er verbeugte sich galant vor ihr. »Ich dachte, Sie möchten vielleicht den Sonnenuntergang sehen.«

Ihre Augen leuchteten auf, aber nur für einen winzigen Moment. »Ja, das möchte ich.«

»Sie brauchen nicht jedes Mal, wenn ich an Deck erscheine, zu verschwinden.«

Sie sagte nichts. Er hätte lieber Vorwürfe von ihr gehört als dieses grimmige Schweigen.

Aber er nahm den Umhang aus ihren Händen und half ihr, ihn umzulegen, bevor er die Tür noch weiter öffnete, um sie vorangehen zu lassen. Er hätte jetzt gern ihre Hand genommen, widerstand aber dem Impuls. Er wusste, dass sie sie ihm entziehen würde.

Er ging hinter ihr, bis sie die Luke passiert hatten, und trat dann neben sie. Er wollte ihre Reaktion sehen. Sie blieb stehen, und er sah, wie ihr Blick zu einem Tisch mit zwei Stühlen glitt, die sicherheitshalber an den Planken des Decks festgebunden waren. Der Tisch war mit etwas gedeckt, was wie ein Stück von einem Segel aussah, aber er war mit hübschen roten Servietten geschmückt, die ebenfalls geschickt gegen den zunehmend heftigeren Wind befestigt waren.

Was allerdings vollkommen unpassend war, war die Tatsache, dass der Tisch zwischen zwei mächtigen Kanonen stand. John Patrick sah, wie Annettes Blick von den Kanonen zum Tisch und wieder zurück zu den Kanonen glitt. Dann sah sie ihn an, und ihr Blick verriet Bestürzung.

»Es war der beste Platz«, erklärte er, obwohl ihm nur zu gut bewusst war, dass jeder andere Platz an Deck ebenfalls in der Nähe einer Kanone wäre, außer im Bereich des Ruders, und der Wind machte es unmöglich, dort zu sitzen.

»Kann man sich eigentlich je an den Krieg gewöhnen?«, fragte sie.

Darauf wusste er nichts zu antworten. Er hatte seit langer Zeit kaum etwas anderes gekannt. Als zwangsrekrutierter Seemann hatte er zuerst gegen die nordafrikanischen Piraten gekämpft, dann gegen die karibischen, und schließlich seinen privaten Krieg gegen die Briten ausgefochten.

»Oder an das Töten?«, fügte sie leise hinzu.

»Es waren die Briten, die mich töten lehrten«, sagte er.

»Wieso?«

»Wollen Sie das wirklich wissen, Miss Carey? Es ist keine schöne Geschichte, und ich möchte, dass dies ein angenehmer Abend wird.«

Annette wandte sich der untergehenden Sonne zu, und John Patrick folgte ihrem Blick, um ihre Reaktion zu sehen. Der untere Teil des Himmels, den die Wolken nicht verdeckten, war blutrot und färbte die See darunter. Darüber verwischten die Wolken die Farbe und tauchten den Horizont in sanftere Töne, Koralle, Rosa und Orange. Der Himmel schien aufgeteilt in Gewalt und Frieden.

Er sah sie frösteln und sich zu ihm hinüberlehnen, um dem Wind zu entkommen. Er hatte seinen eigenen Umhang mitgebracht, und er legte ihn ihr nun um die Schultern und zog sie in die Arme, um sie vor den Windstößen zu schützen, die die Segel füllten und Gischt zum Deck aufstieben ließen.

»Möchten Sie lieber hinuntergehen?«, fragte er.

Ihr Blick wich nicht vom Horizont. »Ich habe noch nie solch einen Sonnenuntergang gesehen.«

»Sie werden noch viele von ihnen sehen auf See.«

Sie stand regungslos da, zu einem Teil in seinen Armen. Er musste seine ganze Willenskraft aufbieten, um sie nicht fester an sich zu ziehen. Trotzdem spürte er ihren Körper an seinem und fühlte, wie er darauf reagierte. Sie erschauerte, und auch das spürte er.

»Vielleicht sollten wir hineingehen«, wiederholte er.

Sie wandte sich um und schaute zu ihm auf. »Und all die Mühe verschwenden, die Ihre Männer sich gemacht haben?«, entgegnete sie mit einer Handbewegung auf die Seemänner, die alles so raffiniert an Deck befestigt hatten.

»Sie betrachten es als eine Ehre.«

Überrascht sah er, dass ihre Augen fröhlich funkelten. »Um Ihnen dienlich zu sein oder mir, Käpt'n?«

Er war unendlich erfreut über seine Beförderung vom Pirat zum Kapitän. »Ihnen natürlich. Sie sehen nur selten eine so bezaubernde Dame an Bord.«

»Ich brauche keine Schmeicheleien.«

Sanft legte er eine Hand unter ihr Kinn und hob ihr Gesicht an, um ihr in die Augen sehen zu können. »Für Schmeicheleien hatte ich noch nie viel übrig, Miss Annette.«

»Und für die Wahrheit offensichtlich auch nicht«, gab sie zurück.

Er ignorierte den Stich, obwohl er schmerzte, und fragte sich, ob sie je wieder in der Lage sein würde, in seiner Gegenwart entspannt zu sein.

Sie entfernte sich bereits von ihm, um zum Tisch zu gehen.

Sie war mutig. Das war sie immer schon gewesen, vom ersten Augenblick an schon, seit er sie kannte.

Sie hatte seiner Familie ausnehmend gut gefallen, trotz ihrer oft reservierten – und manchmal feindseligen – Einstellung zu ihnen. Sie hatte Rückgrat, wie sein Vater sagte. Sie besaß Mut und Courage, sagte seine Mutter. Sie hatte wirklich großes Lob geerntet bei den beiden.

Aber er wusste, selbst wenn sie sie nicht gebilligt hätten, würde er nicht zögern, sie zu umwerben. Trotz ihrer Sympathien für die Briten hatte er schon vom ersten Augenblick an, als sie ihn so liebevoll gepflegt hatte, gewusst, dass sie die Frau war, die er haben wollte. Das Wissen darum hatte in seinem Herzen herumgetanzt, obwohl er sich lange Zeit geweigert hatte, es zu akzeptieren. Aber jeder Zweifel war verflogen an dem Tag, als sie an Bord seines Schiffes gestanden hatte und verzweifelt bemüht gewesen war, den Rhythmus der See nicht zu genießen, sich aber durch das Staunen in ihrem Blick verraten hatte. Es gab so viel, was sie noch nicht über sich selbst gelernt hatte, und er wollte ihr helfen, jede einzelne Facette davon zu entdecken.

Er machte die Erfahrung, dass es auch so manches gab, was er über sich selbst nicht wusste. Er war überrascht gewesen, wie sehr es ihn danach verlangte, an jenem erstaunlichen Wunsch nach Frieden teilzuhaben, den sie in sich trug. *Kann man sich eigentlich je an den Krieg gewöhnen? An das Töten?*

Vielleicht hatte er sich daran gewöhnt. Zum ersten Mal kam ihm so richtig zu Bewusstsein, wie beängstigend dieser Gedanke war.

Er half ihr, Platz zu nehmen, und setzte sich dann auf den anderen Stuhl. Einer der Männer verschwand durch die Luke, um kurz darauf mit einem Tablett zurückzukehren. Mit einer schwungvollen Bewegung stellte er es triumphierend auf den Tisch. »Beasley hat das extra für Sie gekocht, Ma'am.«

Annettes Gesicht erstrahlte in einem spontanen Lächeln, und John Patrick hatte das Gefühl, dass sein Herz vor Sehnsucht zu zerbersten drohte. Er wollte, dass sie ihn so ansah. Er fragte sich, ob sie es je wieder tun würde, ob sie je den katastrophalen Beginn ihrer Beziehung überwinden würde.

»Danke«, sagte sie freundlich, als der Seemann ein verbranntes Hühnchen präsentierte, viel zu krosses Brot und Bohnen, die zu Mus zerkocht waren. Dann stellte er noch einen Teller Obst vor sie hin – Erdbeeren, Apfelscheiben und Orangen.

Zum ersten Mal wünschte John Patrick, er hätte sich mehr um das Essen auf dem Schiff gekümmert. Er hatte seine Männer mit Blick auf ihre kämpferischen Fähigkeiten ausgesucht – den Koch mit eingeschlossen. Nachdem er auf den Schiffen Seiner Majestät gedient hatte, wo die Ernährung aus Bohnen, madenverseuchtem Brot und einem gelegentlichen Stück verdorbenem Fleisch bestanden hatte, hatte er in punkto Proviant nur eins verlangt: eine saubere Küche und so viel frisches Obst und Gemüse wie nur möglich, ganz gleich, was es auch kosten mochte. Er hatte seither längst entdeckt, dass eine solche Diät eine gesunde Mannschaft garantierte.

Aber als er jetzt das ruinierte Hähnchen ansah, wünschte er, er hätte sich bemüht, einen richtigen Koch zu finden.

Er blickte zu ihr auf, in der Erwartung, Abneigung in ihrem Blick zu sehen. Aber stattdessen zuckte es um ihre Mundwinkel, als habe sie Mühe, nicht zu lachen. Und ihre Augen sprühten vor Belustigung.

John Patrick war im ersten Moment entrüstet, dass all seine Bemühungen nichts anderes als Belustigung bei ihr hervorriefen, doch dann sah er es mit ihren Augen und konnte selbst ein Grinsen nicht mehr unterdrücken, als er dachte, wie absurd dies doch alles war: auf einem windgepeitschten, schwankenden Deck zu sitzen, an einem mit Segeltuch gedeckten Tisch und dem jämmerlichsten gebratenen Hähnchen vor sich, das er in seinem Leben je gesehen hatte.

»Würden Sie so freundlich sein, es zu zerteilen?«, bat Annette.

»Wollen Sie wirklich, dass ich das tue?«, entgegnete er skeptisch.

»Wir würden sie kränken, wenn wir es nicht tun«, erwiderte sie mit einem Blick zu den Seeleuten hinüber, die so taten, als beachteten sie sie nicht.

Und in diesem Augenblick erkannte John Patrick klarer noch als je zuvor, dass er sie haben wollte. Dass er Mittel und Wege finden würde, sie zu gewinnen.

Aber er versuchte diese zielstrebige Entschlossenheit zu verbergen und begann das Hühnchen zu zerlegen, was sie mit aufrichtigem Interesse zu verfolgen schien.

In einem Anfall schierer Verzweiflung stach er die Gabel in das Huhn, und es flog vom Tisch. Das Schiff wählte ausgerechnet diesen Augenblick, um zu gieren, und er schaute hilflos zu, wie der verdammte Vogel über das Deck schlidderte und in den Ozean stürzte.

»Ah, es gibt also doch etwas, was Sie nicht beherrschen«, bemerkte Annette ruhig.

»Es gibt viele Dinge, die ich nicht beherrsche«, gab er zurück und kam sich vor wie ein Knabe, der gerade durch eine Prüfung in der Schule gerasselt war.

»Und was ist das, außer Hühnern?«

»Wissen ist Macht«, entgegnete er trocken.

»Ich will keine Macht. Ich will nur nach Hause.«

»Wollen Sie das wirklich, Miss Annette? Sind Sie sich ganz sicher?«

Er merkte gleich, dass er einen Fehler gemacht hatte. Ihre Augen verdüsterten sich, und das Lächeln wich von ihren Lippen. Sie war gerade dabei, ihre Liebe zur See zu entdecken, und indem er ihre Loyalitäten in Frage stellte, zwang er sie in die Realität zurück, die sie schon beinahe vergessen hatte.

Die Heiterkeit verschwand aus ihren Augen, und sie wandte den Blick von ihm ab. Die Sonne war untergegangen und hatte eine Grauheit hinterlassen, die wie ein Leichentuch erschien. Er sah Annette frösteln und spürte die zunehmende Kälte in der Luft.

Er wollte diesen einen Moment zurückholen, bevor er sie gezwungen hatte, sich an alles zu erinnern, was er ihr angetan hatte. Er wollte wieder das Entzücken in ihren schönen Zügen sehen, die Belustigung in ihren Augen.

Annette blickte auf ihren Teller hinab. Sie aß mehrere Stückchen Obst, aber er merkte, dass sie es jetzt nur noch um den Schein zu wahren tat; sie wollte die Gefühle der Seeleute nicht verletzen, die sich solche Mühe gemacht hatten. Er bewunderte sie dafür, aber er verspürte auch Verzweiflung, als er sie beobachtete.

Er nahm ein Stückchen Brot in Angriff und die Bohnen, aber die Spontaneität des Abendessens war verloren. Während der restlichen Mahlzeit würde sie ihn tolerieren, weiter nichts.

Geduld, ermahnte er sich.

Aber als er sie in ihrem Essen herumstochern sah, fragte er sich, ob Geduld genügen würde.

Sie beendete ihr Essen, als die Nacht das letzte Tageslicht verdrängte und der Wind an dem Segeltuch zu zerren begann, das den Tisch bedeckte.

Annette erhob sich. »Danke«, sagte sie feierlich.

Er trat rasch neben sie, um sie auf dem inzwischen heftig schwankenden Deck zu stützen. Sein Angebot ließ viel zu wünschen übrig, fürchtete er. Er hatte dem Tag ein paar heitere Momente abgerungen, was er schon seit Jahren nicht mehr getan hatte, und war dadurch ein bisschen aus dem gewohnten Gleis geraten. Er hatte gedacht, er habe seine Heiterkeit vor Jahren schon verloren.

Das Schiff legte sich in diesem Moment zur Seite, und Annette begann zu fallen. Instinktiv streckte er die Hände aus, um sie aufzufangen, als sie über das Deck auf das Wasser zurutschte. Seine Hand konnte ihre gerade noch ergreifen, und er zog sie an sich und schloss sie in plötzlicher Verzweiflung in die Arme. Sie klammerte sich an ihn, keuchend und am ganzen Körper zitternd, und schlang die Arme um ihn, um sich festzuhalten.

John Patrick zog sie noch ein wenig fester an sich. »Es ist alles gut«, flüsterte er ihr zu. »Sie sind sicher. Sie werden immer sicher bei mir sein.«

Da blickte sie auf zu ihm. Er konnte noch immer die Panik in ihrem Gesicht erkennen und schloss die Augen, um sie nicht zu sehen. Was hatte er ihr angetan? Er hatte Gründe gehabt, sie zu entführen, aber nur weil er und sein Bruder ihre Selbstlosigkeit und Gastfreundschaft missbraucht hatten. Er hatte sie in große Gefahr gebracht, als er den britischen Schiffen an der Mündung des Delaware entkommen war. Er hatte sie weggerissen von ihren Freunden, von ihrem Zuhause und allem anderen, was ihr lieb und teuer war.

Falls ihr irgendetwas zustieß …

»Ich denke, wir gehen jetzt besser hinunter«, schlug er vor. »Das Wetter wird sich noch verschlechtern.«

Einen kurzen Augenblick lang regte sie sich nicht. Dann trat sie zurück und umklammerte seine Hand, als glaubte sie ihm sein Versprechen. Seine langen, schwieligen Finger schmerzten von ihrem Griff, aber es war ein Schmerz, den er begrüßte. Sie zitterte noch immer, wenn auch nicht mehr ganz so sehr, und er sah, dass sie allmählich ihre Haltung wiederfand.

Einen Moment darauf sprach sie, und ihre Stimme klang sehr eindringlich. »Sie sagten, die Briten hätten Sie das Töten gelehrt. Wieso?«

Überrascht schloss er die Finger noch ein wenig fester um die ihren.

»Ich wurde in den Marinedienst gezwungen, als ich dreiundzwanzig war«, erwiderte er schlicht. »Ich war in Schottland und besuchte die angestammten Ländereien meines Vaters, die von der britischen Regierung dreißig Jahre zuvor beschlagnahmt worden waren. Ich war ein frisch gebackener Anwalt, überzeugt, jedes Unrecht dieser Welt korrigieren zu können, und mit dem meines Vaters wollte ich beginnen. Also fuhr ich nach England, um die Regierung um seine Begnadigung und die Rückgabe seiner Ländereien zu ersuchen.« Er hielt inne, als er sich erinnerte, wie naiv er damals gewesen war, wie jung und idealistisch.

»Man belächelte mich jedoch nur bei den Gerichten«, sagte er bitter. »Danach besuchte ich die Highlands, die einstige Heimat meines Vaters, und fuhr dann nach Glasgow, um auf ein Schiff zu warten, das mich heimbringen würde. Stattdessen landete ich, betäubt durch ein mit Schlafmittel versetztes Bier, in einer Koje auf einem britischen Kriegsschiff mit dem sadistischsten Kapitän, der je die Weltmeere befahren hat.«

Er schwieg einen Moment, aber er spürte ihr Interesse, vielleicht sogar ihr Mitgefühl. »Ich war nicht gerade bescheiden und verzapfte eine Menge juristischen Unsinn, fürchte ich. Das gefiel dem Kapitän nicht. Er war fest entschlossen, meinen Widerstand zu brechen.«

»Die Narben«, wisperte sie.

»Aye«, bestätigte er. »Diese und noch mehr. Wenn Ivy nicht gewesen wäre, würde ich heute vielleicht nicht mehr leben.«

»Wie lange waren Sie auf dem Schiff?«

»Drei Jahre«, sagte er. »Die meiste Zeit jagten wir Piraten.

Aber dann geriet Captain Wentworth in eine Falle, und die Piraten schnappten ihn. Ivy und ich waren im Bunker, dazu verurteilt, wegen Meuterei zu hängen. Man stellte uns vor die Wahl, uns ihnen anzuschließen oder den anderen.«

»Den anderen?«

Er antwortete nicht. Er spürte, wie sie wieder erschauderte.

»Man sollte meinen, Sie hassten das Meer.«

»Anfangs tat ich das auch«, gab er zu. »Aber es war nicht das Meer, das Männern ihre Heimat und ihr Leben raubte. Es waren die Briten. Ich merkte bald, dass ich eine Begabung für die Seefahrt hatte. Wie Sie wurde auch ich nie seekrank wie so viele andere. Ich liebte das Gefühl eines Schiffs unter vollen Segeln und die Sonnenuntergänge auf dem Meer. Es ist ein Gefühl der Freiheit wie kein anderes, bei gutem Wind auf einem Schiff über das Meer zu segeln.«

»Aber Sie hassten es, ein Gefangener darauf zu sein und keine andere Wahl zu haben.«

»Aye«, bestätigte er wieder. Er gab ihre Hände frei und schlang die Arme um sie, aber diesmal blickte sie aufs Meer hinaus, und er stand hinter ihr. »Ich kann verstehen, wie Sie sich fühlen, Annette. Wahrscheinlich sogar noch sehr viel besser, als Sie glauben. Ich weiß sehr gut, wie es ist, zu lieben und zugleich zu hassen.«

Er spürte, wie sie in seinen Armen fröstelte. Auch ihm war jetzt kalt, und er war Stürme und die eisige Gischt des Seewassers gewöhnt. Er ließ seine Arme wieder sinken und nahm ihre Hand. »Wir müssen jetzt hineingehen. Ich möchte nicht die Schuld daran tragen, dass Sie sich erkälten.«

Überraschenderweise erhob sie keine Einwände, sondern ließ sich von ihm zur Luke führen. Dann entzog sie ihm ihre Hand.

»Ich kann jetzt allein weitergehen«, sagte sie. »Ivy wird Sie brauchen, denke ich.«

Er wollte protestieren, aber sie schüttelte den Kopf. »Ich bin durchaus in der Lage, die Kabine alleine zu erreichen. Aber vielen Dank für den ... interessanten Abend.«

»Eher katastrophal, würde ich sagen«, entgegnete er.

»Nein«, widersprach sie mit einem Lächeln, das ihn bis ins Herz berührte. »Ganz und gar nicht.«

Dann duckte sie sich und verschwand auf der Treppe hinter der Luke.

19

John Patrick Sutherland war wirklich sehr geschickt darin, Menschen zu benutzen.

Annette sagte sich das immer wieder, als ein Tag in den nächsten überging. Das Schiff war in einen Sturm nach dem anderen geraten, und sie sah von seinem Kapitän nur wenig, selbst wenn sie sich an Deck wagte. Obwohl sie während des Sturms sehr gerne draußen war, war ihr doch nur allzu gut bewusst, wie nahe sie am Abend ihres Dinners mit dem Kapitän daran gewesen war, zu ertrinken, und blieb deshalb nie lange auf dem unsicheren Deck.

Nur einmal sah sie ihn. Er kämpfte mit dem Ruder; seine hoch gewachsene Gestalt, nur gelegentlich von einem Blitz erhellt, hob sich als dunkle Silhouette vor dem Himmel ab. Er sah sie nicht, und sie beobachtete ihn, fasziniert von der Kraft in seinen Armen und dem Geschick, das er im Abreiten des Sturms bewies.

Beasley, der Schiffskoch, brachte ihr das Essen. Es war immer kalt, und er entschuldigte sich wortreich dafür und erklärte ihr, man könne bei solch unruhiger See weder Laternen noch Herdfeuer anzünden. Feuer bedeute eine ebenso große Gefahr für ein Schiff wie Sturm und See.

Aber er sorgte stets dafür, dass sie reichlich Obst, Schiffszwieback und Gelees in der Kabine hatte. Und während der Tagesstunden las sie in ihrer Koje, die ihr trotz ihres Schwankens als einziger Gegenstand mehr oder weniger stabil erschien.

Und sie machte sich Gedanken über John Patrick, wer er war und was er war.

Ein Rechtsgelehrter durch sein Studium. Ein Seemann durch höhere Gewalt. Ein Pirat aus freiem Willen. Eigentlich kannte sie keinen dieser Männer richtig. Sicher, er war sehr nett zu ihrem Vater gewesen, aber das erforderte nicht viel und brachte ihm eine Menge Vorteile. Er hatte die Zustimmung all jener gewonnen, die er benutzt, verraten und missbraucht hatte.

Du kannst ihm nicht glauben.

Konnte sie die Geschichte mit den Narben auf seinem Rücken glauben? Sie hatte sie nur einmal kurz gesehen, als sie seine Verbände gewechselt hatte. In Gedanken sah sie sie jedoch noch immer vor sich. Aber sie konnte sich den stolzen Kapitän dieses Schiffes nicht ausgepeitscht vorstellen. Was musste es ihn gekostet haben? Ein ganz ähnlicher Schmerz hatte ihren Vater stumm gemacht.

Ein Teil des Preises, den John Patrick dafür gezahlt hatte, war seine Menschlichkeit. Sie bedauerte jenen jungen Mann, dessen Jugend man gestohlen hatte. Aber gerade das hätte ihn eigentlich daran hindern müssen, heute anderen ihre Freiheit wegzunehmen.

Dennoch gelang es ihr nicht, zu vergessen, wie bekümmert er ausgesehen hatte, als das verbrannte Hähnchen übers Deck geschlittert war. Nichts, was er absichtlich hätte tun können, hätte ihn liebenswerter für sie machen können.

All diese Gedanken quälten sie und machten es ihr nahezu unmöglich, zu lesen oder sich auf irgendetwas anderes als John Patrick zu konzentrieren. Jonny nannte seine Familie ihn. Aber das erschien ihr zu unschuldig, zu jungenhaft für den harten, entschlossenen Mann, den sie kannte. Falls er einst voller Idealismus gewesen war, musste ihm auch das genommen worden sein, denn sie erkannte nur sehr wenig davon jetzt in ihm. Zu ihrer Familie und zu ihr war er charmant gewesen, aber hinter dieser gefälligen Fassade verbarg sich ein Mann so stark und hart wie eine Stahlklinge.

Erinnere dich.

Sie versuchte es. Doch obwohl sie fast ins Meer gestürzt wäre, hatte sie dieses seltsame Abendessen mit ihm faszinierend – ja, sogar hinreißend gefunden.

Er war der komplizierteste Mensch, dem Annette in ihrem Leben je begegnet war. Wenn er nicht so ein Lügner wäre, hätte sie mühelos ihr Herz an ihn verlieren können. Und sie traute weder seinen Gefühlen noch seinen Motiven. Er war der Feind. Als der Aufstand begonnen hatte, hatte sie der Krone Loyalität geschworen. Und sie hatte es nicht leichtfertig getan. Wie könnte ihre Loyalität also weniger wichtig sein als seine?

Der Himmel klarte auf.

John Patrick konnte meilenweit sehen, aber die Briten konnten es natürlich auch. Er blieb so dicht wie möglich an der Küste und hielt sich von den großen Schifffahrtsrouten fern. An der Küste entlang wollte er bis Florida segeln, und dann in die Karibik – wo die Gefahr noch zehnmal größer war. Sie fuhren nach wie vor unter britischer Flagge, doch diese besaß nur einen sehr begrenzten Wert, falls sie geentert wurden.

Er hatte seine Männer schon die Kanonen überprüfen, sie reinigen und daran üben lassen. Es waren modernere als die Geschütze, die er auf der *Star Rider* gehabt hatte. Er wollte sich nicht überrumpeln lassen. Seine Männer hatten Segel gesehen – Handelsschiffe höchstwahrscheinlich, da sie keine Kampfhandlungen begonnen hatten –, und er wusste, dass es seine Männer in den Fingern juckte, ihnen nachzufahren. Aber er hatte die Aufgabe, in Martinique die französischen Kanonen abzuholen und sie General Washington zu überbringen. Das bedeutete eine weitere heikle Fahrt den Delaware hinunter, aber es gab keinen anderen Weg, schwere Geschütze nach Valley Forge zu bringen.

Und bis dahin musste er jeden Kampf vermeiden. Die Kanonen waren wichtiger als irgendwelche Handelsschiffe. Sie konnten Washingtons Überleben oder sogar seinen Sieg bedeuten.

Die Sonne ging soeben am Horizont auf, überzog mit ihrem goldenen Schein den Himmel und warf ihre hellen Strahlen auf die Wellen. Schweinswale begleiteten das Schiff und warfen sich mit einem Überschwang in die Luft, an den er sich noch gut erinnerte und von dem er wünschte, er besäße ihn noch.

Ivy, der gestern Nacht das Ruder geführt hatte, war endlich unter Deck gegangen, um sich ein bisschen auszuruhen. John Patrick lauschte den Seemannsliedern, die die Männer sangen, während sie das Sturmsegel einholten und volle Segel hissten. Beim ersten Tageslicht war Taylor, einer seiner scharfäugigsten Männer, mit einem Fernglas, das John Patrick in der Kapitänskabine gefunden hatte, in das Krähennest hinaufgestiegen.

Nach drei stürmischen Tagen schien das Wetter endlich wieder schön zu werden.

John Patrick blickte suchend über das Deck, in Erwartung, Annette irgendwo zu sehen. Sie war während der vergangenen Tage die meiste Zeit in ihrer Kabine geblieben, obwohl er sie ab und zu an der Luke gesehen hatte, wo sie ein bisschen frische Luft geschnappt hatte und gleich darauf wieder unter Deck gegangen war. Er war zu sehr mit dem Kampf gegen den Sturm beschäftigt gewesen, um zu ihr zu gehen, aber er hatte Beasley, der ganz offensichtlich einen Narren an ihr gefressen hatte, damit beauftragt, ihr buchstäblich jeden ihrer Wünsche zu erfüllen. Er wünschte, Quinn wäre an Bord, aber er war in Marsh's End geblieben, um auf Annettes Vater aufzupassen.

John Patrick vermisste Annette. Ihr Anblick fehlte ihm. Er vermisste ihre spitze Zunge, ihre wache Intelligenz, ihren Eifer, neue Erfahrungen zu sammeln. Er dachte, heute könnte er sie fragen, ob sie versuchen wollte, das Schiff zu lenken. In Wahrheit wollte er jedoch nur etwas, das er liebte, mit ihr teilen. Erst als er ihr begegnet war, hatte er erkannt, wie einsam er bisher gewesen war, wie er alles Menschliche in sich beiseite geschoben hatte in diesen letzten Jahren. Seine Familie hatte er noch, aber er hatte ihnen nie genau gesagt, was auf dem britischen Schiff geschehen war, obwohl er wusste, dass sein Vater sogar noch Schlimmeres erlebt hatte, als er aus Schottland in die Verbannung geschickt worden war.

Er würde alles tun, was in seiner Macht stand, um dafür zu sorgen, dass die Briten kein Mitglied seiner Familie – oder irgendeinen anderen Amerikaner – je wieder terrorisieren würden.

Er wandte sich wieder zur Luke um, und diesmal war Annette an Deck. Ihr Umhang blähte sich im Wind, und er sah das taubenblaue Kleid darunter, das er ihr gekauft hatte. Freude durchströmte ihn. Sie sah ihn, zögerte und ging dann die wenigen Schritte bis zum Oberdeck und zum Ruder.

»Sie haben die letzten Tage gut überstanden, scheint es«, bemerkte er. »Sie waren nicht seekrank?«

Sie blickte auf die goldgefleckte See hinaus. »Nur ein bisschen.«

»Sie sind sehr seefest.«

Ein Ausdruck von Stolz huschte über ihr Gesicht. »Ich habe mir immer schon gedacht, dass ich das Meer lieben würde.«

»Möchten Sie das Ruder für eine Weile übernehmen?«

Sie nickte, und er trat beiseite und hielt mit einer Hand das riesige Ruder, bevor sie ihre beiden Hände darum schloss. Es schlug so urplötzlich aus, als spürte es die jähe Freiheit.

»Halten Sie es fest«, sagte er und sah ihren gespannten Gesichtsausdruck, als sie es tat. Da nahm er seine Hand vom Ruder, überließ es vollkommen ihr und beobachtete, wie sie nach anfänglichem Kampf allmählich die Kontrolle darüber gewann. Sie schien tatsächlich wie geboren für das Leben auf der See.

Dennoch erforderte das Steuern ihre ganze Kraft und beanspruchte Muskeln, die sie noch nie zuvor benutzt hatte. Er wartete und rechnete damit, dass sie es bald aufgeben würde, doch sie dachte offenbar nicht mal daran. Er stand hinter ihr, sein Körper war nur zentimeterweit von ihrem entfernt. Er wäre gern noch näher getreten, um seine großen Hände auf ihre zu legen und ihr zu helfen, aber er beherrschte sich. Er fragte sich, ob sie sich der Nähe ihrer Körper genauso stark bewusst war wie er selbst.

Nachdem mehrere Minuten verstrichen waren, streckte er die Hand aus und übernahm das Ruder wieder. Sie blieb neben ihm stehen und beobachtete ihn, als wolle sie sich jede seiner Bewegungen, seiner Gesten ins Gedächtnis einprägen. Als wüsste sie, dass dies alles nur vorübergehend war. Dann wandte sie den Blick zur Sonne, die langsam über dem Ozean aufstieg. »Wohin fahren wir?«

»Zu einer kleinen Insel namens Martinique.«

»Werden Sie dort … Schiffe attackieren?«

»Nein. Wenn ich das vorhätte, hätte ich Sie nicht mitgenommen.«

»Warum fahren Sie nach Martinique?«

John Patrick hatte diese Frage schon erwartet. Wie sollte er es ihr erklären? Die Franzosen waren angeblich neutral. Im Augenblick zumindest. Sie konnten keine Kanonen zu den amerikanischen Patrioten transportierten, ohne ihren Neutralitätsvertrag zu brechen, und dazu waren sie noch nicht bereit. In Frankreich lebende Spione würden wissen, ob Amerikaner Kanonen bei den Franzosen gekauft hatten, und es war anzunehmen, dass die Briten jedes Schiff in der Nähe eines französischen Hafens stoppen würden. Aber ein Schiff, das seine Vorräte in Martinique ergänzte? Es war durchaus möglich, dass er dort keine allzu große Aufmerksamkeit erregen würde.

Vor allem, wenn er den Namen der *Mary Ann* änderte.

Benjamin Franklin hatte mit gewohnter List schon alles perfekt mit den Franzosen unter Dach und Fach gebracht.

Aber von all dem wollte, konnte John Patrick Annette noch nichts erzählen. Die Information könnte Frankreichs Position sehr schaden und jede weitere Hilfe für die Kolonien verzögern.

Und Annette war noch immer eine Tory, deren Sympathie nach wie vor den Briten galt.

Sie wartete auf eine Antwort, aber er konnte ihr keine geben. Er wollte sie nicht belügen. Das hatte er oft genug getan. Und darum hüllte er sich in Schweigen.

Sie wartete noch einige Minuten und versuchte es dann mit einer anderen Frage. »Wann werden wir zurück sein?«

»In vier oder fünf Wochen. Das hängt vom Wind ab.«

»Und dann werden Sie uns ... heimkehren lassen?«

Er wandte sich zu ihr um und sah sie an. »Sobald es ungefährlich ist.«

»Und Sie entscheiden, wann es ungefährlich ist?«

»Aye.«

Er sah, wie ihr Körper sich versteifte. Er wusste selbst, wie arrogant er klang, aber er hatte keine Ahnung, wie er ihre Frage sonst beantworten sollte. Er wusste nur, dass er sie nie wieder belügen würde.

Sie wandte sich von ihm ab und verließ das Achterdeck. Sie verschwand aus seiner Sicht, aber er nahm an, dass sie an Deck bleiben würde. Enttäuschung erfasste ihn. Einen wunderbaren Moment lang hatten sie ein gemeinsames Vergnügen geteilt, aber dann war es verdorben worden durch ihre Differenzen. Er fragte sich, ob es immer so sein würde.

Annette ging hinunter, um ihre Bücher zu holen. Vielleicht würde sie es diesmal schaffen, nicht über John Patrick nachzudenken. Darüber, wie wütend er sie machte, und darüber, dass er sie Dinge fühlen lassen konnte, die sie nicht für einen Feind empfinden dürfte.

Die unbestreitbare Tatsache war, dass er eine Art Magie bei ihr bewirkte, wann immer er in ihrer Nähe war. Sie war entzückt gewesen, als er ihr das Ruder überlassen hatte. Sie hatte die Hitze seines Körpers hinter sich gespürt, bis jeder ihrer Nerven vor Bewusstheit schmerzte. Sie hatte sogar ein Gefühl der … Verbundenheit mit ihm gespürt – bis zu dem Moment, als er wieder zu ihrem Gefängniswärter geworden war.

Aber sie wollte das Gefühl gar nicht erst aufkommen lassen, sich wie eine Gefangene in ihrer Kabine vorzukommen. Obwohl die Luft noch ziemlich kühl war, wollte sie draußen sein, um die frische Luft zu riechen und den Wind gegen die Segel schlagen zu hören. Sie nahm ein Kissen und ging zurück an Deck, wo sie zwischen zwei Taurollen ein relativ geschütztes Plätzchen fand, von dem aus sie den Piraten sehen konnte, aber er sie nicht.

Sie wünschte nur, sie wäre in der Lage, sich auf das abgegriffene alte Buch zu konzentrieren. Ein Familienerbstück, hatte er gesagt. Warum hatte er es ihr dann gegeben?

Schon bald darauf war sie vertieft in die Geschichte des Mannes, der nach einem Schiffbruch ganz allein auf einer Insel landete. Nachdem sie einen Sturm auf See selbst miterlebt hatte, war die Geschichte nur zu real für sie. Sie war so von ihr gefesselt, dass sie erschrak, als ein Schatten über die Seite fiel, die sie gerade las.

Sie brauchte nicht aufzuschauen, um zu wissen, dass John Patrick vor ihr stand. Ihre Neugier machte es ihr jedoch beinahe unmöglich, ihn zu ignorieren. »Sie sagten, dieses Buch sei ein Familienerbstück?«, fragte sie.

»Mein Vater pflegte uns früher daraus vorzulesen«, sagte er. »Er brachte meiner Mutter und Noel damit das Lesen bei.«

Annette hatte noch immer Mühe, sich an die Zusammenhänge innerhalb dieser Familie zu gewöhnen. »Dr. Marsh ist Ihr Halbbruder?«

»Aye. Meine Mutter war in erster Ehe mit John Marsh verheiratet, bevor sie meinen Vater heiratete. Sie – meine Mutter und John Marsh – kauften meinen Vater auf einer Versteigerung.« Ohne eine Aufforderung abzuwarten, setzte er sich neben sie.

Sie nickte und lauschte interessiert. »Ja, Ihr Vater erzählte mir etwas davon. Ist er tatsächlich auf einer Auktion versteigert worden?«

»Aye. Er kämpfte mit Prinz Charles in Culloden. Die Briten siegten, aber der Sieg genügte ihnen offensichtlich nicht. Sie schlachteten jeden Mann ab, den sie finden konnten, zusammen mit Hunderten von Frauen und Kindern. Sie verurteilten meinen Vater zum Tod durch Erhängen, genau wie seinen Bruder Derek. Aber nachdem er Derek hatte sterben sehen, sagten sie ihm, er würde stattdessen als Zwangsarbeiter deportiert werden.«

»Er wurde von John Marsh gekauft. Meine Mutter hatte ihren Mann gebeten, einen gebildeten Mann zu suchen, einen Lehrer, der seine Arbeitskraft im Austausch gegen eine Schiffspassage nach Amerika verpfändet hatte. Stattdessen jedoch brachte John Marsh einen ungemein verbitterten und aufgebrachten Sträfling heim.«

»Ihren Vater?« Annette konnte kaum glauben, was sie hörte. Ian Sutherland war ihr wie ein sehr sanftmütiger Mann erschienen, voller Humor und Mitgefühl für andere.

»Aye, mein Vater. John Marsh starb nur wenige Tage später, und sein Bruder versuchte sich die Ländereien meiner Mutter anzueignen – und sie selbst. Aber mein Vater blieb und brachte ihr Lesen und Schreiben bei, half ihr, die Farm aufzubauen und ... beschützte sie vor ihrem Schwager. Ich glaube, er wollte immer nach Schottland zurückkehren, aber sie würden ihn aufhängen, falls er es versuchte.«

»Also sind Sie an seiner Stelle hingefahren.«

»Und habe nicht mehr erreicht, als den Briten eine weitere Gelegenheit zu geben, erneut über uns herzufallen.«

»Und deshalb versuchen Sie jetzt, es ihnen heimzuzahlen?«

Er sah ihr in die Augen. »Es ist weit mehr als das, Annette.«

»Ist es das?«, entgegnete sie skeptisch.

»Das ist es, vorausgesetzt, dass Sie an Freiheit glauben.«

»Das ist unglaublich arrogant«, erwiderte sie frostig. »Natürlich glaube ich an Freiheit. Ich bin der Überzeugung, dass jedem Menschen die Freiheit zustehen sollte, Entscheidungen zu treffen, ohne dass er dafür gefoltert wird oder sein Zuhause deswegen verliert.«

»Das war eine Bande Abtrünniger.«

»Woher wollen Sie das wissen?«, gab sie ärgerlich zurück. »Waren Sie dabei?« Nach mehreren Sekunden des Schweigens fügte sie hinzu: »Ich sehe nicht, dass die pennsylvanischen Behörden unser Land zurückgeben; stattdessen wurde es konfisziert, genau wie Ihres. Dieses Land war für uns genauso wichtig wie Ihre Ländereien für Sie in Schottland.«

Er setzte sich neben sie. Seine grünen Augen hatten sich verdüstert. »Ich werde versuchen, es für Sie zurückzubekommen.«

»Als Anwalt oder als Pirat? Oder sind die Worte austauschbar?«

»Sie haben eine flinke Zunge, und eine scharfe noch dazu«, bemerkte er.

»Ich habe gelernt, Ihrer Regierung nicht zu trauen.«

Er griff nach ihrer Hand. Sie trug keine Handschuhe und spürte, wie ein heißer Schauer sie durchlief. Sie versuchte, ihn zu ignorieren. Aber das war ungefähr genauso leicht, wie einen angreifenden Elefantenbullen zu ignorieren.

»Es tut mir Leid«, sagte er. »Es tut mir Leid, dass ich Sie Ihrem Zuhause in Philadelphia entrissen habe. Und es tut mir Leid, Sie in Gefahr gebracht zu haben.« Seine Finger glitten streichelnd über ihre. Sie versuchte, sie zurückzuziehen, aber sein Griff verstärkte sich. »Ich bin Ihnen und Ihrer Familie etwas schuldig«, sagte er. »Mehr, als ich jemals zahlen kann. Ich schwöre Ihnen, dass ich Ihr Land zurückbekommen werde, egal, auf welche Art.«

Sie spürte, wie sie nachgiebiger wurde angesichts der Aufrichtigkeit und Entschlossenheit in seiner Stimme. Sie war sicher, dass er es versuchen würde – aber nicht einmal halb so sicher, dass es ihm gelingen würde. Dennoch wurde ihr ganz warm ums Herz bei seinem Schwur.

Erheblich wärmer, als ihr sein dürfte.

Die Sonne stand jetzt direkt über ihnen, und trotz der noch immer kühlen Brise spürte sie ihren warmen Schein. Seine Finger fuhren fort, über ihren Handrücken zu streichen. Die Hitze, die sie sowieso immer in seiner Nähe fühlte, intensivierte sich jetzt noch. Sie war sich ihrer Sinne noch nie zuvor derart bewusst gewesen. Sie schienen alle gleichzeitig zu reagieren. Sein kaum spürbarer Duft nach Salz und Seife, die Berührung seiner Haut an ihrer, das gleichsam liebkosende Streicheln des auffrischenden Windes, die einschläfernden Bewegungen des Schiffes, die Schreie der Landvögel, die ihnen noch immer folgten … Es war die berauschendste Mischung, die ihr jemals widerfahren war, und als sie ihn ansah, wusste sie, dass auch er es so empfand.

Er senkte den Kopf, und seine Lippen berührten ihre so leicht wie die Brise, die durch ihr Haar strich. Sanft schob er die Hand in ihr Haar, ließ ihre seidigen Strähnen durch seine Finger gleiten und streifte dann ihre Wange, aber so behutsam nur, dass seine Finger sie beinahe nicht berührten. Er war unendlich sanft, ja zärtlich geradezu …

Sie hatte immer Zweifel an seinen Empfindungen für sie gehegt. Zuerst war sie ihm vor allem nützlich gewesen, dann ein Problem, das eine Lösung brauchte. Aber nun …

Er schien sie wirklich gern zu haben. Sie sah es in seinen Augen und an dem zärtlichen Lächeln, das um seine Lippen spielte. Und sie spürte es in seinen Berührungen.

Sie wusste, dass sie vor dem größten Teil der Crew verborgen waren. Sie hatte diesen Platz aus eben diesem Grund gewählt. Sie hatte vermeiden wollen, dass er sie sah, und damit hatte sie erreicht, auch von allen anderen ungesehen zu bleiben. Sie schluckte, aber ihre Kehle war so eng, dass sie kaum noch atmen konnte. Ihr Blut wurde schwer und träge, aber seine Berührung elektrisierte sie bis in ihr Innerstes.

Seine Lippen strichen über ihre, bewegten sich dann zu ihrem Nacken und hauchten Küsse darauf, die Flammen überall in ihr entfachten, die ihr warmes, träges Blut in Lavaströme zu verwandeln schienen. Sie versuchte verzweifelt, zur Vernunft zurückzufinden. Aber ihr Verstand weigerte sich, ihren Befehlen zu gehorchen.

John Patricks warme Zunge strich über ihre Lippen, und mit einem erstickten kleinen Seufzer öffnete sie sie ihm.

Sein Kuss war ungemein verführerisch, als seine Zunge ihren Mund erforschte und sie einlud, es ihm nachzutun. Seine Hände glitten unter ihren Umhang, über ihre Arme, und der Stoff zwischen ihnen vermochte sie nicht vor den Funken zu schützen, die zwischen ihnen aufzusprühen schienen. Aber es war vor allem die Sanftheit, die beherrschte Leidenschaft, die ihr Herz anrührten. Seine Augen – diese unglaublich grünen Augen – schienen sie zu lieben, wenngleich sie sie vor Leidenschaft verzehrten.

Sie erschauerte bei der Erkenntnis, wie sehr sie ihn begehrte.

Er musste ihr Zittern gespürt haben und es für etwas anderes gehalten haben, denn er löste sich von ihr. Seine Hand ergriff jedoch wieder ihre und hielt sie sanft umfangen.

»Das ist kein sehr ungestörter Ort hier«, sagte er.

»Nein.« Es klang fast wie ein Seufzer.

»Möchten Sie wieder mit mir zu Abend essen?«, fragte er. »Und diesmal nicht im kalten Wind?«

Nein. »Ja.«

Ihr Verstand sagte ein Wort, ihr Herz ein anderes.

Aber in ihrer augenblicklichen Verzückung kümmerte der Widerspruch sie nicht. Sie wollte höchstens noch mehr von der Wärme und Sinnlichkeit, die sie beide eingehüllt hatte.

Er erhob sich. »Möchten Sie noch etwas bleiben?«

»Ja.« Vielleicht würde der kalte Wind die Feuer löschen, die er in ihr entzündet hatte.

Vielleicht.

Sie bezweifelte es jedoch, weil die Hitze nicht vergehen wollte, als sie ihn fortgehen sah. Warum versetzte selbst seine Art zu gehen ihr Herz bereits in Aufregung? Sie nahm ihr Buch wieder auf und versuchte, sich wieder auf Robinson Crusoes Abenteuer zu konzentrieren, doch in ihrer Fantasie wurde aus Crusoe John Patrick, der sich geschickt aus Palmzweigen eine Hütte baute und aus einer einsamen Existenz das Beste machte.

Es passte zu ihm.

In so mancher Hinsicht war er ein typischer Einzelgänger. Sie wusste nicht, ob es die Jahre auf jenem britischen Schiff gewesen waren, ob es Selbstbeherrschung war, oder ob er schon immer so gewesen war, aber er war ein Mann, der andere Menschen nicht zu brauchen schien. Diese Erkenntnis beängstigte sie fast noch mehr als alles andere.

Nachdem sie eine Stunde lang dieselbe Seite angestarrt hatte, erhob sie sich schließlich. Die Nachmittagssonne sah so groß und nahe aus, dass sie das Gefühl hatte, die Hand ausstrecken und sie anfassen zu können. Die See tat es. Alles war reicher, tiefer und grandioser. Selbst ihre Wahrnehmungen und ihre Emotionen.

Annette wollte gar nicht wirklich in ihre Kabine zurückkehren. Sie wäre viel lieber hier draußen geblieben. Aber John Patrick streifte auf dem Deck der *Mary Ann* herum – und in ihren Gedanken.

Widerstrebend zog sie die Kapuze ihres Umhangs übers Haar, hob das Buch auf, das kostbares Familienerbstück war, und ging zur Luke. So ein schöner Tag.

John Patrick war fest entschlossen, dafür zu sorgen, dass dieses Abendessen kein solches Fiasko wurde wie sein früherer Versuch. Er wich nicht vom Küchenherd, während ein Hühnchen an einem Spieß geröstet wurde. Leider waren Hühnchen, gepökeltes Schweinefleisch, Speck, Bohnen, Mehl und Obst alles, was er so kurzfristig hatte besorgen können. Aber dieses Essen, beschloss er, würde wenigstens nicht angebrannt sein. Er hatte sich auch die Weine des früheren Kapitäns angesehen und einen gefunden, der ihm brauchbar schien.

Nach dem Rasieren hatte er seine Rehlederhose und ein weißes Leinenhemd angezogen. Eine beinahe jungenhafte Vorfreude erfasste ihn bei dem Gedanken, ein paar ungestörte Stunden mit Miss Annette Carey zu verbringen.

Als endlich alles fertig war, ließ er sich von Beasley helfen, alles in ihre Kabine zu tragen. Die Tür öffnete sich beinahe augenblicklich, als er anklopfte, und er dachte staunend, dass sie jedes Mal, wenn er sie sah, noch hübscher aussah als beim letzten Mal.

Sie errötete, als John Patrick eintrat und eine Flasche Wein und Gläser auf den Tisch stellte. Beasley, der einst ein gefürchteter Pirat in der Karibik gewesen war, wurde feuerrot, als er mit dem Tablett folgte.

»Sie haben meine Mannschaft vollkommen durcheinander gebracht«, sagte John Patrick. »Sie machen mir meine Männer abspenstig.«

»Darauf würde ich es nicht ankommen lassen. Sie halten Sie für einen Gott.«

John Patrick fühlte sich nicht gerade geschmeichelt. Er hatte nie den Wunsch gehabt, ein Gott zu sein. Er hatte nicht einmal Kapitän sein wollen. Es hatte sich schlicht und einfach so ergeben. »Sie kämen auch ohne mich sehr gut zurecht«, erwiderte er schließlich.

»Sie bringen sie zusammen. Weil sie Ihnen vertrauen.«

Er wollte nicht über die Mannschaft reden. Oder gar über den Krieg.

Er wollte nur über sie, Annette, reden.

Wie auf ein Stichwort hin errötete Beasley. »Ich wünsche Ihnen einen guten Appetit, Miss«, sagte er, bevor er durch die Tür verschwand und sie leise hinter sich zuzog.

»Wo haben Sie ihn gefunden?«, fragte Annette.

»Er war früher Pirat«, erwiderte John Patrick.

»Und dabei ist er so ein netter Junge«, sagte sie in einer perfekten Nachahmung von Ian Sutherlands Akzent.

John Patrick lachte.

»Ich dachte immer, Piraten wären fürchterliche Leute«, bekannte sie.

»Piraten werden schrecklich falsch beurteilt.«

»Ach ja? Sie bestehlen die Reichen und geben es den Armen?«

»Nicht die Piraten, die ich kenne«, erwiderte er aufrichtig. »Die meisten von ihnen sind die blutrünstigen Schurken, für die Sie sie halten.«

»Aber es gibt auch Ausnahmen.«

»Aye. Ivy und ich waren nur so lange Piraten, bis wir ihnen ein Schiff stehlen konnten.«

»Und Beasley?«

»Ich glaube, ihm machte dieses Leben Spaß.«

»Warum hat er die Piraten dann verlassen, um mit Ihnen fortzugehen?«

»Keine Ahnung. Das werden Sie ihn schon selber fragen müssen.«

Ihre Augen blickten ihn durchdringend an und suchten Antworten, die sie akzeptieren konnte.

»Warum haben Sie das Piratenleben aufgegeben?«

John Patrick ignorierte die Frage. Sie würde ihm wahrscheinlich sowieso nicht glauben. Oder zumindest hatte sie wenig Grund, ihm überhaupt etwas zu glauben. Und so zog er stattdessen einen Stuhl für sie heran, setzte sich dann selbst und ließ sich reichlich Zeit damit, den Wein zu öffnen und ihn einzuschenken.

Aber es nützte nichts. Die Frage stand in ihren Augen, und an ihrem trotzig vorgeschobenen Kinn erkannte er, dass sie ihn ihre Frage nicht übergehen lassen würde.

»Sie operierten von einer kleinen Insel in der Karibik aus«, sagte er. »Drei Schiffe, drei Kapitäne. Wer erst einmal bei ihnen angeheuert hatte, konnte nicht mehr weg. In dieser Hinsicht war es ähnlich wie in der britischen Marine. Der Unterschied war der, dass man Geld verdiente, eine Menge Geld, wenn man es nicht beim Glücksspiel ausgab und bei ...« Er unterbrach sich jäh.

»Dirnen?«, schloss sie mit einem Interesse, das von der Gesellschaft als äußerst undamenhaft verurteilt werden würde. Aber ihm hatte diese Neugier immer sehr gefallen.

»Ja«, gestand er.

»Aber natürlich haben Sie Ihr Geld gespart?«

»Genau«, bestätigte er mit einem wehmütigen Lächeln.

»Und dann?«

»Dann erkämpfte ich mir den Weg zum Kapitän. Es dauerte zwei Jahre. Und selbst dann war es kein leichtes Unterfangen, wegzugehen. In vieler Hinsicht war es eine demokratische Gesellschaft. Die Mannschaft wählte den Kapitän, und sie konnten ihn auf eine ungeheuer durchgreifende Weise wieder abwählen. Die meisten von ihnen liebten dieses Leben, das Geld und oft sogar das Töten. Ich musste mir zuerst eine mir treu ergebene Mannschaft aufbauen, bevor ich auch nur daran denken konnte, fortzugehen.«

»Und eines Tages sind Sie auf Nimmerwiedersehen davongesegelt?«

»Aye«, sagte er.

»Und fingen an, die Briten zu überfallen?«

»Erst als der Krieg anfing und ich offizielle Vollmachten von Maryland erhalten hatte.«

»Und davor?«

Sie gab nicht auf. Er schenkte sich noch ein Glas Wein ein, wobei ihm nicht entging, dass sie ihren kaum angerührt hatte, und ihr Essen auch nicht.

»Befehligte ich ein Handelsschiff.« Das war nur zu wahr. Er hatte Waffen in die Kolonien gebracht. Aber er war dafür bezahlt worden. Manchmal jedenfalls.

Ihre grauen Augen blickten zweifelnd. Er war sicher, dass seine eigenen ihn verrieten. Aber sie stellte keine weiteren Fragen mehr, sondern nippte an ihrem Wein, und er sah einen Tropfen dieses Weins auf ihren Lippen schimmern. Verdammt. Sie war wirklich unglaublich begehrenswert.

Er zerteilte das Huhn, und diesmal sah der Vogel essbar aus. Er war sich ihrer Blicke nur allzu bewusst, als er das Fleisch von den Knochen löste. Er schaute auf und sah ihr Lächeln, als er ihr mit einer triumphierenden Geste das sorgfältig geschnittene Fleisch servierte.

»Sie haben mir meinen Glauben wiedergegeben«, sagte sie.

»Ihren Glauben?«

»Er war ins Schwanken geraten, als ein Hühnchen Sie besiegte.«

»Es war ein ausgesprochen tapferes Hühnchen.«

Sie kicherte, als versuchte sie, ein Lachen zu unterdrücken. Es war kein dummes Kichern, sondern pure Heiterkeit, die sie so offensichtlich zu beherrschen suchte. Nach einigen Sekunden jedoch hielt sie es nicht mehr aus und brach in fröhliches Gelächter aus. Er hatte sie noch nie so lachen sehen, und es gefiel ihm sehr. Es war so ansteckend, dieses Lachen, dass es nicht lange dauerte, bis sie sich beide vor Lachen nicht mehr halten konnten.

Als er seine Fassung wiederfand, blickte er ihr in die Augen und erkannte hinter ihrer Belustigung das gleiche Verlangen, das mit einem Mal auch ihn erfüllte. Ihm war dabei nur schwach bewusst, dass ihr gemeinsames Lachen die Barriere durchbrochen hatte, die sie so mühsam gegen ihn errichtet hatte. Hitze begann sich zwischen ihnen auszubreiten.

Das Lächeln verschwand von ihren Lippen und wich der sanften Zärtlichkeit, die er so an ihr liebte, wenngleich er auch erkannte, dass diese Zärtlichkeit durchsetzt war von einer Kraft, die hart wie Stahl war. Das war es, was er am meisten an ihr bewunderte.

Bewunderte?

Liebte.

Die plötzliche Erkenntnis verblüffte ihn. Er hatte sie von

Anfang an begehrt. Er hatte sie von Tag zu Tag sympathischer gefunden. Aber Liebe?

Er streckte seine rechte Hand aus und war überrascht, als sie sie nahm. Er erhob sich, und sie erhob sich mit ihm, und das Essen war vergessen. John Patrick führte sie vom Tisch weg, und dann war sie in seinen Armen und schlang die Hände um seinen Nacken, als ihre Lippen sich in leidenschaftlichem Begehren trafen.

Annette war nicht gefasst auf dieses alles verzehrende Verlangen in ihr, auf diese süße Qual und Sehnsucht, die ihren Körper in etwas ihr vollkommen Unbekanntes zu verwandeln schienen. Die Explosion, die in den letzten Tagen so kurz vor dem Ausbruch gestanden hatte, hatte endlich stattgefunden. Sie schien ihre ganze Welt zu erschüttern, als er seinen Kuss verstärkte und seine Lippen sich hungrig auf die ihren pressten, bis sie in den Gefühlen zu ertrinken glaubte, die er in ihr weckte.

Sie öffnete die Lippen, als er sie noch fester an sich zog und sie hart an seinen Körper presste. Ihre Hand umfasste seinen Nacken, berührte das dichte dunkle Haar, das sich leicht um ihre Finger lockte, während ihre andere Hand seinen Nacken streichelte, in einer kreisenden Bewegung, die zunehmend kleiner wurde, als ihr Körper auf seine Nähe reagierte. Instinktiv schmiegte sie sich noch fester an ihn, und die Rundungen ihres Körpers passten sich so perfekt den seinen an, als wären sie füreinander geschaffen.

Sie erschauerte, als seine Lippen sich von ihren lösten und er mit seiner warmen Zunge über ihre Wange strich und seine Lippen Haut liebkosten, die von seiner Berührung schon zu glühen schien. Verlangen durchströmte sie und besiegte ihr Misstrauen und ihre Vorbehalte. Seine Lippen glitten leicht wie eine Feder über ihre Wange, über ihr Ohr und über ihren Hals, und lösten eine beinahe quälende Erwartung in ihr aus.

»Meine schöne Annette«, flüsterte er ihr ins Ohr und ließ ihren Namen wie ein Liebeslied klingen. Einen winzigen Moment lang presste er seine Lippen an ihre Wange und spürte sein wachsendes Verlangen.

Sie atmete tief ein, um die Ruhe in ihrem aufgewühlten Körper wiederherzustellen, und die Gefühle zu bezähmen, die sie zu verraten drohten. Aber jede seiner Berührungen schien nur noch fiebrigere Reaktionen bei ihr auszulösen. Sie berührte sein Gesicht und strich mit den Fingerspitzen über Linien, die eingemeißelt waren von Leiden, die sie sich kaum vorstellen konnte nach dem Wenigen, was er ihr erzählt hatte. Eine überwältigende Zärtlichkeit ließ ihre Hände zittern, als sie über diese Linien strichen und dann zu seinem Mund hinunterglitten. Und da wusste sie, dass sie verloren war. Sie konnte ihre Leidenschaft beherrschen, aber nicht die Liebe, die sie fühlte.

Er nahm ihre Fingerspitzen zwischen seine Lippen und knabberte einen Moment lang spielerisch daran, bevor er sie an sich presste und sie seine Hände an den Bändern spürte, die das Mieder ihres Kleids zusammenhielten. Als sie sich lösten, legte er die Finger unter die Brosche, die sie an einer Kette trug.

Fragend schaute er zu ihr auf. »Du trägst sie immer.«

»Sie gehörte meiner Mutter und ist das Einzige, was mir von ihr geblieben ist. Ich hätte sie vor Jahren beinahe verloren, als der Verschluss zerbrach, und mein Vater beauftragte einen Juwelier, die Brosche an einer Kette zu befestigen. Deshalb ist sie . . . hat sie das Feuer überlebt.«

»Sie ist wunderschön«, sagte er. »Wie du.«

Sie erhob den Blick zu ihm. Sie wusste, dass ihr Herz in ihren Augen lag. Stumm ergriff sie seine Hand, obgleich ihr nur zu gut bewusst war, dass es wie eine Einladung für ihn aussehen musste.

Sie sah sein Zögern und die Unsicherheit, die über seine Züge huschte. »Bist du sicher, schöne Annette?«, fragte er.

Sein Zögern wurde ihr zum Verhängnis. Hätte er gleich versucht, sie in Besitz zu nehmen, hätte sie ihn vielleicht doch noch zurückgewiesen. Aber die liebevolle Besorgnis in seinen Augen machte sie sehr, sehr sicher.

»Aye«, sagte sie.

Seine Hände waren unendlich sanft, als er das Mieder öffnete. Seine Finger nestelten einen Moment daran herum, und sie wusste plötzlich, dass er sich nicht so sicher war, wie sie geglaubt hatte. Aber dann streifte er ihr das Kleid ab, dann ihr Hemd, beugte den Kopf und berührte mit den Lippen ihre rechte Brustspitze. Trotz der Sanftheit der Liebkosung wurde sie von einer wahren Sturmflut aufwühlender Empfindungen durchflutet und war verblüfft über die Existenz dieser Gefühle in ihrem Körper und stellte mit Erstaunen fest, wie eins sich auf dem anderen aufzubaute.

Seine Hände glitten über ihren Körper und befreiten sie dabei irgendwie von den ihr noch verbliebenen Kleidungsstücken. Dann nahm er ihr die Kämme aus dem Haar und ließ es offen auf ihre Schultern fallen. Sie wusste, sie hätte nun verlegen sein müssen, aber sie vermochte den Blick nicht von dem besitzergreifenden Glanz in seinen Augen abzuwenden, dem sanften Lächeln, das um seine Lippen spielte.

»Du bist wirklich schön«, sagte er rau. »Wunderschön.«

Sie fühlte sich auch schön. Schön und begehrt. Ein Zittern durchlief sie, als seine Hände über ihren nackten Körper glitten, und die Spannung, die sich in ihr aufbaute, nahm zu. Als seine Hand zu dem weichen Haar zwischen ihren Schenkeln hinunterglitt, empfand sie die Berührung als wohltuend und beruhigend, obwohl sie zugleich Wellen leidenschaftlicher Begierde in ihr weckte.

Er hob sie auf und legte sie dann sanft aufs Bett. Auf der Bettkante sitzend, zog er seine Stiefel aus und löste dann die Riemchen, die seine Rehlederhose zusammenhielten. Sie beobachtete ihn so interessiert, wie er sie angesehen hatte, als er sie ausgezogen hatte.

Er ließ sein Hemd jedoch an, als er sich wieder über sie beugte und ihren Körper mit Küssen bedeckte, bis sie beinahe weinte vor Verlangen, einem Gefühl, das sie immer noch nicht ganz verstand.

Bittend blickte sie ihm in die Augen, und ihr Gesicht musste ihm die Antwort gegeben haben, die er brauchte. Ihr Pirat veränderte ein wenig seine Stellung und kniete sich mit seinen muskulösen Schenkeln über sie. »Es wird zuerst ein bisschen wehtun«, flüsterte er.

Darüber machte sie sich keine Sorgen. Sie wollte nur noch seine Nähe spüren, seine Wärme, wünschte sich nichts anderes mehr, als zu beenden, was immer er auch mit ihr begonnen haben mochte.

Sie bog sich ihm entgegen und fühlte, wie er sich auf ihr niederließ und sie den Beweis seiner männlichen Erregung spüren ließ, sanft, behutsam, vorbereitend. Aber sie brauchte keine Vorbereitung mehr. »John Patrick«, sagte sie und hörte selbst die Qual in ihrer Stimme.

Und da nahm er sie endlich in Besitz, langsam, und sie spürte ein eigenartiges Gefühl und dann einen jähen Schmerz. Sie konnte einen Schrei nicht unterdrücken, und er hörte augenblicklich auf, sich zu bewegen. Der Schmerz verging, und sie schlang die Arme um seinen Rücken und zog ihn zu sich herab, kostete seine Wärme und das Gefühl seines Körpers aus, während sie die ganze Zeit noch etwas anderes suchte.

Er begann sich langsam in ihr zu bewegen, und sie fühlte sich zunehmend inniger mit ihm verbunden, und dann, erstaunlicherweise, eine beinahe unerträgliche Lust. Sie spürte, wie ihr Körper sich plötzlich aufbäumte, und dann, als John Patrick sich langsam in ihr bewegte, Welle über Welle einer köstlichen Empfindung.

Der erste kurze Schmerz verflog und wich solch überwältigenden Lustgefühlen, dass ihr Körper auf seine immer schneller werdenden Bewegungen reagierte und sich seinem Rhythmus anzupassen suchte. Sie hörte ihn aufstöhnen, dann drang er noch einmal ganz tief in sie ein, und ihr war, als sei ihr Körper ein über den Himmel rasender Komet geworden, der in einer gleißenden Feuerkugel explodierte.

John Patrick hielt Annette danach noch lange in seinen Armen. Keiner sagte etwas. Er kostete einfach nur das Gefühl aus, sie zu halten, ihre Brust an seiner Wange zu spüren und ihren leisen Atemzügen zuzuhören.

Zum ersten Mal seit Glasgow verspürte er einen gewissen Frieden. Der Hass, der ihn in den letzten Jahren verfolgt hatte, begann allmählich zu verblassen.

Seine Arme schlossen sich noch ein wenig fester um sie, und er hörte etwas, was wie das leise Schnurren einer zufriedenen Katze klang.

Zärtlich strich er mit den Fingern durch ihr Haar. Wie hatte er das Glück verdient, seine kleine Tory gefunden zu haben? Das Wort weckte keinen Ärger mehr in ihm. Er wusste nun, dass er nie wieder jemanden einer bloßen Bezeichnung nach beurteilen würde.

Die Finger seiner anderen Hand glitten liebevoll über ihren nackten Arm. »Bist du … in Ordnung?«

Sie schaute auf, und er sah, dass ihre Augen leuchteten. »O ja.«

»Keine Gewissensbisse?« Er hoffte, dass sie keine hatte, aber er musste es wissen.

»Ich müsste eigentlich welche haben«, sagte sie, und ihre grauen Augen funkelten. »Jede gut erzogene junge Dame hätte welche.« Sie hielt einen Moment inne. »Aber ich entdecke langsam, dass ich gar nicht so anständig bin. Es dürfte mir eigentlich keinen Spaß bereiten, entführt zu werden oder die einzige Frau auf einem Schiff voller Piraten zu sein, oder …«

»Ich dachte, die Sache mit den Piraten hätten wir geklärt.«

»Nein. Du hast mir noch nicht gesagt, warum du nach Martinique fährst.«

»Ich dachte, es würde dir dort gefallen. Es ist eine zauberhafte Insel.«

Seine vage Antwort war ein Fehler. Das wusste er im gleichen Augenblick, als er sah, wie ihre Augen sich verdunkelten. Er hätte inzwischen längst gelernt haben müssen, ihre Intelligenz nicht zu unterschätzen.

Sie löste sich aus seinen Armen und sah ihn aus ihren grauen Augen ruhig an.

Er wollte ihr nicht sagen, dass er Kanonen für Washingtons Armee abholte. Er war sich nur zu gut bewusst, dass sie gegen Männer eingesetzt werden würden, die sie gepflegt und beherbergt hatte und mit denen sie sich angefreundet hatte. Aber er wollte sie auch nicht belügen. Er würde sie für immer verlieren, wenn er es tat. Es waren seine Lügen gewesen, nicht seine Politik, was sie dazu veranlasst hatte, sich gegen ihn zu wenden.

»Nachschub«, sagte er, was zumindest teilweise der Wahrheit entsprach.

»Waffen?«

»Aye.« Sehr große Waffen.

Sie schwieg einen Moment lang nachdenklich. »Ich werde natürlich versuchen, dich daran zu hindern«, entgegnete sie schließlich.

»Ich weiß«, erwiderte er leise.

Sie legte ihre Hand an seine Wange. »Geliebter Feind«, sagte sie zärtlich.

Es war das »geliebter«, was in seiner Erinnerung verblieb.

Sie schmiegte sich wieder in seine Arme. Aber die Worte blieben zwischen ihnen und störten den Zauber, der sie für einen wunderbaren, aber viel zu kurzen Augenblick in seinen Bann geschlagen hatte.

20

Martinique war wirklich zauberhaft. Es erhob sich aus der See wie ein antikes Imperium, seine blaue Bergkette war nebelverhangen und von Wolken gekrönt.

Der Nachmittag war hell und klar, die See von einem tiefen Indigoblau. Die Sonnenstrahlen ließen das Wasser glitzern, als wäre es bestreut mit Diamanten. Die Stadt, die vom Schiff aus zu erkennen war, schimmerte im Licht, das sich in den roten Ziegeldächern der Gebäude widerspiegelte.

Annette beobachtete die Küste, als sie in den Hafen einliefen. Das Schiff trug nun den Namen *Star Rider.* John Patrick hatte Farbe besorgt in Chestertown, und während sie noch auf See gewesen waren, hatte seine Mannschaft den alten Namen übermalt und durch den neuen ersetzt.

Sie fragte sich, ob es Unglück bringen konnte, ein Schiff nach einem untergegangenen zu benennen.

Sie hatte John Patrick danach gefragt, aber er hatte nur gesagt, jeder Mensch sei seines eigenen Glückes Schmied. Sein Schiff würde immer *Star Rider* genannt werden, hatte er hinzugefügt. Und er würde auch eine amerikanische Flagge finden, um die britische zu ersetzen.

Annette kannte John Patrick inzwischen erheblich besser als damals, als er sie aus Philadelphia entführt hatte, aber es gab noch immer Seiten an ihm, die sie wahrscheinlich niemals kennen lernen würde, dachte sie. Obwohl sie ein Liebespaar geworden waren, wusste sie, dass er ihr einen Teil seiner Geschichte noch immer vorenthielt. Er hatte ihr nie erlaubt, ihn ohne Hemd zu sehen, und er hatte nie von jenen Jahren gesprochen, die ihn anscheinend zu dem gemacht hatten, was er war.

Sie hatten sich nicht wieder geliebt, obwohl er so viel Zeit wie möglich mit ihr verbracht hatte. Er hatte nicht gewollt, dass die Mannschaft ihn seine Nächte in ihrer Kabine verbringen sah. Ein Abendessen mit ihr ja. Aber keine ganze Nacht.

Sie wusste, er bemühte sich, ihren Ruf so gut es ging zu schützen. Aber sie war sich durchaus im Klaren darüber, auch wenn es ihm vielleicht nicht bewusst war, dass ihr Ruf für immer ruiniert sein würde, falls bekannt wurde, dass sie diese Reise mit ihm unternommen hatte. Anständige junge Damen reisten nicht ohne weibliche Begleitung auf einem Schiff mit einer Mannschaft, die von den meisten ihrer Bekannten als Piraten bezeichnet werden würde. Ob sie entführt worden war oder nicht, spielte dabei keine Rolle. Von der Gesellschaft würde sie trotzdem geächtet werden.

Wenn schon, denn schon, war ihre Einstellung dazu.

Doch John Patrick dachte offensichtlich anders und hatte sehr darauf geachtet seit jenem ersten Mal, dass ihre Zärtlichkeiten nicht weitergingen als ein Kuss. Er hatte sie gefragt, ob sie es bedauerte, aber nun schien es fast, als wäre er selbst derjenige, der es bereute.

Weil er sie nicht liebte? Sie wusste es nicht. Er war zu geschickt darin, seine Meinung für sich zu behalten und seine Gefühle zu verbergen.

Oft beobachtete sie ihn, in der Hoffnung, dass er es nicht merkte, und versuchte, den Mann mit den unendlich sanften Händen mit jenem anderen zu vergleichen, der anscheinend schon viele Männer in den Tod geschickt hatte und es auch weiterhin tun würde, falls es ihr nicht gelang, ihn umzustimmen.

Und sie vermutete, dass das ein ebenso aussichtsloses Unterfangen war, wie die Sterne zu bitten, nach Sonnenaufgang noch ein bisschen zu verweilen.

Star Rider. Ein kurioser Name für einen so ernsthaften, realistischen Mann.

Aber vielleicht war er früher anders gewesen?

Der Hafen war voller Schiffe – hochmastige Segelschiffe, die unter französischer Flagge fuhren, und zahllose Fischerboote aller Art und Größe. Eine Reihe farbenfroh getünchter Geschäftsgebäude lag dem Hafen gegenüber, die sich an die hinter ihnen aufragenden Berge anzulehnen schienen.

Annette wusste, dass die Franzosen kurz davor standen, ein Abkommen mit den amerikanischen Kolonien zu unterzeichnen. Sie würde hier bei ihnen wenig Hilfe finden, selbst wenn sie wüsste, wie sie es anstellen sollte, John Patrick daran zu hindern, Waffen für die Aufständischen an Bord zu nehmen. Und wie sie es tun könnte, ohne dem Mann, den sie liebte, Schaden zuzufügen.

Es machte sie jedoch ganz krank, das Wissen, dass dieses Schiff dazu benutzt werden würde, Waffen zu befördern, die dieselben Männer töten würden, die sie vor kurzem erst gesund gepflegt hatte. Männer mochten in der Lage sein, sich nach Konzepten und Strategien zu richten, nach Sieg und Niederlage, aber sie sah nur die Menschen. Sie wusste, was Kanonen und Musketenkugeln einem menschlichen Wesen antun konnten.

John Patrick wusste es natürlich auch, nachdem er selbst von einer solchen Kugel verletzt worden war, aber die Erfahrung schien nicht das Geringste geändert zu haben an seinem Engagement für die Sache der Rebellen.

Während sie noch zu den Gebäuden hinüberstarrte, wurde ihr John Patricks Gegenwart bewusst. Obwohl seine Schritte fast lautlos waren auf dem Deck des Schiffs, erkannte sie ihn an der Spannung, die in ihr erwachte.

»Fort Royal«, sagte er. »Die Hauptstadt Martiniques. Es ist eine zauberhafte Insel. Ich könnte mit dir reiten gehen, wenn du möchtest.«

»Wie lange werden wir hier bleiben?«

»Ich hoffe, nicht länger als zwei, drei Tage.«

»Und wohin fahren wir dann?«

Seine Lippen wurden ein wenig schmaler.

»John Patrick?«

»Ich weiß es noch nicht«, sagte er. Er legte eine Hand auf ihre Schulter, und sie spürte ihre Hitze durch den Stoff ihres dünnen Baumwollkleides.

»Wir sollten dir hier noch ein paar Kleider kaufen«, erklärte er. »Es gibt hier einen sehr eleganten Laden mit der neuesten französischen Mode. Die Insel wird auch ›Klein Paris‹ genannt.«

»Du wechselst das Thema.«

»Nur, weil ich deine Frage wirklich nicht beantworten kann«, sagte er. »Ich habe mich noch nicht entschieden.«

»Und wenn du es getan hast, wärst du dann so freundlich, es mich wissen zu lassen?« Es gelang ihr nicht, den schroffen Ton aus ihrer Stimme fern zu halten. So machte er es immer: Zuerst entwaffnete er sie, um gleich darauf seine Macht zu demonstrieren. »Es ist nicht mehr lange bis Weihnachten. Und dann möchte ich bei meinem Vater sein.«

»Ich werde versuchen, dich vor Weihnachten dorthin zu bringen.«

»Was ist ›dort‹? Mein Zuhause oder deins?«

»Ich hatte gehofft, mein Zuhause würde auch deins werden«, erwiderte er sanft.

Seine Worte kamen einer Liebeserklärung ziemlich nahe. Aber er hatte nie gesagt, das er sie liebte, hatte nie von einer gemeinsamen Zukunft gesprochen.

Sie wusste nicht, wie sie darauf antworten sollte, und so blieb sie still.

Nach einigen Sekunden nahm er seine Hand von ihrer Schulter. »Ich muss in die Stadt und mich um meine Geschäfte kümmern. Ich setze dich bei der Schneiderin ab, wenn du möchtest. Und später könnten wir einen Ausritt in die Berge machen.«

»Hast du keine Angst, dass ich zu fliehen versuchen könnte?«

»Auf Martinique? Du kannst hier nirgendwo hin, Liebling.«

Liebling. So wie er es sagte, klang es wie ein ganz normaler Kosename, den er jeder anderen Frau auch hätte geben können. Es brach ihr beinahe das Herz. Er war so vorsichtig seit jener Nacht, so zurückhaltend mit seinen Worten und Berührungen. Hatte er sich nur genommen, was er wollte, und nun war sie ihm nur noch lästig?

Sie blickte zu den französischen Schiffen hinüber. Vielleicht ...

Aber sie hatte kein Geld. Und was sollte sie in Frankreich?

Aber sie musste weg von John Patrick, dessen Gegenwart ihr gewöhnlich so besonnenes Herz in ein wüstes Durcheinander verwandelte und ihr Gewissen in etwas, das nicht wiederzuerkennen war. Er beeinflusste sie in einer Art und Weise, wie es noch keinem anderen Mann vor ihm gelungen war.

Er wartete auf ihre Antwort, sah sie an.

»Ich habe kein Geld für neue Kleider«, sagte sie.

»Ich habe dir keine Zeit gelassen, etwas einzupacken, bevor ich dich entführte. Es ist daher meine Pflicht, dafür zu sorgen, dass du etwas anzuziehen hast«, erwiderte er freundlich.

Pflicht. Sie hasste dieses Wort.

Aber als sie zur Stadt hinüberblickte, erkannte sie, dass sie sie schrecklich gerne sehen wollte. Trotz ihres Ärgers wollte sie durch die Straßen bummeln und den Geist dieser exotischen Insel spüren. Sie war noch nie an einem so weit entfernten, fremdartigen Ort gewesen. Ihre Neugier, heraufbeschworen durch die Tage auf dem Schiff und die von der See geweckten Empfindungen in ihr, hungerte nach neuen Erfahrungen.

Sie nickte. »Ich habe aber keine Haube.«

»Du brauchst hier keine Haube«, erklärte er und schob einen Finger zwischen die seidigen Locken, die ihr Gesicht umrahmten. »Das Klima zwingt seine Bewohner, auf derart rigorose Konventionen zu verzichten. Und es wäre eine wahre Schande, solch wunderschönes Haar zu bedecken.«

Ein weiteres Kompliment, und diesmal klang seine Stimme sogar zärtlich. Annette wollte seine Hand berühren, seinen Mund, und jenes schiefe Lächeln sehen, das sie so liebte.

Doch bevor sie irgendetwas tun konnte, wandte er sich ab und befahl, ein Beiboot zu Wasser zu lassen.

Sie beobachtete, wie sein Befehl befolgt und eine Strickleiter über die Reling geworfen wurde. Mehrere Seemänner kletterten die Leiter hinab und nahmen ihre Plätze in dem kleinen Ruderboot ein.

»Ich gehe vor«, sagte John Patrick.

»Damit du mich auffangen kannst, falls ich falle?«

»Aye«, sagte er.

»Du scheinst ja nicht besonders viel Vertrauen in meine Geschicklichkeit zu setzen.«

»Ganz im Gegenteil sogar«, entgegnete er. »Aber ein sich bewegendes Schiff ist etwas völlig anderes.«

»Ich habe Seebeine«, gab sie gekränkt zurück.

»Aber vielleicht keine Leiterbeine«, sagte er, als er sich mühelos über die Reling schwang und die Leiter ein Stück hinunterkletterte. Dann hielt er inne und wartete auf sie.

Sie versuchte, einigermaßen elegant über die Reling hinwegzusteigen, doch mit ihren umfangreichen Röcken war das nahezu unmöglich. Es war sehr viel leichter gewesen, hinauf zu steigen als hinab. Ihre Beine verhedderten sich im Stoff. Sie umklammerte die Sprossen, merkte aber, dass sie sich nicht halten konnte und abzurutschen begann. Sie griff nach den Tauen, und der Atem stockte ihr, als sie den Halt verlor. Sie wusste, dass das Beiboot schaukelte und wie leicht sie zwischen ihm und dem Schiff zerquetscht werden konnte.

Plötzlich spürte sie John Patricks starke Hände auf ihren Armen, und die Leiter schwang nach außen und dann wieder zurück, wobei ihre Hand gegen das Schiff geschlagen wurde, aber sie klammerte sich verzweifelt fest, aus Angst, abzustürzen und John Patrick in die Tiefe mitzureißen.

»Es ist alles gut«, flüsterte er ihr ins Ohr. »Ich halte dich.«

Ihre Hand pochte vor Schmerz, aber seine sanften Worte nahmen ihr die Furcht, und nach und nach entspannte sie sich in seinen Händen.

»Langsam«, warnte er. »Ein Schritt nach dem anderen.«

Sie tat einen Schritt, vergewisserte sich, dass ihr Schuh sich nicht in ihrem Rock verheddert hatte, und bewegte dann sehr vorsichtig die Hand. Der Schmerz verstärkte sich, als sie ihre Finger öffnete. Sie zwang sich, sie weiterzubewegen und sich ein Stückchen tiefer wieder um das Tau zu schließen.

Ein weiterer Schritt. Dann noch einer. Der Schmerz in ihrer Hand wurde bei jeder Bewegung schlimmer. Dann, endlich, merkte sie, dass John Patrick das Boot erreicht hatte, und fühlte sich von ihm hinuntergehoben und auf die Planken neben ihm gesetzt. Sie hielt ihre verletzte Hand in der anderen und versuchte den Schmerz durch pure Willenskraft zum Nachlassen zu zwingen.

Aber John Patrick nahm ihre Hand und betastete behutsam ihre Finger. Sie unterdrückte einen Aufschrei, aber er musste ihr Gesicht gesehen haben, denn er runzelte beunruhigt die Stirn.

Sie sah einen Muskel an seiner Kehle zucken, als er den Riss in ihrer Haut untersuchte und die dunkelrote Schwellung rechts und links davon. Er riss ein Stück von seinem Hemd ab und verband sie behutsam, wobei er darauf achtete, den Stoff nicht fester anzuziehen, als nötig war, um die Blutung zu stoppen. »Den Besuch bei der Schneiderin wirst du verschieben müssen. Wir sollten als Erstes einen Arzt aufsuchen.«

»Und deine Geschäfte?«

»Die können warten.«

Sie sah ihn an. Seine Augen blickten zärtlich und besorgt. Er verbarg sich jetzt nicht mehr hinter einer Maske.

Sie merkte, dass sie sich ganz unwillkürlich an ihn lehnte, als er ihre verletzte Hand auf seine legte. Wellen des Schmerzes durchfuhren sie, eine nach der anderen, und sie fragte sich, ob die Hand vielleicht gebrochen war. Sie versuchte, ihre Finger zu bewegen, und schaffte es bei allen, obgleich es sehr, sehr schmerzhaft war. Sie kam sich jedoch vor wie eine Hypochonderin, als sie sich an das Ausmaß seiner Verletzungen erinnerte.

»Ich scheine dir irgendwie andauernd in die Arme zu fallen«, bemerkte sie.

»Das ist nur meine Schuld, weil ich dich ständig in Gefahr bringe.« Seine dichten Wimpern verbargen seine Augen, als er sprach. Sie erreichten den Pier, und einer der Männer sprang heraus, um das Tau des Beiboots zu befestigen. Sie wollte sich erheben, aber John Patrick war schon vor ihr auf den Beinen und hielt sie einen Moment zurück, indem er beschützend beide Arme um sie schloss. Dann hob er sie ganz unerwartet auf und reichte sie einem der wartenden Seemänner. Erst als sie in Sicherheit war, sprang er selbst hinauf.

»Ich gehe kein Risiko mehr mit dir ein«, bemerkte er, als der Seemann ihm seine hübsche Last zurückgab.

In seinen Armen, an seiner starken Brust, fühlte Annette sich sicher. Sogar der Schmerz in ihrer Hand schien nachzulassen.

Nachdem er sie länger als nötig gehalten hatte, ließ John Patrick sie hinab. »Es tut mir Leid«, sagte er. »Es tut mir alles so schrecklich Leid.«

Aber in diesem Augenblick gab es überhaupt nichts, was ihm hätte Leid tun müssen.

John Patrick hatte sie immer nur beschützen wollen. Stattdessen schien er jedoch zu nichts anderem ausersehen, als ihr wehzutun.

Er hatte versucht, sich von ihr fern zu halten. Er hatte sich verdammte Mühe gegeben, es zu tun. Es war die reinste Hölle gewesen nach der Nacht, in der sie sich geliebt hatten, aber er würde die Kanonen den Delaware hinunterbringen müssen, und er war nicht sicher, ob er diese Erfahrung ein zweites Mal überleben würde. Wie könnte er sie mit einem Kind allein lassen?

Und er konnte ihr auch nicht sagen, warum er sie vielleicht allein lassen würde. Er liebte sie. Und er war sich ziemlich sicher, dass auch sie ihn liebte. Aber was war mit ihrer Loyalität den Briten gegenüber, wenn sie wüsste, dass er Kanonen zu General Washington brachte?

Die einstmals klaren Linien waren plötzlich sehr verschwommen.

Als Annette abzurutschen begonnen hatte, war sein Leben für Sekunden stehen geblieben.

Wenn er sie nicht aufgefangen hätte, wäre sie vielleicht zwischen Schiff und Boot zerquetscht worden.

Er hatte ihr aufgeregtes Herz an seinem schlagen hören. Sie hatte keine Träne vergossen, aber er hatte sie ja auch sonst noch nie Tränen vergießen sehen. »Wir müssen einen Arzt aufsuchen, damit er sich die Hand ansieht«, bekräftigte er noch einmal.

Sie erhob keine Einwände, als er ihren Arm nahm. Er ging langsam, als wüsste er, dass der Boden unter ihr zu schwanken schien, als wäre sie noch auf dem Schiff. Sie musste sich an seiner Hand festhalten, um gerade gehen zu können. Er lächelte auf sie hinunter. »Das Land wird sich ein, zwei Tage lang noch wie die See anfühlen.«

Er führte sie die Straße hinunter und an verschiedenen lärmenden Tavernen vorbei, dann an Schaufenstern mit allen möglichen exotischen Waren – Seide, Spitzen und Kämme aus geschnitztem Elfenbein, die alle, sagte er, aus fernen Ländern importiert waren.

Er kannte sich sehr gut aus in diesen Straßen. Er kannte jede Taverne und jedes Freudenhaus auf dieser Insel, entweder von eigenen Besuchen, oder weil er Mitglieder seiner Besatzung aus diesen Etablissements herausgeholt hatte, während seiner Jahre als Pirat. Während er unter holländischer, französischer oder amerikanischer Flagge gefahren war, hatte John Patrick sein Schiff hier häufig überholen lassen. Die Regierung, wusste er, nahm es nicht besonders genau mit den Gesetzen, solange nur genügend Geld die Hände wechselte.

Er hatte diese raue Insel immer sehr geliebt und fühlte sich wie zu Hause an ihren Küsten.

Trotz ihres jüngsten Missgeschicks sah er freudige Erregung in Annettes Gesicht, als sie die Waren in den Ladenfenstern musterte. Sie ging langsamer und zwang ihn, es ihr nachzutun, als sie einen farbenfrohen Papagei entdeckte.

»Er kommt bestimmt aus Curaçao«, sagte er und sah einen Ausdruck des Erstaunens über ihre Züge huschen. Er wartete einige Sekunden und dachte, dass sie wie ein Kind aussah, das sehnsüchtig in einen Spielzeugladen starrte, bevor er sie sanft weiterzog. Er wollte ihre Hand so schnell wie möglich untersuchen lassen.

»Ich habe noch nie in meinem Leben einen Papagei gesehen«, sagte sie. »Ist es wahr, dass sie sprechen können?«

»Ja«, erwiderte er. »Ich hatte einmal einen Ersten Offizier, der einen Papagei besaß.«

Sehnsüchtig blickte sie sich noch einmal nach dem Vogel um. »Er ist schön, nicht wahr?«

»Sein Gefieder ja.«

»Willst du damit sagen, dass sie … unsympathisch sind?«

»Eigensinnig«, korrigierte er. »Und ihr Vokabular lässt häufig sehr zu wünschen übrig. Den Seeleuten scheint es großen Spaß zu machen, ihnen äußerst … fragwürdige Sätze beizubringen.«

»Ich kenne Eigensinn«, sagte sie, ihm in die Augen sehend. Die Anklage darin war nicht zu übersehen.

»Ah, dann kennst du dich ja selbst«, entgegnete er grinsend.

Er zog sie weiter, über die Straße zu einer Treppe, die zu einer Tür über einem Laden führte. Darüber hing ein kleines Schild, das den Bewohner als Louis Fortier, Doktor der Medizin, auswies.

Annette wandte sich zu John Patrick um und sah ihn an. »Meiner Hand geht es schon wieder besser.«

»Trotzdem möchte ich, dass er sie sich ansieht.«

»Du kennst diesen Mann?«

»Aye. Louis ist ein Freund.«

Sie blickte ihn von unten durch ihre dunklen Wimpern an. »Du kennst viele Ärzte.«

»Leider«, sagte er mit jenem schiefen Lächeln, das ihr so gefiel.

Sie bewegte plötzlich ihre Hand und schwankte einen winzigen Moment lang. Das verriet ihm, dass sie mehr Schmerzen hatte, als sie zugeben wollte. Seine Hand umschloss noch fester ihren Arm, als sie die Stufen hinaufgingen.

Der Arzt war glücklicherweise zu Hause, denn wäre er es nicht gewesen, hätte John Patrick ihn gesucht und ihn notfalls an den Haaren hergeschleift. Ein Jahr war vergangen, seit John Patrick mehrere britische Gefangene hergebracht und Louis damit beauftragt hatte, sich um die Verwundeten zu kümmern. Der Mann hatte sich seitdem überhaupt nicht verändert. Er war immer noch ein großer Mann mit einem großen Bauch und einem sogar noch größeren Lächeln.

»Noch mehr Kunden für mich, Captain Smith?«, fragte er in einem von einem starken Akzent geprägten Englisch. »Ich freue mich immer, wenn Ihr Schiff einläuft. Meine Börse füllt sich doppelt so schnell, als wenn Sie nicht hier auf der Insel sind.«

John Patrick hätte ihn erwürgen können. Vor allem, als er sah, wie sich Annettes Augen weiteten bei der Bemerkung über die Zunahme des Geschäfts, wenn er sich in der Stadt aufhielt.

»Nur diese junge Dame«, sagte er. »Sie ist beim Hinabklettern einer Strickleiter gestürzt und hat sich ihre linke Hand verletzt.«

Der Arzt kam sofort zu ihr und nahm ihre Hand mit einer Behutsamkeit, die seine Größe Lügen strafte. »Kommen Sie herein, Miss …«

»Smith«, sagte John Patrick rasch.

»Ah, verstehe. Mr. Smith und Miss Smith. Ihre Schwester,

nehme ich an?« Sein Augenzwinkern verriet jedoch, dass er keine Sekunde lang daran dachte, seine eigene Annahme zu glauben.

John Patrick sah, wie Annette sich auf die Lippe biss und zögerte. Und plötzlich dachte er, dass es dumm von ihm gewesen war, sie nach Fort Royal zu bringen, und fragte sich, ob sie damit herausplatzen würde, dass sie gegen ihren Willen hergebracht worden war und um Hilfe durch die französische Regierung bitten würde. Der Gouverneur, der sich zwar häufig blind stellte, was die Herkunft eines Schiffs betraf, betrachtete sich jedoch als Gentleman und würde ihn zweifellos verhaften lassen und die Kanonen selbst behalten. Und damit wäre seine Mission auf jeden Fall gescheitert.

Darüber hatte er bisher noch gar nicht richtig nachgedacht, doch nun erkannte er, was für ein Fehler das gewesen war. Hatte sie nicht selbst gesagt, sie würde tun, was sie konnte, um ihn an seinem Vorhaben zu hindern?

Aber er hatte so gewollt, dass sie die Insel sah, mit ihrer verschwenderischen Vielfalt von Orchideen und anderen tropischen Blumen und Gewächsen. Er wollte, dass sie die prächtigen Wasserfälle sah, die feinen weißen Sandstrände und die Ananasstauden. Es hatte ihm immer sehr gefallen hier, beim ersten Mal sogar schon, als er hierher kam, kaum mehr als ein Gefangener an Bord des britischen Kriegsschiffes, das diese Gewässer befuhr, um Piraten gefangen zu nehmen. Man hatte ihm nie erlaubt, an Land zu gehen, aber er hatte stundenlang zu den sauberen Gebäuden mit den schmiedeeisernen Balkonen hinübergesehen und zu den üppigen grünen Hügeln dahinter. Die Insel hatte für ihn immer Freiheit verkörpert. Empfand Annette es ähnlich?

Sie sagte nichts, obwohl ihm bewusst war, dass sie ihre Möglichkeiten schon erwogen hatte. Das hatte er an ihrem Blick gesehen.

Aber sie folgte Louis nur still zu einem Stuhl und wartete,

während er einen weiteren heranzog und sich setzte und den blutdurchtränkten Fetzen entfernte. Sein Magen verkrampfte sich, als er sah, wie sie reglos sitzen blieb und die Lippen gegen den Schmerz zusammenbiss, den sie verspüren musste.

Louis reinigte die Wunde, bewegte behutsam ihre Finger und blickte dann zu ihr auf. »Der Riss muss genäht werden«, meinte er, »und das wird eine Narbe hinterlassen. Es scheint nichts gebrochen zu sein, obwohl Ihre Hand eine starke Prellung davongetragen hat und noch eine ganze Weile schmerzen wird.« Er erhob sich, um Nadel und Faden zu holen, und zögerte, als er zurückkehrte. »Das wird nicht ganz schmerzlos sein, Miss Smith.«

Sie nickte.

»Miss Smith hat selbst Verwundete gepflegt«, warf John Patrick ein. »Sie ist sich im Klaren darüber, was getan werden muss.« Beruhigend legte er eine Hand auf ihre Schulter.

Annette zuckte weder zusammen, noch schrie sie auf, als die Nadel ihre Haut durchbohrte. John Patrick ertrug es fast nicht, still zu stehen und nur eine tröstende Hand auf ihrer Schulter liegen zu lassen. Jeder Stich schmerzte ihn mehr als jede Kugel, die er abbekommen hatte, ja mehr noch sogar als die Peitschenhiebe damals.

Als Louis fertig war, verband er die Wunde mit sauberen Tüchern und betrachtete Annette dann anerkennend. »Die meisten jungen Damen wären ohnmächtig geworden.«

»Annette ist nicht wie die meisten jungen Frauen«, sagte John Patrick.

Louis lächelte, als sein Blick von John Patrick zu Annette wanderte. »Das kann ich sehen.« Er machte eine kurze Pause. »Sie sollten ein Gläschen Sherry oder Brandy heute Abend trinken. Es wird den Schmerz ein wenig lindern.«

John Patrick nahm ein Geldstück aus der Tasche und warf es Louis zu. »Danke.«

»Werden Sie lange auf der Insel sein?«

»Ich fürchte nicht.«

»Schade. Dann werden Sie wohl keine Zeit für ein gemeinsames Abendessen erübrigen können?«

John Patrick schüttelte den Kopf. »Diesmal nicht.«

Dr. Louis Fortier nahm eine kleine Flasche aus einem Koffer und reichte sie John Patrick. »Das sind Kräuter für einen Breiumschlag, der eine Infektion verhindern wird. Benutzen Sie sie in den nächsten Tagen.«

Kaum waren sie draußen, blickte sich John Patrick fragend zu ihr um. »Warum hast du ihm nichts erzählt?«

»Von der Entführung, meinst du? Er ist dein Freund.«

»Er ist ein Gentleman, der entsetzt wäre über mein Betragen und dir seine Hilfe anbieten würde.«

Sie blickte ihn mit ihren großen grauen Augen an, aber sie sagte nichts, und er fragte sich, was in ihr vorgehen mochte. Ausnahmsweise wusste er es nicht. Oder vielmehr wusste er es schon nicht mehr, seit er mit ihr geschlafen hatte. Sie hatte nie gesagt, sie liebte ihn, so wie auch er es nie gesagt hatte, und dennoch hatte er gehofft …

Aber sie hatte ihm unmissverständlich zu verstehen gegeben, dass sich an ihrer Loyalität nichts geändert hatte.

»Würde er?« Der Zweifel in ihrer Stimme ließ ihn sich fragen, ob sie vielleicht nur auf die richtige Gelegenheit wartete, wie sie in Maryland gewartet hatte, bis sie sich ein bisschen besser in der Gegend auskannte.

Vertrauen. Großer Gott, wie sehr er sich das von ihr wünschte. Aber er hatte ihr verdammt wenig Grund gegeben, ihm zu vertrauen.

Er wechselte das Thema. »Fühlst du dich stark genug, um zu der Schneiderin zu gehen?«

Ihre Augen erhellten sich ein wenig, und er sah, wie ihr Blick über die Stadt und den Park in ihrer Mitte glitt und dann zur See hinüber. Trotz ihrer Verletzung schien sie den Ausflug auf die Insel zu genießen. »Ich würde lieber ein bisschen durch die Stadt bummeln.«

Er blickte auf ihre verletzte Hand. »Ich glaube, eine Kutsche wäre besser«, meinte er. »Ich werde eine mieten. Aber zuerst gehen wir zur Schneiderin.«

»Was ist mit deinen Geschäften?«

»Die können warten«, erwiderte er zu seiner eigenen Überraschung. Im Moment wünschte er sich nichts anderes als ein Lächeln auf ihrem Gesicht, in ihren Augen.

Ein Tag mehr oder weniger würde keinen großen Unterschied ausmachen.

Du kannst ihn daran hindern, Waffen mit zurückzunehmen.

Annette sagte es sich immer wieder. Ein ums andere Mal. Sie konnte sich an die Behörden wenden und ihn wegen Entführung anzeigen. Was für eine Strafe stand auf ein solches Verbrechen? Gefängnis? Oder schlimmer?

Konnte sie ihm das antun?

Nein.

Aber der Gedanke wollte nicht aus ihrem Unterbewusstsein weichen, nicht einmal, als sie die nach Blumen duftende Luft der Insel schnupperte, die warme Meeresbrise spürte und die wechselnden Schattierungen von Smaragd, Grün und Blau bestaunte, die das Wasser färbten, und der melodischen Kadenz der Sprache lauschte. All ihre Sinne pulsierten vor Leben, und trotz des Pochens in ihrer Hand wollte sie die Straße hinunterlaufen, jedes Geschäft betreten und zu den Bergen hinaufwandern, die so unwahrscheinlich grün erschienen.

Ihre Füße tänzelten über das Kopfsteinpflaster, als John Patrick sie zu dem Schneiderladen führte. Er zeigte sich von seiner charmantesten Seite, als er eine indignierte Madame beschwatzte, ihm zwei für jemand anderen bestimmte Kleider zu verkaufen und sie Annette sofort anprobieren ließ. Er versuchte, noch ein drittes zu kaufen, aber egal, wie viel Geld er bot, nichts vermochte die Frau dazu zu bewegen, ein Kleid herzugeben, das für ein Mädchen namens Josephine bestimmt war, die jüngste Tochter einer der prominentesten Familien der Insel.

Dann mietete John Patrick einen Wagen und kutschierte Annette über abenteuerliche Landstraßen zu einem wundervollen Wasserfall. Er zeigte auf einen Berg, über dem eine rauchähnliche Wolke schwebte. »Das ist ein Vulkan. Der Mont Pelée.«

Alles war schrecklich fremdartig und exotisch und unsagbar schön. Wie von selbst glitt ihre Hand in seine, und sie fühlte sich versengt von ihrer Hitze. Sie hielten an einem breiten, leeren Strand, und er hob sie aus der Kutsche. Er wartete nur so lange, bis er seine Stiefel und sie ihre Schuhe und Strümpfe ausgezogen hatten, dann nahm er wieder ihre Hand und führte sie zum Wasser.

Der von der Sonne aufgewärmte Sand rann durch ihre Zehen. Der Salzgeruch der See vermischte sich mit dem betäubend süßen Duft von Blumen. Die Schreie der Seevögel und das leise schwappende Geräusch des Wassers auf dem Sand sorgten für eine verführerische Musik. Annette war sich des Mannes neben ihr und seiner Finger auf ihrer Haut unglaublich stark bewusst.

Sie sah ihn an. Seine Augen waren von einem noch intensiveren Grün als dem der See, als er sie ansah. Er berührte zärtlich ihr Gesicht, dann berührte er beinahe ehrfürchtig ihr Haar.

Und plötzlich gab es niemand anderen mehr auf der Welt.

21

John Patrick hatte geschworen, es nie wieder geschehen zu lassen. Und Gott war sein Zeuge, dass es ihm ernst damit gewesen war.

Aber er war noch nie in seinem Leben so entflammt gewesen.

Ihr Missgeschick an diesem Morgen hatte ihm wieder einmal bewusst gemacht, wie sehr der Gedanke ihn beängstigte, er könnte sie verlieren. Jetzt, mit diesem verzückten Blick in ihren Augen, war sie noch verlockender denn je. Und – obwohl sie sich dessen offensichtlich nicht bewusst war – noch verführerischer.

Ihre Hand lang warm in seiner. Vertrauensvoll wie nie zuvor.

Sie benutzte ihre verletzte Hand, um ihre Röcke bis zu ihren Knien hinauf zu ziehen, und tauchte ihre Zehen in das klare, von der Sonne warme Wasser. Dann blickte sie mit jenem Staunen, das es immer wieder schaffte, an sein Herz zu rühren, zu ihm auf. »Ich wusste gar nicht, dass das Meer so warm sein kann.«

Sie schloss die Augen, und er erkannte die Gefühle, die sie übermannten. Er kannte sie sogar sehr gut, aber sie waren nie so intensiv gewesen wie in diesem Augenblick, als er sie mit jemand anderem teilte, der sogar noch mehr Licht in diesen ohnehin schon strahlend hellen Tag brachte.

Er streckte die Hand aus und zog sie an sich. Sie ließ die Röcke fallen, und er spürte eine sanfte Welle den Saum seiner Hose und den ihrer Röcke umspülen. Nass zu werden schien sie ebenso wenig zu kümmern wie ihn selbst. Sein Körper weigerte sich, seinem Verstand noch länger zu gehorchen. Er hatte bereits von der verbotenen Frucht gekostet, und nun war sie unwiderstehlich.

Sein Körper schmerzte von der Sehnsucht nach ihr, von seinem drängenden Verlangen und der versengenden Leidenschaft, die zwischen ihnen schwelte. Er konnte es fast nicht glauben, dass er sie so sehr begehrte. Er, der immer geglaubt hatte, niemanden zu brauchen, der die verrufensten Tavernen aufgesucht hatte und zu Frauen gegangen war, die nie von ihm verlangt hätten, seine Freiheit für sie aufzugeben?

Seine Hände glitten über ihre Hüften, und dann senkte er den Kopf und berührte mit den Lippen ihre von der Sonne warme Wange. Eigentlich hatte er vorgehabt, sie danach loszulassen, sich zurückzuziehen und sie zu beobachten, aber ihre Hand wollte seine nicht mehr freigeben, und sie drehte ihr Gesicht ein wenig, so dass ihr Mund den seinen berührte. Mit der anderen Hand berührte sie derweil die braun gebrannte Haut an seinem Arm unter den aufgerollten Ärmeln seines weißen Hemds.

Ein beinahe schmerzhaftes Verlangen durchzuckte seine Lenden, als sie sich an ihn lehnte. Er kostete das aufgeregte Klopfen ihres Herzens aus, den süßen Geschmack ihrer Lippen, das Gefühl ihrer körperlichen Nähe, die sanfte Reibung von Haut an Haut. Er hatte sich noch nie zuvor mit einem Menschen eins gefühlt, und er genoss den heftigen Schmerz von Gefühlen, die zu tief gingen, um ihnen Ausdruck zu verleihen.

Als er aufblickte, ging die Sonne unter. Zusammen verfolgten sie, wie der Himmel eine blutrote Färbung annahm und wie sie dann zu sanfteren Schattierungen von Korallen- und Goldtönen verblasste. Die See glitzerte unter den letzten Strahlen einer träge hinabsteigenden Sonne. Der erste Stern erschien bereits am Firmament, und die warme Brise kühlte ab und zupfte an den losen Enden ihrer Kleider.

Nie hatte er einen schöneren Sonnenuntergang gesehen. Langsam senkte er den Blick und sah Annettes verzückte Miene.

»Warum bist du je wieder von hier weggegangen?« Eine leise Ehrfurcht schwang in ihrer Stimme mit.

Er zuckte mit den Schultern. »In Maryland gefällt's mir auch.«

»Wirklich?«

»Oh, natürlich möchte ich kein Farmer sein. Und Anwalt auch nicht.« Er zog sie an sich und erzählte ihr von seinem Traum, einem Traum, den er noch keinem anderen Menschen gegenüber je erwähnt hatte. »Ich möchte Schiffe bauen, schnelle Schiffe, die in erheblich kürzerer Zeit vom Kontinent nach Amerika segeln können, als momentan möglich. Es wird viel von einem dampfbetriebenen Schiff gesprochen, das die Seine befährt. Eines Tages würde ich gern so etwas bauen.«

»Um damit weiter um die Welt zu segeln?«

»Aye«, sagte er. *Mit dir.*

Sie lehnte sich zurück in seinen Armen und berührte mit den Fingern zärtlich seinen Mund. Ihr Körper schmerzte vor Erwartung und vor lustvollem Begehren. Die Eindringlichkeit seiner Worte und die Tatsache, dass er seinen Traum mit ihr geteilt hatte, ließ ihre guten Vorsätze dahinschwinden wie die Sandpartikel, die von den Wellen ins Meer zurückgespült wurden. Sie verstand die Tiefe ihrer Gefühle nicht; sie wusste nur, dass sie ihn liebte und dass sie ihn mit einer Wildheit liebte, die sie als beängstigend empfand.

Ihre Augen glühten vor Leidenschaft, als seine Hand streichelnd über ihren Nacken glitt. Er senkte den Kopf, und seine Lippen nahmen ihre mit solch unverhohlener Sehnsucht in Besitz, dass sie das Gefühl hatte, ihr Herz müsse vor Glück zerbrechen. Er ließ seine warmen Lippen über ihre Wange gleiten, dann über ihr Ohr und schließlich über ihren Nacken, bis ihre Beine ihr den Dienst zu versagen drohten und ihr Körper sich wie von selbst an seinen schmiegte.

Er drehte sie um und führte sie hinter einen angeschwemmten Baumstamm. Dort ergriff er ihre unverletzte Hand, zog sie sanft auf den Boden und setzte sich dann neben sie. Der Sand war noch warm von der Sonne und fein wie Zucker. Zusammen verfolgten sie, wie die Sonne endgültig am Horizont versank, dann den Beginn der Abenddämmerung und das Aufleuchten der ersten Sterne, die zu sehen waren.

»Warum nennst du deine Schiffe immer *Star Rider*?«, fragte sie.

»Sterne haben meiner Familie immer Glück gebracht«, antwortete er. »Einer meiner Vorfahren wurde ›Sternfänger‹ genannt. Und mein Vater nennt sich selbst den ›Sternfinder‹, weil er meine Mutter fand.«

»Sie lieben sich wirklich sehr, nicht wahr?«, fragte Annette wehmütig.

»Aye.« John Patrick nickte. »Früher dachte ich, eine solche Liebe wäre etwas ungeheuer Seltenes.«

Aber heute nicht mehr. War das möglich? Sie bemühte sich, ganz ruhig zu bleiben. »Man sollte meinen, du würdest in ihrer Nähe leben wollen.« Sie würde es wollen. Ihre Familie war immer das Wichtigste für sie gewesen.

Er schwieg sehr lange, hielt aber ihre unverletzte Hand noch immer liebevoll in seinen Händen. Er wollte ihr begreiflich machen, wer und was er war. »Ich habe mich immer nach Abenteuern gesehnt. Mir war nicht klar, was für einen Preis sie manchmal fordern. Ich fühlte mich ... unbehaglich, als ich heimkehrte. Ich war nicht mehr der Jonny, den sie liebten und respektierten. Ich glaube, mein Vater konnte das verstehen; er hatte in Culloden gekämpft und seinen Bruder hängen sehen. Er kannte sich aus mit Töten und« – er zögerte – »Vergeltung.«

»Willst du immer noch Vergeltung?«, fragte sie.

»Nein«, erwiderte er leise.

Sie schien für einen Moment den Atem anzuhalten. »Warum fängst du dann nicht an, dein Schiff zu bauen? Jetzt sofort?«

»Ich habe noch eine Verpflichtung, Liebling.«

»Wem gegenüber? Du bist weder in der Armee noch in der Marine.«

»Meinem Land gegenüber, Annette.«

»Also doch Vergeltung«, beharrte sie.

»Nein. Der Zorn ist weg. Aber ich glaube an die amerikanische Unabhängigkeitsbewegung. Wir sind andere Menschen als die Engländer, mit ihren Klassenunterschieden und Adelsständen.«

»Deine Familie besaß auch Titel.«

»Ah, aber die Schotten waren anders. Sie folgten einem Führer, weil sie ihn respektierten, und nicht wegen der Umstände seiner Geburt.«

»Ohne England würde es keine Kolonien geben.«

»Die Engländer haben die Kolonien nicht aus Gutmütigkeit besiedelt«, knurrte er. »Sie sahen Reichtum, und sie sahen Absatzmärkte für ihre Waren. Sie wollten ein riesiges Imperium, das sie beherrschen konnten.«

»Keine Vergeltung?«, fragte sie mit erhobener Augenbraue.

»Vielleicht noch ein kleines bisschen«, gab er zu. »Ich will, dass niemand mehr gezwungen wird, in der englischen Marine zu dienen.« Er legte einen Finger an ihre Lippen. »Aber lass uns nicht über Politik reden, meine kleine Tory. Dies ist ein viel zu schöner Abend.«

»Wird deine Mannschaft dich denn nicht vermissen?«

»Ich glaube nicht. Sie sind gewöhnt an mein ... Ausbleiben.«

Seine Finger streichelten ihre Schultern, und er fühlte, wie sie unter seinen Liebkosungen erschauerte. Sie waren allein, weit entfernt und außer Sichtweite von einer Straße, die kaum benutzt wurde. Es war, als befänden sie sich auf einer verlassenen Insel, auf der niemand außer ihnen war.

Ein voller Mond ging auf, dessen anfängliche Transparenz nach und nach Substanz und Helligkeit annahm. Ein Stern nach dem anderen füllte den Himmel und gesellte sich zu den frühen, die Annettes Frage ausgelöst hatten.

Aber ihr Blick ruhte jetzt auf ihm. Ihre grauen Augen glühten. Ihr Körper war angespannt, und ihre Hand bewegte sich in einem sinnlichen Rhythmus über seinen Arm.

Er hatte geschworen …

Er schloss einen Pakt mit sich selbst und mit dem Teufel, sie zu seiner Frau zu machen, als seine Hände die Bändchen ihres Kleids aufschnürten. Als er es ihr ausgezogen hatte, streifte er ihr das Unterkleid über die Schultern und bedeckte ihre weiche Haut mit Küssen.

Annette hörte ein Seufzen, das wie das Rascheln eines sanften Windes in den Segeln klang, und er zog sie an sich.

Sie blickte zu den erstaunlich grünen Augen auf, die immer so viel zu verbergen schienen. Die Dämmerung ließ sie noch rätselhafter als sonst erscheinen. Nur ein Muskel, der an seiner Wange zuckte, gab ihr einen kleinen Hinweis auf seine Gefühle.

Aber seine Hände verrieten, was sein Gesicht verbarg. Sie streichelten, liebkosten, verführten, liebten, bis ihr Körper sich wie ein Juwel anfühlte, so hell und strahlend wie der Mond am Himmel.

So viele Gefühle durchfluteten sie. Die tropische Nacht – die See, der Himmel, die duftend warme Brise – weckten in ihr Empfindungen, die sie noch nie zuvor erfahren hatte. Sie hatte ihn beschuldigt, ihr die Freiheit geraubt zu haben. Nun erkannte sie, dass er ihr die erste wahre Freiheit geschenkt hatte, die sie je gekannt hatte.

Das Zögern, ja sogar die Furcht, die sie empfunden hatte, als er sie zum ersten Mal geliebt hatte, stellte sich nicht ein. Ihr Körper erinnerte sich an die lustvollen Gefühle nach jenem ersten Schmerz, und nun merkte sie, wie er auf diese Erinnerung reagierte.

Annette hatte immer geglaubt, Liebe benötigte Zeit und entwickelte sich still und natürlich zwischen Menschen mit den gleichen Interessen, Werten und Einstellungen; dass sie Vertrauen und Engagement erforderte und Freundschaft.

John Patrick bot ihr nichts davon. Er war wie ein Blitz für ihre stille Abenddämmerung, ein Gewitter für ihren sanften Aprilregen, ein Wüstling für ihre pflichtbewusste alte Jungfer. Sie hatte ihr Leben damit verbracht, Menschen zu gefallen und das Richtige zu tun; er hatte seins damit verbracht, gegen sie zu rebellieren.

Star Rider. Ein zutreffender Name; er passte zu seiner Rastlosigkeit, zu seiner Neugierde und seinen Hoffnungen. Keine Frau vermochte ihn zu zähmen, und schon gar nicht sie.

Dieses Wissen schmerzte. Denn sie liebte ihn von ganzem Herzen. Sie wusste nicht, wann oder wie es dazu gekommen war; sie wusste nur, dass es die schmerzliche Wahrheit war.

Sie wusste auch, dass sie jede wunderbare Sekunde mit ihm nutzen würde, um sich die Geräusche, Düfte und Berührungen dieser Nacht für immer einzuprägen, und sie ihr Leben lang in ihrer Erinnerung – und ihrem Herz – bewahren würde.

Ihr Körper prickelte vor Sehnsucht und Erregung und bog sich ihm ganz unbewusst entgegen. Sie waren jetzt beide nackt, bis auf sein Hemd. Das Hemd, das er immer anließ.

Als er sie diesmal küsste, antworteten ihre Lippen mit hemmungsloser Hingabe, mit jener Freiheit, die noch immer so erstaunlich für sie war. Sein Kuss verstärkte sich, und die Hitze zwischen ihnen war wie eine Flamme, die sie zu versengen drohte. Ihre Sinne verloren sich in einem wilden, Schwindel erregenden Taumel, als seine Hand zu ihrer empfindsamsten Stelle glitt und sie berührte und liebkoste, bis eine heiße Woge sie durchströmte, die nicht mehr aufhören zu wollen schien.

»Jonny«, hörte sie sich aufschreien, und nur vage kam ihr zu Bewusstsein, dass sie den Namen übernommen hatte, den die benutzten, die ihn liebten.

»Meine zauberhafte Dame«, flüsterte er, als er sich behutsam auf ihr niederließ und ein klein wenig in sie eindrang, quälend langsam, bis sie vor Verlangen zu vergehen glaubte. Instinktiv legte sie die Beine um seine Hüften und bog sich ihm entgegen, in einer stummen Einladung, noch tiefer in sie einzudringen.

Ein heißer Schauer rann durch ihren Körper, und die Hitze, die in ihr tobte, intensivierte sich. Ein überwältigendes Glücksgefühl erfasste sie bei dem Gedanken, mit ihm eins zu sein, ein Teil von ihm zu sein, zu spüren, wie seine Hände sie beinahe ehrfürchtig berührten. Sie wollte dieses Gefühl ergreifen und es für immer festhalten.

Aber dann wurden seine Bewegungen schneller, härter, und sie wollte sogar noch mehr. Ihr Körper reagierte mit einer Leidenschaft, die seiner um nichts nachstand, und sie bewegte sich genauso fieberhaft wie er, jeder ihrer Muskel bebend vor Erregung, als sie sich in pulsierenden Wellen der Wonne wiegte, die anscheinend niemals enden wollten. John Patrick verhielt abrupt in der Bewegung, löste sich von ihr und wandte sich von ihr ab.

Sie hörte sein Stöhnen, sein schweres Atmen, und wusste, dass er sich für sie opferte, dass er nicht riskieren wollte, ihr ein Kind zu geben. Der Gedanke betrübte sie und ließ das Gefühl der Euphorie verblassen, das sie eben noch empfunden hatte, obwohl sie wusste, dass es klüger war. Er wollte keine Bindungen, und sie wollte ihn zu nichts verpflichten. Egal, wie sehr sie ihn liebte, egal, wie sehr sie ihn begehrte, sie könnte ihm das niemals antun.

Er nahm ihre Hand, und sie drückte sie, obwohl sie darauf verzichtete, etwas zu sagen. Stattdessen lauschte sie den Geräuschen der See, der Vögel und des Winds und erlaubte ihrem Körper, die noch immer beglückenden körperlichen Empfindungen nach ihrer leidenschaftlichen Umarmung auszukosten. Sie lehnte sich an ihn, spürte das Pochen seines Herzens und lauschte auf seine schweren Atemzüge.

Sanft glitt ihre Hand unter sein Hemd, und sie spürte die Narben auf seinem Rücken. Zuerst versteifte er sich, doch nach und nach begann er sich zu entspannen. Da ließ sie ihre Finger höher wandern und streichelte die Narben. Das Hemd rutschte hinauf, und vor Schreck verschlug es ihr den Atem.

Sie hatte nur einen Teil seiner Narben gesehen an jenem Tag bei sich zu Hause, aber nie, wie viele es wirklich waren. Tiefe hässliche Furchen und ausgezackte weiße Narben verliefen kreuz und quer über seinem Rücken. Es war offensichtlich, dass sie weder behandelt noch genäht worden waren und langsam und ungleichmäßig verheilt waren. Sie ertrug es nicht, an die Qual zu denken, die er ausgestanden haben musste.

Er begann sich zu entfernen, als fürchtete er, sie könne sich abgestoßen fühlen von den Narben, aber ihre Hand hielt ihn zurück. Sie zog das Hemd ganz nach oben, bis zu seinen Schulterblättern, beugte sich vor und berührte die Narben unendlich zärtlich mit ihren Lippen. Sie wünschte, sie könnte die Zeit zurückdrehen und ihm die Schmerzen nehmen, Schmerzen, die er bis heute noch nicht überwunden hatte, wie sie wusste. John Patrick Sutherland war der stolzeste Mann, dem sie je begegnet war; sie konnte sich nicht einmal vorstellen, wie es für ihn gewesen sein musste, eine solche Grausamkeit zu ertragen.

Und so versuchten ihre Lippen und ihre Finger ihm zu sagen, dass diese Narben nicht störend waren, weder für sie noch für irgendjemand sonst. Sie wollte ihm sagen, dass sie ihn liebte, fürchtete aber, dass er sich von ihren Gefühlen genauso eingeengt fühlen könnte wie von einem Kind. Bittersüße Reue begann sie zu erfassen, aber sie saß trotzdem noch neben ihm, berührte ihn und brachte es nichts übers Herz, sich zu entfernen.

Er drehte sich halb um und suchte ihren Blick, und dann schloss sich seine große Hand um ihre Finger. Sie fragte sich, ob sein Herz genauso heftig pochte wie ihres. Sie fragte sich, ob auch er das Gefühl hatte, der Mond sei heller, die Sterne näher und die Luft noch weicher.

Dann stand er auf und zog sie mit sich auf die Beine. Er zog sein Hemd aus und führte sie zum Meer. Das Wasser war kühl, aber nicht kalt, und herrlich sinnlich auf der von der Liebe noch erhitzten Haut. Es war wie kühle Seide; die warme, wohlriechende Brise streifte Annette mit berauschender Sanftheit, und seine Finger liebkosten ihre in einem Rhythmus, der die Gefühle wiedererweckte, die noch immer tief in ihr pulsierten.

Sie sah ihn an, seinen schlanken, aber kraftvollen Körper, und dachte, wie erstaunlich schön er war. Ihr Herz hämmerte in ihrer Brust, als sie sich plötzlich selbst sah: sie, Annette Carey, stand nackt und ohne die geringste Verlegenheit im fahlen Mondlicht. Sie konnte es kaum glauben, aber ... der sündhafte Zauber, in dem sie gefangen war, war unwiderstehlich.

Sie standen in der flachen Brandung, die ihre Füße umspülte und Sand zwischen ihren Zehen hinterließ, und dann ließ er sich auf die Knie nieder und zog sie mit sich, und seine Lippen suchten hungrig die ihren. Ein Schwindel erregendes Verlangen durchzuckte sie, als er den Kuss vertiefte, und dann ließ sie sich zurücksinken, und das Wasser überspülte sie, als er sie von neuem in Besitz nahm. Ein elementares Bedürfnis, das so alt war wie die Menschheit selbst, erfasste ihren Körper, und sie schlang die Beine um seine Hüften und umklammerte seinen Rücken. Sie hörte ihn flüstern, aber die Worte verloren sich im sanften Schwappen des Wassers. Seine Lippen waren plötzlich sanft, sein Atem an ihrer Wange vermischte sich mit dem kühlen Wasser, das sie überspülte, und seine Bewegungen in ihr waren von einer aufreizenden Langsamkeit, bis ihr Verlangen so quälend intensiv, so unerträglich wurde, dass sich ihr ein Schrei entrang.

Seine Lippen entfernten sich von ihrem Mund und liebkosten ihren Hals, und sie streichelte seinen Rücken, seinen Nacken und bewegte sich vor und zurück mit einer Liebe, die sie noch immer nicht in Worte zu fassen wagte, aber auf unendlich viele andere Arten zum Ausdruck brachte. Einen Moment verhielt er sich ganz still, und sie spürte, wie ihr eigener Körper seinen liebte, wie er sich um ihn schloss und ihn liebkoste, und dann bewegte er sich wieder und glitt tiefer und tiefer in sie hinein, bis er ihr Innerstes berührte, und diesmal waren seine langsamen, gleichmäßigen Bewegungen, seine geflüsterten Küsse von einer solchen Zärtlichkeit und Hingabe, dass ihr Herz vor Glück zu bersten drohte. Ihre Seelen versanken ineinander zu einem taumelnden Flug, der sie gemeinsam hochtrug, bis selbst die Sterne sie im Rausch umfingen.

Danach blieben sie liegen, wo sie waren, und ließen das Wasser das Fieber ihrer Körper kühlen.

Er zog ihre Hand an seinen Mund, und während er sie küsste, ließ er seinen Daumen zärtlich über ihren gleiten.

Annette hielt seine Hand umklammert und fragte sich, wie ein Körper so viele Gefühle verkraften konnte. Wie war es möglich, dass sie so absolut, so vollkommen, so ergreifend lieben konnte?

Sie küsste seine Schulter und biss ihn spielerisch in den Nacken, außerstande, ihn nicht zu berühren und nicht jede Sekunde dieses zauberhaften Augenblickes auszukosten.

»Ich liebe dich«, flüsterte er, und seine Worte vermischten sich mit dem Rauschen der See.

Sie berührte mit dem Finger seine Lippen. Sie hatte ihm soeben ihr Herz geschenkt. Aber aus irgendeinem Grund konnte sie es ihm nicht sagen. Trotz all dieser wunderbaren Gefühle in ihrem Herzen und ihrem Körper warnte eine innere Stimme sie, dass dies nur ein einmaliger, verzauberter Moment sein konnte. John Patrick würde in seine Welt zurückkehren, und sie in ihre.

Aber er schien gar keine Antwort von ihr zu erwarten. Er löste sich von ihr, richtete sich auf und blickte gedankenvoll auf sie herab. »Es ist deine Bestimmung, eine Seejungfrau zu sein«, sagte er leise, und da war sie sich sicher, dass sie zwei verschiedene Menschen sahen.

Sie versuchte zu lächeln und ihm zu glauben, obwohl sie den Zauber jener wundervollen Augenblicke schon erlöschen sah.

John Patrick fluchte im Stillen, als er Annettes Gesicht zunehmend blasser werden sah, als sie beobachtete, wie die Kanonen auf das Schiff verladen wurden.

Der Tag der Abrechnung.

Er hatte drei himmlische Tage mit ihr verbracht, als er ihr den Ort vorstellte, den er nach Maryland am meisten liebte. Er hatte ihre Augen vor Begeisterung leuchten sehen, als sie die Füße in die warmen Quellen in der Nähe der Vulkane getaucht hatte, und er hatte ihr in einem kalten Teich unter einem dreihundert Meter hohen Wasserfall das Schwimmen beigebracht. Er hatte sich gefreut über ihr unverhohlenes Entzücken über die Kleider, die er ihr geschenkt hatte. Abends hatten sie im besten Wirtshaus der Stadt zusammen frischen Fisch gegessen, und sie hatte sich in jedem Laden in Fort Royal umgesehen und verschlang mit ihren Blicken alles, was neu und anders für sie war.

Am zweiten Tag im Hafen war er allein nach Fort Royal gefahren und hatte die endgültigen Arrangements getroffen für die Lieferung der Kanonen, die zwei Wochen zuvor aus Frankreich eingetroffen waren. Offiziell waren sie mit dem Kredit der neuen jungen Nation erworben worden, und er war nur der Überbringer, aber in Wahrheit, wusste er, waren sie ein Geschenk von Frankreich. Auf dem Weg zurück von dem Treffen war er in den Laden mit dem Papagei gegangen und mit dem Vogel in einem hübschen Käfig wieder herausgekommen.

Er hatte seine Zweifel hinsichtlich des Papageis. Der Ladenbesitzer hatte geschworen, er besäße eine anständige Ausdrucksweise, aber John Patrick war nicht allzu sehr beruhigt, als der Vogel beharrlich wiederholte: »Billy ist ein braver Vogel.« John Patrick wusste aus Erfahrung, dass Leute, die ständig von ihren Tugenden sprachen, nur selten tatsächlich welche besaßen. Ob das auch auf Vögel zutraf?

Aber falls er Bedenken gehabt hatte, wurden sie sehr schnell zerstreut, als er Annettes entzückten Ausdruck beim Anblick des Käfigs mit dem Vogel darin sah. Der Papagei informierte sie prompt, dass sie nun die Besitzerin eines sehr braven Vogels war.

Es war jedoch etwas in seinen wachen Augen, das John Patrick verriet, dass Billy mit seinem Eigenlob vielleicht ein bisschen übertrieb.

Trotzdem war sie hingerissen von dem Papagei, und diese beunruhigende Zurückhaltung, die er in ihrem Blick gesehen hatte, schwand. Es war ihm schwer gefallen, sie danach allein zu lassen, aber obwohl er einige seiner eigenen Regeln gebrochen hatte, dachte er nicht daran, die Nacht in ihrer Kabine zu verbringen. Was seine Männer vermuteten und was sie wussten, waren zwei verschiedene Dinge.

Heute Morgen – ihr vierter in Martinique – hatte er dann die *Star Rider* an den Kai manövriert. Er war gerade dabei, seinen Männern die nötigen Befehle zu erteilen, als sie an Deck erschien, und er konnte das Entsetzen in ihrem Gesicht erkennen, als sie die mächtigen Kanonen erblickte, die zum Ankerplatz des Schiffs gerollt wurden. Sie bedachte ihn mit einem vorwurfsvollen Blick, als eine Gruppe Hafenarbeiter acht große Artilleriegeschütze an Bord brachten, die alle noch sehr viel hässlicher aussahen als die Kanonen auf seinem Schiff. Er beobachtete sie, während er Anweisungen erteilte, als die Geschütze demontiert und im Frachtraum des Schiffs untergebracht wurden.

Als er sich wieder nach Annette umschaute, war sie verschwunden.

Sein Magen verkrampfte sich. Er war inzwischen an ihre Konfrontationen gewöhnt. Dass sie jedoch nicht zu ihm herübergestürmt war, löste Fragen und eine ungewohnte Besorgnis in ihm aus.

Er rief Beasley, der den Auftrag hatte, sich um sie zu kümmern. Groß wie Ivy und nicht weniger ungehobelt aussehend als jeder andere Bandit, hatte er seine Aufgaben als Dienstmädchen und Butler mit erstaunlicher Bereitwilligkeit übernommen. Beasley hatte sich mit den anderen Besatzungsmitgliedern das Verladen angesehen und schlenderte nun zu ihm hinüber.

»Halt Miss Carey im Auge, solange wir hier im Hafen liegen«, sagte John Patrick. »Und frag sie, ob sie irgendetwas braucht.«

»Aye, Sir.«

John Patrick wandte seine Aufmerksamkeit wieder den Kanonen zu. Er hatte gestern den Laderaum ausräumen und die noch vorhandenen Vorräte auf dem ganzen Schiff verteilen lassen. Er hatte von seinen eigenen Mitteln große Mengen frisches Obst gekauft, da er wusste, dass General Washingtons hungrige Truppen sich darüber freuen würden. Es würde gleich nach den Kanonen, die oberste Priorität hatten, geliefert werden.

Er beaufsichtigte gerade das Vertäuen der verschiedenen Geschützteile im Frachtraum, als Beasley zu ihm hereinkam.

»Ich kann sie nicht finden«, meldete er besorgt.

John Patrick fluchte verhalten. Er konnte jetzt nicht weg. Jeder dieser Zwölfpfünder wog sechzehnhundert Kilo, und wenn das Gewicht nicht richtig verteilt und gesichert wurde, konnte der erste Sturm die *Star Rider* versenken.

Wo war sie hingegangen? Und wie? Er hatte die Gangway nicht die ganze Zeit im Auge behalten können, aber er war sicher, dass er bemerkt hätte, wenn sie das Schiff verlassen hätte. Irgendjemand würde es bemerkt haben.

Beasley stand noch immer wartend vor ihm.

»Nimm ein paar Männer mit und such sie in der Stadt.«

Der Koch zögerte. »Ah ... Sir ... und was soll ich dann tun? Ich meine, falls sie nicht mit uns zurückkommen will?«

»Dann bringst du sie trotzdem her.«

Beasley machte große Augen, dann nickte er widerstrebend.

Ivy näherte sich ihnen, vielleicht, weil er die Spannung seines Kapitäns spürte. »Sir?«, fragte er, wie er es immer tat an Bord.

»Miss Carey ist verschwunden.«

»Sie kann nicht weit gegangen sein. Und sie kann auch kein großes Unheil anrichten.«

Das konnte sie sehr wohl, wenn sie ihre Entführung anzeigte. Der Gouverneur würde das Schiff dann vielleicht im Hafen festhalten. Oder beschlagnahmen. Doch selbst diese Konsequenz verblasste neben der Überlegung, was sie im Augenblick empfinden musste. Er hatte die Zurückhaltung durchbrochen, an die sie sich die ganze Zeit geklammert hatte. Sie hatte sich ihm hingegeben – und ihm sogar ihr Herz geschenkt, dachte er.

Er schloss die Augen. Er hätte es ihr schon vor Tagen sagen sollen. Er hatte gewusst, dass es ihr etwas ausmachen würde, aber er hatte es nicht über sich bringen können, die Magie zu zerstören, die sie zusammen geschaffen hatten.

»Verdammt«, flüsterte er, und seine Stimme klang ganz rau vor Enttäuschung.

»Ich kann mich um das Vertäuen der Ladung kümmern«, sagte Ivy. »Geh du sie suchen.«

»Nein«, sagte er. Er vertraute Ivy, aber dies hier war zu wichtig. »Beasley wird sie finden.«

Er arbeitete den ganzen Nachmittag durch, bis das letzte Fass mit Hanfseilen und Trossen sicher befestigt war.

Dann ging er an Deck. Beasley war noch nicht wieder aufgetaucht.

John Patrick gab Ivy Anweisung, das Obst im Frachtraum zu verstauen, und durchkämmte dann das Schiff. Annette war nirgendwo zu finden, obwohl Billy noch in ihrem Zimmer war und die meisten ihrer Kleider auch. »Böser Junge«, schimpfte der Papagei und schnalzte mit der Zunge, als wüsste er sehr gut, wovon er redete. John Patrick wusste, dass er es bereuen würde, das Tier gekauft zu haben, aber das war jetzt die geringste seiner Sorgen.

Wo war sie hingegangen?

Wohin?

Lange blieb Annette unschlüssig vor dem Gebäude stehen, in dem sich die Verwaltungsbüros befanden. Sie konnte verhindern, dass die Kanonen Amerika erreichten. Neutralitätsabkommen wurden offen gebrochen. Hinzu kam außerdem auch noch die Angelegenheit mit der Entführung.

Mit anzusehen, wie die Kanonen verladen wurden, hatte ihr Blut gefrieren lassen. Und auch ihr Herz. Obwohl John Patrick sie nicht belogen hatte, vermutete sie, dass er sehr wohl wusste, was sie davon halten würde, sich an der Tötung von Menschen zu beteiligen, von denen sie viele selbst gepflegt hatte. Sein Schweigen war nichts anderes als Verrat. Er hatte mit ihr geschlafen, sie in sich verliebt gemacht, obwohl er die ganze Zeit genau gewusst hatte, dass er etwas tat, was sie als absolut abscheulich empfand. Kleine Waffen waren schon schlimm genug. Aber Kanonen! Selbst ihr war klar, dass diese Kanonen größer waren als jene, die man zur Verteidigung eines Schiffs benötigte. Selbst sie wusste, dass sie dazu bestimmt waren, Soldaten auf den Schlachtfeldern in Stücke zu zerreißen.

Sie konnte ihn daran hindern. Sie konnte ihren Prinzipien treu bleiben und loyal sein zu den Männern, die an sie geglaubt und ihr vertraut hatten.

Und indem sie das tat, würde sie John Patrick zum Tode verurteilen. Entführung war kein Kavaliersdelikt. Die französischen Behörden würden gezwungen sein, ihn festzunehmen und ihn wegen Piraterie vor Gericht zu stellen.

Sie fühlte eine Träne über ihre Wange rinnen. Sie konnte ihm nicht verzeihen. Aber sie konnte auch nicht für seinen Tod verantwortlich sein. Ein Klumpen in ihrer Kehle erschwerte ihr das Atmen. Ihr Herz schmerzte, als würde es zerbrechen. All diese Freude, all das Glück waren nichts anderes als eine Illusion gewesen.

Tief in ihrem Herzen wusste sie, dass sie ihn nicht verraten konnte, obwohl sie sich von ihm verraten fühlte. Aber sie würde nie wieder sein Schiff betreten. Sie würde sich nicht noch einmal von seinem Zauber unterwerfen lassen.

Wo sollte sie hingehen? Ihr war klar, dass er versuchen würde, sie zurückzuholen. Aber sie hatte kein Geld, keine Kleider außer denen, die sie am Leibe trug. Wie sollte sie nach Philadelphia zurückkehren? Wie konnte sie ihre Familie zurückerlangen?

Ihre Finger glitten zu der antiken Brosche aus Saphiren und Perlen, die sie stets um ihren Hals trug. Da es das einzige Andenken an ihre Mutter war, das das Feuer überlebt hatte, war es für sie kostbarer als jeder andere Besitz.

Wenn sie sich bis nach St. Pierre auf der anderen Seite der Insel durchschlagen könnte, würde John Patrick sie vielleicht nicht finden. Vielleicht gab es dort ein Schiff, das sie zu einem Hafen mitnehmen würde, in dem britische Schiffe anlegten. Aber dazu würde sie ein Pferd benötigen, und sie hatte keine Ahnung, wie viel sie für die Brosche bekommen würde.

Gegen die Tränen ankämpfend, die sich hinter ihren Lidern sammelten, betrat sie den ersten viel versprechend aussehenden Laden. Der Ladenbesitzer lächelte, da er sie am Tag zuvor bereits gesehen hatte.

»Ich bin interessiert daran, ein Schmuckstück zu verkaufen«, sagte sie in dem schleppenden Französisch, das sie als junges Mädchen gelernt hatte. Sie nahm die Brosche ab und reichte sie dem Mann, der das Schmuckstück prüfend betrachtete und berührte.

»Mademoiselle«, sagte er dann seufzend. »Es ist ein wirklich schönes Stück, aber ich kann Ihnen nicht geben, was es wert ist.«

»Wie viel?«, fragte sie.

Er nannte ihr eine Summe in Francs, die ihr Herz sinken ließ, als sie sie umrechnete.

»Merci«, sagte sie kopfschüttelnd und nahm die Brosche wieder an sich.

Drei weitere Läden ergaben ähnliche Resultate. Der vierte Ladenbesitzer jedoch betrachtete die Brosche länger. Und machte ihr schließlich ein höheres Angebot als all die anderen. Es war nicht ganz das, was sie sich erhofft hatte, aber sie wusste nun, dass sie wenig Aussicht hatte, mehr zu bekommen.

Sie nickte und sah zu, wie er die Goldstücke abzählte.

Wie viel Zeit blieb ihr noch?

Als sie einen Blick aus der Tür warf, sah sie Beasley etwas weiter unten auf der Straße, der am Eingang jedes Ladens stehen blieb. Er würde sie bald einholen.

Sie legte eine Hand an ihre Stirn und tat, als schwankte sie.

»Monsieur ... Mir ist schwindlig. Könnte ich mich vielleicht einen Moment hinsetzen, bitte?«

Er kam um die Theke herumgeeilt und nahm ihren Arm. »Oui Madame, im Hinterzimmer.«

Durch einen Vorhang führte er sie zu einem Raum im hinteren Teil des Ladens. Er war voll gepackt mit Kisten, aber in einer Ecke stand ein Tisch mit einigen alten Stühlen, und er half ihr, auf einem dieser Stühle Platz zu nehmen. Sie setzte sich und legte das Gesicht in ihre Hände. »Es ist ... die Hitze«, sagte sie. »Gleich wird's mir wieder besser gehen.« Sie schenkte ihm ein schwaches Lächeln. »Bitte, ich möchte niemanden beunruhigen.«

Er runzelte die Stirn. »Der Arzt?«, fragte er in Französisch. »Wäre es nicht besser, ihn zu holen?«

Sie schüttelte den Kopf. »Es wird gleich vorüber sein.«

Er blieb noch einen Moment unschlüssig stehen, dann nickte er und ging wieder nach vorne in den Laden.

Sie wartete quälende fünf, dann zehn Minuten. Der Ladenbesitzer kam zweimal, um nach ihr zu sehen, und beim dritten Mal erhob sie sich. »Ich fühle mich schon besser«, sagte sie. »Merci.«

Kurz darauf hatte sie ein Pferd gekauft und einen Damensattel, beides wollte sie in St. Pierre wieder verkaufen. Beasley war nirgendwo mehr zu sehen. Wahrscheinlich ist er zu seinem Kapitän zurückgegangen, um ihm Bericht zu erstatten, dachte sie bitter. Sie kaufte eine Karte der Insel, um keine weiteren Fragen stellen zu müssen.

Sie bestieg das Pferd mit Hilfe des Pferdehändlers. Dann umging sie, in der Hoffnung, nicht gesehen zu werden, die am Ufer entlangführende Hauptstraße und nahm lieber eine kleinere Straße, die hinter den Gebäuden verlief. Bald schon vereinte sie sich wieder mit der Hauptstraße, die um die Bucht herum verlief, wo sie vom Hafen aus nicht mehr gesehen werden konnte. Und von der *Star Rider*. Die Straße, stellte sie bekümmert fest, die zu dem Strand führte, an dem er sie drei Tage zuvor geliebt hatte. Die Erinnerung ließ ihre Kehle eng werden. Sie drückte dem Pferd die Knie in die Flanken, und die Stute verfiel in einen leichten Trab.

Sie war frei.

Aber das Wissen erzeugte keine Euphorie in ihr. Nur eine schreckliche Einsamkeit. Sie war ja nicht auf dem Weg irgendwohin, sie war auf der Flucht.

Und ihr Herz fühlte sich an, als zerbräche es in tausend Stücke.

22

Würde Annette zu den Behörden gehen?

Wenn ja, würden John Patricks Crew und General Washington dafür büßen müssen.

Er hätte ihr gleich zu Beginn der Reise sagen sollen, was er vorhatte. Er sah noch immer ihr Gesicht, als die Kanonen verladen wurden: die Verzweiflung, den Ausdruck des Verratenwordenseins in ihren Augen, als sie zu ihm aufblickte.

John Patrick schluckte; seine Kehle war beinahe schmerzhaft eng geworden. Ihm war übel, übel von dem, was er ihr angetan hatte, ihr und auch sich selbst. Würde sie ihn je wieder so ansehen wie gestern und wie am Tag zuvor? Und heute Morgen? Hatte er jede Chance einer gemeinsamen Zukunft mit ihr ein für alle Mal zerstört?

Aber im Verlauf dieser Gewissenskämpfe konnte er auch nicht die vielen anderen Möglichkeiten übergehen, die sich durch ihr Verschwinden ergaben.

Sie war schon Stunden fort. Wenn sie sich an die Behörden gewandt hätte, wäre sein Schiff bereits dicht gedrängt von Polizei und Ordnungshütern.

Er kannte sie. Zumindest glaubte er, es zu tun. Und so begann er seine Suche in den Läden und machte sehr schnell die Entdeckung, dass eine Frau sie Stunden zuvor abgeklappert hatte und versucht hatte, ein Schmuckstück zu verkaufen. Die Brosche. Sie war der einzige Wertgegenstand, den sie besaß. Sein Herz sank noch mehr. Sie musste sogar noch verzweifelter sein, als er geglaubt hatte, wenn sie bereit gewesen war, ihre Brosche zu verkaufen.

Er ging weiter an den Geschäften vorbei, bis er die Brosche in einem Schaufenster entdeckte. Er betrat den Laden. »Mich interessiert die Brosche im Fenster«, sagte er in Französisch zu dem Ladenbesitzer.

Der Mann strahlte. »Ich habe sie soeben gekauft, es ist kaum zwei Stunden her. Ein schönes Stück, nicht wahr?«

»Oui«, sagte John Patrick. »Was wollen Sie dafür haben?«

Der Ladenbesitzer nannte eine Summe, die ihn überrascht die Brauen hochziehen ließ. Aber er hatte keine Zeit zum Handeln. Er zahlte das verlangte Geld und verließ mit der Brosche eilig das Geschäft. Sein nächster Besuch galt dem Mietstall, wo er die Pferde für den Ausritt mit Annette gemietet hatte. Wie er es sich bereits gedacht hatte, war sie hier gewesen. Und hatte ein Pferd gekauft, anstatt es zu mieten.

»Wissen Sie, wohin sie wollte?«

»Non, Monsieur.«

Aber er glaubte es zu wissen. Sie hatte wenig Möglichkeiten. Sie hatte weder Geld noch Kleider, noch Proviant. Nur ihren Mut. Und ihre Empörung.

Ihm war bewusst, wie groß diese Empörung war. Wie weit würde sie sie bringen?

John Patrick wusste, er hätte jetzt zu seinem Schiff zurückkehren sollen. Sie konnte jetzt nichts mehr tun, um ihn aufzuhalten, und es war seine Pflicht, die Kanonen nach Amerika zu bringen. Zu General Washington und in den Krieg.

Aber er konnte sich nicht dazu überwinden. Er konnte sie nicht einfach hier zurücklassen. Ohne Geld, Freunde oder Möglichkeiten, auf andere Weise heimzukehren. Er konnte nur erraten, was sie vorhatte: Sie würde versuchen, in St. Pierre ein Schiff zu finden, das sie mitnahm. Aber ihm war nur allzu gut bewusst, was für Schiffe in St. Pierre anlegten, und er traute keinem ihrer Kapitäne oder gar den Mannschaften.

John Patrick mietete sich ein Pferd und machte sich unverzüglich auf den Weg nach St. Pierre, in der Hoffnung, Recht zu haben.

Annette legte eine kurze Rast ein an dem Strand, wo John Patrick sie geliebt hatte. Sie rechtfertigte den kurzen Aufenthalt damit, dass das Pferd vermutlich eine Rast benötigte. In Wahrheit jedoch brachte sie es einfach nicht über sich, ohne einen letzten Blick vorbeizureiten.

So viel war hier an diesem Strand geschehen. Sie hatte ihr Herz verschenkt, und nun war sie gezwungen, es zurückzunehmen. Sie wusste nur nicht, wie. Wie hört man auf, jemanden zu lieben? Aber wie soll man jemanden weiterlieben, dem man nicht vertrauen kann? Wie soll man jemanden lieben, dessen Loyalität, dessen Wertmaßstäbe so verschieden sind von deinen eigenen?

Sie hatte gedacht, jemanden zu lieben bedeutete Sicherheit, Geborgenheit, Freundschaft und Vertrauen.

Sie wäre nie auf die Idee gekommen, es könnte Misstrauen, Zweifel und Verrat bedeuten.

John Patrick war wie ein durchs Universum schießender Meteor, hell und strahlend, aber dazu ausersehen, an seinem eigenen Feuer zu verbrennen.

Warum erfüllte er dann noch immer ihre Gedanken und ihr Herz? Warum konnte sie ihn nicht loslassen?

Der Strand war noch immer wunderschön, aber irgendwie wirkte er jetzt einsam. Seevögel stakten durch den Sand, bevor sie sich in die Luft erhoben und sich mit anmutigen Sturzflügen in die grün-blaue See auf die Jagd nach ihrem Abendessen machten. Der Sand und das türkisfarbene Wasser glitzerten von den Sonnenstrahlen. Sie sah den angeschwemmten Baumstamm, hinter den sie sich zurückgezogen hatten. Vor ihrem geistigen Auge sah sie sich und John Patrick in der kühlen Brandung liegen. Ein schreckliches Gefühl des Verlusts durchflutete sie, und sie kämpfte mit den Tränen.

Ihre Hand glitt über den Nacken ihrer Stute, und sie lehnte sich an das Tier, um sich zu stützen. Sämtliche Grundlagen ihres Lebens waren ihr genommen worden. Sie hatte noch nie so überstürzt gehandelt, aber ihr war klar geworden, dass sie John

Patrick nicht mehr gegenübertreten, ihm nicht mehr ins Gesicht sehen konnte, ohne eine Explosion an Gefühlen zu verspüren, die all das bedrohten, was sie war und was sie sein wollte.

Zeit zu gehen. Zeit, ihren eigenen Weg zu suchen. Der Gedanke gab ihr Kraft. Sie hatte so vielen Menschen Trotz geboten, als sie ihre Tante überredet hatte, Verwundete aufzunehmen. Sie hatte ihren guten Ruf aufs Spiel gesetzt, doch sie war zumindest sicher gewesen ... Sicher! Sie konnte das Wort nicht mehr hören. Sie wollte ihr Schicksal selbst bestimmen.

Annette führte die Stute zu dem verrotteten Baumstamm, und als sie in den Sattel stieg, erfasste sie ein seltsam dringendes Bedürfnis, mit dem Pferd am Strand entlang zu reiten. Sie lenkte das Tier zur Brandung, trieb es dann zu einem Trab an und platschte durch das klare Wasser, das bis zu ihren Beinen hochspritzte. Die Sonne schien auf sie herab und wärmte sie. Der Wind ließ ihr offenes Haar flattern.

Sie fragte sich, ob sie diese Gefühle je wieder erfahren würde. Zumindest das hatte John Patrick ihr gegeben – dieses Bewusstsein, am Leben zu sein, und das nötige Selbstvertrauen, um ihr Schicksal in die eigene Hand zu nehmen. Sie hatte verloren. Aber nicht nur. Sie hatte auch gewonnen.

Sie wendete das Pferd, und dann sah sie ihn. John Patrick, der auf einem großen Schimmel saß und auf sie zuritt. Sie dachte an Flucht, wusste aber nun, dass sie sich mit ihm auseinander setzen musste. Mit ihm und ihren eigenen Dämonen.

Annette hielt an und wartete auf ihn. Ihr Blick traf den seinen, und sie weigerte sich, unter seiner Eindringlichkeit nachzugeben.

»Ich reite nach St. Pierre«, sagte sie.

»Es tut mir Leid«, sagte er. »Ich hätte es dir sagen sollen.«

»Ja«, erwiderte sie schlicht.

Sie sah seine Unsicherheit, die sie ganz unerwartet rührte. Er war nie unsicher.

»Ich möchte dir einen Vorschlag machen.«

»Das wäre aber eine Ausnahme. Gewöhnlich nimmst du dir doch, was du willst.« Sie hörte selbst die Kälte in ihrer Stimme.

»Aye«, sagte er und überraschte sie von neuem. »Ich fürchte, ich habe mich daran gewöhnt. Aber bei dir hatte ich ehrlich nicht die Absicht, es zu tun.«

»Ehrlich nicht«, spottete sie.

»Nein. Ich wollte dir nicht wehtun.«

»Du glaubst, du hast mir wehgetan?«

Sein Blick schien ihr direkt ins Herz zu blicken.

»Nun, da irrst du dich. Du hast mir Kraft gegeben, und ich danke dir dafür.«

»Du warst schon immer stark, Annette. Du hattest es nur nicht erkannt.«

Wieso schaffte er es immer wieder, sie zu verwirren und sie zu entwaffnen? Aber diesmal würde sie es nicht so weit kommen lassen, das schwor sie sich.

»Glaub es ruhig«, sagte er leise.

Sie wendete ihr Pferd und versuchte, an ihm vorbeizureiten. Er versuchte nicht, sie aufzuhalten, sondern wendete lediglich seinen Schimmel und ließ ihn neben ihrer Stute gehen. »Du hast meinen Vorschlag noch nicht gehört«, sagte er.

»Der interessiert mich nicht. Du lügst mit der gleichen Mühelosigkeit, mit der du lächelst, und das ist viel zu flach für mich.«

Sie sah einen Ausdruck der Qual durch seine Augen huschen. Aber sie wappnete sich dagegen.

»Komm mit mir zurück«, bat er. »Ich schwöre dir, dass ich dich nicht anrühren werde. Ich bringe dich nach Baltimore und von dort, wenn du es wünschst, nach Philadelphia.«

»Ich komme schon allein dorthin.«

»Schon möglich«, räumte er ein. »Aber was wird dann aus deinem Vater?«

Sie wandte sich um. »Ist das eine Drohung?«

»Nein. Du solltest inzwischen gemerkt haben, dass ich euch beiden niemals etwas antun würde. Aber ich kenne die Kapitäne der Schiffe, die diese Gewässer befahren. Du wärst nicht sicher bei ihnen. Und was würde dann aus deinem Vater?«

»Bin ich bei dir sicher?«

Er schwieg.

Die einzigen Geräusche in den nächsten Sekunden waren die Schreie der Seemöwen, das leise Rauschen der See, das dumpfe Pochen der Pferdehufe auf dem Sand. Sie trieb ihr Pferd vom Strand weg, auf die Straße zu.

»Annette.«

Sie wandte sich nicht um. Ihre Hände verkrampften sich um ihre Geldbörse mit den Münzen, ihre einzige Waffe gegen ihn.

»Wenn du nicht auf der *Star Rider* mitfahren willst, dann bleib bei Louis – Dr. Fortier, bis er ein zuverlässiges Schiff und eine Anstandsdame findet.«

»Dazu ist es jetzt zu spät«, sagte sie. Sie hielt den Blick geradeaus gerichtet und bemühte sich, ihr Erstaunen zu verbergen, dass er nicht einmal versucht hatte, ihre Zügel zu ergreifen und sie zu zwingen, mit ihm zurückzureiten. »Warum entführst du mich nicht einfach wieder? Das kannst du doch so gut.«

»Ich werde dich nie wieder zu irgendetwas zwingen, was du nicht willst«, beteuerte er.

Da sah sie ihn an. »Zucker anstatt Pfeffer?«

»Ich habe Pfeffer immer vorgezogen«, entgegnete er ironisch lächelnd.

Sie auch, aber das war nicht das, was sie meinte. Und sie wusste, dass es auch ihm bewusst war.

»Ich hätte sagen sollen Gift.«

Ein Muskel zuckte an seiner Wange. Seine Stimme war kaum noch zu hören. »Ich hatte gehofft …«

»Dein Charme wäre ein Ersatz für Aufrichtigkeit?«

»Nein.«

Die Pferde erreichten die Straße. Sie schlug die Richtung nach St. Pierre ein.

»Ich meinte, was ich sagte«, beharrte John Patrick und hielt sie zurück. »Ich bringe dich nach Hause.«

»Nach Philadelphia?«

»Wenn du es willst, ja.«

Sie musterte ihn skeptisch. »Du wirst nicht mehr versuchen, Entscheidungen für mich zu treffen?«

»Nein.«

»Warum sollte ich dir glauben?«

Er sah ihr in die Augen. »Du hast keinen Grund dazu, ich weiß.« Seine Augen glänzten. »Wenn du ... mir nicht vertrauen kannst, dann bleib hier in Fort Royal, bis Louis eine geeignete Passage für dich findet.«

Annette sah ihm prüfend ins Gesicht. Er würde sie gehen lassen. Wie lange würde es dauern, bis sie ein Schiff fand? Wie lange, um zu ihrer Familie zurückzukehren? Aber konnte sie wirklich darauf vertrauen, dass er seinen Teil der Abmachung einhalten würde? Konnte sie sich selbst vertrauen?

»Ich habe versucht, dich nicht zu belügen, Annette«, sagte er. »Es gibt Dinge, die ich dir verschwiegen habe, aber ich habe dich nicht belogen.«

»Du hast gesagt, du wärst John Gunn«, widersprach sie.

Er war anständig – oder schlau – genug, um eine betretene Miene aufzusetzen. Aber er verteidigte sich nicht.

Und sie wollte heim. Die Verlockungen der Insel waren ihr verleidet worden.

Sie blickte geradeaus und schloss die Hände noch ein wenig fester um die Zügel. Konnte sie sich im begrenzten Raum des Schiffes wirklich von ihm fern halten? Sogar jetzt schon verspürte sie den Wunsch, ihn zu berühren und mit ihren Fingern über die markanten Züge seines Gesichts zu streichen. Ihr Körper prickelte schon in Reaktion auf seine Nähe. Sie begann zu verstehen, was er mit Entscheidungen meinte. Wie schwierig sie sein konnten.

Es könnte Monate dauern, bis sie ein Schiff fand, um nach Amerika zurückzukehren. Bis dahin würde ihr Vater allein in

Maryland sein und Tante Maude und Betsy in Philadelphia … Oder sie konnte ihm vertrauen. Und sich selbst.

»Ich fahre mit dir. Zu meinen Bedingungen.«

»Zu deinen Bedingungen«, stimmte er zu.

Dann nahm er ein kleines Päckchen aus seiner Hosentasche und überreichte es ihr.

»Du hast etwas vergessen«, sagte er.

Sie nahm es und hielt es einen Moment lang schweigend in der Hand. Dann öffnete sie es langsam. Sie ahnte bereits, was es enthielt. Ihre Kehle wurde eng. Sie erhob den Blick zu ihm, aber sie wusste nicht, was sie ihm sagen sollte.

»Wir sollten jetzt lieber zurückreiten«, sagte er leise und wandte sich ab, bevor sie etwas sagen konnte.

Ihre Bedingungen waren die reinste Hölle.

Das Einzige, was John Patricks Ehre rettete – und ihn davor bewahrte, verrückt zu werden –, war das Wetter. Stürme erschütterten die *Star Rider*, einer folgte auf den anderen. Er war zwanzig Stunden täglich auf den Beinen und schlief nur für kurze Zeit, wenn Ivy das Kommando übernahm. Tag um Tag begegneten sie einem Sturm nach dem anderen, bis John Patrick sicher war, dass das Schiff genauso erschöpft war wie die Mannschaft.

Er sah Annette nur selten. In windstillen Stunden wagte sie sich an Deck, und einmal sogar auch, als sich ein weiterer Sturm zusammenbraute. Es kam ihm so vor, als wenn sie tausend Meilen voneinander entfernt wären, statt nur ein paar Meter. Sie hatte eine Mauer um sich errichtet, und diesmal eine, die unüberwindlich für ihn war. Sie würde schon selbst die Tore öffnen müssen.

Während ein Tag in den nächsten überging, bezweifelte er jedoch, dass das geschehen würde.

Am dreizehnten Tag ließ sich die Sonne wieder blicken. Es war der zwanzigste Dezember laut Kalender. Er erinnerte sich, dass Annette gesagt hatte, sie wolle zu Weihnachten bei ihrem Vater sein.

Und wieder wog er seine Loyalitäten ab. Er müsste eigentlich direkt zum Delaware River fahren und dort den gefährlichen Treck zu Washingtons Winterhauptquartier beginnen. Aber er konnte sich auch ein paar Tage mehr nehmen und den Chesapeake hinunterfahren.

Ein paar Tage würden keine Schlacht gewinnen. Washington würde bis nach Weihnachten in seinem Winterquartier bleiben.

John Patrick entschied sich für den Chesapeake.

Noel packte die wenigen Sachen ein, die er benötigte, und veranlasste, dass sich jemand um das Haus und um die Pferde kümmerte.

Es wurde Zeit, höchste Zeit, Philadelphia zu verlassen. Es bestand nicht der geringste Zweifel mehr, dass er unter Verdacht stand bei den britischen Behörden. Kein Offizier kam mehr auf ein Glas Brandy und eine Partie Whist zu ihm. Er wurde nicht mehr zur Behandlung von Howes Offizieren gerufen, und er war sicher, dass man ihn bereits observieren ließ.

Wenigstens war es ihm gelungen, den Rest des Carey'schen Haushalts vor vier Tagen aus der Stadt zu bringen. Seit man Verdacht gegen ihn gefasst hatte, befürchtete er, das Misstrauen könne auch Maude Carey treffen, da er sie so oft besucht hatte. Er war sich im Klaren darüber, dass die Briten den Verdacht hegten, der *Star Rider* sei von irgendjemandem gepflegt worden.

Er hatte auch endlich Annettes vermisste Stute, Sasha, gefunden, und das Mindeste, was er tun konnte, war, sie ihrer Besitzerin zurückzubringen.

Nachdem er Maude gesagt hatte, ihr Schwager brauche sie, hatte Noel sie in einer Mietkutsche aus der Stadt bringen lassen und dafür gesorgt, dass einer seiner Kuriere sie dann zur Farm seiner Familie begleitete. Annettes Pferd hatte er gleich mitgeschickt, und auch Betsy und Franklin hatten Maude begleitet.

Niemand, dachte er, würde eine alte Frau, ihr Dienstmädchen und ihren greisen Butler aufhalten, die sich alle in der Annahme befanden, sie reisten nach New York. Verdammt, er war mindestens ebenso skrupellos wie John Patrick, aber er hatte einfach keine Zeit mehr gehabt, Maude zu erklären, dass Hugh Carey sich nicht in New York, sondern bei amerikanischen Patrioten in Maryland aufhielt.

Malcomb hatte ihn erst heute Morgen informiert, dass sie die britischen Linien passiert hatten und sicher auf dem Weg zur Farm seiner Familie waren.

Nun brauchte er nur noch sich selbst und Malcomb aus der Stadt zu bringen. Sie hatten vor, heute Abend nach Einbruch der Dunkelheit aufzubrechen.

Noel hatte Malcomb angewiesen, sich weder im Haus noch in der Praxis sehen zu lassen. Falls sie kamen, um ihn zu verhaften, wollte er nicht, dass Malcomb mit ihm festgenommen wurde. Trotzdem erstattete der Schotte ihm auch weiterhin Bericht, schlich durch die dunklen Straßen und benutzte die Hintertür, um ins Haus zu kommen.

Katy hatte Recht gehabt. Er hätte schon Wochen vorher weggehen sollen, sofort nachdem Jonny das britische Schiff gekapert hatte. Aber er war einer von General Washingtons nützlichsten Spionen gewesen, und so hatte er seine Abreise immer wieder aufgeschoben. Nachdem Howe Anfang Dezember einen Ausfall gegen Washingtons Truppen befohlen hatte, war Noel gebeten worden, zu bleiben und über weitere geplante Angriffe auf Valley Forge zu informieren. In den letzten paar Tagen war ihm jedoch klar geworden, dass seine Zeit als Agent der Rebellen abgelaufen war.

Er hatte keine Lust, am Ende eines Stricks zu baumeln.

John Patricks unerwarteter – und unbeabsichtigter – Besuch hatte ein Leck geschlagen, das den Damm nun einzureißen drohte. Katy hatte die Situation auch nicht gerade verbessert. Roger Gambrell war entschieden unfreundlicher geworden nach ihrem Besuch, und Noel vermutete, dass Gambrells plötzliches Interesse an Noels Herkunft viel damit zu tun hatte, dass Katy ihn verschmäht hatte. Sie hatte einen Einstieg in Noels komplizierte Geschichte ermöglicht.

Nachdem ein Offizier Noel gestern Abend im Rathaussaal den Rücken gekehrt hatte, wusste er, dass es Zeit war, zu verschwinden. Ein Weihnachtsbesuch zu Hause war sein Vorwand dazu, falls jemand sich die Mühe machte, zu fragen. Er hatte heute Morgen seine letzte Nachricht an General Washington geschickt und gebetet, dass der Kurier durchkommen würde.

Noel packte einige Kleidungsstücke zum Wechseln in seine Satteltaschen und fügte eine Pistole und Patronen hinzu. Das und seine Arzttasche war alles, was er mitnehmen würde.

Wehmütig blickte er sich noch einmal in dem Haus um, das er liebte. Na ja, er würde hierher zurückkehren, wenn Washington die Stadt einnahm. Noel glaubte nicht, dass es noch lange dauern würde. Howe sprach bereits davon, nach New York zurückzukehren. Die geplante Allianz der Franzosen mit den Rebellen und die sich daraus ergebende Bedrohung eines französischen Marineeinsatzes würden Howe zwingen, seine Truppen mit Clintons zusammenzulegen.

Und dann ... dann würde er wahrscheinlich zurückkehren, obwohl viele seiner Quäkerfreunde ihn dann vielleicht als Verräter ansehen würden. Die meisten von ihnen waren dem König treu geblieben und hatten gejubelt, als Howe die Stadt besetzt hatte. So wie die Rebellen ihn gemieden hatten, als sie ihn für einen Kollaborateur hielten, würden sich dann seine Toryfreunde gegen ihn wenden, das wusste er.

Aber jetzt musste er zunächst einmal dafür sorgen, dass er unversehrt aus dieser Stadt herauskam.

Er würde zuerst zu Washington fahren und hoffen, dass der General die Nachrichten erhalten hatte, die Noel ihm durch Kuriere hatte überbringen lassen. Wenn nicht, würde er ihm alle

Informationen geben, die er hatte. Und dann würde er zum Chesapeake weiterfahren – und zu Katy.

Dunkelheit begann die Stadt einzuhüllen. Zeit, zu gehen. Er würde sein schnellstes Pferd nehmen, einen dunklen Braunen, der mit den Schatten mühelos verschmolz. Er hatte das Pferd in der Schmiede gelassen und dem Schmied gesagt, er würde es heute Abend abholen. Malcomb würde für sich ein Pferd stehlen. Keiner von beiden wollte gesehen werden, wie er das Haus zu Pferd verließ.

Noel nahm die Satteltaschen und den Arztkoffer und schlüpfte aus der Hintertür. Aristoteles nahm er mit. Er konnte den Hund niemandem anvertrauen, und er wusste, dass das Tier bei ihm bleiben würde. Leise bewegte er sich hinter den Häusern seiner Nachbarn und durch schmale Straßen, wobei er das Gefühl nicht los wurde, dass unsichtbare Augen ihn beobachteten.

Glücklicherweise bezog der Himmel sich mit schweren dunklen Wolken, die selbst das fahle Licht des abnehmenden Monds verdeckten. Er hörte das Knarren von Wagenrädern auf der Straße. Noel wusste, dass Malcomb in der Nähe einer Schänke gegenüber der Schmiede warten würde, um sicherzugehen, dass ihm die Flucht gelang. Dann erst würde Malcomb folgen.

Noel erreichte die Schmiede und die dazugehörigen Stallungen. Er versuchte die Tür zu öffnen, merkte, dass sie unverschlossen war, und schlüpfte hinein.

Plötzlich war er umringt von Rotröcken, und Major Gambrell trat vor ihn.

»Wollen Sie irgendwohin, Doktor?«

Noel hob seine Arzttasche. »Man rief mich zu einem Kranken.«

»Komisch. Niemand ist in Ihrem Haus erschienen.«

Noel bedachte den Major mit einem empörten Blick. »Sie haben mein Haus beobachten lassen?«

»Oh, schon eine ganze Weile. Ich vermute aber, dass Sie das

wissen«, fügte Gambrell hinzu, »da Sie es für nötig hielten, aus der Hintertür zu schleichen.«

»Ich benutze oft die Hintertür«, sagte Noel. »Wer gibt Ihnen eigentlich das Recht, danach zu fragen?«

»General Howe«, sagte Gambrell höhnisch. »Und wenn Sie jetzt so freundlich wären, mich zu begleiten …« Er trat einen Schritt näher, und Aristoteles knurrte.

»Wenn Sie nicht wollen, dass ich das Biest erschieße, dann binden Sie ihn an«, befahl Gambrell.

Noel tat, was er verlangte, und der große Hund sah ihn beleidigt an. Noel hatte ihn noch nie angebunden. »Bleib«, sagte Noel leise.

»Und nun sind Sie dran, Doktor«, sagte Gambrell und wandte sich an einen seiner Männer. »Legt ihm Ketten an.«

Noels Herz sank. Malcomb konnte jetzt nichts anderes mehr für ihn tun, als Aristoteles zu holen und Washington Bericht zu erstatten. Gott sei Dank waren sie nicht zusammen gewesen.

»Ihre Hände, Doktor«, beharrte Gambrell.

Noel blickte sich rasch um. Zehn Männer standen dicht gedrängt im Stall. Er hatte keine andere Möglichkeit mehr, als seine Unschuld zu beteuern, und Unschuldige flohen nicht. Und so tat er, wie ihm befohlen wurde, und fühlte den harten kalten Biss der Eisen um seine Handgelenke.

Das Spiel war vorbei. Und es sah ganz so aus, als hätte er verloren.

Ah, Katy. Nun würden sie nie wieder zusammenkommen.

Malcomb beobachtete, wie die Soldaten Noel aus dem Gebäude abführten. In die Lumpen eines Bettlers gehüllt und mit einer Klappe über einem Auge, hatte Malcomb nicht die geringste Ähnlichkeit mehr mit dem Assistent des Arztes.

Auch er hatte gespürt, wie die Schlinge sich allmählich zuzog, und jede Vorsichtsmaßnahme getroffen, um nicht geschnappt zu werden.

Er sah, dass der Major einige Männer zu Noels Haus zurückschickte, vermutlich, um dort nach ihm Ausschau zu halten. Der Hund musste noch in dem Stall sein, entweder tot, oder Noel hatte ihn dort angebunden. Denn sonst hätte er seinen Herrn nicht aus den Augen gelassen.

Malcolmb debattierte eine Weile mit sich selbst. War das Tier es wert, dass er riskierte, seinetwegen geschnappt zu werden? Er wusste, dass Noel das nie von ihm verlangen würde. Herrgott, Malcomb mochte das verdammte Biest nicht mal. Und Aristoteles hatte für niemand anderen etwas übrig als für seinen Herrn.

Malcolmb schluckte und begann sich vorsichtig vorwärts zu bewegen. Der Stall war unverschlossen, und er fragte sich flüchtig, ob der Schmied sie verraten hatte oder ob auch er verhaftet worden war. Ob der Major eine Wache drinnen zurückgelassen hatte? Wenn ja, war er vermutlich schon ein genauso toter Mann wie Noel. Die Tür ließ sich öffnen. Niemand schien sich in der Scheune zu befinden. Wahrscheinlich dachten die verdammten Briten, niemand könne so verrückt sein, sein Leben für einen Hund aufs Spiel zu setzen. Sich selbst einen verdammten Narren schimpfend, ging Malcomb zu dem Hund, der jaulend und winselnd an dem Seil zerrte, mit dem er angebunden war.

»Du willst ihm nach, nicht wahr?«, sagte er leise.

Der Hund jaulte wieder.

»Nun, das geht nicht. Aber ich werd dich zu ihm zurückbringen, wenn du mir hilfst.«

Der Hund hörte auf zu winseln und starrte ihn an, als versuchte er zu verstehen. Es war geradezu unheimlich, dachte Malcomb. Der Hund hatte ihn immer ignoriert, aber jetzt schien er zu überlegen, ob er ihm vertrauen sollte oder nicht. Die Zunge des Hundes schoss plötzlich aus seinem Maul und leckte seine Hand.

»Also gut«, sagte Malcomb. Er löste das Seil von dem Pfosten und führte den Hund hinaus, wobei er sich noch immer in den

Schatten hielt. Was, zum Teufel, sollte er mit dem Vieh anfangen? Falls es ihm ruhig folgte, würde es kein Problem darstellen.

Er hatte keine Zeit mehr zu verschwenden. Er musste die Stadt verlassen und General Washington benachrichtigen, und dann Noels Familie. Er musste sich etwas ausdenken, um Noel zu befreien. Dieser verdammte Narr von Noels Bruder war entkommen und hatte das halbe Gefängnis mitgenommen. Warum sollte es Malcomb dann nicht auch gelingen? Aber er brauchte Hilfe, und er hatte niemanden in dieser Stadt, dem er vertrauen konnte. Nicht jetzt. Sie beide – Noel und er – hatten ihre Rollen viel zu gut gespielt. Kein Rebell würde ihnen vertrauen, und inzwischen tat es auch kein Tory mehr.

»Bleib bei mir, Aristoteles«, sagte er, und der Hund gehorchte und kam näher, wohl in der Hoffnung, dass er ihn zu seinem Besitzer brachte. Malcomb schlich leise durch die ihm so gut bekannten Straßen, bis er eine übel beleumdete Taverne erreichte, in der gewisse Offiziere dem Glücksspiel frönten, wie er wusste. Er sah sich ihre Pferde genau an und wählte eins, das aussah, als wäre es das schnellste. Diese arroganten Bastarde ließen ihre Pferde unbewacht.

Vorsichtig legte er eine Hand auf den Nacken des Pferds, für das er sich entschieden hatte, streichelte es und flüsterte ihm sanfte Worte zu, wie er es Noel hatte tun sehen. Er war längst nicht so ein guter Reiter wie sein Freund, aber er hatte seine Angewohnheit angenommen, sich mit einem Tier zuerst anzufreunden, bevor er sich daraufsetzte. Das Pferd scheute, als Aristoteles sich näherte, aber Malcombs Hand beruhigte das Tier. Dann nahm Malcomb seine Zügel und führte es leise über die Straße. Einmal musste er einer lärmenden Gruppe von Rotröcken ausweichen, die betrunken über die Straße stolperten. Malcomb beugte sich vor und beruhigte Aristoteles, der leise knurrte, und sobald die Soldaten dann an ihnen vorbei waren, bestieg er das Pferd und pfiff dem Hund, wie er es Noel hatte tun hören.

Seine Gebete wurden erhört, als der Hund dem Pferd gehorsam folgte. Vielleicht war das Biest doch nicht ganz so dumm, wie er gedacht hatte. Das nächste Problem war, durch die britischen Linien mit dem Hund zu kommen.

Malcomb tat etwas, was er noch nie zuvor getan hatte. Er betete.

23

Annette stand an der Reling der *Star Rider*, als das Schiff um eine Biegung fuhr und seine Mannschaft Vorbereitungen traf, an der Küste von Maryland anzulegen.

Sie kehrte heim. Aber warum war sie dann so unglücklich?

John Patrick hatte Wort gehalten. Fast drei Wochen lang hatten sie kaum ein Wort gewechselt. Wenn sie ihn sah, verließ sie das Deck und ging wieder zurück in ihre Kabine. Ihre Willenskraft wurde in seiner Gegenwart einer harten Prüfung unterzogen, und sie wollte sie nicht schon wieder auf die Probe stellen.

Wie konnte ein Mensch so tief, so über alle Maßen lieben? Wie konnte ein Mensch das Gefühl tolerieren, alles zu verraten, woran er glaubte und was ihm wichtig war?

Sie hatten drei britische Schiffe gesichtet im Verlauf der Reise. John Patrick war ihnen allein entkommen, indem er entweder schneller gewesen war als sie oder sie überlistet hatte. Ihre Vernunft sagte ihr, sie sollte sich wünschen, dass die *Star Rider* aufgebracht werden würde und die Kanonen vernichtet würden. Ihr Herz wollte jedoch etwas völlig anderes. Sie hätte es nicht ertragen, wenn dem Kapitän des Schiffs ein Leid geschähe – oder seiner Mannschaft, die sich so bemüht hatte, ihr die Reise so angenehm wie möglich zu gestalten.

Wie dem auch sei, sie konnte ohnehin nichts anderes tun als dazustehen und zuzusehen oder sich wie ein Kind in die luxuriöse Kabine zurückzuziehen, die der reinste Hohn war. Nur Billy Boy war da, um ihr Gesellschaft zu leisten, und das Vokabular des Papageis war sehr begrenzt. Trotz des lebhaften Interesses in seinen wachen Augen fand sie es nicht besonders inspirierend, ihm ihre Sorgen anzuvertrauen und ein mitfühlendes »Böser Junge« zur Antwort zu bekommen. Im Grunde war er nicht viel mehr als eine beständige und schmerzliche Erinnerung an John Patrick und Martinique.

Ihr war, als würde ihr Herz in zwei Stücke zerreißen.

Sie konnte sich selbst treu bleiben oder ihm. Oder beides? Sie wusste es nicht mehr.

Sie wusste nicht einmal mehr, ob er sie auch wirklich wollte. Er hatte nie von Heirat oder einer gemeinsamen Zukunft gesprochen.

Annette versuchte, all diese widerstreitenden Gefühle zu enträtseln, als sie vor Anker gingen und ein Beiboot zu Wasser gelassen wurde. Sie konnte es kaum erwarten, ihren Vater zu sehen und – hoffentlich – etwas von Tante Maude und Betsy zu hören. Sie wollte wissen, ob es ihnen gut ging. Und sie wollte nach Hause fahren.

Oder?

Überleg dir gut, was du dir wünschst.

All ihre Abenteuer – verloren. Die Freiheit. Die pure Freude, an einem schönen Tag über das Meer zu segeln, in die glitzernde See zu tauchen, ferne Länder zu erforschen …

Noch schlimmer jedoch war das Wissen, dass all jene anderen wundersamen magischen Emotionen und Empfindungen in nüchternen, arbeitsreichen Tagen untergehen würden. Sie würde das Lazarett wiedereröffnen und sich um ihren Vater kümmern. Sie würde versuchen, Gutes zu tun. Der Zauber würde zu Schatten verblassen, die ihr vermutlich bis an ihr Lebensende keine Ruhe lassen würden.

Sie fühlte Tränen über ihre Wangen strömen.

Dann spürte sie John Patrick hinter sich. Sie wandte sich nicht um. Sie wollte nicht, dass er ihren Kummer sah, wo sie doch Euphorie hätte verspüren müssen. Schließlich hatte er doch endlich zugestimmt, ihr das zu geben, was sie sich angeblich so verzweifelt wünschte.

»In einer Woche wirst du wieder zu Hause sein«, sagte er mit leiser Stimme.

Dies war ihr Zuhause. Das Schiff. Maryland. Wo immer er sich aufhielt. Warum hatte sie so lange gebraucht, um das zu erkennen?

Sie antwortete nicht.

»Wirst du es dir doch noch anders überlegen?«, fragte er. »Wirst du in Maryland bleiben?«

Langsam wandte sie sich um und schaute zu ihm auf. Forschend blickte er ihr in die Augen. Sie wusste, dass sein Blick die Macht besaß, sie in einen Schwarm Haifische springen zu lassen, falls er es verlangte.

Er legte eine Hand auf ihre Schulter. Es war eine ganz natürliche Geste, die aber dennoch eine so explosive Wirkung auf ihr Herz besaß, dass ein Zittern sie durchlief. »Wirst du hier sein?«, fragte sie und wünschte, sie hätte es nicht getan, als seine Augen sich bewölkten.

»Nicht solange Krieg herrscht«, sagte er.

»Ah, der Krieg«, entgegnete sie bitter. »Der Ruf der Sirenen.«

»Nein, Liebes«, widersprach er. »Ich gebe zu, dass es einmal so war, aber jetzt nicht mehr. Zu viele Menschen sind getötet worden, zu viele Leben ruiniert. Aber ich kann nicht etwas den Rücken kehren, woran ich glaube.«

Sie lehnte sich an ihn und spürte seine Wärme. Aber dennoch fröstelte sie. Sie wollte bei ihm bleiben. Gott, wie sehr sie sich das wünschte. Würde sie es ertragen, ihn immer und immer wieder wegfahren zu sehen und zu wissen, dass er britische Schiffe attackieren und britische Soldaten töten würde? Konnte sie auf ihn warten, ohne zu wissen, ob er je zurückkehren würde?

»Dann kann ich nicht bleiben«, sagte sie und spürte, wie die Worte, die Entscheidung ihr beinahe das Herz zerrissen.

Seine Finger berührten ihr Haar. Er beugte sich vor und küsste sie unendlich zärtlich auf die Lippen.

Dann wandte er sich ab und verwandelte sich wieder in den Kapitän, der mit durchdringender Stimme Befehle brüllte.

Annettes Herz schlug höher, als sie das Sutherland'sche Heim betrat. Sie hatte nicht warten wollen, und so waren sie und John Patrick zu Fuß zu Tim Wallace' Farm gegangen. Dort hatte sich John Patrick einen Buggy ausgeliehen, um sie herzubringen.

Das Geräusch des sich nähernden Wagens musste das Haus geweckt haben, denn kaum waren sie vorgefahren, kam John Patricks Mutter schon heraus. Fancy Sutherland ging Annette entgegen, als sie vom Wagen stieg, ohne darauf zu warten, dass John Patrick ihr behilflich war.

Mrs. Sutherland umarmte sie und trat dann zurück und sah sie an. »Geht es Ihnen gut, Annette?«

Annette nickte nur, gerührt von der Wärme, die sie in Fancys Augen sah.

»Ich werde meinem Sohn eine Lektion erteilen müssen«, sagte seine Mutter, »egal, wie groß er ist. Aber das kann warten. Ich habe ein Weihnachtsgeschenk für Sie.«

Nach einem unheilvollen Blick auf John Patrick nahm sie Annettes Hand und führte sie ins Wohnzimmer, das schön geschmückt war für das Weihnachtsfest. Dieses und Jenes bellten, um auf sich aufmerksam zu machen, aber Annette hatte nur Augen für ihren Vater, der sich lächelnd aus einem Sessel erhob. »Annie«, sagte er und breitete seine Arme aus.

Annette blieb für einen Moment lang reglos stehen. Er hatte sie nicht Annie genannt, seit sie ein Kind gewesen war. Sie erinnerte sich noch gut daran, obwohl ihr Herz beim Klang seiner Stimme wild zu pochen begann. Dann warf sie sich in seine Arme und fühlte, dass sie sie mit der gleichen Kraft umfingen wie vor Jahren. Sie barg den Kopf an seiner Brust. Er war wieder da! Ihr Vater war wieder bei ihnen. Die Sutherlands hatten ein Wunder vollbracht.

Genau wie Jonny es ihr versprochen hatte. Und sie hatte es ihm nicht geglaubt. Genauso wenig wie so viele andere Dinge, die sie nicht geglaubt hatte.

Sie schluckte und lehnte sich dann zurück, um ihren Vater anzusehen. Seine Augen sprühten vor Leben, sogar das so lange verlorene Lächeln spielte wieder um seine Lippen. »Du siehst wunderbar aus«, sagte sie.

»Du auch, Tochter«, entgegnete er langsam, während er prüfend ihr Gesicht betrachtete. »Du hast mir gefehlt, aber du siehst gut aus – und gesund.«

»Ist das etwa Sonne auf deinem Teint?«, fragte Tante Maude besorgt, als sie auf der Treppe erschien und zu ihrer Nichte eilte, um sie zu umarmen. »Und ich hoffe doch sehr, dass du eine Anstandsdame hattest . . .«

Annette blickte ihre Tante verwundert an. »Wie . . .?« Plötzlich sprachlos, brach sie ab.

»Dieser nette Dr. Marsh hat uns hierher geschickt. Betsy, Franklin und mich.« Einen Moment schien sie ein wenig ratlos. »Ich weiß nicht recht, wie wir hierher gekommen sind. Ich dachte eigentlich, wir würden nach New York fahren. Aber dann landeten wir hier, und dem lieben Hugh geht es zum Glück schon so viel besser.«

Betsy stürzte in den Raum und umarmte Annette. »Ich bin so froh, dich zu sehen! Ist das nicht wunderbar mit deinem Papa?« Dann flüsterte sie ihr zu: »Da ist noch eine andere Weihnachtsüberraschung für dich.«

Aber mehr Überraschungen brauchte Annette nicht; ihr Vater war endlich aus dieser fremden Welt, in die er sich zurückgezogen hatte, zu ihnen zurückgekehrt. Sie ging wieder zu ihm und berührte seine Wange. »Aber wie? Wann?«

Hugh sprach langsam und bedächtig. »Ian nahm mich eines Tages mit zur Schule, und ich passte auf die Kinder auf, während sie spielten. Dann fiel eins der Kinder von der Schaukel, und ich ... ich musste Ian um Hilfe rufen.«

»Und nun unterrichtet er in der Schule«, fügte Fancy stolz hinzu.

»Und das Kind?«

»Dem kleinen Mädchen geht es gut. Sie verlor für einen Moment das Bewusstsein, aber Hugh nahm sie unter seine Fittiche wie eine besorgte Henne. Und das tut er immer noch. Ich glaube, er brauchte einfach Ziele, eine sinnvolle Beschäftigung«, schloss Fancy.

Dankbarkeit durchflutete Annette, als sie wieder ihren Vater ansah. Warum hatte sie das nicht selbst erraten? Warum hatte sie ihn nicht im Lazarett mitarbeiten lassen, statt ihn zu behüten und von allem abzuschirmen? Hatte sie ihm mit ihrem Bestreben, ihn vor weiterem Leid zu schützen, höchstens nur noch mehr geschadet?

In einer plötzlichen Erkenntnis fragte sie sich, ob sie das Gleiche auch mit John Patrick versucht hatte. Würde sie, indem sie versuchte, ihn von Gefahren fern zu halten, womöglich all das zerstören, was sie an ihm liebte?

Sie blickte sich zur Tür um. Er stand dort, groß und eindrucksvoll, während die beiden Hunde ihn beschnüffelten und in freudigem Entzücken mit den Schwänzen wedelten. Anscheinend hatte er ihr Gespräch mit ihrem Vater mitbekommen, oder zumindest doch den letzten Teil, denn seine Lippen verzogen sich zu einem Lächeln. Aber es lag kein Stolz, sondern eher eine gewisse Wehmut in dem Lächeln.

Fancy Sutherland ging zu ihrem Sohn und blickte zu ihm auf. Dann legte sie eine Hand an seine Wange. Annette sah, wie er sie zu einer liebevollen Umarmung an sich zog.

»Willkommen daheim«, sagte sie.

»Ich fürchte, es nicht für lange. Ich muss heute Nacht schon wieder fort.«

Ein Ausdruck der Enttäuschung huschte über Fancys Züge.

»Aber ich bin bald wieder zurück. Ich habe Annette versprochen, sie und ihre Familie nach Philadelphia zu bringen.«

Es wurde plötzlich still im Raum.

»Annie ...«, begann ihr Vater.

»Aber ...«, mischte sich ihre Tante ein.

Ihre ganze Familie war dem verführerischen Charme der Sutherlands erlegen, schien es – genau wie sie. Durfte sie sie jetzt noch zwingen, nach Philadelphia zurückzukehren, wo sie sich, falls John Patrick Recht hatte, in Gefahr befinden würden? Sie glaubte nicht, aber ...

»Ihr könnt alle gern bei uns bleiben«, wandte Fancy hastig ein.

»Wir müssen ...« Annette brach ab, als sie sah, wie die Augen ihres Vaters etwas von ihrem Glanz verloren. Er hatte anscheinend seinen Frieden hier gefunden. Durfte sie ihn da wirklich in das vom Krieg zerrissene Philadelphia zurückbringen?

Fancy sah beunruhigt aus. »Es wäre sehr gefährlich. Noel schickte eine Nachricht, er habe Ihre Familie aus diesem Grund zu uns geschickt.«

John Patricks Augenbrauen zogen sich zusammen. »Schrieb er, die Careys wären in Verdacht geraten?«

»Nein. Er meinte nur, Philadelphia würde zunehmend gefährlicher und dass es möglicherweise schon bald zu einer weiteren Schlacht käme.«

Nun wusste Annette, dass sie sie nicht in die Stadt zurückbringen konnte. Aber sie würde hinfahren und dafür sorgen, dass Maudes Haus unangetastet blieb. Es war das Mindeste, was sie für die Tante tun konnte, die sie und ihren Vater bei sich aufgenommen hatte. Sie würde sich nicht in Gefahr befinden, wenn die Stadt in britischen Händen blieb, und falls nicht ... nun, nicht einmal die Rebellen würden einer Frau etwas zu Leide tun, und schon gar nicht, wenn sie ein Schreiben von ihrem Held, dem *Star Rider,* vorlegen konnte.

»Nein«, wandte John Patrick leise ein. Er erriet also schon

wieder, was sie dachte. »Wenn Noel glaubt, es sei für deinen Vater zu gefährlich ...«

»Du hast es mir versprochen«, entgegnete sie flach.

Ein Muskel zuckte an seiner Wange.

»Annette?«, sagte ihr Vater fragend.

»Du kannst bleiben«, sagte sie. »Du und Tante Maude. Ich werde mich um das Haus in Philadelphia kümmern.« Sie wusste, dass sie wegmusste von John Patrick, von ihm und den Gefühlen, die er in ihr weckte.

Beide blickten sie verwundert an.

»Warum warten wir nicht, bis Ian heimkommt?«, schlug Fancy vor. »Morgen ist Heiligabend. Bis dahin wird er sicherlich zurück sein. Vielleicht hat er einen Brief von Noel oder irgendwelche Neuigkeiten.«

Annette sah John Patrick an. Sie hatte seine Eile auf der Heimreise gespürt.

Er zögerte, dann nickte er kurz. Sie wusste, dass er hoffte, sie noch umstimmen zu können, aber sie hatte nicht die Absicht, es ihm zu erlauben.

»Wo ist Vater?«

»In Chestertown«, antwortete Fancy mit einem schiefen Lächeln. »Er musste dort ein Pferd abliefern, das jemand als Weihnachtsgeschenk wollte.«

John Patrick verzog das Gesicht. »Er hat tatsächlich eins verkauft?«

Annettes Neugier musste ihr anzusehen sein, denn Fancy wandte sich an sie. »Ian verkauft nicht gerne seine Pferde. Käufer müssen gewisse Anforderungen erfüllen. Wenn es nach ihm ginge, würde er überhaupt keine verkaufen, aber unsere Stallungen sind ziemlich voll im Augenblick, und die Hayes sind Freunde. Es ist eine Stute für seine älteste Tochter.« Dann richtete sie den Blick wieder auf John Patrick. »Bleibst du? Oder zumindest doch über die Weihnachtstage. Außerdem bin ich sicher, dass Annette das Fest mit ihrer Familie verbringen möchte.«

Ja, das wollte sie. Annette richtete einen bittenden Blick auf ihn und sah, dass er kapitulierte.

»Bis zum ersten Weihnachtstag«, stimmte er zu.

»Es genügt, wenn du mich nach Chestertown bringst«, sagte sie. »Von dort aus kann ich eine Kutsche nach Philadelphia nehmen.«

Sein Gesicht war wie eine Maske.

»Du hast es versprochen«, erinnerte sie ihn.

»Das ist richtig.« Dann wandte er sich wieder an seine Mutter. »Ich bleibe über Weihnachten.«

Sie hatte gewonnen.

Wieso kam es ihr dann so vor, als hätte sie verloren?

Nach dem Abendessen bat John Patrick Annette, mit ihm hinauszugehen in die Scheune. Sie wollte weder mit ihm allein sein noch ihren Vater allein lassen, aber der flehentliche Blick in seinen Augen machte es ihr unmöglich, ihm die Bitte abzuschlagen.

Sie erinnerte sich an das letzte Mal, als sie hier war, als sie sich so verzweifelt dagegen gesträubt hatte, die Sutherland'sche Gastfreundschaft zu akzeptieren. So viel war seitdem geschehen.

John Patrick öffnete das Scheunentor und führte sie zu einer Box. Ein braunes Pferd steckte seinen Kopf aus der Box und wieherte begrüßend. Annette blieb einen Moment vollkommen verwirrt stehen, dann barg sie ihr Gesicht am Hals der Stute. »Sasha«, murmelte sie.

Das Pferd wieherte wieder leise, und seine Augen glänzten vor Entzücken. Annette schloss die Augen und spürte, wie ihr Herz vor Glück zu bersten drohte und ihre Kehle eng wurde. Schließlich wandte sie den Kopf.

John Patrick lehnte an einem Pfosten und beobachtete sie lächelnd. »Frohe Weihnachten«, sagte er leise. »Es ist noch ein bisschen früh, aber ich konnte nicht warten.«

»Wie ...?«

»Bevor ich Philadelphia verließ, bat ich Noel, das Pferd zu suchen. Er beauftragte jemanden, die ganze Grafschaft abzusuchen, in der du gelebt hattest.«

Sie konnte es kaum glauben, was er sagte. Sie hatte nur einmal mit ihm von dem Pferd gesprochen, und trotzdem hatte er es nicht vergessen.

Der Mann, den sie für gefühllos gehalten hatte.

»Danke«, wisperte sie, und ihr Herz zog sich vor Glück zusammen.

Er zog eine Karotte aus seiner Hosentasche und reichte sie der Stute. Sasha knabberte daran, aber ihr Blick ruhte auf ihrer Herrin, als fürchtete sie, sie könnte sie wieder verlieren. Annette streichelte ihren Hals. »Du siehst dünn aus«, flüsterte sie. »Wir müssen dich ein bisschen aufpäppeln.«

Aber wo? Sie hatte in Philadelphia keinen Platz, um ein Pferd zu halten. Sie schluckte. »Würdest du ... sie hier behalten?«

»Du bestehst also darauf, nach Philadelphia zu fahren?«

Sie wandte sich zu ihm. »Wir können nicht von euch erwarten, dass ihr uns für immer hier behaltet. Ich muss sehen, ob ich sie nach Philadelphia zurückbringen kann.«

»Ihr könnt so lange bleiben, wie ihr wollt.«

»Nein. Ich glaube nicht, dass ich es ertragen würde, dich in den Krieg ziehen zu sehen und nicht zu wissen, ob du zurückkehren wirst oder ob du ... für den Tod eines Freunds verantwortlich bist.«

Seine Hand berührte ihre Wange, und er beugte sich vor und küsste sie, sehr sanft und zärtlich, bevor er dann wieder zurücktrat. »Ich habe versprochen, dich nie wieder zu irgendwas zu zwingen«, sagte er mit einer Stimme, die mitten im Satz zu brechen schien. »Und ich werde es auch nicht tun. Ich lasse dich jetzt allein, damit du mit Sasha in Ruhe euer Wiedersehen feiern kannst.«

Der nächste Tag verging schnell. Heiligabend. Annette

bemühte sich den anderen zuliebe, zu lächeln und froh und glücklich zu erscheinen, obwohl sie das Gefühl hatte, ihr Herz müsse zerbrechen.

Sie sah John Patrick kaum. Wahrscheinlich übernachtete er auf seinem Schiff, vermutete sie.

Ian kehrte heim, und sie war überrascht über die Freude, die sie bei dem Wiedersehen empfand. Ihre Familie war immer klein gewesen, und sie sonnte sich nun in der Wärme dieser weit verzweigten Sippe. Überall waren Verwandte, einschließlich Tante Fortune und der berühmten Katy. Letztere war über die Feiertage auf die Farm gekommen.

Annette fand sie alle ungemein sympathisch.

Aber …

Sie ermahnte sich, sie nicht zu sehr in ihr Herz zu schließen, und bereitete sich auf ihre Rückkehr nach Philalphia vor.

»Bist du sicher?«, fragte ihr Vater beunruhigt.

Nein, das war sie ganz und gar nicht. Aber sie wusste auch, dass sie nicht bleiben und ihr Leben damit verbringen konnte, auf John Patrick zu warten und sich zu fragen, ob er zurückkehren würde oder ob er irgendwo auf dem Grund des Meeres lag.

Wenn schon nichts anderes, konnte sie wenigstens das Lazarett wieder eröffnen. Sie konnte helfen, Menschenleben zu erhalten, selbst wenn alle anderen bestrebt zu sein schienen, sie zu vernichten.

Und so antwortete sie: »Ja«, obwohl sie von schweren Zweifeln gequält wurde.

An jenem Abend erhob sie sich aus dem Bett und trat ans Fenster. Es war eine finstere Nacht, der Mond war nicht zu sehen hinter einer Lage dunkler Wolken. Eine böse Nacht, dachte sie, und fragte sich, woher dieser Gedanke kam.

Lange Zeit blieb sie am Fenster sitzen. Sie würde das Haus und alle, die darin lebten, sehr vermissen. Dann, als ihre Augen sich an die Dunkelheit gewöhnt hatten, sah sie einen Reiter kommen, der in einem Tempo ritt, als sei der Teufel persönlich hinter ihm her. Eine weitere Silhouette folgte nicht weit hinter ihm.

Sie wusste augenblicklich, dass es nicht John Patrick war.

Die stämmige Gestalt schien mehr zu fallen als vom Pferd zu steigen, und dann hörte sie ein schweres Hämmern an der Tür. Rasch zog sie den Morgenrock über, den Fancy ihr geliehen hatte, und lief hinunter in die Halle, wo andere Mitglieder der Familie sich eilig zu ihr gesellten. Für einen Moment wurde sie an ein anderes lautes Klopfen erinnert, ein anderes hastiges Hinunterlaufen, und ihr Herz begann wie wild zu pochen.

Fancy war als Erste an der Tür und riss sie auf. Katy trat neben sie.

Annette erkannte Malcomb sofort. Neben ihm stand Aristoteles, Noels Hund.

Fancy schien ihn auch zu kennen. »Malcomb?« Annette hörte die Furcht in ihrer Stimme.

»Die Briten haben Dr. Marsh verhaftet. Er wurde des Verrats bezichtigt«, sagte Malcomb und brach erschöpft zusammen.

Hinter sich hörte Annette Katys gequälten Aufschrei.

☆ ☆ ☆

John Patrick, der unverzüglich von seinem Schiff herbeigerufen worden war, schritt nervös im Zimmer auf und ab, während er Malcomb mit Fragen überschütte. Sein Gesicht war härter geworden, als der Schotte seinen Bericht wiederholt hatte. Er war zu General Washington gegangen, aber der General war, wenn auch äußerst ungern, zu dem Schluss gekommen, dass er überhaupt nichts unternehmen konnte. Nach John Patricks Befreiung seiner Männer war die Sicherheit des Walnut Street Gefängnisses so verstärkt worden, dass es unangreifbar geworden war.

Und nächste Woche sollte Noel der Prozess gemacht werden.

Er war nicht sofort gehängt worden, hatte Malcomb erfahren,

weil die Beweisführung noch nicht abgeschlossen war. Die Quäker betrachteten Noel noch immer als einen der ihren, und die Quäker waren der größte Stützpfeiler der Briten in Philadelphia. Sie würden hieb- und stichfeste Beweise fordern. Aber den Informationen nach, die Washington erhalten hatte, waren die Briten fest entschlossen, an dem Doktor ein Exempel zu statuieren.

Annette hatte aufmerksam zugehört, und ihr Kopf war wie benebelt. Nach ihrer Entführung aus Philadelphia hatte sie teilweise Noel die Schuld gegeben. Doch nun sah sie ihn in Gedanken wieder vor sich und sah seine Großzügigkeit, sein Mitgefühl und seinen makellosen Anstand.

Er war ein Spion. Ein Spion für die Rebellen.

Und es machte ihr überhaupt nichts aus. Ihr wurde nur furchtbar übel bei der Vorstellung, das ein Mann wie er auf solch hässliche, öffentliche Weise sterben sollte. Sie kraulte Aristoteles hinter den Ohren und spürte, wie er in einer Geste hündischer Verzweiflung seinen Kopf auf ihren Schoß legte. Noel hatte den Hund mehrmals zu ihrer Tante mitgebracht, und sie hatte ihn immer als ziemlich abweisend empfunden. Aber jetzt brauchte das große Tier anscheinend Trost.

»Verdammt«, hörte sie John Patrick mit gebrochener Stimme sagen. »Warum hat er mir bloß nichts davon gesagt? Ich …«

Malcomb runzelte die Stirn. »Niemand wusste es. Niemand außer Washington. Es war sicherer so.«

»Wir müssen ihn befreien«, sagte John Patrick.

Malcombs Gesicht hellte sich vorübergehend auf, dann schüttelte er müde und bekümmert seinen Kopf. »Ich weiß nicht, wie Sie das bewerkstelligen könnten. Aus irgendeinem Grund hat Major Gambrell, der Adjutant des Generals, Noels Herkunft überprüft. Howe weiß jetzt von Noels Verbindung mit dem *Star Rider* und dass Sie Brüder sind. Ich bin mir sicher, dass sie Sie erwarten werden.«

»Es ist meine Schuld«, gestand Katy bedrückt. »Ich bin mit

Major Gambrell ausgegangen, um Noel eifersüchtig zu machen. Der Major war sehr verärgert, als ich ablehnte, noch ein weiteres Mal mit ihm auszugehen.«

John Patrick ging zu ihr und legte eine Hand auf ihre Schulter. »Wir alle machen Fehler, Katy. Wir müssen überlegen, wie wir sie korrigieren können.«

Hugh Carey, der sich ihnen angeschlossen hatte, hüstelte, und alle sahen ihn an.

»Sie werden eine Falle für Sie vorbereiten«, erklärte er in ruhigen, gemessenen Worten. »Sie wissen, dass Sie Ihre Männer befreit haben. Natürlich werden sie jetzt glauben, Sie würden das Gleiche auch mit Ihrem Bruder versuchen.«

Annette war höchst überrascht, und nicht nur von der Tatsache, dass er etwas sagte, sondern vor allem von der Autorität, mit der er sprach.

»Sieh mich nicht so überrascht an, Annette«, fügte er hinzu. »Ich war nicht völlig blind und taub für alles, was um mich herum geschah. Es interessierte mich bloß einfach nicht. Das tut mir Leid. Es tut mir Leid, dass ich dir so viel Schmerz bereitet habe.«

Annette sah ihn verwundert an. Ihr Vater war ein Tory. Warum warnte er John Patrick?

Hugh saß neben ihr, und er streckte die Hand nach ihrer aus und drückte sie. »Die Briten haben Gesetze gebrochen und den Anstand verletzt, genau wie einige der Amerikaner. Ich war enttäuscht von beiden Seiten. Erst kindliche Unschuld führte mir wieder vor Augen, dass es noch Dinge gibt, für die es sich zu leben und zu kämpfen lohnt.« Er lächelte Annette an. »Unter anderem Freunde.«

Auch John Patrick starrte ihn verwundert an.

Malcomb erhob sich. »Das ist ja alles schön und gut. Aber was ist mit Noel?«

»Wir werden ihn da herausholen«, erklärte John Patrick grimmig.

»Wie?«, fragte Katy und biss sich auf die Lippen.

Menschen sind wichtiger als blinde Treue. »Ich habe eine Idee«, sagte Annette.

Der kalte Wind zerrte an Annettes Umhang, der Regen durchnässte sie selbst durch den dicken Stoff. Sie fröstelte und streckte die Hand aus, um ihren Vater zu berühren. Vermutlich fühlte er sich sogar noch elender als sie.

Aber sie mussten nass sein, kalt und elend. Es musste so aussehen, als wären sie auf der Flucht vor ihren Entführern.

John Patrick ergriff ihre Hand und drückte sie ermutigend. Dann senkte er den Kopf und küsste sie.

Er hatte sein Möglichstes getan, sie umzustimmen, selbst wenn der Ausdruck seiner Augen ihr verriet, dass sie die einzig wahre Hoffnung für seinen Bruder darstellte. Katy hatte ebenfalls mitkommen wollen. Erst John Patricks ernste Warnung, sie würde alle in Gefahr bringen, hatte ihre flehentlichen Bitten verstummen lassen.

»Geht jetzt!« Das raue Flüstern kam von dem Mann, der sie zu den britischen Linien geführt hatte.

John Patrick unterbrach den Kuss. »Ich liebe dich«, flüsterte er, und obwohl sie nicht nur von dem eisigen Regen, sondern auch von ihrer Angst vollkommen durchfroren war, fühlte sie, wie eine wundervolle innere Wärme sie durchströmte.

Sie wusste, dass er und die anderen sich zurückzogen und durch den Regen zu ihren eigenen Linien zurückkehrten. So viel hing jetzt von ihr ab. Von ihr und ihrem Vater. Ihre Kleider waren bereits in Unordnung gebracht, ihre Gesichter und ihre Körper schmutzbedeckt.

Sie warf einen Blick auf ihren Vater, diesen sanftmütigen Mann, der Konflikten immer aus dem Weg gegangen war. Er sah sehr entschlossen aus. Dr. Marsh war sein Freund, egal, für welche Seite er sich entschieden oder welche Art des Kämpfens er gewählt hatte. Annette hatte nicht vorgehabt, ihren Vater in die Sache mit hineinzuziehen, doch kaum hatte er ihren Plan gehört, hatte er darauf bestanden, mitzukommen. Jeder wusste, dass er behindert war. Er würde noch sehr viel unverdächtiger sein als eine junge Frau; und beide zusammen würden nicht den kleinsten Zweifel wecken.

Wieder griff sie nach seiner Hand, und er lächelte sie flüchtig an. Eine Welle der Zuneigung durchflutete sie. Fancy Sutherland hatte gesagt, er brauche Ziele und eine sinnvolle Beschäftigung. Das hatte er nun. Sie beide hatten es. Das Leben eines Freundes stand auf dem Spiel.

Sie stolperten durch das Unterholz. Sie mussten vorsichtig sein, um nicht von den britischen Patrouillen erschossen zu werden, es aber gleichzeitig so aussehen lassen, als suchten sie vollkommen verstört und fieberhaft nach Hilfe. Die Straße konnten sie nicht benutzen; das wäre zu einfach, zu verdächtig.

»Hilfe!«, schrie Annette und hoffte, ihre Stimme war laut genug, um den Regen und den Wind zu übertönen.

Schließlich hörten sie einen scharfen Befehl: »Kommen Sie näher und geben Sie sich zu erkennen.«

Ihr Vater hielt fest ihre Hand umklammert, als sie sich der Wache langsam näherten.

Dann ließ ihr Vater sich auf die Knie fallen und ergriff die Hand des Soldaten.

Annette konnte es kaum glauben, dass der Mann vor ihr ihr Vater war. Die Sutherlands hatten anscheinend eine Leidenschaft und Kraft in ihm geweckt, von deren Existenz sie nie etwas geahnt hatte. Genau wie John Patrick in ihr. Ihre Finger ballten sich zu Fäusten.

»Es ist eine Frau und ein alter Mann«, hörte sie eine Wache rufen.

»Holt den Sergeant«, sagte ein anderer.

Ein weiterer fluchte wortreich. »Sie sehen aus, als wären sie misshandelt worden.«

Zehn Minuten später erklärte Annette einem Unteroffizier, sie und ihr Vater seien von dem Pirat, der *Star Rider* genannt wurde, entführt worden. Sie hätten schließlich endlich aus der kleinen Hütte fliehen können, in der sie in den letzten beiden Monaten gefangen gehalten worden waren.

Mit tränenfeuchten Augen sagte sie: »Ich möchte heim.«

Der Sergeant hatte sie hilflos angesehen und dann zweien seiner Männer befohlen, Pferde zu beschaffen und die Careys nach Philadelphia zu begleiten. »Ich werde einen Boten ins Hauptquartier vorausschicken«, fügte er hinzu.

»General Howe«, stieß sie unter Schluchzern hervor. »Ich kann mit niemand anderem als General Howe sprechen. Es ... es war einfach schrecklich ...« Sie brach ab, als sei sie zu bewegt, um fortzufahren.

Der Sergeant sah sie noch hilfloser an, und sein Gesicht rötete sich vor Empörung. »Wir werden den Schuft schon schnappen«, sagte er. »Wir haben bereits seinen Bruder ...«

»Ich hoffe, dass Sie alle beide aufhängen werden.«

Der Sergeant wandte sich an ihren Vater. »Sir?«

»Er spricht nicht«, sagte sie. »Er ist stumm, seit Rebellen unsere Farm niederbrannten und ihn teerten und federten.«

Der Sergeant fluchte und entschuldigte sich dann bei ihr. »Sie sind jetzt in sicheren Händen, Miss.«

Zwei Männer mit vier Pferden erschienen aus dem Regen. »Ich fürchte, wir haben keinen Damensattel«, bemerkte der Sergeant entschuldigend.

»Ich will nur nach Hause«, schluchzte sie. Dann tat sie so, als schwankte sie, und wäre sicherlich gefallen, wenn eine der Wachen sie nicht aufgefangen hätte.

»Mir ist schwindlig«, sagte sie. »Ich ...« Und dann schloss sie die Augen und täuschte eine Ohnmacht vor.

Sie waren umgeben von Soldaten, deren gesamte Aufmerksamkeit ihr und ihrem Vater galt. Annette sorgte dafür, dass es so blieb, während John Patricks Männer durch die deutlich schwächeren Linien schlüpften. Sie wartete bang auf eine weitere scharfe Aufforderung, sich zu erkennen zu geben, hörte aber nichts.

Annette machte ein ziemliches Theater aus dem Aufsitzen und tat, als brauchte sie dazu die Hilfe mehrerer Männer. Ihr Vater stürzte einmal, ging dann auf unsicheren Beinen zu dem Pferd und bat mit einer ausdrucksvollen Geste ebenfalls um Hilfe.

Annette unterdrückte das Schuldbewusstsein, das es ihr bereitete, Männer zu täuschen, die sich ausgesprochen mitfühlend verhielten. Wenn alles gut ging, würde niemand verletzt und ein Mann gerettet werden. Sie sagte sich das immer wieder, als sie und ihre kleine Eskorte sich auf den Weg nach Philadelphia machten.

John Patrick und Malcomb erreichten die Walnut Street. John Patrick war vierzig Jahre gealtert. Eine graue Perücke, die er während eines kurzen Aufenthalts in Chestertown besorgt hatte, bedeckte sein schwarzes Haar; Theaterschminke ließ sein Gesicht runzliger erscheinen. Er lehnte sich schwer auf einen Stock, und Malcomb, dessen sandfarbenes Haar schwarz gefärbt war und dessen Wangen mit Wattebäuschen ausgestopft waren, stützte ihn. Seine anderen Männer hatten sich als Farmer, Hausierer oder holländische Seeleute verkleidet. Nicht als Soldaten diesmal. Nach dem letzten Ausbruch könnte ein einziger bewusstloser Soldat möglicherweise die ganze Stadt alarmieren.

Das Haus der Careys stand gegenwärtig leer, wusste Malcomb zu berichten, da alle Verwundeten verlegt worden waren, nachdem Annette und ihr Vater verschwunden waren. Ihr Zuhause wurde sowieso nicht mehr als Lazarett gebraucht, da beide Armeen sich in ihre Winterquartiere zurückgezogen hatten. Es gab zwar noch kleinere Gefechte, aber keine großen Schlachten mehr, und die wenigen Kranken und Verwundeten konnten mühelos im Hospital der Quäker versorgt werden.

John Patrick und Malcomb versuchten den Hintereingang. Er

war verschlossen. Malcomb zog ein Stück Metall aus der Tasche, und Sekunden später hatte er die Tür geöffnet.

Sie schlüpften hinein. John Patrick wartete einen Moment, bis sich seine Augen an die Dunkelheit gewöhnten. Sie konnten keine Kerzen anzünden.

Annette und ihr Vater konnten jeden Augenblick erscheinen. John Patrick wusste, dass er nicht riskieren durfte, von ihrer Eskorte entdeckt zu werden.

Er und Malcomb tasteten sich zur Treppe und stiegen in den zweiten Stock hinauf, wo sie, nach einigen Schwierigkeiten, eine Falltür in der Korridordecke entdeckten.

Die beiden Männer arbeiteten schnell und still. Malcomb holte einen Stuhl. John Patrick stieg darauf, öffnete die Tür und zog sich auf den Dachboden hinauf. Malcomb brachte den Stuhl wieder an seinen Platz, kam zurück und streckte seine Arme in die Höhe, bis John Patrick sie ergreifen konnte. Langsam zog er den Schotten hoch. Sie schlossen die Falltür genau in dem Moment, als sie unten die Haustür aufgehen hörten.

Annette und Hugh hatten ihre Aufgabe erledigt und ihre Ankunft so lange wie möglich hinausgezögert. John Patrick staunte über ihren Mut und ihre Entschlossenheit, Noel und ihm zu helfen, nach allem, was die Careys ihretwegen durchgemacht hatten. Gott, er liebte diese Frau.

Die beiden Männer lagen ausgestreckt auf dem Dachboden, als sie Geräusche unter sich vernahmen. Männerstiefel, die die Treppe hinaufgepoltert kamen. Stimmen. Türen, die geöffnet und geschlossen wurden. Die Zimmer wurden von den britischen Soldaten durchsucht, die die Careys begleitet hatten.

Eine Stunde verging, und dann noch eine weitere. Schließlich hörten sie ein leises Pochen an der Falltür, und John Patrick öffnete sie vorsichtig. Annette und Hugh Carey standen darunter, und Hugh gab ihnen mit einer Geste zu verstehen, dass sie hinunterkommen konnten.

»Sie sind weg«, flüsterte Annette. »Aber sie sagten, sie würden

Soldaten schicken und das Haus bewachen lassen, da wir Informationen über Dr. Marsh und den *Star Rider* haben. Ein paar Offiziere kommen früh vorbei, um unsere Aussage aufzunehmen. Ich habe ihnen gesagt, ich würde nur mit General Howe oder Major Gambrell sprechen, und ich könnte meinen Vater nicht allein lassen.«

John Patricks Blick glitt zu Annette. Ihr Kleid war noch immer triefnass, und ihr Haar hing ihr in feuchten Strähnen ums Gesicht, aber er dachte, dass er nie eine schönere Frau gesehen hatte.

Sie suchte seinen Blick. Er sah Bedauern in ihren Augen. Sie hasste Täuschungsmanöver. Aber ihr Blick war fest. Sie würde den Plan zu Ende bringen.

Die Falle war gestellt.

Annette bewegte sich nervös, während sie John Patrick in die Augen schaute. Es war ihr Plan, aber es konnte so viel schief gehen, und sie würde es sich nie verzeihen, falls jemand verletzt wurde – oder starb.

Sie kannte Major Gambrell, kannte seinen Ehrgeiz und seine Schwäche für Frauen. Obwohl allgemein bekannt war, dass er eine Ehefrau in England hatte, hatte er wiederholt versucht, ihr den Hof zu machen, und sie war oft in den zweifelhaften Genuss einer seiner »zufälligen« Berührungen gekommen. Sie hatte um General Howes Besuch gebeten. Aber sie wusste, dass Gambrell kommen würde. Und er würde allein kommen.

John Patrick und seine Männer hätten Gambrell wahrscheinlich auch auf der Straße überwältigen können. Aber der Major ging selten ohne seine Männer aus, und John Patrick hatte keine Zeit, auf eine geeignete Gelegenheit zu warten.

Annette hatte das verstanden, als sie im Haus der Sutherlands den Plan geschmiedet hatten.

Sie hatte Gambrell nie gemocht, und vor die Wahl zwischen

ihm und Noel gestellt, entschied sie sich ohne zu zögern für Noel. Sie hatte genau gewusst, was zu tun war, nachdem Malcomb berichtet hatte, dass die Briten Beweise gegen Noel brauchten. Was könnte es Besseres geben, um die Philadelphiaer Quäker zu empören, als eine entführte Frau?

Sie würde nie wieder hierher zurückkehren können. Und ihre Familie auch nicht.

Annette hatte den Eindruck, dass sie sich alle wohl fühlten im Kreise der Familie Sutherland. Aber sie konnten nicht ewig dort bleiben.

Ihr war klar, dass ihre Augen all ihre Zweifel widerspiegelten, als John Patrick sie in die Arme nahm. Malcomb wandte sich ab und ging leise die Treppe hinunter, um sich ihrem Vater anzuschließen.

»Du solltest etwas Trockenes anziehen«, sagte er mit seltsam unsicherer Stimme.

»Du auch«, entgegnete sie lächelnd. »Aber das Einzige, was wir für dich haben, sind Vaters Sachen.« Sie musterte ihn kritisch. »Ich glaube nicht, dass sie dir passen werden.«

»Nein«, stimmte er belustigt zu. Ihr Vater war mindestens einen Kopf kleiner als er selbst und auch viel dünner. »Ich bin nicht zum ersten Mal in meinem Leben nass.«

Ein unerwünschtes Bild erstand vor ihr. Die See, die sie in sanften Wellen überspülte. Aber es war eine warme See gewesen, und dies war eisig kalter Regen.

»Vielleicht kannst du ein Feuer im Kamin anzünden«, schlug sie vor.

»Aye, das kann ich für dich tun. Aber ich weiß nicht, ob es ratsam ist, dass ich unten bei euch bleibe.«

»Ich glaube nicht, dass sie noch einmal hereinkommen werden«, meinte sie. »Sie glauben, ich sei vollkommen hysterisch und der Ohnmacht nahe nach meinen schrecklichen Erlebnissen mit den Piraten. Ich habe ihnen gesagt, ich wollte keine Uniformen mehr sehen, außer General Howes.«

Er grinste, und zum ersten Mal, seit sie ihn kannte, fühlte sie sich vollkommen unbefangen mit ihm. Trotz der leisen inneren Stimme, die noch immer Fragen stellte, waren sie Kameraden und in etwas Wichtigem zusammen. Sie war eine Partnerin, kein Opfer. Das Gefühl gefiel ihr. O ja, es gefiel ihr sogar sehr. Sie genoss sogar die Gefahr und wie das Blut durch ihre Adern rauschte, wenn sie ihre Rolle spielte. War es das, was er verspürte, wenn er sein Schiff in ein Gefecht verwickelte? Sie verstand nun, dass es süchtig machen konnte.

Sie versuchte aber, sich ihm gegenüber nichts von diesen Empfindungen anmerken zu lassen. So etwas geziemte sich nicht für eine junge Dame, dachte sie.

Aber er hatte einen Blick in seinen Augen, der voll des Lobes zu sein schien. Und sehr gefährlich. Sie sollten in diesem Augenblick nicht daran denken.

Er schien zu dem gleichen Schluss zu kommen. Er beugte sich ein wenig vor und küsste sie sanft auf die Lippen, dann richtete er sich widerstrebend auf. »Ich werde ein Feuer in deinem Zimmer anzünden.«

Er legte den Arm um sie und führte sie zu ihrem Schlafzimmer. Einen flüchtigen Moment fragte sie sich, woher er wusste, wo es war, aber dann erinnerte sie sich an die Nacht, in der sie alle zusammen das Haus verlassen hatten. Sie war so aufgebracht gewesen, so verwundet, so empört. Und nun ...

Nun fühlte sie sich wie ein anderer Mensch. Sie hasste seine Lügen immer noch, aber sie bewunderte so viele andere Dinge an ihm, und sie hatte sich verändert. Sie erkannte sich kaum wieder, doch die Saat der Rebellion, des Abenteuers, musste bereits in ihr vorhanden gewesen sein. Sie war nicht sicher, ob sie sich behaglich fühlte mit dieser neuen Annette, die genauso hinterlistig sein konnte wie er.

Sie sah zu, wie er Feuerholz im Kamin aufschichtete, die Zunderbüchse suchte und dann geschickt den Feuerstein gegen den Stahl schlug, bis er einen Funken erzeugte. Der Zunder, ein

Stück Leinen, fing plötzlich Feuer, und er hielt es an ein Häufchen Holzspäne unter den Scheiten.

»Zieh dir was Trockenes an, während ich dir etwas Heißes zu trinken mache«, sagte er. Dann grinste er wieder. »Bitte.«

Sie fragte sich, ob es wohl das erste Mal seit langer Zeit war, dass er dieses Wort benutzte. Es klang rostig. Und angenehm. Sehr, sehr angenehm. »Es ist Apfelwein im Küchenschrank«, sagte sie, »und Brandy im Zimmer meines Vaters.«

Er nickte. Er und Malcomb würden allerdings darauf achten müssen, sich außer Sichtweite der Fenster zu halten, dachte er, als er zur Treppe ging.

Annette blickte sich im Zimmer um. Sie fand ein warmes, wenn auch nicht besonders hübsches Kleid, das jedoch genau das Richtige für ihr Vorhaben war. Aber als sie es in den Händen hielt, dachte sie an das Kleid, das John Patrick ihr gekauft hatte, an seine Farben und die Spitze. An die warme Brise und die heiße Sonne. Und seine Umarmungen …

Was würde geschehen, nachdem sie Noel gerettet hatten? John Patrick hatte gesagt, er liebte sie, aber durfte sie das wirklich glauben? Er wollte immer noch etwas von ihr, und er hatte sie auch vorher schon benutzt.

Sie schüttelte den Gedanken jedoch ab und begann sich anzukleiden.

☆ ☆ ☆

Wie lange noch, bevor ihr Opfer kam?

John Patrick glaubte nicht, dass es sehr lange dauern würde. Nicht, wenn sie so versessen darauf waren, Noel zu hängen, wie Malcomb angedeutet hatte, und sie glaubten, Annette könnte ihnen die Beweise liefern, die sie brauchten.

Wer würde kommen? Sie hatte General Howe verlangt, aber John Patrick bezweifelte, dass ein so bedeutender Mann allein erscheinen würde. Annette hielt es für sehr viel wahrscheinlicher, dass Major Gambrell kommen würde, der Mann, der Noel verhaftet hatte. Er würde genügen, vor allem, wenn Annette Recht hatte, was seinen Charakter betraf.

John Patrick wünschte, Ivy wäre bei ihm. Aber er hatte ihn auf dem Schiff gelassen. Ivys Größe war sogar noch unverwechselbarer als seine eigene und schwieriger zu tarnen. Seine anderen neun Männer – die er wegen ihres unauffälligen Aussehens und ihrer Fähigkeiten ausgewählt hatte – müssten inzwischen schon irgendwo draußen auf den Straßen sein. In den vergangenen Tagen hatte er die Erfahrung gemacht, dass Malcomb weitaus mehr war als der bloße medizinische Assistent, als der er ihm bisher erschienen war.

Er schloss die Augen, als er an Noel dachte, und an die bitteren Vorwürfe, die er seinem Bruder ins Gesicht geschleudert hatte. Noel war viel tapferer als er gewesen, hatte unendlich mehr riskiert als er. So wie er Noel kannte – oder ihn zu kennen glaubte –, konnte John Patrick sich vorstellen, was für einen Preis er für seine Rolle in diesem Wahnsinn bezahlt hatte.

Und der Gedanke, dass sein Bruder nun im Walnut Street Gefängnis saß, trieb ihn zur Verzweiflung. Er wusste von seinen eigenen Männern, was für entsetzliche Zustände dort herrschten.

Ihn fröstelte sogar noch, als er in der Küche ein Feuer im Herd anzündete, den Apfelwein suchte und eine ordentliche Portion davon in einen Topf gab. Sie alle froren. Dann sah er sich im Keller nach etwas zu essen um. Erbsen, aus denen man eine Suppe kochen konnte. Eingemachtes. Mehl. Apfelkompott. Eingelegter Kohl. Eingelegter Spargel. Er nahm mehrere Gläser mit nach oben.

Hugh war in seinem Zimmer und zog sich um, und Malcomb beobachtete die Straße durch einen Spalt zwischen den schweren Vorhängen. Da es noch immer dunkel war und sie keine Lampen im Wohnzimmer angezündet hatten, dürfte er von der Straße aus eigentlich nicht zu sehen sein.

Es war inzwischen kurz vor Tagesanbruch, und keiner von ihnen hatte bisher auch nur ein Auge zugetan. Nach einem Glas Apfelwein würde er Hugh und Annette raten, sich wenigstens ein paar Stunden hinzulegen.

Der bloße Gedanke an sie löste eine ungeheuere Wärme in ihm aus. Ein seltsames Gefühl. Nach den Tagen in Martinique hatte er nicht geglaubt, er könne sie noch mehr lieben, aber als sie sich angeboten hatte, Noel zu helfen, und alles, was ihr wichtig war, für seine Familie aufs Spiel gesetzt hatte, hatte ihn eine solch überwältigende Liebe zu ihr erfasst, wie er sie selbst niemals für möglich gehalten hätte. Der kampflustige Blick in ihren Augen ließ ihn an eine kriegerische Prinzessin aus längst vergangenen Zeiten denken. Die ansonsten friedliche graue Farbe ihrer Augen war turbulent geworden wie die See während eines Sturms. Er wollte beides: den Frieden und diese Vitalität und Tapferkeit, die sie in sich vereinte.

Falls ihr irgendetwas zustieß . . .

Er wagte es sich nicht einmal auszudenken. Warum, in Gottes Namen, hatte er ihr erlaubt, dies hier zu tun?

Aber nun war es zu spät.

Er hatte Dinge in Bewegung gesetzt, die kein Zurück erlaubten.

24

Ein Hausierer erschien kurz nach Tagesanbruch an der Hintertür. Er verkaufte frisch gebackenes Brot, und Annette, die nicht einmal ein Stündchen Ruhe gefunden hatte, begrüßte ihn und seine Waren. Sie lächelte, als der ältere, leicht gebeugte Mann eintrat, einen vollen Sack mit Brot über der Schulter. Ein himmlischer Geruch entstieg dem Sack, und sie fragte sich, wo er so früh am Morgen solche Schätze aufgetrieben hatte. John Patrick und seine Mannschaft hatten jedoch schon lange aufgehört, sie zu überraschen. Sie waren anscheinend in der Lage, die unglaublichsten Wunder zu vollbringen.

»Quinn«, begrüßte sie ihn, denn sie hatte ihn natürlich sofort erkannt.

Er schenkte ihr ein breites Grinsen, als John Patrick aus dem Keller kam.

»Käpt'n?«

»Irgendwelche Patrouillen gesehen?«

»Aye, Sir, aber nichts Ungewöhnliches, denke ich. Zwei Männer bewachen vorn das Haus, aber niemand hinten.«

»Gut. Sind alle unsere Männer hier?«

»Aye. Keiner ist geschnappt worden.«

»Ich will drei Männer hier im Haus. Ein paar andere sollen Pferde kaufen – vier. Zwei stämmige und schnelle, und zwei, die wie alterschwache Klepper aussehen.« Er zögerte, um dann hinzuzufügen: »Stehlt sie nicht. Und sag den anderen, sie sollen sich in Sichtweite des Hauses halten.«

Das war alles, was er sagte. Und Annette stellte keine Fragen. Sie wusste inzwischen, wie geschickt sie darin waren, mit der Straße zu verschmelzen, mit den Schatten, mit der Nacht.

Quinn nickte. Er nahm mehrere Laibe Brot und etwas Gebäck und legte alles auf den Tisch. Den Sack wieder über der Schulter, verschwand er aus der Hintertür. Dreißig Minuten später war er wieder an der Hintertür, wenn auch diesmal ohne Sack. Kurz darauf erschien ein Obstverkäufer. Ein Schornsteinfeger präsentierte sich an der Vordertür, und eine Stunde später erschien eine große schwarze Frau in voluminösen Röcken an der Hintertür.

»Mr. Beasley«, sagte Annette entzückt, als die Frau geräuschvoll durch den Raum stampfte.

Er sah betreten aus, dass sie ihn erkannt hatte.

»Wie könnte ich einen Freund nicht erkennen?«, fragte sie und wurde belohnt mit einem breiten Grinsen.

»Ich werd mich besser gleich um meine Arbeit kümmern«, sagte Beasley unter John Patricks festem Blick.

Sie konnte nur den Kopf schütteln. »Wo ...?«

»Ich habe Theaterschminke besorgt«, erklärte er. «Bevor wir nach Martinique gefahren sind. Man kann nie wissen ...«

Aber ihre Belustigung verging, als Malcomb im angrenzenden Raum einen leisen Pfiff ausstieß. Er hielt zwei Finger hoch, dann einen.

»Gambrell«, sagte John Patrick zufrieden. »Er hat einen Mann bei sich.« Sie waren bereits jedes nur mögliche Szenario durchgegangen, hoffte sie. Nein, betete sie.

Sie nickte, und er und Malcomb gingen in den Keller.

Der Schornsteinfeger war im Obergeschoss, Beasley polierte Möbel. Quinn und der Obstverkäufer waren verschwunden. Ihr Vater saß bei ihr am Tisch, und er legte beruhigend seine Hand auf ihre.

Sekunden später klopfte es an der Tür, und ihr Vater ging in die Halle, um zu öffnen. Annette folgte ihm.

Sie war Major Gambrell schon ziemlich oft begegnet. Zu oft

eigentlich sogar. Sie hatte ihn in den Häusern anderer Torys gesehen. Er hatte gefragt, ob er sie besuchen dürfe, aber sie wusste, dass er verheiratet war, und hatte ihn abgewiesen.

Trotzdem lächelte er, als er sie sah. Sie wich ganz unbewusst zurück.

»Mr. Carey, Miss Carey«, grüßte er höflich. »Wie ich hörte, hatten Sie ein schreckliches Erlebnis. Darf ich eintreten und mit Ihnen darüber reden?« Erwartungsvoll sah er sie an.

Ihr Vater trat zurück.

»Mr. Carey?«, sagte der Major.

»Mein Vater kann nicht sprechen«, sagte sie. »Er ist stumm, seit die Rebellen unser Haus in Brand gesteckt haben. Und danach ...« Sie beendete den Satz nicht.

»Darf ich dann mit Ihnen sprechen? Sie haben vielleicht schon gehört, dass Dr. Marsh ...«

Ihr Blick glitt zu dem Sergeant, der hinter Gambrell stand. »Ich ... ich glaube schon, dass ich darüber reden kann. Aber ... aber nicht vor ...«

Ein lüsterner Glanz erschien in Major Gambrells Augen, obwohl er sich die größte Mühe gab, sich mitfühlend zu geben. Sie hatte ihn nie gemocht. Nun hasste sie ihn. Es kümmerte ihn gar nicht wirklich, was ihr und ihrem Vater zugestoßen war, so lange er nur Beweise gegen Dr. Marsh erhielt.

Aber er verstand, was sie zu sagen versuchte. »Warten Sie draußen auf mich«, wies er seinen Begleiter an.

Annette griff nach der Tür, als würde ihr plötzlich schwindlig. Major Gambrell fing sie auf und legte plump-vertraulich seine Hand um ihre Taille. Sie erlaubte ihm jedoch, ihr zu einem Tisch zu helfen. Dort setzte er sich ihr gegenüber. »Fühlen Sie sich nicht wohl, Miss Carey? Hat dieser Schurke ...?«

Die Frage hing in der Luft. Annette errötete.

Ihr Vater blieb in der Nähe, aber Gambrell ignorierte ihn.

»Dr. Marsh war sein Komplize, nicht?«, fragte er schließlich. »Er war es, der ihn zu Ihnen nach Hause brachte, nicht?«

Eine Träne begann über ihre Wange zu rinnen, als Beasley den Raum betrat, noch immer mit den Frauenkleidern angetan. Major Gambrell würdigte ihn keines Blickes, nicht einmal, als er hinter ihn trat, eine große Pistole unter seinen Röcken hervorzog und sie auf ihn richtete.

»Gambrell.« Beasleys Stimme war kaum mehr als ein Knurren.

Der Major drehte sich auf seinem Stuhl, und seine Augen weiteten sich, als er die große schwarze Frau sah, die eine Waffe auf ihn richtete. Er versuchte aufzustehen.

»Das würde ich nicht tun«, warnte eine Stimme von der anderen Seite des Raums.

Gambrell, der schon halb aufgestanden war, fuhr herum.

John Patrick stand im Eingang, und seine Pistole zielte auf den unglückseligen Major. Neben ihm stand Malcomb.

»Setzen Sie sich wieder, Major«, befahl John Patrick.

Er hatte seine Perücke inzwischen abgenommen, aber Reste der Theaterschminke ließen ihn älter aussehen, als er war. Major Gambrell blickte sich fieberhaft im Zimmer um, dann richtete er den Blick wieder auf John Patrick, der offensichtlich das Kommando führte. In sichtlicher Verwirrung fragte er: »Was zum Teufel ...?«

»Ich glaube, Sie suchen mich«, sagte John Patrick mit der trägen Stimme, die Annette so liebte. Aber jetzt schwang eine unverhohlene Drohung darin mit.

Gambrell wandte sich zu Annette um, dann zu ihrem Vater, und Verständnis dämmerte in seinem Blick. »Sie können doch nicht Komplizen dieses ...«

»Das sind sie auch nicht«, unterbrach John Patrick ihn entschieden. »Bedauerlicherweise befindet sich Mr. Careys Schwester in meiner Gewalt. Glauben Sie mir, sie sind hier unter Zwang.«

Das war in ihrem Plan nicht vorgesehen. Er versuchte zu verhindern, dass man sie und ihren Vater für Spione hielt. Sie glaubte jedoch nicht, dass es funktionieren würde.

John Patrick senkte seine Waffe, aber die anderen beiden

bewaffneten Männer, die hinter ihm hereingekommen waren, hielten ihre Pistolen auf Gambrell gerichtet. John Patrick schlenderte zum Tisch hinüber, hockte sich lässig auf die Kante und schlug die Beine übereinander, als hätte er alle Zeit der Welt.

»Was wollen Sie?«, fragte Gambrell schroff.

»Ihr Leben im Austausch für das meines Bruders.«

»Er lebt!«

»Das ist ein Glück für Sie, aber ich hörte, dass Sie tun, was Sie können, um das zu ändern.«

»Er ist ein Spion.«

»Nein, er hat nur das Pech, mein Halbbruder zu sein.«

»Ich glaube Ihnen kein Wort.«

»Das müssen Sie auch nicht. Sie brauchen ihn nur herbringen zu lassen.«

Gambrell sah ihn an, als hätte er den Verstand verloren. »Das kann ich nicht. Sie würden ihn niemals gehen lassen.«

»Oh, ich denke schon, dass General Howe es tun würde – mit Ihrer Unterschrift auf dem Befehl natürlich nur. Sie waren schließlich derjenige, der ihn beschuldigt hat.«

Verständnis dämmerte in den Augen des Majors. »Das tue ich nicht.«

»Natürlich werden Sie es tun. Es sei denn, Sie wollten heute sterben.«

Er sagte es so nüchtern, dass ein Frösteln über Annettes Rücken lief. Sie erkannte plötzlich, dass er durchaus imstande war, seine Drohung wahrzumachen.

Und der Major schien das anscheinend auch zu erkennen. Seine Hände zitterten, und sie sah, wie er schluckte.

»Sie würden nicht lebend aus Philadelphia herauskommen.«

»Dann habe ich ja nicht viel zu verlieren, oder?«

»Sie werden alle am Galgen enden.«

»Aber Sie werden nicht da sein, um es zu sehen. Ich werde Ihnen verschiedene Möglichkeiten geben, Major.«

Gambrell blickte ihn misstrauisch an.

»Sie können dem Sergeant da draußen sagen, er solle den General holen lassen, Sie hätten wichtige Neuigkeiten für ihn.«

Gambrells Gesicht erblasste.

»Natürlich wäre dann Ihre Karriere ruiniert. Sie würden als der Mann bekannt, der Ihren General in eine Falle lockte.«

Im Konversationston fuhr John Patrick fort: »Oder Sie können versuchen zu fliehen. Aber bedenken Sie, dass vier Waffen auf Sie gerichtet sind. Und es sind noch einige mehr Männer im Haus. Wie gesagt, wir wissen, dass wir nicht viel zu verlieren haben, falls Sie zu fliehen versuchen. Ich weiß nicht, wie tapfer Sie sich gerade fühlen, aber ich versichere Ihnen, ein falsches Wort genügt, um Sie in die Hölle zu befördern.«

»Oder …« Er ließ das Wort in der Luft hängen. Gambrell beugte sich vor, wider Willen fasziniert wie eine Motte, die zu nahe um eine Flamme kreiste.

»Oder aber«, sagte er mit gefährlich leiser Stimme, »Sie können Ihre Karriere retten, indem Sie sagen, Sie hätten sich geirrt, die Careys hätten den guten Doktor vollkommen entlastet und Sie hätten ihn guten Glaubens wieder freigelassen. Da Sie derjenige waren, der ihn beschuldigt hat, könnte ich mir vorstellen, dass man Ihnen Glauben schenken wird. Die Quäker hier werden glücklich sein. Und da die Herrschaft des Generals über diese Stadt von ihrem guten Willen abhängt, wird auch er zufrieden sein. Und Ihre Karriere wird es überleben.«

Annette vermochte den Blick nicht von ihm abzuwenden. Wenn Gambrell sich von seiner Flamme angezogen fühlte wie ein Motte, war sie die Schlange, die er mit seinem Charme hypnotisierte.

Er hatte einen Weg gefunden, ihren Vater und sie zu schützen, falls sie in Philadelphia bleiben wollten. Wenn Gambrell sich einmal festgelegt hatte, konnte er nicht mehr zurück.

»Marsh kann nicht in der Stadt bleiben«, sagte Gambrell.

John Patrick nickte.

Gambrell blickte zu Annette und ihrem Vater. Sie gab sich

Mühe, Mitleid erregend auszusehen. Und ihr Vater tat es auch, bemerkte sie.

»Haben Sie Ihnen etwas zu Leide getan?« Die Farbe begann in das Gesicht des Majors zurückkehren, und er versuchte, seiner Stimme einen empörten Tonfall zu verleihen. Es gelang ihm aber nicht. Er überlegte scheinbar immer noch, wie er sich am besten aus der Affäre ziehen konnte.

»Es war … strapaziös für sie«, sagte John Patrick. »Sehr strapaziös. Und sie waren natürlich sehr verängstigt. Aber das war alles. Sie ließ mir während der gesamten Reise keine ruhige Minute, das können Sie mir glauben. Wenn ich nicht Maude Carey und Mr. Careys Diener als Geiseln festhielte, hätten sie sich nie bereit erklärt …«

»Ich will sie auch nicht in der Stadt haben.« Keine Zeugen dieses teuflischen Geschäfts.

John Patrick wartete. Annette spürte, dass er nicht zu diensteifrig erscheinen wollte. Er sah Annette an. »Wären Sie bereit, Philadelphia zu verlassen?«

»Dies ist mein Zuhause«, entgegnete sie entrüstet, während Tränen in ihre Augen traten.

Gambrell schloss für einen Moment die Augen, dann öffnete er sie wieder. »Ich tue es nur, wenn sie die Stadt verlassen.«

»Sie werden sie nicht unter Anklage stellen?«

»Warum interessiert Sie das?«

»Mich nicht. Meinen Bruder aber wahrscheinlich schon. Sie sind alle Unschuldige in Ihrem bösen kleinen Spiel.«

»Hol Sie der Teufel«, sagte Gambrell.

Annette schniefte. »Wenn es Dr. Marsh hilft, gehen wir. Ich weiß, dass er kein Spion ist. Genau wie wir nicht. Wir haben uns nur bemüht, Ihren Verwundeten zu helfen. General Howe …«

Gambrell sah aus wie eine Ratte in der Falle. »Wenn ich zustimme …?«

»Lassen wir Sie irgendwo, von wo Sie nicht entkommen können. Ich gebe jemandem einen Schlüssel, damit er Sie ein paar Stunden nach unserem Aufbruch freilässt. Nur um sicherzugehen, dass Sie Ihren Teil der Absprache erfüllen.«

Gambrell sah wütend aus. Sein unschlüssiger Blick verriet Annette, dass er immer noch nach einem Ausweg suchte. Schließlich nickte er.

»Ein letztes Wort, Major. Sie wissen, wie leicht es für mich ist, nach Philadelphia hinein und wieder hinauszukommen. Sollten Sie unsere Vereinbarung in irgendeinem Punkt verletzen, bringe ich Sie um. Falls Sie versuchen, nach England zurückzukehren, werde ich Howe Beweise liefern, dass Sie ein Verräter sind. Und falls ich nicht zu meinen eigenen Linien zurückkehre, wird er diese Beweise ebenfalls erhalten.«

»Das können Sie nicht. Ich habe nicht ...«

»Wer wird Ihnen Glauben schenken, wenn Ihre Spielschulden soeben abgeglichen wurden?«

Gambrell zog verwirrt die Brauen zusammen. «Wieso?«

»Sie sind kein Geheimnis. Während wir uns hier noch unterhalten, ist ein Anwalt schon dabei, sie zu bezahlen. Es wird für immer ein Fleck auf Ihrem Namen sein.«

Annette sah, wie Gambrells Gesicht innerhalb von Sekunden von leichenblass zu feuerrot wechselte. Er sprang von seinem Stuhl auf. »Sie ... Erpresser!«

John Patricks Gesicht veränderte sich nicht. Er flößte ihr beinahe Angst ein, aber trotzdem war ihr bewusst, dass er seine Ziele ohne Gewaltanwendung erreichte und es schaffte, dass niemand etwas von der Rolle ihrer Familie in dieser ganzen Angelegenheit erfuhr.

»Ihre Antwort?«

»Eines Tages werde ich Sie trotzdem hängen sehen«, zischte Gambrell.

»Das ist durchaus möglich«, räumte John Patrick ein.

Gambrells Gesicht begann wieder seine normale Farbe anzunehmen. Annette begriff, dass John Patrick ihm soeben einen letzten Rest von Stolz gelassen hatte. Sie hatte noch nie jemanden so vollkommen konfus und desorientiert gesehen.

»Sie schwören, dass Ihr Bruder nichts damit zu tun hatte«, sagte Gambrell. »Sie schwören es beim Leben Ihrer Mutter.«

»Er hat nie etwas mit mir zu tun gehabt«, sagte John Patrick. »Nie. Er war eine Schande für uns alle.«

Annette war nicht sicher, ob Gambrell gehört hatte, was genau John Patrick sagte, oder nur, was er selbst hören wollte.

»Geben Sie mir Papier«, verlangte Gambrell.

Noels Magen schmerzte vor Hunger. Seine Handgelenke waren aufgescheuert von den Eisen, die er trug. Er saß in einer Ecke einer überfüllten Zelle, gemieden von den anderen Gefangenen, die ihn für einen Tory hielten, obwohl er die gleichen Entbehrungen litt wie sie. Die Tatsache, dass er nicht aufhörte, seine Unschuld zu beteuern, hatte seine Lage nicht verbessert, weder bei den Soldaten des Königs noch bei den erbitterten Rebellen, die hier festgehalten wurden.

Er wusste, das einzig Belastende, das sie hatten, war seine Verwandtschaft mit John Patrick. Die Tatsache, dass niemand gesehen hatte, dass er seinen Bruder gepflegt oder ihn zum Haus der Careys gebracht hatte, erschwerte es den Briten sehr, Anklage gegen Noel zu erheben. Bloße Annahmen und Koinzidenzen genügten nicht, oder jedenfalls nicht in einer Stadt, in der er jeden einzelnen Quäkerältesten kannte. Niemand hatte ihn tatsächlich mit dem *Star Rider* gesehen. Niemand außer den Careys, und die waren Gott sei Dank in Sicherheit.

Er versuchte, sich umzudrehen, aber die Zelle war so überfüllt, dass er den Mann neben sich anstieß und einen groben Fluch dafür erntete.

Katy. Er konnte an nichts anderes als an Katy denken. Und seine Familie. Er sehnte sich danach, sie alle wiederzusehen. Er wünschte sich nichts sehnlicher, als Katy wieder in die Arme zu nehmen und sie für all die Jahre, die sie vergeudet hatten, zu entschädigen. Aber das war jetzt sehr unwahrscheinlich, wusste er.

Wieder versuchte er, sich zu bewegen. Seine Kleider waren starr vor Schmutz, und ihr Gestank war beinahe mehr, als er ertragen konnte. Er war allerdings nicht schlimmer als der, der von den anderen Männern aufstieg, die in diesen kleinen Raum gequetscht waren, mit nur einigen wenigen Eimern zur Verfügung, um ihre Notdurft zu verrichten. Er verstand jetzt John Patricks Entschlossenheit, seine Männer aus dieser Hölle zu befreien. Schade, dass es ihm kein zweites Mal gelingen würde.

Er fragte sich, wo sein Bruder sein mochte. Irgendwo auf den Sieben Weltmeeren wahrscheinlich. Aber er lebte. Noel versuchte, seine Verzweiflung zu bezähmen. Er war noch nicht bereit, aufzugeben. Katy wartete auf ihn.

Er hörte das Knarren von Türen, die geöffnet wurden, dann das Geräusch von Stiefelschritten. Keiner seiner Mitgefangenen schaute auf. Die meisten von ihnen waren schon länger hier als die drei Wochen, die er dieses Höllenloch mit ihnen geteilt hatte, und hatten jede Hoffnung aufgegeben.

Einige regten sich jedoch, als die Eisentür zu ihrem Käfig aufging. Eine Laterne leuchtete in ihre Gesichter.

»Marsh.« Der Name war kaum mehr als ein Knurren aus dem Munde eines großen Sergeants, der eine starke Abneigung gegen Noel gefasst hatte.

Noel richtete sich mühsam auf, sein geschwächter Körper weigerte sich, ihm zu gehorchen. Schon wieder Prügel?

Er stieg über Körper und versuchte, sich gerade zu halten, nicht gebeugt, wie es normal wäre nach tagelangem Sitzen und Liegen auf einem harten Steinboden. Die Eisenschellen und die Ketten an seinen Handgelenken rasselten in einer äußerst unangenehmen Melodie.

Als er die Tür erreichte, schob ihn einer der Wärter hinaus und verschloss die Tür dann wieder. Er wurde über einen langen Korridor zur Wachstube geführt, und von dort aus dann zur

Schmiede, wo seine Eisenschellen vor drei Wochen befestigt worden waren. Er war sehr erstaunt, als ein stämmiger Soldat sie jetzt entfernte.

Niemand hatte bisher auch nur ein Wort gesagt.

Der Sergeant führte ihn durch eine Tür in einen Vorraum, wo ein weiterer Sergeant stand und ungeduldig wartete. Im Gegensatz zu dem Gefängniswärter war dieser hier mit einer makellosen Uniform bekleidet.

»Da ist er«, sagte der Wärter missbilligend.

Der andere Mann nickte, und als er sich dann zu Noel umwandte, rümpfte er die Nase, als übergäbe man ihm ein Stück besonders stark verfaulten Fisch. »Man hat Ihre Freilassung angeordnet. Major Gambrell wünscht Sie jedoch vorher zu sehen. Wenn Sie mich begleiten würden ...«

Es war keine Bitte. Was für ein Spiel trieb Roger mit ihm?

Er folgte dem Sergeant in einiger Entfernung. Er war versucht, zu rennen, aber seine Freiheit war zu kostbar, um sie zu riskieren. Gott, wie frisch und sauber war die Luft hier draußen. Er hoffte, der Regen würde etwas von seinem Schmutz abspülen; nicht einmal die Kälte störte ihn.

Er war mehr als überrascht, als der Sergeant ihn zum Haus der Careys führte. Das gesamte Erdgeschoss war hell erleuchtet. Warum? Wann waren die Careys zurückgekehrt? Und wie?

John Patrick, dachte er sofort. Die Careys waren mit John Patrick zusammen gewesen. Sein Herz begann wie wild zu pochen. Nein. Sein Bruder wäre nie nach Philadelphia zurückgekehrt. Es war viel zu gefährlich.

Dennoch war ihm bereits klar, dass sein skrupelloser Bruder die Hand im Spiel gehabt haben musste. Roger hätte ihn nie freigelassen, selbst wenn er nicht beweisen könnte, dass Noel ein Spion war. Sein Schritt wurde etwas beschwingter.

Der Sergeant erreichte die Stufen, die zum Eingang des Hauses führten. »Der Major wartet drinnen«, sagte er, klopfte an die Tür und trat beiseite.

Die Tür öffnete sich, und Noel sah als Erstes Hugh Carey, der ihm ein vergnügtes Grinsen schenkte, als er ihn in die Küche führte.

Roger saß mit finsterem Gesichtsausdruck an einem Tisch. John Patrick hockte auf der Kante, in der Hand eine Pistole, aber ansonsten so gelassen, als befände er sich auf einer Soiree.

Sein Blick glitt über Noel. »Du siehst schrecklich aus, Bruder.«

»Und ich rieche noch viel schlimmer«, sagte Noel.

»Wir versuchten unseren Major hier zu überzeugen, dass es ein schrecklicher Fehler von ihm war, einen Unschuldigen einzusperren. Und das hat er schließlich sogar eingesehen.«

Noels Blick glitt zu Roger. Das Stirnrunzeln des Majors vertiefte sich.

John Patrick rümpfte die Nase, als ihn Noels durchdringender Geruch erreichte. »Hugh wird dir saubere Kleider geben. Sie werden vielleicht passen, aber ...«

»Und dann?«

»Major Gambrell hat deine Abreise aus Philadelphia zu einer Bedingung deiner Freilassung gemacht. Wir brechen in einer halben Stunde auf.«

Noels Blick glitt von John Patrick zu Annette, die neben ihrem Vater stand, und dann zu der stämmigen schwarzen Frau, die ebenfalls eine Pistole in der Hand hielt. Schließlich blieb er auf Malcomb ruhen, der soeben den Raum betreten hatte. Noel grinste. »Verdammt, aber ich bin wirklich froh, dich hier zu sehen.«

»Aristoteles ist in Sicherheit«, sagte Malcomb.

Erleichterung erfasste ihn. Er hatte sich große Sorgen um Malcomb und den Hund gemacht.

»Ihr solltet euch beeilen«, riet John Patrick.

Noel nickte nur, er war viel zu glücklich, um noch mehr zu sagen. Er folgte Hugh zu seinem Zimmer. Der ältere Mann schloss die Tür und wandte sich dann zu ihm um. »Sie werden Ihnen zu klein sein, aber ...«

Noel starrte ihn nur an. »Wann ...?«

»Vor ein paar Wochen, im Hause Ihres Vaters«, sagte Hugh. »Aber das erkläre ich Ihnen alles später. Ich glaube ...«

»... wir sollten so schnell wie möglich von hier verschwinden«, schloss Noel, während er an den Waschtisch trat, um wenigstens den Schmutz von seinem Gesicht und seinen Händen zu entfernen.

»Genau«, sagte Hugh Carey, als er Noel einige Kleidungsstücke zuwarf, beobachtete, wie Noel sich hineinzwängte und ihm dann einen schweren Umhang überreichte. »Annette hat unten was zu essen. Wir werden die ganze Nacht durch reiten.«

»Wir?«

»Major Gambrell will uns auch nicht mehr in Philadelphia haben, obwohl John Patrick sich die größte Mühe gegeben hat, ihn davon zu überzeugen, dass wir nichts mit dieser ganzen Angelegenheit zu tun haben.«

»Wie hat er ...«

»Durch irgendwelche Auskünfte von Ihrem Assistenten offenbar. Er wusste jedenfalls genau, wie er den Major dazu bringen konnte, zuzustimmen.«

Noel schüttelte den Kopf. »Und Annette?«

»Ich glaube, sie liebt Ihren Bruder.«

»Ich habe mir große Sorgen um Sie und Ihre Tochter gemacht. Als Sie verschwanden ...«

»John Patrick hat sich außerordentlich gut um uns gekümmert. Wir waren bei Ihrer Familie in Marsh's End. Ich habe in der Schule ausgeholfen«, fügte er stolz hinzu.

Wie viele andere Wunder hatte John Patrick in den vergangenen Wochen noch bewirkt?

Aber jetzt war nicht der richtige Moment, danach zu fragen. Er folgte Hugh die Treppe hinunter. Roger war jetzt nirgendwo zu sehen. Ein großes Stück Kuchen lag auf dem Tisch, und Noel nahm es und schenkte sich ein Glas Bier dazu ein, das er in drei großen Zügen leerte, um das immer noch vorhandene

Gefühl von Gefangensein aus seinem Bewusstsein zu vertreiben.

Eine Minute später erschien Annette. Sie trug Hosen und ein Hemd, und ihr Haar war unter einer Seemannsmütze verborgen. Keine Spur mehr von der spröden jungen Dame. Ihre Augen funkelten, und ihre Schritte waren unendlich viel beschwingter als zuvor.

Wie viele Wunder noch?

»Wo ist der Major?«

»John Patrick hat ihn in den Keller gesperrt, um sicherzugehen, dass er es sich in den nächsten Stunden nicht noch anders überlegt. Er hat jemanden beauftragt, morgen herzukommen, um den Major freizulassen und das Haus dann zu verschließen.«

Ein Schornsteinfeger und ein weiterer Mann, den Noel nicht kannte, erschienen nun im Raum, dann der stämmige Koch, der gelassen seine umfangreichen Röcke auszog, unter denen weiße Seemannshosen zum Vorschein kamen. Als Nächstes legte er die Perücke ab.

John Patrick kam von irgendwo im Haus zurück. Er sah sehr viel älter aus mit der grauen Perücke und dem alten Hut, den er nun trug. »Die Pferde sind bereit. Wir teilen uns auf in Zweiergrüppchen. Ich reite mit Annette. Noel, du und Hugh, ihr nehmt die anderen beiden Pferde. Ihr seid nicht kräftig genug, um ohne sie durchzukommen. Wir sollten besser verschiedene Routen aus der Stadt nehmen. Ich nehme an, du weißt, wie man aus Philadelphia herauskommt.«

Noel nickte. Es wäre sinnlos, zu riskieren, dass sie beide geschnappt wurden. »Was ist mit den anderen?«

»Sie werden sich zu Fuß durchschlagen. Oder Pferde stehlen. Es ist jetzt nicht mehr so gefährlich.«

»Sollten wir nicht lieber warten, bis es dunkel ist?«

»Das wird es sein, bis wir die britischen Linien erreichen«, sagte John Patrick. »Es ist ungefährlicher, die Stadt ehrlich im hellen Licht des Tages zu durchqueren.«

»Ehrlich?« Noel zog eine Augenbraue hoch.

John Patrick lachte. »Nimmst du es noch immer so genau mit Worten?«

Noel erwiderte das Grinsen. »Danke«, sagte er.

»Meine Schuld ist damit nur teilweise beglichen«, sagte John Patrick. »Aber darüber reden wir ein andermal.«

Minuten später saßen sie auf ihren Pferden, John Patrick und Annette auf zwei Kleppern, die so alt aussahen, wie sie waren, und Hugh und Noel wie wohlhabende Kaufmänner gekleidet. Die anderen waren bereits einer nach dem anderen unauffällig aus dem Haus geschlüpft.

»Wir sehen uns in Valley Forge«, sagte John Patrick.

Noel nickte, und sie ritten in verschiedene Richtungen davon.

»Kommen Sie aus dem Regen, Missis.«

Aber das konnte und wollte Katy nicht.

Unruhig schritt sie auf und ab vor einer der behelfsmäßigen Unterkünfte des Hauptquartiers von General Washingtons Armee. Sie war mit den anderen hergekommen und hatte die riskante Fahrt den Delaware hinunter überlebt. Es war eine finstere, mondlose Nacht gewesen, in der sie die britischen Kriegsschiffe unbemerkt passieren konnten. Die Kanonen aus Martinique und die Lebensmittel wurden ausgeladen. Dann lief die *Star Rider* unter Ivys Kommando wieder aus, während John Patrick und eine kleine Gruppe seiner Männer blieben, zusammen mit den Careys.

Katy hatte sie nach Philadelphia begleiten wollen, aber John Patrick hatte gedroht, sie anzubinden, falls es nötig sei. »Du würdest nur Noel in Gefahr bringen«, hatte er argumentiert, worauf sie endlich nachgab. Aber sie waren jetzt schon drei volle Tage fort.

Einer von Washingtons Colonels kam nun aus der Tür. »Wir haben Männer mit Pferden vor den britischen Linien stehen«, sagte er. »Es dürfte jetzt nicht mehr lange dauern.« Er zündete sich eine Pfeife an. »General Washington möchte Dr. Marsh persönlich gratulieren. Er war einer unserer nützlichsten Agenten in Philadelphia. Wir bedauern es, ihn zu verlieren.«

Wegen ihr. Schuldbewusstsein quälte sie, seit sie von Noels Verhaftung erfahren hatte. Sie hatte unerwünschtes Interesse für Noel geweckt. Sie erinnerte sich an all ihre Sticheleien, an die Beschuldigungen, die sie Noel ins Gesicht geschleudert hatte, und wäre am liebsten vor Scham gestorben. Sie hätte es wissen müssen. Aber selbst wenn nicht, hätte sie ihn unterstützen und für ihn da sein müssen.

Bitte, lieber Gott, bring ihn mir wieder. Seit sie die Neuigkeiten erfahren hatte, betete sie unablässig. Weder die Hölle noch John Patrick hätten sie daran hindern können, an Bord der *Star Rider* zu gehen. Nur das Wissen, dass sie ihre Chancen, Noel zu befreien, in der Tat verschlechtern könnte, hatte sie dazu bewogen, hier zu bleiben. Und zu warten. Und zu warten. Und währenddessen hatte sie den unerschütterlichen Entschluss gefasst, Noel nie wieder aus den Augen zu lassen.

Es regnete noch immer. Der unaufhörliche Regen in den letzten drei Tagen hatte die Straßen in Schlamm verwandelt, Feuer ausgehen lassen und allen das Leben schwer gemacht, insbesondere den jungen Soldaten, die keine vernünftige Kleidung für ein solches Wetter hatten.

Sie zog ihren Umhang noch fester um sich, als sie merkte, dass der Colonel versuchte, eine Unterhaltung mit ihr zu beginnen. Sie wollte nicht reden. Sie wollte Noel.

Schließlich wandte sie sich fragend an den Offizier. »Können wir nicht zu der Stelle reiten, wo sie die Linien überqueren werden?«

Der Oberst nickte widerstrebend, vielleicht, weil er ahnte, wie sinnlos es gewesen wäre, es ihr ausreden zu wollen. »Ich sattle uns zwei Pferde. Aber wir haben keinen Damensattel.«

»Ich brauche keinen«, sagte sie.

Über die schlammige Straße begannen sie in Richtung Philadelphia zu reiten, zu den Wäldern, die die beiden Armeen trennten. Mehr und mehr davon verschwand, weil die Bäume für das Feuerholz der Armeen geschlagen wurden.

Hin und wieder begegneten sie vereinzelten Grüppchen von Soldaten, die von ihren Patrouillen zurückkehrten. Dann, endlich, sah sie in der Ferne zwei Reiter, die in ihre Richtung kamen. Sie stieß ihrem Pferd die Absätze in die Flanken und trieb es zu einem Trab und dann zu einem Galopp an. Als sie sich den Reitern näherte, sah sie einen alten Mann und einen jüngeren, der sehr viel drahtiger wirkte. Sie erkannte John Patrick sofort und ritt zu ihm. »Und Noel?«, fragte sie besorgt.

»Er kann nicht sehr weit hinter uns sein«, antwortete er grinsend. »Aber ich will verdammt sein, wenn ich noch mal zurückkehre, um ihn zu holen. Ich habe die Nase voll von Philadelphia.«

»Du hast es geschafft, ihn zu befreien?«

»Aye, aber er musste selbst zusehen, wie er aus der Stadt herauskam. Er sagte, er kenne einen Weg. Wir hielten es für besser, uns zu trennen.«

Katy sah Annette an. »Danke.«

Regen tropfte von Annettes Seemannsmütze, und ihr Lächeln war ein bisschen scheu, als sie John Patrick ansah. Katy vermutete, dass sie schon bald Schwägerinnen sein würden. Sie war entzückt darüber. Auf der kurzen Reise von Maryland zum Delaware hatte sie Gefallen an Annette gefunden. Und es war nur zu offensichtlich, dass ihr Neffe und Annette bis über beide Ohren verliebt waren.

John Patrick streckte sich in seinem Sattel. »Er könnte auch am Fluss entlangkommen«, meinte er.

Er wandte sich in Richtung Süden, und zu viert ritten sie etwa eine Stunde, bevor sie mehreren Wachen begegneten. »Habt ihr jemanden hier durchkommen sehen?«

»Ja, Sir. Zwei Männer. Sie sind ins Hauptquartier gebracht worden.«

»Beide in Zivil? Einer älter?«

Die Wachen nickten.

Die vier Reiter grinsten sich an und ritten dann in mörderischem Tempo auf das Lager zu.

Noel hatte General Washingtons Offiziere endlich überzeugen können, dass er war, wer er zu sein behauptete. Er war euphorisch, aber auch erschöpft, als er auf eine Audienz beim General wartete. Plötzlich flog die Tür zu Washingtons Quartier auf, und Katy stürzte sich in seine Arme.

Er hielt sie fest umfangen. Sie war pitschnass, genau wie er, und der Regen tropfte aus ihren Kleidern auf den Boden, doch es schien sie nicht zu kümmern, als sie sich vor Washingtons halbem Offizierskommando leidenschaftlich küssten. Noel hatte nicht geglaubt, dass er sie je wieder in seinen Armen halten würde. Oder dass diese wundervollen grünen Augen je wieder zu ihm aufschauen würden, als wäre er alles, was sie sich von diesem Leben wünschte.

»Ähhh … hm, hm …«

Das Räuspern erregte schließlich seine Aufmerksamkeit, und ohne Katy loszulassen, drehte er sich um. Es war General Washington persönlich, der hinter ihnen stand. Lächelnd streckte er die Hand aus. »Dieser Draufgänger von Ihrem Bruder hat es also doch geschafft.«

»Ja, Sir.«

»Er hat mehr Leben als eine Katze. Aber Sie anscheinend auch.«

Katy drückte seine Hand. »Ja, Sir.«

»Wohin werden Sie jetzt gehen?«

»Nach Hause, denke ich. Für eine Zeit lang.«

»Sie haben sich einen Urlaub verdient, Dr. Marsh. Und dann kommen Sie zu uns zurück. Wir brauchen gute Ärzte.« Er reichte ihm die Hand. »Wir stehen tief in Ihrer Schuld.« Dann wandte er sich zu John Patrick um, der Katy gefolgt war und nun mit Annette und ihrem Vater an der Tür stand. »Captain Sutherland, ich danke Ihnen«, sagte er schlicht.

John Patrick nickte, und Noel sah, wie er Annettes Hand ergriff. »Ich muss Sie um etwas bitten.«

General Washington nickte. »Wenn es in meiner Macht steht, sei es Ihnen gewährt.«

»Das Land dieser Leute wurde konfisziert, weil Mr. Carey nicht den Treueeid schwören wollte. Er handelte aus Prinzip …«

»Ich verstehe«, sagte General Washington, und das Lächeln verschwand aus seinem Gesicht. »Sie können sich darauf verlassen, dass ich ihre Dienste nicht vergessen werde und für sie tun werde, was ich kann.«

Damit wandte er sich ab. Sie waren entlassen.

Die fünf gingen hinaus.

»Wohin willst du jetzt?«, fragte Noel seinen Bruder.

»Ich dachte, ich begleite euch nach Hause. Die *Star Rider* benötigt ein paar Reparaturen in Baltimore. Vorausgesetzt natürlich, dass Ivy sie aus dem Delaware herausgekriegt hat.«

»Dann kannst du ja zu unserer Hochzeit kommen. Zu Katys und meiner.«

Wir müssen eine seltsame Gesellschaft abgeben, dachte Annette, als sie in zwei kleinen Booten den Delaware überquerten, schließlich Wilmington erreichten und von dort aus ihren Weg in südlicher Richtung und zum Chesapeake fortsetzten. John Patrick, der eine unerschöpfliche Börse zu besitzen schien, kaufte kräftige, wenn auch nicht gerade schöne Pferde für sie alle. Die Seemänner maulten; nur wenige von ihnen waren gute Reiter, die übrigen fielen mehr als einmal aus dem Sattel. An der Grenze zu Maryland trennte Quinn sich von ihnen, um die Mannschaftsmitglieder nach Baltimore zu bringen, wo Ivy sie mit der *Star Rider* vermutlich schon erwartete.

Katy, Noel, John Patrick, Annette und Hugh ritten zu der Sutherland'schen Farm. Sie ritten zügig und übernachteten in abgelegenen Wirtshäusern, wo Katy und Annette ein Zimmer teilten, sofern es dort ein freies gab. Wenn nicht, teilten sie sich eins mit anderen Frauen. Für Intimitäten blieb ihnen wenig Zeit.

Dennoch war eine gewisse Vertraulichkeit zwischen John Patrick und Annette entstanden, und das war etwas, das sie noch nie zuvor empfunden hatten. Liebe ja. Aber nicht Vertraulichkeit. Doch Annette begriff, dass sie nun endlich Vertrauen zueinander gefasst hatten, ein Vertrauen, so stark und unbeugsam wie Stahl.

In der vierten Nacht hörte es auf zu regnen, und das Wetter wurde besser. Sie hielten zum Essen an einem Gasthof an, doch nachdem sie die Unterbringungsmöglichkeiten gesehen hatten, beschlossen sie, dort nicht zu übernachten. Stattdessen kampierten sie neben einem Bach, zündeten ein Feuer an und teilten sich das Brot, den Käse, das Fleisch und Bier, das sie in dem Gasthof gekauft hatten.

Nach dem Essen nahm John Patrick Annettes Hand, und sie schlenderten am Bach entlang. Noel und Katy gingen in die entgegengesetzte Richtung und überließen es Hugh, das Feuer in Gang zu halten.

John Patrick fand schließlich einen umgestürzten Baumstamm, und sie setzten sich darauf. Sanft berührte er eine Locke ihres Haars. »Du warst nie schöner«, sagte er.

Sie wusste, wie sie aussehen musste. Seine Bemerkung bestätigte es ihr höchstens.

Aber die Berührung seiner Hand erfüllte sie mit Wärme. Und sein Mund natürlich auch, als er spielerisch an ihrem Ohr und ihren Lippen knabberte. Es war schrecklich lange her, seit sie so ungestört gewesen waren. Und trotz der abendlichen Kälte begann sie eine vertraute Hitze in sich zu verspüren.

»Ich habe dir noch gar nicht richtig dafür gedankt, dass du Noel gerettet hast«, flüsterte er an ihrem Nacken.

Dankbarkeit? Das war das Letzte, was sie wollte.

Sie wandte ihren Blick von ihm ab und schaute auf zum Himmel. Sie hatte seine Geschichten über den Starcatcher und den Starfinder gehört. Es war ihr Pech, ausgerechnet das einzige

Familienmitglied zu finden, das sich nicht damit zufrieden gab, den Stern zu suchen und zu finden. Sie hatte sich in jemanden verlieben müssen, der die verdammten Dinger auch noch reiten wollte.

Das Problem war, dass sie sie mit ihm gemeinsam reiten wollte.

Plötzlich verließ er seinen Platz auf dem feuchten Stamm und kniete sich vor sie hin. »Willst du mich heiraten?«

Sie bedachte ihn mit einem argwöhnischen Blick.

»Sagst du das aus Dankbarkeit?«

»Nein, mein Liebling. Ich würde nie jemanden aus Dankbarkeit heiraten«, sagte er. »Ich liebe dich.«

Sie starrte ihn an. Er hatte es schon einmal gesagt, aber sie hatte sich geweigert, ihm zu glauben. »Deine Knie werden nass«, bemerkte sie törichterweise und spürte gleich darauf, wie eine flammende Röte ihre Wangen überzog.

Er lachte. »Sehr nass, und ich komme mir vor wie Narr, aber ich dachte, wenigstens das sollte ich richtig machen. Wir hatten keinen guten Anfang, du und ich.«

Sie musste lächeln. »Nein«, gab sie ihm Recht, während sie mit den Fingern seine Lippen berührte und das Gesicht, das sie so liebte. Gott möge ihr beistehen, aber sie liebte ihn. Sie hatte nur immer Angst gehabt, es ihm zu sagen.

»Es tut mir Leid . . .«

»Nein«, unterbrach sie ihn und legte einen Finger an seine Lippen. »Es gibt nichts, was dir Leid tun müsste. Du und deine Familie, ihr habt meinen Vater geheilt. Und du hast mich gelehrt, mich zu verstehen und an mich zu glauben.«

»Ich liebe dich.«

Aber sie war sich immer noch nicht sicher. »Du bist der *Star Rider,* der Abenteurer, der Entdeckungsreisende, der Sucher«, sagte sie.

»Nein«, entgegnete er langsam. »Das ist es, was ich war. Nun möchte ich der Starkeeper der Familie sein – der, der seinen

Stern behält. Und mein Stern bist du, mein Liebling.« Ein Lächeln erschien um seine Lippen. »Wirst du mich nun heiraten oder nicht?«

Mehr brauchte sie nicht zu hören. »Ja«, erwiderte sie. »O ja.« Dann runzelte sie misstrauisch die Stirn. »Oder hast du bloß keine Lust mehr, im nassen Gras zu knien?«

»Das auch, Liebste.« Seine Augen glitzerten, als er sich erhob, und sein Mund verzog sich zu diesem wundervollen schiefen Lächeln, das so typisch für ihn war. »Aber hör zu, was ich dir sage: Du wirst immer mein leuchtender Stern am Himmel sein – hell und glänzend und unverzichtbar für mein Leben.«

Sie umklammerte seine Hand, als ihr Körper sich wie von selbst an seinen schmiegte und er sie mit dem anderen Arm umfing. Er küsste sie lange und fest, bis er ihr beinahe den Atem raubte, und dann hielt er sie einfach nur ganz fest in den Armen, als wollte er sie nie wieder gehen lassen.

Sie drehte sich in seinen Armen, berührte zärtlich sein Gesicht und sprach endlich aus, was ihr Herz schon so lange bewegte: »Ich liebe dich, John Patrick.«

Einen Blumenstrauß in der Hand, stand Annette oben an der Treppe und wartete auf ihr Stichwort.

Das Geländer war mit Immergrün geschmückt. Das ganze Haus der Sutherlands roch nach frisch geschnittenem Grün.

Es war ihr Hochzeitstag.

Und Katys.

Es war ihnen keine Zeit geblieben, eine großartige Zeremonie zu planen. Sie hatten schon zwei Tage nach ihrer Ankunft einen Priester gefunden. Keiner hatte länger warten wollen. Liebe war zu kostbar, um sie zu verschwenden.

Die Politik war nicht mehr wichtig. Annettes Loyalität – und John Patricks – galt nun den Menschen, die sie kannten, respektierten, liebten.

Katy war bereits die Treppe hinabgegangen, und nun folgte Annette. Das Haus war mit Verwandten und Freunden der Sutherlands gefüllt. Sie hatte sich immer eine große Familie gewünscht. Nun hatte sie eine.

Sie schritt langsam zum Ende des großen Raums, wo sie ihren Platz neben John Patrick einnahm, als Katy neben Noel trat. Katy zwinkerte ihr zu, dann sah sie zärtlich lächelnd Noel an.

Annette richtete ihren Blick auf ihren Bräutigam. John Patricks grüne Augen funkelten, als er ihre Hand ergriff.

Ihr war, als müsse ihr Herz zerbersten vor Liebe zu ihm.

Ihr Pirat. Ihr Abenteurer.

Ihr Mann.

Ihr Starkeeper.

– ENDE –

Epilog

5. November, 1781

Annette war täglich zu der Bucht geritten, in der John Patrick bei seinen Besuchen gewöhnlich ankerte. Vor ihr im Sattel saß die zweijährige Katherine.

Seit sie von Cornwallis' Kapitulation in Yorktown erfahren hatte, war Annette jeden Tag zu diesem Fleck geritten.

Noel, der bei Washington gewesen war, hatte durch einen Boten einen Brief geschickt. Er würde noch einige Wochen bleiben, um die Verwundeten zu behandeln, schrieb er, und dann nach Hause kommen. Katy hatte sich vor vier Tagen auf die Reise zu ihm gemacht, um ihm zu helfen, wo sie konnte. Annette hatte keine Ahnung, wo John Patrick war. Aber er hatte die Neuigkeiten sicher schon gehört und war bestimmt schon auf dem Weg nach Hause. Betsy saß ebenfalls wie auf glühenden Kohlen und wartete darauf, dass ihre beiden Freier heimkamen. Sie hatte sich immer noch nicht zwischen Ivy und Malcomb entschieden, schien es aber ungeheuer zu genießen, von beiden Männern gleichzeitig umworben zu werden. Annette war sich jedoch im Stillen sicher, dass sie den Schotten vorzog.

Aristoteles, der bei den Sutherlands geblieben war, während Noel als Arzt in Generals Washingtons Truppen diente, jaulte. Er mochte Annette, aber sie war nicht seine Herrin, und seine Unzufriedenheit wurde mit jedem Tag deutlicher.

Wenigstens hatte sie keine Kommunikationsschwierigkeiten mit Billy Boy, dem Papagei. Das Vokabular des Vogels hatte sich sehr erweitert und beinhaltete jetzt sogar so etwas wie ein Hundejaulen. Er sagte auch Dinge wie »hübsches Baby« und »heimkommen«, wobei sich Letzteres gewiss auf ihren launenhaften Ehemann bezog. Sie hatte den Vogel nämlich immer wieder gefragt: »Warum kann er nicht endlich heimkommen?«

Aber er kam heim, wenn er nicht gerade britische Schiffe plünderte oder Nachschub zu Washingtons Truppen brachte; die Neuigkeiten, die sie von ihm hörte, bestätigten ihr das. Sie lächelte bei dem Gedanken an das neue Baby, das in ihr heranwuchs.

Sie wollte gerade aufgeben, als sie ein letztes Mal aufs Meer hinausschaute und die Augen mit der Hand beschattete, um besser sehen zu können. Ein Segel. Ein wunderschönes weißes Segel!

Als spürte er ihre Erregung, begann Aristoteles zu bellen. »Nein«, sagte sie leise. »Es ist nicht dein Herr. Es ist der, den ich erwarte.«

Dessenungeachtet, begann Aristoteles in wilder Aufregung am Strand entlangzurennen.

Annette überlegte kurz. Sie konnte zu Tims Farm hinüberreiten und ein zweites Pferd für Jonny holen. Ihr blieb genügend Zeit dazu. Aber ihr gefiel der Gedanke, zu zweit auf einem Pferd zu reiten. Oder zu dritt vielmehr, mit Katherine.

Oder zu viert?

Mit dieser Möglichkeit im Sinn hatte sie einen der großen, breitschultrigen Wallache genommen.

Eine jähe Hitze durchflutete sie bei dem Gedanken, hinter Jonny zu sitzen und sich ganz, ganz fest an ihn zu schmiegen. Sie hatte ihn so vermisst …

Die Segel wurden eingeholt, sah sie, und jemand warf den Anker in die See. Dann sah sie, wie das Langboot zu Wasser gelassen wurde. Katherine – die kleine Katy – zappelte in ihren Armen, und Annette saß ab und hob dann ihre Tochter aus dem Sattel. Sie hatte einen normalen Sattel genommen, keinen Damensattel. Nur für den Fall, dass Jonny …

»Dein Daddy kommt«, flüsterte sie ihrer Tochter zu.

»Daddy?«

Die Kleine strahlte. John Patrick hatte darauf geachtet, oft genug daheim zu sein, damit Katy ihn bei jedem Besuch erkannte. Er war der Mann, der sie hochhob, sie herumwirbelte und in die Arme nahm und küsste.

»Und diesmal wird er eine Weile bleiben.« Hoffte, betete sie. Er hatte gesagt, wenn der Krieg vorüber sei, würden sie nach Baltimore ziehen, wo er seine Werft eröffnen wollte. Sie würden ihre Schiffe selbst erproben, mit Reisen nach Martinique, hatte er mit lachenden Augen versprochen.

Ein eigenes Heim. Sie liebte die Sutherlands, doch sie sehnte sich nach einem eigenen Haushalt. Ihr Vater hatte allerdings beschlossen, auf der Farm zu bleiben, obwohl Washington sein Versprechen gehalten und die pennsylvanische Regierung gezwungen hatte, den Careys ihr Land zurückzugeben. Das Haus war jedoch verloren, und die Felder waren von Unkraut überwuchert. Hugh hatte keine Lust gehabt, noch einmal ganz von vorne zu beginnen. Er hatte das Land verkauft und Ians Angebot angenommen, die Schule zu übernehmen, als der Lehrer zur Armee gegangen war.

Annette hatte ihn noch nie so glücklich gesehen. Maude lebte jetzt bei ihm im ersten Stock des Herrenhauses. Auch Franklin war noch immer bei ihnen und bemutterte die beiden wie eine eifersüchtige Glucke. Auf Angebote, in den Ruhestand zu gehen oder gar in eins der kleinen Bauernhäuser umzuziehen, reagierte er immer nur sehr unwirsch und gekränkt.

Und das Land würde nun endlich wieder Frieden finden. Sowohl sie wie auch ihr Vater hatten inzwischen eingesehen, dass Amerika sich früher oder später von England lösen musste. Die Geisteshaltung des amerikanischen Volkes ließ es nicht zu, von einem fernen Ort aus regiert zu werden. Sie hatte eine Menge über Unabhängigkeit gelernt, seit sie John Patrick kannte.

Sie wünschte nur, es wären nicht so viele Leben in diesem Krieg verloren worden.

Das Langboot näherte sich. Sie bückte sich, um Katy aufzuheben und lief zum Strand hinunter, wobei es sie nicht im Geringsten kümmerte, dass eine Welle ihren Rock durchnässte. Sie beobachtete, wie John Patrick sich im Boot erhob und ihnen lächelnd zuwinkte. Er wartete nicht ab, bis seine Männer das Boot an Land gezogen hatten, sondern sprang ins flache Wasser und lief auf sie zu.

Ihr Herz schlug schneller, als sie ihre Hand ausstreckte, um ihn zu berühren.

»Annie«, sagte er liebevoll und beugte sich vor, um seine Frau stürmisch zu küssen, indessen Katy jammerte, um seine Aufmerksamkeit zu erregen. Widerstrebend trat er zurück und nahm seine Tochter in die Arme, küsste sie auf die Wange, warf sie in die Luft und lachte über ihre entzückten Schreie.

Dann nahm er sie in einen Arm und zog mit dem anderen seine Frau an sich.

»Lass uns heimgehen.«

»Wir alle?«, fragte Annette schelmisch und legte in einer viel sagenden Geste ihre Hand auf ihren Bauch.

John Patricks Augen weiteten sich, und ein frohes Lächeln erhellte sein Gesicht. »Ja, mein Stern, wir alle. Alle vier.«

Schottland/Nordamerika, 18. Jahrhundert. Der schottische Freiheitskämpfer Ian Sutherland wird des Verrats an der britischen Krone bezichtigt und als Gefangener in die Kolonien verkauft. Er hat sich geschworen, bei der ersten Gelegenheit zu fliehen und nach Schottland zurückzukehren, um nach den Überlebenden seines Clans zu suchen. Doch dann gerät er in einen Zwiespalt: John, für den er arbeitet, stirbt und hinterlässt seine junge Ehefrau, die er Ians Schutz anvertraut. Ian fühlt sich magisch zu Fancy hingezogen – kann er jetzt noch fliehen und die junge Witwe im Stich lassen?

»Patricia Potter ist eine meisterhafte Geschichtenerzählerin.« Mary Jo Putney

3-404-18628-1

BASTEI LÜBBE